HEYNE
BÜCHER

ANGELIKA MECHTEL

FRISS VOGEL

Roman

WILHELM HEYNE VERLAG
MÜNCHEN

HEYNE-BUCH Nr. 5081
im Wilhelm Heyne Verlag, München

Genehmigte, ungekürzte Taschenbuchausgabe

Printed in Belgium 1974
Umschlaggestaltung: Atelier Heinrichs, München
Gesamtherstellung: Marabout s.a., Verviers

ISBN 3-453-00435-3

Erster Teil

1

Als Merz starb, war er neunundvierzig und das, was man gesund und munter nennt. Jedenfalls wußte niemand etwas von einer Krankheit.

Er starb auch nicht so, wie andere üblicherweise sterben. Merz wurde auf offener Straße erschossen.

Die, die ihn kannten, sagen: Merz konnte gar nicht anders ums Leben kommen.

Jeder will geahnt haben, daß ihn der Tod einmal ganz plötzlich aus dem Hinterhalt anspringen würde.

Merz selbst hoffte bis zuletzt, seinen Verfolgern doch noch zu entkommen.

Die letzten zwanzig Meter seines Lebens erfüllt er mit unsinnigen Hoffnungen, wie das jeder tut, der überleben will. Unbedingt überleben will.

Während er läuft, denkt er, das ist ein Alptraum. So bist du schon oft gelaufen, und dann wachst du auf, schweißnasse Haarsträhnen im Gesicht, ein feuchtes Laken unter dir, erschöpft, aber glücklich, daß du den Traum abschütteln konntest.

Jetzt läufst du wieder.

Deine Schritte werden schneller. Weitausgreifend setzt du einen Fuß vor den anderen. Kaum hat der eine den Asphalt berührt, hebt der andere ab, wirft sich nach vorn, tritt auf, stützt ab, bleibt zurück, um erneut vorwärts zu gehen.

Mittags. Die Hitze ist unerträglich.

Aus den Augenwinkeln sieht Merz die niedrigen, zweistöckigen

Steinhäuser rechts und links der Straße. Die Vorhänge sind zugezogen, die Balkontüren hinter den schmiedeeisernen Gittern der kleinen Balkons geschlossen.

Die Straße ist leer. Eine kleine Brise Wind, schmal und kühl, steigt vom Hafen auf und berührt die Stadt.

Jetzt ein Westernheld in Großformat, Cinemascope. Aufschlagen von Hufen, und ein Sturm von Gewalt zieht vorbei. Jede Kerbe im Colt eine Leiche.

Vereinzelt liegen noch Sandsäcke vor den Kellerfenstern und in Hofeinfahrten. Einschußlöcher an Hauswänden, Maschinengewehrgarben, die den Putz heruntergefetzt haben.

So kurz vor dem Einsetzen der Regenzeit ist das Grün in den Vorgärten staubig und welk, verbrannt.

Die Stadt schläft. Für drei Stunden gleicht sie einem windlosen Wasserspiegel, friedlich und ruhig. Nicht einmal ein vereinzelter Heckenschuß in der Ferne. Als habe man mit einem Griff die Dunstglocke von Abgasen und Schweiß, explodierendem Dynamit, Pulver und Blut abgehoben. Als sollten die Straßenschluchten bis in ihre Tiefen hinein Atem schöpfen, um dann am Abend erneut aufbrausend in einem einzigen gurgelnden Schrei über diese Stadt herzufallen.

Action, wenn das Zeichen zum Einsatz gegeben wird. Scheinwerferlicht, das aufflammt, sobald das Orchester den ersten Ton der Ouverture emporschleudert. Brutal vom Lichtkegel erfaßt, werfen die Darsteller ihre Arme über den Kopf und brechen aus in die erste Terz. Ein langhingezogener Ton, Herausforderung und Trauer zugleich, der die Membran unseres Gehörs erfaßt und ausschlagen läßt. Haß, Zorn und Tod, wenn der Einsatz gegeben wird. Noch ist diese lange Straße leer, der Asphalt staubig und Staub auf den Bürgersteigen zu beiden Seiten. In kurzen Abständen treibt ein Windstoß hindurch, wirbelt Staub auf und Papierreste aus dem Rinnstein. Die grauen Rolläden des Juweliers sind heruntergelassen, die Bars geschlossen.

Kein Laut. Bis Merz aus dem Hotel auf die Straße tritt. Die schwere Drehtür im Hoteleingang hat ihn ausgestoßen. Er wendet sich noch einmal um und sieht, daß er der einzige ist, der das

Hotel um diese Zeit verläßt. Er muß die Fahrbahn überqueren, um auf die linke Straßenseite zu kommen. Vom Hotel sind es noch hundert Meter zum Ende der Straße, am Postamt vorbei bis zum Sitz des britischen Hochkommissars.

Merz hört seine eigenen Schritte, ein gleichmäßiges Aufstoßen der harten Schuhsohlen auf dem Steinpflaster des Trottoirs. Schritt vor Schritt. Die Stille der Stadt.

Und plötzlich die anderen Schritte. Das Geräusch von vier Füßen hinter ihm. Das gleiche Tempo, der gleiche Rhythmus. Stetig und unaufhaltsam.

Merz beschleunigt, und die Schritte in seinem Rücken werden ebenfalls beschleunigt. Merz verlangsamt und sie fallen hinter ihm zurück.

Merz wechselt die Straßenseite, blickt über die Schulter und erkennt die beiden Gesichter.

Nun weiß er, daß er um sein Leben läuft.

Er hat eine letzte Chance. Die Chance seines Lebens, wenn er die Umzäunung des britischen Hochkommissariats noch rechtzeitig erreicht.

Gewohnt, jede Chance zu nutzen, will er es auch diesmal schaffen, die Angst im Nacken und hinter sich die Schritte der Verfolger. Weitausgreifend setzt er nun einen Fuß vor den anderen. Kaum hat der eine den Asphalt berührt, hebt der andere ab, wirft sich nach vorn, tritt auf, stützt ab, bleibt zurück, um erneut vorwärts zu gehen. Aus den Augenwinkeln sieht Merz die niedrigen Häuser vorbeiziehen. Einschußlöcher und zerfetzter Verputz, Quadratzentimeter um Quadratzentimeter, ruckartig am Auge vorbeitransportiert.

Ein quälender Traum. Du läufst. Du mußt entkommen und du kommst nicht vom Fleck.

Die Schläfen pochen. Dieser Schmerz hinter der Stirn, der sich über das linke Auge in den Hinterkopf zieht, und der Merz aus dem Hotel getrieben hat, wie später gesagt wird.

Seine Hände sind feucht. Merz spürt, wie sich der Schweiß unter den Achseln im Hemdenstoff sammelt. Ein wildes Herzklopfen, rasend und unbezwingbar. Atemnot, als würde der

Brustkasten vom fehlenden Atem zusammengepreßt und dann wieder von der Explosion des Herzschlags gesprengt.

Schweiß bricht aus. Schweiß vom Haaransatz bis in die Fußsohlen. Seine Hände sind feucht und der Hals ist trocken.

Die letzten Sekunden.

Seine Gedanken beginnen sich wie ein Feuerrad herumzuwerfen. Noch immer ist diese lange Straße leer. Leer, heiß und staubig. Jetzt läuft Merz. Läuft und versucht schneller zu laufen. Versucht zu entkommen, aber die Schritte in seinem Rücken holen auf.

Laß sie vorbei. Noch fünfzig Meter bis zum britischen Territorium.

Merz bleibt stehen, zieht eine Packung Zigaretten aus der Hosentasche.

Hört die Schritte. Steht seitlich am Straßenrand. Entnimmt eine Zigarette, steckt sie in den Mundwinkel.

Fast haben sie ihn eingeholt.

Er gibt Feuer.

Das Feuerzeug in der Linken, die Rechte schützend um die Flamme gelegt, neigt er den Kopf und zieht an der Zigarette. Sie sind hinter ihm. Aber nicht vorbeigegangen. Kein Laut mehr. Merz springt vorwärts, ein, zwei Schritte. Geduckt, die Zigarette im Mund, überquert er die Fahrbahn. Spürt seine Beine schwer werden, als seien sie bis zu den Schenkeln mit Blei gefüllt.

Mit ausgebreiteten Armen möchte er dem Ende der Straße entgegenstürzen.

Die Schwerkraft ausschalten. Ein Traumtänzer, der dieser Dunkelheit entkommen wird. Leuchtende Farben und der Geruch von blühenden Apfelbäumen.

Erinnerst du dich?

Irgendwo, weit weg, die Stimme deiner Mutter.

Du hast dich auf die Spitze eines Turms geflüchtet, der in Flammen steht. Ein Aussichtsturm, und du bewunderst die Aussicht. Du siehst nicht das Feuer, das dir keinen Rückweg mehr freigibt. Unten steht jemand, der ruft und läßt die Arme kreisen. Aber du verstehst nicht, was er will.

Merz springt vorwärts, ein, zwei Schritte. Läuft, und die Beine lassen sich nicht mehr vom heißen und aufgeweichten Asphalt lösen. Ein verzweifelter Versuch zum Endspurt.

Ein letzter Sprung noch. Merz ist müde geworden, eine schmerzliche Müdigkeit, die diese letzte Bewegung verlangsamt. Mit dem vorgeschobenen Fuß erreicht er den gegenüberliegenden Bordstein, breitet die Arme aus, um sich abzufangen und fällt. Tödlich getroffen aus den kleinen handlichen Pistolen der Verfolger, die am Straßenrand stehen geblieben sind.

Diese zwei Schüsse haben die Mittagsstille der Straße aufgestört, das Zeichen zum Einsatz gegeben.

Vorhänge und Balkontüren werden aufgerissen. Die Wachen am Tor zum britischen Hochkommissariat geben Alarm, und der erste Jeep verläßt das Gelände.

Merz ist tot.

2

Als Merz starb, war er neunundvierzig Jahre alt.

Sein Tod wurde als Berufsunfall anerkannt, die Versicherungen mußten die Auszahlung der Policen verdoppeln und seine Leiche wurde auf Kosten des Deutschen Fernsehens, für das er fünf Jahre gearbeitet hatte, nach Deutschland überführt und beigesetzt.

So hatte Merz nach seiner Rückkehr aus russischer Kriegsgefangenschaft, 1950, gerade noch siebzehn Jahre Zeit zu leben. Als er 1962 seinen Vertrag bei einer der großen deutschen Fernsehanstalten unterschrieb, war er fest davon überzeugt, nun endlich das Zielband seiner Karriere durchlaufen zu haben. Damals lagen zwölf Jahre harter journalistischer Kleinarbeit hinter ihm. Er hatte zwei oder drei aufsehenerregende Reportagen geschrieben, die viel Lärm machten, um dann sehr rasch in den Archiven zu verschwinden.

Nach achtjährigen, mühsamen Versuchen, fand er in der bayerischen Provinz als Anwärter auf die Chefredaktion einer Tageszeitung sein Unterkommen. Dort blieb er, bis er noch einmal einen Versuch unternahm, in die ersten Reihen der Journalisten vorzustoßen. Er sah eine Chance. Die Chance seines Lebens. Gewohnt, jede Chance zu nutzen, wechselte er seinen Arbeitsplatz. Das brachte ihn zum Anfang vom Ende.

Aus dem abenteuerlustigen Draufgänger war inzwischen ein Mann in den Vierzigern geworden. Der Haaransatz fiel zurück, und der erste Bauchansatz wurde sichtbar.

Mit neunzehn war Merz ein Vorbild arischer Rassemerkmale gewesen. Ein Junge, wie ihn sich jede Mutter wünschte, groß, blond und blauäugig, charmant, witzig und naiv, der Lagerfeuer und Lönslieder liebte. Katholisch aufgezogen und ein gläubiger Christ, der jeden Sonntag zur Kommunion ging. Übrig geblieben war ein Mann, groß, blond und blauäugig, charmant, wenn Charme sich lohnt, kontaktarm, verbissen, wenn nicht sogar verbittert und schlau, mit jenem Zug von hartem Ehrgeiz um die Mund- und Nasenpartie, der sich von Jahr zu Jahr tiefer eingräbt.

Ein Mann, der von seiner Statur her noch immer Chancen bei Frauen hat, einer, der noch mindestens zwanzig Berufsjahre vor sich sieht, die ihm den Glanz seines Lebens bringen können, so kam er 1962 in ein neues Metier, das Fernsehen.

Er liebte maßgeschneiderte Anzüge, teure Schuhe, Hemden, die gebügelt werden müssen, und später auch teure Autos. Er trug Hüte, mit Vorliebe breitrandige, dunkle Hüte, die wie Hüte von Westernhelden aussehen. Aber er kaufte sie sich erst, als sie in Mode kamen, weil er stets darauf achtete, nicht durch Extravaganzen in der Kleidung aufzufallen. Was er anzog, mußte teuer, aber gediegen sein. 1962 kannte die Mode diese Hüte noch nicht.

Es war das Jahr der Cuba-Krise und der Genfer Abrüstungskonferenz, des ersten bemannten Weltraumfluges der USA, des zweiten Vatikanischen Konzils und des Abkommens zwischen den USA und der UdSSR zur friedlichen Nutzung des Weltraumes.

In der Bundesrepublik Deutschland hatte die CDU/CSU eine Regierung mit der FDP gebildet. Noch ist Adenauer an der Macht, auch, wenn seine Autorität schwindet.

In Cadenabbia schreibt der Sechsundachtzigjährige an seinen Tagebüchern.

Während in Westdeutschland Twist getanzt, laufmaschensichere Strümpfe angeboten werden, und die Bundeswehr neue Uniformen erhält, sind die Lebenshaltungskosten um 4,1 % gestiegen, und die Sex-Welle mit „Lolita" eingeleitet.

Vizekanzler und Bundeswirtschaftsminister Erhard mahnt zum Maßhalten.

Über die Bundesrepublik wird ein Baustopp verhängt und Ende Mai folgt ein Börsensturz an der Wall Street. Die Börse fällt um 35 Punkte.

Zum ersten Mal seit 1923 drohen die Ruhrkumpel mit Streik, aber der Streik findet nicht statt, weil der Staat einspringt. In Hamburg werden vier Kommunisten zu mehrmonatigen Freiheitsstrafen verurteilt und kaum einer protestiert. Verteidigungsminister Strauß ist in die Fibag-Affäre verwickelt und stolpert nicht.

Alles ist ruhig in Deutschland. Noch immer liegt der besänftigende fette Geruch von Essen über Europa. Und alles ist in Ordnung. Ein heiterer Dornröschenschlaf zwischen den Problemen der Weltmächte.

Kein Protest. Der Bürger ruht aus auf dem erworbenen Lebensstandard.

Die Herztodkurve steigt.

Die Macht des Staates ist zur Allmacht geworden. Das Gebet des Bürgers schließt den täglichen Konsum unbesehen mit ein. Westdeutschland zeigt sich von seiner besten Seite. Man hat einen vollen Bauch, ist unbenommen glücklich und sagt Pardon, wenn man rülpst.

Journalisten genießen das Wohlwollen des Vaterlandes nur solange, solange sie den Hofnarren spielen. Auf gezielte Kritik reagiert die Regierung empfindlich. Publizistik mit offensichtlichem Linksdrall ist verpönt.

Wirtschaft und Großindustrie stehen Anzeige bei Fuß und boykottieren, wo ihre und der Regierung Interessen untergraben werden könnten.

Merz paßt da hinein. Er hat die schwarze Tarnkappe in den letzten zwölf Jahren bereits so fest über die Ohren gezogen, daß er sie schon nicht mehr wahrnimmt.

Merz gehört zu den Wunderkindern dieser Nation. Ein blinder Parteigänger.

Bis der Blindgänger doch noch hochgeht.

Merz, das ist einer, der sich in den Verhältnissen der fünfziger Jahre eingerichtet hat und nur ungern die Tapete wechselt. Trotzdem ein Journalist mit Engagement.

Solange Engagement nichts kostet.

Ein Kostgänger.

Trübe Zeiten für Journalisten, die kleine Fischzüge tätigen, um sich davon zu ernähren. Kroppzeug der Nation.

Handlanger der Politik oder Sensationsspringer ohne persönliche Meinung.

Freiwild ohne sozialen Hintergrund, Arbeitnehmer ohne Gewerkschaft. Trotzdem Nutznießer des allgemeinen Wohlstandes, wenn ihre Bezüge auch noch nicht die Lohnhöhe der Bauarbeiter erreicht haben. Journalismus ist nicht so lukrativ wie das Baugeschäft. Das deutsche Fernsehen, noch in den Jugendschuhen, sammelt, was Erfolg verspricht. Auch Walter Merz.

So erreicht er im Frühjahr 1962 das Funkhaus. Ein altes Gebäude, trostlos häßlich, einer Zwangsanstalt nicht unähnlich, dem ein neuer Trakt angebaut ist.

Merz kennt es. Seit er die ersten Verhandlungen über seine Anstellung führte, sind ihm die alten Mauern vertraut. Sie verheißen das große Glück, denkt er, wie das jeder tut, der überleben will.

3

Der Pförtner läßt ihn heute ohne Anmeldung passieren. Jetzt gehörst du dazu.

Einer, der täglich seinen Volkswagen vor dem Funkhaus oder in einer Seitenstraße parkt, der morgens dem Pförtner kurz zunickt, wenn er die Drehtür verläßt und zum Lift geht.

Merz? sagt der Pförtner.

Walter Merz hat seinen Namen genannt, hat sich zur Sprechscheibe im Panzerglas hinuntergebeugt und gesagt: Ab heute arbeite ich für's Fernsehen.

Der Pförtner macht eine Handbewegung ins Innere des Hauses. Eher wegwerfend als einladend.

Ein Neuer. Einer, der aus der Provinz kommt. Anfang vierzig. Einer, der auch den ganz großen Sprung machen will.

Wer kennt Merz?

Merz richtet sich auf, sieht die unbekannten Gesichter, die die Drehtür ausstößt und wendet sich um. Er muß die große Eingangshalle durchqueren, um zu den Aufzügen zu kommen.

Von der Pförtnerloge einige Treppenstufen hinunter zur breiten Glastür, dann die Halle und ganz hinten der Lift.

Montagmorgen.

Eine der Lifttüren ist noch geöffnet. Merz springt vorwärts, ein, zwei Schritte. Die Tür schnappt zu. Er wartet. Drückt den Knopf, sieht die Drucktaste aufleuchten, hört das sanfte Rauschen der Kabine, die Metalltür schiebt sich zur Seite. Merz steigt ein. Andere kommen nach.

Die vier, die zu Merz in den Aufzug gestiegen sind, scheinen sich zu kennen. Sie grüßen. Einer redet vom Wetter. Das Wochenende war naß und kalt.

Aprilwetter, sagt er, Anfang April.

Auf der dritten Etage steigen sie aus. Merz fährt ganz nach oben. Siebter Stock. Intendanz. Er kennt den Weg. Er kennt den Blick aus dem großen Flurfenster über die Stadt.

Die Vorzimmertür zum Intendanten steht offen. Merz sieht die Sekretärin am Fenster ihre Blumentöpfe gießen und im nächsten Zimmer den Intendanten.

Dr. Heuschka hängt seinen Mantel über einen Bügel.

Merz klopft an den Türrahmen.

Guten Morgen, sagt er. Die Sekretärin dreht sich um, eine kleine rote Gießkanne in der Hand. Sie will die Kanne zu den Töpfen stellen, aber Dr. Heuschka hat Merz schon gesehen.

Ah, sagt er, da bist du ja.

Merz geht auf ihn zu und läßt sich die Hand schütteln. Er sagt ein zweites Mal sein „Guten Morgen“, vergißt nicht, ein „Dr. Heuschka“ anzuhängen.

Dr. Heuschka, mächtiger Intendant des Hauses, kaum älter als Merz, und Bundesbruder. Katholischer Jugendbund. Das war vor dem Krieg. Da gingen Heuschka und Merz aufs Humanistische Gymnasium. Heuschka zwei Klassen höher als Merz.

Bundesbrüder duzen sich. Bundesbrüder fördern einander die Karriere.

Eine Hand wäscht die andere.

Hat aber der eine Karriere gemacht, sitzt ganz oben und holt den anderen nach, läßt ihn ganz unten anfangen, als einen unter vielen Redakteuren, dann wird das bundesbrüderliche Du zum Problem.

Dann bittet der, der ganz oben sitzt, den, der unten ist, um das angemessene „Sie“. Unter vier Augen, sagt er, ist das was anderes. Wir wollen den Neidern zuvorkommen.

Heute aber duzt Heuschka Merz, duzt ihn bei offener Tür, während die Sekretärin am Fensterbrett beschäftigt ist. Merz sagt: Guten Morgen, Herr Dr. Heuschka.

Heuschka sagt: Setz dich! Und zeigt nicht mehr auf die Sitzecke für Besucher, zeigt auf den Stuhl gegenüber seinem Schreibtisch.

Merz zieht den feuchten Mantel nicht aus. Heuschka bietet ihm eine Zigarette an und Merz sucht nach seinem Feuerzeug in der Rocktasche.

Ich habe mit dem Programmdirektor, Herrn Janke, gesprochen, sagt Heuschka und stößt den Rauch zwischen seinen vorgewölbten Lippen aus, wir dachten, daß du am besten im Regionalprogramm anfängst. Für die ersten Wochen. Oder hast du Einwendungen? Merz hat keinen Einwand.

Du bekommst dort erstes Handwerkszeug. Fernsehen ist doch etwas ganz anderes als Tageszeitung, weißt du.

Merz weiß.

Zuerst auf Honorarbasis, sagt Heuschka, später mit einem Angestelltenvertrag, wie wir's besprochen haben.

Merz hat einen Vertrag in der Tasche. Sechzehnhundert Mark monatliches Honorar, keine Sozialversicherung, Kündigungsschutz vier Wochen. Einen Vertrag auf Probe. Die Hilfe des Bundesbruders. Die Möglichkeit der ganz großen Chance. Nicht sofort, aber irgendwann. Dafür hat Merz seine Anstellung als stellvertretender Chefredakteur einer katholischen Tageszeitung aufgegeben, Sicherheit und Ordnung einer Kleinstadt, sein Familienleben und die Aussicht auf ein Gehalt von zweitausend Mark.

Ich bringe dich jetzt zu Janke, sagt Heuschka, er stellt dich dann den Abendschauleuten vor – oder gibt's noch was zu besprechen?

Merz drückt seine Zigarette im Aschenbecher auf dem Schreibtisch aus.

Es ist mir unangenehm, sagt er, ich hätte noch eine Frage wegen des Geldes.

Das wird wie üblich am Ende des Monats auf dein Konto überwiesen. Du kannst es dir aber auch an der Kasse abholen.

Es ist nur so, sagt Merz, daß ich momentan kaum noch etwas habe. Sie wissen ja, sagt er und verwendet zum ersten Mal die direkte Anrede, ich lebe von meiner Familie getrennt und der Umzug hierher hat mich eine Menge gekostet.

Was soll ich machen? fragt Heuschka.

Vielleicht wäre es möglich, mir einen Vorschuß zu geben.

Heuschka meint, das sei möglich. Vierhundert Mark, ob das genüge? Er notiert. Merz sagt: Herzlichen Dank!

Heuschka erhebt sich hinter seinem Schreibtisch. Merz schiebt sofort seinen Stuhl zurück. Heuschka ist kleiner als Merz, rundlich und der Haaransatz fällt bereits zurück. An der Tür läßt Merz ihm den Vortritt.

Jankes Büro liegt im dritten Stock. Sein Vorzimmer unterscheidet sich nicht vom Vorzimmer der Intendanz. Auch die Sekretärin nicht, registriert Merz und gibt Janke die Hand.

Das ist Walter Merz, sagt Heuschka.

Janke sagt etwas, nickt mit dem Kopf und Heuschka geht.

So, Sie fangen also jetzt bei uns an.

Da stehst du nun in diesem Zimmer herum und wartest darauf, weitergereicht zu werden.

Dr. Heuschka sagte mir schon, meint Merz und will reden – nur nicht herumstehen – daß Sie beide vorerst das Regionalprogramm für mich vorgesehen haben.

Janke ordnet Papiere auf seinem Schreibtisch.

Eigentlich haben wir genügend Leute, sagt er und blättert in einem Aktendeckel, aber Sie werden ja vorerst nicht fest angestellt. Das wird sich dann schon regeln.

Er nimmt einen Ordner vom Schreibtisch: Dann wollen wir mal. Die Abendschau liegt gleich gegenüber. Sehen Sie sich da mal etwas um.

Er bringt Merz über den Gang. Öffnet die Tür und schiebt ihn ins Vorzimmer. Blumen auf dem Fensterbrett. Die Sekretärin telefoniert. Nicht älter als dreißig, schätzt Merz, sie hat einen ansehnlichen Busen und einen runden Popo. Wenn sie aufsteht und zwischen Schreibtisch und Blumenfenster hin- und herläuft, wackelt sie sicher mit den Hüften.

Janke öffnet die nächste Tür zum Redaktionsraum, sieht einen Redakteur am Schreibtisch sitzen, wendet sich zur Sekretärin, die den Hörer aufgelegt hat und fragt: Ist Grasberger nicht da?

Inzwischen hat sich Niklas am Schreibtisch umgedreht.

Morgen, Herr Janke, sagt er, was gibt's?

Wieder wird Merz vorgestellt, wieder ein Händedruck und Janke geht.

Merz erkennt Niklas. Das ist der aus dem Aufzug. Der vom Wetter geredet hat. Niklas sagt: Also, Sie sind das? Merz zieht den Mantel aus. Außen ist er fast trocken. Innen sitzt noch die Feuchtigkeit. Er soll ihn in den Schrank gegenüber der Fensterwand hängen.

Drei Schreibtische stehen im Redaktionsraum. Drei Telefone. Die Sekretärin ist hereingekommen.

Unser Neuer, sagt Niklas. Die Sekretärin lächelt. Ich bin Annemie Schatz, sagt sie, dann gewöhnen Sie sich mal gut bei uns ein.

Niklas ist vom Schreibtisch aufgestanden, streckt sich, gähnt und schüttelt sich wie ein nasser Hund. Er ist noch sehr jung, stellt Merz fest. Höchstens dreißig. Ein kleiner dunkler Typ, lebhaft und wendig.

Ich bin für den Laden hier verantwortlich, sagt er, wenn Grasberger nicht da ist.

Also stellvertretender Abendschauleiter.

Du wirst unsicher, sie sind hier alle so jung, jünger als du. Anfänger.

Setzen Sie sich doch!

Merz nimmt einen Schreibtischstuhl, und Niklas kommt zu ihm hinüber, setzt sich auf die Tischplatte.

Janke sagte mir gestern, daß Sie ein „Freier" sind. Im Augenblick haben wir eine Menge freier Mitarbeiter. Trotzdem wird unser Programm nicht besser. Na, vielleicht bringen Sie hier frischen Wind rein. Wir könnten's brauchen.

Niklas lacht, baumelt mit dem Bein, und ruft dann nach Fräulein Schatz: Wie spät ist es, Schätzchen?

Ein Scherz. Du redest nicht, du hörst nur zu. Du willst lernen. Natürlich hat die Atmosphäre hier Ähnlichkeit mit der Atmosphäre im Funk. Merz kennt den Funk aus den fünfziger Jahren. Damals hat er im Kirchenfunk mitgearbeitet. Ab und zu einen längeren Beitrag im Nachmittagsprogramm, ganz selten im Abendprogramm. Er hat seine Texte selbst gesprochen, und er erinnert sich an die Angst, als er das erste Mal vor dem Mikrofon saß, wie ein alter Hase sprechen sollte – sowas kann man im Handumdrehen – hatte der Kirchenfunkleiter gesagt und die rechte Hand gedreht. Merz wußte, daß er seine alemannische Spracheinfärbung nicht so einfach ablegen konnte. Den ganzen Vormittag hatte er seinen Text probiert. Text und Atemtechnik, gemeinsam mit seiner Frau, die als Schauspielerin die Tricks kennt, wie sie sagt. Auf die Tricks kommt es an. Nachmittags vor dem Mikrofon war dann die Angst da und alles andere vergessen. Das Leugnen seiner Herkunft gelang nicht, die Spracheinfärbung war stärker denn je.

Kurz vor zehn, ruft die Sekretärin aus dem Nebenzimmer. Um zehn beginnt die Sitzung, erklärt Niklas. Da lernen Sie gleich eine Menge unserer Leute kennen.

Crämer, unser zweiter Redakteur, wird allerdings nicht da sein. Offiziell ist er in Urlaub. Inoffiziell dreht er einen kleinen Film für das Nachmittagsprogramm. Aber das werden Sie mit der Zeit schon alles begreifen. Dafür kommt Götz, auch Redakteur und die Technik.

Technik, das sind die Kameraleute, die Mädchen aus den Schneideräumen und die Sekretärin. Manchmal nehmen auch Janke, oder sogar Dr. Heuschka teil.

Kurz vor zehn kommen die ersten. Das Redaktionszimmer füllt sich. Niklas übernimmt es, Merz vorzustellen. Er macht das rasch und ohne viel Aufhebens, reicht Merz von Hand zu Hand, nennt Namen, Merz versucht, sich Namen und Gesichter zu merken und gibt nach dem fünften Händedruck auf. Fräulein Schatz hat die Tür zum dritten Zimmer geöffnet. Das Sitzungszimmer. In der Mitte ein Tisch für zehn oder zwölf Leute und Stühle.

Niklas faßt Merz am Arm: Gehen wir rüber. Am besten, Sie setzen sich neben mich und hören sich das alles erst einmal an.

Während sie hinübergehen, kommt Pointer herein, begrüßt überschwenglich die Sekretärin und zwei Cutterinnen, Küßchen auf beide Wangen, und schlägt Niklas von hinten auf die Schulter. Hallo, brüllt er, sieht Merz, grinst und fragt jovial: Na, der Neue?

Walter Merz, sagt Niklas.

Jetzt lacht Pointer, sehr laut, sehr selbstbewußt. Ich werd verrückt, lacht er, gibt seinen Chefredakteursstuhl auf, nur um aus der Provinz hierher zu kommen. Naja, wir machen alle Fehler. Illusionen lassen sich nun mal nicht ausrotten.

Unser bester Kameramann, sagt Niklas.

Merz rückt seinen Stuhl neben Niklas an den Tisch und fängt an, eine Zigarette nach der anderen zu rauchen. Seine Hände sind feucht. Du spürst, wie sich der Schweiß unter den Achseln im Hemdenstoff sammelt.

Das Sitzungszimmer ist voller Leute. Mit Pointers Auftreten hat sich das Milieu verändert. Niklas arbeitet mit dem vertrauten Understatement der Funkleute, Pointer wie ein teuerbezahlter Illustriertenfotograf.

Merz wird an die ersten Jahre seiner Journalistenzeit erinnert. Illustriertenredaktion, gleich nach dem Krieg. Diese aufreizende Hektik. Urban, nennt Merz das und meint damit saloppe Weltstadtgestik, meint Selbstsicherheit und gute Anzüge, meint Männer, die immer unterwegs sind, braungebrannt und topfit, Kölnischwassermänner und Bourbon Whiskymänner, hart und abenteuerlustig, Männer mit Bewegungsfreiheit, die Zugang haben zur High Society.

Das ist Pointer. Und die anderen versuchen mitzuhalten. Alles, was er in Besitz nehmen kann, nimmt er in Besitz.

Die Welt hat vieles, was man greifen kann.

Merz will es schaffen. Die letzte Chance?

Du wirst dir Maßanzüge und einen teuren Wagen leisten können und das Bewußtsein, einer der Besten zu sein. Zur ersten Garnitur gehören. Vielleicht hast du hier eine Möglichkeit, gegen diese burschikose Meute junger Leute.

Sie sind alle jünger als er. Merz hat ihnen Erfahrung und Einsichten voraus. Action, wenn das Zeichen zum Einsatz gegeben wird.

Scheinwerferlicht. Maßarbeit. Journalistischer Einsatz für den Leser oder den Zuschauer. Tod auf offener Straße, damit hat Merz sich einen Namen gemacht. Er war dabei, mit Mikrofon vor dem Mund und dem eilig herbeibeorderten Übertragungswagen vom Funk im Rücken.

Eine sensationelle Reportage. Gangsterkrieg. Und Merz mitten drin. Der einzige Journalist, der vom Ort des Geschehens berichtete und für den Zuhörer sein Leben einsetzte. Gefahr, die für den, der die Reportage aus dem Radiogerät empfängt, keine Gefahr mehr ist.

Action und ein Bericht, in dem sich Haß, Zorn und Tod mischen, wenn das Zeichen zum Einsatz gegeben wird.

Aber die jungen Leute, die da um den Tisch herumsitzen und die Samstagsendung des Regionalprogramms kritisieren, die alles besser machen wollen, die müssen sich erst noch die Hörner abstoßen.

Die müssen erst noch trocken werden hinter den Ohren. Die

schlagen sich noch mit den Illusionen der Dreißigjährigen herum, sorglos, weil sie denken, immer dreißig zu bleiben.

Merz hat das hinter sich. Das, denkt er, ist sein Kapital. Damit wird er hier einsteigen.

Und du schwitzst und rauchst eine Zigarette nach der anderen. Die Kameraführung von Loewe bei der Kaufhauseröffnung war einfach Mist, sagt Pointer und wartet auf Widerspruch.

Loewe, der Kameramann, zuckt die Schultern, meint: Ich hab mich um den Job nicht gerissen, da war nicht mehr rauszuholen, außerdem sitz ich nicht am Schneidetisch. Die besten Bilder wurden verschnitten.

Die Cutterin, eine kleine Blonde, wehrt sich, sie habe auf Anweisung von Götz geschnitten.

Götz sagt: Pointer findet immer was.

Aber Pointer hat recht, sagt Fräulein Schatz, die Sekretärin. Na also – Pointer lacht, hab ich's doch gleich gesagt.

Das nächste Mal nicht aus der Hand filmen.

Götz, der Redakteur, macht einen neuen Vorschlag. Zirkuskinder. Anläßlich eines Zirkusgastspiels, das am Freitag beginnt, will er Artistenkinder filmen. Im Zirkus, auf der Straße und beim Schulbesuch. Wie kommen Zirkuskinder mit dem ständigen Schulwechsel zurecht? Ein echtes Thema für das Regionalprogramm. Niklas sagt: Schöne Story, dagegen ist nichts einzuwenden, nur: Montag fangen die Osterferien an. Und wenn die Zirkusleute am Donnerstag ankommen, werden sie ihre Kinder doch nicht für drei Tage noch zur Schule schicken.

Damit ist das Thema gestorben. Andere Vorschläge werden gemacht. Niklas läßt die Leute reden, läßt sie diskutieren, um dann, wenn sie am Ende sind, ja oder nein zu sagen.

Er bestimmt das Programm, wenn Grasberger nicht anwesend ist. Er entscheidet und die übrigen akzeptieren.

Gegen zwölf Uhr ist die Sitzung beendet und Niklas nimmt Merz mit hinunter in die Kantine.

Essensmarken kaufen wir immer für eine Woche im voraus, sagt er, und Merz kauft. Mittagessen für eine Mark zwanzig.

Gemeinsam mit Niklas stellt er sich an, schiebt ein Tablett an der Theke entlang, läßt sich das Essen daraufstellen, sucht mit Niklas nach einem Tisch.

Die Kantine beginnt sich zu füllen. Gegen ein Uhr sitzen etwa vierhundert Leute in dem großen Raum, die Schlange vor der Essensausgabe wird länger.

Niklas fragt, wie ihm die Sitzung gefallen habe.

Merz reagiert vorsichtig.

Fragen Sie, wenn Sie Fragen haben, meint Niklas, heute hatten wir noch eine besonders ruhige Sitzung. Sonst geht es turbulenter zu.

Warten Sie, bis Crämer wieder da ist, und Grasberger. Crämer verdient sich gerade seinen Brotaufstrich. Wir versuchen alle nebenbei noch etwas in anderen Abteilungen zu machen. Das werden Sie sehr rasch merken.

Nicht nur des Geldes wegen. Janke hat Ihnen sicher gesagt, daß Sie, wenn Sie für andere Abteilungen arbeiten, fünfzig Prozent Haushonorar bekommen. Also die Hälfte vom üblichen Autorenhonorar. Wir machen das auch, um nicht zu einseitig zu werden.

Merz möchte sich noch einen Kaffee vorne an der Theke holen. Niklas hält ihn zurück: Lassen Sie mal, das macht unser Schätzchen besser, für fünfundzwanzig Pfennig, Selbstkostenpreis.

Merz kann selbst beim Essen seine Unruhe nicht unterdrükken. Diese Unsicherheit des Neulings gegenüber einem großen Apparat, den er einmal beherrschen will. Und die Unsicherheit dem jungen Mann gegenüber, der sein Vorgesetzter ist. Merz müßte fragen, möchte aber Selbstsicherheit vortäuschen. Da sitzt einer vor ihm, der hat den Krieg nur als Junge erlebt, der war nicht an der Front und nicht in Gefangenschaft. Der ist mit dem neuen Staat aufgewachsen, ohne Skrupel, ohne Erinnerung an das, was vorher war.

Für Niklas ist der Aufbau der äußeren Welt verbunden mit dem Aufbau seiner inneren Welt. Er kennt keinen Bruch, kein Erschrecken und Verwirrtsein bei einer Rückkehr aus fünfjähriger Kriegsgefangenschaft. Er kennt keine Umkehrung der Werte. Er kennt keine Grausamkeit. Weiß nichts von Brutalität und Not, von Einsamkeit, Verzweiflung und Fantastereien. Fünf Jahre im Lager und nur das Überleben galt. Die Heimkehr, die dann lediglich zu einer geografischen Rückkehr wurde. Als seien die wenigen glücklichen Jahre vorher nicht gelebt worden. Als entspränge die Erinnerung daran einem vagen Wunschdenken. Rückkehr eines Dreißigjährigen, der mit neunzehn in den Krieg und mit fünfundzwanzig in russische Gefangenschaft gezogen war. Rückkehr in eine Republik, für die er sich als Gymnasiast gegen den Widerstand von Lehrern und Eltern eingesetzt hat, in eine Republik, die jetzt so ganz anders aussieht, als er sie sich damals ausgemalt hatte, Rückkehr in ein Gesellschaftssystem, das er nicht kennt, und Rückkehr in ein Land, das schon mitten im Aufbau steht, dessen Menschen sich bereits Positionen geschaffen haben, und du, Merz, kommst da mitten hinein, ehemaliger Offizier, Spätheimkehrer, ein halbes Jahr Jurastudium. Du hast also Abitur, aber keine Ausbildung. Du bist dreißig, ein Alter, in dem andere schon Karriere gemacht haben. Was nach dem Zusammenbruch in Deutschland zu verteilen war, ist 1950 verteilt. Merz muß sehen, wo er unterkommt. Und dieser Hunger nach Leben!

Jetzt, in der Mitte deines Lebens beginnst du erst. Diese Angst, alles versäumt zu haben. Diese Angst zu altern. Diese Angst zu versagen. Und der Wille, hochzukommen.

Ein Alptraum. So, als würdest du laufen, die Verfolger hinter dir. So bist du schon oft gelaufen, bis du dann aufwachst, krank vor Angst, geschwächt und erschöpft, aber glücklich, daß du doch noch entkommen konntest.

Gehen wir? fragt Niklas. Merz nickt.

Sie verlassen die Kantine und fahren mit dem Aufzug zurück in den dritten Stock. In den Redaktionsräumen warten schon einige auf Niklas. Programmpunkte für morgen abend müssen besprochen werden. Die drei Schreibtische sind besetzt. Immer wieder klingelt das Telefon. Auf einem Aktenschrank summt die Kaffeemaschine von Fräulein Schatz, die an der Schreibmaschine arbeitet, das Telefon bedient und gegen fünfundzwanzig Pfennig Kaffee ausgibt.

Merz beobachtet sie, sieht, wie sie sich in diesem Trubel geduldig und freundlich bewegt, ganz ohne Hast und Nervosität. Manchmal streicht sie sich den Rock glatt. Jetzt steht sie wieder an der Kaffeemaschine, gießt eine Tasse auf, gibt Milch dazu, legt zwei Stück Zucker auf den Tellerrand und kommt zu Merz. Sie mögen sicher auch einen Kaffee? fragt sie.

Merz greift nach der Tasse, er freut sich, daß sie an ihn gedacht hat.

Danke, sagt er und sucht in seiner Rocktasche nach Kleingeld, das er immer lose mit sich herumträgt.

Die junge Frau wehrt ab. Heute noch nicht, sagt sie, heute bekommen Sie den Kaffee von mir umsonst, sozusagen als Einstand. Sie lächelt. Merz blickt ihr nach, wie sie zum Schreibtisch zurückgeht.

Nachdem er den Kaffee getrunken hat, beobachtet Merz seine Umgebung. Keiner hat Zeit, sich mit ihm zu beschäftigen, auch Niklas nicht. Zwei Stunden später, gegen sechzehn Uhr, ruft Niklas zu Merz hinüber: Herr Merz, Sie können auch nach Hause gehen, wenn Sie Lust haben. Hier passiert doch nichts Neues mehr, was für Sie interessant wäre.

So entschließt sich Merz, gegen Viertel nach vier Uhr, die Redaktion zu verlassen.

Bis morgen früh, sagt Fräulein Schatz.

Um neun, sagt Merz.

Behutsam schließt er die Tür hinter sich, fährt mit dem Lift nach unten und verläßt das Funkhaus durch die Drehtür, so, wie er heute morgen gekommen ist.

Er hat diesen energischen Optimismus verloren, der ihn noch vor sieben Stunden beim Betreten des Hauses erfüllte.

Du bist müde geworden, eine schmerzliche Müdigkeit nach diesem ersten Tag in einer neuen Stadt und an einem neuen Arbeitsplatz, von dem du dir sehr viel erhoffst.

Er wird zurück zu seinem möblierten Zimmer fahren, vielleicht unterwegs noch etwas essen, in einer Imbißstube, eine Kleinigkeit. Dann wird er, wie gestern Abend schon, in diesem schmalen Zimmer sitzen, Altbau und voller Lärm, weil es auf die Straße hinausgeht. Bett, Tisch, Stuhl und Schrank auf zehn Quadratmetern. Rüschengardinen am Fenster und ein Blumenkorb in Öl über dem Bett. Merz hat weder Radio noch Fernsehen in diesem Zimmer, so ist er dort mit sich allein, ausgeliefert seinem Wunschdenken und der Maschinerie seiner Überlegungen. Er kann sich nicht einfach in seinen Wagen setzen und dreihundert Kilometer zurückfahren zu den vertrauten Rotationsmaschinen. Sein Platz ist besetzt.

Als er ging, rückte jeder der Redakteure eine Stufe weiter, und er, Merz, galt als der Mann mit dem unverschämten Glück, der Mann, der es geschafft hat.

Für seine ehemaligen Kollegen ist er nicht der unbedeutende Neuling, der Anfänger im Regionalprogramm, für sie ist er der Anwärter auf die Abendschauleitung. Er hat es selbst so dargestellt. Diese Trumpfkarte hat er nicht aus der Hand gegeben. Jetzt scheint dir dein Einsatz zu hoch und die Aussicht, dieses Spiel zu gewinnen, sehr gering geworden.

Du hast keine Freunde in dieser Stadt.

Er wird einen Brief schreiben, einen heiter optimistischen Brief an seine Frau, diesen Tag schildern und die nächsten Tage. Er will sich klar werden über den Ablauf der Dinge, über die Entwicklung, die er selbst nimmt.

Seine schmerzliche Müdigkeit wird er verschweigen und schreibt: *Um 16.15 ging ich, weil es nur noch ein sinnloses Herumsitzen war. Morgen soll es besser werden. Hoffentlich dann jeden Tag!*

4

Als Merz sich im Winter 61 zu Verhandlungen mit Dr. Heuschka traf, trat ein Gesprächspunkt immer klarer in den Vordergrund: Ich brauche jemanden, sagte der Bundesbruder, auf den ich mich verlassen kann. Den ich befragen kann über die Vorgänge im Hause.

Merz sagte die Hilfe zu. Eine Hand wäscht die andere.

Merz, der Mann in den Vierzigern, berechnend und schlau geworden, den die Zuversicht seiner Jugend, dieser blinde Mut, nur noch manchmal erfaßt, zum Beispiel dann, wenn er mit einem Mädchen schlafen will und schon im Flur steht, den Mantel ablegt und zu einem Drink eingeladen ist.

Ein stummes Streicheln ihrer Knie bringt ihn seinem Ziel näher. Er spürt die Wärme ihrer Haut und dann greift er zu. Spielt den wilden Mann.

Spielt ihn gut, so, wie er ihn sich vorstellt.

Bis er vom Streicheln der Brüste und dem Abzeichnen des Bauchnabels tiefer gehen soll. Diese Zuversicht der oberen Bereiche, die sich weiter unten verflüchtigt, die einer Gier mit geschlossenen Augen platzmacht. Nehmen, was zu nehmen ist.

Und nehmen können.

Irgendwo, weit weg, die Stimme seiner Mutter.

Die gelben Flecken im Bettlaken. Die schrille Stimme, die schreit. Todsünde und Zeugungsunfähigkeit.

Merz sitzt nachmittags im Kirchenschiff. Auf den Steinfliesen ein Streifen Sonne. Vorne brennen Kerzen und das ewige Licht. Stille und der Geruch von Weihrauch, verwelkenden Blumen und gelöschten Kerzen. Die Frauen gehen noch in dunklen Kopftüchern zur Beichte. Warten einzeln im Kirchenschiff verstreut auf ihren Einsatz. Bis der halbhohe dunkelrote Vorhang am hölzernen Beichtstuhl beiseite geschoben wird, eine Frau gebückt aus der Kniebeuge aufsteht und zurück in die Bank geht.

Dann das enge Maschennetz des Sprechgitters vor dem Mund, der Geruch von Holz, Schweiß und Unbestimmbares aus irgendwelchen Kölnischwasserflaschen. Undeutlich das Gesicht des Priesters, seine gefalteten Hände, die Stola darübergelegt, die er in der Beuge zwischen Daumen und Zeigefinger festklemmt, sein Ohr. Das Ohr ganz nah. Die Sünden, die er anhört, erfragt und vergibt. Zehn Vaterunser, fünfmal den Rosenkranz und drei Ave Maria.

Der Junge sitzt zwischen zwei Frauen. Diese dicke Frau, die seine Mutter ist, dieser Fleischberg will ihn ersticken. Er hat Angst. Das kleine Glied in der Hose und die große Verdammnis im Nacken. Wenn er sich erinnert, erinnert er sich immer daran, daß er jeden Abend vor dem Zubettgehen vor seiner Bettstelle kniet und für Vater und Mutter betet, für ein reines Herz. Jetzt hat sie entdeckt, was er tut, wenn sie das Licht gelöscht hat und in die Küche zurückgegangen ist. Die Schwester, zwei Jahre jünger als Merz, schläft sofort. Der Junge liegt wach. Erst hat er die Hände schützend über sein Glied gedeckt, dann hat er gelernt, daß Reibung Wärme erzeugt und später den Erguß.

Gepeinigt von höllischer Angst und entsetzlicher Freude, tut er es immer wieder. Voller Scham wäscht er morgens in der Schule das befleckte Taschentuch aus. Weiß nicht, wohin mit dem feuchten Lappen, steckt ihn zurück in die Hosentasche und hofft, daß er mittags trocken ist.

Aber sie hat es entdeckt. Sie hat fürchterlich geschrien, sie schreit gern, und hat ihm entsetzliche Folgen ausgemalt, Siechtum, Impotenz und Tod. Dann nahm sie ihn mit zur Beichte.

Ego te absolvo, sagt der Priester mit dieser seltsam hohlen Stimme hinter dem Gitter und Merz starrt auf sein Ohr, die Muschel und ganz dunkel und klein der Gehörgang.

Mittwochnachmittag sitzen die Mutter und der Herr Pfarrer in der Küche.

Sie haben die Tür hinter sich geschlossen. Auf dem viereckigen Tisch liegt eine frische Tischdecke, Blumen stehen in der hellblauen Vase, daneben der Kuchen, den die Mutter gebacken hat und eine dickbäuchige Kanne voller Kaffee. Sie hat ihm den Platz auf dem Sofa angeboten, auf dem manchmal ein Besuch schlafen darf.

Merz steht draußen vor dem Haus, auf dem untersten Treppenansatz. Gedemütigt und voll verzweifeltem Schmerz. Da drinnen reden sie über ihn, über die Schande, die der Junge seinen Eltern macht.

Unschlüssig hüpft der Junge die Treppenstufen zum Eingang der elterlichen Wohnung hinauf und wieder hinunter. Er soll hier warten. Er darf sich nicht von der Stelle rühren, hat die Mutter gesagt. Er solle beten, das gäbe ihm Kraft. Alle Jungen, die onanieren, sind schwächlich und krank, so werde es ihm auch gehen. Deshalb müsse ein Ausweg gefunden werden.

Dann entschließt er sich, um das große Haus herumzugehen bis unters Küchenfenster. Vielleicht hat sie das Fenster offen gelassen, vielleicht kann er etwas erlauschen.

Sie bewohnen im rückwärtigen Teil des herrschaftlichen Hauses, einer Villa aus der Gründerzeit, die von einem großen, mit Wald bestandenen Park umgeben ist, die Hausmeisterwohnung. Der Vater geht jeden Morgen ins Amt, er ist Portier im Rathaus, die Mutter hält als Hausmeisterin das Haus in Ordnung. Die Fenster der oberen Stockwerke sind mit schweren Vorhängen verhängt. Nur manchmal kommen die Eigentümer auf einen Ferienbesuch hierher.

An diesem Nachmittag haben die Mutter und der Herr Pfarrer einen Ausweg gefunden. Wenige Tage später kommt ein junges Mädchen vom Land in die enge Wohnung. Sie schläft auf der Couch in der Küche und hilft der Mutter im Haus. Eine Praktikantin, sagt die Mutter, sie soll den Haushalt erlernen und kostet nichts. Das Mädchen ist vierzehn, nicht älter als Merz, aber sie hat schon einen ansehnlichen Busen und einen runden Popo. Wenn sie in der Küche zwischen dem Herd und den Schränken hin- und herläuft, wackelt sie mit den Hüften.

Sie soll dich auf andere Gedanken bringen, sagt die Mutter. Der Junge ekelt sich, spürt tiefe Abscheu, weil für ihn die Liebe noch eine ganz andere Sache ist, ein Traum von Reinheit irgendwo in einem ganz hellen Licht, das weit entfernt ist. Jetzt verachtet er seine Mutter, die ihm das Mädchen zutreibt, die laut lacht, den Arm um das Mädchen legt oder ihr leicht auf den Hintern schlägt, wenn der Junge in der Küche ist. Das Mädchen wird rot und schämt sich, und der Junge schämt sich für seine Eltern.

Er beginnt, ihr das Wasser von der Pumpe im Garten zu holen, das Brotmesser aufzuheben, wenn es ihr aus der Hand fällt, oder er hält ihr, ganz Kavalier, die Tür auf, wenn sie beide dort zusammentreffen. Manchmal riskiert er einen kurzen Blick auf ihre Augenpartie, sieht das Mädchen lachen, sieht überquellende Lebenskraft, Freude am Schabernack und am Spiel. Ganz selten einmal Angst und Trauer in ihren Augen, Ratlosigkeit, wenn die Mutter sie anschreit oder ihr eine kräftige Ohrfeige gibt.

Dann erwacht in ihm die Kumpanei. Das Gefühl von Gemeinsamkeit mit dem Mädchen, das, wie er, eine Gefangene in dieser engen Wohnung ist. Küche und Schlafzimmer, und täglich der Geruch von gekochtem Gemüse.

Er hat Mitleid mit ihr. Aber es ist nicht das gleiche Mitleid, das er empfindet, wenn sein Vater nach Hause kommt und sich seiner Frau unterwirft, wenn er abends im abgedunkelten Schlafzimmer der Eltern liegt und Lärm aus der Küche hört, Schreie und Schläge, und es ist der Vater, der die Schläge einsteckt. Er hat nie den Versuch gemacht, dem Vater zu helfen, aber dem Mädchen hilft er. Zum ersten Mal trotzt er der Mutter, dieser mächtigen, viereckigen großen Person, mit dem breiten Gesicht der Bauernmädchen vom Bodensee und einem blauen Muttermal auf der Oberlippe.

Er stellt sich zwischen die Hiebe, die die Mutter mit der erhobenen flachen Hand austeilt und das Mädchen.

Später kommt er einmal aus der Schule zurück, mittags, gegen halb zwei, und das Mädchen sitzt in der Küche, die eine Gesichtshälfte angeschwollen, die Augen rot und dick und verweint, und da legt der Junge zum ersten Mal den Arm um sie. Spürt die Wärme, die von ihren nackten Schultern ausgeht. Berührt ihre Haut.

Jetzt ist es nicht mehr das Mädchen, das ihm die Mutter zugetrieben hat, es ist mehr, es ist viel mehr, denkt Merz und versucht einen ersten zaghaften Kuß, mitten in die Haare hinein, es kitzelt und riecht nach Küche, aber er glaubt daran, glaubt, daß er dieses Mädchen liebt. Daß sie beide sich Zuflucht sein können. Davon darf die Mutter nichts wissen.

Heimlich lassen beide ihre Freundschaft wachsen, die noch nichts mit körperlichem Kontakt zu tun hat. Heimlich halten sie sich an den Händen und versuchen erste Küsse, die noch nichts mit Küssen zu tun haben. Kinderspiele noch.

Erst ein halbes Jahr später, es ist Hochsommer geworden, und sie sind sonntags gemeinsam zum Baden gegangen, ist das erste Verlangen da, ausgelöst durch das Mädchen, das seine Hand auf die Badehose des Jungen legt und ihn ansieht, nichts sagt, nur auffordernd ansieht.

Mit geschlossenen Augen, unter sich Waldboden und Ameisen, eine unerträgliche Hitze und Mücken in der Luft, Schweißausbrüche auf dem Körper, so nähern sie sich einander an diesem Nachmittag. Merz unsicher und verzweifelt, weil er an die Rolle seines Vaters erinnert wird und nicht weiß, wie er es wirklich machen soll.

Getrennt gehen sie nach Hause. Zuerst das Mädchen, das sich den Rock dauernd glatt streicht und die Haare in den Nacken zieht. Dann der Junge. Glücklich und zufrieden. Mit ausgebreiteten Armen möchte er ihr nachstürzen. Die Schwerkraft ausschalten. Ein Traumtänzer. Leuchtende Farben und der Geruch von blühenden Apfelbäumen. Er läuft.

So erreicht er den rückwärtigen Eingang des Grundstücks, eine kleine eiserne Gartenpforte, dahinter der Geräteschuppen, an dem er vorbeigehen muß, um das Haus zu erreichen. Die Sonne ist untergegangen und die Dämmerung hat eingesetzt.

Der Junge pfeift vor sich hin, als die Mutter plötzlich hinter dem Schuppen vorspringt, ganz entsetzlich, furienhaft, dunkel und gewaltig. Sie hält die Hundepeitsche in der Hand, die, die im Schuppen schon immer an der Wand gehangen hat. Sie kreischt: Du Hurenbock, dir werde ich's austreiben! Dann wird der Junge vom Peitschenriemen im Kreis herumgetrieben.

Sie faßt ihn am Nacken, reißt ihm das dünne Sommerhemd vom Oberkörper, schlägt weiter, schreit und schlägt, bis er vor ihr zusammenbricht, ein Bündel Elend, heulend, tränen- und blutverschmiert, blaue Striemen auf Rücken und Brust.

Ein Verrat, den er lernen wird, um dieser Frau zu entkommen, um nicht die Rolle des Vaters zu übernehmen.

Listig wird er sich durch den Rest seiner Kindheit schlagen, ohne unerwartete Schläge einstecken zu müssen. Die Schläue, die ihm das Leben abverlangt.

Nehmen, was zu nehmen ist.

Er versteht, was ihm der Bundesbruder sagen wollte, was ihm, Merz, dem Mann in den Vierzigern, abverlangt wird. Er wird als Zuträger eingestellt. Als einer, der den Verrat übernimmt in der Hoffnung, dann, wenn er selbst mächtig geworden ist, sich dafür schadlos zu halten. Das alles abzuschütteln und zurückzufinden in die Unbescholtenheit des hochaufgeschossenen, blonden Jungen, der mit einem Mädchen baden geht, weil er glaubt, das sei der Traum von Liebe und Zuflucht.

5

Am nächsten Morgen läßt er sich gegen sieben Uhr wecken. Die Wirtin klopft ihn aus dem Bett. Eine alte Frau, Witwe, dick und mürrisch. Merz steht auf, müde und abgespannt, mit Rückenschmerzen und kalten Füßen.

Diese Betten, denkt er, es ist immer dasselbe. Zudecke und Bettstelle sind zu klein für ihn. Zugeschnitten für Menschen, die nicht größer sind als einen Meter siebzig. Fünfzehn Zentimeter zu wenig für Merz.

Ich werde die Wirtin um eine Wolldecke bitten.

Er geht in das dunkle Bad nebenan, in dem eine Zinkbadewanne und ein Kohleofen stehen, um sich zu rasieren. Und während die alte Frau in der Küche das Frühstück zubereitet, läuft er hinunter auf die Straße, zum Kiosk an der Ecke und kauft sich die Morgenausgaben der Zeitungen dieser Stadt.

Merz ist entschlossen, heute einen ersten Vorstoß zu machen, einen Versuch, sich in die Redaktion einzugliedern. Deswegen sucht er nach Ideen, durchforscht den Regionalteil der Tageszeitungen nach Stories, wie sie es gestern in der Redaktionskonferenz nannten, nach Stories, aus denen sich kleine Abendschaufilme machen lassen.

Als er gegen neun Uhr die Redaktion im Funkhaus erreicht, ist neben Niklas auch Grasberger, der Abendschauleiter, anwesend. Grasberger, ein untersetzter Mann, Mitte dreißig, nervös und hektisch.

Er begrüßt Merz und wendet sich dann wieder Niklas zu, der ihm von der gestrigen Programmsitzung erzählt.

Kurz vor zehn Uhr versammelt sich die Redaktion. Diesmal sitzt Merz nicht mehr neben Niklas. Er wird auch nicht mehr vorgestellt und nur wenige der Kollegen scheinen ihn zu bemerken. Pointer, dem heute die Haare in die Stirn hängen, und der einen übernächtigten Eindruck macht, nickt Merz zu.

Vorbereitungen für die Sendung an diesem Abend werden besprochen.

Für Donnerstag fehlt uns noch eine aktuelle Story, sagt Grasberger und nun springt Merz ein, springt mit beiden Füßen in die Szene, sein Stichwort ist gefallen, und er läßt sich die Chance nicht entgehen:

Ich hätte einen Vorschlag, sagt er, gestern haben einige Uni-Professoren eine Pressekonferenz über ihren Besuch an der Uni in Leipzig gegeben. Daraus ließe sich doch eine Story machen. Vielleicht könnten wir den einen oder anderen der Professoren dazu bewegen, vor der Kamera über ihren Besuch und ihre Erfahrungen zu berichten. Ich glaube, der Zuschauer hier im Westen ist stark interessiert an Informationen über den abgetrennten Osten. Vor allem auch deswegen, weil die Informationen nur spärlich fließen und hier hätten wir eine Informationsmöglichkeit aus erster Hand.

Die Kollegen hören zu und sehen Merz an, als säße er erst jetzt mit ihnen um den Tisch. Pointer läßt unentwegt seinen Kugelschreiber ein- und ausschnappen.

Herr Merz hat seine erste Idee, stellt er zynisch fest. Ich finde sie nicht schlecht, kontert Niklas.

Grasberger meint: Sie ist zumindest überlegenswert. Mal sehen was sich machen läßt. Sie sollten aber, Herr Merz, zuerst einmal den ganzen Betrieb hier kennenlernen, vor allem die Technik, ehe Sie selbst an eine Story herangehen. Vielleicht wäre es ganz gut, wenn Sie nach der Sitzung mit Herrn Niklas einmal in unsere Studios fahren und ihm bei der Arbeit zuschauen. Herr Niklas bereitet gerade einen Zehn-Minuten-Film vor.

Niklas sagt, er nähme Merz gerne mit, und Merz steckt seinen Ideenzettel zurück in die Rocktasche. Die Idee sei nicht schlecht, hat Grasberger gesagt.

Du hast Fuß gefaßt, denkst du. Der erste Schritt ist gelungen. Gegen elf Uhr ist die Redaktionssitzung beendet.

Niklas fährt mit Merz in einem Caravan des Funkhauses hinaus zu den Studios.

Jeder Redakteur, erfährt Merz, der einen Wagen des Funkhauses, also einen Dienstwagen fahren will, muß dazu einen Erlaubnisschein haben. Merz solle darum einreichen, da der Eingabeweg, um eigene Benzinkosten rückerstattet zu bekommen, sehr bürokratisch und langwierig sei.

Das Studiogelände draußen vor der Stadt ist mit Schlagbaum und Pförtnerhaus abgeriegelt. Der Pförtner kennt Niklas und hebt den Schlagbaum, sobald der Wagen heranfährt.

Ein weitläufiges Gelände. Schmale, geteerte Wege, von Rasenflächen durchsetzt, führen zu den niedrigen und langgestreckten Gebäuden, die an Baracken erinnern und verstreut um einen einzigen, sechsstöckigen Gebäudekomplex gruppiert sind. Hier sind die großen Studioräume untergebracht.

Eine riesige Halle voller Gestänge, Fabrikhalle für die Produktion, nebenan kleinere Aufnahmestudios und einige Schneideräume, verbunden mit Regieräumen.

Niklas fährt zu Baracke fünf. Ein langer, enger Gang, ausgestattet mit schallschluckendem Material, rechts und links schwere, gepolsterte Türen, über manchen leuchtet das rote Schild „Achtung Aufnahme".

Fräulein Mirbach, die Cutterin, wartet bereits auf Niklas. Merz kennt sie, sie hat sich gestern gegen die Vorwürfe von Pointer verteidigt. Ganz jung noch.

Nettes Mädchen, denkst du, und nicht unintelligent.

Niklas weist Merz einen Stuhl neben dem Schreibtisch zu.

Die Mirbach hat die Filmrolle bereits eingelegt.

Filmmaterial im Rohschnitt. Heute soll der Feinschnitt ausgeführt werden.

Niklas hat ein schriftliches Konzept mitgebracht, das er dem Mädchen erklärt. Sein Schnittplan.

Er erläutert ihr die Gesamtlänge des Films und die Länge der einzelnen Einstellungen. Sie findet sich rasch zurecht. Läßt den Film anlaufen, der auf einem kleinen Bildschirm, dem Monitor, erscheint.

Niklas sitzt neben ihr, gibt einige Anweisungen, die das Mädchen mit Kopfnicken registriert. Sie arbeitet rasch und ohne Schwierigkeiten, spult das Filmmaterial vor- und zurück, schneidet mit Knopfdruck, zieht überflüssiges Material aus der Rolle heraus, kappt es und läßt es neben sich auf den Boden fallen, ehe sie die beiden Enden wieder zusammenfügt.

Nach zwei Stunden häuft sich ein Gewirr schwarzer Zelluloidstreifen neben ihrem Stuhl.

Schluß für heute, sagt Niklas. Den fertigen Film sehe ich mir morgen an.

Zwei Stunden lang war Merz stummer Zuschauer, hat begriffen, wieviel Material nötig ist, um eine gute Filmauswertung zu haben, welche Betonungen Niklas setzt, wie er das Mädchen am Schneidetisch behandelt.

Du mußt dich gut stellen mit der Technik, das hat Merz schon beim Funk gelernt. Hier muß ihn nicht nur die Tontechnik anerkennen, auch die Kameraleute müssen den Eindruck gewinnen, daß er, Merz, für voll zu nehmen ist, daß er Leistung bringen kann, daß er gute Arbeit macht.

Gemeinsam gehen sie essen. Merz erfährt, daß Niklas bis Anfang der 50er Jahre als Sohn jüdischer Emigranten in England lebte. Ein persönliches Gespräch. So, als wolle er um das Vertrauen des Älteren werben. Und Merz beginnt zu fragen.

Darauf hat Niklas gewartet und gibt geduldig Antwort, erklärt die Dinge ganz selbstverständlich, als bemerke er die Merz'sche Unsicherheit nicht.

Morgen, sagt er, unterlege ich das Bildmaterial mit Text. Bis auf die drei Kurz-Interviews, die der Film enthält, wird der Text von mir mit der Stoppuhr geschrieben. Das bedeutet, ich stoppe beim Durchlauf der einzelnen Einstellungen die Zeit ab und texte dann nach Sekunden.

Wird der Text auf Band aufgenommen? fragt Merz.

Meistens ja, bestätigt Niklas. Manchmal liegt er aber auch abends bei der Sendung im Manuskript vor unserem Sprecher, der die Nachrichten der Abendschau spricht. Augenblicklich geht die Tendenz immer mehr dahin, daß wir unsere Texte selbst sprechen, weil wir der Ansicht sind, daß unsere beiden Sprecher den Text zu sehr herunterleiern. Das ist Ansichtssache. Schlimmer sind die Pannen, die beim sogenannten Live-Sprechen abends passieren.

Loewe, der Kameramann, holt sie in der Kantine ab. Er hat einen jungen Assistenten dabei, einen Ungarn, wie Loewe später im Wagen erzählt, 1956 geflüchtet. Das schwere Gerät, Kamera- und Tonausrüstung, Kabel und Lampen im Heck des Caravans, fahren sie in eine der kleinen vorgelagerten Industriestädte. Dort sollen sie einen neuen Fertighaustyp aufnehmen.

Dabei geht es wohl mehr um Anschauungs-, also Bildmaterial? fragt Merz, der mit dem jungen Ungarn hinten im Wagen sitzt. Niklas und Loewe lachen. Loewe sagt: Wenn's unseren Programmdirektor Janke nicht gäbe, hätten Sie recht, Herr Merz. Merz versteht das nicht.

Die Sache ist so, erklärt Niklas, Janke hat Anweisung gegeben, daß wir zum einen den Bürgermeister der Stadt und den Architekten interviewen, zum anderen den Firmennamen deutlich ins Bild bringen.

Werbefernsehen, sagt Loewe.

Niklas zuckt mit den Schultern: Wir sind nicht schuld daran, sagt er, das liegt am Rundfunkrat. Meistens sind es Interessen eines Rundfunkratsmitgliedes, die in solchen Filmen berücksichtigt werden. Wir müssen mindestens einmal im Monat, wenn nicht sogar öfters, einen solchen Zweckfilm drehen.

Loewe, der am Steuer sitzt, sagt sehr heftig: Diesmal ist es nicht der Rundfunkrat, Niklas, das weiß doch jeder. Janke hat ein solches Fertighaus als Morgengabe versprochen bekommen, wenn er diesen Film richtig lanciert. Wir sollten uns nichts vormachen.

Sie haben die Hochhaussiedlung am Stadtrand hinter sich gelassen, eine breite Alleestraße führt ins freie Land hinaus. Einige Kilometer weiter beginnen die langgezogenen Obstbaumplantagen. Noch blühen die Bäume nicht, aber die Wiesen sind schon mit fettem Grün durchsetzt.

Loewe tritt aufs Gaspedal, durchfährt die Kurven der Landstraße mit achtzig Stundenkilometern und quietschenden Reifen.

Das ist doch Schleichwerbung, sagt Merz.

Sicher, sagt Niklas.

Was sagt er? fragt Loewe.

Schleichwerbung!

Loewe tritt noch etwas energischer aufs Gaspedal. Warum nicht? fragt er.

Ich denke, sagt Merz, das ist verboten?

Richtig, Herr Merz, antwortete Loewe.

Er nimmt die rechte Hand vom Steuerrad, schnippt mit Daumen und Zeigefinger: Na und? Hier haben wir es mit massiven Einzelinteressen zu tun.

Kann man sich als Redakteur denn nicht weigern? Dazu braucht's doch nur etwas Zivilcourage! Merz wagt einen Vorstoß.

Loewe dreht den Kopf nach hinten: Meinen Sie?

Niklas bittet ihn, doch wieder auf die Straße zu sehen und Loewe nimmt im letzten Augenblick eine Kurve, die er fast übersehen hätte.

Sie müßten doch wissen, sagt er sehr laut und ein wenig verbittert, wie viele auf die ganz große Gelegenheit warten, bei uns einsteigen zu können. Wer sich auflehnt, wird in der Redaktion nicht mehr gebraucht, Ersatz findet sich schnell.

Starjournalisten, die man nicht feuern kann, weil sie zu gut sind, gibt es bei uns nicht, sagt Niklas.

Zivilcourage! Loewe schüttelt den Kopf, wenn es ums tägliche Brot geht. Sowas gibt's hier nicht!

Die ersten Industrieanlagen tauchen auf. Zementfabriken. Und plötzlich ist die Landschaft mit einer weißen Staubkruste überzogen. Erstickte Erde.

Die Wohngebiete schließen sich weiter entfernt an.

Auch hier sind Gärten und Häuser noch wie mit Mehlstaub beschlagen. Sie durchfahren die Altstadt. Von Feuchtigkeit durchzogene Hausfassaden springen aus den Überresten der Stadtmauer hervor. Die Tordurchfahrt ist eng und unübersichtlich. Dahinter die Straße der Großbürgerhäuser, der Marktplatz und die Pestsäule. Seitdem die Stadt Industrieansiedlung heranzieht, den Konzernen billiges Bauland verschafft, hat sie sich sehr rasch ausgebreitet. Hat sich wie ein Rauchpilz über die Felder verteilt. Ab und zu steht noch ein Bauernhof zwischen den niedrigen Siedlungshäusern. An der Stadtperipherie aber wächst schon eine Hochhaussiedlung neben der Schnellstraße empor. Zehn Hektar Wald wurden dafür gerodet. Auf der anderen Seite der Schnellstraße liegt, ins Gehölz hineingeworfen, die Fertighaussiedlung. Propre kleine Häuschen, die später Vorgärten und Blumenbeete haben werden.

In zwei Wochen ziehen die ersten Bewohner ein.

Loewe stellt den Wagen auf der großen Baumaterialsammelstelle ab.

Auf der anderen Seite des Platzes parken bereits zwei schwere Wagen, und als er den Motor abstellt, kommt eine Gruppe dunkelgekleideter Leute auf sie zu.

Sie sind vom Fernsehen? fragt einer.

Niklas erkennt den Bürgermeister, stellt sich vor und nennt die Namen seiner Mitarbeiter, während der Kameraassistent die Hecktür des Caravans geöffnet hat und die Geräte herausnimmt. Niklas wird auf die Namensnennung der Firma hingewiesen und einigt sich mit dem Bürgermeister auf ein Interview unter der Haustür und mit dem Architekten in einer Totalaufnahme, das Haus in voller Größe als Hintergrund.

Die mitgebrachten Scheinwerfer werden für die Innenaufnahmen in einem der Häuser benötigt. Merz hilft dem Assistenten, sie hineinzutragen, Steckkontakte zu suchen, während Loewe nach Motiven sucht. Damit die elektrische Leitung nicht durchschmort, weist er den kleinen Ungarn an, eine stärkere Sicherung dazwischenzuschalten.

Die Vorbereitungsarbeiten dauern eine Stunde. Motive werden ausgeleuchtet, die Belichtungszeit gemessen, das Mikrofon muß für die Interviews ausgerichtet werden, und Loewe macht einen Probedurchlauf, zieht die leere Kamera vom Eingang durch den Flur in das geräumige Wohnzimmer, um Einstellung und eventuelle Nahaufnahmen zu prüfen. Merz begreift: So kann man seine Vorstellungen schon jetzt korrigieren, ohne Filmmaterial zu vergeuden.

Da ihnen heute kein Tonmann zur Verfügung steht, wird der Kameraassistent diese Funktion übernehmen müssen, während sich Merz im Hintergrund hält, sich zur Gruppe von Bürgermeister und Bauunternehmer schlägt, um vielleicht einiges über das persönliche Interesse seines Programmdirektors an diesem Film zu erfahren.

6

Nichts macht ihn neugieriger, als Dinge zu erfahren, die eigentlich nicht zu erfahren sind.

Das macht Spaß.

Das ist der eigentliche Spaß, den er an diesem Beruf hat, in den er zufällig hineingeraten ist.

Da war 1950 das Angebot eines Freundes gewesen, der nach dem Krieg Macht und Einfluß gewonnen hatte und als einer der ersten Chefredakteur einer lizensierten Illustrierten wurde.

Was konnte Merz schon ausrichten mit einem Semester Jurastudium, Kriegseinsatz und Gefangenschaft? Ein Abschluß des Studiums war nicht möglich. Merz hatte Familie. Ein Vorwand, den er sich selbst gern vorschob. Er wollte nicht mehr zurück zur Universität, er wollte dieses Leben nicht noch einmal von vorne beginnen. Also nahm er das Angebot an.

Sehr bald entdeckte er, was ihm in diesem Beruf Vergnügen bringen konnte. Abenteuerlust und Draufgängertum, die Illusion vom schnellen Reporter, der Dinge aufdeckt, die andere verschweigen, blinder Mut und Freude daran, die Umwelt zu schokkieren, das waren die alten Merz'schen Eigenschaften, die er nun aus dem Trümmerfeld seines früheren Lebens wieder herauszog und voll einsetzte. Eine motorische Schubkraft, die ihn vorwärtstrieb. Hatte er früher wehmütige Lyrik geschrieben, schrieb er nun harte Reportage und lernte mit einer Kameraausrüstung umzugehen. Du machst dir Feinde, sagte sein Freund.

Mir geht es darum, Dinge zu sagen, die andere nicht sagen, antwortete Merz, wobei es mir nicht auf die Dinge ankommt, sondern auf das Sagen.

Du opponierst aus Freude an der Opposition.

Das war schon immer so. Das ist Merz.

Wenig später nahm er seinen gefährlichsten Auftrag an. Eine Idee des mächtigen Freundes, die keiner der Kollegen ausführen wollte. Merz griff sofort zu.

Du riskierst dein Leben.

Das wußte er. Darauf nahm er keine Rücksicht.

Fremdenlegion, das war eine Sache, die seinen ganzen Einsatz forderte.

Das begeisterte ihn. Das brachte ihm die wilde Freude, die er brauchte wie eine Droge.

Er kannte die Cafés, in denen die Werber verkehrten. Merz läßt sich ansprechen. Merz sagt, er habe keinen Job. Warum nicht?

So läßt er sich anwerben. Vereinbart Zeit und Ort eines Treffs und verläßt gegen Morgen die gemeinsame Wohnung. Gibt den üblichen Kuß an die Frau, und geht.

Die Redaktion hat er abends noch verständigt. Sie schicken den Fotografen hinter Merz her. Falsche Papiere haben sie ihm schon vor einer Woche besorgt, als er sagte, nun wolle er mit dem Auftrag ernstmachen.

Gemeinsam mit einer Gruppe junger Leute wird Merz zum Auffanglager der Legion transportiert. Durchläuft die Aufnahmeformalitäten ohne Schwierigkeiten und läßt sich in eine der Baracken einweisen.

Er hat einen Vertrag auf fünf Jahre unterschrieben.

Vier Wochen Vor-Ausbildung, dann die Verschickung. Irgendwohin. Keiner weiß, wo es hingehen soll. Algerien, das ist ein Schlagwort im Lager.

Hier ist es nicht anders als in anderen Lagern. Kriegsgefangene, streng bewacht und jede Fluchtmöglichkeit wird von einem starken Stacheldrahtverhau und den nächtlichen Patrouillen abgeschnitten.

Fünf Jahre. Und wenn du hier nicht mehr rauskommst, wirst du als Legionär elend zugrundegehen.

Merz spielt mit dieser Möglichkeit. Es macht ihm Spaß, in einer wirklichen Gefahr zu stecken. Auch, wenn er weiß, daß er in einer Woche versuchen wird, zu fliehen. Zeitpunkt und Ort sind mit dem Fotografen vereinbart. Er wird Merz aufnehmen. Einen schlanken, blonden jungen Journalisten, der ein Loch in den Stacheldraht geschnitten hat, am hellen Tag, mittags, wenn es heiß ist und fast alles müde, der als einziger der Verzweiflung des Lagers entkommt, unterm Hemd Zettel voller Aufzeichnungen. Der dann die Reportage seines Lebens schreibt. Eine Reportage, für die er sein Leben eingesetzt hat, die bisher noch keiner geschrieben hat.

Irgendwoher, aus den Requisiten der Lagerleitung, hat er sich eine Gitarre besorgt. Merz spricht ausgezeichnet Französisch, das kommt gut an. Das bringt Ansehen bei den französischen Offizieren, die die Ausbildung überwachen. Merz hat die Taktik des Kollaborierens mit der Lagerleitung in Rußland gelernt und wendet sie hier an.

Schafft innerhalb von zwei Tagen Vertrauen. Zwar unterwirft er sich den strengen Regeln des Lagers und der Ausbildung, zeigt sich willig und gewandt, versteht es aber, sich unentbehrlich zu machen.

So fungiert er vierundzwanzig Stunden nach seiner Einlieferung bereits als Dolmetscher für einen der Offiziere, der kein Wort Deutsch versteht. Organisiert auf diese Weise Extrarationen, Zigaretten und Schokolade, die er wiederum an seine Barakkengefährten weitergibt, um ihr Vertrauen zu erwerben.

Auf diese Weise lernt er das skrupellose Geschäft mit Menschenmaterial und die Verzweiflung, den Trotz und die Angst der Lagerinsassen kennen. In unbeobachteten Augenblicken macht Merz Notizen. Sitzt am Rand des Geländes, in der Nähe des Stacheldrahtverhaus, Zettel auf den Knien und schreibt Gesprächsfetzen nieder, weiß, daß ihn der Kollege von draußen aufnimmt, ein Teleobjektiv zwischen den Büschen. Merz liebt die Gefahr. In diesen Augenblicken fühlt er sich ganz stark.

Abends sammelt er seine Schlafgenossen vor der Baracke. Da sitzen sie in der warmen Augustnacht, rauchen, Merz spielt Gitarre und dann beginnen sie zu singen. Die alten Wanderlieder. Für jeden eine andere Erinnerung.

Später erzählen sie, und Merz hört zu. Menschen, die am Krieg zerbrochen sind, die sich nach ihrer Heimkehr nicht wieder zurechtfinden konnten, Gescheiterte, mit dem Gesetz in Konflikt geraten, Flüchtlinge und junge Leute, die Abenteuerlust, Fernweh oder die Illusion von kämpferischer Männlichkeit hierher gebracht haben.

Kaum einer begriff, daß es die Fremdenlegion ist, die ihn anwarb. Das entdeckten sie erst, als sich die Lagertore endgültig hinter ihnen schlossen.

Damit hat für jeden der erbarmungslose Kampf ums Überleben eingesetzt.

Merz trifft wenige, die gar kein Interesse am Überleben haben. Viele, die ihre Verzweiflung wahnsinnig zu machen droht. Er wird darüber berichten. Er wird diese Verzweiflung hinausschreien.

Er will die Behörden zwingen, etwas gegen die Anwerber zu unternehmen. Aber Merz wird flüchten und keinen mitnehmen.

Er wird sie alle zurücklassen.

Er weiß, was ihnen bevorsteht, aber er kann ihnen nicht mehr helfen. Er kann nur versuchen, diejenigen zu schützen, die nach ihnen kommen.

Den Werbern mit ihren Methoden das Handwerk legen.

Sonntag nachmittags sitzt Merz am Rande des Geländes. Es ist heiß und die Wachen dösen im Schatten einer Baracke. Sie haben sich daran gewöhnt, daß Merz außerhalb ihres Gesichtskreises irgendwo in der Sonne sitzt. Er gehört zu denen, die am wenigsten Schwierigkeiten machen.

So gelingt es ihm, unbemerkt näher an den Drahtverhau heranzurutschen, durchschneidet vorsichtig den Stacheldraht mit einer Drahtschere, die ihm der Kollege von draußen hereingeworfen hat. Dann wartet Merz, bis der Fotoapparat in Anschlag gebracht ist, ehe er durch das Loch in der Umzäunung schlüpft.

Ohne die Fotos würde keiner die Geschichte glauben. Merz macht eine Illustriertenstory daraus und wird zum Feind der Fremdenlegion.

Bereits wenige Tage nach der ersten Teilveröffentlichung erhält er seine ersten Drohbriefe. Warnungen, die Merz in den Wind schlägt.

7

Als Merz abends in sein möbliertes Zimmer zurückkehrt, die Tür hinter sich geschlossen hat und eine Zigarette rauchend auf dem Bett sitzt, ist wieder diese schmerzliche Müdigkeit da. Fast möchte er aufgeben. Zurücklaufen in die vertraute Atmosphäre restaurativer Redaktionsräume.

Ich an Ihrer Stelle würde mich nicht in diese internen Angelegenheiten einmischen, hat Loewe warnend auf der Rückfahrt gesagt. Das war, als Merz erzählte, er habe nicht den Eindruck, daß hinter dem Film, den sie heute nachmittag gedreht haben, private Interessen von Janke stünden.

Ich habe mich mit dem Bürgermeister und dem Architekten darüber unterhalten, berichtete Merz.

Niklas sah Merz erstaunt an. Und Loewe warnte. Merz solle doch nicht so naiv sein und annehmen, dieses Gespräch würde nicht an Janke weitergeleitet.

Was er mit seiner Journalistenethik denn eigentlich wolle, fragte Loewe. Das sei doch irreal. Die Wirklichkeit registrieren, das sei wichtig und im gegebenen Augenblick etwas unternehmen, dann aufdecken.

Merz fragte nicht mehr, wann denn der Augenblick gekommen sei, zu entlarven. Loewe hat die Angst des Neulings geweckt. Hat ihn in ein Treibnetz geworfen, aus dem er sich verzweifelt zu befreien sucht.

Eigentlich war er sehr guter Dinge, zumindest befriedigt gewesen, als er ins Auto stieg, neben den Ungarn auf den Rücksitz rutschte. Er hatte auf eigene Faust recherchiert und hielt nun die Andeutung in der Hand, daß Verflechtungen zwischen Bürgermeister, Architekt und Baufirma bestehen. Daß eine Abhängigkeit des Funks vorhanden ist. Aber Niklas und Loewe reagierten überraschend gehetzt. Ihm schienen sie verängstigt.

Wir sind kein Idealistenverein, damit müssen Sie sich abfinden. Wir sind weder Aufklärer noch Missionare. Die Politik wird von oben gemacht, sagte Loewe und fuhr dann wortlos zurück in die Stadt.

Der gleiche Loewe, der noch vor wenigen Stunden dem Bürgermeister konterte: Sekretärinnen mit nach Japan zu nehmen ist dasselbe, wie Käse in die Schweiz tragen! Er lachte, als der Bürgermeister redlich versuchte, den Scherz anzunehmen.

Kritik? fragte Niklas, von Merz darauf angesprochen, Kritik üben wir nur unter vier Augen, zumindest solange, solange wir nicht einen unkündbaren Arbeitsvertrag in der Tasche haben. Halten Sie die Augen offen, aber tun Sie immer so, als hätten Sie nie etwas gesehen.

Dieser Raum ist deprimierend. Merz drückt die Zigarette im Aschenbecher aus. Stuhl, Tisch und Bett und im Halbdunkel der Obstkorb in Öl. Ab und zu die Schritte der Wirtin auf dem Flur. Oder die Klosettspülung rauscht nebenan, oder der Lärm von der Straße. Nichts. Nur die Möglichkeit, mit sich selbst zu reden.

Es ist schon zehn Uhr, als Merz sich entschließt, zum Bahnhof zu fahren und dort ins Kino zu gehen. Nachtvorstellung. Er blätterte noch einmal, schon auf dem Bett liegend, die Zeitung durch und entdeckte, daß heute ein Western läuft. Du magst Western. Du liebst Härte, Spannung, den Kitzel der Gefahr, die keine echte Gefahr ist und zum Schluß den Anschein von Gerechtigkeit.

Eine langhingezogene Straße, staubig und leer.

Westernmotiv. Kamera in der Totalen.

Einer kommt aus dem Hotel.

Und wieder die Straße.

Der, der das Hotel verlassen hat, läuft in die Kamera. Schnitt. Dann: Aufnahme von hinten. Zwei verfolgen ihn. Er läuft schneller.

Er läuft.

Dann töten sie ihn auf offener Straße.

Allein in einem verdunkelten Raum sitzen, aber wissen, daß eine Menge Menschen um dich herum sind. Das kollektive Erleben in der Einsamkeit deiner eigenen Person.

Auf der Leinwand die Helden, in Großformat und Cinemascope. Breitbeinig, den Unterleib vorgeschoben, zwei Coltsäcke um die Oberschenkel geschnürt, schußbereit die Arme angewinkelt, so steht er im Staub der aufgewühlten Straße. Aufschlagen der Hufe, und ein Sturm von Gewalt zieht vorbei. Jede Kerbe im Colt eine Leiche.

So einfach ist das.

Bis die Lichter im Saal angehen.

Wenn die Zuschauer dann aufstehen und hinausgehen auf die dunkle Straße, hinaus in die Nachtkälte dieser Jahreszeit, angereichert mit beengendem Nebel, beginnen sie breitbeinig zu gehen, fühlen Stärke im Leib und die Lust am Heldentum. Unbesiegbar zwischen Bahnhof und Nachtlokal, unbesiegbar auf einen letzten Drink und einen Blick in den Spalt zwischen den Brüsten des Barmädchens. Die sollte man haben. Einen Beischlaf, mit schußbereitem Colt neben dem Bett.

Lauthals singen möchte man aus Freude am Leben.

Nicht untergehen in der Millionenstadt. Einer sein, den jeder kennt.

Ausgebrannt fährt Merz nach Hause. Zurück in dieses Zimmer, das nichts mit einem Zimmer im Western-Hotel gemein hat. Eine mürrische Witwe, kein Whiskysaloon. Dieses Zimmer, das nichts zu tun hat mit den Vorstellungen vom Appartement eines Erfolgsjournalisten.

Als sein Wechsel zum Fernsehen feststand, hat seine Frau die Vier-Zimmer-Wohnung für eine Zweieinhalb-Zimmer-Wohnung in der Innenstadt aufgegeben. Sie wolle nicht mitziehen wegen der Töchter, die noch zur Schule gehen, sagte sie.

Aber du weißt, was es ist. Daß sie dieses hoffnungslose Spiel aufgeben will. Das Spiel zweier Menschen, die sich einander entfremdet haben und sich trotzdem Tag für Tag gegenübersitzen.

Du zündest ihr die Zigarette an und hast Angst, ihre Augen zu sehen, weil du jene Trauer und Ratlosigkeit schon kennst.

Aber es ändert sich nichts. Der nächste Tag gleicht dem letzten. Und Merz schreibt abends nach neun Uhr, wenn er müde ins möblierte Zimmer zurückkehrt, an seine Frau:

Das Unbehagen des passiv Zuschauenden wird größer. Es geht mir nicht nur zu langsam, die Pausen völliger Untätigkeit zwischen gelegentlicher Teilnahme am aktiven Geschehen, die man mit Herumsitzen, -stehen oder -lesen füllt, werden mir allmählich peinlich. Nervenaufreibendes Nichtstun.

Und aus der Erfahrung des Vortages schreibt er:

Loewe, der Kameramann, ist übrigens wie alle, die ich bisher hier im Fernsehen erlebte, sehr nonkonformistisch, sprich: heimatlos links, areligiös, fast nihilistisch, dabei aber, um mit einer Formulierung Dovifats zu sprechen, ein äußerst gewandter „Vorzimmerherr des Satans". Diese gleichgültige Einstellung zu Beruf, Arbeit und Umwelt. Was zählt, ist nur der persönliche Erfolg.

Pointer, zum Beispiel, kommt morgens um zehn zur Redaktionskonferenz herein, schlägt Niklas auf die Schulter, ganz Starkameramann, brüllt „Hallo" und gibt einen Witz dazu: Was ist Mut, fragt er Niklas, Mut ist, wenn einer mit einem Farbtopf in der einen, einen Pinsel in der anderen Hand auf einen Polizisten zugeht und ihn fragt, ob Jude mit oder ohne h geschrieben wird.

Pointer lacht laut und deutlich. Niklas zieht sich schweigend zurück. Er scheint betroffen. Und Merz sitzt in einer Ecke, stiller Beobachter, angeblich in den Lokalteil der Tageszeitung vertieft.

Merz verabscheut dieses Auftreten, diesen kollektiven Umgangston, den er aber aufsaugt, wie eine Fata Morgana, Springbrunnen in der Wüste.

Lebenskraft vortäuschen. Lebenskraft eines Verdurstenden. Keiner kann mir das Wasser reichen. Merz ist dabei, auch wenn ihn keiner bemerkt. Merz hört und sieht.

Du weißt, was du willst, sitzt in deiner Ecke, sprungbereit, eine Chance abwartend, die sich noch nicht abzeichnet, die aber kommen muß.

Abends erlebt Merz die erste Abendschausendung.

Mirbach, die Cutterin, das Mädchen, das auf Merz einen noch unbestimmbaren Reiz ausübt, hat die Filme, die heute abend ablaufen sollen, falsch aneinandergesetzt. Deshalb stimmten die Texte nicht mehr mit den Filmabläufen überein. Um sieben beginnt die Sendung, um halb sieben wurde der Fehler entdeckt. Bis geklärt ist, welcher Film an welcher Stelle laufen muß, wurde es achtzehn Uhr vierzig.

Nun muß umgesetzt werden, die Filme werden noch einmal auseinandergeschnitten und neu zusammengeklebt. Zehn Minuten Zeit noch, da der Techniker, der den Film dann in die Sendung gibt, sagt, er brauche mindestens sieben Minuten, um den Film einzulegen.

Trotzdem wird die Zeit überzogen. Die Mirbach kommt mit den Schnitten nicht mehr zurecht, hantiert aufgelöst und hektisch am Schneidetisch. Und während der Sprecher die Sendung ansagt und sich für die Minutenverspätung entschuldigt, fällt ein Sender aus. Der Sendebereich der Millionenstadt ist tot.

Unruhe und Nervosität im Studio. Erst die Zeitverzögerung, nun der Senderausfall. Grasberger, der Chef, greift ein und läßt den letzten Film, einen Modeschaufilm von Pointer, aufgrund der Zeitverzögerung vor seiner Beendigung abbrechen.

Hier geht es um die Sendezeit des Werbefernsehens. Auf keinen Fall darf die Werbung beschnitten werden.

Merz beobachtet vom Studioraum. Sieht durch das wandgroße Panoramafenster hinüber, hört Grasberger sagen: Aus. Umschalten auf Werbung.

Regie, das versteht Merz, das kann er realisieren, aber nicht die Technik, das Regiepult mit Reglern, Lautsprechern, Monitoren, Knöpfen und den dazugehörenden Technikern. Ehe die Sendung begann, hat er einen Versuch unternommen, hat sich an einen der jungen Leute gewandt und gebeten, ihm das Regiepult zu erklären.

Keiner hatte Zeit.

Vielleicht hat Merz so etwas wie Schadenfreude empfunden, als er den Pannen zusah, als Grasberger und die Technik im

Regieraum nervös wurden und die allgemeine Hektik von Minute zu Minute wuchs.

Passiver Zuschauer, der darauf wartet, daß eine Meute losgelassener Pferde den sommerheißen Staub aufwirbelt.

Verzweifelte Teamarbeit.

Rushhour im Studio.

Merz ist stillvergnügt beteiligt.

Und abends nicht mehr diese schmerzliche Müdigkeit. Dafür die Befriedigung, daß das, was im Handumdrehen gehen soll, auch denen nicht immer gelingt, die die Hand aus dem Handgelenk schütteln.

Am nächsten Morgen in der Redaktionskonferenz wird das bestätigt, was Niklas vor zwei Tagen sagte. Kritik? Kritik üben wir nur unter vier Augen.

Wenig zu den Pannen der vergangenen Sendung. Schuldige finden sich nicht. Selbst Pointer dreht lediglich seinen Kugelschreiber auf und zu. Merz lehnt sich zurück und raucht.

Du wartest auf die kollegiale Kritik. Kritik an den Verantwortlichen der gestrigen Sendung. Keiner wirft den ersten Stein. Lässige Apathie herrscht vor. Erst als Grasberger überleitet zur Besprechung der nächsten Sendung, erwacht Interesse, lebhafte Anteilnahme: Jetzt zieht jeder einen Vorschlag aus der Tasche. Manche hat Merz schon in den vergangenen Tagen gehört und sie scheinen mit monotoner Hartnäckigkeit immer wieder auf den Tisch gelegt zu werden. Wo nichts Neues ist, ist dann wenigstens doch das von gestern. Was gestern abgelehnt wurde, könnte heute vielleicht angenommen werden, vorausgesetzt, daß keiner der Kollegen etwas Besseres vorweisen kann.

Heute macht Grasberger nur müde Handbewegungen. Nichts, was ihn überzeugen kann. Mit jeder seiner Handbewegungen fallen die Vorschläge schneller. Selbst Cutterinnen und Sekretärinnen scheinen heute morgen Zeitung gelesen zu haben:

Der Blumenkohl ist wieder teurer geworden.

Bald gibt es den ersten Spargel. Oder Erdbeeren.

Oder die langen Fahrtzeiten mit dem Omnibus durch die Innenstadt.

Lieschen Müllers Probleme, meint Grasberger und zuckt mit den Schultern.

Merz hat einen Zettel in der Tasche. Die Ausbeute vom heutigen Frühstück. Jeden Morgen steht er um sieben Uhr auf und läuft zwischen Rasur und Frühstück hinunter an den Kiosk. Wertet aus, während er zwei Tassen Kaffee in sich hineinschüttet, ein Marmeladenbrötchen ißt und drei Zigaretten raucht.

Er sammelt Themen und wartet auf sein Stichwort:

Frauenarbeit und Schlüsselkinder, Lehrermangel und schlecht organisierter Nachtdienst der Ärzte. Nicht Gemüse und Omnibusse. Aber diesmal wird er nicht voreilig einspringen.

Dann greift Niklas, der bisher unbeteiligt am Tisch gesessen hat, in die Diskussion ein.

Auch er legt einen Zeitungsausschnitt vor. Eine Firma wurde wegen des verursachten Lärms bei Ölbohrungen dazu verurteilt, an drei anwohnende Familien eine Lärmentschädigung zu zahlen. Das wäre, erläutert Niklas, schon allein deshalb interessant, weil dieses Urteil, wenn es in den weiteren Instanzen bestätigt wird, einen Präzedenzfall schaffen und eine Unmenge von Prozessen auslösen kann. Leute, die an Flugplätzen, Eisenbahnanlagen, Baustellen und anderen industriellen Lärmquellen wohnen, würden ebenfalls Lärmentschädigung fordern.

Diesmal winkt Grasberger nicht ab. Nicht schlecht, sagt er und nickt etwas müde vor sich hin, nicht schlecht. Vielleicht sollten Sie mal recherchieren, Niklas. Die Story kann Schwierigkeiten machen, aber versuchen Sie's doch mal.

Und während sich die Redaktionssekretärin Schatz noch mit der Cutterin Mirbach darüber unterhält, wie solche Ölbohrungen vorgenommen werden und welchen Lärm sie wohl verursachen, wendet sich Grasberger unvermutet an den jungen Redakteur Götz, der alle seine alten und neuen Ideen heute aus sich herausgetrieben, aber keine durchgebracht hat: Wie ist das, lieber Götz, was macht Ihre Zirkusgeschichte?

Zirkusgeschichte? Götz ist verwirrt, die Zirkusgeschichte hatte mir doch Herr Niklas bereits ausgeredet. Seine Argumentation war einleuchtend.

Grasberger lächelt ein wenig und fast scheint er hinterhältig. Wieso ausgeredet? Ich bin dafür, sagt er, natürlich war das mit dem Gang zur Schule nicht durchdacht, das war zwei Tage vor den Osterferien sogar ausgemachter Blödsinn, aber Zirkus bleibt Zirkus und interessiert jeden unserer Zuschauer. Also, Götz, lassen Sie sich die Story nicht von neidischen Kollegen wegschnappen. Machen Sie Zirkus. Ich habe mit den Leuten bereits telefoniert. Sie können heute nachmittag mit den Aufnahmen auf dem Zirkusgelände beginnen. Um vierzehn Uhr sind Sie dort. Nehmen Sie sich Loewe als Kameramann mit. Und noch eins – er hat sich bereits am Kopfende des Tisches erhoben und damit die Sitzung beendet –, nehmen Sie unseren Neuen mit. Er kann Ihnen sicher bei der Suche nach fotogenen Zirkuskindern behilflich sein. Zeigen Sie ihm, was Sie können!

Die anderen sind ebenfalls aufgestanden und verlassen die Redaktion. Der junge Götz freut sich, als habe Grasberger ihm eine elektrische Eisenbahn versprochen.

Oh ja, unser guter Chef neigt manchmal zu raschen Entschlüssen, sagt Loewe, der mit Merz beim Hinausgehen zusammentrifft. Unser kleiner Götz freut sich ja ganz offensichtlich. Und wenn Sie uns nun noch hübsche Artistenkinder vor die Kamera schieben, kann eigentlich nichts schief gehen.

Merz geht zu Götz hinüber, der mit Pointer am Fenster steht. Götz ist noch jünger als Niklas. Einer, der vom Hörfunk zum Fernsehen gekommen ist, forsch und fleißig und immer gut angezogen.

Götz und Pointer, die passen zusammen, denkst du und sagst: Gratuliere, nun haben Sie Ihre Story doch noch durchgebracht. Pointer grinst: Da gibt's nichts zu gratulieren. Das war eine göttliche Eingebung unseres tapferen Chefs, der heute wieder mal Geistesblitze versprühte, oder fanden Sie nicht, Herr Merz? Merz spürt seine Handflächen feucht werden. Diese verdammte Unsicherheit.

Wie war denn der Ton an Ihrer Rotationsmaschine? fragt Pointer. Merz wehrt sich und aus seiner Unsicherheit wird Arroganz.

Ich bin jetzt in der Kantine, sagt er, wann soll ich mich mit Ihnen treffen, Herr Götz?

Diesmal ißt Merz zum ersten Mal allein in der Kantine. Zwei Tische weiter sieht er Niklas und Grasberger zusammensitzen. Also wird er heute nachmittag Zirkuskinder zusammensuchen. Vielleicht kann er sich auf Loewe verlassen. Vielleicht ist der Kameramann Loewe einer, mit dem er sich anfreunden möchte. Abends wird er müde vom Herumlaufen auf dem Zirkusgelände nach Hause kommen. Die Füße brennen und die Beine schmerzen. Morgen wird er Muskelkater haben. Er ist nicht mehr gewöhnt, sich zu bewegen. Aber an seine Frau schreibt Merz:

Ich freue mich, daß ich den Schreibtisch als einziges Betätigungsfeld los bin!

Sie soll es den ehemaligen Kollegen erzählen. Ein Merz, der glücklich und zufrieden ist, der das Gefühl hat, daß ihn die neue Arbeit verjüngt. Und er will das Leben anhalten, will es mit beiden Händen festhalten, damit es ihm nicht entkommt. Die Jahre nicht zählen, die schon vorüber sind.

So, wie nach seiner Rückkehr aus Rußland. Damals erwarteten ihn seine Frau und deren Familie mit heißem Kaffee und selbstgebackenem Kuchen im größten der drei Zimmer, die sie bewohnten, dem Zimmer, in dem die Mutter mit den drei Schwestern seiner Frau schlief. Der jüngste Sohn, Merz' Schwager, gerade siebzehn, bewohnte den dritten Raum, eine schmale Kammer.

Als Merz das Zimmer betritt, erkennt er die Möbel aus dem Elternhaus seiner Frau wieder.

Das, was wir retten konnten, sagt eine der Schwestern, eine hübsche junge Frau, Ende zwanzig.

Merz wird unruhig. Da ist wieder die Unsicherheit gegenüber dieser Familie, die ihn schon befiel, als er sie zum ersten Antrittsbesuch kennenlernte. Sie bewohnte damals ein großes weitläufiges Haus mit Garten in einem der Landstädtchen am Rhein. Jeder im Ort kannte den Vater seiner Frau.

Einziger Rechtsanwalt und Notar, eine der lokalen Größen, neben Lehrer, Pfarrer und Arzt. Ein Milieu, das so ganz anders war, als das, aus dem Merz stammt. Nicht mehr die enge Kleinbürgerlichkeit einer Wohnküche. Hier stand er einem Haushalt mit Hauspersonal gegenüber, einem Haufen lebhafter Kinder, die alle das Gymnasium besuchten, als sei das selbstverständlich, und einem Ehepaar, das ohne die lauten Schreie einer gewaltigen Mutter auskam. Bücher und Bilder an den Wänden, schwere Teppiche auf dem Fußboden und jene Plüschsofagarnitur, die er hier wiederfindet.

Und wieder diese Zutraulichkeit, diese selbstverständliche Sympathie, die ihm diese Familie entgegenbringt, als gehöre er schon immer dazu.

Ihre Lebensart, Gesten, die er erst lernen mußte, das macht ihn unsicher.

Der Tisch, auf dem immer ein weißes Tischtuch liegt, Blumen in einer Vase stehen, die sie irgendwo im Dezember für ihn aufgetrieben haben.

Und das Willkommensschild über der Tür, eine selbstverständliche Herzlichkeit, die im Gegensatz steht, zu der lauten Banalität seiner Mutter, die ihre Freude austeilt wie unvermutete Schläge. Unsicherheit, der eigene Stolz und Trotz werden zur Antriebskraft, die zur Auflehnung führt. Er wird sich nicht eingemeinden lassen in diese Familie. Er wird zeigen, daß er auf eigenen Füßen stehen kann, daß er es weiterbringt, als sie es alle gebracht haben.

Er haßt die Herzlichkeit dieser Familie, das Gefühl von Zusammengehörigkeit, das unbestritten von ihr ausgeht. Er haßt sie, weil er sie sich immer gewünscht hat, unbewußt bis zu dem Augenblick, als er sie zum ersten Mal erlebte, zum ersten Mal sah, daß es so etwas wirklich gibt. Die ständige Hilfsbereitschaft der Geschwister, das Elternhaus als Zuflucht.

Er fühlt sich unterlegen. Nicht nur der intellektuellen Freigeistigkeit der Schwiegereltern, die zu einer Zeit aus der Kirche ausgetreten waren, als ein solcher Austritt in einer Kleinstadt noch Mut erforderte. Er fühlt sich auch der Toleranz unterlegen, die sie ihm gegenüber vom ersten Kennenlernen an entgegenbringen.

Walter Merz, der Unteroffizier, Anfang zwanzig, ein charmanter liebenswürdiger Junge, der noch weit davon entfernt ist, das Leben bewußt in die eigenen Hände zu nehmen, schwärmerisch und voller Illusionen, der die älteste Tochter heiraten will, die älter ist als er, und der als gläubiger Katholik in eine ungläubige Familie einbricht, die von all diesen Prämissen einer ungewöhnlichen Heirat kein Aufhebens macht.

Polterabend feiern sie im Haus der zukünftigen Schwiegereltern. Merz lädt einige seiner Kameraden ein, die Mädchen bringen Freunde mit, und der Schwiegervater, dessen Humor zuweilen in scharfen Zynismus umschlägt, holt Wein aus dem Keller. Mitten im Krieg feiern sie, als gäbe es keinen Krieg. Merz hat seine Gitarre mitgebracht und als er nach Mitternacht keinen Wein mehr trinkt, weil er am nächsten Morgen vor seiner Trauung noch zur Kommunion gehen wird, beginnen sie zu singen. Lönslieder und Schubertlieder. Merz hat, als er ein weiteres Glas Wein ablehnte und seine Begründung vorbrachte, zumindest mit einem Lächeln gerechnet, einem Lächeln zwischen Geringschätzung und Gewährenlassen.

Aber sein Schwiegervater nahm die Weinflasche, die er schon über das Glas des neuen Familienmitgliedes hielt, wieder zurück, als habe er eben eine gewohnte, selbstverständliche Erklärung erhalten.

Ebenso selbstverständlich wird die katholische Trauung, auf der Merz bestand, in der einzigen katholischen Kirche des Städtchens vorbereitet. Als er sich den Gegenargumenten der Familie verschloß, tolerierten sie seinen Wunsch, wie sie den Wunsch nach einem langen Sonntagsspaziergang toleriert hätten.

Jetzt sitzen sie um ihn herum, in diesem Zimmer, auf der geretteten Plüschgarnitur und warten geduldig darauf, daß er sich wieder an sie gewöhnt.

Sie fordern es nicht. Sie wollen nur Schutz geben.

Und das weiß Merz, auch, wenn er sich dagegen wehrt.

Sie lassen ihm Zeit. Und plötzlich beginnt er zu reden. Erzählt, als müsse er die ganzen fünf Jahre aus sich herauswerfen, um frei zu werden. Erzählt von den Schikanen, denen er im Lager als deutscher Offizier ausgesetzt war, vom Hunger, von Schlägen, von Brutalität und Not. Wie andere zugrunde gingen, und wie er selbst überlebte. Nach einem ersten Jahr der Hoffnungslosigkeit in einem Lager nahe der persischen Grenze hatte er dazugelernt und verstand nun, sich sowohl bei der Lagerleitung wie auch bei den Mitgefangenen unentbehrlich zu machen. Schneller als andere, hatte er Russisch bald so weit gelernt, daß er sich notdürftig verständigen konnte und lernte weiter, lernte in zwei Jahren diese Sprache so, daß er als Dolmetscher zwischen Lagerleitung und den Gefangenen fungieren konnte. Eine Sonderstellung, die ihm Vorteile einbrachte. Später besaß er auch dort eine Gitarre, machte sich beliebt und stieg auf in der Lagerhierarchie. Er wußte, seine Vorteile zu nutzen, die Chancen, die ihm dort geboten wurden, nicht nur die Chance, zu überleben, auch die der verbesserten Lebensbedingungen.

Viele begingen Selbstmord, sagt er, aber ich wollte zurück. Und dann wird er plötzlich still, so als wolle er Luft schöpfen. Da war ein Barackengenosse, dem hat einer die Kehle durchgeschnitten, oder, verbessert sich Merz, er hat es selbst getan. Sie haben uns erpreßt. Sie haben uns tagelang ohne Nahrung und Wasser in einen dunklen Raum eingesperrt, stündlich zu Verhören geholt, sie haben uns das Messer an die Kehle gesetzt. Hier, sagt er, und zeigt eine Narbe, quer über die linke Halshälfte.

Sie fragen ihn nicht, und er begründet nicht, warum er überlebte.

Tage hindurch erzählt er immer wieder das gleiche, und sie hören geduldig zu. Entdecken, daß er immer wieder eine andere Version vom Tod des Schlafgenossen erfindet, immer wieder einhält, als müsse er Luft schlucken, mehr zu sagen. Als sei da etwas, was er ein Leben lang verbergen wird. Dann wieder sitzt er eine Stunde, zwei Stunden, in einem Stuhl am Fenster des gemeinsamen Zimmers, sagt kein Wort, starrt nur geradeaus. Oder er weint. Beginnt nachts zu schreien, schreit entsetzlich, erwacht und weint.

Anfänglich hat seine Frau diese Veränderungen mit Schrecken beobachtet, hat versucht, auf den Grund dieser Veränderungen zu stoßen, um sie anhalten zu können. Aber sie stieß nur auf Verweigerung und mußte aufgeben.

Jetzt wacht sie nachts auf, sobald er dieses furchtbare Schlafstöhnen ausstößt, wacht auf und gibt ihm Wasser, wischt den Schweiß von seiner Stirn, versucht eine kleine Zärtlichkeit und wendet Zudecke und Kopfkissen. Unmerklich für ihn, aber energisch will sie ihn zurückbringen in diese Welt, an der er nicht mehr teilhat, die ihre Welt ist, die sie nach dem Zusammenbruch aufgebaut hat, damit er zurückkehren kann. Sie ist diejenige, die ihm die notwendigen Bescheinigungen besorgt, damit er dieses neue Leben unbelastet beginnen kann.

Für morgen, dem ersten Sonntag in dieser Stadt, hat er eine Zirkusfreikarte in der Tasche. Der Zirkusdirektor hat sie an die Fernsehleute verteilt, die den Zirkus und seinen Nachwuchs gefilmt haben. Abendvorstellung, Logenplatz.

Du freust dich darauf. Du warst schon lange nicht mehr im Zirkus. Eigentlich interessieren dich weder Seehunde noch Elefanten, noch die Clowns in ihrer aufgeschminkten Fröhlichkeit, Trauer in den Augenwinkeln. Der Geruch von Sägespänen und Pferdeäpfeln gehört in den Bereich deiner Kindheit. Aber diesmal geht es um etwas anderes. Diesmal geht es darum, daß du aufgrund deiner neuen Arbeit eine erste Freikarte erhalten hast.

Merz spürt die gleiche wilde Freude, die ihn erfaßt hatte, als er Anfang der fünfziger Jahre, während seiner Illustriertenarbeit zum ersten Presseempfang eingeladen wurde und sich einen dunklen Anzug leihen mußte. Die erste Bestätigung. Die erste Reaktion der Umwelt auf seine Existenz. Merz ist vorhanden.

Am Sonntag schläft Merz zum ersten Mal in dieser Woche aus, schläft bis in den Mittag hinein, und die Wirtin wirkt noch abweisender. Jetzt erst merkt er, wie sehr ihn das ungewohnte Aufstehen morgens um sieben Uhr anstrengt. Und nicht nur das frühe Aufstehen, auch das tägliche Herumsitzen, Warten, die Lauferei bei Filmaufnahmen und dann das intensive Beobachten, dieses unbedingt Begreifenwollen, lernen, und noch schneller lernen. Nach fünf Jahren gleichmäßiger Bewegung zwischen Schreibtisch, Setzerei und Rotationsmaschinen kann sich Merz nur mühsam umstellen. Das zehrt an seinen Kraftreserven. Nach dieser ersten Woche zwischen schmerzlicher Müdigkeit und den Ansätzen von hoffnungsvoller Freude sieht Merz sich aus dem schützenden Zwinger behüteter Haustiere hinausgeworfen in die freie Wildbahn unter ein Rudel Wölfe.

Freudlos richtet ihm die alte Frau gegen zwölf Uhr sein Frühstück. Kaffee und Napfkuchen.

Merz wird heute in seinen Wagen steigen und aus der Stadt hinausfahren, über Landstraßen fahren, nur fahren, die Landschaft an sich vorbeiziehen sehen. Mehr nicht.

Dann sitzt Merz in einem der Dorfgasthäuser, hat Gulasch mit Spätzle und Salat gegessen und ein Glas Wein vor sich stehen. Draußen geht ein Wolkenbruch nieder und die Gaststube ist mit Menschen gefüllt. Sonntagsfröhlichkeit der Familien mit Kindern, Essensdämpfe, Rauchschwaden und Gerede.

Ein junges Ehepaar mit Kind hat sich zu Merz an den Tisch gesetzt. Das kleine Mädchen, hübsch und adrett gekleidet, spielt lebhaft und unter lautem Geplapper mit den vorhandenen Bierdeckeln, baut vergeblich Kartenhäuser und hat die volle Aufmerksamkeit seiner Eltern, die kaum miteinander sprechen.

Merz zündet sich eine Zigarette an, versucht, seine Tischnachbarn zu vergessen und beginnt, den gestern abend angefangenen Brief zu beenden:

Im Anschluß an die vorgestrige Abendschausendung und die gestrige Sitzung wurde mir klar, schreibt er, *wie sehr die Leute in der Redaktion, von einigen vorausgeplanten Reportagen abgesehen, von der Hand in den Mund leben. Das wäre gut so, wenn es sich auf aktuelle Themen bezöge. Da käme es wirklich darauf an, Themen schnell aufzufassen und in einen Bericht für die nächsterreichbare Sendung umzusetzen, wobei natürlich die Wertigkeit verschiedener Aktualitäten abzuwägen wäre. Aber auch das, was bisher an Aktualität gesendet wird, ist mehr oder weniger zufällig und hängt hauptsächlich davon ab, mit wieviel Geschick der entsprechende Themenvorschlag bei Grasberger oder in der Redaktionskonferenz serviert wird. Es fehlt einfach das erforderliche Minimum an Organisation, womit weiß Gott nicht irgendeinem Perfektionismus das Wort geredet werden soll. Gras-*

berger, zum Beispiel, der Chef, ist bestimmt ein gewandter Manager, aber in der Gefahr, von seinen zwei Telefonen paralysiert zu werden. Ich muß immer wieder an eine Bemerkung Heuschkas anläßlich meiner Verhandlungen im letzten Jahr denken. Damals sagte er zu mir, daß diese Leute das Fernsehen geistig nicht in den Griff bekommen (und, daß ich vielleicht der geeignete Mann dafür wäre . . .) Eben das ist es! Das Handwerkliche, das Technische, das Machen sitzt. Aber sobald es ans Thematische, ans Geistige, ans Substantielle geht, wird geschwommen. Dann regiert der Zufall, der ein Treffer oder ein Versager werden kann. Die Redakteure, etwa dieser arrogante junge Götz, kennen keine saubere solide Recherchenarbeit. Sie leben von mehr oder weniger zufällig herausgeschnippelten Zeitungsartikeln und dem Telefon. Es gibt kein Archiv für sie, keine Absicherung des Themas durch umfassende Informationsmöglichkeit. Zu ihrer Entlastung muß allerdings gesagt werden, daß sie rein quantitativ schon überlastet sind. Und die zu schmale Personalbasis macht eine Aufteilung der Kompetenzen, macht notwendige Organisation und die, der Massengesellschaft angepaßte Entwicklung von Spezialisten sehr schwer.

Mit Grüßen an die Töchter beschließt er den Brief und erinnert sich, daß die vierhundert Mark Vorauszahlung, die ihm der Bundesbruder auf die Hand versprochen hat, immer noch nicht eingetroffen sind. Deshalb will Merz morgen einmal bei Janke vorsprechen und an den ausstehenden Vorschuß erinnern.

8

Am nächsten Tag erhält Merz seinen ersten Auftrag.

Als er aus der Kantine in die Redaktion zurückkommt, liegt ein Zettel Grasbergers auf einem der Schreibtische. Fräulein Schatz macht ihn darauf aufmerksam.

Freuen Sie sich, sagt sie zu ihm, das Herumsitzen scheint für Sie ein Ende zu haben.

Sie bietet ihm ein Tasse Kaffee an.

Als habe sie deine schmerzliche Müdigkeit der vergangenen Woche begriffen.

Grasberger hat an seinen Zettel einen Brief aus der Hörerpost geheftet. Ein Zuschauer macht die Redaktion auf eine Vortragsreihe der Volkshochschule aufmerksam. Dort hält ein Oberlehrer Vorträge über Wolkenbildungen.

Grasberger bemerkt dazu: Hängen Sie sich mal ran, Herr Merz, vielleicht ist die Sache etwas für uns. Unsere Zuschauer sollen merken, daß sie uns was wert sind.

Merz spürt die Freude, die in ihm hochsteigt, bemächtigt sich des Telefons und läßt sich mit der Volkshochschule verbinden, läßt sich von dem zuständigen Referenten über die Vortragsreihe berichten und die Adresse des Oberlehrers geben.

Diesen Film will er machen. Er wird zeigen, was er leisten kann. Von Fräulein Schatz läßt er sich ein Blatt Papier geben und beginnt Notizen aufzuzeichnen. Wie er erfahren hat, illustriert der Oberlehrer seine Vorträge mit einer Diasammlung. Diese Dias wird Merz für seinen Film nicht verwenden können, die Story würde zu trocken. Er braucht echte Wolken, Wolken, die über Felder ziehen, leichte Wolken und solche, die sich zu einem Gewitter zusammenballen. Vielleicht kann Loewe, der Kameramann, sie aufnehmen.

Aber Loewe meint, das sei zu langwierig. Merz soll im Filmarchiv nach Material suchen. Die hätten bestimmt etwas über Wolken, und Merz wird aktiv.

Sie brauchen Zeitrafferaufnahmen, sagt Loewe.

Merz läßt sich mit dem Filmarchiv verbinden und Loewe, der noch neben ihm steht, sagt:

Grasberger hat Niklas und mir außerdem noch den Auftrag gegeben, Sie heute mitzunehmen. Wir machen einen Film über Güterabfertigung. Niklas wartet bereits unten im Hof.

Sie gehen gemeinsam hinunter und fahren zum Güterbahnhof.

Dort ist der zuständige Beamte, mit dem Niklas ein Interview machen möchte, um es dann unter das Bildmaterial zu legen, wie er sagt, noch nicht vom Mittagessen zurück. Niklas und Loewe beschließen, gemeinsam mit Merz und dem Tontechniker in die

Bali-Bar am Bahnhof zu gehen. Merz kennt sie. Hier hat er nach dem Western noch einen Whisky getrunken. Heute bestellt er sich für fünfzig Pfennige einen Espresso.

Niklas, der seit Freitag die Ölbohrstory recherchiert, ist auf erste Schwierigkeiten gestoßen.

Er hat bereits für die kommende Woche ein Interview mit dem Rechtsanwalt der prozeßführenden Familien vereinbart. Das möchte er noch aufnehmen, ehe er auf eine vierwöchige Englandreise geht. Nun hat sich der Anwalt der Ölbohrfirma an den Verwaltungsdirektor des Rundfunks gewandt.

Anwalt und Verwaltungsdirektor sind befreundet, erläutert Loewe.

Auch das, sagt Niklas, Tatsache ist auf jeden Fall, daß mich heute vormittag seine Sekretärin anrief und erklärte, ihr Chef würde gegen die geplante Sendung Einspruch erheben.

Damit war zu rechnen, meint Loewe.

Merz sagt: Ich kann mir gut vorstellen, daß diese Firma, die die Lärmentschädigung gezahlt hat, bereits von der gesamten Bauwirtschaft und dem Arbeitgeberverband attackiert wird, damit sie das Urteil rückgängig machen läßt, oder in die nächste Instanz geht. Was meinen Sie, was auf die Industrie zukommt. Besonders jetzt, da der Fall durch die Presse schon einen gewissen Grad an Publizität gefunden hat. Und wenn wir erst einsteigen –!

Oder wollen Sie die Sache nun abblasen?

Niklas wehrt heftig ab. Das sei doch nun ein echter Fall, meint er. Ich habe mich gleich hinter Grasberger gesteckt, der ganz auf meiner Seite steht, und der ist zu Janke rübergegangen. Janke will versuchen, die Sache gegen das Veto des Verwaltungsdirektors durchzuboxen.

An diesem Abend wird es spät. Das Interview mit dem Bahnbeamten ist schwierig, da jede Frage vorher auf Wunsch des Beamten durchgesprochen werden muß, damit er nicht, wie er befürchtet, zu unkorrekten Aussagen verleitet würde.

Erst am nächsten Morgen findet Merz Zeit, hinüber zu Janke zu gehen. Eigentlich wollte er nur mit der Sekretärin sprechen, aber Janke, der zufällig ins Vorzimmer kommt, bittet Merz, doch mit ihm in sein Büro zu gehen. Dort setzt er sich mit Merz in die Besucherecke.

Vorsichtig spricht Merz die Vorschußfrage an. Janke zeigt sich erstaunt. Er weiß nichts davon und der Intendant sei verreist.

Ich will mich darum kümmern, sagt Janke und bietet Merz eine Zigarre an, Merz nimmt sie, obwohl er nur ungern Zigarren raucht. Wie geht es denn sonst? fragt Janke.

Oh ja, es geht alles sehr gut, meint Merz und Janke läßt sich erzählen.

Merz sagt etwas über die unfruchtbare Fruchtbarkeit der Redaktionssitzungen, Kritik um der Kritik willen, wirkliche Fehler fallen unter den Tisch. Merz erzählt von seinen Versuchen, das Handwerkliche zu erlernen. Sagt etwas davon, daß Grasberger versprochen habe, ihm einmal einige gute Stories als Muster vorzuführen und zu besprechen, aber daraus sei bis heute nichts geworden.

Ich habe, meint Janke, bereits mit Herrn Grasberger über Sie gesprochen. Nach Ostern werden Sie Ihren ersten größeren Auftrag bekommen. Überlegen Sie sich schon mal ein Thema.

Wäre es nicht besser, fragt Merz, Sie würden mir für den Anfang ein, zwei Stories geben, die ich dann bearbeite? So könnte ich mich rascher in den Stil des Hauses eingewöhnen.

Aber Janke winkt ab: Alles, lieber Herr Merz, sagt er, hängt von Ihrer eigenen Initiative ab. Wenn Sie Ihren ganzen Elan einsetzen, werden Sie es schon schaffen.

Also wird Merz weiterhin Zeitungsmeldungen sammeln, vom Samstagswiehern der Steckenpferde bis zu den Veranstaltungen des Kaninchenzüchtervereins.

Besuchen Sie mich ruhig von Zeit zu Zeit, sagt Janke. Merz nickt und zieht an der verdammten Zigarre.

Abends läuft der Fertighausfilm in der Abendschau und fünf Minuten nach Beendigung liegen bereits erste Anfragen nach den Bezugsquellen vor.

Werbefernsehen, hatte Niklas gesagt.

Merz entwickelt Initiative, morgens am Frühstückstisch. Zeitungsausschnitte in der Rocktasche, fährt er ins Funkhaus.

Nachdem er aber einige seiner Vorschläge vergeblich in die Redaktionssitzung geworfen hat, versucht er nun den Chef, Grasberger, morgens vor zehn Uhr persönlich zu sprechen. Fängt ihn zwischen Vorzimmer und Redaktion ab und zieht eine Handvoll Zeitung aus der Tasche.

Ich hätte da, beginnt Merz, und Grasberger lehnt wieder ab.

Nach Ostern, hat Janke gesagt. Merz soll erst einmal den Kollegen beim Texten helfen, um zu lernen.

Mittags sitzt Merz gemeinsam mit Niklas und dem Starkameramann Pointer in der Kantine. Zwischen Suppe und saurer Lunge reden sie von Kollegen, Merz versucht, mitzuhalten und berichtet, daß Karstens ihn heute auf dem Flur angesprochen habe:

Er wußte, daß ich neu in der Abendschau bin und fragte, ob auf Probe und für wie lange. Er wolle sich gelegentlich einmal mit mir unterhalten.

Karstens ist ein Mann im Alter von Merz, und Merz kann nicht sagen, daß er ihm unsympatisch sei.

Oh, unser mysteriöser Herr Karstens, lacht Pointer ganz großspurig, lassen Sie sich von dem nicht einfangen, sonst nehmen Sie bei uns noch ein ebenso trauriges Ende wie er.

Karstens kann was, sagt Niklas, der die saure Lunge angewidert an den Tischrand geschoben hat, dagegen ist nichts zu sagen. Aber er hat sich selbst abgesägt. Er hatte eine derart aggressive Art, mit seinen Mitarbeitern umzuspringen, daß wir uns geweigert haben, weiterhin unter ihm zu arbeiten.

Karstens hat in seiner Art dafür gesorgt, daß die Abendschau sich endlich mal solidarisch verhalten hat, bemerkt Pointer.

Er war Abendschauleiter, ehe Grasberger kam.

Oh ja, behauptet Pointer, Karstens ist über eine Sekretärin gestolpert. Eigentlich über zwei, hier im Funkhaus zahlen sich solche Doppelverhältnisse eben nicht aus. Gewiß, mir wäre die Entscheidung zwischen den beiden Mädchen auch schwer gefallen. Trotzdem hätte ich mir schon aus Vorsicht nur eine mit ins Bett genommen. Jetzt kräht Pointer vergnügt und schwillt an unter seinem weißen Hemd mit Krawatte.

Ein fetter Hahn, den du abstechen möchtest, aber nur anstechen kannst. Du sagst: Karstens hat heute Ihrem Freund Götz eine kleine Schlappe beigebracht –

Freund? Pointer schlägt mit der flachen Hand auf den Tisch, Freund? Ich habe hier keine Freunde, guter Herr Merz. Hier gibt es nur Stillhalteabkommen unter Raubtieren. Mein Futter reiße ich mir woanders.

Diesem arroganten kleinen Götz hat Karstens nachgewiesen, daß ein Film, den der Junge letzte Woche gedreht hat, bereits vor zwei Jahren schon gedreht und gesendet wurde. Merz hat das zufällig mit angehört.

Plötzlich winkt und ruft Niklas quer durch die Kantine. Da ist Crämer. Crämer ist aus seinem Urlaub zurück, braungebrannt und sportlich. Er kommt an den Tisch zu Pointer und Niklas, läßt sich Merz vorstellen und setzt sich vor Niklas Resteteller.

Lunge? fragt er kopfschüttelnd.

Na, erkundigt sich Pointer, war der Urlaub lukrativ?

Ich denke schon, antwortet Crämer, zweitausend auf die Hand.

Niklas pfeift leise durch die Zähne.

Ganz schön, meint Pointer, für vierzehn Tage Arbeit. Niklas fährt auch in Urlaub.

Film? fragt Crämer.

Niklas zuckt die Achseln. Ich weiß noch nicht. Ich fahr rüber nach England, alte Freunde besuchen. Vielleicht fällt eine gute Story ab. Aber erst muß ich mich mal umsehen.

Und dann sind sie mitten im Gespräch über die schlechte Bezahlung ihres Senders, der besseren bei anderen und der Möglichkeit, eventuell überzuwechseln. Crämer hat ein Angebot in der Tasche, kann sich aber noch nicht entscheiden.

Er redet, ohne Merz ins Gespräch hineinzuziehen. Merz spießt den letzten kleinen Lungenfetzen in Soße mit Verachtung auf die Gabel und versucht sich zwischen die drei Kollegen einzudrängen. Er wendet sich an Pointer und fragt nach dem Begriff Klammerstreifen, den er heute gehört hat.

Was sind Klammerstreifen?

Pointer soll zeigen, was er weiß. Und er zeigt es.

Klammerstreifen, erklärt er sehr kurz, sind Filmausschnitte aus alten Filmen, die nicht herausgeschnitten, sondern mit Klammern abgegrenzt und dann neu kopiert werden.

Brauchen Sie Klammerstreifen? fragt Niklas.

Für die Wolken, erklärt Merz.

Ach, basteln Sie immer noch an Ihrem ersten Auftrag? Pointer grinst. Wolken sind doch was Schönes, meint er, aber versuchen Sie's mal mit Klammerstreifen. Ich nehme an, Sie wollen alte Lehrfilme verwenden?

Merz bestätigt das.

Schade, sagt Pointer, da werden Sie gar nicht an meiner Osterparty teilnehmen können, die ich heute in Karstens Büro gebe.

Merz hört zum ersten Mal davon.

Naja, unser geliebtes Schätzchen muß Ihnen dann eben den Kaffee im Alleingang servieren.

Du begreifst. Und weil du mit dem Essen am Ende bist, suchst du nach einem Vorwand, die Kantine verlassen zu können, ohne daß die anderen begreifen.

Merz geht.

9

Ostern im Kreis der Familie. Osterspaziergang und Eiersuchen.

Vier Menschen in den alten Volkswagen gepackt ins Grüne fahren. Freunde anrufen und Freunde besuchen.

Vielleicht Theater, vielleicht Kino.

Oder nur abends bei gedämpftem Licht herumsitzen, mit der Frau sprechen. Erzählen und nicht zuhören, was sie berichtet.

Als sein Wechsel zum Fernsehen feststand, ist sie mit den Kindern umgezogen. Hat die Vier-Zimmer-Wohnung am Stadtrand für eine Zweieinhalb-Zimmer-Wohnung in der Innenstadt aufgegeben.

Das ist billiger, hat sie gesagt, und sie lebt gern mitten in der Stadt, nahe am Bahnhof, sie liebt Bahnhöfe, die Möglichkeit, abreisen zu können.

Solange die älteste Tochter noch kurz vor dem Abitur steht, möchte sie den Wohnort nicht mehr wechseln. Die Schule sei wichtig. In der kleineren Wohnung hat sie drei Betten stehen. Schlafstellen für sich und die Töchter.

Wenn Walter Merz nach Hause kommt, steigt er zu ihr in das schmale Bett. Versucht die Zärtlichkeit der ersten Jahre. Dieses große Glück, das so spärlich geworden ist.

Sie ist eine ruhige Frau, gleichmäßig und vertraut. Sie wartet auf ein wenig Gemeinsamkeit und sucht sie in langen Gesprächen, während die zwei Mädchen nebenan schlafen.

Diese Kinder, mit denen er so wenig anfangen kann.

Die Freude der ersten Jahre, jenes Glück, das eigene Baby zu halten, die ersten Schritte und das erste Sprechen zu bewundern, die Suche nach den Eigenschaften der eigenen Person im nachgewachsenen Kind, das ist vorbei, abgeschnitten von der Wirklichkeit. Heute weiß Merz nur, daß er für sie sorgen muß.

Auch die Frau hat sich verändert. Geblieben ist die Erinnerung, die Merz verdrängen möchte, sobald sie ihn erreicht, abends, wenn sie sich in dieser kleinen Stadt in irgendeinem Weinlokal am Tisch gegenübersitzen, wenn er ihr eine Zigarette anzündet und sie ihn ansieht, ganz kurz nur über die Flamme hinweg. Diese hellen Augen. Und obwohl Merz keine Niederlagen erzählt, obwohl er versucht, den erfolgreichen Helden zu spielen, kennt sie seine Unruhe und seine Verzweiflung. Merz weiß das und wehrt sich dagegen. Wehrt sich gegen dieses Eingreifen in seine Person. Diese Geborgenheit, die sie ihm anbietet, das will er nicht mehr. Ein wenig Zärtlichkeit, aber nicht die Probleme des Partners.

Es wird ein hoffnungsloses Spiel zwischen dem Anzünden ihrer Zigarette und einem Gesprächsthema ohne Belang, das Merz ansteuert, um nicht ausgeliefert zu sein.

Und die Frau spielt mit.

Sie kennt seine Erleichterung, wenn er am Ostermontag, abends, zurückfährt. Erleichterung, einfach abfahren zu können, der Gefahr vertrauter Nähe zu entkommen, und die Angst vor der Ankunft.

Sie möchte so gerne zärtliche Hände haben.

Wenn wir nicht fressen, sagt er, was sie uns vorwerfen, gehen wir zugrunde.

Sie wehrt ab: Du übertreibst, sagt sie, es liegt an dir, was du aus deinem Leben machst. Früher hast du auch so gedacht.

Damals war Merz vom Guten im Menschen überzeugt.

Ich war unerfahren und blind.

Was hast du von der Welt schon gekannt?

Nichts als den Krieg vom Offizierskasino aus und einige flüchtige Abenteuer.

Aber dann die Gefangenschaft und die tägliche Hoffnung auf Heimkehr. Die Frau, die ihn liebt, die drei Jahre hindurch nichts vom Verbleib des Mannes erfuhr, aber fühlte, daß er noch lebte, sie weiß, daß er sich seitdem verändert hat.

Als sie auf dem Bahnsteig nach ihm suchte, hat sie ihn nur an seinen Augen erkannt. Kein Erkennungszeichen. Nur seine Augen. Fünf Jahre hindurch hat sie sich an diesen Mann erinnert, an seine Hände und Haare, an seine Haut und seinen Geruch, an seine Zärtlichkeit und seinen gelegentlichen Zorn. An sein Lachen und die Art, wie er schläft.

Jetzt sind nur die Augen geblieben. Zaghaft legt sie beide Hände flach auf die wattierte Russenjacke, die ihr von anderen Heimkehrern genauso vertraut ist, wie das Fellkäppi. Eine kleine zierliche Frau, die ihren Mann zurücknehmen darf. Ein Geschenk, das sie glücklich macht.

Als sie die erste Nachricht aus Rußland erhielt, begann sie, ihm jeden Tag zu schreiben, die kleinen Geschehnisse des täglichen Lebens und die heftigen Ideen ihrer Liebe, die sie nun, da er wieder zurück ist, verwirklichen will.

Zweimal jährlich nähte sie sich und der Tochter neue Kleider aus alten Stoffen, Kleider, die bis zu den Knöcheln herab reichten, Träume aus Sommerblumen und Tuch, das der Wind aufwirbeln kann.

So stellte sie sich, das kleine Mädchen an der Hand, dem Fotografen. Ahmte die zärtlichen Gesten pastellfarbener Bilder von Renoir nach. Das Kind, das den Hals der Mutter von hinten umschlingt, den Kopf an die Wange der Frau gedrückt, ein Lächeln.

Retuschiert, damit Hunger und Entbehrungen der Nachkriegsjahre in den Gesichtszügen verwischt werden.

Diese Bilder legte sie ihren Briefen bei, von denen sie nicht wußte, ob sie ihn jemals erreichen.

Jetzt ist er zurück, und es sind seltsam klägliche Versuche der ersten Annäherung. Als seien sich diese beiden Menschen so vollkommen fremd geworden in den vergangenen Jahren. Als sei nicht Freude, sondern Furcht zwischen ihnen. Fünf Jahre Erinnerungen und Wunschvorstellungen haben den Partner im Gedächtnis des anderen verändert. Seit seinem Fronteinsatz zur Verteidigung Berlins und ihrer Flucht mit dem Säugling vor dem Einmarsch der Russen, haben sie einander nur noch aus der eigenen Vorstellung gekannt, die mit den Jahren zur Fantasie ihrer Jugend wurde, Träume von erster Liebe, die keiner der beiden erfüllen kann.

Die Hände auf seiner wattierten Jacke, wartet sie darauf, daß auch er sie anfaßt.

Nichts ist übrig geblieben von der stürmischen Begrüßung, die sie sich so gerne auf den Kartoffelfeldern ausmalte, oder bei der Rübenernte, wenn sie mit dem Wagen voller Früchte zur Sammelstelle fuhr und ihre kleine Tochter, erst dreijährig und dann von Jahr zu Jahr gewachsen, am Straßenrand stand und herunterfallende Kartoffeln oder Rüben in einen Sack sammelte.

Bilder, die hier auf dem zugigen Bahnsteig, über den der erste Dezemberschnee getrieben wird, ablaufen, als hätte einer den Filmprojektor ausgelöst.

Immer wieder hat sie in der Tochter nach Wesenszügen des Mannes gesucht, Ähnlichkeiten, Erinnerungen. Und die ständige Angst, sie könnte dieses Kind verlieren in diesen Jahren voll Hunger und Krankheit.

Jetzt sieht sie das Kind durch jenes Zaunloch schlüpfen, das gerade groß genug ist, eine Vierjährige hindurchzulassen. Dahinter ein Obstgarten, in dem das Obst auf der Wiese verfault. Das Kind hat keine Angst. Vielleicht hat es diesen blinden Mut vom Vater. Dann hetzt der Besitzer seine beiden Hunde auf das Kind, das die Äpfel aufhebt. Die Frau vor dem Zaun schreit. Aber das

Kind läßt die Äpfel nicht fallen, drückt sie fest an den Bauch, während es zurück zum Zaun rennt und den Hunden entkommt.

Sie nimmt die Hände von seiner Jacke. Gehen wir? fragt sie und ihre Stimme ist ganz dünn. Behutsam legt er den Arm um ihre Schultern, so, als wolle er einen Versuch machen, von dem er nicht weiß, ob er gelingt.

Zu Hause wartet ihre Familie auf ihn. Sechs Erwachsene und das Kind in drei Zimmern ohne Küche und Bad. Gemeinsam haben sie ein Schild gemalt: „Willkommen zu Hause!“ und mit grünen Papiergirlanden geschmückt. Es hängt über der Tür des Zimmers, das sie nun zu dritt bewohnen werden.

Die drei Schwestern der Frau haben Wasser heiß gemacht, um ihm ein Bad im Waschzuber richten zu können. Er wird baden wollen, wenn er nach so vielen Jahren nach Hause kommt. Und er nimmt das Bad in der Wanne, in der er nur mit angezogenen Knien hocken kann. Irgendwo haben sie Rasierzeug aufgetrieben, einen Spiegel und ein Badetuch. Ehe er in die Wanne steigt, schließt er die Tür hinter sich ab. Nicht einmal seine Frau darf dabei bleiben.

10

Am Dienstag nach Ostern ist er schon um Viertel nach acht Uhr in der Redaktion, eifrig bemüht und fest entschlossen, sich im Rudel an die Spitze zu schlagen.

Als er eintrifft, ist er noch allein in der Redaktion. Nicht einmal Fräulein Schatz, die Sekretärin, die ihn anscheinend sympatisch findet und sich als einzige ständig um ihn kümmert, sitzt an ihrem Schreibtisch. Die Kaffeemaschine und die Telefone stehen still.

Die A chenbecher und Papierkörbe sind ausgeleert und die Schreibtische noch aufgeräumt.

Also setzt Merz sich an einen der leeren Tische, zieht seine Zeitungsausschnitte aus der Rocktasche und sieht sie noch einmal durch. Heute wird er Grasberger noch mehr Vorschläge auf den

Tisch legen, wird Ideen aus sich heraustreiben und Elan zeigen. Heute will er sich wie die anderen durchboxen, mit Erfolg, wie die anderen. Hecht im Karpfenteich. Merz ist nicht irgendwer. Merz steht nicht auf verlorenem Posten, auch dann nicht, wenn er augenblicklich sogar von seinem Bundesbruder vergessen wird. Seit seinem Antrittsbesuch hat er von Dr. Heuschka nichts mehr gehört. Heuschka ist zu einer Tagung abgefahren, ohne mit Merz noch einmal zu sprechen. Was soll er, Merz, in der Stellung eines Lehrlings? Heuschka muß ihm unter diesen jungen Leuten, die ihm, was journalistische Erfahrung anbelangt, nicht einmal das Wasser reichen können, eine Position schaffen. Merz will Kompetenzen, ein gewisses Quantum Macht. Das wird er Heuschka sagen. Irgendwann muß sich der Bundesbruder ja wieder mit ihm beschäftigen. Man läßt sich nicht hängen. Aber hier hängt Merz in einem dichtmaschigen Netz. Und seine Befreiungsversuche wirken bereits peinlich.

Zwei Wochen hindurch hat Merz jetzt zugesehen und einige Themenvorschläge gemacht, die nicht realisiert werden. Noch steht er außerhalb.

Die Spielregeln sind hart. Merz, das könnte Konkurrenz sein. Man läßt ihn nicht Fuß fassen. Läßt ihn links liegen, das wird Merz beim Bundesbruder vorbringen.

Die Angst, wieder in eine Phase krankhafter Depression zu fallen, wird er verschweigen.

Aber diese Angst ist da.

Als Grasberger gegen halb zehn Uhr in die Redaktion kommt, legt Merz seine Vorschläge vor, Grasberger winkt ab. Jetzt nicht. Er hat zu tun.

Niklas fehlt diesmal in der Redaktionskonferenz, er ist schon nach England abgefahren. Und Merz spürt die Abneigung der übrigen Redaktion stärker als gewöhnlich.

Niemand kümmert sich, kommt zu Merz und sagt:

Schauen Sie sich heute mal das und das an, es könnte Ihnen weiterhelfen.

Oder: Könnten Sie mir beim Texten zur Hand gehen?

Oder: Haben Sie vielleicht zu diesem Thema einen Vorschlag?

Gewiß, sie sind alle von einer ausgesuchten Höflichkeit. Alles nette Leute.

Nachmittags ist Merz mit Götz und Fräulein Schatz allein in der Redaktion, als ein Anruf kommt, den Götz entgegennimmt. Merz sitzt an einem der drei Schreibtische, raucht und liest ein Buch des Oberlehrers über Wolkenbildung, um sich auf das geplante Interview vorzubereiten.

Er hört Götz sagen: Elektrofischerei? Ich glaube nicht, daß das für uns interessant ist. Merz schiebt das Buch beiseite.

Elektrisches Abfischen? Das kennst du doch aus dem Krieg. Der Hauptmann Buchbinder hatte den jungen Soldat zum Abfischen eines Altwassers mitgenommen.

Der junge Redakteur dort am Telefon scheint keine Ahnung zu haben. Moment mal, sagt Merz, elektrisches Abfischen?

Götz dreht sich unwillig um: Verstehen Sie was davon?

Ich hab mal mitgemacht, antwortet Merz, das gibt gutes Bildmaterial, vielleicht sollten Sie es doch machen? Die Hauptsache ist Kameraarbeit, der Rest informierender Text, ich könnte Ihnen dabei helfen. Götz, der die Sprechmuschel des Apparates mit der Innenfläche seiner Hand abgedeckt hat, nimmt jetzt die Hand weg und sagt seinem Gesprächspartner zu. Dann legt er auf.

Erzählen Sie doch, fordert er den älteren Kollegen auf.

Du bist nur zu gern bereit, dem Jungen zu zeigen, daß du etwas von der Sache verstehst.

Ein Prinzip, belehrt Merz und bietet Götz eine Zigarette an, gibt ihm betont Feuer: Das eigentlich seit der Entdeckung der Elektrizität auf der Hand liegt. Von Bug und Heck eines Schiffes werden elektrische Pole ins Wasser gesenkt, um die Fische, die ins Stromfeld geraten, zu betäuben und mit einem Saugrohr ins Innere des Schiffes zu ziehen. Ich hab das mal in Südfrankreich miterlebt, im Krieg. Götz läßt sich erzählen. Merz, als Neunzehnjähriger bei einer Panzerdivision. Einfacher Soldat, weil er sich weigerte, Offizier zu werden, seinen Kameraden gegenüber eine Sonderstellung einzunehmen. Bis er seine Frau kennenlernte, bis er entdeckte, daß es ihm aufs Überleben ankam. Da hatte er schon ein Jahr Krieg hinter sich. Und nachdem Merz sich entschlossen hatte, zu überleben und erkannte, daß dafür die einzige Möglichkeit als höhere Charge bestand, da machte er sehr rasch Karriere, durchlief die vorgeschriebenen Stationen bis zum Rang eines Leutnants der Reserve. Den richtigen Befehlston zu lernen, bereitete ihm keine Schwierigkeiten, auch nicht der Umgangston im Offizierskasino.

Und er überlebte.

Schön, meint Götz, Sie glauben also, daß die elektrische Fischerei was hergibt, dann werde ich mal Grasberger informieren.

Nachdem Götz gegangen ist, wird es ganz still in der Redaktion. Merz liest weiter und nebenan tippt Fräulein Schatz beständig auf der Schreibmaschine, monoton und unaufhaltsam.

Später gehst du zu ihr hinüber und bittest um eine Tasse Kaffee. Dabei berührt er flüchtig ihre Schulter.

11

Er hat sich entschlossen, nach einem neuen Zimmer zu suchen. Dieses hier bedrückt ihn und nicht jeden Abend läuft ein Western. Heuschka, der Bundesbruder, hat ihm zwar ein Fernsehgerät als Dienstapparat versprochen, aber wie andere Versprechungen wurde auch diese Zusage vergessen. Immerhin konnte Merz sich von einem Teil des Vorschusses ein Radiogerät kaufen, damit er nicht mehr nur unter dem Blumenkorb in Öl sitzt, nichts anderes im Ohr, als den Straßenlärm, die Schritte der alten Frau und ab und zu das Rauschen der Klosettspülung, manchmal hört er auch, wenn der Wind aufs Haus steht, das Rangieren von Zügen auf dem nahen Güterbahnhof.

Seine Frau liebt die Nähe von Bahnhöfen. Damals in Paris lebte sie in einem Zimmer am Gare du Nord, und er lernte sie im Einsatz der Truppenbetreuung kennen. Kraft durch Freude. Deutsche Schauspielerinnen für deutsche Soldaten.

Für ihn war sie mehr. Hier brauchte er nicht den Griff ans Knie und das gierige Verlangen mit geschlossenen Augen.

Du hast Angst? fragt sie und hört auf die Geräusche der rangierenden Züge. Sie nimmt ihm diese entsetzliche Angst, impotent zu sein. Was für eine unsinnige Angst, sagt sie.

Fast bist du noch ein Kind.

Dann siehst du sie abfahren.

Der Bahnsteig voller Menschen. Patrouillierende Soldaten. Kontrollen. Sie löst sich noch einmal aus der Gruppe ihrer Kollegen, kommt auf ihn zu, als würde sie von der Kamera ins Objektiv gezogen.

Großaufnahme und Schnitt.

Ihr Gesicht im geöffneten Abteilfenster des Waggons. Der Zug fährt, die Kamera fährt mit, und du möchtest winken.

Du läufst. Du läufst hinterher, als müßtest du um dein Leben laufen. Als würdest du von zwei Verfolgern eingeholt, deren Gesichter, deren Auftrag du kennst. Bleib stehen, zünde dir eine Zigarette an, vielleicht gehen sie vorbei, und du kannst beruhigt nach Hause gehen, das Geräusch rangierender Züge im Ohr.

Sobald er die Tür hinter sich geschlossen hat, stellt er das Radio an. Aber schon wenige Minuten später klopft die alte Frau und ruft gedämpft durch die Türfüllung: Bitte, Herr Merz, nicht so laut, ich möchte gerne schlafen.

Also dreht er leise und schreibt bei leiser Musik, Klavierkonzert von Chopin, seiner Frau:

Langsam befreie ich mich von der Schreibtischfurcht, die mich im Büro kleben läßt, aus Angst, ich könnte etwas versäumen. Ich begreife, daß es nicht nur tödlich langweilig und unfruchtbar, sondern auch gänzlich überflüssig ist, den ganzen Tag in der Redaktion zu sitzen, Zeitungen zu lesen und zuzuhören, was geredet, berichtet, geplant, kritisiert und gewitzelt wird. Natürlich hat auch das seine Vorteile, man lernt die Menschen ein wenig kennen, wie sie sind, was sie sind, was und wie sie es tun. Aber es kommt mehr dabei heraus, wenn man mit ihnen hinausfährt.

12

Am nächsten Morgen trifft er den jungen Götz im Aufzug. Haben Sie die Elektrofischerei an Grasberger verkaufen können? fragt er.

Götz nickt und sagt, als rede er vom Wetter: Ich habe Grasberger erzählt, wie das funktioniert und, daß es ausgezeichnetes Bildmaterial hergibt. Er war begeistert und hat mir die Story zugeteilt.

Hast du wirklich etwas anderes erwartet? Gehofft, daß du diese Story drehen könntest?

Götz hat die Erfahrungen des älteren Kollegen als eigene aufgetischt und sich ganz selbstverständlich diesen Auftrag geholt. Grasberger ist bereits in der Redaktion.

Merz schlägt vor, einen Film über das Landesjugenddurchgangslager zu drehen. Einzelschicksale der Ostflüchtlinge herausgreifen. Ein aktuelles Thema.

Grasberger zeigt sich interessiert: Versuchen Sie es, Herr Merz, sagt er, Sie sollten doch jetzt ohnehin Ihren ersten größeren Beitrag für die Abendschau machen. Am besten fahren Sie in der nächsten Woche einmal in das Lager und sehen sich um, ob dort alles Ihren Vorstellungen von der Story entspricht. Und kümmern Sie sich um eine Dreherlaubnis.

Merz ist überrascht, wie schnell Grasberger diesmal bereit ist, ein Thema des Neulings zu akzeptieren.

Er erzählt es Loewe beim Mittagessen.

Vielleicht kann ich Sie als Kameramann für die Story nehmen? fragt er, ein wenig unsicher, wie Loewe reagieren wird.

Warum nicht? sagt Loewe, ich würde gern einen Film mit Ihnen machen. Ich glaube, Sie könnten frischen Wind in die Abendschau bringen. Mir würde eine Zusammenarbeit Spaß machen.

Vielleicht, denkst du, möchte ich wirklich Freundschaft mit ihm schließen.

Sie wollen gerade in die Redaktion zurückgehen, da kommt Götz zu ihnen an den Tisch, ein wenig hektisch und sichtlich nervös.

Was ist los? fragt Loewe.

Götz setzt sich zu ihnen, bittet um eine Zigarette und hat Schwierigkeiten, über sein Problem zu sprechen.

Es ist so, fängt er an, ich habe gestern den Auftrag von Grasberger bekommen, die Elektrofischerei zu filmen, aber jetzt klappt das zeitlich nicht. Der Film soll Samstag vormittag gedreht werden, ich muß aber samstags noch einen anderen Film texten, ich schaffe es einfach nicht. Deshalb hätte ich einen Vorschlag, Herr Merz, Sie haben doch gestern die ganze Sache mit der Fischerei erst richtig aufgebracht, könnten Sie nicht den Film übernehmen?

Und was sagt Grasberger dazu? fragt Merz.

Dem müßten wir das noch beibringen, sagt Götz.

Loewe meint: Das schaffen wir schon. Kommen Sie, ich gehe mit Ihnen zu Grasberger. Samstag vormittag habe ich ohnehin noch nichts zu tun. Ich könnte mit Ihnen rausfahren.

Grasberger erklärt sich nach einigem Zögern bereit, Merz die Story machen zu lassen. Eigentlich hätte er beim ersten Mal gerne dabei sein wollen, behauptet er, um ihm, Merz, Ratschläge geben zu können. Loewe entgegnet: Dafür bin ich doch dabei. Das ganze wird ohnehin ein Film ohne Originalton. Da kann wenig schiefgehen.

Merz hat sich für Samstag morgen neun Uhr mit Loewe am Funkhaus verabredet. Loewe wartet bereits draußen vor dem Tor in seinem Caravan und Merz steigt um.

Sie müssen eine halbe Stunde fahren, bis sie den kleinen Fischereihafen vor der Stadt erreichen.

Diesen Film schaffen wir aus dem Handgelenk, sagt Loewe, Sie brauchen mir nur gute Motive anzubieten.

Heute läßt er sich auf der Landstraße Zeit.

Sie kommen mit den Kollegen in der Redaktion noch nicht zurecht? fragt er direkt und Merz bejaht.

Du willst reden.

Niklas und Sie sind bis jetzt die einzigen, zu denen ich etwas mehr Kontakt habe.

Machen Sie sich nichts draus, einer, der bei uns anfängt, hat es nicht leicht. Allein schon der Futterneid und die Konkurrenzangst der übrigen sind fast unüberwindbar. Da muß man schon verdammt gute Beziehungen haben.

Grasberger hat bisher jedes Thema, sagt Merz, das ich ihm angebracht habe, abgelehnt bis auf die Flüchtlingsstory, und selbst daran glaube ich noch nicht so recht.

Vielleicht sind Sie zu ungeduldig, antwortet Loewe, das geht alles nicht so rasch, auch mit sehr viel Ehrgeiz nicht. Wissen Sie, ich glaube, Grasberger ist zwar ein ganz guter Manager, aber vom Filmen versteht er nicht viel. Ich hasse es, mit ihm zusammenzuarbeiten. Grasberger ist ein echter Funkmann. Und Sie werden sehen, Merz, er macht es nicht mehr lange bei uns.

Gegen halb zehn erreichen sie den kleinen Hafen. Die Besatzung des Fischkutters hilft, die Kameraausrüstung auf das Bootsdeck zu verladen.

Im Altwasser, einem Seitenarm des Flusses, werden die beiden elektrischen Pole ins Wasser gelassen und die Elektromotoren angeworfen. Merz läßt Loewe die Vorbereitungen filmen. Das Herablassen der Pole und des Saugrohres, das Anwerfen des Motors, Kameraschwenk auf den Fluß und dann die ersten Fische, die in den offenen Bauch des Schiffes gezogen werden. Kleine schmutzige Flußfische.

Fünf Minuten später streikt der Generator.

Loewe setzt die Kamera ab.

Was ist los? fragt Merz.

Vielleicht die Zündkerzen, meint der Fischereimeister, ein alter Mann, der die Aktion für das Fernsehteam leitet.

Drehen? fragt Loewe, als der Alte die Motorhaube aufhebt. Merz nickt und das Summen der Kamera setzt wieder ein. Zwei junge Fischer versuchen nun gemeinsam mit ihrem Meister den Schaden zu beheben, nehmen die alten Zündkerzen heraus und setzen neue an. Der Motor spuckt und versackt endgültig. Nach einer Stunde geben sie auf und fahren zum Ufer zurück.

Was nun? fragt Merz.

Gehen wir erst mal essen. Loewe hat Hunger.

Viel ist ja nicht dabei herausgekommen. Merz ist wütend.

Nicht aufregen, beruhigt Loewe, Sie können doch nichts dafür, daß denen der Generator kaputtgegangen ist. Außerdem haben wir mindestens zehn Minuten Material im Kasten, jetzt brauchen wir nur noch Füller.

Füller? Natürlich weißt du, was Füller sind, aber du bist empört über einen Elektromotor, der spuckt und versackt und deinen ersten Auftrag scheitern läßt.

Füller, sagt Loewe noch einmal beim Mittagessen in einem nahen Gasthof, damit aus dem Film wirklich eine Story wird.

Bildmaterial. Als Götz dir den Film weggenommen hat, hattest du das Bildmaterial schon im Griff.

Also, fangen wir an! sagt Loewe nach einer letzten Tasse Kaffee. Merz läßt ihn die Kamera in Anschlag bringen, läßt ihn filmen. Industrieansiedlung am Stadtrand, dann Flußidyll am Fischereihafen und am Seitenarm.

Brackwasser.

Ein LKW kippt Füllerde ab.

Bald wird hier ein neues Industriegebiet entstehen.

Zurück zum Fluß, Sportangler auf ihren Campinghockern, Zigaretten und eine Flasche Bier neben sich. Schnitt.

Altwasser, Enten und Blesshühner und Schwenk zur Aufschüttung.

Ein neuer LKW fährt ins Bild, die Aufschüttung wächst sichtbar. Dann Zwischenschnitte: Zuschauer und das Ausladen des Trogs voll betäubter Fische. Schnitt.

Noch einmal der Fischkutter auf dem Altwasser, das Absaugen der Fische.

Und noch einmal Schnitt.

Die betäubten Fische werden vom Altwasser hinüber zum Fluß transportiert.

Fischer in hohen Wasserstiefeln.

Aussetzen der Fische im Fluß.

Und ein letzter Schnitt auf das Industriegebiet, mit der Gummilinse ganz nah ins Bild geholt.

Eine Bedrohung?

Wollen wir über so was nicht mal einen privaten Film drehen –

Kulturfilm? fragt Loewe, während sie durchs Schilf kriechen, um Idylle einzufangen. Ich hätte da Beziehungen, sagt er, darüber müßten wir unbedingt mal reden.

Abends trinken sie noch ein Bier, ehe Loewe seinen Kollegen vor dem Funkhaus absetzt.

Wenn er dich nun fragt, was du morgen, am Sonntag vorhast, wirst du eine Verabredung vortäuschen.

Aber Loewe fragt nicht.

13

Grasberger hat Geburtstag und läßt nach der Redaktionssitzung allen Anwesenden von Fräulein Schatz Sekt servieren.

Kaum ist der Sekt ausgeteilt, fallen die guten Wünsche und ein Hoch für den Abendschauchef, dem sich auch Karstens anschließt, freundlich, und ein Händedruck dem Kontrahenten.

Nach dem Essen setzt sich Merz mit dem Pressechef des Vertriebenenministeriums in Verbindung. Vom Jugenddurchgangslager selbst hat er bereits eine grundsätzliche Dreherlaubnis. Aber er braucht noch die Zusage des Ministeriums, in dessen Kompetenzen das Lager fällt. Von Fräulein Schatz hat Merz erfahren, daß der zuständige Referent und Pressechef, ein Herr Hain, für den Landtag kandidiert.

Er wird also nicht abgeneigt sein, meint Fräulein Schatz, Ihnen behilflich zu sein, wenn Sie ihn mit einem Interview in Ihren Film hineinnehmen. Jede Publicity ist wichtig, wenn er gewählt werden will.

Sie behält Recht. Nach einem längeren informativen Gespräch ist Herr Hain bereit, morgen mit Merz ins Lager zu fahren und ihm bei der Motivsuche zu helfen.

Wenn ich dabei bin, sagt er, haben Sie es leichter. Ansonsten ist die Lagerleitung gegenüber der Presse nicht gerade sehr zugänglich. Merz bietet ihm an, ihn gegen acht Uhr morgens abzuholen.

Als er am nächsten Morgen in den Villenvorort hinausfährt, ist er angenehm überrascht. Dieser Pressereferent ist ein Mann, mit dem sich Merz verstehen kann. Etwas älter als Merz, ruhig und freundlich, selbstbewußt, aber ohne Arroganz. Einer, der die Dinge ohne Komplikationen sieht und seine Sache versteht.

Auf der Fahrt ins Lager, das fünfundsechzig Kilometer außerhalb liegt, unterhalten sie sich über Lagerprobleme. Auch Hain war in Kriegsgefangenschaft, allerdings in englischer, drüben in Kanada und wurde bereits sechsundvierzig entlassen.

Viele Gefangene sind drüben geblieben, oder später nach Kanada zurückgekehrt.

Gewiß, ein beeindruckend schönes Land, meint Hain, aber eben doch ohne Tradition, kulturelle Tradition, verstehen Sie?

Natürlich versteht Merz. Er denkt nicht anders.

Wir sind hier in dieser sogenannten alten Welt verwurzelt. Dagegen sollten wir uns nicht sträuben.

Die, die auswandern, richten sich nach rein ökonomischen Prinzipien. Und ich kann mir nicht vorstellen, daß sie dabei glücklich werden. Sie haben eine Gesprächsbasis.

Merz, der sich nach seiner Rückkehr aus russischer Kriegsgefangenschaft in dem neuen Deutschland erst zurechtfinden mußte und sich dann den restaurativen Kräften anschloß, einmal, weil diese sich durchgesetzt hatten und das gesellschaftliche System bestimmten, zum anderen aber auch aus seiner katholischen Erziehung heraus und seiner Anhänglichkeit an idealistisch verschwommene Jugendprinzipien, Merz findet in Hain, der Mitglied der Christlich Demokratischen Union und deren Landtagskandidat ist, einen gleichgesinnten Partner.

Das Hauptproblem unseres Durchgangslagers ist, erläutert Hain, daß wir durch die jugendlichen Ostflüchtlinge mit einer Menge Einzelschicksalen konfrontiert werden, die wir leider überhaupt nicht individuell lösen können, weil uns einfach Mittel und Kompetenzen fehlen.

Das Lager selbst macht einen freundlichen Eindruck. Zwischen offenen Rasenflächen, begrenzt von Blumenbeeten, stehen festgemauerte Barackenbauten, Gardinen an den schmalen Fenstern und fast gemütlich eingerichtete enge Zimmer. Den Jugendlichen steht ein Aufenthaltsraum mit bescheidener Bibliothek, Radio und Fernseher zur Verfügung, den sie, wie der Lagerleiter, ein älterer rundlicher Mann, Beamtentyp, erklärt, jeden Abend gerne benutzen.

Selbstverständlich existiert eine Hausordnung, aber die jungen Menschen sind doch nicht inhaftiert, sagt er.

Merz und Hain nehmen an einer Kommissionssitzung teil, die vom Lagerleiter geführt wird.

Das Schicksal des einzelnen wird abgefragt. Seine Schul- und Berufsausbildung, seine Zukunftsvorstellungen und nicht zuletzt seine Einstellung zur neuen Heimat.

Dann wird routinemäßig entschieden. Er bekommt einen Arbeitsplatz und eine Schlafstelle in einem Heim zugewiesen und kann nun mit dem Aufbau seines Lebens beginnen, wie der Lagerleiter sagt. Sie werden über die ganze Bundesrepublik verteilt, politische Flüchtlinge, die um Asyl nachgesucht haben. An ihrem neuen Wohnort unterstehen sie für einen weiteren Zeitraum der dortigen Jugendfürsorge.

Freunde werden sie sich selbst suchen müssen.

Merz betrachtet die Gesichter der Jugendlichen, die der Kommission vorgeführt werden. Junge Gesichter, noch ohne Zeichnung, die sich nicht von den Gesichtern der westdeutschen Jugendlichen unterscheiden.

Trotz und Optimismus oder naive Gleichgültigkeit. Kaum ein Mädchen darunter. Der Prozentsatz der Mädchen unter den jungen Flüchtlingen ist sehr gering.

Alle hoffen auf das ganz große Glück im Westen. Den goldenen Westen wollen sie kennenlernen, sobald sie dieses Auffanglager verlassen haben.

Fünf bis zehn Jugendliche treffen hier wöchentlich ein. Das Lager wurde vor dem Bau der Berliner Mauer für eine viel höhere Kapazität eingerichtet.

Nach der Kommissionssitzung läßt Merz sich in einem ersten Vorgespräch mit dem Lagerleiter und dessen Frau, die die wenigen Mädchen betreut, die Namen einiger Jugendlicher geben, die aufgrund ihres Schicksals für diesen Film interessant sein könnten. Beide sind sie bereit, ihm Jugendliche bereitzustellen.

Geeignete Jugendliche bereitstellen, sagt der runde kleine Mann und fast glaubt Merz einen Kasernenhof vor sich zu haben.

Auf mich können Sie sich verlassen, sagt der Mann.

Wenig später kommen zwei Amerikaner in Zivil herein. Merz wird als der Mann vom Fernsehen vorgestellt.

Die beiden finden daraufhin sehr rasch einen Vorwand, das Büro wieder verlassen zu können.

Diese Seite des Lagers wirst du nicht zeigen können. Warum eigentlich nicht? Feuilletonistisch einige Schicksale und das Lagerleben im Film abrollen zu lassen, das ist keine Sache. Das wird oft gemacht. Aber über die „Investigators“, eine als deutsch ausgegebene Befragungsstelle deutscher und amerikanischer Geheimdienste im Lager, darüber berichtet keiner. Das ist ein heißes Eisen. Jeder, der einmal in einem Flüchtlingsauffanglager war, kennt die „Investigators“, aber niemand verliert ein Wort darüber.

Du fragst nicht einmal den Lagerleiter. Du hast Angst. Du erinnerst dich, du erinnerst dich nur zu gut. Und du weißt, was hier gespielt wird. Du hast die Spielregeln am eigenen Leib erfahren. Du zeigst die Narbe an deinem Hals. Und dann war da noch der Mitgefangene, der sich die Kehle durchgeschnitten hat. Hat er sie sich selbst durchgeschnitten? Oder war da einer, der einen Auftrag ausführte? Du siehst die beiden Amerikaner wieder aus dem Büro hinausgehen und sagst dir, daß du nichts gesehen hast.

Sie suchen sich hier im Lager interessant scheinende Jugendliche, geben ihnen Zigaretten und fünfzig Mark Befragungslohn und hoffen auf wichtige Aussagen über die verlassene Heimat.

Du sagst: So machen es alle Geheimdienste der Welt.

Du sagst: Das wäre eine Story wert.

Und wenn du an deine Frau schreibst, den Lagerbesuch schilderst, schreibst du auch: Aber ich will noch länger leben.

Weil du die Spielregeln kennst.

Unter hundert Jugendlichen finden sie vielleicht einen, der fähig und bereit ist, für sie zu arbeiten.

Merz ist mit den Möglichkeiten, die er im Lager für seinen Film vorgefunden hat, zufrieden. Gegen Abend fahren sie wieder zurück und Hain, der Pressereferent des Vertriebenenministeriums lädt Merz noch auf einen Kaffee mit Kognak ein. Er hat Fragen vor dem Drehtag. Wie soll der Film aussehen? Heimatvertriebene und die Wiedervereinigung Deutschlands sind die Gesprächsthemen.

Grasberger ist noch in der Redaktion, als Merz gegen sieben Uhr noch einmal in den dritten Stock hinauffährt.

Wie war Ihre Ausbeute? fragt er und Merz berichtet.

Aufgrund der Notizen, die er sich gemacht hat, kann er seinem Chef bereits einen Drehplan entwickeln.

Grasberger scheint von der Arbeit, die Merz heute geleistet hat, beeindruckt.

Ich glaube, sagt er, Sie haben da eine gute Konzeption entwickelt. Er gibt Merz den Auftrag, an der Story weiterzuarbeiten.

Damit hat Merz die ersten drei Aufträge in der Tasche, den Wolkenfilm, die elektrische Fischerei und das Jugenddurchgangslager. Der Lagerfilm wird vielleicht zehn Minuten lang werden, die anderen beiden höchstens fünf Minuten. Aber Merz hat ein erstes Ziel erreicht, er arbeitet aktiv mit. Er hat eine Chance zu zeigen, daß er für diese neue Arbeit taugt. Das macht ihn zufrieden.

Am nächsten Morgen erfährt die Redaktion auf ihrer täglichen Sitzung von Grasberger, daß er nun doch die Story der Ölbohrfirma in Abwesenheit von Niklas abgesetzt hat.

Loewe protestiert, und Merz, der glaubt, nun dazuzugehören, schließt sich diesem Protest an.

Grasberger wehrt ab. Eine Sendung über dieses Thema sei unerwünscht. Das Haus habe sich entschieden.

Was ist vorgefallen? fragt Merz.

Die betroffene Firma hat einen juristisch fundierten Einwand vorgebracht.

Ja gut, entgegnet Merz, dann lassen wir die Firma raus und interviewen die Betroffenen. Grasberger wird ungeduldig.

Loewe springt für Merz ein: Wieso lassen Sie die Story einfach sterben? Haben Sie Angst?

Grasberger wehrt sich: Sie wissen selbst sehr gut, Herr Loewe, daß das, was Sie jetzt vorbringen, nicht stimmt. Ich habe mich bereits zweimal in meiner Zeit als Abendschauchef erfolgreich gegen ein Veto des Hauses und betroffener Firmen durchgesetzt. Ich war derjenige, der sich schützend hier vor diese Redaktion gestellt hat.

Und, warum tun Sie es diesmal nicht?

In diesem Fall lohnt es sich nicht. Lärmentschädigung, das ist doch ein kleiner Fisch. Wir sollten uns unsere Initiative für wichtigere Angelegenheiten aufheben.

Sie haben doch Angst, sagt Loewe, und nun beginnt Grasberger zu schreien, schlägt mit der flachen Hand auf den Tisch und die Haare fallen ihm in die Stirn: Was heißt hier Angst! Ich kann es mir bei meiner augenblicklichen Situation hier im Hause nicht leisten, gegen den Strom zu schwimmen. Im übrigen habe ich eine Entscheidung getroffen und bei dieser Entscheidung bleibt es. Basta. Aus!

Pointer, der verspätet zur Sitzung eintrifft, wieder ganz der strahlende Held unter den Kameraleuten, im neuen Anzug und Eau de Cologne, kommt zum letzten Aufschrei Grasbergers ins Konferenzzimmer. Fröhlich fragt er: Was regen Sie sich so auf, meine Herren, hängt der Segen des Hauses wieder einmal schief? Darf man fragen, wen diesmal der Schwarze Peter trifft?

Keiner antwortet ihm, und Grasberger geht zur Besprechung der nächsten Sendung über.

Nach Tisch trifft Merz auf Crämer, der in der Redaktion sitzt und an einem Manuskript arbeitet.

Trinken Sie eine Tasse Kaffee mit mir? fragt Crämer.

Merz sagt gerne zu. Er ist überrascht, daß gerade Crämer, der ihn bisher nur mit distanzierter Freundlichkeit behandelte, mit ihm sprechen möchte.

Schätzchen, könnten Sie uns zwei Tassen Kaffee bringen? ruft Crämer ins Vorzimmer.

Merz sagt: Lassen Sie nur, ich hole ihn.

Er geht hinüber zu Fräulein Schatz, die gerade die erste Tasse unter den Hahn der Kaffeemaschine hält, hilft ihr Milch und

Zucker dazuzugeben und steckt fünfzig Pfennige in die Kaffeekasse.

Sie sehen heute zum ersten Mal richtig fröhlich aus, sagt sie und sieht ihn an, er faßt nach ihrer Hand, als sie ihm die Tassen reicht. Merz trägt beide Tassen hinüber und setzt sich zu Crämer an den Schreibtisch.

Wie die anderen, will auch Crämer wissen, was Merz verleitet hat, seinen Chefredakteurposten fürs Fernsehen aufzugeben. Merz versucht, ausweichend zu antworten. Er möchte Dr. Heuschka auf keinen Fall ins Spiel bringen. Bis jetzt weiß niemand im Haus, daß sie Bundesbrüder sind.

Crämer sagt ihm die Gründe auf den Kopf zu, nicht unfreundlich, aber mit einem bestimmten Lächeln: Sie rechnen sich hier die ganz große Chance aus, nicht wahr? Hier will doch jeder Karriere machen, eine echte Karriere. Aber von fünfzig Leuten schafft es vielleicht einer. Darüber müssen Sie sich klar sein. Vielleicht sitzen wir in zehn Jahren wieder einmal zusammen und reden dann über unsere Zeit hier, bei diesem Sender. Was meinen Sie, wie viele der Leute, die sich heute ganz groß aufspielen, dann schon untergegangen sind.

Merz will sich diesem Gedanken entziehen.

In jedem Beruf ist es so, daß nur die Besten an die Spitze kommen. Besonders der Journalist ist dem Leistungsdruck und Konkurrenzkampf ausgeliefert. Jeder Tag bringt neue Streßsituationen. Brötchenneid, finanzielle Unsicherheit und die oft fehlende Solidarität der Kollegen, lassen viele Journalisten scheitern, die mit großen Hoffnungen, mit Ehrgeiz und journalistischer Einsatzbereitschaft begonnen hatten. Und wenn sie nicht zu bestechlichen Interessenvertretern werden, so werden sie doch oft zum Kauz irgendeiner unwichtigen Redaktion, die ihnen nicht mehr den Freiraum läßt, zu sagen, was dringend gesagt werden müßte. Stattdessen schreiben sie über den Hähnchenzüchterverein oder die Osterpredigt des ortsansässigen Geistlichen.

Hierin stimmt Crämer mit Merz überein.

Nach außen ist alles in Ordnung und bleibt es solange, solange Sie im Hause nichts anderes als stiller Beobachter sind, sobald Sie aber aktiv einsteigen, verändern sich die Spielregeln. Nehmen Sie nur einmal diesen Sender hier, in dem wir beide vorerst einmal hängen geblieben sind. Da wird uns gesagt, hier herrsche ein guter Teamgeist und jeder könne mitarbeiten, wo immer er wolle. Das ist Theorie. Die Praxis sieht anders aus. Wenn es sich nur irgendwie vermeiden läßt, läßt kein Ressort einen Kollegen aus einem anderen Ressort mitmachen.

Versuchen Sie zum Beispiel einmal, der Dokumentarabteilung einen Dokumentarfilm zu verkaufen. Sie dürfen Vorschläge einreichen, Sie reden in der Kantine mal mit dem zuständigen Mann und dann hören Sie nichts mehr von der ganzen Angelegenheit. Wenn Sie nach einigen Wochen nachbohren, erhalten Sie Ihre Vorschläge mit fadenscheinigen Ausflüchten zurück. Vielleicht waren Ihre Vorschläge gut, vielleicht sogar so gut, daß sie verwirklicht werden. Aber nicht von Ihnen. Das macht dann einer aus der Dokumentarabteilung.

Sehen Sie, erläutert Crämer, ich war mit Niklas zusammen beim BBC in London. Nach eineinhalb Jahren durfte ich dort Regie führen, eine Arbeit, die ich leidenschaftlich gern mache. Hier ist daran überhaupt nicht zu denken, obwohl ich mich immer wieder angeboten habe.

Was während des Aufbaus der Fernsehsender noch Team-Arbeit war, ist es heute nur noch dem Schein nach. Vorspiegelungen aus der Pionierzeit.

Beim Funk war es nach dem Krieg nicht anders, bestätigt Merz. Auch dort wurde in der Anfangszeit improvisiert und jeder zog am gleichen Strang. Heute gilt aber nur noch, wer mindestens eins, möglichst aber zwei Vorzimmer hat. Vielleicht ist die Verbeamtung, die aus diesen Tatsachen spricht, bei jedem Medium dieser Art unabwendbar. Der Apparat wächst mit der Zunahme seines Machteinflusses, das Wachstum fordert Organisation und fördert Intrigen, Cliquen und deren Machtkämpfe. Was übrig bleibt, ist ein Lavieren zwischen Tür und Angel, um den eigenen Stuhl so lange wie möglich zu verteidigen.

Crämer, der nun wieder über schlechte Bezahlung klagt, erzählt, daß er nebenbei noch für eine Funkzeitschrift schreibt.

Eine schizophrene Situation, sagt er, tagsüber mache ich Programm und abends schreibe ich darüber Kritiken. Das werde ich nicht lange durchhalten können. Aber ich darf die Tür zu solchen Mitarbeitskontakten nicht zuschlagen. Janke oder Heuschka können heute oder morgen durchblicken lassen, daß ich gehen soll. Dann möchte ich auch sofort gehen können und nicht darum bitten müssen, man solle mich aus christlicher Nächstenliebe noch so lange behalten, bis ich einen neuen Job gefunden habe.

Sie sind doch wahrscheinlich mit einem Vertrag abgesichert, fragt Merz, Sie können doch nicht so einfach rausgesetzt werden?

Crämer lacht zynisch: Vertrag, schön und gut, sechs Monate Kündigungsfrist, bei normaler Kündigung. Aber sind Sie sicher, daß Sie mit so einem Vertrag eine normale Kündigung bekommen? Wie rasch läßt sich hier und in unserem Beruf eine grobe Verletzung des Arbeitsvertrages finden. Bei einer Tageszeitung mag das alles nicht so gefährlich sein. Dort haben Sie Zeit, sich zum Beispiel die Formulierung einer politischen Aussage zu überlegen, ehe Sie sie niederschreiben. Hier bei uns bewegen Sie sich auf Glatteis. Sie machen ein Live-Interview und Ihnen unterläuft eine Äußerung, die dem Haus nicht genehm ist. Solange Sie gute Freunde und eine starke Position haben, passiert nicht viel. Aber, wehe, Sie sind ohnehin schon abgeschrieben, von Intrigen angesägt, dann ist so etwas ein willkommener Anlaß. Wenn ich Ihnen also einen Rat geben darf: Nehmen Sie sich in acht. Hüten Sie sich vor politischen Meinungen, die mit den Ansichten Ihres Chefs kollidieren – denn der Abteilungsleiter hat sich bereits mit der Meinung des Hauses arrangiert – und, schaffen Sie sich Freunde, bauen Sie sich, wenn Sie tatsächlich hier Karriere machen wollen, eine Hausmacht auf. Nur so haben Sie eine Chance zu überleben.

Merz bringt die leeren Kaffeetassen hinüber zu Fräulein Schatz, die gerade einige Textvorlagen für die morgige Sendung abtippt.

Crämer hat recht, das weiß er. Merz wird sich Freunde schaffen müssen und er braucht Kompetenzen. Hier in dieser Redaktion. Kompetenzen, die ihm der Bundesbruder geben könnte. Aber Heuschka läßt nichts mehr von sich hören, obwohl er seit vier Tagen wieder zurück ist.

Als Merz ins Redaktionszimmer zurückkommt, arbeitet Crämer wieder an seinem Manuskript, blickt hoch und sagt über die Schulter:

Die politische Richtung dieses Hauses kennen Sie inzwischen sicher? Falls nicht, ein kleiner Hinweis: Heuschka wird einen CDU-treuen Mann aus Bonn hierher in die Redaktion holen. Vielleicht soll er einmal Jankes Stuhl einnehmen. Davon wird geredet.

Der Intendant holt einen neuen Mann hierher. Heißt das, einen neuen Bundesbruder? Heißt das, daß du abgeschrieben bist, daß du versagt hast? Hättest du in diesen ersten Wochen mehr leisten können, als du geleistet hast? Drei kleine Abendschaufilme in Auftrag, mehr nicht. Was geschieht, wenn der erste Film schlecht wird? Wenn er den Anforderungen nicht genügt, wenn er technische Mängel zeigt, weil du den Apparat hier noch nicht durchschaut hast?

Am späten Nachmittag läßt Merz sich von Loewe abholen und zum Studio fahren. Das Rohmaterial des Films über die Elektrofischerei ist aus dem Kopierwerk eingetroffen. Fräulein Mirbach, die als Cutterin für die Abendschau eingeteilt ist, hat angerufen und gesagt, daß sie noch Zeit hätte, den ersten Grobschnitt zu machen. Loewe ist bereit, Merz dabei zu helfen. Merz hat die Selbstsicherheit des Vormittags verloren. Er könnte Fehler machen.

Er hat, wie damals Niklas, einen Schnittplan angefertigt, nachdem er das erste Rohmaterial heute morgen um acht Uhr im Kopierwerk gesehen hat.

Er erklärt dem Mädchen seine Vorstellungen anhand dieses Plans, und Loewe meint, es sei besser, er bliebe beim Trennen dabei, um zu verhindern, daß sich bei diesem ersten Film eine Panne einschleicht. Das passiert jedem von uns, sagt Loewe, aber Ihnen sollte es nicht beim ersten Film passieren. Wir werden aus dieser läppischen Fischerei eine gute Sache machen, damit Sie endlich mal ihren Fuß in die Tür kriegen.

Während Fräulein Mirbach also mit dem Grobschnitt beginnt, sitzen Loewe und Merz neben dem Schneidetisch und sehen zu.

Sie trennt als erstes die einzelnen Einstellungen, zerschneidet die Filmrollen und hängt die Zelluloidbänder in der Reihenfolge an den Galgen, in der sie später wieder zusammengeklebt werden sollen. Merz sagt ihr, welches Material sie sofort wegwerfen kann, weil es nicht mehr gebraucht wird. Eine mühsame Arbeit, aber der Feinschnitt, den sie am nächsten Tag durchführen wird, wird noch mühsamer sein. Das Mädchen beherrscht sein Metier. Rasch und geschickt hantiert sie am Film.

Unvermittelt fragt Merz: Was verdienen Sie eigentlich?

Sie reagiert zurückhaltend: Nicht gerade viel, sagt sie.

Loewe greift ein: Sie brauchen sich nicht zu genieren, Mädchen, Merz fragt nur, weil ihm alle schon geklagt haben, wie schlecht die Bezahlung ist.

Also, sagt sie, ich kriege sechshundertfünfzig.

Wie kann das Mädchen davon leben?

Sie kann es, sagt Loewe, aber für die Leistung, die sie herbringt, ist es verdammt wenig.

Als sie gegen acht Uhr mit dem Grobschnitt soweit fertig ist, schlägt Loewe vor, doch noch essen zu gehen. Er kennt unten in der Altstadt ein nettes Lokal, italienisch. Dorthin lädt er sie ein.

Ein vergnüglicher Abend. Das Mädchen sitzt zwischen Loewe und Merz. Läßt sich von Merz ein bißchen bewundern, raucht seine Zigaretten und plaudert munter vor sich hin, ihr Knie an seines gedrückt. Als er nach ihrer Hand greift, sagt sie, daß sie bei ihrer Mutter wohne, einfach deshalb, weil es billiger und bequemer sei, aber sie läßt ihm ihre Hand.

Loewe hat vom Lokal aus seine Frau angerufen, um ihr zu sagen, daß er erst später kommen wird. Auf diese Weise erfährt Merz, daß Loewe verheiratet ist.

Kurz vor Mitternacht kommt Merz in sein Zimmer zurück. Er hat am Eingang die Schuhe ausgezogen und schleicht auf Zehenspitzen und Socken durch den Flur. Eigentlich hatte er heute Abend den Text für die Elektrofischerei machen wollen. Er hat nicht damit gerechnet, heute noch Freunde zu finden.

Dann sitzt Merz zwischen Mitternacht und Morgen auf seinem Bett und konzipiert den Text, der morgen dem Film unterlegt werden muß. Morgen Abend, hat Grasberger gesagt, will er den Fischereifilm ins Programm nehmen.

An seine Frau schreibt Merz:

Es ist mir klar, daß ich mich hüten muß, als Neuling allzu kritisch zu sein, aber Kritik drängt sich in dieser Abteilung geradezu auf. Allmählich beginne ich, die Stärken und Schwächen der Mitarbeiter zu sehen, die Mängel in Aufbau und Arbeit der Redaktion. Die tüchtigste, und wahrscheinlich unentbehrlichste Kraft ist Fräulein Schatz, die Sekretärin, ohne sie würde der Laden kaum laufen. Die zweitwichtigste dürfte die Cutterin Fräulein Mirbach sein. Jeder andere ist entbehrlich, will sagen, könnte jederzeit durch einen anderen ersetzt werden, ohne daß die Abendschau deswegen ihr derzeitiges Gepräge verlieren müßte.

Für die Leute hier bin ich begreiflicherweise eine etwas rätselhafte Figur. Man weiß, daß ich eine Chefredaktion um des Fernsehens willen aufgegeben habe und versteht das nicht recht. Und man will mich aushorchen, vor allem der junge Spunt Götz will das. Während der Filmerei im Zirkusgelände, fragte er, für wie lange ich engagiert sei und, ob ich auch noch in andere Abteilungen weitergereicht würde. Das sei offen geblieben, fertigte ich ihn ab. Nächstens werden sie mich noch fragen, was ich verdiene. Dann werde ich sehr kühl werden müssen. Auf jeden Fall hüte ich mich sehr sorgsam, irgendjemanden meine innere Beziehung zu Dr. Heuschka auch nur ahnen zu lassen. Sie sollen aus meinem Verhalten ruhig schließen, er sei für mich ebenso ‚Olymp' wie für sie!

Nicht jeder kann Bundesbruder von Heuschka sein.

14

Die Premiere für Merz.

Auch an diesem Abend steigert sich die Unruhe im Sendestudio kurz vor Ausstrahlung der Abendschau von Minute zu Minute.

Bis zur letzten halben Stunde wird noch umdisponiert.

Grasberger läßt einen Film von Götz ganz aus dem Programm

nehmen, setzt dafür eine Story ein, die Niklas noch vor seiner Abreise gedreht hat.

Der Sprecher wird davon unterrichtet.

Neue Nachrichten treffen aus der Nachrichtenredaktion ein und müssen noch in den übrigen Nachrichtentext eingepaßt werden. Eine der Lampen ist fünf Minuten vor sieben durchgeschmort und der junge Ungar, Kameraassistent, sucht wieder einmal verzweifelt nach einer Ersatzbirne, die er nicht bereitgelegt hat.

Grasberger wirkt überreizt und explosiv.

Kurz vor Sendebeginn läßt Grasberger nach Merz rufen, der sich noch im Senderaum aufhält, um dem Sprecher, der den Text zum Fischereifilm live auf den Film sprechen soll, letzte Anweisungen über Tempi und Betonung zu geben.

Wo stecken Sie denn? fragt Grasberger nervös, ich brauche Sie hier. Merz erklärt, daß er gerade den Sprecher noch einmal instruiert habe. Ach was, sagt Grasberger, das ist doch nicht nötig. Beim Probedurchlauf um sechs hat doch alles prima funktioniert. Sie sind viel zu aufgeregt.

Merz ist aufgeregt. Seine Hände zittern und der Schweiß bricht ihm unter den Achseln aus. Der Film ist wunderbar geworden, sagt er sich, die kleine Mirbach hat ihr Bestes geleistet und der Text ist auch nicht schlecht. Was soll schiefgehen?

Merz sieht eine Panne nach der anderen auf sich zukommen. Erregt will er sich eine Zigarette anzünden. Ein Aufschrei Grasbergers hält ihn davon ab: Mann, sind Sie verrückt geworden? Hier darf nicht geraucht werden. Geben Sie die Zigaretten lieber her, sonst überstehen Sie die nächste halbe Stunde nicht.

Gehorsam reicht Merz sein Päckchen Zigaretten zu Grasberger hinüber. Sie sind aber auch nervös, meint er.

Ist das ein Wunder? fragt Grasberger, heute läuft wieder alles schief, und ich wette meinen Kopf, daß der Intendant oben vor seinem Büroapparat hockt und die Sendung diesmal anschaut, nur, weil ein Grasbergerfilm im Programm steht. Ich werde das Gefühl nicht los, daß er mich irgendwann abschießen will. Er wartet nur auf eine günstige Gelegenheit.

Der Zeiger der großen Wanduhr im Regieraum springt auf eine Minute vor sieben.

Sie müssen ans Pult, sagt einer der Techniker zu Grasberger. Mein Gott, sagt Grasberger, das hätte ich fast vergessen, Sie sollen den Sprecher bei Ihrem Text selbst einweisen, Merz. Also kommen Sie schon, rasch. Setzen Sie sich ins Studio. Ihr Film läuft als zweiter Beitrag. Ich gebe den Einsatz und Sie führen den Sprecher, wie Sie es ja bei anderen Sendungen schon gesehen haben.

Verwirrt hetzt Merz hinüber. Darauf ist er nicht vorbereitet.

Will er dich reinlegen? Was passiert, wenn der Sprecher deine Zeichengebung mißversteht und das ganze Konzept von Tempi und Betonung durcheinanderwirft? Das wird an dir hängen bleiben.

Grasberger fährt die Sendung ab.

Merz sitzt vor der großen Panoramascheibe und sieht hinüber ins Aufnahmestudio. Der Sprecherraum ist durch eine Lautsprecheranlage direkt mit der Aufnahme verbunden. Jetzt werden Weltnachrichten verlesen.

Dann gibt Grasberger seinen eigenen Film hinein.

Es folgen Regionalnachrichten.

Zwei Minuten Werbung, Einsatz für den Fischereifilm.

Merz spürt Schweiß ausbrechen, der den Rücken entlang in die Hose läuft.

Jetzt muß er dirigieren, die Zeichengebung so führen, daß jede Textstelle millimetergenau auf die entsprechende Filmeinstellung kommt.

Sprecher und Merz sitzen sich genau gegenüber, nur die Scheibe trennt sie und jedesmal, wenn eine Bildeinstellung ohne Text läuft, verständigen sie sich.

Du hast entsetzliche Angst.

Irgendetwas könnte schief laufen.

Nur eine Kleinigkeit.

Und dieser Sprecher da draußen im Studio, der liest den Fischereitext, als wären es Nachrichten oder einer der verflossenen Wehrmachtstexte.

Fünf Minuten panische Angst, dann ist der Film durchgelaufen. Werbung und Schwenk hinüber auf Crämer, der einen Journalisten aus Tel Aviv live interviewt.

Merz bleibt erschöpft sitzen.

Er weiß nicht, ob er seine Sache gut gemacht hat.

Er ist müde und betäubt.

Erst als die großen Scheinwerfer im Aufnahmestudio erlöschen und die Türen wieder geöffnet werden, geht auch Merz hinaus auf den Gang.

Grasberger lehnt dort an der Wand, spricht mit Crämer und dem Mann aus Tel Aviv und raucht. Er sieht Merz aus dem Studio kommen und winkt ihn zu sich.

Hier, Ihre Zigaretten, sagt er, der Film war gut, gratuliere, Herr Merz.

Merz nimmt die Hand Grasbergers.

Crämer stellt Merz dem israelischen Kollegen vor.

Wir gehen noch auf einen Drink in die Kantine runter, kommen Sie mit? Gemeinsam fahren sie mit dem Lift ins Erdgeschoß. Grasberger spendiert Kognak.

Der Kollege aus Israel ist ein Journalist alter Schule, schon grauhaarig, aber noch immer agil und wendig. Lebhaft gestikuliert er mit den Händen. Und plötzlich, mitten im Gespräch über das eben geführte Interview hält er seine Gestik an und fragt: Walter Merz? Merz, der gerade einen zweiten Kognak in sich hineinschüttet, blickt ihn erstaunt über den Glasrand an.

Sind Sie der junge Soldat, der einen meiner Kollegen, der auf französischer Seite gekämpft hatte und in deutsche Kriegsgefangenschaft geraten war, aus dem Lager geschmuggelt hat?

Grasberger und Crämer setzen ihre Kognakgläser auf die Bar zurück. Sind Sie das? fragt der alte Mann und Merz bejaht, versucht die Angelegenheit zu überspielen.

Wie war das? erkundigt sich Crämer.

Erzählen Sie, fordert Grasberger ihn auf.

Merz will erzählen. Merz will die Situation ausschlachten. Eine großartige Story von Einsatz und Heldenmut. Damals war es eine Sache, die ihn den Kopf hätte kosten können. Heute eine

Angelegenheit, die politischen Kredit gibt und ein vergangenes Abenteuer. Aber da steht der alte Mann, der die Geschichte vielleicht ganz genau kennt. Der die einfache Geste und nicht das Heroische erwartet. Ein Jude wie der, den Merz damals im Verpflegungswagen unter schmutziger Offizierswäsche versteckt aus dem Lager geschafft und mit den eigenen Zivilkleidern ausgestattet hat.

Der zwanzigjährige Merz kannte die Widerstandsgruppe des kleinen südfranzösischen Städtchens und konnte die Adresse an den Flüchtling weitergeben.

Sie sollen, sagt der alte Mann an der Bar, als Sie in Paris stationiert waren, auch Kontakte zur Roten Kapelle gehabt haben – sagt man.

Er zwinkert mit dem rechten Auge: Ist da was dran?

Merz wehrt heftig ab.

Sofort lenkt der Kollege aus Tel Aviv ein, sagt, als sei alles nur ein Scherz gewesen: Nun ja, nicht jeder, der opponiert hat, hatte deshalb gleich Kontakte zum gegnerischen Geheimdienst.

Sonst wäre heute jedes Volk zumindest zu einem Viertel ein Volk von Spionen.

Den nächsten Kognak spendiert der alte Mann: Trinken wir auf das Wohl Ihres Kollegen.

Auf der Redaktionskonferenz am nächsten Vormittag lobt Grasberger ausnahmslos den Fischereifilm von Merz. Der Text habe minutiös und treffend zu den Bildern gepaßt. Von den Kollegen kommt kein Einspruch. Merz nutzt diese Situation und bringt einen neuen Vorschlag auf den Tisch:

Obdachlosenasyl: Es existiert unter menschenunwürdigen Verhältnissen am nördlichen Stadtrand.

Karstens lehnt sofort ab: Dabei kommt doch nichts Konkretes zustande.

Merz engagiert sich: Die Verhältnisse dort sind sehr konkret und die Fragen an die zuständigen Behörden auch.

Seien Sie doch nicht dumm, sagt Karstens, wenn Sie die Behörden damit angreifen, kommt nichts anderes heraus, als zugeschüttete Quellen.

Von heißen Interviews halte ich nichts, weil man sich nur den betroffenen hohen Beamten oder Minister für immer verärgern kann.

Aber ich bitte Sie, entgegnet Merz, das ist doch ein Argument, das gewöhnlich nur bei schlechtgemachten oder auflagenschwachen Zeitungen vorgebracht wird. Wir hier sind doch eine öffentlich-rechtliche Anstalt.

Sie verkennen die Realitäten, sagt Karstens.

Aber das sind doch die Realitäten! Merz steigert sich, als Massenmedium haben wir einfach die Pflicht, soziale Ungerechtigkeiten aufzudecken, schon allein deshalb, weil wir in unserem Verbreitungsgebiet eine hohe Effektivität erzielen können.

Glauben Sie etwa, daß Sie durch eine solche Sendung etwas verändern können?

Aber selbstverständlich! Wir können diesen Leuten nicht unmittelbar helfen, aber wir können Hilfe vermitteln. Journalismus besteht nicht nur darin, hübsche kleine Filmchen über eine Modenschau oder Rathauseinweihung zu machen.

Und wenn Sie so mit dem Kopf gegen die Wand rennen, wie Sie es augenblicklich tun wollen, antwortet Karstens, erreichen Sie nur, daß Sie eine Sache aufdecken, sich dafür aber die Zugänge zu anderen Dingen endgültig abriegeln.

Merz ist empört: Was Sie mir da erzählen, Herr Karstens, hört sich wirklich an wie Provinzzeitung. Funk und Fernsehen stellen doch einen Machtfaktor in der Öffentlichkeit dar, gegen den auch Politiker nicht anrennen können, wenn wir uns nur einig sind!

Karstens zuckt die Schultern: Alles schön und gut, lieber Herr Merz, sagt er, wenn Sie die Tatsachen verkennen, ist da nichts zu machen. Am besten informieren Sie sich mal. Wir werden nämlich parteipolitisch gelenkt, zumindestens ist eine Einflußnahme vorhanden, schon allein aus der Zusammensetzung des Rundfunkrates. Und wichtige Posten, auch der des Intendanten, werden nach diesen Gesichtspunkten besetzt. Sie sind der Freiheit auf den Leim gegangen, von der immer geredet wird. Ich hätte Ihnen mehr Intelligenz zugetraut.

Nach diesem Streit mit Karstens wird Merz von Loewe beiseitegenommen.

Was sind Sie für ein seltsamer Mensch? fragt er, Sie sind, wenn ich mich in Ihnen nicht sehr getäuscht habe, grundkonservativ eingestellt, politisch, meine ich. Ihre Einstellung läuft doch darauf hinaus, überkommene Werte auf jeden Fall zu erhalten. Und nun machen Sie sich für Sozialstories stark. Ich versteh das nicht. Entweder Sie sind links, engagieren sich dann gegen die Fehler unseres Systems und, deutlicher gesagt, unserer christlich konservativen Regierung, oder Sie stehen, was ich Ihrem bisherigen Verhalten entnommen habe, rechts von der Mitte, dann müßten Sie selbst bemüht sein, solche Mißstände zu verschleiern, um die Position der Herrschenden nicht zu gefährden.

Wieso muß ich rechts oder links stehen? fragt Merz verärgert, kann ich nicht in der Mitte stehen und nach beiden Seiten offen sein. Wissen Sie denn überhaupt, wo Sie stehen?

Loewe verläßt die Redaktion und Merz zieht sich ans Fenster zurück. Blickt durch die Scheibe, als gäbe es draußen etwas zu sehen.

15

Du bist verwirrt und depressiv. Du bist es nicht gewohnt, nach deinem politischen Glaubensbekenntnis gefragt zu werden. Du bist aufgewachsen mit politischer Enthaltsamkeit, ein Stillhalteabkommen, um dich und dein Elternhaus nicht zu gefährden. Und du hast dich untergeordnet.

Politik ist nichts für kleine Leute, hat deine Mutter gesagt und kategorisch erklärt: Wenn du mal mehr werden willst als deine Eltern, dann halte dich da raus. Tu, was von dir verlangt wird. Merz hat sich danach gerichtet, aus dem offenen Widerstand, den er in der Schule gegen den Nationalsozialismus proben wollte, wurde stille Opposition. Um seine Position zu stärken, arbeitete er sich zum Klassenbesten hinauf. So konnte er möglichen Schikanen entgehen und sich immer wieder geschickt zurückziehen, wenn er aufgefordert wurde, der Hitlerjugend beizutreten.

Nicht etwa, weil er die politischen Zusammenhänge erkannt hätte, nein, nur aus Freude an der Opposition.

Du wolltest immer anders als die anderen sein. Etwas Besonderes auf die Beine stellen.

Erst als das Regime gefestigt war, und der Druck von oben zu stark wurde, hat Merz nachgegeben und ist im Abschlußjahr seiner Schulzeit in die HJ eingetreten. Ich kann Ihnen nicht garantieren, hatte sein Klassenlehrer damals gesagt, ob Ihnen sonst das Reifezeugnis zugestanden wird. Also werden Sie vernünftig, Merz.

Du hast dich immer für deinen Vorteil entschieden. Damals war es das Reifezeugnis.

Schwimmen hattest du von deiner Mutter gelernt, aber gegen den Strom zu schwimmen, war deine eigene Angelegenheit.

Sie hat auch erreicht, daß im Abiturzeugnis der Vermerk stand, du seist bereits 1935 der HJ beigetreten. Ein Fehler, den deine Frau fünfzehn Jahre später wiedergutmachen mußte. Wer hätte gedacht, daß das Tausendjährige Reich so rasch zu Ende geht? Diese Mutter bestimmt nicht. Und der Klassenlehrer, der Merz damals mit der Verweigerung des Abschlußzeugnisses drohte, gab ihm 1950 die eidesstattliche Erklärung: „Im Reifezeugnis des Schülers Walter Merz ist als Jahr des Beitritts zur HJ das Jahr 1935 eingetragen. Ich kann mit Sicherheit als Leiter der damaligen 6. Klasse erklären, daß Walter Merz im Jahre 1935 noch nicht der HJ angehörte; ich erinnere mich genau, daß er am längsten von allen Schülern sich geweigert hat, seinen Beitritt zu erklären. Gez. J. Nöckl, Studienprofessor i. R."

Studien- und Ahnenbuch hatte seine Frau für ihn aufbewahrt, seinen Schülerausweis vom Humanistischen Gymnasium, seinen Ausweis als Mitglied der Deutschen Studentenschaft und seine Reichsnummer 289 253 zur Immatrikulation. Alles wurde im Fluchtgepäck gerettet, auch die Besitzurkunden über das Verwundetenabzeichen in Schwarz, das Panzerkampfabzeichen in Silber und die amtliche Bestätigung seiner Beförderung zum Leutnant der Reserve.

Sie wußte, wie alle anderen Frauen nicht, wie es weitergehen sollte. Aber schon einen Monat nach seiner Rückkehr aus der Gefangenschaft hat sie wieder Bescheinigungen für ihn: Die Bescheinigung, daß er nicht Mitglied der NSDAP war, der Hitlerjugend erst sehr spät beitrat und sich nie politisch betätigte.

Sie schreibt Briefe an Freunde und alte Bekannte, sie erwirkt die Immatrikulation zur Fortsetzung des Studiums an der Universität München, versucht, seinen haltlosen Beteuerungen, das Leben verpaßt zu haben, entgegenzustehen. Sie zeigt ihm, welche Möglichkeiten er hat. Wieviel vom Leben noch vor ihm liegt.

Eine Frau, Ende dreißig, die einen Dreißigjährigen trösten muß. Aber sie ist glücklich. Sie hat schon immer gerne organisiert. Als er ein weiteres Studium ablehnt, hat sie den Freund am Telefon, der ihn zum Journalisten machen wird.

Du wirst deine Sprachbegabung nutzen können, sagt sie und ist sehr optimistisch.

Längst hat sie die zaghafte Handbewegung, das erste Erschrecken der Begrüßung auf dem zugigen Bahnsteig vergessen.

Ein Jahr später, 1951, bringt sie ihm die zweite Tochter. Ein Kind, das sie beide nicht eingeplant haben, und das er bis zur Geburt heftig ablehnt.

Der Anlaß zu ersten Auseinandersetzungen.

Hier beginnt endgültig dieses seltsame Spiel der Ehepartner, das zwischen dem Anzünden einer Zigarette und einem Gesprächsthema ohne Belang zu einem hoffnungslosen Spiel wird. Was sie jetzt noch zusammenhält, ist eigentlich nur noch die Erinnerung an die Vertrautheit der früheren Jahre.

Was willst du eigentlich? Politisch willst du dich nicht betätigen. Du warst in diesem neuen Deutschland ratlos und fragtest alle Freunde: Wie soll ich mich ausrichten?

Was ist opportun?

Als Merz sich für den Journalismus entschied, vermittelt und eingewiesen von jenem Mann, den er aus deutscher Kriegsgefangenschaft befreit hat, wußte er eines ganz bestimmt in dieser Wildnis neuer Voraussetzungen: Er wollte mehr werden als seine Eltern. Mehr als der Vater, der es zum kleinen Schalterbeamten gebracht und eine dicke laute Frau hatte, die ihn beherrschte.

Du wolltest weiterkommen als die Winzerfamilie, aus der du stammst. Um das zu erreichen, mußte Merz seine Möglichkeiten optimal ausschöpfen. Er lernte rasch. Lernte sich anzupassen und lernte Schlagworte des Westens unbesehen zu übernehmen.

Lernte gegen heimatlose Linke und Nihilisten zu kämpfen, ohne sich mit ihnen auseinanderzusetzen. Nur so hatte er seine Chance in den 50er Jahren hochzukommen, Karriere zu machen.

Wo stehst du eigentlich?

Eigentlich hat Merz nicht begriffen. Jongliert zwischen den erschreckenden Arbeitsbedingungen des Hotelpersonals und einer eigenen Suite im gleichen Hotel.

Warum soll sich das eine mit dem anderen nicht vereinbaren lassen? fragst du. Und gehst der Frage nicht nach.

Aber wenn du ganz allein bist, irgendwo in einer Landschaft ohne Anhaltspunkte, diese seltenen Augenblicke deines Lebens, wenn du dich herausgelöst hast aus dem Match, das du seit deiner Rückkehr spielst, dann beginnst du dich selbst zu befragen. Dann ist plötzlich Ruhe in dir, Ruhe, die du festhalten möchtest und die du verlierst, sobald dich wieder deine Gier überwältigt.

Du stürzst zurück in die Straßenschlacht der Städte und versuchst, den besten Platz zu erobern.

In diesen Augenblicken, wenn du glaubst, losgelöst von der Außenwelt, dich in einer endlosen Steppe zu bewegen und die Erinnerung an sonnige Terrassen in der Ebene auftauchen, in diesen Augenblicken weißt du, daß deine Handlungen, deine Einstellung und dein Engagement auf dem Prinzip des persönlichen Vorteils beruhen. Daß dich eine Kraft antreibt, die du nicht bändigen kannst.

Macht und Geld. Deine Zielvorstellungen. Der Verlust der Jugend. Die nur noch manchmal durchbricht, dann, zum Beispiel, wenn du andere aufforderst Widerstand zu leisten gegen die realen Machtverhältnisse eines Funkhauses.

In einem solchen Moment würde Merz diesen Widerstand leisten, aber im nächsten würde er sich einordnen, dann nämlich, wenn er seine Position innerhalb des Hauses gefährdet sähe.

16

Also ist der Film über das elektrische Abfischen eines Altwassers der erste Erfolg und in Merz verstärkt sich von Tag zu Tag der Eindruck, daß er nun eine Position innerhalb der Redaktion erhalten hat.

Grasberger zieht ihn immer öfter zu internen Beratungen über das Programm heran, läßt Merz teilnehmen und akzeptiert die Meinung des neuen Kollegen überraschend oft.

Auch die Bekanntschaft mit Crämer, eine Folge langer intensiver Gespräche, scheint sich allmählich zu einer Freundschaft zu entwickeln. Crämer bemüht sich ganz offensichtlich darum, Merz im Hause einzuführen, übernimmt es, ihn jedem Kollegen, der ihnen zufällig begegnet, vorzustellen und schließt sich seit einigen Tagen immer an, wenn Merz zum Mittagessen hinunter in die Kantine geht.

Du bist glücklich, du scheinst Freunde gewonnen zu haben.

Loewe gehört dazu, vielleicht Niklas.

Und natürlich die beiden Mädchen. Die kaffeekochende Sekretärin und Fräulein Mirbach, die du gestern Abend ins Kino eingeladen hast.

Als Merz an diesem Nachmittag aus der Kantine in die Redaktion zurückkommt, liegt ein Zettel Grasbergers auf seinem Tisch. Merz solle das Vertriebenenministerium anrufen, es gäbe Schwierigkeiten mit seinem geplanten Film vom Jugendflüchtlingslager.

Merz läßt sich mit Hain, dem Pressereferenten, verbinden und es stellt sich heraus, daß das Evangelische Hilfswerk Einspruch gegen den Film erhoben hat, mit der Begründung, ein solcher Film gefährde die Angehörigen der Flüchtlinge, die in Ost- und Mitteldeutschland zurückgeblieben sind.

Das Ministerium, sagt Hain, wird diesen Einwand ablehnen. Aber, so wie die Sache steht, möchte der Herr Regierungsdirektor Späth Sie noch einmal persönlich sprechen, ehe er etwas unternimmt.

Merz sagt zu, am nächsten Vormittag vorbeizukommen.

Das Gespräch am nächsten Morgen ist sehr herzlich und offen, und der Regierungsdirektor Späth sichert Merz zu, daß er den Film drehen kann, auch gegen den Einwand des Evangelischen Hilfswerks. Merz versichert, er werde versuchen, die Flüchtlinge und deren Angehörige aus jeder Gefährdung herauszuhalten.

Überzeugt vom Erfolg, den er seiner persönlichen Wirkung auf Hain und Späth zuspricht, kommt er mittags in die Redaktion zurück. Dort erwartet ihn Grasberger bereits mit einigen Vorschlägen, Themen, die Merz bearbeiten soll. Zum ersten Mal lehnt Merz ab. Bringt Gegenargumente vor und setzt sie durch. Grasberger läßt seine Projekte fallen.

Wissen Sie schon, sagt er, daß Götz aus der Redaktion ausscheidet? Er hat von der Industrie ein sehr gutes Angebot bekommen und angenommen. Public Relation, hochdotiert.

Vielleicht könnten Sie, meint Grasberger, eine Sache von Götz übernehmen, die er bisher betreut hat, das Programmangebot an die Tagesschau in Hamburg. Was halten Sie davon?

Merz ist überrascht und sagt spontan zu.

Die Stimmung hat umgeschlagen. Merz spürt Auftrieb, Spannkraft, die ihn unaufhaltsam weitertreiben wird.

Seit zwei Wochen liest Merz abends in seinem Zimmer Wohnungsinserate. Telefoniert und ist überrascht von den Forderungen, die gestellt werden.

Er will unbedingt umziehen. Heraus aus diesem Zimmer, das vielleicht für einen Elektroschweißer gut genug ist, aber nicht für einen Journalisten der Abendschau.

Heute Abend ist die Wirtin in ihre monatliche Theateraufführung gegangen. Der Rosenkavalier, sagte sie aufgeregt und freudig als Merz, der heute einmal etwas früher eintraf, ihr im Treppenhaus begegnete. Eine Wolke billigen Parfüms, die da die Treppe hinabkeuchte.

Die Wohnung ist still und leer. Nicht einmal die Spülung rauscht. Dafür dreht Merz das Radio auf, blättert in der Zeitung, fährt mit dem Zeigefinger die angebotenen Appartements und Separatzimmer ab, macht sich bei dem einen oder anderen Angebot Hoffnung, verwirft dann wieder, weil er gelernt hat, die

Angaben zu dechiffrieren. Er kennt die Preise und weiß, daß Mietvorauszahlung mehr als tausend Mark bedeuten.

Er geht früh schlafen, schlägt sich die Wolldecke um die Füße. Lauscht noch eine Weile den Straßengeräuschen, spürt, wie ihn der Schlaf einholt, Bilder und Gedanken verwirren sich, werden zu einem unentwirrbaren Knäuel unverständlicher Informationen.

Kamera bereit zur Aufnahme: Die Kirche, eine schmale, spitztürmige Kirche mitten in einem parkähnlichen Friedhof.

Dann, mit der Gummilinse langsam herangeholt: Das Portal. Der eine Türflügel ist geöffnet, der Pfarrer steht davor und neben ihm das Mädchen, das Praktikantin werden soll.

Sie macht eine Bewegung, als wolle sie ihre Brüste mit beiden Händen halten.

Schwenk hinüber zu den Gräbern. Schnitt.

Der Geräteschuppen des Friedhofgärtners.

Der Junge läuft in die Kamera, das leichte Sommerhemd verschwitzt, die Haare noch naß vom Schwimmen, unterm Arm trägt er, in ein Handtuch eingerollt, die Badehose.

Zwischenschnitte: Blumen auf den Gräbern. Alte Leute, die auf Bänken in der Sonne sitzen. Frau in Schwarz. Mit einer roten Gießkanne sprüht sie Wasser auf ein Grab.

Und Schnitt. Der Junge, von den Peitschenhieben im Kreis herumgewirbelt.

Kamera entfernt sich. Immer noch der Junge und die Frau, die auf ihn einschlägt. Noch ohne Ton.

Dann wird das Bild unscharf und der Ton eingeschaltet. Die Schreie.

Eine letzte Totale: Friedlicher Friedhof am Samstagnachmittag. Die Sonne scheint.

Du bist zu müde, sie anzunehmen. Die letzten Tage waren gute Tage.

17

Es ist halb neun, als Merz sich mit seinem Wagen in den allmorgendlichen Berufsverkehr zur Innenstadt einschleust. Wagen an Wagen. Ständiges Anfahren und Halten. Merz versucht von Kolonne zu Kolonne zu springen, seinen Wagen in jede verfügbare Lücke, die weiter vorn auftaucht, einzuzwängen und freut sich kindlich über den Ärger der übrigen Autofahrer.

Plötzlich erkennt er vor sich, in der Kolonne rechts, den Mercedes des Intendanten. Heuschka sitzt am Steuer. Merz versteht es, sich bei der nächsten Verkehrsampel so einzurangieren, daß er neben dem Intendantenwagen zum Halten kommt. Er hupt, ganz kurz, so, als hupe er rein zufällig und winkt, als Heuschka zu ihm herübersieht. Der Intendant kurbelt sein Seitenfenster herunter. Im gleichen Augenblick springt die Ampel erst auf Gelb und dann auf Grün. Heuschka ruft zu Merz: Wir essen heute Mittag zusammen, ruft noch etwas, aber Merz muß starten, die Fahrer hinter ihm werden ungeduldig, und er versteht nicht, was der Bundesbruder noch sagt. Auf dem Weg zum Funkhaus bleibt Merz eng hinter dem Mercedes, am Schlagbaum zum Innenhof muß er ihn aufgeben. Im Innenhof darf nur die Prominenz parken.

Im Lift trifft er den jungen Götz. Götz wirkt noch arroganter, seitdem er seinen neuen Anstellungsvertrag in der Tasche hat.

Ich verlasse den Laden hier.

Merz wünscht ihm alles Gute. Er tut es herzlich, immerhin räumt Götz den Platz für ihn.

Wenn Sie Lust haben, meint Götz, lassen Sie sich doch von mir gelegentlich einmal in die Arbeit mit der Hamburger Tagesschau einweisen. Ich gehe Ende des Monats.

Merz sagt zu, einmal vorbeizuschauen. Er sagt das so, als habe er es gar nicht nötig, sich einweisen zu lassen.

Oben in der Redaktion fragt ihn Loewe: Haben Sie Ihr Geld schon abgeholt?

Nein, Merz weiß gar nicht, daß ausgezahlt wird.

Wird das nicht auf Konto überwiesen?

Nur, wenn Sie Ihr Konto in der Honorarabteilung angegeben haben. Rufen Sie doch einfach mal an.

Also ruft Merz an. Seine Kontonummer hatte er an Heuschka weitergegeben, aber die Honorarabteilung behauptet, keine Kontoangabe erhalten zu haben. Er soll sich das Geld an der Kasse abholen kommen.

Noch ehe die Redaktionskonferenz beginnt, fährt Merz hinunter zur Kasse. Zu seiner Überraschung erhält er hundert Mark weniger, als ausgemacht war.

Wir haben nur eine Anweisung für 1500,– Mark hier, sagt das Mädchen und bedauert.

Aber ich habe doch einen Vertrag über 1600,– in der Tasche, sagt Merz.

Das müssen Sie selbst regeln, ich kann nur nach Anweisung auszahlen.

Selbstverständlich. Merz hätte nichts anderes an ihrer Stelle geantwortet. Er ist verärgert. Siebzehnhundert monatlich war seine Forderung, die von Heuschka unterstützt wurde. Janke wollte ihnen aber in der Vorbesprechung letztes Jahr nur fünfzehnhundert zugestehen. Deshalb wurde der Kompromiß auf sechzehnhundert geschlossen. Auf dem Honorarzettel stehen jedoch nur 1500,–. Also die ursprünglich von Janke zugebilligte Summe. Ein kleiner Taschenspielertrick? Merz ist entschlossen, der Sache nachzugehen.

Dieser Vormittag ist hektisch. Grasberger hängt an drei Telefonen gleichzeitig.

Er läßt sich in den siebten Stock verbinden. Spricht mit Heuschka, sagt ja und nochmals ja und hängt unmutig ein, wendet sich an Merz und sagt: Ich soll Ihnen ausrichten, lieber Herr Merz, daß der Intendant Sie bittet, um dreizehn Uhr bei ihm zu sein, er will mit Ihnen zu Mittag essen.

Merz dankt. Gibt vor, auf dem gegenüberliegenden Schreibtisch Notizen zu ordnen und fragt dann, ein wenig hinterhältig, aber stillvergnügt: Sie werden mir doch nun nicht Ihr Wohlwollen entziehen, weil der Intendant mit mir mittagzuessen wünscht?

Oh ja, diesen Triumph möchtest du auskosten.

Grasberger, immer noch sichtlich mürrisch, versucht zu lächeln, ein schiefes Lächeln aus den Mundwinkeln heraus.

Aber keineswegs, antwortet er sehr leise, sehr betont, ganz im Gegenteil. Wie kommen Sie nur darauf, Herr Merz?

Merz, nun endlich ganz starker Mann, sagt, ebenso leise, ebenso prononciert: Nun, ich habe so meine Erfahrungen.

Später stellt er seine Armbanduhr nach der Redaktionsuhr. Er wird keine Minute zu spät im Büro des Intendanten erscheinen.

Fünf Minuten vor eins besteigt Merz den Lift. Wenige Sekunden später steht er oben im siebten Stock und gibt vor, die Aussicht über die Stadt zu bewundern. Drei Minuten für die Aussicht auf die Dunstglocke unter ihm.

Bis fünf Minuten nach eins läßt Heuschka ihn im Vorzimmer warten. Dann fahren sie gemeinsam hinunter in die Kantine. Munter erzählt Merz von der Enttäuschung Grasbergers, als er den Hörer auflegte. Heuschka ist heute sehr jovial.

Weißt du, sagt er, und Merz weiß wieder nicht, ob er zum Du übergehen soll, entscheidet sich dafür, die direkte Anrede zu vermeiden, weißt du, sagt Heuschka, ich gehe mit voller Absicht und ostentativ mit dir in die Kantine, damit die wissen, daß ich viel von dir halte.

Grasberger scheint mir ohnehin immer mehr nachzulassen. Ich halte nicht viel von ihm. Seit er Abendschauleiter ist, ist die Abendschau nur noch ein Sammelsurium von feuilletonistischen Stories. Die Aktualität fehlt. Grasberger hat keine Konzeption, und ohne Konzeption kann er aus der Abendschau nichts machen. Also, denkt Merz, sind Grasbergers Befürchtungen berechtigt. Man will ihn abschießen.

Friß Vogel oder stirb.

Sie durchqueren die Kantine, um sich einen Tisch für zwei Personen zu suchen, dabei passieren sie auch einen Tisch, an dem Janke sitzt. Der mit seinen Glubschaugen, denkst du und bist fröhlich.

Merz bietet dem Intendanten an, sich für ihn in die Schlange an der Essensausgabe zu stellen. Es gibt ohnehin nur ein Gericht, und Heuschka nimmt dieses Angebot an.

Heuschka zerdrückt Kartoffeln in der Bratensoße, steckt den ersten Bissen zwischen die Lippen und fragt unvermittelt und kauend:

Hättest du Lust, Abendschauleiter zu werden?

Merz, der gerade vorsichtig mit Messer und Gabel den Sauerbraten zerteilt, den kleinen Finger an jeder Hand abgewinkelt, wie er es als vornehm gelernt hat, blickt mehr erschrocken als freudig überrascht von seinem Teller auf.

Ich? fragt er und ärgert sich, weil er wie ein Kind zurückfragt. Heuschka lacht. Ja, du!

Und was wird aus Grasberger?

Das sollte dich nicht kümmern, meint Heuschka, außerdem ist das ein Problem, das gar keines sein wird. Da gibt es eine ganz einfache Methode, ich richte für Grasberger und einen Kameramann draußen in der Provinz ein Außenbüro ein, da kann er dann nach Lust und Laune regional spezialisiert eigene Beiträge machen.

Ich weiß nicht, sagt Merz, darauf bedacht, eine Wirkung von Bescheidenheit des Könners zu erzielen, ob das jetzt schon gut wäre. Ich habe mich zwar hervorragend eingearbeitet, aber einige Kenntnisse fehlen mir doch noch.

So rasch soll es auch nicht sein.

Heuschka plant eine Umorganisation der Abendschau, vielleicht der ganzen Abteilung „Aktuelles" gegen Ende des Jahres. Dann wäre diese Angelegenheit erst spruchreif.

Bis dahin, sagt Heuschka, bist du fit und hast deine Position innerhalb der Redaktion fest ausgebaut. Vielleicht solltest du überhaupt die ganze Abteilung Aktuelles übernehmen? Karstens wird ohnehin nicht mehr lange bleiben können, er hat sich zu unbeliebt gemacht. Zum einen kujoniert er die Kollegen, zum anderen ist er immer wieder in Weibergeschichten verwickelt, die nicht stören, solange es nicht zu offenen Eifersuchtsausbrüchen und Rivalitäten der Damen untereinander kommt. Das schadet dem Betriebsklima und dem Ansehen der Anstalt. Einverstanden?

Natürlich ist Merz einverstanden. Plötzlich kann er die Chance, die er sich erhofft hat, greifen, fest zupacken und halten.

Vielleicht wäre es gut, erläutert er, wenn ich vorher noch einiges mehr kennenlernen würde. Zum Beispiel in anderen Abteilungen mitarbeiten, um die Zusammenhänge des Apparats zu begreifen.

Aber selbstverständlich, sagt Heuschka, das habe ich dir doch ohnehin schon zugesagt. Aber du scheinst nicht so sehr begeistert davon zu sein, die Abendschau zu übernehmen.

Ja, das ist so, sagt Merz, ich kann nicht behaupten, daß es mich reizt, den Laden so, wie er jetzt ist, zu übernehmen. Um aus der Abendschau wirklich etwas zu machen, muß ich total umorganisieren, sie vor allem von dem bestürzenden, quer durch alle Ränge gehenden Nihilismus wegentwickeln.

Du weißt, daß du mit Nihilismus und heimatlos links genau den Stil des Intendanten triffst, den Nerv, der ihn für dich einnimmt.

Du spielst dir geschickt sein Wohlwollen zu.

Ich mache es gern, sagt Merz, aber ich muß dann auch alle Kompetenzen haben, die dazu nötig sind, sonst kann ich mich nicht durchsetzen.

Die bekommst du.

Vor allem würde es mir riesigen Spaß machen, erklärt Merz, einmal richtige Sendungen zu produzieren, drei Wochen unterwegs und drei Wochen Arbeit im Studio, nicht nur Fünf-Minuten-Filmchen.

Natürlich, sagt Heuschka, das verstehe ich gut. Weißt du was, Mahler macht einen Film über die Börse in Frankfurt. Ich werde dich ihm als Assistenten zuteilen, damit du siehst, wie ein größeres Projekt gemacht wird. Außerdem werde ich dich gelegentlich als Regieassistenten für ein abendfüllendes Fernsehspiel einsetzen. Zufrieden?

Merz ist zufrieden.

Was den Fernsehempfänger anbelangt, entschuldigt sich der Bundesbruder zwischen Hauptgericht und Nachtisch: Den habe ich dir versprochen und den bekommst du auch. Ich habe nur augenblicklich Schwierigkeiten einen Apparat für dich hier im Funkhaus locker zu machen. Du willst ihn doch mit nach Hause nehmen, nicht wahr? Merz bestätigt das, winkt ab und meint, das sei doch gar nicht so tragisch.

Heuschka, der seinen Löffel in den rosa Erdbeerpudding taucht, meint dann:

So ein Funkhaus ist schlimmer als ein Theater, was die Intrigen anbelangt, das wirst du sicher schon bemerkt haben, und es kommt darauf an, so viel verläßliche Freunde wie nur möglich zu haben. Auch der Stuhl des Intendanten steht in dieser Hinsicht auf wackligen Beinen. Wie steht es denn in der Abendschauredaktion? Sicherlich wird dort sehr viel über Janke und mich geklatscht, kritisiert und Gerüchte verbreitet?

Merz sagt: Ja, geredet wird viel.

Erzähl doch mal.

Um mich nicht mehr Tag und Nacht selbst um alles kümmern zu müssen, müßte ich in jeder Abteilung einen Mann wie dich sitzen haben. – Eben Männer, auf die ich mich verlassen kann.

Und Merz erzählt: Merz, der wochenlang in der Redaktion herumgesessen und sich mit dem Ausschneiden von Themen aus der Tageszeitung beschäftigt hat, Merz, der viel hörte und viel sehen konnte, er kann jetzt auspacken, zutragen. Eine kleine Gefälligkeit für den großen Intendanten.

Er schildert den „Ungeist in der Abendschauabteilung" und wieder fallen die Begriffe Nihilismus und heimatlos links, er zählt Details der Kritik auf, die an Heuschkas oder Jankes Führung, an der Organisation und Konzeption der Abendschau geübt wird.

Der Intendant revanchiert sich, indem er seinerseits an Merz einige Bemerkungen weitergibt, die über den Neuling gemacht wurden. Janke sagte: Ja nun, er macht pausenlos Vorschläge, die die anderen ablehnen. Er kann sich nicht durchsetzen. Ihm fehlt die Eigeninitiative. Weißt du, erläutert Heuschka, du mußt dir unbedingt Autorität verschaffen.

Ja, sagt Merz, wenn man unter Autorität Anerkennung und Leistung versteht, dann sofort. Aber ich kann doch nicht neu in eine Redaktion kommen und sofort Einfluß an mich reißen. Das schafft böses Blut und Feinde.

Feinde wirst du ohnehin haben.

Wo ist das anders? Wenn ich dir die Abendschau übergebe, wirst du eine Menge Feinde haben, nicht nur Grasberger. Darüber mußt du dir im Klaren sein.

Sie haben die Teller beiseite geschoben und rauchen.

Im Grunde wäre es vielleicht nicht das Schlechteste, überlegt Merz, erst einmal zwei Jahre lang Abendschau zu machen, daneben ab und zu ein aktuelles Sonderprogramm für das Abendprogramm, also das, was Karstens bisher macht und dann weitergehen.

Du würdest eine Menge lernen und könntest dann, denkst du, ohne dir gleich den Hals zu brechen, in ein anderes Gebiet, etwa die Dokumentation, überwechseln. Eine größere Abteilung unterstellt bekommen.

Warum nicht?

Wir sollten uns, sagt Heuschka, jede Woche einmal zusammensetzen und miteinander sprechen. Ich glaube, das wäre für beide Seiten sehr fruchtbar. Und dann kommst du natürlich auch einmal abends zu mir nach Hause.

An seine Frau schreibt Merz:

Wie ich überhaupt an verschiedenen Anzeichen, bei verschiedenen Leuten und Gelegenheiten merke, daß mein Gewicht steigt. Folge des Auftritts mit Heuschka? Folge meines eigenen Wirkens? Beides? Genau kann man das nicht wissen. Wahrscheinlich beides.

18

Die nächsten Tage glaubt Merz sich von einem ungeheuren Optimismus getragen.

Jetzt schwimmst du obenauf.

Und du kannst gut schwimmen.

Einen Tag nach dem Gespräch mit Heuschka ging Merz zu Janke und reklamierte die unkorrekte Honorarzahlung. Janke gab vor, von der ganzen Sache nichts zu wissen, ein Versehen, das ihm sehr peinlich sei.

Sie bekommen das Geld natürlich sofort in den nächsten Tagen, sagte Janke und ließ Merz von seiner Sekretärin hinausbringen.

Auch gegen Grasberger setzt Merz sich nun durch. Beim Frühstück hat er ein Thema entdeckt, das er noch vor der Redaktionskonferenz Grasberger vorschlägt. Grasberger lehnt nicht ab. Sagt sogar sofort zu und meint: Hängen Sie sich mal ran.

Es geht um die Einführung eines neuen Impfstoffes, der zum ersten Mal in der Bundesrepublik erprobt wird. Ein Wissenschaftlerteam leitet diese Aktion.

Merz macht die Telefonnummer eines der beteiligten Universitätsprofessoren ausfindig, den er anruft und direkt um ein Interview in dieser Angelegenheit bittet. Er wird weiterverwiesen an einen anderen, der, gerade aus den USA zurückgekehrt, noch detaillierter Auskunft geben könne.

Merz meldet ein zweites Telefongespräch an und erreicht auch diesen Mann, Professor Maaß, der zuerst recht skeptisch auf die Vorschläge des Journalisten reagiert. Merz entwickelt Engagement. Reizt die Eitelkeit des Wissenschaftlers und unterstreicht die Wichtigkeit des Themas, die Möglichkeit einer Aussage vor einem Millionenpublikum. Und kann den Widerstrebenden überzeugen. Abendschauleiter Grasberger, der beide Telefonate mitverfolgt hat, gratuliert schwach.

Na, sagt er, das wird ja dann Ihr erstes Live-Interview.

Merz, der sich abgekämpft und irgendwie leicht fühlt, scherzt: Oh ja, ich habe auch schon Lampenfieber.

So kokettiert er mit der Naivität des Neulings, die, weil er sie gezielt einsetzt, schon keine Naivität mehr ist.

Bei der Sitzung ist es Grasberger, der dieses Thema herausstellt. Das erste Live-Interview unseres Kollegen Walter Merz.

Merz, von der Standfestigkeit seiner neuen Position überzeugt, leitet daraufhin ein längeres Referat über die Nützlichkeit neuer Impfstoffe ein. Das schüttelt er so einfach aus dem Ärmel und wirft es den Kollegen vor. Ein Thema, von Grasberger gutgeheißen, das ihm keiner mehr streitig machen kann.

Einzige Bedingung Grasbergers: Es muß schnell gehen. Für die

Vorbereitungen bleiben knapp zwei Tage. Dann wird die Sendung über den Bildschirm laufen.

Merz hatte Glück und Grasberger noch kein Interview in der nächsten Abendschausendung.

Nachmittags ruft Merz noch einmal bei Professor Maaß an und bespricht Einzelheiten. Zielsetzung des Interviews und Sendezeit. Da vor der Live-Ausstrahlung noch ein sogenannter Probedurchlauf gemacht wird, Fragen und Antworten werden mit Zeitmessung geprobt, bittet Merz ihn, doch schon zwei Stunden vor der Sendung im Funkhaus zu sein und Maaß sagt zu.

Als Merz den Hörer auflegt, schlägt Pointer ihm auf die Schulter: Na, sagt er, jetzt geht's ins Volle.

Merz stimmt zu.

Haben Sie Lust, mit mir in die Kantine zu gehen? fragt Pointer, oder halten wichtige Geschäfte Sie vom Essen ab?

Merz, der bisher um jeden Kollegen froh war, der sich mit ihm an einen Tisch setzte, antwortet: Natürlich, gern. Aber es dauert noch einen Augenblick. Gehen Sie doch schon vor. Ich komme sofort nach.

Sobald Pointer die Redaktion verlassen hat, läßt sich Merz mit dem Filmarchiv verbinden. Fräulein Schatz hat ihm gesagt, daß ein Film über diese neue Impfung aus den USA existiere. Merz möchte einige Ausschnitte zur Belebung des Interviews in die Sendung einblenden.

Das Mädchen, das sich im Archiv meldet, verspricht, ihm die Filmrolle am Nachmittag in die Redaktion zu schicken.

Nein, nicht in die Redaktion, wehrt Merz ab, was soll ich mit dem Film hier. Lassen Sie ihn bitte rauf ins Studio schicken.

Zu Händen von Fräulein Mirbach, Studio II. Aber nicht später als 15 Uhr.

Das ist der Ton, den er gewohnt ist. Chefredaktion und Selbstsicherheit.

Merz fährt hinunter in die Kantine und macht Pointer an einem der Tische ausfindig. Pointer sitzt schon an der Nachspeise.

Alles geklappt? fragt er.

Sicher, sagt Merz.

Er holt sich sein Essen und Pointer erzählt zum Hackbraten. Pointer redet ununterbrochen.

Ohne seine ausgezeichnete Leistung als Kameramann, denkt Merz, könnte er nicht so auftreten.

Nach den Anzügen zu schließen, die er trägt, muß er eine Menge Geld verdienen. Und das bestimmt nicht nur beim Fernsehen. Den Beweis dafür tritt Pointer bereitwillig sofort an. Im Auftrag einer großen deutschen Miederfirma war er auf einer Goodwill-Tour mit sechs Mannequins in New York.

Eine tolle Sache, schwärmt er, sechs hübsche Mädchen, ein Popo delikater als der andere und dann das Geld, das aus dieser kapitalen Firma herauszuholen war. Wer's nicht selbst erlebt hat, glaubt's nicht. Diese Mädchen, die wirklich nichts anderes als niedliches Fleisch haben, holen für vierzehn Tage New York Gagen zwischen vier- bis sechstausend Mark heraus. Dazu kommen noch Veröffentlichungen von Standfotos und Funk- und Fernsehauftritte. Stellen Sie sich vor, Merz, sagt er, die eine, eine lange Blonde, sehr energisch im Bett, kaum sattzukriegen, die hat sich doch von mir bei der Rückkehr statt in ihre Wohnung zu einer Porschevertretung fahren lassen und dort von ihrem Amerikageld sofort einen flotten Wagen gekauft.

Das müßte man sich leisten können. Aber unsereiner hat eben deren Kapital nicht, lange Haare und einen niedlichen Popo.

Pointer lacht und öffnet beide Hände, als wolle er sofort einen süßen runden Popo umschließen.

Ich esse, bemerkt Merz.

Verklemmt? fragt Pointer amüsiert, Mann, da müssen Sie schnellstens etwas dagegen tun.

19

Nachmittags fährt Merz mit dem Wagen ins Studio und läßt sich von der kleinen Mirbach den Film über die Impfung vorführen. Nach dem ersten Durchlauf gibt er ihr Anweisungen für Klammerstreifen, die er kopiert haben möchte.

Spätestens um siebzehn Uhr müssen sie im Senderaum sein, sagt er, für den Probedurchlauf.

Pünktlich um siebzehn Uhr trifft Professor Maaß am nächsten Tag auf dem Studiogelände ein. Merz hat einen kleinen Studioraum für die Probeaufnahme vorbereitet, Kameramann und Tontechniker warten bereits.

Merz holt den Professor am Schlagbaum zur Einfahrt ins Studiogelände ab, bittet ihn, seinen Wagen dort stehen zu lassen, führt ihn durch das Gelände und versucht, seine Konzeption in dieser Zeit zu erläutern.

Sechs Minuten sind für das Interview vorgesehen. Merz hat seine Fragen bereits schriftlich festgelegt und gibt sie Professor Maaß zur Einsicht, während sie schon im Studio an einem kleinen Tisch sitzen, angestrahlt von zwei schweren Scheinwerfern, die eine unmäßige Hitze verbreiten.

Sein Interviewpartner hat keinen Einwand gegen die Fragen, und Merz gibt der Technik das Startzeichen.

Nach der Beantwortung der zweiten Frage läßt er abbrechen. Es gibt Schwierigkeiten, da der Wissenschaftler anders, als Merz es sich vorgestellt hat, antwortet. Seine Ausführungen sind weitschweifig, mit medizinischen Fachausdrücken durchsetzt, trocken und abstrakt. Merz versucht nun, einen neuen Duktus der Antworten einzuführen. Ja, sagt Maaß, er begreife schon, wenn Merz davon spreche, es käme auf kurze, prägnante und tatsächlich informative Antworten an. Er lege ebenfalls Wert darauf, daß interessante Details in einer allen verständlichen Antwort vorgebracht würden.

Also sind wir uns einig.

Merz spürt die Nervosität jetzt schon, eine Stunde vor der Sendung. Aber als er nun zum zweiten Mal das Startzeichen für den Probedurchlauf gibt, wird er wieder ruhig. Frage- und Antwortspiel laufen diesmal reibungslos ab. Obwohl Merz zweimal ins Stottern gerät und hilflos wirkt.

Im übrigen müssen Sie viel lauter sprechen, Herr Merz, sagt der Tontechniker. Sonst sind Sie in der Sendung eine Katastrophe. Ein anderes Problem sind die Hände.

Wie weit bin ich im Bild? fragt Merz.

In der ersten Einstellung fahre ich Totale, da sind Sie beide drauf, sagt der Kameramann, später gehe ich dann auf Ihren Interviewpartner über, mit Einblendungen von Kamera zwei, die Sie im Visier hat.

Also muß etwas mit den Händen geschehen. Am liebsten möchte Merz sie unter den Achseln verstecken. Er kann auch nicht gut mit gefalteten Händen auf dem Bildschirm erscheinen.

Als der Probedurchlauf beendet ist, läßt Merz sich die Zeit geben. Er hat um zwei Minuten überzogen und muß nun eine oder zwei Fragen herausstreichen.

Inzwischen hat sich der Senderaum nebenan gefüllt.

Grasberger schaut ins Studio herein, begrüßt Professor Maaß und fordert Merz auf, sich jetzt auf die Sendung einzustellen. Sie können ja rasch auf dem Gang noch eine Zigarette rauchen, wenn Sie's nötig haben. Merz nimmt den Vorschlag dankbar auf.

Er ist nervös. Eine ganz leichte Unruhe, ausgehend von der Magengegend. Um Viertel vor sieben bringt er seinen Interviewpartner hinüber ins Sendestudio.

Dort ist, etwas entfernt vom Tisch des Nachrichtensprechers, ein zweiter Tisch für das Live-Interview aufgebaut und bereits ausgeleuchtet. Kamera 2 steht einsatzbereit.

Nehmen Sie bitte Platz, sagt Merz und weist Professor Maaß einen der beiden Stühle am Tisch zu.

Merz glaubt, jetzt ist er ganz ruhig, und der Nachrichtensprecher verliest den ersten Teil: Weltnachrichten.

Dann, zwanzig Sekunden vor dem Aufleuchten des roten Lämpchens an der Kamera, das Signal zum Beginn, ist es da.

Ein wildes Herzklopfen, rasend und unbezwingbar.

Atemnot, als würde der Brustkasten vom fehlenden Atem zusammengepreßt und dann wieder von der Explosion des Herzschlages gesprengt. Schweiß bricht aus.

Schweiß vom Haaransatz bis zu den Fußsohlen.

Die Hände sind naß und der Hals trocken.

Die letzten Sekunden, und deine Gedanken beginnen sich wie ein Feuerrad herumzuwerfen.

Du wirst die Sendung schmeißen.

Du wirst zusammenbrechen.

Kein Wort bringst du heraus.

Ein hilfloses Heben und Senken der Hand, und du hast versagt. Hinter der Panoramascheibe, die die Regie mit Sendestudio verbindet, erkennt Merz den Intendanten.

Jetzt wird dein Einsatz gegeben.

Du nimmst einen Anlauf, du mußt dich selbst überlisten. Ein Hindernislauf. Und das Ziel ist unendlich weit entfernt.

Die Zeit. Du mußt die festgesetzte Zeit einhalten.

Das Surren der Kamera.

Und du beginnst. Du zwingst dich, langsamer zu sprechen als du es gewöhnlich tust. Langsam, um die Luft zum Reden nicht zu verlieren. Langsam, um dich selbst zur Ruhe zu bringen. Aber da ist die Angst, den Faden zu verlieren, einen begonnenen Satz nicht beenden zu können, weil du am Schluß den Anfang nicht mehr kennst. Ein entsetzlicher Traum. Du rennst, du rennst irrsinnig und schüttest die letzten Kraftreserven aus, aber du kommst nicht von der Stelle.

Diese Qual.

Du hörst dich selbst sprechen wie hinter einer Glaswand.

Du bewegst Zunge und Lippen, holst Luft und läßt den Ton nach vorne rollen. Aber das hat nichts mehr mit dir zu tun.

Dazwischen die Gesichter.

Die hast du irgendwann einmal gesehen. Die Männer hinter den beiden Kameras, den Sprecher am anderen Tisch, dein Gegenüber und die Gesichter hinter der Panoramascheibe. Ein brennendes riesiges Rad, das sich unaufhörlich dreht, und dreht.

Irgendwo dazwischen bist du.

Einer zieht dich an Land. Das rote Licht an der Kamera erlischt, und du hast das Gefühl, deinen vorgesehenen Schlußsatz nicht gesprochen zu haben.

Du bist am Ende und mußt auf das Ende der Sendung warten, ehe du gehen kannst. Du willst raus. Raus aus dieser riesigen Studiohalle, diesem Fabrikraum der Produktion.

Als von der Regie die letzten fünf Minuten Werbung eingeblendet werden und damit die aktuelle Berichterstattung beendet ist, kommt Heuschka aus der Regie zu Merz, der sich gerade mühsam erhebt, um mit dem Professor hinauszugehen.

Heuschka sagt: Es hätte besser sein können.

Die Kollegen draußen sagen gar nichts. Auch Loewe und Crämer nicht. Grasberger leitet die Redaktionskonferenz am nächsten Vormittag mit der Bemerkung ein: Ja, Herr Merz, wir werden Sie heute ein wenig töten müssen.

Merz spürt seine Hände feucht werden wie zur ersten Sitzung, als er neu in die Redaktion kam. Spürt, wie sich der Schweiß unter den Achseln im Hemdstoff sammelt und raucht eine Zigarette nach der anderen.

Seine Einleitung zum Interview sei zu lang gewesen, zu langsam gesprochen.

Warum sprechen Sie in diesem pastoralen Ton?

Ihre Sätze sind zu kompliziert und hochgespielt.

Man hätte ganz einfach auf das Thema losgehen müssen.

Kein Zuschauer weiß nach diesem Interview, was Sie eigentlich wollten.

Merz gibt zu, er habe entsetzliches Lampenfieber gehabt.

Darauf geht keiner ein. So, als habe er es gar nicht gesagt. Du hast den Eindruck, daß man so etwas zwar kennt, daß es aber verpönt ist, darüber zu sprechen.

Keiner hat Lampenfieber. Das gibt es gar nicht.

Loewe, der die ganze Sitzung hindurch geschwiegen hat, beruhigt Merz später, beim Essen. So schlimm sei es doch gar nicht gewesen. Im Gegenteil, er habe das Interview recht gut gefunden. Und wenn man wisse, was der Zuschauer natürlich nicht gewußt hat, daß es das erste Interview vor der Live-Kamera war, dann sei es sogar sehr gut gewesen.

Du spürst wieder die Verzweiflung im Hals, ganz hinten, die in Zorn ausarten möchte. Aber du fragst Loewe nicht, warum er diese Meinung nicht in der Sitzung vorgebracht habe. Du schweigst, weil das alles so sinnlos ist.

Es bleibt nicht nur bei der harten Kritik des Vormittags. Die Euphorie der vergangenen Tage scheint wie ausgestorben. Das

Wohlwollen, die Eingliederung in die Redaktion, die dir nach dem öffentlichen Essen mit dem Intendanten so offensichtlich angetragen wurde, ist zurückgenommen.

Du spürst ihre Ablehnung. Fast könnte es Haß sein.

Du begreifst, was dir die offizielle Protektion des Intendanten eingebracht hat.

Also Neid.

Darauf möchtest du nur zu gerne die harte Kritik Grasbergers zurückführen.

Vielleicht, denkt Merz, sieht er bereits den Nebenbuhler in mir. Einer hat ihm die Absicht Heuschkas, ihn, Merz, zum Abendschauleiter zu machen, zugetragen.

Dann ist sie wieder da. Die Depression, die du so sehr fürchtest. Als seist du gezwungen, in einem Höhlenlabyrinth unter Wasser zu schwimmen. Die Gänge werden enger, und die Decke sinkt tiefer herab, drückt dich auf den Untergrund, schwer und unerbittlich. Du findest den Rückweg nicht und weißt, daß die Sauerstoffflasche auf deinem Rücken für eine Rückkehr nicht mehr reichen würde. Aber dir fehlt der Wille zu überleben.

Friß Vogel. Du mußt durch Leistung überzeugen.

Du mußt immer besser werden.

Wenn sie dir dann die Verbindung zu Heuschka nicht verzeihen, dann kannst du immer noch gehen.

20

Am späten Nachmittag sitzt Merz wieder einmal bei einer Tasse Kaffee in der Redaktion und sieht Zeitungen durch, da er in den letzten Tagen kaum noch zu irgendeiner Mitarbeit herangezogen wurde. Grasberger und Pointer sind auch anwesend, als Niklas mit einem Vorschlag für die nächste Woche hereinkommt. Am Wochenende wird die deutsche Krankenhaustagung eröffnet.

Darüber will Niklas etwas bringen. Wir sollten, schlägt er vor, diese Tagung zum Aufhänger für einen Bericht über die alarmierende Situation in unseren Krankenhäusern machen.

Das geht nicht, antwortet Grasberger, weil das schon an die Tagesschau in Hamburg abgegeben ist. Wir machen dafür einen Film über die Krankenhausindustrie.

Krankenhausindustrie? Das ist doch witzlos. Die Krankenhäuser sind das Problem, nicht die Industrie. Und wenn wir tatsächlich einen Film über Krankenhausindustrie machen, kommt ja doch nur wieder ein Werbespot dabei heraus.

Das ist nicht sachlich, wehrt Grasberger ab, was Sie da vorbringen. Nur weil Sie sich ein Thema in den Kopf gesetzt haben, das ich Ihnen aus organisatorischen Gründen wieder abschminken muß.

Pointer greift ein, und Merz, der bisher unbeteiligt am Schreibtisch gesessen hat, schrickt von seiner Zeitung hoch. Pointer ist plötzlich ganz laut, bricht aus, als habe er lange auf diese Gelegenheit gewartet.

Sagen Sie mal, Herr Grasberger, was ist die Abendschau eigentlich für Sie? Für mich ist sie ein Mittel zur Unterrichtung. Aber, was Sie in letzter Zeit daraus machen, das ist doch einfach indiskutabel.

Moment mal, sagt Grasberger, was ist los mit Ihnen? Die Abendschau ist vollkommen in Ordnung. Was der Zuschauer haben will, ist eine Mischung aus Information und Unterhaltung. Und ich versuche mein Bestes, beides in jeder Sendung gut unterzubringen. Was soll das also?

Woraus besteht denn das Programm seit Wochen? Aus Schimpansen, Tanzpaaren und Blumenbinderinnen, dazwischen Fischerei oder Werbespots für Fertighäuser. Wahlhilfe für korrupte sogenannte Persönlichkeiten des Öffentlichen Lebens. Wissen Sie Grasberger, ich muß es Ihnen einmal sagen, wir kennen uns nun lange genug. Hier in diesem Laden ist aus Ihnen, einem mutigen, ideensprühenden, heiße Eisen anfassenden, sozialkritischen und der Unterrichtung dienenden Journalisten ein unterhaltender Dünnbrettbohrer geworden.

Grasberger schweigt betroffen. Und Niklas, der diesen Ausbruch unverschuldet verursacht hat, zieht sich zurück ins Vorzimmer zu Fräulein Schatz, die entgeistert vor ihrer Schreibmaschine sitzt. Ganz langsam steht Merz hinter seinem Schreibtisch auf und geht ebenfalls hinaus. Grasberger und Pointer stehen sich noch immer gegenüber, und Pointer macht eine vergebliche Handbewegung.

Entschuldigung, murmelt er, so gar nicht mehr der Starkameramann. Grasberger verläßt die Redaktion und kommt an diesem Tag nicht wieder zurück.

Pointer bittet Fräulein Schatz um einen Fünfundzwanzigpfennigkaffee.

Das war ja ganz schön hart, meint Niklas.

Pointer zuckt die Schultern: Einer mußte es ihm mal sagen. Und da ihr alle die Hosen voll habt, hab ich's getan. Mich braucht er. Mich kann er nicht feuern.

Da wäre ich nicht so sicher, wagt sich die Schatz zaghaft vor. Pointer lacht: Und wenn! Ich finde gleich einen neuen Job.

Sicher, sagt Niklas, und Sie haben keine Familie im Nacken. Ich gebe zu, antwortet Pointer, wieder ganz sachlich, eine ungewohnte Sachlichkeit bei Pointer: Das macht die Angelegenheit für mich wesentlich einfacher. Ein Vorteil, den ich den meisten voraus habe.

Merz, in die Apathie der ersten Wochen zurückgefallen, hört nur zu. Niklas läßt sich ebenfalls eine Tasse Kaffee geben: Es ist auch einfacher, wenn man nur eine Frau hat. Aber die meisten haben ein oder zwei Kinder. Und wenn die erst mal zur Schule gehen, wird jeder Arbeitsplatzwechsel, der ja in unserem Beruf meist auch einen Wohnortwechsel nach sich zieht, zum echten Problem.

Gewiß, die Kinder, sagt Pointer, aber vergessen Sie die Frauen nicht. Die stellen einen ganz wichtigen Faktor dar. So eine Ehefrau hat sich sehr rasch an einen gewissen Lebensstandard gewöhnt, den sie um keinen Preis der Welt wieder verlieren möchte. Was passiert aber mit einem Journalisten, der aufgrund seines mutigen sozialkritischen Einsatzes den Job verliert? Er ist bei uns in der Bundesrepublik noch immer als rot verschrien und findet so rasch keine neue Arbeit, es sei denn einen unterbezahlten Platz irgendwo in der Provinz, wo man von ihm noch nichts gehört hat. Und die Frau, die ihren Lebensstandard bedroht sieht, macht ihm das Leben zur Hölle. Das kennen wir doch.

So einen Sozialfall haben wir als bestes Beispiel in der eigenen Redaktion. Den alten Balzer. Jetzt ist er fünfundfünfzig. Vor drei Jahren ist er rausgeflogen, weil er den Ministerpräsidenten mit einer heißen Sache angegriffen hat. Grundstücksschiebung. Balzer ist nirgendwo untergekommen. Einmal, weil sein sogenannter Fehltritt zu bekannt war, zum andern aber auch, weil er schon über fünfzig war. Wer stellt schon einen alten Journalisten ein? Jetzt ist er geschieden, säuft, lebt in einer Baracke draußen bei den Obdachlosen und bringt immer wieder kleine Artikel, die er uns verkaufen will. Manchmal nimmt ihm einer aus Mitleid was ab. Das ist aber auch alles. Davon kann er kaum leben.

Dieses Gespräch bestärkt Merz in seiner Stimmung von Hoffnungslosigkeit, Furcht und Auflehnung. Er schreibt nach Hause:

Je tiefer ich ins Fernsehen einsteige, um so banger wird mir: eine gallertige Masse, schwammiges Fleisch ohne Knochen. Angst, anzuecken und damit die eigene Existenz zu gefährden. Unterhaltung wird groß geschrieben, man hat aber keinen Boden unter den Füßen. Die Öffentlichkeit, die Presse, sind nicht fähig, diese, in der Geschichte noch nie dagewesene Möglichkeit der Massenbeeinflussung durch das Fernsehen auszuloten und Konsequenzen bzw. Richtlinien daraus zu ziehen.

Das Aktuelle liegt völlig brach. Man schwimmt in Stories, die ein Ereignis bestenfalls anzeigen, aber nicht über das Geschehen und dessen immanente Probleme hinaus erfassen. Nicht nur, daß man sich dem Geschehen und den Problemen nicht stellt, man informiert nicht einmal richtig. Es ist doch wirklich keine Information, wenn man eine Minute und zwanzig Sekunden lang über den deutschen Krankenhaustag berichtet, der weiß Gott keine gruppenegoistische Subventionshascherei wie der Tag der deutschen Kaninchenzüchter ist, und dann vollautomatische Betten und eine Kobaltanlage für Strahlentherapie zeigt, aber nichts von der alarmierenden, jeden Bürger direkt betreffenden Problematik unserer Krankenhäuser. Das ist doch die Realität. Diese deprimierende Wirklichkeit hinter den Kulissen!

21

Auf Wunsch Grasbergers nimmt Merz am Freitagabend an der Pressekonferenz des „Marburger Bundes", einer Ärztevereinigung, teil. Eine Alibifunktion, die Merz übernimmt, weil jeder Widerspruch abgelehnt wird. Merz soll lediglich als Vertreter des Fernsehens, ohne Aufnahmeteam, teilnehmen, damit jemand dort war, wie Grasberger sagt. Darüber berichten will er nicht. Vor allem auch deshalb nicht, weil er von den „rebellierenden Ärzten" nicht viel hält.

Merz versucht Grasberger nach dieser Pressekonferenz dazu zu überreden, ein Round-Table-Gespräch zu diesem Thema zu machen. Er schlägt vor, einen Vertreter des Innenministeriums, einen Chefarzt, einen Vertreter der Deutschen Krankenhausgesellschaft und einen der Rebellen vom „Marburger Bund" um einen Tisch zu setzen und sie zur Diskussion kommen zu lassen.

Grasberger sagt nein, ohne Umschweife, einfach nein.

Fragt dann: Was macht eigentlich ihr Wolkenfilm? Können wir den Übermorgen in die Sendung nehmen? Mir fehlen noch fünf Minuten Feuilleton.

Merz sagt, daß er die Vorbereitungen voll abgeschlossen habe und jederzeit so, wie er sich das vorgestellt habe, mit einem Live-Interview des Oberlehrers und Einblendung der Klammerstreifen aus dem Dokumentarmaterial in die Sendung gehen könne.

Live-Interview? Da lassen Sie mal lieber die Finger davon! Versuchen Sie den Mann für morgen Vormittag ins Studio zu holen und machen Sie Konserve. Da können Sie so oft Sie wollen üben, damit nichts schief läuft.

Du bist wütend. Du möchtest schreien! Aber du bleibst ruhig. Kein Wort. Du nickst und versuchst den Oberlehrer für einen Termin ins Studio zu holen. Und du hast Glück. Er wird nachmittags eintreffen. Er hätte genauso gut kurzfristig keine Zeit haben können.

Auf der folgenden Redaktionskonferenz kündigt Grasberger ein neues Thema und einen neuen Mitarbeiter an. Thema: Alte Frau verliert etwas – mit versteckter Kamera gedreht. Pointer soll die Kameraarbeit machen. Pointer schüttelt nur den Kopf. Grasberger besteht darauf: Das ist ein Thema, behauptet er, das den kleinen Mann auf der Straße angeht, das ihn fesselt und das auf dem Bildschirm Eindruck macht.

Wann soll ich denn drehen? fragt Pointer.

Heute Nachmittag.

Das ist ganz unmöglich, entgegnet Pointer, heute Nachmittag bin ich schon zu Niklas eingeteilt.

Dann geht Loewe mit Niklas und Sie machen die Story der alten Dame. Grasberger nähert sich dem Ton eines Kasernenoffiziers. Niklas, der neben Merz sitzt, sagt kaum hörbar: Die Rache des Dünnbrettbohrers!

Außerdem, sagt Grasberger, werden wir einen neuen Mitarbeiter bekommen, der hier in der Abendschauabteilung anfängt und dann die Arbeit der anderen Redaktionen durchlaufen wird. Er heißt Morock. Sie kennen ihn sicher alle. Er ist politischer Redakteur der hiesigen Tageszeitung. Er wird heute Nachmittag sein erstes Thema bearbeiten. Eine politische Umfrage unter der Bevölkerung. Ich möchte Sie bitten, ihm jede mögliche Hilfe und Unterstützung zukommen zu lassen, damit er sich rasch eingewöhnt und die Möglichkeit hat, sein Bestes zu leisten. Ich werde Herrn Morock heute Nachmittag bei seiner ersten Arbeit unterstützen.

Sie, Herr Merz, bleiben in der Redaktion, da alle anderen Kollegen unterwegs sind und einer für anfallende Redaktionsprobleme bereitstehen muß.

Wieder möchtest du schreien. Aber du stehst nur auf und verläßt die Sitzung unter einem fadenscheinigen Vorwand.

Du wirst Grasberger stellen. Er soll sagen, was sein Verhalten dir gegenüber bestimmt. Du willst Hintergründe wissen. Und du fürchtest dich vor Morock, der ganz offensichtlich ein Adlatus Grasbergers ist.

Gegen vierzehn Uhr trifft der Oberlehrer für den Wolkenfilm im Funkhaus ein, Merz fährt mit ihm zur Aufnahme hinauf ins Studio und läßt die Redaktion unbesetzt zurück.

Natürlich hätte er Grasberger auf diesen Termin hinweisen

können. Aber er hat es nicht getan, nicht einmal aus Absicht. Heute morgen, als er den Befehl erhielt, in der Redaktion bereitzustehen, hatte er an diesen Termin nicht gedacht. Jetzt, als er hinauffährt zu den Studios, spürt er den Trotz, der ihn dazu treibt, so, und nicht anders zu handeln. Opposition um der Opposition willen. Eine Herausforderung.

Nach einem ersten Probedurchlauf gelingt die anschließende Aufnahme des Interviews, mit Einblendung verschiedener Wolkenfilme, darunter eine beeindruckende Gewitterentladung, relativ gut. Merz sieht sich zum ersten Mal vor einer Schwierigkeit: Die besten Antworten werden während der Vorbesprechung und während der Probeaufnahme gebracht. Sobald aber die neue Filmrolle für die endgültige Aufnahme eingelegt und die Kamera angelaufen ist, versagt der Gesprächspartner mehr oder weniger. Dann hat er alle seine originellen Gedankengänge und die von Natürlichkeit geprägten Antworten vergessen. Das Surren der Kamera und die Gewißheit, daß nun die Endfassung aufgezeichnet wird, daß das, was er nun sagt, Gültigkeit hat, hypnotisiert ihn gewissermaßen, verkrampft ihn und läßt ihn erschrocken von sich selbst Abstand nehmen.

Die Schwierigkeit des Mediums.

Trotzdem findet der kleine Fünfminutenfilm am nächsten Abend, als er gemeinsam mit dem Filmchen „Eine Dame verliert etwas“ und der Umfrage Morocks gesendet wird, viel Wohlwollen.

Eine gute Leistung, sagen die Kollegen gleich nach der Sendung. Merz, der darauf geachtet hat, als Interviewer nicht zu stark ins Bild zu rücken, ärgert sich, daß Morock in seinem Umfragefilm fast immer voll auf dem Bildschirm erscheint.

Keiner der Kollegen erhob dagegen Einspruch, oder auch nur Kritik, obwohl diese Art der Selbstreproduktion verpönt ist. Obwohl Merz davor immer wieder gewarnt wurde.

Aber Morock ist da. So, als hätte die ganze Redaktion auf ihn gewartet. Morock, das ist der Kollege, der noch ganz Großes leisten wird.

Merz gelingt es, am nächsten Vormittag gemeinsam mit Grasberger und Morock in die Studios zu fahren, um dort einiges Filmmaterial anzusehen.

Da die Filme nicht sofort verfügbar sind und erst noch im Archiv herausgesucht werden müssen, lädt Merz die beiden zu einem Slibowitz in die Kantine ein. Er zahlt die erste Runde, Grasberger die zweite und Morock dann noch eine dritte.

Wie gewöhnlich reden sie über Arbeit und Kollegen. Ein Thema, das sich bis zur Raserei ausschöpfen läßt.

So erfährt Merz, daß Morock mit Heuschka und dessen Frau anscheinend eng befreundet ist. Vor zwei Jahren hat er Heuschkas Wahl zum Intendanten in seiner Zeitung unterstützt.

Als Morock für einen Augenblick die Bar verläßt und zielstrebig quer durch die Kantine auf die Toiletten zugeht, nutzt Merz die Gelegenheit.

Da ihm voraussichtlich nicht viel Zeit bleibt, er aber unbedingt sein Ziel erreichen will, geht er geradlinig darauf zu.

Was ist los? fragt Grasberger, wollen Sie mich erschießen?

Merz packt zu.

Ich will weder gegen Sie, noch gegen Morock oder sonstwen schießen, sagt er, und es ist mir auch völlig egal, wer welche Aufträge bekommt. Aber ich finde es nicht in Ordnung, und das, glaube ich, muß einmal gesagt werden, daß ich nur immer Ideen haben darf, allenfalls einen kleinen Film machen kann, während Morock, der ja noch gar nicht richtig da ist, schon eine Umfrage mit Großaufnahme bekommt.

Grasberger möchte etwas entgegnen, aber Merz läßt ihn nicht einspringen.

Diesmal nicht.

Hat das etwa einen besonderen Grund? fragt er, vielleicht den, daß Sie aus meinem ersten, ich gebe zu, etwas verunglückten Interview, den Eindruck gewonnen haben, daß man mich nicht mehr vor die Kamera lassen darf?

Jetzt unterbricht Grasberger, läßt Merz nicht ausreden und widerspricht.

Er beruft sich auf Janke. Mit dem habe er darüber gesprochen.

Wir sind beide zu dem Schluß gekommen, sagt er, daß wir Sie sich vor der Kamera austoben lassen. Dabei werden Sie viel lernen, Herr Merz.

Sie werden durch die Rückkehr Morocks unterbrochen. Keiner der beiden spricht weiter.

Erst später, im Studio, nimmt Grasberger Merz beiseite und sagt: Nichts für ungut, Herr Merz, keiner will Ihnen hier etwas anhaben. Und ich gebe zu, daß es vielleicht etwas ungerecht war, nicht Ihnen diese Umfrage zu geben, da Sie ja nun doch schon länger bei uns sind. Aber das lag einfach daran, daß ich Morock morgens in der Sauna getroffen und mit ihm bei dieser Gelegenheit die Sache besprochen habe, ohne an Sie dabei zu denken. Aber, und das möchte ich Ihnen versichern, es hat in keinem Fall irgendeine gezielte Absicht dahintergestanden.

Aber schon zwei Tage später hat Morock wieder das Hauptthema für die nächste Sendung in der Tasche, in der Sauna verabredet. Grasberger bringt ihn morgens mit in die Redaktion und legt die Story, Gespräch mit Verfassungsschützer Pacht über Spione in unserem Bundesland, als fertig abgesprochen und genehmigt auf den Tisch der Redaktionskonferenz. Mittags, in der Kantine, wird von wohltemperierten Saunaideen gesprochen, aber hier, am Konferenztisch, sagt keiner etwas. Sie akzeptieren Morock und Grasberger. Castor und Pollux, witzelt Niklas.

Als Merz selbst nun ein Thema aus der Tasche zieht, eines, das er schon seit Beginn seines Hierseins verwirklichen möchte, Probleme der arbeitenden Frauen, lehnt Grasberger ab. Diesmal gibt Merz nicht auf.

Gastarbeiterprobleme, sagt er.

Nein, antwortet Grasberger noch einmal.

Du bleibst hartnäckig.

Probleme der Verkäuferin!

Grasberger sieht dich einen Augenblick an. Dann fragt er: Können wir darüber nachher einmal reden?

Er wollte ohnehin mit Merz sprechen. Deshalb bittet er ihn nach der Sitzung, doch noch einen Augenblick im Konferenzzimmer zu bleiben, während die übrigen schon hinausgehen.

Ich hatte Ihnen versprochen, beginnt Grasberger, daß Sie die Organisation des Programmangebotes an die Tagesschau in Hamburg nach dem Ausscheiden von Götz übernehmen können. Nun hat Janke sich doch anders entschieden und Niklas wird die Sache übernehmen. Ich hoffe, Sie unterstellen mir keine böse Absicht.

Natürlich unterstellst du sie. Aber du wirst dich hüten, etwas zu sagen.

Merz will schon hinausgehen, als Grasberger anscheinend noch etwas einfällt: Hätten Sie nicht Lust, morgen Abend die Ansage der Abendschau zu machen? Janke findet, unsere Ansagen sollten reißerischer sein, wir würden unser Programm nicht attraktiv genug verkaufen. Sie könnten das doch machen, oder?

Er wartet die Antwort von Merz nicht mehr ab, hält ihm die Hand hin: Also, topp, schlagen Sie ein und vertragen wir uns wieder! Sie machen morgen die Ansage und formulieren auch den fishing-Satz der einzelnen Filmbeiträge!

Merz schlägt ein, weil er glaubt, daß ihm nichts anderes übrig bleibt.

22

Eine lang hingezogene Straße, staubig und leer, Western-Motiv. Kamera in der Totalen.

Einer kommt aus dem Hotel.

Zwischenschnitte: Häuser. Die Vorhänge sind zugezogen, Balkontüren geschlossen und die Jalousien an den Läden heruntergelassen. Und wieder die Straße.

Der, der das Hotel verlassen hat, läuft in die Kamera. Schnitt. Dann Aufnahme von hinten. Er läuft schneller. Zwei andere verfolgen ihn.

Er läuft.

Kamera ganz nah, seitlich, die Beine: er läuft.

Schwenk: Die anderen laufen, Kamera ganz nah, auf die Beine. Und wieder Zwischenschnitte: Hauswände, abgeblätterter Verputz. Zeitlupe: Einschußlöcher, an denen die Kamera entlangzieht.

Ohne Ton.

Nur Bild.

In der Totalen: Sie haben ihn eingeholt. Er springt und fällt. Und ein letzter Schnitt: Der Tote. Das helle Khakihemd naßgeschwitzt, Blut im Nacken, so liegt er auf dem Gesicht am Rand des Bürgersteigs, den linken Arm verdreht zur Seite geworfen und das Bein angewinkelt zum letzten Sprung.

Ist das ein Ende?

Zweiter Teil

1

Ein Dreivierteljahr später, im Frühsommer 1963, sind die Fronten endgültig abgesteckt, die Versprechungen des Bundesbruders in den Wind geschlagen.

Morock wird Leiter der Abendschau.

Grasberger übernimmt die Abteilung „Aktuelles", die bisher Karstens Ressort war.

Karstens geht in die „Dokumentation" und irgendwo geht einer ganz, wird im Zuge des Spiels aus der Anstalt entlassen.

Für Merz hat sich wenig verändert.

Gelegentlich lädt Heuschka ihn zum Essen ein und läßt sich aus der Redaktion berichten, macht Versprechungen und vergißt sie wieder. Merz, der seit der Übernahme der Abendschauleitung durch Morock nur kleine unbedeutende Aufträge erhält, dafür aber immer öfter zur abendlichen Ansage herangezogen wird, so, als sei er nicht als Journalist, sondern als Sprecher zur Abendschau geholt worden, Merz verlegt sich darauf, seinen eilfertigen Kurierdienst als Zuträger des Intendanten auszubauen.

Auf diese Weise, hofft er, wird er sein Ziel rascher erreichen. Das Ziel, eine Position innerhalb der Abendschau zu bekleiden, die er dem anderen auf der Basis des Konkurrenzkampfes nicht nehmen kann, weil man ihn nicht zum Konkurrenzkampf antreten läßt.

Merz, der sich vor einem Dreivierteljahr zum ersten Mal selbst auf dem Bildschirm sah, hat entdeckt, wie alt er geworden ist. Nun läßt er sich auf ein gewagtes Spiel ein, das ihm Spaß macht.

Spaß vor allem auch deshalb, weil er aus dem Hinterhalt schießen kann, unerkannt abfeuert und auf einen Blattschuß hofft. Es darf geschossen werden.

Aber noch wird auf Merz nicht geschossen. Noch bleiben ihm vier Jahre. Langsam, aber sicher baut er seinen Tod auf, läuft in die Fallen, die ihm gestellt werden, und die er sich selbst stellt, obwohl sein Schicksal zu diesem Zeitpunkt noch abwendbar wäre.

Später gehen die Berichte über seinen Tod auseinander.

Die wenigen Augenzeugen variieren ihre Augenzeugenberichte.

Seine zweite Frau sagt: Sie haben ihn wie einen Hund auf der Straße erschossen, und denkt dabei an Jagdhunde.

Fest steht: Er wollte sich eine Zigarette anzünden, als ihn die beiden Kugeln trafen. Genickschuß. Schulterblatt.

Seine Zigarette brannte noch zur Hälfte ab.

Wie einen Hund, sagte seine zweite Frau und wunderte sich nicht über diesen seltsamen Vergleich.

Die Presse meldet: Er ist an vorderster Front für den Zuschauer gefallen.

Er drehte Fernsehberichte für die Wohnzimmer der Bundesbürger. In diese Wohnzimmer wollte er Aufregung bringen. Keine Kulissenaufregung: Augenzeugenberichte.

Ein seltsamer Mensch, sagen diejenigen, die sich seine Freunde nennen:

Er drohte mit seiner Eigenwilligkeit jedes Team zu sprengen. Ein Einzelgänger.

Einer, den die anderen politisch konservativ nennen, der rechts von der Mitte steht, sagen sie, der sich aber gleichzeitig gegen soziale Ungerechtigkeiten engagiert, der die Spielregeln durchbricht und Hintergründe aufdeckt, die andere nicht aufzudecken wagen.

Sein Spieleinsatz war immer hoch. Als er tot war, hatte er endgültig verloren.

Die offizielle Pressemeldung von dpa beschreibt seinen Tod so: Walter Merz trat aus dem Postamt, um zu seinem Hotel zurückzugehen, als ihn die beiden Schüsse aus nächster Nähe trafen. Er war sofort tot. Da er einen braunen Anzug trug, zudem groß, schlank und blond war, haben ihn seine Mörder wahrscheinlich für einen britischen Soldaten gehalten, an dem sie einen Terrorakt verüben wollten.

Einen Tag später spricht man von politischem Mord.

Politische Morde stehen 1963 noch nicht auf der Tagesordnung. Die Ermordung Diems in Südvietnam und Kennedys in den USA sind erste Warnzeichen, außergewöhnliche Ereignisse, Einzelaktionen, die nicht richtungweisend scheinen.

Noch immer wird die Parole Wohlstand im Westen ausgegeben. Einige hunderttausend Bundesdeutsche werden im Sommer 1963 auf der Motorbootwelle reiten, so verlegt der deutsche Mittelstand seinen Schrebergarten aufs Wasser, während seine Studenten noch immer mehr Interesse an verbilligten Reisen, gutbezahlten Zeitjobs und Studentenulk zeigen, als an der großen Politik oder der Universitätspolitik. In Washington lächelt die Mona Lisa für Amerika, und in Deutschland haben wir wieder eine „Deutsche National-Zeitung", zu deren Geburtsstunde deutsche Generalfeldmarschälle, Generaladmiräle und Generaloberste gratulieren.

Während die Bundesrepublik Raketen an Nasser liefert, ist die Zahl der Kriegsdienstverweigerer seit 1959 um 50 Prozent gesunken. Ludwig Erhard löst Konrad Adenauer im Kanzleramt ab. Papst Johannes XXIII. stirbt, und der Streik der Metallarbeiter in Nordbaden-Nordwürttemberg wird mit Aussperrungen und Desinteresse der Bevölkerung beantwortet. In deutschen Wohnzimmern geht es um Geborgenheit und Wohlbefinden.

Zum Kaviar wird gejodelt, und man züchtet Chinchillas auch am stillsten Örtchen, um endlich das große Geld unter die kleinen Leute zu bringen.

Bundesdeutsche Frauen verwenden französische Duftwässer und der Markt wird von einer Whisky-Woge überschwemmt. On the rocks. Das ist chic.

Gleichzeitig verbreitet die Presse, daß mit dem wachsenden Zustrom der Gastarbeiter in der Bundesrepublik wieder Haus- und Bettwanzen importiert werden. Das saubere Volk ist empört.

Für das Massenmedium Fernsehen ist 1963 ein denkwürdiges Jahr. Während das private Fernsehprojekt einiger Verlage, angeführt vom Bertelsmannkonzern in die Pleite rutscht, geht das Zweite Deutsche Fernsehen mit seinen Mainzelmännchen entgegen allen Widerständen von Seiten der schon bestehenden Rundfunkanstalten auf Sendung.

Noch heißt der Barackenkomplex des ZDF in Eschborn bei Frankfurt Telesibirsk, aber schon haben manche ARD-Funkhäuser auf einen Schlag bis zu achtzig Redakteure, Techniker und Sekretärinnen an die Konkurrenz verloren. Und dort, wo die Stühle frei wurden, treten die verbliebenen Redakteure an zum Catch-as-catch-can. Nach dem Gesetz der Stärke unterliegt der Schwächere.

Merz bewegt sich vorsichtig im Ring, den Punktsieg im Visier. Noch ist alles offen.

2

Pointer, der Starkameramann für Miederwäsche und schnelle Autos, der Mannequinfresser, wie ihn seine Kollegen nennen, hat die Ausscheidungskämpfe zum Mister Germany gedreht: Nur so, sagt er, zum privaten Vergnügen, weil ich ohnehin in der Gegend etwas zu tun hatte.

Nun legt er den Film zur Redaktionskonferenz vor und möchte ihn in eine der nächsten Abendschausendungen einbringen. Morock zweifelt. Die Mädchen aus Regie, Schneideraum und Vorzimmer sind begeistert.

Richtige Männer, mit Muskeln und so. Sie kichern.

Morock hat Einwände. Seitdem er Grasberger die Abendschau aus den Händen genommen hat, hat er zwar organisatorisch nichts verändert, dafür aber die Abendschausendung selbst. Sie ist politischer geworden. Kaum noch Feuilleton, weder Wolken, noch Fischerei, dafür Umfragen zu politischen Ereignissen, Interviews und Filmausschnitte aus dem Landtag. Vieles macht Morock selbst. Dafür hat er Crämer stärker für die Verwaltung eingesetzt und Niklas fast ganz für die Zulieferung der Hamburger Tagesschau abgestellt.

Merz darf texten.

Lediglich die Umfragen werden von den drei noch verbliebenen Mitarbeitern absolviert. Morock geht nicht mehr mit dem Mikrofon auf die Straße. Er hat es mit Politikern zu tun, nicht mit dem kleinen Mann. Muskelberge in Badehosen passen nicht in sein Programm.

Aber Pointer läßt sich seinen Film nicht ausreden. Auf Morocks Argumente bringt er Gegenargumente, unterstützt von Crämer und Niklas, die hier eine Lücke in den neuen Abendschaustil reißen wollen. Bis Morock nachgibt.

Also gut, sagt er zu Niklas, Sie und Merz werden sich den Film nachher mal ansehen. Vielleicht kann man etwas daraus machen.

Merz, der wie Crämer und Niklas gegen den neuen Abendschauchef opponiert, ist überrascht. Er hat in die Diskussion um den Mister Germany nicht eingegriffen, weil er ebenfalls gegen die Übernahme dieses Streifens in die Abendschau sprechen müßte.

Er hat etwas gegen zur Schau gestellte Männlichkeit.

Schon allein deshalb, weil die Mädchen so erwartungsvoll kichern. Als könnten ihnen diese Männer mehr bieten. Diese kraftstrotzenden Zeugungsmaschinen, die niemals müde werden.

Als Merz sich nach der Sitzung gemeinsam mit Niklas den Film vorführen läßt, sieht er seine Vermutung bestätigt.

Exhibitionismus auf der einen Seite, sagt er zu Niklas, und bare Geilheit auf der anderen Seite, da, wo die weiblichen Zuschauer sitzen.

Niklas findet das Material nicht schlecht.

Das grenzt fast an Pornografie, ereifert sich Merz.

Das ist doch Unsinn, sagt Niklas, Ihre Fantasie geht mit Ihnen durch.

Vom Studio aus ruft er Morock an: Gut fotografiert, sagt er, wir könnten daraus eine kleine Satire machen. Was halten Sie davon?

Morock ist zögernd einverstanden.

Niklas legt den Hörer auf, und ruft sofort das Funkarchiv an: Schicken Sie mir ein Liszt-Band runter. Wie wär's mit dem Liebestraum? wendet er sich an Merz.

Merz zuckt mit den Schultern. Er spürt Ekel aufsteigen.

Sie werden Schwierigkeiten mit der Intendanz bekommen, warnt er Niklas. Der lacht.

Übertreiben Sie doch nicht so entsetzlich, Merz. Sie reagieren ja schon fast neurotisch.

Fleischberge und Muskelprotze, die da über den Laufsteg und die Leinwand ziehen, knappe Badehose über dem Geschlechtsteil.

Merz ist gegen den Liebestraum.

Aber Niklas setzt sich durch.

Merz will Heuschka darüber informieren. Er rechnet fest mit der Empörung des Bundesbruders.

Auf jeden Fall wird er Morock mit hineinziehen. Als Abendschauleiter ist Morock für die Filme, die über den Bildschirm laufen, verantwortlich, und Merz wird nichts davon erzählen, daß Morock sich gegen diese Mister-Germany-Schau gesträubt hat. Merz wird ein wenig verschweigen, das genügt, um den Dingen ein anderes Gesicht zu geben.

Noch vor dem Mittagessen, das er wie gewöhnlich in der Kantine einnimmt, versucht er, Dr. Heuschka telefonisch zu erreichen.

Die Sekretärin meldet sich.

Hier ist Merz, sagt er, kann ich Herrn Dr. Heuschka sprechen?

Das Mädchen verneint. Heuschka sei in einer Sitzung, ob sie etwas ausrichten solle?

Legen Sie ihm einen Zettel auf den Schreibtisch, antwortet Merz, er soll mich bitte anrufen, sobald er zurück ist.

Die Sekretärin verspricht es.

Um diese Zeit ist außer Fräulein Schatz niemand in der Redaktion. Morock hat Niklas und Crämer zu einer Umfrage in die Stadt geschickt, er selbst ist über Mittag nach Hause gefahren, ein Privileg, das er sich als Chef leisten kann.

Merz geht zu Fräulein Schatz ins Vorzimmer. Sie schreibt gerade einen Text Crämers für die nächste Sendung ab.

Merz bleibt neben ihrem Schreibtisch stehen.

Sie blickt von der Maschine hoch: Einen Kaffee? fragt sie.

Merz verneint.

Wie wäre es, sagt er, wenn wir zusammen essen gingen?

Sie sieht ihn überrascht an. Bisher wurde sie noch von keinem Redaktionsmitglied zum Essen eingeladen und saß immer mit einigen Mädchen aus der Technik in der Kantine.

Merz lächelt, und es ist ein äußerst charmantes Lächeln, das er für sie aufbringt.

Oh, sehr gerne, sagt sie und läßt Crämers Manuskript sofort im Stich. Läßt das Blatt eingespannt in der Maschine und steht vom Schreibtisch auf.

Merz beobachtet, wie sie hinüber zum Waschbecken geht, sich die Hände wäscht, das Make-up überprüft, intensiv mit Lippenstift Ober- und Unterlippe bemalt, ein wenig Puder auflegt, besonders an der Nasenpartie, einen Kamm aus der Handtasche holt und durchs Haar fährt.

Dann dreht sie sich zu Merz um, ein leichter Schwenk aus den Hüften heraus: Gehen wir?

Gleichzeitig erreichen sie die Tür, die Merz ihr öffnet und hinter sich wieder schließt. Während er die Tür ins Schloß zieht, bleibt sie dicht neben ihm stehen. Er riecht sie. Sie nimmt ein starkes Parfum, um den körpereigenen Geruch zu überdecken.

Da der Lift sehr voll ist, stehen sie auch dort eng aneinandergedrängt, und Merz spürt die Wärme ihrer Haut an seiner Jacke.

Es ist heiß heute, und das Mädchen trägt einen roten Rock zu einer leichten weißen Bluse, ein Ding aus Seide, das fast durchsichtig ist. Unten in der Kantine setzt er sie an einen der Tische für zwei Personen, ganz hinten am Fenster und sagt, sie solle solange eine Zigarette rauchen, bis er mit dem Essen wiederkäme. Gleichzeitig zieht er eine Packung Zigaretten aus der Rocktasche, klopft eine Zigarette heraus und beugt sich zu dem Mädchen hinunter, um sie ihr anzubieten. Dann gibt er ihr Feuer. Sie zieht an der Zigarette, schlägt die Augenlider hoch und sieht ihn an.

Sie hat dunkle Augen. Braun.

Du magst solche Augen nicht, aber du willst das Mädchen

haben. Und diese Sorte hast du noch immer bekommen. Sie ist nicht übermäßig intelligent, guter Durchschnitt, und irgendwann wird sie, wenn sie den richtigen Mann gefunden hat, eine gewissenhafte Hausfrau sein, deren Fußboden immer glänzt. Dann wird sie weniger parfumiert und weniger gut frisiert sein, trotzdem immer noch anfällig für das, was sie ein kleines Abenteuer nennt.

Merz kommt mit dem Kantinenessen auf dem Tablett zurück. Sorgfältig legt er ihr Messer und Gabel zurecht, die Serviette daneben und den Teller dazwischen. Heute gibt es grünen Waldmeisterpudding als Nachspeise.

Merz erzählt von den Schwierigkeiten, die er seit einem Dreivierteljahr bei der Zimmersuche hat.

Vielleicht, sagt er, habe ich jetzt das Richtige gefunden.

Er hat eine Anzeige in die Zeitung gesetzt: Fernsehjournalist sucht Zimmer oder Appartement.

Heute morgen erhielt er daraufhin drei Anrufe. Ein Angebot, sagt er, scheint das zu sein, was ich suche. Ich will es mir morgen ansehen.

Fräulein Schatz, die wie Merz den kleinen Finger von der Gabel abspreizt, wenn sie das Gulasch in den Mund schiebt, zeigt viel Anteilnahme.

Es ist draußen am Stadtrand, erläutert er, eine Villa und nicht teuer. Zwanzig Quadratmeter und eigener Balkon.

Ich wohne bei einer Lehrerin, sagt sie, ihr Mann ist vor zwei Jahren gestorben und seitdem vermietet sie. Wir stören uns gegenseitig nicht, aber natürlich hätte man in einem eigenen Appartement mehr Bewegungsfreiheit. Sie müssen vor allem darauf achten, daß es keine Spießbürger sind, die Ihnen das Zimmer vermieten.

Hätten Sie Lust, fragt Merz, das Zimmer morgen mit mir anzusehen?

Sie sagt zu. Morgen ist Samstag und sie hat sich für dieses Wochenende noch nichts vorgenommen.

Nachmittags wartet Merz vergeblich auf den Anruf Heuschkas. Gegen vier Uhr wählt er noch einmal die Nummer der Intendanz.

Wieder ist die Sekretärin am Apparat und versichert, sie habe die Nachricht auf den Schreibtisch des Intendanten gelegt. Der sei am frühen Nachmittag noch einmal kurz im Büro aufgetaucht, aber gleich wieder zu einer Verabredung gegangen. Ob es denn sehr wichtig sei?

Merz wehrt ab. Nur eine Kleinigkeit. Er läßt sie seinen Unmut darüber, daß ihn der Bundesbruder anscheinend nicht ernst genug nimmt, nicht spüren.

Nur eine persönliche Angelegenheit, sagt er, das hat auch noch bis Montag Zeit.

Montagabend werden die Muskelmänner, begleitet vom Liszt'schen Liebestraum, gesendet. Vielleicht sieht Heuschka dieses Programm. Merz wird dann mit Nachdruck darauf verweisen können, daß er warnen wollte, aber nicht durchgedrungen sei. Morock wird für den Skandal verantwortlich sein.

Kaum hat Merz den Hörer aufgelegt, kommt Morock in die Redaktion. Können Sie mir einen Kaffee in mein Zimmer bringen? fragt er Fräulein Schatz. Sie macht sich sofort an der Kaffeemaschine zu schaffen.

Seit Grasberger nicht mehr Chef der Abendschau ist, gibt es auch das Sitzungszimmer nicht mehr. Morock hat den Konferenztisch hinausschaffen lassen und das Zimmer zum eigenen Redaktionsraum erklärt, in dem er, wie er sagt, ungestört arbeiten kann.

Zur Redaktionskonferenz setzt er die Redakteure nun in die Besucherecke, eine moderne Couchgarnitur, die ihm mit Unterstützung des Intendanten zugestanden wurde.

Merz fängt ihn ab, als er das allgemeine Redaktionszimmer durchqueren will.

Er versucht, den Auftrag für ein Thema zu erhalten, das er aufgrund einer Zeitungsnotiz entdeckt hat und von dem er überzeugt ist: Bewährungshilfe.

Merz hat es auf der Redaktionssitzung am Montag bereits einmal vorgetragen, Morock ging nicht darauf ein. Heute nachmittag aber scheint er guter Laune zu sein.

Kann ich Sie einen Augenblick sprechen? fragt Merz.

Morock sagt: Was gibt's? Und nimmt Merz mit in sein Zimmer, setzt sich auf einen der Sessel und macht eine Handbewegung: Setzen Sie sich.

Merz beginnt mit der Mister-Germany-Schau und bestärkt Morock in seiner Ablehnung.

Echt Pointer, sagt Merz und Morock stimmt zu.

Fräulein Schatz bringt den Kaffee. Möchten Sie auch einen? fragt Morock.

Ja, bitte, sagt Merz und Fräulein Schatz geht hinaus, eine zweite Tasse aufzubrühen.

Was macht das Interview mit dem Ministerpräsidenten? erkundigt sich Merz, hatten Sie Erfolg?

Für die Sendung am Dienstag, antwortet Morock, leider nicht live. Er hatte offensichtlich Angst und möchte nicht die Finger drin haben.

Trotzdem, sagt Merz, ist es doch ein Erfolg, zu dem man Ihnen gratulieren kann.

Während Fräulein Schatz die zweite Tasse Kaffee bringt, bietet Merz eine Zigarette an und gibt Morock Feuer.

Dann kommt er auf die Bewährungshilfe zu sprechen.

Resozialisierung, die schon im Gefängnis beginnt, daraus, sagt Merz, könnte man einen abendfüllenden Film machen, aber auch für die Abendschau wäre dieses Thema, politisch akzentuiert, nicht uninteressant. Ich würde ein Interview mit dem Ministerialrat Kehl vom Bundesjustizministerium als Aufhänger nehmen.

Kennen Sie ihn? unterbricht Morock.

Wir waren früher mal zusammen in einer katholischen Jugendorganisation, gibt Merz an, dieses Interview würde also keinerlei Schwierigkeiten machen.

Warum haben Sie das nicht gleich am Montag gesagt? fragt Morock.

Merz sagt, es sei ihm unangenehm gewesen, seine Beziehungen vor der ganzen Redaktion aufzudecken und bittet Morock, davon nichts weiterzugeben.

Also gut, meint Morock, Sie bekommen den Auftrag für die Abendschau, Zehn-Minuten-Film. Mehr ist nicht drin. Vielleicht können Sie einen längeren Film noch im Abendprogramm unterbringen. Fragen Sie doch mal an.

Du bist enttäuscht.

Merz dachte, Morock, der gute Beziehungen zu den Kollegen von der Dokumentarabteilung hat, weil er selbst dort Filme unterbringt, würde ihn vermitteln.

Vielleicht kann er ihn mit einem schärferen Thema aus der Reserve locken: Man könnte auch, schlägt Merz vor, für die Sendezeit nach zweiundzwanzig Uhr einen Film über die Sexualprobleme der Strafgefangenen drehen. Was halten Sie davon?

Nicht schlecht, gibt Morock zu, ein heißes Thema, das mit viel Fingerspitzengefühl angefaßt werden muß. Ich würde es nicht machen. Aber, wenn Sie meinen, daß Sie es schaffen –?

Also keine Hilfe von Morock.

Aber du hast dein Thema in der Tasche. Nach dem verunglückten Live-Interview über die Impfung vor einem Dreivierteljahr kannst du zum ersten Mal wieder einen längeren Abendschaufilm selbständig herstellen. Eine Sache, die dich interessiert, für die du dich engagieren kannst.

Merz schlägt Loewe als Kameramann vor und Morock akzeptiert.

Merz holt Fräulein Schatz zu Hause ab. Sie wohnt nicht weit vom Funkhaus, in einem jener Mietshäuser, die in den fünfziger Jahren gebaut wurden, nüchtern und glatt, zur Straßenseite kleine Fenster, Küche und Schlafzimmer, nach hinten schmalbrüstige Balkons vor den Wohnzimmern.

Merz klingelt an der Wohnungstür, und die Lehrerin, eine Frau Anfang fünfzig, öffnet ihm.

Merz stellt sich vor, den Hut, den er heute aufgesetzt hat, hält er artig in der Hand.

Kommen Sie doch herein, wird er gebeten, Fräulein Schatz wird gleich fertig sein.

Ein Flur ohne Fenster, zwei Kleiderschränke, ein großer Spiegel und die Garderobe. Fräulein Schatz steht vor dem Spiegel und richtet sich mit beiden Händen das Haar.

Ich bin fertig, sagt sie und wirkt fröhlich, ein wenig zu fröhlich.

Es ist schwül heute nachmittag. Ein erstes Sommergewitter kündigt sich an, Wolken, die sich wie ein Ring um die Stadt schließen. Das Mädchen trägt eines dieser leichten Sommerkleider, Chiffon, das von jedem Windstoß hochgewirbelt wird, hochhakkige Schuhe, schmale Riemen über dem Fuß und lackierte Zehennägel, ein knalliges Rot, das so gar nicht zur Farbe des Lippenstiftes paßt.

Merz hält ihr den Wagenschlag auf, hilft ihr hinein und läßt das Schloß behutsam einschnappen. Dann geht er um den Wagen herum, steigt selbst ein und startet.

Sie müssen die Innenstadt durchqueren, aber um diese Zeit, Samstag nachmittag, sind die Straßen leer. Kaum ein Wagen.

Was fahren kann, ist vormittags schon hinaus an einen der Badeseen vor der Stadt gefahren. Ab und zu spielen einige Kinder in den heißen Höfen. Oder alte Leute liegen in geöffneten Fenstern, ein Kissen unter den Ellenbogen.

Das Mädchen bemüht sich, munter zu plaudern. Über das Wetter, die Stadt und natürlich über Kollegen im Funk, über ihre Arbeit.

Merz macht mit. Er hat das Seitenfenster heruntergekurbelt und den linken Arm auf den Rahmen gelegt, mit der Rechten hält er das Steuerrad. Er fährt langsam, so, als machten sie eine Spazierfahrt durch die Stadt.

Das Haus, ein Einfamilienhaus, gediegen und ohne auffallende architektonische Ideen gebaut, das Merz als Villa bezeichnet hatte, liegt draußen in einem der Vororte, die sehr grün, sehr ruhig und vornehm sind. Schmale, gepflegte Straßen, Kieswege in den Gärten, Rosenstöcke und Ziersträucher auf dem Rasen und kaum ein Kind, das Lärm machen könnte.

Die Straßen heißen Gartenstraße und Waldweg, Ahornallee und Parkstraße. Merz hat sich orientiert, ehe er das Mädchen abholte, hat den Stadtplan im Kopf und findet die Adresse ohne Umwege.

Er ist angemeldet, und die Hausbesitzer, ein älteres Ehepaar, erwarten ihn.

Als er Fräulein Schatz vorstellt: Eine Kollegin, wirkt die Frau abweisend und etwas später sagt sie: Damenbesuche nach zweiundzwanzig Uhr sehen wir ungern.

Aber das ist doch ganz selbstverständlich, gnädige Frau, sagt Merz, ich an Ihrer Stelle würde nicht anders handeln.

Das beruhigt die Frau, die trotzdem noch rasch einen mißtrauischen Blick auf Fräulein Schatz wirft.

Ich bin verheiratet, sagt Merz, und habe zwei Töchter. Davon ist die eine schon fast erwachsen, auf mich können Sie sich verlassen.

Das Zimmer ist so, wie Merz es sich vorgestellt hat, groß, geräumig, hell und mit modernen, soliden Möbeln ausgestattet. Eine zweiflügelige Glastür führt hinaus auf den Balkon.

Zehn Quadratmeter Balkon, sagt die Frau, die mit ihnen ins Zimmer hinaufgegangen ist, dafür sind die zweihundertundachtzig Mark Miete nicht zu viel.

Natürlich nicht.

Ein herrliches Zimmer, begeistert sich Fräulein Schatz, ich würde es sofort nehmen, schon allein wegen des Blicks auf die Obstgärten. Das muß wunderschön sein, wenn die Bäume blühen.

Das berührt Merz weniger. Er wird dieses Zimmer nehmen, weil er hierher auch einmal Kollegen einladen kann, weil dieses Zimmer repräsentativ ist.

Das Bett steht hinter einem Vorhang in einer Schlafnische, auf dem Parkettboden liegt ein Velourteppich und es hängt kein Stilleben in Öl an der Wand.

Lediglich ein paar Topfpflanzen auf dem Fensterbrett.

Darum brauchen Sie sich aber nicht zu kümmern, sagt Frau Bauer, die Vermieterin. Ich versorge Ihr Zimmer, morgens, wenn Sie aus dem Haus sind und natürlich auch die Blumen.

Nehmen Sie es? fragt Fräulein Schatz.

Natürlich nimmt er es.

Unten im geräumigen Wohnzimmer unterzeichnet Merz den Vertrag bei einem Gläschen Obstschnaps, den Herr Bauer aus dem Barfach der Bücherwand geholt hat. Also denn, sagt er, ich glaube, wir kommen gut miteinander aus.

Merz ist ganz jovial, ganz charmant und liebenswürdig. Er zeigt sich von seiner besten Seite.

So kenne ich Sie gar nicht, sagt das Mädchen, als sie wieder im Wagen sitzen, in der Redaktion wirken Sie immer so, als hätten Sie sich ungeheuer in eine Sache verbissen. Merz lacht.

Das Mädchen hat ihn noch nie herzlich lachen sehen. Auch das sagt sie ihm.

Wollen wir noch irgendwo einen Kaffee trinken? fragt er.

Sie willigt ein.

Ich kenne ein nettes Café, sagt sie, draußen bei den Fernsehstudios, es wird Ihnen sicher gefallen. Soll ich Sie hinlotsen?

Nein, das ist nicht nötig. Merz kennt sich aus.

Eine halbe Stunde später sitzen sie in einer Fensternische des Cafés.

Sind Sie öfters hier? fragt Merz.

Ja, mit Kollegen. Ab und zu. Morock hatte uns zum Beispiel hierher eingeladen, nachdem er sein erstes Live-Interview letztes Jahr mit Erfolg über den Bildschirm gebracht hatte. Sie hatten damals, glaube ich, keine Zeit.

Merz kann sich nicht erinnern, eingeladen worden zu sein. Und fast scheint es, als bedaure sie, überhaupt davon erzählt zu haben.

Sie hatten es schwer, bei uns Fuß zu fassen, nicht wahr? Sie sind eben nicht wie Morock, und das macht sie sympathisch.

Wie ist denn Morock? fragt er.

Morock ist ein radikaler Ellenbogenmann, sagt sie, außerdem kommt er sich penetrant schön vor. Das merkt man doch, so wie er sich vor der Kamera produziert. Bei jedem Interview ist er voll im Bild.

Vielleicht haben Sie recht, sagt er, mein Nachteil ist, daß ich eigentlich zu alt für diese Redaktion bin. Selbst Morock ist doch mindestens zehn Jahre jünger als ich.

Diese Welle Sympathie, die sie jetzt für dich empfindet, die willst du ausnützen. Sicher, du willst mit dem Mädchen schlafen, aber das allein ist es nicht. Du brauchst eine Informationsquelle, und diese Mädchen sind ausgezeichnete Informationsquellen.

Du mußt sie nur geschickt anfassen.

3

Gegen neun Uhr treffen Merz, Loewe und ein Assistent in der Strafanstalt ein.

Sie werden der Direktion gemeldet und der Direktor empfängt sie in seinem Büro.

Merz hat ganz bestimmte Vorstellungen von dem, was er als Hintergrund zum Ministerialratsinterview filmen will. Diese Vorstellungen hat er mit Loewe auf der Fahrt durchgesprochen und Loewe meinte, das könnte eine gute Story werden.

Aus so einer Strafanstalt läßt sich schon einiges herausholen.

Und dann mal ein unorthodoxer Versuch, erklärt Merz, ich montiere in das Filmchen eine Rückblende ein. Wir zeigen den jungen Strafgefangenen, gerade entlassen und in das neue Wohnheim eingewiesen, wie er am Kaffeetisch sitzt und sich noch einmal an alles erinnert, was es nun nicht mehr für ihn gibt: Spaziergang im Gefängnishof, Gitter, Riegel, Blechnapf und Pritsche.

Merz ist überzeugt davon, daß in Gefängnissen Blechnäpfe verwendet werden.

Und er hat nicht unrecht.

Ehe ihnen der junge Gefangene vorgeführt wird, den die Gefängnisleitung für die Filmaufnahmen ausgesucht hat, machen sie einen Rundgang durch die Strafanstalt, um Motive zu finden.

Merz weiß, daß sich ihm das Gefängnistor ohne die Bundesbruderschaft des Ministerialrates nicht so einfach geöffnet hätte. Sie haben berechtigte Angst vor der Kritik am Strafvollzug.

Geschickt hat Merz die Betonung seines Films auf Bewährungshilfe gelegt. Nicht zuletzt auch deshalb, weil vor kurzem ein neues Wohnheim für entlassene junge Straftäter in der Nähe des Gefängnisses eingeweiht wurde. Dort will er ebenfalls drehen.

Als er vor vierzehn Tagen zum ersten Mal mit dem Bundesbruder im Bundesjustizministerium über seinen Plan sprach, kam sofort die Rede darauf, nicht nur die negativen Seiten des Problems zu zeigen.

Die positive Komponente sollte auf jeden Fall überwiegen, meinte der Bundesbruder.

Merz stimmte zu: Ich werde zeigen, was für die Resozialisierung vor allem junger Straffälliger getan wird, versprach er.

Danach erst erhielt er die Dreherlaubnis im Gefängnis.

Merz hält sich an diese Spielregel. Er will den neuentdeckten Bundesbruder nicht verärgern.

Fast ist Merz enttäuscht, daß das Gefängnis so sehr seinen Vorstellungen gleicht. Graue Gänge, neonbeleuchtet und immer neue Gitterdurchlässe, die vom Wachpersonal geöffnet und hinter den Besuchern wieder verschlossen werden. Dann die Zellen. Merz läßt eine öffnen. Was ihn sichtlich schockiert, ist das Klo. Das Klo in der Zelle, nur durch einen dünnen Vorhang vom übrigen Raum abgetrennt.

Als sie den sogenannten Schulsaal besichtigen, ist es wieder das Klo, an das sich Merz später noch erinnert, wieder nur durch einen dünnen Vorhang abgedeckt.

Was Merz auf diesem Rundgang empfindet, ist mehr als die Neugier des Berichterstatters, eine Mischung aus Entsetzen und Vergnügen, die Angst des Kindes in der Geisterbahn.

Merz läßt sich beeindrucken. Auch von den Panzerzellen für Ausbruchsverdächtige, die doppelt abgesichert sind, ein Gitter innen und eines außen.

Instinktiv spielt er die Möglichkeiten dieses Gefängnisses für die eigene Person durch. Zum einen die Möglichkeit, einer der Gefangenen in einer dieser Zellen zu sein, zum anderen die, zum Wachpersonal zu gehören. Diese Atmosphäre latenter Gewalttätigkeit.

Merz entscheidet sich für die Position der Vollzugsbeamten.

Als sie ins Büro des Gefängnisdirektors zurückkehren, erwartet sie dort Amtsgerichtsrat Linke, der Vorsitzende des örtlichen Bewährungshilfevereins.

Obwohl ihm Merz vom Justizministerium empfohlen wurde, kann er sein Mißtrauen gegenüber diesem Pressemann nicht unterdrücken.

Merz versucht es mit Charme und halbwissender Naivität. Eine sportliche Leistung, sich die Sympathie dieses Mannes zu erwerben.

In der darauffolgenden Besprechung täuscht Merz Fachwissen vor, um so seinem Gegner, wie er ihn nennt, eine Chance zu geben. Ein geschicktes Manöver, das gelingt.

Linke beginnt, den Journalisten zu korrigieren, sein vorgegebenes Fachwissen zurechtzurücken, und mehr wollte Merz nicht erreichen. Bereit, sich um der Sache willen belehren zu lassen, gewinnt Merz das Wohlwollen des Beamten.

Gegen elf Uhr, nachdem diese Unterredung beendet und Amtsgerichtsrat Linke von der Qualifikation und der Unschädlichkeit dieses Journalisten überzeugt ist, läßt der Direktor den jungen Strafgefangenen rufen.

Er ist achtzehn und hat jene verschlagene Schläue in den Augen, die zeigt, daß er nicht unintelligent ist. Schlaksig und betont selbstbewußt kommt er herein, begleitet von einem älteren Strafvollzugsbeamten. Ein Junge, der zu schnell gewachsen ist und nicht weiß, wo er die Hände verstecken soll.

Da ist er, sagt der Direktor, Rückfalldiebstahl und gelernter Elektriker.

Merz geht auf den Jungen zu, der verlegen grinst und gibt ihm die Hand: Sie werden heute entlassen?

Ich denke schon, sagt der Junge, so, als wolle er sich verteidigen.

Aber da ist auch Stolz dabei und die Hoffnung, etwas Besseres zu sein als die anderen, weil man ihn vor die Kamera holt.

Amtsgerichtsrat Linke schaltet sich ein: Der Junge weiß Bescheid.

Naja, sagt der Junge, heute morgen haben die mich noch extra zum hauseigenen Friseur geschickt, damit ich nach was aussehe.

Dem Direktor ist dieser Einwurf sichtlich peinlich.

Das wäre ohnehin nötig gewesen, wehrt er ab, so, wie du ausgesehen hast, hätten wir dich nicht rauslassen können.

Das Gesicht des Jungen ist wieder ausdruckslos. Furcht, Trotz und Gleichgültigkeit zwingen ihn in Reaktionslosigkeit.

Dann wollen wir mal, fordert Merz auf, der diese Szene so rasch wie möglich abbrechen möchte.

Loewe schultert die Kamera, er will aus der Hand filmen, das macht mehr Atmosphäre, sagt er. Merz hat keine Einwände.

Der junge Assistent, den Merz kaum beachtet, kümmert sich um die beiden Scheinwerfer.

Hoffentlich reicht das Licht aus, sagt Merz.

Hauptsache, wir kriegen was auf den Film, sagt Loewe, wenn's ein bißchen düster ist, schadet es nichts, im Gegenteil, das paßt doch glänzend.

Merz macht eine ungeduldige Handbewegung. Loewe soll schweigen, damit das eben besänftigte Mißtrauen der Beamten nicht erneut aufbricht.

Merz hält Loewe zurück: Einfach filmen, flüstert er, was wir dann daraus machen, ist unsere Sache. Und vor allem: Versuchen Sie die trostlose Atmosphäre einzufangen, darauf kommt es mir an.

Loewe nickt.

Die anderen warten draußen auf dem Gang vor dem ersten Einlaßgitter zum Zellentrakt. Der Vollzugsbeamte, der den Jungen ins Büro gebracht hat, läßt ihn auch jetzt nicht aus den Augen, obwohl der Rest seiner Strafe auf Bewährung ausgesetzt wurde, und die Entlassung nach Abschluß der Dreharbeiten vorgenommen wird.

Ich würde vorschlagen, sagt Merz und spricht den Direktor und Amtsgerichtsrat Linke an, daß wir als erstes die Zelle des Jungen aufnehmen. Eventuell, wie er auf der Pritsche sitzt, oder unter dem Fenster steht, wären Sie damit einverstanden?

Nein, sie haben nichts dagegen einzuwenden. Das Gitter wird von einem Beamten, der an einem Tisch daneben gewartet hat, aufgeschlossen, und Merz winkt Loewe und dem Assistenten, ihnen zu folgen.

Wieder der Endlosgang.

Merz läuft und hat das Gefühl, seine Beine seien von unten her mit Blei angefüllt, Zentnergewichte, die ihn am Boden festhalten. Erfolglos gibt sein Gehirn Laufimpulse an die Beinmuskulatur.

Du weißt, daß du vorwärtskommen mußt. Deine einzige Chance, zu überleben. Laß dich nicht von deiner irrsinnigen Angst überschwemmen. Ein einziges Mal klüger sein als dein blinder Mut, der einem unbestimmbaren Gefühl entspringt.

Nicht stehen bleiben, laufen. Nicht diese verdammte Zigarette anzünden, laufen. Und wirf dich flach auf den Boden, wenn sie abfeuern, spring zur Seite. Ausweichen. Das ist die einzige Fluchtmöglichkeit, die dir bleibt. Aber du spielst den Helden bis zuletzt, den Draufgänger, männlich, zwischen Whisky und einem Jagdgewehr, das Geweih an der Wand.

Noch einmal möchtest du zurückgeholt werden in die Zeit deiner frühen Jugend. Du bist zu alt geworden in diesen Jahren, die dir seitdem geblieben sind. Du bist am Ende. Schweißnasse Haut. Die Lungen abgeschnürt, während dein Herzschlag dir die Rippen zu sprengen droht.

Das hast du oft geträumt. Du läufst und kommst nicht vom Fleck. Irgend etwas weißt du von dem Geschoß, das dich zur Strecke bringen wird. Du willst zurückschießen, aber dein Magazin ist leer. Du schreist. Ohnmächtige Wut. Und wenn du aufwachst, siehst du noch immer die klaffende Halswunde des älteren Lagergenossen. Hellrotes Blut, das heraussprudelt, und du kannst nicht verhindern, daß du davon träumst, einer der wenigen Träume, in denen du Farbe verwendest.

Der Junge steht in seiner Zelle unter der vergitterten Fensterluke und die Kamera surrt. Ein vertrautes Geräusch.

Sie arbeiten ohne Ton? erkundigt sich Linke.

Merz bestätigt: Ich lege das Interview mit Ministerialrat Kehl auf den Film, sagt er, deshalb brauche ich hier nur Bildmaterial.

Merz läßt den Jungen auf der Pritsche liegen, die Arme unter dem Kopf verschränkt, das Gesicht zur Decke gewandt.

Als Loewe die Kamera zum Klo hinter dem halb beiseite gezogenen Vorhang schwenkt, stoppt Merz: Das brauchen wir nicht.

Und jetzt der Gang.

Wir gehen zurück zum ersten Einlaßgitter, sagt Merz, Sie bleiben hier, befiehlt er dem Jungen. Erst wenn ich rufe, kommen Sie ganz langsam aus der Zelle und gehen den Gang entlang direkt in die Kamera hinein.

Der Junge nickt. Mit dem Aufpasser? fragt er.

Merz überlegt und entscheidet sich dann für zwei Aufnahmen, einmal der Junge allein und einmal der Junge mit Bewacher.

Soll ich gehen wie ein Halbstarker? fragt der Junge. Es macht ihm Spaß, sich vor der Kamera zu produzieren.

Halbstarker? Merz ist irritiert.

Ja, sagt der Junge, so. Er macht Merz vor, was er meint, breitbeinig, den Unterleib vorgeschoben, die Hände in den Taschen.

Loewe ist begeistert: Da müßte ich die Kamera von unten fahren, das gäbe eine ausgezeichnet brutale Szene.

Unsinn, sagt Merz, so läuft keiner, der auf Bewährung entlassen wird. Also, laufen Sie ganz gewöhnlich, so, wie Sie sonst auch gehen.

Der Junge scheint enttäuscht und zieht sich wieder in seine Passivität zurück, die Ähnlichkeit mit einem Trancezustand hat.

Kamera läuft. Der endlose Gang, davor die Gitterstäbe, das schwere Schloß, dann das Ende des Gangs, langsam mit der Gummilinse herangezogen. Schnitt.

Und noch einmal in die Totale. Merz ruft nach dem Jungen, der läuft langsam in die Kamera.

Schnitt. Neue Einstellung: Das Jugendwohnheim.

Merz läßt es in verschiedenen Perspektiven drehen. Greift Vorschläge auf und gibt Loewe entsprechende Kameraanweisungen.

Merz braucht Füller für die positive Seite des Problems, so, wie er sie dem Ministerialrat zugesagt hat.

Gegen dreizehn Uhr haben sie die Aufnahmen im Wohnheim beendet, und Merz, der über ein großzügiges Spesenbudget verfügt, lädt das Team und die beiden Herren, Amtsgerichtsrat Linke und den Gefängnisdirektor zum Mittagessen ein.

Aber nicht etwa in eine nahegelegene Kneipe. Merz möchte wieder einmal repräsentieren, schnelle Wagen und maßgeschneiderte Anzüge.

Gehen wir in den Ratskeller, sagt er im Vertrauen darauf, daß der Ratskeller in jeder bundesdeutschen Stadt zu den besseren, wenn nicht sogar besten Restaurants zählt.

Am Nachmittag kehren sie noch einmal in die Strafanstalt zurück, um einige Einstellungen nachzudrehen, die Merz gerne montieren möchte. Also: Spaziergang der Gefangenen, Gitter, Schlösser, Pritsche und den obligaten Blechnapf.

Vom Direktor erhält er eine Zugabe: Merz darf den Besucherraum besichtigen.

Er hat sich diesen Besucherraum vorgestellt wie eine Szene aus einem amerikanischen Film. Lange Tische und ein Gitter vom Fußboden bis zur Decke, das den Raum in zwei Hälften aufteilt.

Überrascht stellt er fest, daß es sich hier um ein Zimmer von normaler Größe handelt, in der Mitte ein breiter Tisch, an dem sich Besucher und Insassen gegenüber sitzen. Breit genug, um sich nur an den Händen fassen zu können. Allerdings fehlen auch hier die Gitter nicht. Gitter an den Fenstern und ein Stahlgitter, das unten an der Tischplatte montiert ist und verhindert, daß sich die Füße der Betroffenen treffen können.

Eine junge Frau wartete hier, die aufsprang, als Merz und der Direktor hereinkamen. Enttäuscht setzt sie sich wieder.

Eine junge attraktive Frau, deren rotbraune Haare vom Friseur zu einer kunstvollen Hochfrisur aufgetürmt waren. Sie öffnet ihre Handtasche und nimmt Lippenstift und Spiegel heraus. Sorgfältig zieht sie die Lippen nach. Sie versteht es, die Farbe ihrer Lippen auf die Haarfarbe abzustimmen. Merz beobachtet sie.

Als derjenige, den sie erwartet, offensichtlich ihr Mann, von einem Aufseher hereingebracht wird, springt sie erneut auf und läuft ihm entgegen. Das dünne kurze Kleid rutscht ihr zwischen die Beine. Sie läuft an Merz vorbei und er riecht ein aufdringlich süßes Parfum. Ein Kuß zur Begrüßung, überwacht vom Aufsichtsbeamten, der ihnen auch die Plätze am Tisch zuteilt.

Gehen wir, sagt der Direktor. Merz sieht noch die weiße Haut im Ausschnitt des Kleides, ihre Brustansätze, die verraten, wie sehr sich ihre Brüste mit ihrem Atem heben und senken. Sie ist aufgeregt und wird feucht sein zwischen den Beinen.

Draußen im Flur sagt Merz: Ganz schön sexy.

Wie ich meine Gefangenen kenne, bestätigt der Direktor, macht sie das auf Wunsch des Mannes.

Wie lange sitzt er? fragt Merz.

Drei Jahre. Und sie vergrößert damit nur sein sexuelles Problem. Achtzig Prozent der Männer hier onanieren, die meisten helfen sich homosexuell.

Merz erkundigt sich: Unternehmen Sie nichts dagegen?

Hausstrafen, sagt der Direktor, aber die sind genauso vergeblich, wie eine Anzeige beim Staatsanwalt, mit der wir ab und zu in schweren Fällen einschreiten.

4

Merz beobachtet das Mädchen. Die Art, wie es sich bewegt. Wie es die Hüfte von Schritt zu Schritt seitwärts schwingt. Im Sommer trägt sie nichts als ein dünnes Kleid auf der Haut und ein Höschen. Kleine frische Schweißperlen hängen in ihren Achselhaaren, wenn sie die Arme hebt. Diese Arme, die an der Unterseite weiß sind wie Fischbäuche.

Merz rückt nah an sie heran. Ihre Haut schmeckt salzig. Wenn es heiß ist, und sie ihre Tage hat, riecht sie ein wenig nach abgestandenem Blut.

Du läufst hinter ihr her, und das Gras schlägt dir an die Beine, Brennesseln und das Rascheln von trockenem Laub. Du läufst und diesmal holst du sie ein, greifst nach ihr, sie fällt und der Rock schlägt hoch.

Merz stolpert, faßt blind und hält den Hosengummi fest zwischen den Fingern. Sie keucht. Dann wird sie plötzlich still, legt ihre Hand auf seine Badehose und wartet ab.

Merz hat die Mirbach eingeladen, mit ihm zum Baden zu fahren. Morgens um neun hatten sie mit der Arbeit im Schneideraum begonnen. Grob- und Feinschnitt zum Gefängnisfilm sollten an einem Tag ausgeführt werden. Loewes Bildmaterial war sehr gut. Merz konnte die einzelnen Einstellungen ohne viel Mühe aneinander montieren. Kaum ein Schnittexperiment und die Arbeit ging unerwartet rasch voran. So konnten sie bereits um sechzehn Uhr abschließen, obwohl ihnen der Schneideraum bis zum Abend zur Verfügung stand. Trotz der weitgeöffneten Fenster ist es drückend heiß geworden. Sie sind beide müde und durchgeschwitzt, als sie den Film noch einmal in seiner endgültigen Fassung durchlaufen lassen. Das Mädchen sitzt am Schaltpult vor dem Monitor, Merz steht hinter ihr, hat sich auf die Stuhllehne gestützt und sieht über ihren Kopf hinweg.

Es ist einer jener Nachmittage im Frühsommer, auf die abends ein Gewitter folgt, schwül und drückend.

Dienstschluß, sagt Merz, wir haben uns zwei Stunden erspart.

Haben Sie Lust, mit mir baden zu gehen?

Auf seinen sonntäglichen Überlandfahrten hat er einen abgelegenen Badeplatz an einem der Seen gefunden.

Nein, sie hat nichts dagegen.

Ich habe nur keinen Badeanzug dabei, sagt sie.

Ich auch nicht, antwortet Merz, aber das ist doch nicht so tragisch. Schließlich sind wir zwei erwachsene Menschen. Ich schau nicht hin, bis Sie im Wasser sind.

Sie zögert noch.

Merz sagt: Sie können sich auf mich verlassen.

Er spürt, daß sein Vorschlag sie reizt. Jetzt schlägt er einen geschickten Haken, um sie endgültig für sich einzunehmen:

Wissen Sie was, sagt er, wir fahren bei Ihnen zu Hause vorbei, und Sie holen sich Ihren Badeanzug.

Und sie? fragt das Mädchen.

Merz ist großzügig: Ich brauche ohnehin eine neue Badehose. Die kaufe ich mir irgendwo unterwegs. Einverstanden?

Fast scheint sie enttäuscht, auch wenn sie freudige Überraschung mimt.

Später liegen sie auf einer Decke, die er vom Rücksitz seines Wagens geholt hat, am Seeufer, einer schmalen steinigen Landzunge, umgeben von hohem Schilf, die sich ins flache Wasser hineinzieht. Eine kleine Brise Wind, leicht und kühl, steigt vom Wasser auf und berührt ihre Haut. Das Mädchen fröstelt.

Der letzte Wind vor der Abendflaute, sagt Merz, gefällt es Ihnen?

Oh ja, es gefällt ihr gut hier. Sie hat die Narben von Hungerödemen an seinen Beinen entdeckt. Aber er spricht nicht darüber. Was weiß sie schon davon!

Ich erinnere mich recht gut an den Krieg, sagt sie, immerhin war ich schon sieben, als er zu Ende ging.

Merz wechselt das Thema. Spricht vom Segeln: Jeden Sommer miete ich mir wenigstens einmal für eine Woche ein Boot. Ein teurer Spaß, aber der einzige, den ich mir leiste.

Sie segeln? fragt sie und schlägt die Augen auf, als könnte sie ihn bewundern.

Leidenschaftlich gern, versichert er und weiß, daß sie nun an breitschultrige Männer in gelbem Ölzeug denkt, deren Gesichter von Wind und Wetter gegerbtes Leder sind.

Wenn Sie Lust haben, sagt er, könnten wir es ja einmal an einem Sonntag zusammen versuchen?

Am nächsten Morgen herrscht im Vorzimmer und dem Redaktionsraum der Abendschau lebhafter Betrieb. Auch Grasberger ist auf einen Sprung vorbeigekommen, freundlich und zufrieden:

Um mal zu sehen, was ihr so ohne mich macht, sagt er und begrüßt jeden, der hereinkommt, mit ungewohnter Herzlichkeit.

Fräulein Schatz bewegt sich zwischen ihren Blumentöpfen, die jeden Morgen gegossen werden müssen, und der Kaffeemaschine eifrig hin und her.

Merz findet Morock am Fenster im Redaktionszimmer. Er steht dort mit Loewe, Crämer und Pointer zusammen und scheint irgend etwas sehr lebhaft zu besprechen. Im Vorübergehen nickt Merz der kleinen Mirbach zu und hört, wie sie irgend etwas von einem Skandal zu einem der anderen Mädchen aus der Technik sagt.

Merz strebt auf die Gruppe um Morock zu.

Was ist los? fragt er, haben eure Muskelmänner nun doch Furore gemacht.

Welche Muskelmänner? fragt Pointer.

Nun, Ihr Mister Germany.

Wieso soll der Furore machen?

Ich dachte nur, antwortet Merz.

Sie denken zu viel, kontert Pointer, an solche Dinge sollten Sie mit der naiven Freude anderer Leute herangehen.

Lassen wir das, sagt Crämer, der die Spannung zwischen den beiden spürt und nicht zum Ausbruch kommen lassen will.

Also, was machen wir nun? wendet er sich an Morock, ich bin dafür, daß wir unbedingt morgen in der Sendung etwas über den Fall bringen.

Aber das ist doch nichts anderes als Society-Klatsch, wendet Morock ein, und ich dachte, über die Zeiten seien wir nun endgültig hinaus.

Inzwischen hat sich Grasberger vom Vorzimmer bis zu ihrer Gruppe vorgearbeitet.

Was ist los? fragt er, wie auch Merz schon gefragt hat.

Merz ist enttäuscht, daß die Mister-Germany-Schau anscheinend ohne jedes negative Echo geblieben ist.

Kanzer, der bekannte Radio-Kaufmann, ist seit drei Tagen verschwunden, klärt Crämer ihn auf, man vermutet, daß er zu seiner Frau gefahren ist, die gerade in Portugal Urlaub macht.

Na und? fragt Grasberger, habt ihr was gegen sein intaktes Familienleben?

Pointer lacht: Intaktes Familienleben! Das ist gut, wirklich gut! Sagen Sie mal, hören Sie keine Nachrichten mehr, seitdem Sie die Abteilung „Aktuelles" betreuen?

Kanzer soll zwei Millionen Schulden zurückgelassen haben, erläutert Morock, eine hübsche Bankrottgeschichte, aber mehr auch nicht.

Ein gutes Filmthema, sagt Crämer, Grasberger pflichtet ihm bei.

Großkaufmann macht Bankrott.

Außerdem war Kanzer als Sportmäzen bekannt. Er soll den Fußball-, den Rad- und vor allem den Boxsport großzügig unterstützt haben. Er zahlte die besten Börsen an die Boxer.

Na und? fragt Morock, mehr als eine Unterhaltungsshow können Sie da nicht rausholen.

Crämer resigniert.

Wie üblich beginnt die Sitzung um zehn Uhr. Diesmal ist Morocks persönliches Redaktionszimmer bis an den Rand mit Leuten gefüllt. Morock will gerade die Anwesenden begrüßen, als Janke noch hereinkommt. Sofort räumt Grasberger seinen Sessel, und Janke nimmt dankend an.

Die Sitzung wird von Morocks Begrüßung übergeleitet zur Kritik an der vergangenen Sendung, und Janke ist stummer Zuhörer, bis dieser Teil abgeschlossen ist. Dann erst greift er ein.

Was vorher am Fenster besprochen wurde, die Bankrottgeschichte des Radiokaufmannes Kanzer, legt Janke jetzt als Anweisung auf den Tisch.

Morock versucht, sich dagegen zu wehren. Janke schiebt jeden Widerspruch beiseite. Dagegen kann Morock nichts unternehmen. Er ist abhängig von Janke, dem Programmdirektor, solange Janke bei der Intendanz über den Einfluß verfügt, den er heute wieder einmal geltend macht. Spielerei, sagt Morock.

Janke sagt: Unsinn. Sie können Ihre Abendschau nicht nur auf politischer Berichterstattung aufbauen. Das ist auf die Dauer untragbar. Und hier haben Sie eine Möglichkeit, aus Ihrem nicht ganz ungefährlichen Fahrwasser wieder herauszukommen.

Jetzt sind sie alle still, so, als hätte einer um Ruhe gebeten. Jeder weiß, daß Janke mit dem, was er eben sagte, ein Warnsignal für Morock gesetzt hat, und Morock schweigt.

Aber Pointer springt für ihn ein: Ich glaube, Sie tun unserem Abendschauleiter doch ein wenig Unrecht. Haben Sie die Abendschau am Freitag gesehen?

Janke hat sie gesehen.

Na also, sagt Pointer, der sich um seine Position hier im Hause noch nie Sorgen gemacht hat, dann haben Sie doch auch den Mister Germany gesehen, und der hatte nun wirklich nichts mit Politik zu tun.

Ausnahmen bestätigen die Regel, sagt Janke nur. Etwas später: Ich glaube, Merz sollte die Bankrottgeschichte übernehmen. Aber das können Sie noch entscheiden, Herr Morock.

Morock nutzt die einzige Entscheidungsmöglichkeit, die ihm in dieser Sache noch geblieben ist und setzt Niklas auf die Story an, ohne Merz eine Erklärung dafür zu geben.

Aber du weißt, was hier gespielt wird. Der Apparat von Einfluß und Macht innerhalb des Hauses wird zusehends brutalisiert.

Wenn du hier überleben willst, mußt du in den Ring einsteigen und versuchen, einen Punktsieg zu erringen.

Niklas beginnt gleich nach der Sitzung mit ersten Recherchen. Er macht Verwandte, Freunde und Gläubiger des Großkaufmannes ausfindig. Bedient unentwegt das Telefon und treibt endlich auch noch einen gescheiterten, aber von Kanzer geförderten, Boxer auf, der bereit ist, vor der Kamera über seinen Gönner und dessen mysteriöses Verschwinden auszusagen.

Nachmittags wird Geburtstag gefeiert. Es gehört zur Tradition dieser Redaktion, daß jeder Geburtstag eines Mitarbeiters mehr oder weniger gefeiert wird. Diesmal sind Pointer, der heute, und Crämer, der morgen Geburtstag hat, an der Reihe. Kein Sektfrühstück, wie seinerzeit für Grasberger, aber immerhin, Kaffee, Kognak und Kuchen. Merz, der sich aus seiner Außenseiterposition noch immer nicht ganz befreit hat, schützt Arbeit vor, um sich ein sinnloses Herumstehen unter diesen feiernden und miteinander befreundeten Kollegen zu ersparen.

Du kannst dir gut vorstellen, wie sie dir einen Kaffee geben, ein Stück Kuchen und dich dann damit allein lassen. Du bist nur noch damit beschäftigt, abwechselnd einen Schluck aus der Tasse und eine Gabel voll Kuchen in den Mund zu nehmen.

Das hast du nicht nötig.

Also sitzt Merz an seinem Schreibtisch, den Morock ihm nach dem Wechsel der Abendschauleiter zugeteilt hat, und entwirft das Interview zum Gefängnisfilm. Fragen, die er dem Ministerialrat stellen wird.

Die anderen sind, wie auch heute morgen, wieder in Morocks Zimmer versammelt.

Merz hört sie lachen und unentwegt reden.

Du bist zu alt für ihre Gespräche. Was weißt du schon vom Twist, den sie tanzen, oder über die neuen Filme, von denen sie reden. Bereiche, die den jungen Leuten vorbehalten sind.

Dann hörst du, wie die Schatz drüben sagt: Wo ist denn Merz?

Crämer antwortet ihr: Ja richtig, Merz ist gar nicht da. Ich habe ihn aber vorhin noch drüben an seinem Schreibtisch gesehen.

Und Pointer, wieder ganz jovial, Starkameramann und dröhnend:

Warum holt ihn keiner?

Er steht schon in der Verbindungstür, hinter ihm das Gesicht der Mirbach und das von Fräulein Schatz.

Nun legen Sie mal die Arbeit beiseite, sagt er, man muß auch feiern können.

Keine Feier ohne Meyer, kichert die Mirbach.

Du siehst das Mädchen kurz an. Sie hat das Kinn auf die Schulter von Pointer gelegt. Eigentlich ist sie naiv, fast ordinär.

Pointer kommt zu Merz an den Schreibtisch: Wegräumen, bestimmt er, und es ist ein sehr herzlicher Pointer, wegräumen und mitkommen. Sie müssen mir auch noch zum Geburtstag gratulieren!

Er hält Merz die Hand hin: Schlagen Sie ein.

Und Merz schlägt ein.

Da der Kaffee ausgetrunken ist, eilt Fräulein Schatz noch einmal hinüber zu ihrer Kaffeemaschine und setzt sie für Merz erneut in Gang.

Niklas hält schon ein Glas Kognak für ihn bereit. Pointer hat Merz endgültig ins andere Zimmer geschoben.

Niklas fragt scherzhaft: Müssen Sie immer die Mimose spielen?

Und Merz weiß, daß diese Frage nicht nur ein Scherz ist.

Tags darauf ist Kanzer tot. Er ist von der Autobahnbrücke hinunter in den Fluß gesprungen.

Also doch nicht Portugal, sagt Pointer. Auch Janke ist schon gegen neun Uhr in der Redaktion, um diesen Fall neu zu besprechen. Niklas, der die Sache bearbeitet, fehlt. Merz schaltet sich in das Gespräch zwischen Janke und Morock ein:

Hier haben wir endlich einmal eine Chance, sagt er, aktueller als alle Zeitungen zu sein. Unsere Sendung läuft heute Abend, die Zeitungen können erst morgen früh ausführlich darüber berichten, also haben wir einen Vorsprung, den wir nutzen sollten.

Sicher, antwortet Morock, wir können die Sache aktualisieren, aber lohnt das in diesem Fall?

Janke sagt: Ich bin dafür, Sie lassen Merz nun doch etwas daraus machen. Niklas ist ja noch nicht da, und wir müssen schnell handeln. Was stellen Sie sich vor? wendet er sich direkt an Merz.

Der springt mit beiden Füßen ein, wie er es schon oft hier versucht hat. Das ist Action, wenn das Zeichen zum Einsatz gegeben wird.

Endlich hast du eine Möglichkeit, das zu tun, was dir Spaß macht, Berichterstattung von der vordersten Front, persönlicher Einsatz zur Verbreitung aktueller Nachrichten, harte Information für den Zuschauer.

Endlich kannst du einmal weg vom Feuilleton, von schönen Bildern und beruhigend läppischen Umfragen.

Recherchenarbeit, sagt Merz, eigene News, Bilder vom Tatort, Nachfrage bei der Polizei, wie es zu diesem Selbstmord kommen konnte, warum der Mann überhaupt die Gelegenheit hatte, unterzutauchen, nachdem der Bankrott bekannt geworden war, warum keine Präventivmaßnahmen gegen diesen Freitod stattgefunden haben. Und vor allem: Einzelheiten und nochmals Einzelheiten, die der Funk in seinen Nachrichten nicht bringen kann, und die die Zeitungen erst morgen, wenn überhaupt, veröffentlichen. Alles unter dem Vorzeichen, daß unsere Zuschauer schneller und besser informiert sind als die anderen.

Okay, sagt Janke, Sie machen das.

Da Niklas noch immer nicht in der Redaktion eingetroffen ist, fahren Merz, Crämer und Loewe allein hinaus zur Autobahnbrücke, um dort erste Aufnahmen zu machen.

Bis heute nachmittag um vier müssen diese Arbeiten abgeschlossen sein. Autobahnbrücke, Bilder vom Tatort, informierende Gespräche mit Verwandten und Freunden und der Polizei, damit der Film noch rechtzeitig zur Abendsendung geschnitten ist.

Merz arbeitet unter Einsatz seiner ganzen Energie und verlangt von Crämer und Loewe das gleiche.

Als sie nachmittags im Schneideraum eintreffen, sind sie erschöpft, ausgepumpt. Außerdem hungrig, weil Merz keine Mittagspause einlegen ließ.

Während Crämer und Loewe in die Kantine gehen, sitzt Merz im Schneideraum und überwacht die Fertigstellung des Films.

Um sechs trägt er die Filmrolle persönlich hinüber in den Senderaum. Hier herrscht hektischer Betrieb.

Morock fängt ihn im Flur ab: Was haben Sie da? fragt er und deutet auf die Filmrolle in der Aluminiumkassette, die Merz unter dem Arm trägt.

Acht Minuten aktuelle Berichterstattung vom Selbstmord Kanzers, antwortet Merz.

Acht Minuten? Das ist ganz unmöglich, sagt Morock.

Das verstehe ich nicht, entgegnet Merz, acht Minuten wurden doch heute morgen im Beisein Jankes ausgemacht.

Das ist ein Mißverständnis, widerspricht Morock, von acht Minuten war bestimmt keine Rede.

Jetzt bricht Merz aus. Hält seinen Zorn nicht mehr zurück und fängt an zu schreien. Zum ersten Mal wird er laut, brüllt den Abendschauchef an. Seine Stimme wird ganz hoch, wenn er schreit: Das ist eine Infamie, brüllt er. Sie wollen diesen Film lediglich unterbinden. Was glauben Sie eigentlich von mir? Ich rase einen ganzen Tag hinter einer Story her, bin total fertig, habe seit heute morgen nichts mehr gegessen, und dann kommen Sie, und wollen mir weismachen, das Ganze sei ein Mißverständnis. Wo ist Janke? Ich werde sofort Janke anrufen.

Die Tür zum Regieraum wurde geöffnet und die gesamte technische Mannschaft sieht zu, wie Merz tobt.

Janke ist heute nachmittag abgereist, sagt Morock, Programmsitzung der Sendeanstalten.

So also läuft der Hase! Merz schnappt nach Luft, ein Fisch, dem sie das Wasser abgegraben haben. Dann drückt er Morock die Filmkassette in die Hand: Machen Sie doch, was Sie wollen, sagt er, jetzt schon wieder ruhiger, dreht sich um und geht.

Morock ruft hinter ihm her: Wo wollen Sie hin? Wir brauchen Sie für die Sendung. Sie sind heute als Sprecher eingeteilt.

Merz sagt: Ich muß was essen, tut mir leid, am besten melden Sie mich krank.

Eine halbe Stunde später setzt sich Niklas zu Merz an den Tisch. Merz hat schon gegessen. Die Kantine ist fast leer.

Niklas sagt, daß sie alle seinen Unmut verstünden. Nach dem Merz'schen Auftritt habe sich oben im Sendestudio eine allgemeine Anti-Morock-Stimmung verbreitet.

Trotzdem, meint er, sollten Sie jetzt raufgehen und die Ansage machen.

Merz sträubt sich.

Ich sage das nicht, erklärt Niklas, wegen der Folgen, die eventuell auf Sie zukommen könnten, wenn Sie die Sendung einfach schmeißen – ich glaube, in diesem Fall hätten Sie sogar Janke auf Ihrer Seite. Ich sage das wegen uns. Was sollen wir, die Redaktion, und jetzt meine ich uns Redakteure und die Technik, machen, wenn Sie sich weigern? Ersatz haben wir keinen, so kurz vor der Sendung. Sicher kann irgendeiner von uns einspringen, aber er ist bestimmt schlechter als Sie und im Endeffekt leidet unser aller Arbeit für die heutige Sendung darunter. Mit Ihrer Weigerung treffen Sie nicht Morock, sondern Ihre Kollegen.

Merz gibt nach. Fast wirkt er hilflos, als er mit Niklas wieder zurück ins Sendestudio kommt. Die Kollegen behandeln ihn wie einen Rekonvaleszenten.

Er weiß, daß er seine Ansage heute schlecht gemacht hat, nervös und müde. Morock hat er nur noch in einem seiner Interviews gesehen, bildfüllend, wie gewöhnlich. Er taucht an diesem Abend auch nicht mehr auf.

Über Kanzers Selbstmord bringt Merz den Nachrichtentext, der ihm dazu vorgelegt wurde. Er sagt nicht mehr aus, als die Abendnachrichten des Funks.

Morock hat durchgesetzt, was er von Anfang an durchsetzen wollte. Ein Schachmatt für Janke, nach den Gesetzen des Knockouts im hierarchischen Konkurrenzkampf dieses Betriebes.

Nach der Sendung wird Merz zum ersten Mal aufgefordert, mit einigen Leuten in jenes Café zu gehen, in dem er einen Samstagmittag mit Fräulein Schatz verbracht hat.

Niklas, Crämer und die beiden Kameraleute Loewe und Pointer sind dabei, einige von der Technik und auch die Mirbach und Schatz. Niklas und Crämer nehmen Merz in die Mitte.

Pointer sagt anerkennend: Sie sind der erste, der unserem Chef mal die Zähne gezeigt hat.

Das ist dir alles sehr unangenehm. Du warst nur wütend und hast ohne Überlegung gehandelt. Nachträglich betrachtet hast du

Angst vor der eigenen Courage. Dein Ausbruch könnte Folgen haben, Nachteile für deine Karriere, und Nachteile möchtest du vermeiden. Du willst dich nicht als Vorreiter im Intrigenspiel gegen den Abendschauchef verwenden lassen. Du gehörst nicht zu jenen, die sich gleich zu Anfang an die Spitze einer Revolution setzen. Das tust du erst, wenn der Erfolg abzusehen ist. Die ersten Revolutionäre sterben. Nur der letzte überlebt, wenn die Revolution gelingt. Danach handelst du.

Trotzdem macht es dir Spaß bei Bier und Bratwürsten wider den Stachel zu löcken. Wenn du mit den Wölfen heulst, jetzt, hier, in diesem Café und an diesem Tisch, verschaffst du dir selbst Genugtuung. Das tröstet. Ein kleiner Trick, den du gegen dich selbst anwendest, um so geschickt deine eigenen Schwierigkeiten zu verdrängen. Heute abend haben sie alle etwas an Morock auszusetzen.

Die kleine Mirbach, die eng neben Pointer sitzt, erzählt, sie habe sich heute mit Morock Filme von der Mannheimer Kulturfilmwoche angesehen. Morock wolle daraus etwas für die nächste Abendschausendung übernehmen.

Morock war regelrecht begeistert von einem amerikanischen Streifen, berichtet sie, ich glaube er heißt „The Savage Eye", ein Dante'sches Inferno der menschlichen Gesellschaft, die aus der Leere ihres Daseins nur den Ausweg in Alkohol, Hurerei, Geschwindigkeitsrausch, Catcherveranstaltungen und Christmas-Orgien findet.

Das Mädchen steigert sich, ihre Stimme wird übereifrig, kommt nahe an Hysterie heran: In Wirklichkeit müßte dieser Film heißen: Das Leben ist ekelhaft. Und sonst nichts. Als ob die Welt nur ekelerregendes Natterngezücht, genannt Mensch, beherberge. Als ob es nur Grauenvolles, Häßliches und Widerwärtiges gäbe, nur Verdammungswürdiges und Verdammte. Und davon, sagt sie, will Morock die schrecklichsten Ausschnitte senden! Natürlich mit einem kritischen Kommentar unter politischem Aspekt, aber was wirkt, ist doch das Bild!

Pointer greift ein: Er habe den Film auch gesehen, und er fände ihn ausgezeichnet, weil das eben die amerikanische Gesellschaft sei. Der Film ist ja kein üblicher Spielfilm mit erfundener Handlung. Was die Regisseure hier nach vierjähriger Sammelarbeit gebracht haben, sind Originalaufnahmen, das ist das Faszinierende daran.

Dagegen ist nichts zu sagen, meint Merz, aber ich glaube, Fräulein Mirbach hat eigentlich recht, wenn sie sich empört. Es geht hier doch um die Haltung Morocks. Er hat einfach kein Organ dafür, welche unterschwelligen Nebeneffekte er mit einer solchen Sache beim Zuschauer erzeugt. Da gehört er, meiner Meinung nach, genau zu den Leuten, die zwar die Kernspaltung nicht erfunden haben, sie aber handhaben, ohne zu wissen, daß sie mit der Katastrophe spielen. In ihren Händen wird das Fernsehen zum Instrument der weiteren Vermassung.

5

Mit dem Zimmerwechsel ist Merz sehr zufrieden. Seit die Abende sommerlich warm sind, sitzt er häufig draußen auf dem Balkon, hat sich Stuhl, Tisch und eine Lampe hinausgestellt, raucht, und trinkt ein Glas Wein, arbeitet einen Text aus, oder ein Exposé, liest oder schreibt manchmal noch an seine Frau.

Seine Briefe nach Hause werden immer kürzer und in längeren Abständen geschrieben. Oft spricht er seitenweise vom Geld, das für seine Begriffe so knapp ist, daß er der Frau nicht mehr zugestehen kann. Er weiß, daß sie immer wieder arbeiten geht, kleine Gelegenheitsarbeiten, um sich das Haushaltsgeld aufzubessern.

Oder er schreibt von seiner Gesundheit. Nur manchmal erwähnt er noch seine Arbeit, dann, wenn er spürt, daß er die aufkommende Depression nicht mehr zurückhalten kann.

Das alte Ehepaar, seine Vermieter, behandelt ihn mit freundlicher Zurückhaltung. Er versucht sie mit charmanter Höflichkeit von seiner Arglosigkeit zu überzeugen.

Vielleicht tut es ihnen heute leid, sich jemanden vom Fernsehen ins Haus geholt zu haben. Diese Leute sollen einen unsoliden Lebenswandel führen.

Einmal hat Merz das Schätzchen abends mit nach Hause gebracht. Sie saßen auf dem Balkon, er legte seine Hand auf die weiße Unterseite ihres Armes, spürte, wie sie ganz leicht zitterte und kostete diese Erregung aus.

Als er sie genau um zweiundzwanzig Uhr zu seinem Wagen brachte, hatte er die freudige Überraschung der Frau Bauer vorausgeplant. Er wußte, daß sie die Wohnzimmertüre unten im Parterre offen ließ, um das Mädchen weggehen zu hören. Und Merz ging betont langsam an dieser Tür vorbei.

Die kleine blonde Cutterin lädt er zum Segeln ein. Sie hat Glück. Die Sonne scheint und es weht nur ein ganz leichter Wind. Keine Aufregung bei Wendemanövern oder, wenn er das Boot hart am Wind entlang treibt.

Er läßt sie gerne die Rolle des hilflosen Geschöpfes spielen, das gibt ihm das Zutrauen zu sich selbst, das er braucht. Bereitwillig erklärt er ihr Ausdrücke der Segelsprache, läßt sie auch einmal die Schot bedienen, sagt ihr, sie solle sich doch vorne auf dem Bug in die Sonne legen, wendet das Boot, zieht das Focksegel auf die andere Seite, warnt sie vor der hinüberschlagenden Rahe und legt das Boot so in den Wind, daß sie den Bug als Sonnendeck nutzen kann.

Sanft und selbstsicher legt er das Boot abends nach einer letzten Halse wieder am Steg an und hilft ihr, während sie einen kleinen gezierten Schrei ausstößt, auf den festen Boden unter ihren Füßen zurück.

Im Büro des Bootsverleihs achtet er darauf, daß sie auch zusieht, wie er die fünfzig Mark Leihgebühr für diesen Nachmittag auf den Tresen blättert.

Instinktiv weiß er, daß sie sich, wie er, von hingeblätterten Geldscheinen beeindrucken läßt.

Wenn er die beiden Mädchen in der Redaktion oder in den Studios trifft, behandelt er sie mit gleichbleibender Freundlichkeit und vermeidet jeden Anschein einer privaten Beziehung.

Während er von Fräulein Schatz ganz offensichtlich mit Kaffee vorrangig bedient wird, kann er sich im Schneideraum des Eindrucks nicht erwehren, daß seine Zusammenarbeit mit der Mirbach seit ihren kleinen privaten Treffs erschwert ist. Häufiger als früher, bringt sie Einwände gegen seine Schnittpläne vor und läßt sich so rasch nicht mehr davon abbringen.

Seit jener Auseinandersetzung geht Morock ihm aus dem Weg. Auch von Janke hört Merz nichts mehr.

Niklas und Crämer erhalten Aufträge, machen kleine Filme und Umfragen, Merz wird zum Texten und zur Ansage herangezogen.

Oft sitzt er nachmittags wieder wie anfangs in der Redaktion, eigentlich untätig, beantwortet Anrufe oder liest Zeitung.

Vergeblich versucht er Heuschka zu erreichen.

Dann will er wieder aufgeben, will alles hinwerfen, gehen und noch einmal irgendwo einen Anfang versuchen.

Er leidet unter Kopfschmerzen. Diesem Schmerz, der mit jedem Herzschlag hinter der linken Schläfe hämmert, der ihn zum Wahnsinn treiben könnte. Sie haben vor fast zwanzig Jahren begonnen, nachdem er betrunken auf sein Motorrad gestiegen war und in einem Waldstück mit gebrochenem Nasenbein liegen blieb. Später, Anfang der fünfziger Jahre, war er überzeugt davon, einen Tumor im Kopf sitzen zu haben und suchte Spezialisten auf. Die Schmerzen waren inzwischen so stark geworden, daß er tagelang liegen mußte.

Aber kein Arzt fand den eingebildeten Tumor. Merz nimmt immer höhere Dosen Schmerztabletten, Mittel, die Herz und Nieren angreifen. Jetzt sind sie wieder da.

Besorgt bringt Fräulein Schatz ihm ein Glas Wasser. Merz sitzt an seinem Schreibtisch, die Gesichtshaut fahl, den Kopf in die Hände gestützt. Er redet nicht mehr.

Als Loewe ihm den Auftrag Morocks überbringt, er solle doch noch für diesen Abend einen Vorspann für eine neue Interviewserie Morocks schreiben, schüttelt Merz nur den Kopf.

Ich muß nach Hause, ich muß mich dringend hinlegen, sagt er, aber in diesem Zustand kann ich nicht autofahren.

Moment mal, sagt Loewe, was ist denn mit Ihnen los?

Fräulein Schatz, die mit dem Glas Wasser in der Hand daneben steht, sagt: Es geht ihm wirklich nicht gut.

Kommen Sie! Loewe faßt Merz unter den Achseln; legen Sie sich rüber auf die Couch im Chefzimmer.

Gemeinsam mit der Sekretärin bringt er Merz hinüber in Morocks Zimmer: Morock arbeitet noch in den Studios, bis er zurückkommt bleiben Sie da liegen, vielleicht geht es Ihnen dann besser.

Und Sie, sagt er zu Fräulein Schatz, rufen Morock jetzt an und sagen ihm, daß Merz den Text nicht schreiben kann. Er soll sich jemand anderes dafür suchen.

Sie haben sich übernommen, sagt Loewe, Sie sollten ausspannen.

Und du glaubst wirklich, ein alter Mann zu sein, so wie sie dich hierhergelegt haben. Ein ausgebranntes Wrack.

Sie sollten Urlaub machen, sagt Loewe, die vierzehn Tage Ferien, die Sie letztes Jahr hatten, die haben Ihnen nicht viel Erholung gebracht.

Er hat recht.

Du hattest dich überreden lassen, diese vierzehn Tage an der Nordsee zu verbringen.

Deine Frau fährt jeden Sommer mit den Kindern auf eine der Inseln. Du hattest wieder einmal zu wenig Geld für einen Urlaub, so wie du ihn dir vorstellst, und sie hatte dir ein billiges Quartier besorgt.

Vielleicht, dachtest du, kann ich da oben segeln. Daß du in der Nordsee nicht segeln kannst, hast du allerdings recht bald begriffen. Deshalb verbringt Merz die Tage im Strandkorb. Mühseliges Sonnenanbeten zwischen den Sandburgen der Familien mit Kindern, fettglänzende Haut, Kugelbäuche, Speckfalten über den knappen Hosen, Geschrei und ab und zu ein blanker Kinderpopo.

Merz wartet täglich auf die Flut. Wenn sie einsetzt, schwimmt er weit über die Badegrenze hinaus ins offene Meer.

Sie warnt ihn: Was du tust, ist leichtsinnig. Wir haben gefährliche Strömungen vor der Inselküste.

Sie will dich zum Binnenschiffer degradieren. Du reagierst mit Trotz. Du schwimmst noch weiter hinaus, obwohl du weißt, daß sie recht hat, daß es gefährlich ist. Aber du baust auf dein Glück.

ch habe zwei Möglichkeiten, sagt Merz seiner Frau: Entweder ehe ich dabei drauf, oder ich überlebe. Und bis jetzt bin ich noch nmer aus allem wieder rausgekommen.

Sie hat Angst. Jedesmal wenn er zum Wasser hinuntergeht, hat e Angst.

Warum schwimmen wir nicht gemeinsam? fragt er.

Du schwimmst mir zu schnell, sagt sie, außerdem weißt du anz genau, daß ich nur dort schwimme, wo ich auch stehen kann.

Er zieht eine Schau ab, wenn er ins Wasser geht. Läuft in die adebucht, rennt und wirft sich dann, wenn ihm das Wasser bis um Brustbein steht, mit ausgebreiteten Armen hinein. Weit raußen dreht er sich auf den Rücken, tritt das Wasser mit den üßen weg, daß es hochaufspritzt und winkt und ruft zu seiner rau hinüber. Ein sommerlicher Draufgänger in seiner ganzen lännlichkeit.

Manchmal erinnert ihn die weite Sandfläche, die nicht mehr um Kurbetrieb gehört, draußen vor den Dünen, an jene Wüste es einsamen Reiters, der nur seinen Colt hat, um sich zu verteiigen. Aber gegen die erbarmungslose Hitze einer nackten Sonne nd gegen den Wind, der den Sand über die endlose Fläche zieht, ann er auch damit nichts ausrichten.

Eine Wüste, die Merz noch kennenlernen will. Beduinenlager der die Hüttendörfer unterdrückter Bauern, die ihn an Hunger nd Durst erinnern. Erbarmungslos tödlich. Ein Vorfeld der Gealt, oder das, was von ihr übrig bleibt.

Du spürst die Bedrohung deiner Existenz. Jetzt hast du Angst. Dort, wo das Land aufhört und die unbegreiflich große Wasserläche beginnt, begreift Merz sein eigenes Unvermögen. Das ist twas, was er nicht in den Griff bekommt. Etwas, das sich nicht eherrschen läßt. Hier ist er ausgeliefert, ohne ein Ende absehen u können.

Er fürchtet das Meer, gleichzeitig schämt er sich seiner Furcht. Eine Herausforderung, der er sich stellt. Deshalb schwimmt er uch hinaus, wenn der Sturmball aufgezogen wird.

Dann wieder sitzt er in einem Stuhl am Fenster des gemeinamen Zimmers, sagt kein Wort, starrt nur geradeaus.

Oder beginnt nachts zu schreien, erwacht und weint.

Sie kennt das. Die letzten zwölf Jahre ihres gemeinsamen neuen Lebens scheinen ausgelöscht. Noch einmal hat sie die Hände auf seine wattierte Jacke gelegt, noch einmal hält sie alle zukünftigen Hoffnungen für ihn bereit. Wacht nachts auf, sobald er dieses furchtbare Schlafstöhnen ausstößt, gibt ihm zu trinken, wischt den Schweiß von der Stirn und versucht eine kleine Zärtlichkeit, die er dankbar annimmt, als suche er Zuflucht bei ihr.

Die Kinder schlafen nebenan. Keines der Mädchen wacht auf.

In der Dämmerung des Zimmers nimmt sie seinen Kopf in beide Hände und spricht. Eine leise, gleichmäßige Stimme, die die Worte abzählt wie einen Reim. Kinderverse aus einer Welt, in der er noch keine Bedrohung entdecken konnte.

Tagsüber haben sie beide Angst, sich an diese Nächte zu erinnern. Wenn sie dann am Strand entlang gehen, übernimmt er wieder die Rolle des Mannes, die er glaubt, übernehmen zu müssen, so, wie er sie gelernt hat. Sie ordnet sich unter. Und wenn er den Arm um ihre Schultern legt, eine Geste des Besitzenden, der beschützt, spürt er ihre Furcht, Zärtlichkeiten auszutauschen. Diese freundliche Zurückhaltung, die ihn verwirrt, seit er dieser Frau begegnet ist.

Erst, wenn sie sich beide von dieser äußeren Welt der Hörigkeiten zurückgezogen haben, wenn sie in diesem Zimmer allein sind, durch den Schlaf vom täglichen Leben getrennt, erst dann finden sie zurück zum Ursprung ihres Zusammenseins. So, als hätten sie allen Ballast, die vergangenen Jahre des Versagens, der Schuld und der Angst abgeworfen, um noch einmal Atem zu holen.

Dann sucht Merz bei dieser Frau jene Mütterlichkeit, zärtlichen Schutz und sexuelles Verlangen, die ihm die eigene Mutter verwehrt hat.

Aber während sie ihm noch die Haare aus der Stirn streicht und sich über ihn beugt, spürt er auch schon die Auflehnung des Jungen gegen die Abhängigkeit.

Sie wartet darauf, ihn trösten zu können. Sie fragt, was er geträumt hat, aber sie fragt nicht weiter, wenn er schweigt.

Ein einziges Mal kehrt sie auch tagsüber in die Vertrautheit ihrer Nächte zurück. Sie sind gemeinsam, ohne die beiden Töchter, über die weite Sandfläche vor den Dünen gegangen. Trotz der schweren Regenwolken kein Wind. Eine bleierne Ebene und später, mit dem Aufkommen der Flut, der Nebel. Eine zähe graue Masse, die vom Wasser her rasch über die Sandfläche in die Dünen greift. Bald können sie Strand und Wasserlinie nicht mehr voneinander unterscheiden. Das Geräusch der aufschlagenden Wellen klingt gedämpft, und die Möwen haben aufgehört zu schreien. Sie hocken in einer großen schwarzflächigen Gruppe nicht weit von ihnen entfernt auf dem Sand.

Gehen wir zurück, fordert er sie auf.

Sie wenden sich vom Wasser ab, stoßen in den Nebel vor und haben nach wenigen Metern die Orientierung verloren. Sie spüren den Sand unter den Schuhen, sehen aber schon den nächsten Schritt nicht mehr.

Er bleibt stehen.

Was ist? fragt sie.

Er glaubt Schritte gehört zu haben. Jemand ist hinter uns, sagt er. Dann ruft er: Hallo!

Keine Antwort.

Ich höre nichts, sagt sie. Sie gehen dicht nebeneinander weiter. Jetzt hören sie nur noch das Geräusch der eigenen Schritte. Ein gleichmäßiges Knirschen, wenn der lockere Sand unter ihren Füßen weggedrückt wird. Schritt vor Schritt, und dieser Nebel, der jeden Laut aufsaugt.

Plötzlich andere Schritte. Das Geräusch von vier Füßen hinter ihnen. Das gleiche Tempo, der gleiche Rhythmus. Stetig und unaufhaltsam.

Merz beschleunigt, und die Schritte in seinem Rücken werden ebenfalls beschleunigt. Merz verlangsamt und hinter ihm fällt das Geräusch der anderen Füße zurück.

Hörst du sie? fragt er und wirkt gehetzt.

Nein, sie hört nichts.

Dann sagt er etwas, was er bisher nur im Schlaf sagte: Sie werden mich finden.

Eines Tages erwischen sie mich.

Was ist los? fragt sie und bekommt keine Antwort.

Er nimmt sie an der Hand und beginnt zu rennen.

Als sie nach einer Stunde die Dünenkante erreichen, wissen sie, daß sie kreuz und quer durch diesen Nebel geirrt sind. Keiner hat sie verfolgt.

Deine Angst hat dir einen Streich gespielt.

Erschöpft setzen sie sich da, wo sie stehen, in den Sand. Ihr Atem geht schwer und stoßweise, die Lungen scheinen abgeschnürt und das Herz hämmert gegen die Rippen.

Aus der Brusttasche seines Khakihemdes, das er sich für diesen Urlaub angeschafft hat, nimmt er die Zigaretten und bietet ihr eine an.

Er gibt Feuer. Das Feuerzeug in der Linken, die Rechte schützend um die Flamme gelegt, beugt er sich zu ihr hinunter. Über die Zigarette hinweg sieht sie ihn an. Er liebt ihre hellen Augen.

Ich habe heute Nacht von dir geträumt, sagt sie, ein entsetzlicher Traum.

Du stehst auf einem Aussichtsturm, ganz oben. Aber der Turm brennt. Du siehst das Feuer nicht. Du hast keine Möglichkeit mehr, zu entkommen. Du könntest nur noch springen.

Und ich, erzählt sie, stehe unten. Ich rufe. Ich schreie, um dich auf die Gefahr aufmerksam zu machen. Aber du bist ganz ruhig, weil du sie nicht erkennst. Du verstehst nicht, was ich will.

Was ist los mit Merz? fragt Pointer. Er steht neben der Couch in Morocks Zimmer. Merz scheint zu schlafen.

Er ist krank, sagt Fräulein Schatz. Ich glaube, setzt sie hinzu, der Ärger mit Morock hat ihn fertig gemacht. Morock läßt ihm keine Möglichkeit mehr. Er macht ihn einfach fertig.

Pointer sagt: Deshalb fällt man doch nicht gleich um, man wehrt sich dagegen.

Das kann nicht jeder, widerspricht das Mädchen.

Merz kann es, sagt Pointer, er muß runter von seinem Selbstmitleid.

Sie werden sehen, Schätzchen, daß er zu denen gehört, die hier in diesem Raubtierkäfig überleben.

Soll ich ihn wecken? fragt sie, Morock wird gleich da sein.

Vielleicht besser, meint Pointer, Morock muß nicht sehen, daß er da einen zur Strecke gebracht hat.

Er beugt sich zu Merz hinunter und faßt ihn an der Schulter. Im gleichen Augenblick sitzt Merz aufrecht, ungebändigtes Entsetzen in den Augen.

Hallo, sagt Pointer.

Merz streicht sich mit der Hand über die Stirn, sagt sehr leise:

Entschuldigung. Ich muß eingeschlafen sein.

Wie geht es Ihnen? erkundigt sich Fräulein Schatz.

Merz nimmt die Füße von der Couch und zieht die Krawatte zurecht:

Wesentlich besser, antwortet er, ich hatte irrsinnige Kopfschmerzen vorhin. Ich glaube, ich war gar nicht mehr zurechnungsfähig. Tut mir leid, daß ich Ihnen solche Umstände gemacht habe.

Unsinn, sagt Pointer, keiner hat auch nur bemerkt, daß es Ihnen schlecht ging. Kommen Sie jetzt. Wir beide gehen runter einen Schnaps trinken, das wird uns gut tun.

Wissen Sie, sagt Pointer, als sie bei einem Whisky auf Eis an der Bar in der Kantine sitzen, Sie müssen sich über die Hintergründe von Morock klar sein, dann können Sie auch etwas unternehmen.

Er ist eng mit Heuschka befreundet, antwortet Merz.

Schön und gut, meint Pointer, soviel haben Sie rausgekriegt, aber was das Wichtigste ist, wissen Sie nicht. Heuschkas Wahl zum Intendanten war seinerzeit gar keine so sichere Sache. Erst ein bombiger Artikel von Morock in der hiesigen Tageszeitung hat die Rundfunkräte für Heuschka eingenommen und zu seiner Wahl geführt. Der Artikel war damals nicht gezeichnet, aber jeder wußte, daß er vom politischen Starjournalisten Morock geschrieben war.

Deshalb mußte der neugewählte Intendant auch zwei Jahre warten, bis er seinen Schützling in den Sender holen konnte. Dann hat er ihn allerdings sehr rasch Karriere machen lassen.

Morock steht und fällt mit der Position des Intendanten, den er gekrönt hat. Hier können Sie ihn also nicht zu fassen bekommen. Heuschkas Stuhl steht momentan recht fest. Und soviel ich weiß, haben Sie da ja auch schon einen vergeblichen Vorstoß versucht.

Merz ist überrascht.

Ja, lacht Pointer, Ihre Opposition gegen meine Muskelmänner. Sie wollten doch Morock bei der Intendanz den schwarzen Peter zuschieben, nicht wahr?

Woher wollen Sie das wissen? fragt Merz.

Pointer wehrt ab: Berufsgeheimnis. Aber Sie sollten da vorsichtiger sein. Der Intendant könnte Ihnen sonst sein Wohlwollen beschneiden. Sie müssen Morock bei seinen Weibergeschichten fassen. Das ist die einzige Möglichkeit. Oder ihn in eine höhere Abteilung hinausloben, so, wie Sie ja auch zugunsten von Morock, gegen Grasberger operieren sollten. Dabei ging die Rechnung des Intendanten allerdings nicht ganz auf. Grasberger konnte nicht abgesägt werden, nur höher rutschen.

Du verlierst den Boden unter den Füßen. Eine Schachfigur auf dem Intendantenbrett, mehr nicht. Wer hat außer Pointer noch zugesehen, wie du von Feld zu Feld geschoben wurdest?

Heuschka hat dich also nur benutzt, um Grasbergers Platz für Morock frei zu machen.

Keine Angst, beruhigt Pointer, außer mir hat niemand am Spiel teilgenommen. Und ich habe erst vor kurzem von einer informierten Dame davon erfahren. Überhaupt, sagt er und grinst, sollten Sie sich an unsere Damen halten, sie sind gute Informationsträger in unserem Hause, und wenn sie dazu noch hübsch sind, macht es doppeltes Vergnügen, sich ihnen zuzuwenden.

Merz trinkt einen zweiten Whisky.

Schockwirkung? fragt Pointer, lassen Sie sich nur nicht aus der Fassung bringen. Auch nicht von mir.

Warum reden Sie mit mir? fragt Merz, Sie hätten doch genauso gut weiter als stiller Beobachter im Hintergrund bleiben können.

Ich glaube, sagt Pointer, es lohnt sich bei Ihnen. Sie brauchen nur etwas Anschauungsmaterial, um sich zurechtzufinden, und

Sie werden durchkommen. Davon bin ich überzeugt. Sie machen noch Karriere.

Merz schränkt ein: Dazu bin ich zu alt.

Ein Anfall von Ehrlichkeit? fragt Pointer, Spaß beiseite, wenn es einer in Ihrem Alter – Sie werden jetzt Mitte vierzig sein, oder? – schafft, dann nur Sie, weil Sie genügend rücksichtslos und auch blind sind.

Sind das meine einzigen Qualifikationen?

Wir waren bei der Ehrlichkeit, sagt Pointer, und seit ich Sie beobachte, eigentlich, seit Sie hier angefangen haben, lavieren Sie sich recht geschickt von Chance zu Chance. Manchmal geht es daneben. Aber Sie kommen immer wieder auf die Beine. Sie arbeiten nach dem Prinzip des persönlichen Vorteils, und nur das bringt uns weiter.

Keine Illusionen, nichts? fragt Merz.

Die habe ich mir schon lange abgewöhnt, sagt Pointer. Früher habe ich mal harte Stories fotografiert. Heute mache ich nur noch in weicher Welle, das wird so verlangt. Ich fresse, ehe ich selbst gefressen werde. Na also. Und Spaß ist auch noch dabei. Schließlich sind mir Bademoden noch immer lieber als des Oberbürgermeisters korrupter Perserteppich.

6

Seit einer Woche treffen sich Merz und Pointer morgens zwischen acht und neun auf dem Tennisplatz zu einem kurzen Schlagabtausch. Pointer ist ein ausgezeichneter Tennisspieler, führt eine kräftige Rückhand, während Merz sich erst wieder nach zweijähriger Pause auf dem roten Feld einüben muß.

Er freut sich, wenn auch Pointer nach einem solchen Spiel außer Atem gerät.

Ja, das Alter, möchte Merz dann scherzen.

Pointer, der nebenan unter der Dusche steht, schiebt den Vorhang beiseite, steckt den Kopf zu Merz in die Kabine und meint: Ich weiß gar nicht, was Sie immer mit dem Alter haben. Ich bin auch nicht viel jünger als Sie und mit vierzig soll das Leben für einen Mann doch erst richtig anfangen!

Für Sie vielleicht, kontert Merz und zieht seinen Vorhang wieder zu, aber unsereins hat Weib und Kind.

Na und? Pointer zieht den Vorhang hartnäckig noch einmal beiseite, war das je ein Hinderungsgrund?

Beide lachen.

Etwas später sind sie beim freundschaftlichen Du angelangt, das sie auch in der Redaktion fortsetzen.

Pointer hat Merz die Adresse seines Schneiders gegeben, und Merz läßt sich einen Maßanzug anfertigen. Pointer rät zu modischen Accessoires und Merz läßt sich entgegen seiner Gewohnheit dazu überreden. Merz trägt nun farbige Krawatten und dazu passende Einstecktücher, entschließt sich, Seidenhemden anzuschaffen und neue Manschettenknöpfe.

Als er aber eines morgens zum Tennisspielen mit einem neuen Hut auftaucht, ein weißer, leichter Sommerhut mit schmalem Rand, findet er bei Pointer keinen Beifall.

Also, sagt Pointer, den Hut würde ich wieder wegtun, der steht dir nicht.

Aber Hüte gehören dazu.

Du trägst leidenschaftlich gern Hüte.

Aber so etwas nicht, sagt Pointer, und ich wette, daß ich einen besseren finde.

Merz läßt sich auf den Ersatzhut ein.

Bis heute hat Pointer noch nicht verraten, wer seine Informantin für die Merz'sche Beziehung zu Heuschka ist. Merz fragt nicht, versucht aber, in den Erzählungen des Freundes auf Hinweise zu stoßen. Es könnte, meint Merz, Heuschkas Sekretärin sein. Aber das wäre zu billig.

Vor einigen Tagen hat ihn Heuschka nach langem Schweigen wieder einmal zum Mittagessen eingeladen. Zwischen Hauptgericht und Nachspeise hat Merz nicht nur von den Muskelmännern und der allgemeinen Unzufriedenheit der Redakteure mit der Abteilungsleitung erzählt, er erwähnte auch den Zwischenfall mit Pointer, sprach von der Informationsquelle.

Eine undichte Stelle.

Heuschka gibt sich überrascht, streitet ab, den Bundesbruder mißbraucht zu haben, um Morock in die Abendschau zu schieben: Das sei doch absurd. Merz wisse doch, daß er als Bundesbruder Vorrang habe.

Heuschka verspricht erneut einen festen Anstellungsvertrag.

Vielleicht könnte ich dich als Produzent unterbringen?

Produzent? Merz zweifelt.

Außerdem, meint Heuschka, nachdem du nun fast zwei Jahre bei uns bist, hast du jederzeit die Chance, bei einem anderen Sender unterzukommen, wenn du dich darum bemühst.

Einen Augenblick glaubst du, gerade über ein hinterhältiges Hindernis gestolpert zu sein und hackst wütend auf die letzte chemisch durchsetzte Nachspeisenerdbeere auf deinem Glasteller ein: Verändern?

Heuschka beruhigt dich sofort. Nein, er meint es natürlich ganz anders, er habe nur gedacht. Weil er doch gehört habe, daß du dich hier nicht ganz wohl fühlst.

Auch eine weibliche Informantin? fragst du und hast nun plötzlich deine bisher geübte Loyalität abgelegt. Hier geht es um deinen Kopf.

Aber ich bitte dich! Heuschka scheint empört.

Nun ja, sagst du, jedes Funkhaus hat Ohren, aber hier hängen anscheinend immer Ohrringe dran.

Der Intendant streitet ab.

Du hast die letzte Erdbeerhälfte hinuntergeschluckt und bist überzeugt, daß es nun endlich an der Zeit ist, dem Bundesbruder einen Teil deiner Meinung zu sagen. Es erscheint dir wichtig, Heuschka darauf hinzuweisen, daß die Situation so nicht haltbar ist. Man kann Merz nicht einfach untätig herumsitzen lassen.

Eines Tages wird man Heuschka fragen, wofür er Merz überhaupt eingestellt hat, und wenn dann publik wird, daß sie Bundesbrüder sind, wird das für den Intendanten nicht angenehm sein.

Er muß dich entweder in eine andere Abteilung versetzen, oder dir klare Aufträge, eine produktive Arbeit zuweisen.

Weißt du, sagt Heuschka, so Unrecht hast du gar nicht. Vielleicht haben wir uns bisher schon viel zu auffällig benommen. Wir sollten uns wirklich nicht mehr in der Kantine treffen. Deshalb werde ich dich ab jetzt nach Dienstschluß in mein Büro rufen lassen, wenn ich dich brauche. Einverstanden?

Und was ist mit meinem Anstellungsvertrag, meinem Aufgabenbereich? fragt Merz.

Du kannst dich auf mich verlassen, sagt Heuschka.

Am nächsten Morgen ist Morock bereit, mit Merz zu reden. Sie haben Glück, sagt er, heute habe ich endlich mal Zeit.

Merz möchte ein Thema, das er schon unter Grasberger verwirklichen wollte, noch vor der Sitzung von Morock genehmigen lassen. Die Verkäuferinnenstory, wie Merz sie nennt.

Morock betont sofort, daß dieses Thema vielleicht für die Abendschau in Frage käme, aber als abendfüllender Film sei es nicht auszuwerten.

Merz schlägt vor, den fertigen Film den Vertretern der beteiligten Interessengruppen vorzuführen, und sie dann zu einem Round-Table-Gespräch zu bitten.

Das könnte ganz interessant werden, wenn sich Gewerkschaftsfunktionäre und Arbeitgeber gegenübersitzen, sagt Merz.

Ich werde mir diesen Vorschlag überlegen, antwortet Morock, aber fertigen Sie mir doch erst einmal ein Treatment an, damit ich weiß, wie Sie sich diesen Film vorstellen.

Bisher wurde noch von keinem Redaktionsmitglied ein Treatment, also die Ausarbeitung einer Filmidee in ihren Szenenabläufen, verlangt. Üblich war bisher das kurze Exposé, eine zusammenfassende Darstellung der Idee.

Eine neue Schikane Morocks?

Nach dem Mittagessen sitzt Merz in der Redaktion und arbeitet bis in den späten Nachmittag hinein ein Treatment aus. Notiert Szeneneinstellungen und Handlungsorte, Gespräche mit der Gewerkschaft und der Arbeitgeberorganisation, Interview mit einer Verkäuferin. Welchen Zwängen ist sie unterworfen? Was tut die Gewerkschaft dagegen? Wie steht die Arbeitgeberseite dieser Situation gegenüber?

Was soll das Ganze? fragt Pointer, der gegen siebzehn Uhr kurz in die Redaktion kommt.

Treatment, sagt Merz, Morocks Anweisung.

Das ist doch Blödsinn, sagt Pointer, viele Einstellungen sind von der augenblicklichen Gegebenheit abhängig.

Natürlich, bestätigt Merz.

Warum machst du's dann?

Weil ich diesen Film unbedingt haben will. Hier habe ich vielleicht die Möglichkeit, eine Leistung zu zeigen, die mich weiterbringt.

Merkst du nicht, wie Morock seinen Spaß daran hat, dich zu schikanieren?

Selbstverständlich weiß Merz das: Ich bin abhängig von ihm, und er ist von der Position her der Stärkere. Sich dagegen aufzulehnen, wäre glatter Selbstmord.

Und deine Verbindungen zu Heuschka?

Da bin ich mir nicht mehr so sicher, antwortet Merz, ich muß mir jetzt erst eine stärkere Position schaffen, ehe ich einen Aufstand proben kann.

Also ordnest du dich unter, um deine Karriere nicht zu gefährden!

Genau, sagt Merz, das ist der springende Punkt.

Du frißt, was sie dir vorwerfen.

Schließlich kann ich nicht verhungern, meint Merz.

Du integrierst dich damit in die Ellenbogenhierarchie.

Merz zuckt die Schultern.

Als Morock von Dreharbeiten aus der Stadt zurückkommt, legt Merz ihm das Treatment vor.

Schon fertig? wundert sich Morock und will es zu dem anderen Papierkram auf seinen Schreibtisch legen. Merz besteht darauf, daß Morock sich sofort damit beschäftigt: Ich bin heute Abend zu einem Informationsgespräch mit Verkäuferinnen in der DAG-Kantine eingeladen, erklärt Merz, deshalb müßte ich wissen, ob ich den Film machen kann oder nicht.

Sie haben also schon Kontakte aufgenommen? erkundigt sich Morock.

Merz berichtet, daß er mit den Gewerkschaftsfunktionären vom Ortsverband bereits unter Grasberger Kontakte in dieser Sache aufgenommen habe. Gestern sei nun die telefonische Einladung gekommen. Man habe sich eben an ihn und seinen Vorschlag erinnert.

Merz wartet bei einer Tasse Kaffee, bis Morock das Manuskript gelesen hat.

Also gut, sagt Morock, machen Sie den Film. Als Kameramann nehmen Sie bitte unseren Neuling, Herrn Rabel. Er hat bisher vier Wochen in der „Dokumentation“ gearbeitet und kommt ab morgen zu uns.

Rabel? fragt Merz.

Ein guter Kameramann, bestätigt Morock.

Ich halte das nicht für richtig, widerspricht Merz, soviel ich weiß, ist Rabel hier in der Stadt ganz und ich fast neu. Und bei einem so diffizilen Thema ist es doch wohl besser, einen Kollegen dabei zu haben, der sich auskennt. Sie können doch nicht zwei Anfänger zusammenspannen!

Merz hat mit den Verkäuferinnen bis Mitternacht zusammengesessen. Hat sich ihre Probleme und die Probleme der Gewerkschaft, speziell des Ortsverbandes, erläutern lassen und kam erst gegen ein Uhr in sein Zimmer zurück.

Um neun war er bereits wieder bei Fräulein Mirbach im Schneideraum, um sich dort einige Filme für die heutige Abendschausendung anzusehen. Niklas hatte ihn gebeten, die Reihenfolge der Filme festzulegen. Eigentlich wäre es Niklas' Sache gewesen. Aber als Merz nachts nach Hause kam, lag ein Zettel in seinem Zimmer. Frau Bauer hatte einen Anruf von Niklas entgegengenommen. Niklas müsse zum Zahnarzt und Merz solle doch bitte in den Schneideraum fahren.

Unter den Filmen findet Merz auch eine Umfrage Crämers über das Verkehrsverhalten der Autofahrer an gewitterschwülen Tagen, gefilmt von Rabel.

Aha, unser Neuer, sagt Merz und bemerkt, er habe schon bessere Kameraarbeit gesehen. Das Mädchen stimmt ihm zu.

Pünktlich zur Redaktionssitzung trifft Merz im Funkhaus ein und kann die Programmgestaltung der heutigen Abendschau auf den Tisch legen.

Morock zeigt sich verwundert. Er habe doch Niklas damit betraut, und Merz erklärt.

Einwendungen gegen die Reihenfolge, so, wie er sie zusammengestellt hat, erfolgen nicht. Auch von Morock nicht.

Am Nachmittag nimmt Merz Verbindung zum Direktor eines großen Kaufhauses auf und bittet um die Möglichkeit, dort Filmaufnahmen und Interviews mit Verkäuferinnen machen zu dürfen.

Nach einigem Zögern erhält er eine Zusage.

Ehe Merz dann zur Sendung in die Studios fährt, läßt Morock ihm durch Fräulein Schatz mitteilen, er könne Loewe als Kameramann für seinen Verkäuferinnenfilm nehmen. Merz ist zufrieden, da nun doch noch alles nach Plan zu verlaufen scheint.

Als er im Sendestudio eintrifft, sieht er Morock und einen unbekannten jungen Mann im Gang stehen. Morock bemerkt Merz und winkt ihn zu sich. Er stellt den jungen Mann vor, es ist der Kameramann Rabel.

Ich glaube, sagt Morock, Herr Rabel hätte etwas mit Ihnen zu besprechen.

Ja? Merz wendet sich an den jungen Mann, der keinerlei Verlegenheit zeigt und Merz sehr intensiv mustert, so, als habe er, der neue Kameramann, bereits eine wichtige Position innerhalb des Hauses.

Worum geht es? fragt Merz.

Ich habe gehört, sagt Rabel, daß Sie sich heute sehr geringschätzig über einen meiner Filme für die Abendschau geäußert haben sollen. Mich würde interessieren, was Sie wirklich auszusetzen haben.

Morock scheint zu grinsen.

Moment mal, sagt Merz, was soll das? Darf man hier seine Meinung nicht mehr frei äußern? Außerdem sind Sie falsch unterrichtet. Ich habe mich in keiner Weise abfällig über Ihre Arbeit geäußert.

Geringschätzig, verbessert der junge Rabel.

Auch nicht geringschätzig, widerspricht Merz.

Aber irgend etwas wird doch dran sein, schaltet Morock sich ein, wir sehen es gar nicht gerne, wenn Kollegen hintenherum schlecht gemacht werden.

Sie schieben mir da zu Unrecht etwas in die Schuhe, wehrt Merz ab, woher haben Sie das ganze eigentlich? In diesem Falle würde mich doch die Quelle interessieren, weil hier jemand ganz offensichtlich versucht, mich schlecht zu machen.

Rabel lächelt: Von Ihrer Cutterin.

Also die Mirbach. Wer in diesem Hause spielt eigentlich nicht falsch?

Am nächsten Morgen erhält Merz einen Anruf des Kaufhausdirektors. Nachdem dieser in seiner Zentrale in Köln rückgefragt hat, muß er nun seine gestrige Zusage wieder zurückziehen. Die Zentrale habe jegliche Filmaufnahme im Hause untersagt.

Eine Begründung erhält Merz nicht.

Aber er gibt nicht auf. Im Gegenteil, sagt er zu Loewe, mit dem er den Film in der Kantine durchspricht, das macht die Sache erst interessant. Wir haben ja genügend Kaufhäuser in der Stadt. Und nach mehreren Telefonaten erhält Merz auch eine Zusage des zweitgrößten Kaufhauskonzerns.

Morgen wird er mit Loewe dorthin fahren und sich umsehen, die Gegebenheiten für Dreharbeiten prüfen.

7

Zwei Tage später beginnt Loewe mit den ersten Dreharbeiten. Tags zuvor waren sie auf Motivsuche im Kaufhaus, ließen sich in den einzelnen Abteilungen informieren, beobachteten Verkäuferinnen und Kundschaft an den Wühltischen.

Loewe ist von dem Material, das sich ihm für seine Kamera bietet, begeistert: Das kann ein sehr guter Film werden, sagt er zu Merz. Merz führte ein längeres Gespräch mit dem Direktor des Kaufhauses. Er zog nicht, wie Merz schon befürchtete, seine

Zusage wieder zurück, war aber recht skeptisch, als Merz ihm vorschlug, ebenfalls vor der Kamera aufzutreten.

Merz solle nicht denken, er, der Direktor, sei feige, aber da seien gewisse Rücksichten auf große Zusammenhänge zu nehmen.

Vor allem fürchtet er sich vor jeder Äußerung zum Ladenschlußgesetz.

Loewe beginnt mit ersten Aufnahmen vor dem Kaufhaus: Soft-Eis-Stand, Schaufenster und die ausdruckslosen Gesichter der Kundinnen, die hineindrängen.

Als um Viertel nach sechs die Glastüren verriegelt und Lockangebote auf den riesigen Fußabstreifer drapiert werden, dreht Loewe auch diesen Vorgang noch, ehe er und sein Assistent die Geräte wieder im Caravan verstauen.

Schluß für heute, sagt Merz, morgen früh um acht geht's weiter.

Loewe versichert, es genüge, wenn Merz am nächsten Morgen erst gegen halb elf auftauche, um die Dreharbeiten zu leiten, da sie ohnehin zwei Stunden brauchen, um die Geräte im Kaufhaus aufzubauen. Deshalb fährt Merz am nächsten Tag zuerst ins Funkhaus, um von dort aus später dann zu Loewe zu stoßen.

Offensichtlich erregt, taucht Loewe gegen zehn in der Redaktion auf und holt Merz aus der Sitzung, die eben begonnen hat.

Was ist los? fragt Merz, ich wollte in einer Viertelstunde losfahren.

Das können Sie sich sparen! Loewe spricht erregt und laut. Er hat einen seiner seltenen Zornausbrüche und kann sich kaum noch beherrschen, atmet sehr kurz und hektisch, seine Hände zittern:

Wir haben also zwei Stunden lang Mikrofone, Kamera und Beleuchtung aufgebaut. Und sie haben uns in aller Ruhe aufbauen lassen! Als wir dann soweit fertig waren, schickt uns der Herr Direktor einen Vertreter und läßt uns sagen, wir könnten wieder einpacken. Hier fände nichts statt.

Eine Begründung? fragt Merz.

Die Genehmigung sei wieder zurückgezogen.

Und, was haben Sie unternommen?

Was soll ich unternommen haben? Ich habe eingepackt und wir sind gegangen.

Moment mal, sagt Merz, ich rufe an. So geht's nun auch wieder nicht.

Loewe setzt sich, noch immer erregt, auf einen der Schreibtische, während Merz sich mit der Kaufhausdirektion verbinden läßt.

Der Direktor ist nicht zu erreichen, dafür meldet sich eine Frau Glöck, Ausbildungsleiterin und augenblicklich Vertreterin des Direktors. Sie beruft sich auf eine Anweisung der Düsseldorfer Zentrale, und erklärt sich im übrigen als nicht kompetent.

Merz ist verärgert: Sicher, sagt er, ist es das gute Recht Ihrer Zentrale, Aufnahmen zu gestatten oder zu verweigern.

Das gehört zum Hausrecht, sagt sie und zeigt, daß sie Bescheid wisse.

Selbstverständlich, bestätigt Merz, wir werden aber den Film zur Situation der Verkäuferin auf jeden Fall drehen. Und wenn es beim Nein Ihrer Zentrale bleibt, wird dieser Film eben ohne Ihre Mitwirkung hergestellt.

Ich bedaure das sehr und verstehe auch die Motivation nicht ganz. Wenn ich, sagt Merz, Direktor eines Kaufhauskonzernes wäre, was ich leider nicht bin, und es kämen Fernsehleute zu mir und wollten meine Hilfe für die Produktion eines Verkäuferinnenfilms, würde ich ein solches Angebot mit Freude annehmen. Allein schon deshalb, weil ich durch meine Einwilligung eine Kontrolle über den Film ausüben könnte, während ich ohne meine Mitwirkung einfach hinnehmen muß, was die Journalisten veröffentlichen.

Merz merkt, wie Frau Glöck unsicher wird, ihre Stimme klingt nicht mehr ganz so abweisend, als sie sagt: Ja, also, vielleicht –

Merz unterbricht sie: Mein Vorschlag wäre jetzt, daß Sie sich die ganze Angelegenheit noch einmal überlegen und auch mit Ihrer Zentrale durchsprechen. Ich bin auch bereit, Ihrem Chef oder einem der Herren aus Düsseldorf den Rohfilm vorzuführen, um ihm Gelegenheit zu geben, noch über Ergänzungen zum Text oder auch zur Bildeinstellung zu diskutieren. Wichtig wäre nur, daß ich von Ihnen heute noch einen Anruf erhalte, also einen endgültigen Bescheid. Können wir so verbleiben?

Frau Glöck stimmt zu.

Als nächstes ruft Merz die Ortsgruppe der Deutschen Angestellten Gewerkschaft an, schildert den Fall und seine Argumentation. Vielleicht, meint Merz, kommt heute doch noch ein Anruf und alles läuft wie vorgesehen.

Nach unseren Erfahrungen, antwortet sein Gesprächspartner, werden Sie in dieser Sache nichts mehr ausrichten können. Fast sieht es so aus, als hätten sich die Betroffenen zu einem Boykott entschlossen. Deshalb unser Vorschlag, Herr Merz: Drehen Sie die erforderlichen Einblendungen in unseren Konsumläden. Das müßte doch gehen.

Merz dankt. Diesen letzten Ausweg will er sich sichern. Aber noch gibt er nicht auf, obwohl er diesen Nachmittag vergeblich auf den erwarteten Anruf hofft.

Gegen Abend sieht Merz seine Niederlage ein. Aber ehe er auf das Angebot der DAG eingehen muß, möchte er noch einen letzten Vorstoß unternehmen und läßt sich mit dem größten Textilkaufhaus der Stadt, das sich noch in Familienbesitz befindet, verbinden. Der Inhaber ist verreist, dafür meldet sich sein Schwiegersohn. Merz schildert noch einmal sein Vorhaben und auch das Boykott der Kaufhauskonzerne, die offensichtlich befürchten, in der Öffentlichkeit könnten Dinge aufgedeckt werden, die ihrem Image schaden.

Der Juniorchef hört sich die Ausführungen geduldig an und meint dann, er könne eigentlich ohne weiteres die Genehmigung für Innenaufnahmen in seinem Hause geben. Das sei wahrscheinlich auch im Sinne seines Schwiegervaters.

Merz dankt, warnt dann, halb scherzend, halb ernst: Daß Sie mir aber nicht im letzten Moment doch noch Schwierigkeiten machen!

Der junge Mann lacht: Auf mich können Sie sich verlassen. Wir werden den Konzernen zeigen, was eine Harke ist.

Loewe hat die Redaktion schon nach dem Gespräch mit der DAG verlassen. Seitdem ist er im Funkhaus nicht mehr zu finden.

Um sechs, dem offiziellen Dienstschluß, will auch Merz gehen, als Morock noch einmal hereinkommt und ihn in sein Büro bittet.

Er hat von den Schwierigkeiten gehört und läßt sie sich von Merz erläutern.

Wir sollten auf die Geschichte nicht verzichten, sagt Merz, denn gerade dieser massive Widerstand zeigt doch, daß wir goldrichtig liegen. Irgend etwas ist da faul und soll nicht an die Öffentlichkeit.

Morock scheint sich zu engagieren: Wir machen die Story auf jeden Fall.

Darf ich das, fragt Merz, als Auftrag, weiterzumachen, auffassen?

Selbstverständlich, entgegnet Morock, und wenn von außen versucht werden sollte, mit Druck diesen Film zu verhindern, dann werde ich kämpfen, darauf können Sie sich verlassen, Herr Merz!

8

Tatsächlich hat der Juniorchef des Textilkaufhauses seine Zusage nicht zurückgezogen. So kann Merz mit dem Kamerateam nun endlich in die praktische Arbeit einsteigen.

Drei Filmrollen verbrauchen sie an einem Vormittag für die Außenaufnahmen. Merz läßt Loewe drehen: Außenverkaufsstände mit Zwischenschnitten, Einkaufsgedränge in der Schulstraße, Geschäftsbetrieb in der Königs- und Bahnhofstraße, Verkaufsbetrieb vor jenem Kaufhaus, das ihnen die Mitarbeit verweigert hat.

Merz beobachtet die Passanten, die Bewegung, Haltung und Gesichtsausdruck verändern, sobald sie die Kamera entdecken. Eigentlich bleiben ihnen immer nur wenige Minuten der Unbefangenheit, bis das Publikum zur Statisterie wird. Hartnäckig bricht Merz in diesem Augenblick jedesmal die Filmaufnahmen ab.

Mittags ist das mitgeführte Material aufgebraucht, und da sie ohnehin zurück ins Funkhaus müssen, um drei neue Filmrollen zu fassen, entschließen sie sich, in der Kantine noch rasch zu essen, ehe sie mit den Innenaufnahmen im Textilkaufhaus beginnen.

Dort bekommt der Assistent erste Arbeit: Das Ausleuchten der Einstellungen: Verkaufsszenen und angeschwollene Beine der Verkäuferinnen, Sitzgelegenheiten und Liegeterrasse für die Mittagspause, Lehrlinge, die Brotzeit holen, die Gänge fegen, und die Arbeit der Packerinnen im Keller.

Merz und Loewe sind auf Bildjagd. Ambitionierte Jäger in ihrem Revier, die der Leidenschaft, der sie erliegen, nicht ausweichen wollen. Wie schon zu Anfang, als sie gemeinsam das elektrische Abfischen eines Altwassers filmten, finden sie auch diesmal wieder zu einer Gemeinsamkeit der Vorstellungen, die ihre Zusammenarbeit angenehm einfach und kollegial macht.

Als Merz und Loewe nach Ladenschluß ins Kopierwerk fahren wollen, um dort die ersten sechs Filmrollen abzuliefern, setzt ein Gewitterregen ein, der in Minuten Bürgersteig und Fahrbahn überschwemmt und die Passanten in die Häuser treibt.

Wie wär's, fragt Loewe, wenn wir rasch zu einem Drink zu mir raufgingen? Ich wohne ganz in der Nähe.

Zum ersten Mal wird Merz in die Wohnung eines Kollegen eingeladen. Loewe bewohnt eines dieser Neubau-Appartements, die vor einigen Jahren in den Baulücken der Innenstadt hochgezogen wurden.

Zwei geräumige Zimmer, Küche, Bad und Loggia. Loewes Frau ist nicht zu Hause, da sie bis sieben Uhr in einem Architekturbüro als technische Zeichnerin beschäftigt ist.

Loewe führt Merz ins Wohnzimmer.

Teppichboden, stellt Merz nicht ohne Neid fest, Wohnzimmeranbauwand in weißem Schleiflack und eine moderne Couchgarnitur.

Neben dem Fernsehapparat, an der Tür zur Loggia, steht ein Fernschreiber, der erst kürzlich, wie Loewe erzählt, von der Firma Lauretz in der Wohnung aufgestellt wurde, weil Loewe einen privaten Kulturfilm über deren Firmenprodukte dreht.

Whisky? fragt Loewe und öffnet das Barfach im Schleiflack, on the rocks?

Gern, antwortet Merz, und Loewe geht mit dem verchromten Eiswürfelbehälter in die Küche, Eis aufzufüllen.

Später kommen sie darauf zu sprechen, daß Loewe sogenannte Forschungsarbeiten für die Zeiss in Jena macht.

Ostzone? fragt Merz erstaunt.

DDR, antwortet Loewe. Aus einem Zeitschriftenstapel zieht er die Zeiss-Hauszeitung heraus und schlägt eine Bildseite auf, die ihn, Loewe, in Rotchina zeigt, wie er dort Einheimische an einem kostspieligen Zeiss-Auswertungsgerät für Luftbilder unterweist.

Das war 1955, erklärt Loewe.

Er ist viel herumgekommen und hat auch den jungen Ungarn ins Funkhaus geholt.

Auf diese Weise erfährt Merz, daß Loewe erst 1960, ein Jahr vor dem Bau der Berliner Mauer, als politischer Flüchtling in die Bundesrepublik gekommen ist und nach einem Jahr Ausbildung an der Filmhochschule sofort als Kameramann vom Fernsehen engagiert wurde.

Ohne Schwierigkeiten? fragt Merz, der die Zusammenhänge ahnt, sich aber davor fürchtet, sie zu wissen.

Ohne Schwierigkeiten, bestätigt Loewe und seine Antwort klingt fast wie eine Aufforderung. Du sollst fragen.

Sie waren doch in russischer Kriegsgefangenschaft? fragte er.

Und plötzlich hast du Angst. Plötzlich glaubst du zu erkennen, daß dieser Kameramann aus dem Osten mehr über die Zeit deiner Gefangenschaft zu kennen scheint, als du je irgend jemandem nach deiner Rückkehr erzählt hast.

Kein harmloser Drink. Eher die günstige Gelegenheit eines Platzregens in der Nähe seiner Wohnung. Ein Testfall.

Wie weit bist du bereit, wieder einzusteigen in das Geschäft?

Die Vorzeichen haben sich geändert, sagt Loewe, wir sind hier nicht mehr in einem russischen Lager, wo Denunziation die Überlebenschance vergrößert.

Du fragst nicht: Was wissen Sie? Du trinkst deinen Whisky on the rocks, lächelst und überlegst. Ein fieberhaftes Rennen zwischen klaren Gedankengängen und verwirrten Emotionen. Du darfst den Kopf nicht verlieren. Jetzt nicht mehr. Jetzt, da du seit Jahren überzeugt bist, alles hinter dir gelassen zu haben.

Denunziation, sagst du, war das Ekelhafteste, was mir im Lager begegnet ist. Manche haben auf diese Weise ihren Hals gerettet.

Loewe sieht dich an, und auch er lächelt. Ein drohendes Lächeln?

Du weißt es nicht. Du bist hilflos. Das vertraute Gesicht Loewes nimmt fremde Züge an. Ein Gesicht, das du kennst. Der einzige Traum, den du in Farbe träumst. Die klaffende Halswunde und das Blut.

Da könnten Augenzeugenberichte sein: Sie haben ihn erstochen wie einen Hund auf der Straße. Du denkst nicht an Jagdhunde. Du wirst selbst gejagt. Hörst die Schritte der Verfolger hinter dir und spürst, wie Schweiß ausbricht, wie das Khakihemd durchnäßt auf der Haut klebt.

Als der Lagergenosse tot war, hatte er gegen Merz verloren.

Merz spürt, wie die Zigarette zwischen Zeige- und Mittelfinger herunterbrennt bis zur Kippe, bis sie die Haut ansengt. Dann springt er, ein zwei Schritte, um den gegenüberliegenden Bürgersteig zu erreichen.

Was ist los? fragt Loewe.

Du wirst ihm entkommen. Du täuschst vor, ihn nicht zu verstehen. Wer keine Schuld hat, identifiziert sich auch nicht mit Anschuldigungen.

Wenn du also vortäuschst, schuldlos zu sein, mußt du auch vortäuschen, keinen Bezug zu Loewes Anspielungen zu finden.

Du verlangst noch einen Whisky.

Ja, sagt Merz, die Gefangenschaft.

Sie reden nicht gern darüber?

Das ist vorbei. Ich bin froh, daß es solange zurückliegt. Aber ich glaube, das versteht nur, wer es selbst erlebt hat. Und Sie waren sicher noch ein Kind, als der Krieg zu Ende ging.

Natürlich interessiert es dich, sein Alter zu erfahren. Diese Augenblicke sind fast Augenblicke der Selbstzerstörung, bestimmt aber Augenblicke der Lust, dann, wenn du schmerzlich betroffen dein Alter nachzählst.

Und Loewe geht auf dich ein: Ich war fünfzehn, bestätigt er, normalerweise, sagt man, ist ein Fünfzehnjähriger noch ein Kind. Aber wir haben Panzersperren gegen die Russen gebaut und die verkohlten Leichen aus den Bombenkellern gezogen. Eine Aufgabe, die vor allem mich traf, weil ich schmächtig genug war, um mich durch die verschütteten Kellerlöcher zu zwängen.

Es hat keinen Sinn davon zu reden, sagt Merz, wir sind alle froh, daß es vorüber ist.

Aber er stellt sich vor, wie ein kleiner Junge verkohlte Leichen aus den Trümmern zieht und begreift das Entsetzen dieser Kindheit.

Kurz nach sieben kommt auch Frau Loewe. Eine zierliche, schwarzhaarige Frau Ende zwanzig, lebhaft und liebenswürdig.

Mein kleiner Hausteufel, sagt Loewe und stellt Merz vor.

Merz möchte ihr Eintreffen als Anlaß nehmen, sich zu verabschieden, aber sie wehrt sofort ab. Auch Loewe sagt: Ich dachte, Sie blieben zum Essen?

Du kannst nicht nein sagen. Dir liegt zu viel an der Sympathie dieses Mannes. Er gehört zu der Hausmacht, die du dir aufbauen willst.

Also nimmt Merz an, bittet aber gleichzeitig darum, ein Telefongespräch führen zu dürfen, um noch eine wichtige Angelegenheit des Verkäuferinnenfilms zu erledigen.

Es geht um unsere Interviewpartnerin, Frau Rumpf, erklärt er Loewe, wir müssen in Erfahrung bringen, ob sie jetzt, nachdem ihr Arbeitgeber abgesprungen ist, trotzdem bei der Stange bleibt.

Selbstverständlich kann Merz telefonieren. Erreicht auch sofort Frau Rumpf, die gerade nach Hause gekommen ist und erläutert ihr den Sachverhalt.

Sie kennt die Weigerung ihres Chefs schon, ist aber trotzdem bereit, das Interview zu geben.

Vielleicht Freitag? fragt sie, das ist ein Feiertag.

Merz versichert, daß er sich ganz nach ihr richte, spricht vorsichtig von Zivilcourage, gerade so, daß sie stolz auf sich, aber nicht kopfscheu wird und dankt überschwenglich für ihre Bereitschaft, auszusagen.

Sie sind die beste Interviewpartnerin, die ich mir denken kann, schmeichelt er der einfachen Frau und weiß dabei, daß er ins Schwarze trifft.

Blattschuß. Jetzt wird ihre Eitelkeit ein Abspringen in letzter Minute verhindern.

Nach dem Essen hört Merz mit den jungen Leuten Schallplatten. Klavierkonzerte, die er so sehr liebt.

Keine Rede mehr von den seltsamen Angeboten Loewes, wenn es wirklich Angebote waren. Merz ist nicht sicher.

Vielleicht, denkst du, hast du alles mißverstanden. Warum sollte Loewe nicht wie andere ein ganz harmloser Ostflüchtling sein?

Merz entspannt und ist nun bereit zu glauben, Fantasie und Erfahrungen hätten ihm einen Streich gespielt.

Vielleicht bist du dir selbst auf den Leim gegangen, du mit deiner hysterischen Angst vor den Russen.

Als Merz sich gegen Mitternacht verabschiedet, ist er fest davon überzeugt, Loewe falsch verstanden zu haben. Ganz sicher wurde heute abend kein Antrag östlicher Geheimdienste an ihn herangetragen.

Was soll der Unsinn. Loewe ist ein junger netter Mann, ganz harmlos und bürgerlich. Bestimmt nicht der Typ eines Agenten.

Und die im Osten, die wissen doch schon seit deiner Rückkehr, daß du für sie nicht mehr verfügbar bist

Am nächsten Morgen bringt Merz das Filmmaterial ins Kopierwerk.

Kurz vor der Redaktionskonferenz trifft er Morock im Lift. Morock erkundigt sich sofort nach dem Verkäuferinnenfilm.

Es läuft sehr gut, sagt Merz, wir brauchen nun nur noch wenig Bildmaterial und dann das Interview mit Frau Rumpf und ein Interview mit dem Gewerkschaftsmann vom Ortsverband der DAG.

Freut mich, sagt Morock, daß Sie nach den Anfangsschwierigkeiten nun doch noch gut vorankommen. Bis wann, glauben Sie, können Sie den Film fertig haben?

Vielleicht in einer Woche, meint Merz.

Das ist zu lang, antwortet Morock, ich möchte ihn gern am nächsten Montag ins Programm nehmen. Das müßten Sie doch eigentlich schaffen.

Will er dir die Zeit auf Kosten der Qualität kürzen?

Ich werde mir Mühe geben, sagt Merz.

Sofort ruft er im Kopierwerk an und erreicht, daß ihm das Filmmaterial noch am gleichen Abend ins Studio geschickt wird.

Gemeinsam mit Loewe fährt er abends hinaus und läßt sich die ersten sechs Filmrollen vorführen. Er hat auch Fräulein Mirbach dorthin bestellt, um ihr einen ersten Eindruck vom Material und seinen Vorstellungen zu geben.

Sie begrüßt ihn im Studio mit der Herzlichkeit einer Vertrauten.

Merz reagiert abweisend. Er hat jede Begegnung mit diesem Mädchen vermieden, seit Morock ihn im Fall Rabel über ihre Zuträgerschaft aufklärte.

Was ist los? fragt sie. Merz wehrt ab, schiebt sie beiseite und bittet, die erste Filmrolle einzulegen. Für einen Augenblick werden ihre Augen eng, klein und bösartig, dann wendet sie sich den Filmrollen zu.

Loewe scheint diesen privaten Zwischenfall nicht bemerkt zu haben.

Sechs Rollen Film, sagt er kopfschüttelnd, wenn wir so weiter machen, bekommen wir von oben noch einen drastischen Materialstop.

Aber es ist technisch gutes Material. Loewe versteht was von seinem Job, registriert Merz, der sich nicht wohl fühlt, wenn er daran denkt, wie er das Interview mit Frau Rumpf diesem Material unterlegen soll. Sie ist der Unsicherheitsfaktor, der ihm jetzt noch nicht erlaubt, ein Konzept zu planen.

Merz sieht zwei Möglichkeiten, die ihm die Aussage dieser Verkäuferin bieten kann, ohne zu wissen, welche sie wählen wird.

Entweder wird sie harte Kritik an den Gegebenheiten ihres Berufs üben, krasse Aussagen, die Merz mit dem Anschauungsmaterial, das er hier vorliegen hat, nicht beweisen kann, oder sie redet über ganz andere Dinge, die filmisch nicht zu illustrieren sind.

Darüber würde ich mir nicht den Kopf zerbrechen, meint Loewe, Sie müssen eben durch die entsprechenden Fragen die entsprechenden Antworten aus ihr herausholen. Mit ein wenig Geschick klappt das auch.

Nun gut, sagt Merz, wir sind uns darüber einig, daß wir einen kritischen Film drehen. Also müssen die Aussagen der Frau auch kritisch sein. Aber können wir, und das ist nun wirklich eine Gretchenfrage, die kritischen Äußerungen der Rumpf, die sich auf ihren Arbeitsplatz beziehen, mit den Bildern des Textilkaufhauses unterstreichen? Dort arbeitet sie ja nicht.

Da findet sich eine Lösung, entgegnet Loewe, Sie haben doch auch noch das Gewerkschaftsinterview. Und zur Frau Rumpf drehen wir einfach das Kaufhaus von außen. Das kann uns kein Konzern verbieten. Das wäre eine Möglichkeit.

9

Da das Interview mit Frau Rumpf erst am Freitagvormittag aufgenommen werden kann, und das Kopierwerk die Filme frühestens am nächsten Morgen ins Schneidestudio liefern wird, entsteht das Problem der Wochenendarbeit.

Merz macht Morock darauf aufmerksam, daß er eine der Cutterinnen für Samstag und Sonntag einteilen müßte, wenn er den Film tatsächlich am nächsten Montag ins Programm nehmen will.

Fräulein Mirbach weigert sich abrupt. Sie habe bereits wichtige Verabredungen für's Wochenende getroffen, die sie nicht rückgängig machen könne.

Auch die sogenannten Ersatzcutterinnen, die der Abendschau von der Abteilung „Aktuelles“ oder „Dokumentation“ von Zeit zu Zeit überlassen werden, zeigen wenig Interesse.

So ist die Situation, sagt Merz, ich glaube nicht, daß Sie den Film bis Montag haben können.

Morock zeigt sich verärgert. Er hat den Merz'schen Film als Ersatz für ein Interview, das ihm abgesagt wurde, in die Sendung schieben wollen. Nun muß er diesen Plan revidieren und eventuell Niklas oder Crämer noch rasch auf eine Umfrage ansetzen, obwohl diese Umfragen langsam zu einem Ärgernis werden, wie ihm Janke neulich versichert hat.

Vergessen Sie nicht, hat Janke gesagt, daß Sie jetzt das Zweite Deutsche Fernsehen im Nacken haben. Die höheren Einschaltquoten erhalten wir nur, wenn wir besser sind.

Also gut, sagt Morock, der gegen die Argumente von Merz wenig einwenden kann, dann lassen wir also den Film für Montag fallen. Da ist ja nun nichts zu machen.

Und du triumphierst. Ein Schlagabtausch, dessen Punktebewertung deinem Konto gutgeschrieben wird.

Nach diesem Gespräch ruft Merz Loewe, der die Redaktion bereits verlassen hat, zu Hause an und bittet ihn, morgen früh Frau Rumpf zu filmen, wie sie die Straße entlang zu ihrem Arbeitsplatz, dem Kaufhaus, geht.

Loewe sagt zu und wird auch Frau Rumpf davon informieren.

Ich glaube, sagt Merz noch, Ihr Vorschlag, das Problem auf diese Weise zu lösen, ist wirklich gut.

Treffen wir uns morgen um acht vor dem Kaufhaus?

Um acht, bestätigt Merz und hängt ein.

Sie haben Glück. Über Nacht ist das Gewittertief der vergangenen Tage abgewandert und sie können Frau Rumpf morgens bei strahlendem Sonnenschein, der denkbar besten Beleuchtung, aufnehmen.

Loewe fängt sie mit der Kamera ab, wie sie aus dem Bus steigt. Eine kräftige Frau Anfang fünfzig, nicht elegant, aber gepflegt, so, wie sie überall herumlaufen, mit dem naiv-gutmütigen Gesicht redlicher Bürgerinnen, zufrieden und wohlanständig.

Kameraschwenk, ordnet Merz an, Aufnahme von hinten, wie sie die Geschäftsstraße im Rudel ihrer Kolleginnen hinuntergeht.

Bald hat sich Frau Rumpf so weit von der Kamera entfernt, daß sie sich von den anderen Frauen, die mit ihr aus dem Bus ausgestiegen sind und in die gleiche Richtung gehen, in nichts mehr unterscheidet.

Merz läuft ihr nach und hält sie an: Warten Sie hier bitte. Herr

Loewe wird Sie nun direkt von vorne aufnehmen, wie Sie sich dem Eingang nähern.

Loewe hat sie inzwischen mit der schweren Kameraausrüstung eingeholt und läßt sich von Merz vor dem Eingang des Kaufhauses postieren.

Und nun gehen Sie los, sagt Merz, ganz natürlich, so, als sei Herr Loewe gar nicht vorhanden.

Die Frau nickt gehorsam.

Merz gibt das Handzeichen. Film ab.

Im gleichen Augenblick erscheint der Kaufhausdirektor im Eingang und spricht Loewe an. Loewe setzt die Kamera ab. Merz geht zu ihnen hinüber.

Das Gesicht des Mannes ist rot bis zum Stirnansatz. Merz bemerkt seine Erregung, lächelt und sagt: Schön, daß wir Sie treffen. Als ich Sie letzthin zu erreichen versuchte, bekam ich nur Ihre Frau Glöck zu sprechen. Inzwischen sind wir mit dem Film fast fertig. Damit macht Merz diesen Mann endgültig zum Widersacher. Ein Kampf, der nun offen ausgetragen wird. Jetzt ist keine Rede mehr davon, daß er in seiner Eigenschaft als Direktor dieses Hauses darum bittet, die Aufnahmen vor seinem Hause zu unterlassen, jetzt geht er über zur Drohgebärde: Ich verbiete Ihnen, hier zu filmen, Herr Merz, sagte er, Sie befinden sich auf unserem Grund und Boden und wenn Sie sich meinen Anordnungen widersetzen, so ist das Hausfriedensbruch.

Frau Rumpf, das Objekt, steht ratlos einige Schritte von der Gruppe entfernt vor einem der Schaufenster und blickt hilfesuchend zu Merz.

Moment mal, Frau Rumpf, sagt Merz, wir machen gleich weiter. Wenn ich das Zeichen gebe gehen Sie ins Kaufhaus hinein, verstanden?

Ja, sie hat verstanden.

Nun ordnet Merz an, Loewe solle einige Schritte zurück auf die Fahrbahn gehen.

Nicht wahr, sagt Merz, die Fahrbahn ist doch Grund und Boden der Stadt, oder irre ich mich?

Sein Gegner scheint nahe vor einem Herzinfarkt zu stehen,

während Merz die Kamera abfahren läßt und Frau Rumpf das Zeichen gibt.

Ins Funkhaus zurückgekehrt, rechnet Merz fest mit einer Intervention des Kaufhausdirektors beim Intendanten. Aber nichts erfolgt.

Nachmittags sind sie beim Vorsitzenden des Ortsverbandes der Deutschen Angestellten Gewerkschaft zum Interview.

Merz legt nur zwei Fragen vor: Was unternimmt die DAG gegen die Nichteinhaltung der Vierzigstundenwoche, die sehr viele Verkäuferinnen trifft? Und: Welche Kampfmaßnahmen sind vorgesehen, um längst fällige Lohnerhöhungen für die Verkäuferinnen durchzudrücken?

Auf diese Fragen erhält Merz vorgefertigte Antworten. Antworten ohne Verbindlichkeiten. Natürlich bemühe sich die Gewerkschaft, aber im Grunde läge die Schuld für geringe Erfolge doch auch an den Frauen selbst, die sich nur ungern gewerkschaftlich organisieren.

Ein kurzes Interview, das nicht anders ausgefallen ist, als Merz es sich vorgestellt hat.

Er setzt alle Hoffnungen auf das Kernstück seines Films, das Interview mit Frau Rumpf.

Sie wohnt mit ihrem Mann und zwei Adoptivtöchtern im Teenageralter in einem Reihenhaus vor der Stadt. Dort findet auch das Interview statt. Merz trifft mit seinem Team, drei Leuten, dem Kameramann Loewe, einem Assistenten und einem Tontechniker gegen zehn Uhr ein.

Frau Rumpf hat eine große Kanne Kaffee gekocht und Schinkenbrote hergerichtet. Damit bringt sie das Team in Verlegenheit. Sie sind nicht gewohnt, in diesem Ausmaße bewirtet zu werden. Zudem haben sie alle bereits gefrühstückt und bis zum Mittagessen noch keinen Hunger.

Vielleicht einen Schnaps? fragt Frau Rumpf, sie ist sehr eifrig.

Merz sagt zu, um nicht unhöflich zu erscheinen.

Während das Team Kamera, Beleuchtung und Mikrofon aufbaut, geht Merz noch einmal mit Frau Rumpf das Interview durch. In großen Zügen haben sie es schon damals auf dem Gewerkschaftsabend besprochen, und Merz war begeistert von den harten Angriffen dieser Frau.

Heute wirkt die Frau unsicher und gehemmt.

Ich dachte mir, sagt Merz, wir teilen das Interview in vier verschiedene Komplexe ein, dann können wir jeweils nach einem Komplex unterbrechen, damit es für Sie leichter wird. Einverstanden?

Sie nickt.

Erster Komplex, erläutert Merz: Wann fahren Sie zur Arbeit, wann kommen Sie nach Hause, wie lange müssen Sie nach der Arbeitszeit im Haushalt noch arbeiten, welche Folgen hat für Sie die Doppelbelastung, was verdienen Sie?

Zweiter Komplex: Ihr Arbeitsplatz, also: Was verkaufen Sie, wie lange leisten Sie tägliche Steharbeit, welche Möglichkeiten zur Erholung haben Sie während der Arbeitszeit, Sitzgelegenheiten usw., Klimaanlage und Streß.

Dritter Komplex: Soziale Einrichtungen Ihres Arbeitsplatzes: Also Kantine, hygienische Einrichtungen, Arbeitspausen, Betriebskindergarten für berufstätige Mütter, Urlaubszeit, Treueprämien, Verkaufsprämien, Essensgeldzuschuß.

Und, vierter Komplex: Welche Möglichkeiten der Mitbestimmung im Betrieb haben Sie? Werden Verbesserungsvorschläge, die das Arbeitsklima und den Streß betreffen, von der Betriebsleitung angenommen? Sind Sie wegen Ihrer Gewerkschaftszugehörigkeit diskriminiert, welche Möglichkeiten hat der Betriebsrat?

Frau Rumpf sitzt ihm im Sessel gegenüber und hat die Hände im Schoß gefaltet. Sie wirkt nervös und ängstlich. Nickt aber brav zu jedem Vorschlag.

Eine halbe Stunde später ist die Technik bereit zur Aufnahme. Frau Rumpf läuft noch einmal ins Schlafzimmer und frischt ihr Make-up auf. Gestern abend war sie noch beim Friseur. Heute hat sie ihr bestes Kleid angezogen.

Können wir? fragt Merz. Sie nickt.

Also beginnt Merz mit dem ersten Fragenkomplex. Er sieht, wie die Frau tief Luft holt und dann zögernd und unsicher antwortet. Aber er unterbricht erst, nachdem sie ausgeredet hat.

Moment, sagt Merz, was ist los, Frau Rumpf, haben Sie Lampenfieber? Das ist doch unnötig. Wovor fürchten Sie sich?

Sie lächelt hilflos, deutet mit einer Kopfbewegung in Richtung Kamera und sagt: Das Ding da!

Also die übliche Wirkung der surrenden Kamera auf Leute, für die diese Technik das größte Wunder ihres Wohnzimmers ist. Fast ein Heiligtum, das jeden Abend nach der Rückkehr von der Arbeit in Betrieb gesetzt wird und sein geheimnisvoll bläuliches Licht hinter den Fensterscheiben verbreitet.

Wir schaffen das, sagt Merz, Sie haben doch auch keine Angst, von Ihrem Mann fotografiert zu werden?

Das ist etwas anderes. Das betrifft die kleine Welt der Familie. Aber hinter dieser Kamera verbirgt sich ein Medium, dessen Wirklichkeitsgehalt vom Bildschirm in der Bücherwand zur Unverbindlichkeit degradiert wird. Und nun die erschreckende Erfahrung, daß die Menschen und das, was sie in diesem Apparat sagen, wirklich existieren.

Merz versucht, diesen Schock zu überspielen. Beginnt noch einmal von vorn. Setzt die erste Frage und lächelt der Frau ermunternd zu.

Sie strengt sich sichtlich an, und diese Anstrengung macht ihre Stimme schrill und unnatürlich.

Merz ist enttäuscht. Er hat dieses Interview zum Kernstück seines Films gemacht und nun widerspricht es allen Erwartungen. Wo Frau Rumpf im Gespräch auf dem Gewerkschaftsabend die Dinge beim Namen nannte, scharf und aggressiv war, die Situation der Verkäuferinnen aufdeckte, da ist sie nun verwaschen, müde und ihre Aussagen haben keinerlei Überzeugungskraft.

Merz bringt alle Erfahrungen, psychologische Reizmittel und Einfühlungsvermögen ins Spiel, alles, was ein Journalist einsetzt, wenn er aus seinem Gegenüber um jeden Preis Informationen herausholen will.

Er redet dieser Frau gut zu, versucht es mit Charme, mit freundschaftlicher Wärme, mit Lob und mit Tadel.

Ohne Erfolg. Sie scheint ihr Versagen selbst zu erkennen und sucht nach Ausflüchten, sagt: Mit Ihnen, Herr Merz, kann ich es prima. Mit Ihnen kann man reden. Aber der Herr Loewe, der ist böse, der ist gegen mich.

Aber das reden Sie sich nur ein, antwortet Merz, der erstaunt feststellt, daß sie den Kameramann mit der Kamera identifiziert und aus ihrer Furcht vor dem Medium ein Feindverhältnis schafft.

Du bist schockiert, weil du nun plötzlich die Kluft zwischen Medium und Publikum entdeckst, die Scheu vor dem Unbekannten, das nur hinter abendlich zugezogenen Vorhängen in der Unverbindlichkeit des Konsums an Vertrautheit gewinnt.

War es falsch, von einer einfachen Frau, was Frau Rumpf trotz Reihenhaus, Auto und Fernsehtruhe ist, zu erwarten, daß sie ihre Angst vor der Kamera ablegt, daß sie etwas hergibt?

Oder liegt es an dir selbst? Hätte ein anderer Interviewer, zum Beispiel Niklas, mehr daraus machen können?

Als sie ihre Geräte wieder eingepackt haben und zum Schinkenbrotessen übergehen, um der Frau einen Gefallen zu tun, haben sie über vierhundert Meter Film verdreht, ohne befriedigt zu sein.

Bedrückt fahren sie zu viert ins Funkhaus zurück.

Auf dem Weg durch die Stadt erzählt Loewe, er habe mit Niklas zusammen den Auftrag erhalten, eine Donaureise, neuestes Reiseangebot eines hiesigen Reisebüros, mitzumachen, um einen Filmbericht darüber zu drehen.

Ein Auftrag von Janke, sagt Loewe, er scheint sich nun massiv in die Abendschauleitung Morocks einzumischen.

Merz ist verwundert. Sollte der Programmdirektor am Stuhl des Intendantenprotegés sägen?

Im übrigen ist das Gerücht im Umlauf, daß Janke demnächst zum Fernsehdirektor avanciert.

Wer wird dann den Wettlauf um den Posten des Programmdirektors gewinnen?

Wissen Sie, Merz, manchmal glaubt man wirklich, hier in eine Löwengrube gefallen zu sein.

Oder Wildwest. Die Faust im Nacken. Einer schießt dem anderen in die Füße, räumt sich den Weg frei. Nackte Gewalt. Helden in Cinemascope, Desperados, Blattschuß und spiel mir das Lied vom Tod. Breitbeinig kommt er ins Bild, derjenige, der überleben wird, den Schlapphut tief in die Stirn gedrückt, einen langen wehenden Mantel über die Schultern gehängt.

Wer überleben will, muß Leistung bringen.

Wer Leistung bringt, ist der Stärkere.

Wer der Stärkere ist, wird nicht irgendwo am Rande einer Straße liegen bleiben.

Du greifst nach der Halsnarbe, eine tiefe Scharte in deiner Haut. Du hast schon einmal überlebt.

Schnitt und Schwenk hinunter zur Gürtellinie. Symbol deiner Macht. Der Colt.

Großaufnahme.

Wie du zum Colt greifst. Wie du mit gespreizten Fingern seinen Griff liebkost, so, als würdest du dein Glied liebkosen, zärtliche Geste.

Dann packst du zu. Und Schnitt.

Geschossen wird erst in der Totalen.

Volltreffer.

Alle Wege stehen dir offen.

Die weiße Haut der kleinen Cutterin Mirbach unter deinen Händen. Unangenehm weiß und kühl, bis du sie zudeckst. Mit geschlossenen Augen in sie eindringst und hoffst, nicht zu versagen. Du spürst den Waldboden unter deinen Knien und ganz deutlich hörst du das aufreizende Zirpen einer Stechmücke. Sie läßt nicht ab.

Du spielst den wilden Mann. Kraft durch Freude. Diese weiße Masse Frauenfleisch unter dir. Dieses Objekt, das Leistung abverlangt. Das Mädchen, das sich dann aufsetzt, einige Laubblätter am Po, das eine Zigarette raucht und enttäuscht scheint.

Die Verbraucherin, deren Nachfrage nicht befriedigt wurde.

10

Pointer, der eine Woche in Südafrika zur Eröffnung eines deutschen Industrieunternehmens verbracht hat, trifft braungebrannt mit einem Koffer voller Filmmaterial und einer schwarzen Schönheit im Gefolge in der Redaktion ein. Außer Merz, Crämer und Fräulein Schatz ist niemand anwesend.

Niklas und Loewe sind zu Filmaufnahmen unterwegs und Morock in einer Programmsitzung bei Janke.

Mit dem gewohnt lauten und selbstsicheren Hallo forciert Pointer seinen Auftritt und ist enttäuscht, nur drei der Kollegen anzutreffen.

Na, sagt er und schlägt Merz auf die Schulter: wie geht das Geschäft? Ist die Zentrale im siebten Stock schon gegen Morock eingeschaltet?

Dann ahmt er Heuschka nach, ist ganz Intendant, würdevoll näselnd: Und glauben Sie nur nicht, daß Sie unersetzbar wären! Hinter jedem von Euch steht einer, der nur darauf wartet, daß Euer Stuhl frei wird!

Crämer lacht hämisch: Da treffen Sie mal wieder den Nagel auf den Kopf!

Fräulein Schatz ist von der Schreibmaschine aufgestanden und zu ihnen in den Redaktionsraum gekommen. Sofort küßt Pointer sie auf beide Wangen: Na, Schätzchen?

Und nun eine einladende Gebärde hinüber zu seiner afrikanischen Begleiterin: Topmodell aus Südafrika auf der Durchreise in die Staaten. Will dort ins ganz große Geschäft einsteigen.

Spricht sie Deutsch? fragt Crämer interessiert und gibt ihr die Hand.

Nur Englisch, mein Lieber. Aber du kannst gerne deine Sprachkenntnisse bei ihr auffrischen.

Während Crämer sein Schulenglisch auspackt und dem jungen Mannequin einen Stuhl und redaktionseigenen Kaffee anbietet, sagt Pointer zu Merz: Sie ist so vornehm, daß sie stur vor jeder verschlossenen Türe stehen bleibt, bis sich ein männliches Wesen findet, das hilfreich die Türklinke drückt!

Merz ist damit beschäftigt, das Interviewband mit Frau Rumpf in das redaktionelle Bandgerät einzuspulen. Er hat noch immer Schwierigkeiten, mit diesen technischen Geräten zurechtzukommen. Als er endlich den Abhörknopf drückt, wird das Mittelstück des Bandes aus dem Gerät hinausgespult.

In diesem Moment könntest du das Gerät auf den Boden werfen und zertrampeln wie ein wütendes Kind.

Plötzlich lacht die Schatz. Steht neben dem verzweifelten Merz und diesem Abhörgerät und lacht.

Was ist? fragt Merz ärgerlich.

Entschuldigung, sagt sie und versucht, das Lachen zu unterdrücken, gluckst noch ein wenig: Aber Sie sehen zum ersten Mal richtig menschlich aus!

Crämer hat sich zu ihnen umgedreht und grinst nun auch: Endlich geraten Sie aus der Fassung!

Pointer nimmt sich des Bandes an, drückt Merz einen Gegenstand in die Hand und sagt: Hier, halte das mal, und beugt sich über das Gerät.

Merz betrachtet, was er in der Hand hält: Ein kleines, scharfes und handliches Dolchmesser.

Schätzchen hat recht, bemerkt Pointer, während er geschickt das Band auf seine Rolle zurückspult, du siehst etwas derangiert aus. Der Schlips sitzt schief und die Haare hängen ins Gesicht. Apropos Haare – Pointer blickt kurz auf – was hast du denn um himmelswillen mit deinen Haaren gemacht?

Merz war beim Friseur und hat sich überreden lassen, die Haare bis auf den oberen Mittelteil kurzscheren zu lassen: So können Sie die ersten Ansätze Ihres Haarausfalles verdecken, argumentierte der Friseur.

So was nenne ich einen Hahnenkamm, stellt Pointer fest.

Und du bist verletzt.

Dich kann man nicht einmal eine Woche aus den Augen lassen, sagt der Freund, kaum hat man dich anständig eingekleidet, läufst du sinnloserweise zum Friseur!

Das ist Pointer, urban und saloppe Weltstadtgestik, bei der du Zuflucht suchst, eine Chiffre, die dir Sicherheit gibt, Selbstvertrauen auf verlorenem Posten.

Ist diese Wirklichkeit mehr als eine wilde Häufung orgiastischer Werbespots? Leben im Vierfarbendruck, ganzseitig auf Glanzpapier aufgezogen, topfit zupackend, clever und abenteuerlustig. Männer, die immer unterwegs sind.

Soll ich mal aus der Hüfte schießen?

So?

Und schon hält er das Dolchmesser in der Faust, bereit, zuzustechen.

Ein kleines Mitbringsel, sagt Pointer, für unseren Chef.

Ein Messer für Morock.

Ein fröhlicher Haufen ist das hier in diesem Redaktionszimmer. Intellektuelle Dekadenz. Da macht Merz keine Ausnahme.

Eine Menge netter Leute, die mit Heiterkeit verdecken, was sie brutalisiert: Leistungsstreß im Wettbewerb, Meinungsmonopole und Maulkörbe, die man ihnen umhängt, Intrigen und die Schwierigkeit, in diesem Medium zu zeigen, was Wirklichkeit ist. Terror der Unverbindlichkeit. Ein Knopfdruck genügt, und wir haben sie auf dem Tisch des Hauses: Die Toten und Verstümmelten der grausamen Kleinkriege unseres Planeten, die Unfalltoten und die berühmten Toten, die Opfer Irrsinniger und die Opfer der Studiokulisse, Zelluloidhelden, denen Colt und Schlaghand locker sitzen, Auswüchse aus den Gehirnen jener fröhlichen Leute, die das Programm bestimmen, die die Gewalt manipulieren, von der sie selbst manipuliert sind.

Die Machthierarchie des Hauses wird auf die Bildschirme transportiert.

Dann beginnst du, den Westerntod mit dem Tod in den Weltnachrichten zu verwechseln. Du wehrst ab. Du willst nichts damit zu tun haben. Du willst nicht von dem verletzt werden, was außerhalb deiner engen Welt vor sich geht.

Was du willst, ist der künstliche Nervenkitzel. Der fördert den Blutkreislauf und läßt dich die tägliche Monotonie zwischen Arbeitsplatz und Couchgarnitur vergessen.

Du hast nicht gelernt, zu fragen, warum ist das so, und nicht anders?

Du hast auch keine Lust zu fragen. Du bist froh, wenn du deine Ruhe hast. Und du hast auch nicht gelernt, zu fragen, warum du keine Lust hast, warum du froh bist, deine Ruhe zu haben.

Hier fühlt sich Merz wohl und macht das Spiel mit, weil er glaubt, keine andere Möglichkeit zu haben.

Trotz aller Einschränkungen, denen er unterliegt, glaubt Merz, im Gegensatz zu anderen Arbeitnehmern noch relativ viel Freiheit zu haben. Obwohl er Abhängigkeiten unterliegt, die in ihren Auswirkungen nicht weniger schwerwiegend sind, wie die beziehungslose, auf Stückzahlen hochgejagte Montage in einem Großbetrieb. Vielleicht sind die Abhängigkeiten innerhalb des Hauses die kleineren.

Die Abhängigkeit von den Kollegen und vom Abendschauleiter, vom Programmdirektor, vom Fernsehdirektor und vom Intendanten. Die bedingungslose Einordnung in eine Hierarchie, in der jeder einzelne sich seinen Weg nur auf Kosten anderer freischießen kann. Schwerwiegender aber ist die Abhängigkeit vom Meinungsmonopol, ein politisch fest abgesteckter Rahmen, der innerhalb seiner Grenzen eine Freiheit vortäuscht, die den einzelnen Journalisten zwingt, Informationen zu verschleiern, um die Meinungsbildung des Zuschauers im Sinne der Interessengruppen, die ihm sein Einkommen sichern, zu beeinflussen. Also die Abhängigkeit von der täglichen Korruption am Arbeitsplatz.

Korruption, wenn Merz ein Obdachlosenasyl nicht filmen kann, weil er einflußreiche Beamte verärgern würde.

Wenn Niklas untersagt wird, von der Verurteilung zur Lärmentschädigung einer Ölbohrfirma zu berichten.

Oder, wenn der Firmennamen eines Fertighausherstellers auf dem Bildschirm erscheint.

Kleine, tägliche Zwänge, die noch gering sind, im Vergleich zu den Zwängen, denen etwa Auslandskorrespondenten ausgesetzt sind. Journalismus, der nicht informiert, sondern Meinungsmache betreibt. Der Vorgänge nicht erklärt, sondern verschleiert, um das Weltbild des Zuschauers heil zu erhalten.

Brot und Spiel und kleine blutige Grausamkeiten auf dem Bildschirm, zur Unterhaltung des Publikums. Die große weite Welt pastellgetönt ins Wohnzimmer geholt, damit Freude und Zufriedenheit einkehrt, damit der reibungslose Ablauf des nächsten Arbeitstages an den Förderbändern unserer Nation gesichert ist.

Eine ganz große Manipulation des menschlichen Gehirns.

Eigentlich ist es zum selbständigen Denken bestimmt.

Aber davon spricht keiner. Das fällt schamhaft unter den Tisch. Das ist nicht gesellschaftsfähig. Eine närrische Laune der Natur. Oder sollte einer anderer Meinung sein? fragt Pointer sarkastisch, das scharfe Dolchmesser noch immer in der Faust. Keiner widerspricht, und Merz schließt sich der allgemeinen Fröhlichkeit an.

Solange die Schönwetterperiode anhält, treffen sich Merz und Pointer regelmäßig morgens auf dem Tennisplatz. Eine Stunde spielerischer Schlagabtausch im weißen Dreß, elegant und kraftvoll.

Noch beherrscht Pointer jedes Match, aber schon verbessert Merz seine Schlaghand, Aufschlag, Rückhand und Vorhand. Merz in der Gefolgschaft Pointers. Zwei Männer von Welt, die dem Balljungen lässig ein Trinkgeld geben, wenn sie den Platz räumen.

In ihren Gesprächen ist Pointer tonangebend. Sie sprechen weniger von ihrer Arbeit im Funkhaus, dafür mehr über Möglichkeiten, sich elegant zu kleiden, welche Anzugstoffe Pointer bevorzugt, welche Hemden und welche Hüte in diesem Sommer getragen werden, und über Mädchen.

Tagelang begeisterte sich Pointer für das dunkelhäutige Mannequin, das er mitgebracht hat. Merz soll sie einmal ausprobieren, ehe sie von ihrer Agentur nach New York geschickt wird. Aber Merz lehnt ab. Alte Vorurteile kann er so rasch nicht aufgeben.

Die wirst du nie aufgeben, sagt Pointer, der das Mädchen auch nur als Ware betrachtet.

Du sprichst überhaupt ungern über Mädchen. Dieser geile Unterton bei Pointer widert dich an. Sexualität ist für dich eine Sache, an die man mit geschlossenen Augen hinter verschlossenen Türen herangeht. Dazu gehört so etwas wie unkeuscher Moschusgeruch, Dunkelheit und die schwüle Hitze unter der Bettdecke.

Und als Pointer einmal fragt: Was macht die kleine Mirbach? wehrst du ab.

Mir brauchst du doch nichts vorzumachen, lacht Pointer, und er lacht abfällig, ich wette was, daß du zwar bei ihr gelandet, aber schon wieder weg vom Fenster bist!

Oder hast du sie etwa fallen lassen? Das ist bei diesen Mädchen nicht ganz ungefährlich. Hier ist schon mancher über ein Weib gestolpert. Dann folgt die Austreibung aus dem Paradies, an dessen Tür der Intendant mit dem Flammenschwert steht.

Unsinn, sagst du ärgerlich.

Gar kein Unsinn, grinst Pointer, die stillen Weiberhelden sind die gefährlichsten.

Nimm dich in acht.

11

Es war für Merz nicht einfach, den Verkäuferinnenfilm aus der Unmenge des vorliegenden Materials endgültig fertigzustellen. Zudem sträubte sich Fräulein Mirbach, den Schnitt zu übernehmen. Sie arrangierte das sehr geschickt. Nie so, daß man ihr eine Weigerung hätte nachsagen können. Sie war nicht erreichbar, oder sie führte einen Auftrag Crämers oder Niklas' aus, schützte totale Überlastung vor, legte zwei Grippetage ein und war nicht zu fassen.

Bis Merz die Initiative ergriff und Janke informierte. Inzwischen war die Sendung des Films bereits zweimal verschoben worden, die Dreharbeiten lagen bereits mehr als vier Wochen zurück. Janke schaltete sich ein und organisierte eine Cutterin aus der Dokumentationsabteilung. Eine Frau Ende dreißig, Chefcutterin, die ihre Assistentin ins Schneidestudio mitbrachte und zur Belustigung von Merz, der diese Arbeitsweise noch nicht kannte, keinen einzigen Schnitt selbst ausführte. Jedesmal, wenn geschnitten werden mußte, räumte sie ihren Stuhl für die Assistentin, die sich setzte, den Schnitt machte, die Enden zusammenklebte und wieder aufstand.

Morock hatte einen Zehn-Minuten-Film über die Verkäuferinnen angeordnet, aber trotz aller Bemühungen wurden Vierzehn Minuten und dreißig Sekunden daraus.

Merz berichtet Morock davon, der aber augenblicklich so sehr mit persönlichen Schwierigkeiten innerhalb des Hauses zu kämpfen hat, daß er keine Zeit für einen Einwand findet, anscheinend auch kein Interesse daran hat, und die neue Länge des Films akzeptiert.

In dieser Situation kann Merz auch durchdrücken, diesen Film schon in der nächsten Abendschausendung zu bringen.

Morock hat sich in eine depressive Passivität zurückgezogen, die Crämer und Niklas in einem Kantinengespräch mit Merz darauf zurückführen, daß Janke, der allmählich ein Gegner Morocks zu werden scheint, mit der gesamten Konzeption der Abendschau nicht mehr zufrieden ist. Vor vierzehn Tagen tauchte Janke zum ersten Mal im Schneidestudio bei Morock auf und ließ sich ein Interview über Probleme der Bildungspolitik vorführen, das am gleichen Abend gesendet werden sollte.

Nachdem Morock den Streifen abgespielt hatte, ließ Janke ihn aus dem Programm nehmen. Dafür wurde ein Kulturfilm Pointers, den Niklas noch in aller Eile betexten mußte, ersatzweise aus dem Archiv geholt.

Dreimal innerhalb von vierzehn Tagen ließ Janke einen politischen Beitrag Morocks aus der Abendschau streichen.

Merz hat zwar davon erfahren und eine unbändige Schadenfreude empfunden, aber nicht weiter darüber nachgedacht. Solange Morock ein Günstling Heuschkas ist, kann ihm nicht einmal Janke etwas anhaben.

Wenn Sie sich da nicht täuschen, meint Niklas, was wir hier miterleben ist nur die Spitze des Eisberges.

Sicher, man ist enttäuscht, daß gerade Morock, den man bewußt in diese Position geschoben hat, einer der wenigen Abteilungsleiter ist, der sich nicht absolut mit der Meinung des Hauses arrangiert, politische Sachverhalte bringt, die gewöhnlich unterlassen werden. Überhaupt zuviel in Politik macht, so, als wolle er die Zuschauer beim Abendbrot mit der Abendschau aufklären. Aber diese politische Marotte Morocks ließe sich heilen, einfach deshalb, weil er ehrgeizig genug ist, um Kompromisse zu schließen.

Was ungewöhnlicher und deshalb auch unbequemer ist, sind seine Aktivitäten, die er momentan innerhalb der Technik entwickelt. Morock gehörte, was wir erst jetzt erfahren haben, dem

Betriebsrat seiner Zeitung an und versucht nun den Unterbau des Funkhauses für sich einzunehmen. Ohne Auftrag vertritt er im Alleingang ihre Interessen bei allen möglichen und unmöglichen Gelegenheiten.

Janke nennt das Kumpanei. Heuschka ist verwirrt. Damit hat er nicht gerechnet.

Merz sagt: Ich würde das auch als Kumpanei bezeichnen. Die Techniker können sich für ihre Probleme doch selbst stark machen.

Niklas und Crämer widersprechen heftig: Typisch Merz. Sie gehen einfach an der Realität vorbei. Sie pauschalieren. Hier eine Gruppe und da eine Gruppe, und jeder soll schön vereinzelt in seinem Bereich bleiben.

Ich frage mich, sagt Niklas, warum Sie dann zum Beispiel so einen Film wie den über die Verkäuferinnen machen. Die sollen doch mit ihren Problemen allein fertig werden.

Du verteidigst dich: Es sei doch ein großer Unterschied, ob man Mißstände um der Information willen an die Öffentlichkeit bringe, oder ob man sich gleich gewerkschaftlich oder politisch organisiere.

Du bist für das private Glück, für den persönlichen Vorteil und die individuelle Freiheit.

Mißstände aufzudecken interessiert dich nur aufgrund der Information, die du damit weitergibst.

Sie lavieren zwischen Tür und Angel, behauptet Niklas.

Du gehörst dieser Generation an, die ihre Jugend, die mit der Nazizeit verbunden ist, verdrängen muß.

Sühne für das, was geschehen ist, als du noch ein Kind warst und außerhalb jeder Verantwortlichkeit gestanden hast. Trotzdem kannst du die Anklage auf Schuld eines ganzen Volkes nicht einfach beiseite schieben. Du warst dabei, auch wenn nicht du, sondern deine Eltern gehandelt haben, auch, wenn du heute sagen kannst: Sie haben meine Jugend verraten, sie haben die idealistische Begeisterungsfähigkeit eines jungen Menschen ausgenützt, den blinden Glauben eines Kindes.

Du warst dabei. Das mußt du verdrängen. Das macht dich hilflos. Das läßt dich jonglieren. Weil du jene zwölf Jahre, die du verloren glaubst, jetzt noch einholen mußt. Leben und noch mehr Leben und nicht hinsehen, wie ein Jahr nach dem anderen hinter dir zurückfällt. Wie du alterst. Das ist der Unterschied zwischen dir und diesen jungen Leuten hier. Die haben nichts nachzuholen. Denen fällt das, was du Leben nennst, privates Glück und persönlicher Vorteil, in den Schoß.

Die haben eine Richtung.

Während du nur Hoffnung hast, enttäuschte Illusionen und den festen Willen, jede Gelegenheit des persönlichen Vorteils zu ergreifen. Rücksichtslos gegenüber deiner Umwelt, dieser Umwelt, die auch keine Rücksicht auf dich nimmt.

Bedürfnisbefriedigung, das ist deine Parole.

Immer obenauf schwimmen. Fettauge in der Suppe.

Nach der Sendung des Verkäuferinnenfilms wartet Merz in der darauffolgenden Redaktionssitzung am nächsten Vormittag auf die Kritik der Kollegen.

Er fürchtet sie, weil er selbst davon überzeugt ist, daß er Besseres hätte leisten können.

Morocks Zimmer ist wieder einmal bis auf den letzten Platz gefüllt. Auch Janke ist anwesend und Grasberger zu Gast.

Dann ruft Morock die Verkäuferinnen auf, legt eine Pause ein, als wolle er nun in massive Kritik einsteigen. Aber noch ehe er zum Weitersprechen ansetzen kann, springt Janke ein und schneidet damit auch der Cutterin Mirbach das Wort ab, die gleichzeitig mit Morock zu kritisieren beginnen wollte: Also ich fand die Sache sehr gut. So kann man ein Berufsbild machen. Interessant und mit viel Ideen. Selbst die Unterschneidungen, die Ihnen unterlaufen sind, Herr Merz, kann man hinnehmen, obwohl wir sie sonst nicht gerne machen. Auch das lange Interview der Frau Rumpf ist hier völlig richtig am Platz. Sie wissen ja, daß ein solch langes Interview sonst nicht dem Stil der Abendschau entspricht, aber hier war's gut eingesetzt.

Merz ist von Jankes Engagement ebenso wie Morock und die anderen überrascht.

Jetzt setzt er seinen Alleingang fort: Und da wir alle gewöhnlich Verkäuferinnen nur vor dem Ladentisch erleben, sei es sehr interessant gewesen, einmal die „Kehrseite" zu sehen.

Die Mirbach versucht, ein Kichern hinter der Hand zu unterdrücken.

Aber, um nun doch noch etwas Kritisches anzumerken, Herr Merz: Ein technisches Detail. Wenn ein Schild mit Schrift als Bild gezeigt wird, darf nach den ehernen Gesetzen des Fernsehens entweder gar kein Text darunter liegen, oder die Schrift muß verlesen werden, um die Schizophrenie des Sehens und des Hörens zu vermeiden. Ich glaube, fügt Janke an, wir sollten hier in diesem Kreis ohnehin einmal grundsätzlich über die Gegebenheiten des Fernsehens sprechen. Was halten Sie davon, Herr Morock?

Morock, der begreift, daß diese Lehrstunde vor allem ihm gilt, bringt keinen Einwand vor, wendet sich dann aber an Merz: Wissen Sie, sagt er, ich hätte mir von dieser Story eigentlich mehr Hintergrund erwartet, nachdem Sie solange und mit einem so enormen Materialaufwand daran gearbeitet haben. Nur ein Beispiel zur Verdeutlichung, damit Sie wissen, was ich meine: Daß die Verkäuferinnen acht Stunden stehen, ist doch schließlich nichts besonderes, das tun andere Frauen in anderen Berufen auch.

Merz fragt: Welche Berufe meinen Sie?

Nun, etwa Bedienungen.

Janke weist Morock zurück, das sei doch ein Beruf, in dem man zwar auf den Beinen sei, aber gehend und das sei etwas ganz anderes als Stehen.

Du freust dich. Morock hat heute offensichtlich keine Chance.

Nun schaltet sich auch noch Fräulein Schatz ein, fast mit einem bewundernden Augenaufschlag: Herr Merz hat in diesem Film gezeigt, daß es auch ohne die sonst üblichen Reportermanieren geht – ein Seitenblick auf Morock – ich meine das, was andere Kollegen sonst praktizieren, die den starken Mann spielen, sich immer in den Vordergrund drängen und den Partner nicht ausreden lassen. Merz sei höflich, nett und trotzdem zielstrebig gewesen und habe das Gespräch beherrscht.

Aber, sagt sie, es allen recht zu machen, ist auch hier ein Ding der Unmöglichkeit.

Natürlich weiß sie, daß Merz heute morgen die ersten Reaktionen auf seinen Film erhalten hat. Schon um neun rief die Sekretärin des DAG-Ortsvorstandes an und beschwerte sich im Auftrag ihres Chefs darüber, daß die Arbeit der Gewerkschaft zu wenig intensiv gezeigt worden sei.

Wenig später kündigte der Syndikus des Einzelhandelsverbandes eine kritische Stellungnahme an.

Janke winkt ab: Merz könne sich auf die Loyalität des Hauses verlassen.

Nach der Sitzung wird noch ein dritter Anruf in dieser Angelegenheit durchgegeben. Da Merz aber schon die Redaktion verlassen hat, nimmt Fräulein Schatz das Telefonat entgegen. Es ist der Ehemann der Frau Rumpf, der Merz mitteilen läßt, seiner Frau sei heute morgen gekündigt worden.

12

Tatsächlich beruft Janke eine Woche später in seinem Büro eine außerordentliche Mitarbeiterkonferenz ein. Thema: Gestaltungsprobleme im Fernsehen.

Neben den Technikern und Redakteuren der Abendschau sind auch die Kollegen der Abteilungen „Dokumentation“ und „Aktuelles“ und der Intendant anwesend.

Janke hat ein Konzept ausgearbeitet, das er vortragen wird, anschließend, schlägt er vor, solle eine Aussprache stattfinden. Ein Meinungsaustausch.

Er zündet sich eine Zigarre an und beginnt dann damit, daß bei der Intendanz – er macht eine Handbewegung zu Heuschka, der mit verschränkten Armen neben ihm sitzt – Beschwerden von Seiten des Rundfunkrates eingelaufen seien. Man sei mit der Art der Auswahl und der Darbietung einiger Sendungen nicht einverstanden.

Vor allem die Abendschau sei erwähnt.

Morock lächelt, und Merz bemerkt zum ersten Mal die süffisant vorgewölbte Unterlippe seines Rivalen.

Etwa dreißig Leute sind im Raum, rauchen und warten ab. Diese Konferenz des Programmdirektors ist ein Novum.

Meine Damen und Herren, setzt Janke an und gibt damit der Angelegenheit einen offiziösen Anstrich.

Von der eigenständigen Autorität des bewegten Bildes ist die Rede und davon, daß der Zuschauer nur zu gern bereit sei, dem Bildmaterial bedingungslos zu glauben und es als unantastbares Beweismaterial hinzunehmen.

Das, sagt Janke, ist eine Gefahr dieses Apparates, den wir bedienen und mit dieser Gefahr sollte auf keinen Fall leichtfertig gespielt werden.

Bereits hier muß das journalistische Gewissen einsetzen, unser aller Gewissen. Da sich aufgrund der eben geschilderten Voraussetzung eine Manipulation des Zuschauers durch die von uns produzierten Bilder auf keinen Fall, oder nur ungeheuer schwer vermeiden läßt, müssen wir darauf achten, diese Manipulation zu kontrollieren. Eine Kontrolle aber findet statt durch das Gewissen des einzelnen Journalisten.

Zur Verdeutlichung will ich Ihnen einige Beispiele der Manipulationsmöglichkeit geben:

Da haben wir einmal die relativ einfache Einflußnahme, die oft auf einem Versehen beruht: Die falsche Unterschrift unter einem Bild, oder, was bereits schwerwiegender ist, die falsche Wortinterpretation des Bildes. Bewußt manipuliert wird aber schon in dem Falle, in dem ein Handlungsablauf am Schneidetisch durch den tendenziös zugespitzten Filmschnitt korrigiert wird.

Kommen wir aber nun zu der Praxis des Interviewfilms, der in allen drei hier anwesenden Abteilungen einen wesentlichen Teil ihres Programmes ausmacht.

Um die Meinungsbildung des Zuschauers in eine bestimmte Richtung zu lenken, haben wir einmal die Möglichkeit, zwei Bildsequenzen, die zeitlich und räumlich nicht identisch sind, mit dem Ziel bewußter subjektiver Berichterstattung – Kritiker sagen: mit dem Ziel bewußter Entstellung – ineinander zu schneiden.

Oder Sie wollen eine Aussage Ihres Interviewpartners, auch

wenn sie den Tatsachen entspricht, ad absurdum führen, also die Person des Befragten aus politischen oder persönlichen Gründen unglaubwürdig, beziehungsweise lächerlich machen, dann haben Sie die Möglichkeit die Interview-Aussagen durch entsprechend gegenläufiges Bildmaterial zu unterschneiden, oder, um von der Fachsprache wegzukommen: zu unterlegen. Sie lassen den Zuschauer also die Stimme des Interviewten, seine Antworten hören, über den Bildschirm aber läuft optisches Beweismaterial, das im Gegensatz zu dem Gesagten steht. Von hier bis zum direkt kommentierenden Eingreifen des Journalisten ist es nur ein kleiner Schritt. Was der Kommentar zu leisten hat, wissen wir alle, er soll differenzieren und analysieren. Nun gibt es eine objektive und eine subjektive Analyse. Die objektive Analyse soll dem Zuschauer die Zusammenhänge eines Vorganges wertfrei entschlüsseln. Die subjektive Analyse hingegen arbeitet so, daß mit dieser Enschlüsselung die Meinungsbildung bereits in eine bestimmte Richtung gezwungen, also manipuliert wird. Im Falle eines Interviews bietet sich hier die Möglichkeit des eingefrorenen Bildes. Eine Technik, die den Interview-Partner während seiner Aussage im Bild erstarren läßt, also ins Standfoto führt, während Sie den Ton wegnehmen und die unvollständige Aussage des Befragten in einer eigenen Interpretation zu Ende führen.

Noch ein Letztes zur sogenannten Stimmungsmache, also der Aufheizung von Emotionen beim Zuschauer. Da der Zuschauer mehr vom Bild als vom Ton her zu beeinflussen ist, läßt sich eine solche Stimmungsmache durch eine gezielte Kombination von Bild gegen Bild am leichtesten erreichen. Eine Technik, die auch vom großen Bruder, dem Spielfilm, gerne verwendet wird, nehmen Sie nur einmal die Verfolgungsszenen in Western.

Aber wir wollen uns heute nicht mit Wildwest beschäftigen. Es geht hier um unsere konkrete tägliche Kleinarbeit.

Jeder von uns, ob er nun Journalist, Cutterin oder Kameramann ist, wird mehr oder weniger oft damit konfrontiert, dem Zuschauer, einem Millionenpublikum, Geschehnisse, Tatsachen oder Meinungen über den Bildschirm ins Haus zu bringen. Jeder von uns weiß, daß wir mit der Übermittlung von Bild und Ton, also der beiden Hauptkomponenten Optik und Akustik, die den Menschen sein Leben lang bis ins Unterbewußtsein hinein beeinflussen und im Endeffekt jede seiner Handlungen und Reaktionen bestimmen, daß wir also damit ein Machtmittel der Beeinflussung in der Hand haben, das nicht unterschätzt werden darf.

Manipulationen, wie wir sie am Schneidetisch, hinter der Kamera oder beim Betexten eines Streifens vornehmen, sind dem Zuschauer nicht bewußt. Er ist auf Verbrauch und nicht auf Analyse des Angebotes eingestellt.

Und gerade deswegen liegt die Gefahr dieses Machtmittels darin, daß wir zur einseitigen Einflußnahme neigen. Etwa dadurch, daß eine Abteilung nicht mehr die proportionale Mischung des Programmes beachtet und nur noch politische Themen auf den Bildschirm bringt. Wobei ich nichts gegen die politische Bildung des Zuschauers sagen möchte. Mir geht es darum, zu betonen, daß gerade in der politischen Berichterstattung die größte Gefahr der Manipulation liegt.

Ganz davon abgesehen, daß wir mit einer übermäßigen Betonung dieser Themen nur zu rasch als Redaktion, als Abteilung, als Sender in den Bereich politischer Interessengruppen geraten, die dann ihrerseits die Manipulation innerhalb des Hauses übernehmen.

Das wollen wir alle vermeiden und können es auch solange, solange der Rundfunkrat in der jetzigen Zusammensetzung der Interessengruppen besteht.

Bleiben wir also, schließt Janke, bei der alten bewährten Einteilung, etwa für die Abendschau: Unterhaltende Information, Feuilletonistisches und politische Berichterstattung, in eben dieser Reihenfolge.

Ein deutlicher Hinweis für Morock.

Ein Wink mit dem Zaunpfahl, kommentiert Niklas, als sie nach einer, wie erwartet, bedeutungslosen Aussprache, die sich nur an technischen Details orientierte, wieder hinüber in die Redaktion gehen.

Morock hat sich in sein Zimmer zurückgezogen und ist bis zum Abend für seine Mitarbeiter nicht mehr zu sprechen.

Am nächsten Vormittag nimmt Janke erneut an der Redaktionssitzung teil und greift ein, ehe irgendein anderer Vorschläge auf den Tisch legen kann.

Janke hat einen Zeitungsausschnitt mitgebracht, den er nun in der Hand hält, während er anordnet: Hier ist ein Problem, das jeden Zuschauer interessiert und deshalb werden wir einsteigen: Weltuntergang.

Sicher, für uns ist das eine idiotische Sache, wenn da einer wieder mal den Weltuntergang voraussagt, aber für den Mann auf der Straße ist das ein wirkliches Problem. Also befragen wir ihn. Einer der Herren wird diese Befragung heute in der Stadt durchführen, solange die Leute diese Meldung noch im Kopf haben.

Weltuntergang abends zwischen sieben und halb acht. Wenn ihnen gar nichts mehr einfällt, fällt ihnen das ein.

Aber Morock widersetzt sich nicht. Er beauftragt Merz und Pointer, sich nachmittags auf der belebten Königsstraße mit Kamera und Mikrofon zu postieren und den Streifen bis zur nächsten Abendschausendung übermorgen abzuliefern.

Glücklicherweise hat Merz noch ehe sie in die Königsstraße starteten, das für diesen Bezirk zuständige Polizeirevier angerufen und von der Umfrage verständigt. Kaum waren Pointer mit seiner Kamera auf der Schulter und Merz mit dem Mikrofon in der Hand vor dem Eingang eines Kaufhauses in Position gegangen, als sich auch schon ein Menschenauflauf bildete. Die Leute drängen sich gegenseitig vom Bürgersteig auf die Fahrbahn und behindern so den Verkehr.

Ein Verkehrspolizist, der vom Revier vorsichtshalber dorthin abgestellt wurde, nimmt sich der Verkehrsregelung an.

Pointer hat Merz noch auf der Fahrt ins Einsatzgebiet einige Tips für den reibungslosen Ablauf gegeben: Klappe, Einstellung und Stellung zur Kamera. Jetzt legt Merz los, das Mikro in der Hand wie einen entsicherten Colt. Weltuntergang, ganz ernsthaft.

Er holt sich einige Typen vor die Kamera und fragt. Dann mischt er das zu befragende Publikum, nimmt Junge und Alte, und immer die stereotype Frage: Was halten Sie von der Weltuntergangsprophezeiung, die heute in der Zeitung gestanden hat?

Drei Meinungsblöcke bilden sich. Solche, die daran glauben, solche, denen das alles egal ist, und solche, die den Weltuntergang noch weit entfernt sehen. Aber sie sehen ihn.

Verrückt, murrt Pointer hinter seiner Kamera, aber er filmt, er hat einen Auftrag und bekommt monatlich sein Gehalt.

Junge Leute, stellt Merz fest, sind mehr durch den Menschenauflauf, als durch die Kamera irritiert. Manche drängen sich geradezu geltungsbewußt vor Kamera und Mikrofon. Auf dem Bildschirm zu erscheinen, muß für sie etwas ganz Besonderes sein, etwas, das vielleicht Ewigkeitswert hat, was sie aus der Masse der Millionen heraushebt, das Individuum sichtbar macht.

Ganz anders verläuft die Reaktion der älteren Leute, die sich mißtrauisch zurückziehen, sobald Merz mit dem Mikrofon auf sie zukommt.

Ins Fernsehen, sagt einer, möchte ich nicht, aber zuschauen mag ich schon. Ihre Meinung, sagen sie, gehe nur sie selbst etwas an.

Das ist meine Privatsache.

Und sie haben Angst davor, sich in einem so mächtigen Apparat lächerlich zu machen. Minderwertigkeitsgefühle, die ihnen lange genug anerzogen wurden.

Merz sieht sich während dieser Aktion seltsamen Gefühlsschwankungen unterworfen. Von einem Augenblick zum nächsten verfällt er von Euphorie in Depression, von Selbstsicherheit in das Empfinden der eigenen Unfähigkeit.

Wird er von einem, den er befragen möchte, damit beschieden: Ich habe keine Zeit, oder: Ich hab kein Interesse, dann kommt Merz sich vor wie ein dummer Junge, der ein albernes Spiel, eben diese Befragung, spielt und dabei von denen, die dieses Spiel durchschauen, abgewiesen wird.

Weltuntergang. Ein Bericht von Ort und Stelle. Ein Witz, der den Zuschauer genauso veralbert, wie ein Bericht Crämers, der Planmodelle einer Trabantenstadt vorweist und sagt: Dreizehn Übergänge über die große Ausfallstraße sind vorgesehen.

Weil er aber noch irgend etwas sagen muß, um die Zeit zu füllen, fängt er an zu zählen: eins, zwei, drei, vier, bis er die Dreizehn erreicht. Ein nettes Spiel von lauter netter Leute.

13

Betriebsausflug. Organisiert vom Betriebsrat, bezahlt von der Funkanstalt.

Merz ziert sich: Ich gehöre doch nicht dazu, da das Ganze vom Betrieb für seine Angehörigen arrangiert ist und er, Merz, sei noch immer ein „Freier“ und deshalb wohl auch nicht für den Ausflug vorgesehen. Er macht das auf diese kokett naive Tour des Neulings, die er sich immer noch leistet oder leisten muß, worüber er sich selbst noch nicht ganz im Klaren ist, und die ihn begabt und bescheiden erscheinen lassen soll.

Natürlich wird diese Äußerung „ich gehöre nicht dazu“ wenig später zu Janke hinübergetragen, und auch Janke äußert sich. Die Äußerung des Programmdirektors wiederum, nämlich: Merz fährt natürlich mit, er ist doch einer von uns – durchläuft die Vorzimmer der Abteilungen „Dokumentation“ und „Aktuelles“, bis sie in der Abendschau wie vorgesehen landet. Aber noch ist Merz nicht offiziell eingeladen. Also äußert er sich auf die Äußerung von Janke: Ich weiß nicht, nachher ist es wirklich nur ein Gerücht, und irgendeiner will mir einen Streich spielen.

Nun ergreift Niklas die Initiative und läßt sich telefonisch mit Janke verbinden, prüft die Echtheit des Gerüchts, hängt ein und sagt zu Merz: Also, Sie fahren mit. Sie sind doch einer von uns. Also: Romantische Straße. Also: Zweihundert Leute in fünf Busse gepackt. Aber die Sonne scheint. Die Leute sind alle sehr liebenswürdig, sehr fröhlich und sehr ausgelassen.

Betriebsausflug, das ist der Tag der Narrenfreiheit, Karneval ohne Masken.

Für einige Stunden gibt es zwischen Chef und Sekretärin keinen Unterschied mehr. Zumindest glaubt die Sekretärin das.

Da wird ein gefälliges Mittagessen für gefällige Leute in einem Dorfgasthof bestellt und angerichtet. Da wird getrunken, geraucht, geplaudert und gelegentlich ein Küßchen verteilt.

Da sind sie alle ganz harmlos.

Lassen sich wieder in die Busse pferchen und versuchen, neben dem Auserwählten zu sitzen. Heute ist der Chef unheimlich charmant. Nachmittags läßt man sich dann auf eine grüne Wiese am Waldrand treiben, idyllisch und verspielt und ganz in der freien Natur.

„Abendschau", „Aktuelles" und „Dokumentation" sind samt ihren Cutterinnen in einem Bus untergebracht, und schon während der Fahrt übten Abteilungsleiter und Redakteure den richtigen Ton. Heute ist alles niedlich und herzig. Renatchen und Hannelorchen, Küßchen und Händchen und Schulterchen umarmen.

Aber hier draußen, sozusagen in der freien Natur, hier legen sie erst richtig los.

Da sieht Merz seinen Chef Morock mit der Mirbach scherzen, und Janke hat es offensichtlich auf eine junge Redakteurin abgesehen, die neu in der „Dokumentation" ist.

Da wird gebuhlt und gebalzt, bis Morock und Janke schließlich ihre beiden Mädchen huckepack den Abhang hinunter zum Bus tragen. Und abends noch ein Tänzchen. Janke läßt sich in aller Form Tänze bei den Damen reservieren. Morock steht ihm in nichts nach. Auch Niklas, Crämer und Pointer sind irgendwo untergegangen.

Merz sitzt mit Loewe und der Schatz an einem Tisch. Abwechselnd führen sie beide Schätzchen zum Tanz. Sie scheint unermüdlich, und Merz gibt nur auf, wenn Twist getanzt wird. Loewe hingegen, der Jüngere, ist auch in dieser Sache topfit. Dann tröstet sich Merz mit der Gewißheit, daß er noch immer hinreißend Walzer tanzt. Sichere Führung, Taktgefühl und Anschmiegsamkeit.

Bei einem langsamen Foxtrott, den Merz mit der Schatz im Eigenbau nachvollzieht, begegnen sie auf der Tanzfläche Morock, der die Mirbach im Arm hält. Er lächelt Merz jovial zu, fast gönnerisch, wendet den Kopf seitwärts zur Schatz und meint: Na, Annemiechen, wie geht's?

Renatchen Mirbach blickt angelegentlich zur Seite.

Du bist verletzt. Schließlich hast du mit ihr geschlafen.

Annemie Schatz bemerkt die Enttäuschung ihres Tanzpartners und beruhigt: Nicht aufregen, Sie sind wahrscheinlich nicht ihr Typ. Sehen Sie, erzählt sie unbekümmert weiter, um die Mirbach gibt es eine ganze Clique, wir nennen sie die Studio-Clique, in die man entweder reinkommt, wenn man der entsprechende Typ ist, oder draußen bleibt. Ich komme da auch nicht rein, im Gegensatz zu Morock, der vom ersten Tag an dabei war, weil er auf diesem Klavier von Küßchen und Händchen prächtig zu spielen versteht.

Was die nur alle an diesem Morock mit seinem Kinderpopogesicht und der süffisant vorgeschobenen Unterlippe finden!

Morock? Morock ist eben wirklich ein schöner Mann und sich seiner Schönheit bewußt, sagt die Schatz.

Als sie zu ihrem Tisch zurückkehren, hat Loewe Sekt bestellt: Eine Runde für uns alle. Wie wär's, wenn wir uns duzen?

Merz und Schatz schlagen ein.

Auch Loewe sieht, daß sich zwischen Morock und Mirbach etwas anbahnt. Ich dachte, sagt er, sie hätte was mit Pointer? Naja, Morock ist natürlich was Besseres, Abteilungsleiter.

Ich heiße Annemie, sagt die Schatz und hebt ihr Glas. Loewe läßt sich Loewe nennen, und Merz stößt mit ihnen an.

Ich erinnere mich dunkel, überlegt Loewe, daß die kleine Mirbach schon mal hier im Hause eine ziemlich dicke Affäre hatte. –

Sofort springt Schätzchen ein: Ja, da war ein Verhältnis mit einem Journalisten vom Funk, der hat sich dann aber eine genommen, die noch jünger und noch attraktiver war und hat sie auch geheiratet. Seitdem hat die Mirbach einen Komplex und sucht nach Männern, die was hergeben.

Gegen Mitternacht wird diese feuchtfröhliche Masse Mensch in die Busse verladen und zurück in die Stadt transportiert.

War das ein schöner Tag!

Es fällt dir nicht schwer, die kleine Sekretärin dazu zu überreden, dich mit auf ihr Zimmer zu nehmen. Die Lehrerin schläft schon, und du hast beim Betreten der Wohnung deine Schuhe ausgezogen, eine lächerliche Geste, die dich daran erinnert, wie Kameraden deine Frau zu dir in die Kaserne schmuggelten, als du eine Woche Ausgangssperre hattest, aber ohne die Frau nicht auskommen konntest. Eine verrückte Sache.

Das Mädchen ist schüchtern. Sie scheint bisher kaum Männer

gehabt zu haben. Aber du wirst sie haben. Diese Art Frauen sind dir noch nie entgangen, und die kleine Mirbach wird es noch bereuen, daß sie dich jetzt einfach links liegen läßt.

Selbstverständlich kostet dich die Schatz ein bißchen mehr Anstrengung. Schüchternheit will überwunden werden, da kann man nicht einfach aus der Hüfte schießen, aber im Endeffekt ist es das gleiche wie bei den anderen.

Lediglich mit dem einen Unterschied, daß du hier eine der seltenen Gelegenheiten hast, in die Rolle des zärtlichen Verführers zu fallen.

Auch das tust du mit geschlossenen Augen, nachdem du ihre weiße Haut unter dir begraben hast.

Schätzchen ist weich und füllig, ein bißchen träge und nicht zu anspruchsvoll. Das vereinfacht alles. Sie scheint sich nicht daran zu stoßen, daß dein Glied recht klein ist, und der Samenausstoß zu rasch erfolgt. Sie gibt sich mit einigen Küssen auf die Stirn und in die Haare zufrieden.

Und während du ihre Haare küßt, stellst du fest, daß sie nicht nach Küche riechen. Eine Erinnerung, die von ganz weit her kommt. Die Stimme deiner Mutter und die Schläge.

Mit ausgebreiteten Armen möchtest du irgendwem irgendwohin entgegenstürzen. Die Schwerkraft ausschalten. Leuchtende Farben und der Geruch von blühenden Apfelbäumen. Action, wenn das Zeichen zum Einsatz gegeben wird. Du hast dich auf die Spitze eines Turmes geflüchtet und unten steht deine Frau, die ruft und mit den Armen fuchtelt. Was will sie? Du springst vorwärts, ein, zwei Schritte, breitest die Arme aus, um dich abzufangen und fällst. Tödlich getroffen. Du siehst dein Gesicht. Die scharfen Züge um Mund, Nase, diese altwerdende Haut. Diese Stille, wenn du dann auf der Straße liegst und eine schmale Brise Wind vom Hafengelände aufsteigt und feinen Sand zwischen den Häusern durchtreibt, deine Haut damit bedeckt.

Diese Stille.

Diese letzte Zerstörung in der Steppe.

Sonne, die aufgeht.

Erinnerung an eine Stadt.

Schutthalde.

Du stirbst.

Diese Stille und dein Gesicht ohne Anfang.

Du schreist. Und da sitzt dieses Mädchen neben dir in ihrem schmalen Bett, verstört und unordentlich und bittet dich, still zu sein: Die Lehrerin.

Jetzt mußt du gehen. Steigst in die Hosen und knöpfst das Hemd zu, schnürst die Krawatte um den Hals und die Schuhe an die Füße. Noch einen Kuß, weil sie sonst enttäuscht wäre. Sie riecht nach Schlaf und aus dem Mund. So läßt sie dich hinaus.

Drei Uhr morgens. Die Stadt ist leer. Tot. Ausgestorben. Im Osten ein erster Streifen Helligkeit.

Als Merz in den Vorort einfährt, fällt ihm ein, daß er heute morgen seinen Schlüssel im Zimmer auf dem Tisch liegen gelassen hat. Und da er die gute Frau Bauer unmöglich um diese Zeit aus dem Bett klingeln und von seinem, nach ihren Begriffen, unsoliden Lebenswandel überzeugen kann, entschließt er sich, den Geräteschuppen hinten im Garten aufzusuchen. Dort, weiß er, werden die Liegestühle der beiden alten Leute aufbewahrt.

Den Wagen stellt er schon einige Häuser weiter entfernt ab, dann klettert er vorsichtig über den Zaun der Bauers in ihren Garten. Wie erwartet, ist der kleine Schuppen neben der Terrasse nicht verschlossen. Merz geht hinein, zieht die Tür hinter sich zu und zündet sein Feuerzeug an, um einen Liegestuhl zu entdecken. Er ist müde und schläft deshalb trotz der ungewohnten Lage sehr rasch ein.

Als er gegen sieben Uhr erwacht, ist der Stoff seines Anzuges feucht, Füße und Hände sind kalt und der Rücken schmerzt. Aber Frau Bauer hat die Haustür bereits geöffnet und die Zeitung an den Frühstückstisch geholt.

Wieder nimmt Merz die Schuhe in die Hand, schleicht durch den Eingang am Wohnzimmer vorbei und die Treppe hinauf.

Nachdem er sich gewaschen und rasiert hat, fährt er zum Sportplatz hinaus. Pointer erwartet ihn schon, übernächtigt wie Merz. Sein Hallo klingt heute fast kränklich und seine Aufschläge sind schwach. Eine Chance für Merz, sich einen Punktvorsprung herauszuholen, auch wenn er dabei bis an den Rand der Erschöpfung gerät. Ein Spiel, mehr ist heute nicht drin, sagt Pointer, und Merz ist gerne einverstanden.

Auch unter der Dusche sind beide diesmal schweigsam.

Gehen wir noch einen Kaffee trinken? fragt Merz und lädt Pointer ein.

Wo hast du eigentlich gestern abend gesteckt? möchte er wissen. Pointer sagt, er könne sich nur noch daran erinnern, wie sie abends in dieses Lokal gegangen seien und an einen ersten Tanz mit der Mirbach. Er weiß nicht einmal, wie er nach Hause gekommen ist. Morgens um sechs habe er plötzlich vor seinem Appartement gestanden und sei erst richtig wieder zu Bewußtsein gekommen, als er nach seinem Schlüssel suchte.

Und du? fragt er.

Ich hab im Liegestuhl geschlafen.

Pointer lacht müde: Im Liegestuhl?

Ja, sagt Merz, im Gegensatz zu dir, hatte ich meinen Schlüssel wirklich vergessen.

Pointer bedauert ihn aufrichtig.

Es sei eine unangenehme Sache, sagt er, wenn man nicht einmal wisse, mit welchem Mädchen man geschlafen habe. Und er habe bestimmt bei einer im Bett gelegen, sonst hätte er nicht erst um sechs vor seiner Tür gestanden.

Dieses Problem scheint ihn ernsthaft zu beschäftigen.

Vielleicht die Mirbach? fragt Merz und spielt bewußt auf Loewes Äußerung an.

Pointer schüttelt den Kopf: Unsinn, die Mirbach hat der Morock heute gehabt.

Regt dich das nicht auf? erkundigt sich Merz und verspürt eine leidenschaftliche Neugier.

Aufregen? Ach was! Natürlich ist es eine traurige Sache, weil ich damit meine beste Nachrichtenquelle verloren habe.

Nachrichtenquelle?

Pointer zuckt die Schultern: Nun ja, die Mirbach ist mit der Frau des Intendanten befreundet.

Hattest du von ihr auch die Informationen über mich?

Sicher, sagt Pointer und denkt immer noch darüber nach, mit wem er es heute Nacht zu tun gehabt hat.

Nachmittags erhält Merz den Auftrag, mit Loewe und zwei weiteren Kameraleuten zu einem Autorennen zu fahren. Ein Beschluß Morocks, der wie mancher seiner Beschlüsse, die er momentan faßt, unmotiviert ist. Den Text zum Filmmaterial könnte Merz auch schreiben, ohne beim Rennen dabei gewesen zu sein. Hier geht es nur um Presseinformationen, die sich leicht beschaffen lassen und neben dem Bildmaterial nur eine untergeordnete Rolle spielen.

Aber Merz, der ohnehin schnelle Wagen liebt, auch wenn er es sich selbst nur ungern eingesteht, und diese Abwechslung begrüßt, läßt sich diese Anweisung gerne geben.

Beschluß ist Beschluß, meint Loewe und bringt seine Kamera an jenem Punkt der Rennstrecke in Position, an dem, wenn überhaupt etwas passiert, etwas passieren muß. Verengung und scharfe Kurve.

Merz hält sich an Loewe. Die beiden anderen Kameraleute sind ihnen von der „Dokumentation“ ausgeliehen und für Merz, da er sie nicht kennt, uninteressant.

Noch ist die Straße leer. Es ist heiß heute. Und auch der Wind, der jetzt aufkommt, ist ein warmer Wind.

Merz sitzt etwas entfernt von der Kamera auf einer grasbewachsenen Böschung, hemdsärmelig. Krawatte und Jackett hat er abgelegt, die obersten Knöpfe des Hemdes geöffnet.

Rechts und links der Straße flache Felder, die die Sonnenstrahlen aufsaugen und Hitze ausatmen. Die Luft flimmert über dem Asphalt, und dann das erste Motorengeräusch, noch weit entfernt.

Merz fixiert die Kurve, dort muß der erste Wagen gleich hervorschießen. Noch ist die Straße leer, und die Hitze unerträglich, Merz wischt Schweißtropfen aus dem Haaransatz. Jetzt ein Westernheld in Großformat, Cinemascope. Aufschlagen von Hufen, und ein Sturm von Gewalt zieht vorbei.

Jede Kerbe im Colt eine Leiche.

Merz hört, wie der erste Wagen kurz hinter der Biegung das Gas wegnimmt, den Motor drosselt, ehe er in die Kurve einfährt. Loewe hat ihn schon im Visier. Dann der nächste. Und noch einer. In kurzer Folge das Heulen der Motoren. Geschwindigkeit und die Demonstration ungeheurer Maschinenstärke.

Dann geschieht, was Loewe erwartet hat. Einer der Wagen bricht aus. Getriebeschaden. Er ist von seiner ursprünglichen Geschwindigkeit nicht mehr heruntergekommen. Nimmt die Kurve und schafft sie nicht. Du siehst den Wagen auf dich zurasen. Er schleudert, und du hoffst, es treibt ihn an dir vorbei. Erst noch aus der Entfernung, dann ist er plötzlich da, ganz groß, ganz nah.

Du kannst dich nicht bewegen, keinen Finger kannst du rühren. Aber du siehst und hörst. Das läuft präzise ab. Wie im Film.

Da gibt es nur einen Ausweg.

Zur Seite rollen. Den Abhang hinunter.

Du registrierst, wie Loewe bis zum letzten Augenblick weiterfilmt. Nur Sekunden. Aber die besten Bilder für's Publikum. Ein Rennwagen, der durch den Bildschirm geradenwegs ins Wohnzimmer schleudert. Jetzt ist er da. Und plötzlich rollst du dich zur Seite. Siehst, wie Loewe das Kamerastativ wie eine Hochsprungstange benutzt. Im letzten Bruchteil einer Sekunde, dann reißt das rechte Vorderrad des Wagens das Stativ unter ihm weg, schleudert Loewe den Abhang hinunter.

Du bist noch einmal davongekommen.

Loewe ist auf die Straße gerollt. Die schwere Maschine hinter dir heult noch einmal auf, dann das Geräusch des nächsten Wagens in der Kurve.

Du mußt Loewe von der Straße wegholen. Das mußt du schaffen.

Und dann greifst du nach ihm, packst ihn unter den Armen, ziehst ihn hoch.

Loewe scheint unverletzt. Einige Schrammen im Gesicht, blaue Flecken auf der Haut.

Später ist der Notdienst da. Totalschaden, der Fahrer stirbt am Unfallort.

Loewe hat Stativ und Kamera eingesammelt, beide beschädigt,

bis auf das Filmmaterial. Loewe bringt die besten Bilder der Abendschau. So etwas hast du noch nicht gesehen.

Du hast davon gehört. Solche Filme willst du drehen. Keine Feuilletons zwischen Blechnapf und Bleßhühnern im Altwasser.

Action. Und den Tod in der Maschine zeigen.

Einen sinnlosen Tod. Aufbrechende Panik, wenn diese gebändigte Kraft außer Kontrolle gerät. Und du bist dabei, bist mitten in der Gefahr. Bist dort, um Informationen zu sammeln, um Informationen weiterzugeben. Tägliche Katastrophen für den Zuschauer. Das Entsetzen an der Sinnlosigkeit und die Freude am Zusehen mischen sich. Plötzlich der Bildschirmtod. Hautnah. Über millionen Bildschirme Millionen ins Haus geliefert. Ein Knopfdruck genügt, und wir haben sie auf dem Tisch des Hauses. Während das Publikum abends zwischen sechs und elf in den Wohnzimmern sitzt, auf der Couchgarnitur, die aussieht wie die Couchgarnitur aus dem Versandhausprospekt, während sie rauchen oder ein Glas Bier trinken, eine Handvoll Nüsse nehmen und die Frauen häkeln, bist du mitten im Geschehen, gehst haarscharf am Tod vorbei. Riskierst etwas, nur, um ihnen die tägliche Freude ins Haus zu liefern. Harte Wirklichkeit, zu Zelluloidstreifen degradiert, denen jede Verbindlichkeit fehlt.

Loewe wird für seine sensationellen Bilder gefeiert, ein bißchen davon fällt auch für dich ab. Denn du warst dabei. Und jetzt kannst du einen knallharten Text schreiben. Action, wenn das Zeichen zum Einsatz gegeben wird.

14

Niklas hat ein Angebot des Zweiten Deutschen Fernsehens in der Tasche.

Er wird annehmen, sagt er.

Erstens, sagt er, bekomme ich mehr Geld, und zweitens will ich hier nicht warten, bis man mich abschießt.

Er wird nach seinem Sommerurlaub im August nicht wieder in die Redaktion zurückkehren.

Vorher, verspricht er, wolle er noch eine tolle Abschiedsparty geben.

Wenn Niklas geht, ist der Posten des Tagesschauzulieferers nach Hamburg, den Niklas seinerzeit von Götz übernommen hat, wieder frei. Crämer oder Merz? Oder wird Morock einen ganz Neuen für diese Aufgabe ins Haus holen? Selbstverständlich macht Merz sich Hoffnungen und wird darin von Pointer und Loewe unterstützt. Zudem hatte er diesen Posten schon einmal fast sicher in der Tasche, bis Grasberger sich damals überraschend für Niklas entschied.

Merz weiß heute noch nicht, was damals den Ausschlag gab. Ob es sein verunglücktes erstes Live-Interview war, oder die öffentliche Protektion des Intendanten, also eine Intrige innerhalb der Redaktion, die verhindern sollte, daß er die Leiter bis zum Chef der Abendschau zielstrebig emporkletterte.

Diesmal wirst du die Sache geschickter anpacken.

Da ist einmal die Möglichkeit, deine Gegnerschaft zu Morock scheinbar aufzugeben und das Wohlwollen des Chefs dadurch zu gewinnen, daß du ihn gegen die Widerstände von seiten Jankes und der Redaktion unterstützt. Warum sollte die Abendschau denn nicht politisiert werden?

Morock ist der erste, der so etwas wie Mut zeigt. Der vom eingefahrenen Klischee, Unterhaltung fürs Publikum, weggeht und bewußt politische Bildung bringt. Warum soll der Mann von der Straße sich seiner politischen Umwelt nicht bewußt werden? Was kann ein wenig Information in dieser Hinsicht schaden?

Bis jetzt haben die Intentionen Morocks noch keine Ausfälle nach links gezeigt. Was soll also das Theater?

Merz wird diese Möglichkeit nutzen. Ein kleiner, wie ihm scheint, unbedeutender Richtungswechsel, der heute von Nutzen und morgen überflüssig sein kann, dann nämlich, wenn er genügend Einfluß gewonnen hat, um eine eigene Meinung vertreten zu können.

Die Gelegenheit beim Schopfe fassen, auch, wenn er sich später vielleicht an den eigenen Haaren aus dem Sumpf ziehen muß.

Der andere gangbare Weg führt über den Bundesbruder

Heuschka. Jetzt wäre die Gelegenheit da, ihm, Merz, eine erste Position zu schaffen. Hier kann der Intendant mit dem Einlösen seiner Versprechungen beginnen, ohne einen zu hohen Preis zahlen zu müssen.

Du wirst auf beiden Klavieren gleichzeitig spielen. Zweihändig. Einmal Morock, dann Heuschka und zuweilen kräftig ins Pedal treten.

Während Niklas also damit beschäftigt ist, seine Hinterlassenschaft innerhalb der Redaktion zu ordnen und jeden Tag, der ihm seinen Abschied näher bringt, zusehends fröhlicher und damit menschlicher wird, agierst du eifrig zwischen Tür und Angel.

Unterstützt Morocks Pläne in den Konferenzen, verteidigst sie gegenüber Janke, vor allem dann, wenn Morock anwesend ist, oder zumindest Annemie Schatz zuhört, die dir gerne die Gefälligkeit des Weitertragens erweist. Oder du lobst die Beiträge des Chefs, behutsam mit unbedeutender Kritik gemischt, wohl ausgewogen und kalkuliert.

Du glaubst, ungeheuer geschickt zu sein.

Heuschka fängst du ganz zufällig morgens oder abends auf dem Parkplatz oder im Lift ab. Bringst dich immer wieder in Erinnerung, spielst den selbstsicheren Freund, der ein Anrecht darauf hat, nun endlich den Platz, der dir gebührt, zugewiesen zu bekommen.

Dazwischen verteilst du wohldosiert kleine Randbemerkungen des Abendschaupersonals an den Intendanten. Erzählst ganz nebenbei, wer wo, warum und in welcher Weise etwas über ihn gesagt habe.

Das freut den Bundesbruder. Das könnte dich unentbehrlich machen.

Bei all diesen Aktionen ist dir die kleine Sekretärin Schatz eine wertvolle Hilfe, Zuträgerin. Sie ist das Leitsystem, der Hauptkanal. Unersetzbar und willig, solange du sie sonntags manchmal mit hinaus zum Segeln oder zum Baden nimmst und ihre angenehm spärlichen Sexbedürfnisse befriedigst.

Crämer oder Merz?

In der Redaktion werden bereits Wetten abgeschlossen.

Noch ist offen, ob nicht doch ein Neuer, von Morock bestellt, eintrifft. Irgendein junges, aggressives und umwerfend vitales Gesicht. Einer von diesen cleveren Nachkriegsburschen.

Die Wetten stehen fünfzig zu fünfzig, und du bemühst dich eifrig weiter. Außer der Schatz, meinst du keine Mitwisser zu haben. Du bist von deiner Geschicklichkeit überzeugt.

Pointer ist wieder einmal derjenige, der dich vor amüsierten Beobachtern deiner Aktionen warnt.

Er erzählt gerade ausführlich einigen Leuten in der Redaktion vom gebrochenen Zeh seiner neuen Freundin, ein ungeheures Malheur, das ausgekostet werden muß, als Merz zur Tür hereinkommt. Gerade hat er bei Janke wieder eine Bresche für Morock geschlagen, und das macht ihn zufrieden.

Pointer hält jäh in der Beschreibung des lackierten Zehs inne, sieht Merz zur Tür hereinkommen, schlägt sich unvermittelt auf den rechten Oberschenkel und brüllt vergnügt: Der Merz! Wenn ich den seh, dann denk ich immer, jetzt meldet er gleich, die ganze Flak-Stellung ist zerbombt. Der sieht immer nach Weltuntergang aus!

Niklas lacht auch, so als wisse er Bescheid, als habe er deine Bemühungen die letzten Wochen hindurch genauestens registriert und belustigt beobachtet.

Eine Warnung, ab heute wirst du darauf achten, verbindlicher, freundlicher und fröhlicher zu sein.

Crämer hält sich im Hintergrund. Ihm scheint an der zu erobernden Position nicht allzuviel zu liegen.

Vor gut einem Jahr hat er ein Angebot nach Rangun ausgeschlagen. Vielleicht, überlegt Merz, hat er nun noch bessere Chancen in der Tasche, erzählt nur nichts davon?

Anders kannst du dir seinen Mangel an Ehrgeiz nicht erklären. Zumal die Vermittlungsstelle zur Tagesschau in Hamburg unter Niklas mit dem Posten des stellvertretenden Abendschauleiters verbunden war. Und nachdem sich diese Personalunion über ein Jahr bewährt hat, wird man sie voraussichtlich wohl auch nicht mehr auseinanderreißen.

Darauf vertraust du.

Diese letzten Wochen vor Niklas' Ausscheiden sind anstrengende Wochen für Merz. Neben den einschlägigen Lektionen im innerbetrieblichen Intrigenspiel, die er begierig lernt, hat er auch noch den täglich notwendigen Arbeitsaufwand zu bewältigen.

Einen ersten Vorsprung vor Crämer scheint er gewonnen zu haben, als Morock ihm zum ersten Mal die Regieführung eines Beitrages überläßt.

Darauf hat Crämer zum Beispiel unter Grasberger vergeblich gewartet, und du fragst dich, ob du nun endlich in die Favoritenrolle fallen kannst.

Deine Regieaufgabe bewältigst du ohne nennenswerte Schwierigkeiten. Natürlich hast du Angst zu versagen. Hast Angst vor einem Lampenfieberanfall. Gehorsam läßt du dich von Annemie Schatz mit einer Valiumtablette füttern. Todsicher nervenberuhigend, sagt sie. Dann sitzt Merz am Regiepult und ist ganz ruhig. Blitzumschaltung nach Hamburg, Einfütterung eines Regionalfilms in die allgemeine Tagesschau. Eine Minute und dreiundzwanzig Sekunden.

Um jeden Sekundenbruchteil grauen Bildschirmes bei der Einspeisung des Filmes zu vermeiden, verschenkt Merz zwei Sekunden des Filmanfangs, was keinem seiner Kollegen auffällt.

Das Abfahren des Filmes beim Kommando an den Filmgeber gestaltet Merz wie einen Raketenabschuß von Kap Canaveral, dem heutigen Kap Kennedy: Noch zehn Sekunden, neun, acht, sieben, sechs, fünf, vier, drei, zwei, eins – Kommando: Film ab!

Und damit hast du deinen ersten Regieerfolg in der Tasche.

Bedauerlich ist nur, daß deine Kollegen diesen Erfolg gar nicht zu bemerken scheinen, ihn als selbstverständlich hinnehmen.

Erst, wenn du versagt hättest, wärst du aufgefallen.

Nach der Sendung sitzt Merz noch mit Crämer, Loewe und der Schatz in der Kantine.

Du versicherst Crämer immer wieder, was für ein netter Mensch er sei. Auch das gehört zu deiner Taktik: Den Gegner bei guter Laune und dir für den Fall, daß er dieses Rennen gewinnen könnte, eine Rückzugsbasis offenzuhalten. Dann nämlich wirst du auch weiterhin mit ihm auskommen müssen.

Und immer wieder die tägliche Kleinarbeit. Berichte von Ausstellungen und Tagungen, Umfragen, jetzt im Sommer die Erforschung der Obstpreise, Interviews mit Behördendienststellen, warum ein Anliegen der Bevölkerung so und nicht anders behandelt wird, Sommermode und neue Springbrunnen im Park, eben jener regionale Kleinkram, den Merz im Grunde genommen verabscheut.

Von seiner Informantin Schatz erfährt er, daß auch Morock dieser Arbeit überdrüssig ist, daß er, wie Merz, lieber in der politischen Redaktion oder als Auslandskorrespondent arbeiten würde. Fernziele, die Morock wohl genauso zielstrebig angeht wie Merz. Gemeinsamkeiten? Du bist überzeugt davon, daß du mehr leisten kannst, auch, wenn der schöne Morock dir seine Jugend voraus hat.

Ende Juli hat auch hier im Funkhaus spürbar die Urlaubszeit begonnen. Crämer und Pointer sind verreist. Das bedeutet für jeden, der zurückbleibt, noch mehr Arbeit.

Auch wenn Janke für die Ferien einen jungen Volontär engagiert. Einen Redakteur, der seine drei Urlaubswochen hier in der Redaktion verbringen wird, um seine Möglichkeiten zu testen. Er wird, da er noch lernen muß, den anderen die Arbeit kaum erleichtern. An manchen Tagen sitzt Merz nun vom frühen Morgen an im Schneideraum, wenn er nicht gerade zu Filmaufnahmen unterwegs ist.

Dort, im Schneideraum, kämpft er nicht nur gegen die Zeit an, auch gegen die kleine Mirbach, die ihn immer deutlicher ihre Verachtung und ihre Sympathie zu Morock spüren läßt. Sie ist die einzige, ernstzunehmende Gefahr im Merz'schen Kalkül.

Aber solange der Abendschau nicht genügend Cutterinnen zugeteilt werden, ist er gezwungen, mit diesem Mädchen zusammenzuarbeiten. Das kostet Nervenkraft, vor allem, wenn er, was nun häufiger vorkommt, zwei Filme an einem Tag gleichzeitig für die abendliche Sendung vorbereiten muß.

Morgens um acht fährt er schon hinaus in die Studios. Schneidet vormittags den einen Film, kürzt nachmittags einen anderen, zertrennt den Ton, legt Sprache an, Geräusche an den Galgen.

Während der Arbeit im Studio treffen immer wieder Anrufe aus der Redaktion ein. Da Morock mit dem Volontär unterwegs ist, um einen Film über Streichholzfabrikation zu drehen, und Niklas, der für diesen Abend die Regie übernommen hat, erst nachmittags von Dreharbeiten an der Autobahn zurückerwartet wird, muß Merz redaktionelle Belange entscheiden.

Gegen fünfzehn Uhr sitzt er mit Aufzeichnungen zu dem am Vormittag geschnittenen Film in der Kantine bei einer Tasse Kaffee und schreibt den notwendigen Text. Dann zurück in den Schneideraum, die Einstellungen des zweiten Filmes werden gestoppt, wieder in die Kantine, wieder texten. Anruf aus dem Sendestudio: Wann kann der Probedurchlauf der beiden Filme angesetzt werden?

Inzwischen ist es sechzehn Uhr dreißig. Merz muß den Text zum zweiten Film noch fertigstellen und gibt an: Siebzehn Uhr fünfzehn, Probedurchlauf.

Währenddessen ist die Mirbach im Schneideraum noch mit dem Bildmaterial beschäftigt.

Siebzehn Uhr fünf diktiert Merz beide Texte in die Maschine. Pünktlich, um siebzehn Uhr fünfzehn, trifft er im Sendestudio ein. Dort sind die beiden Filme noch nicht angeliefert. Die Mirbach ist mit dem Putzen und Aneinanderhängen nicht fertig geworden.

Erst um siebzehn Uhr dreißig liegen die Filme vor. Probedurchlauf der heutigen Abendschau. Inzwischen ist auch Niklas zurück und veranlaßt, die vier, für heute abend vorgesehenen Filme, noch einmal umzuhängen. Er ist mit der Reihenfolge, wie Merz sie zusammengestellt hat, nicht ganz zufrieden.

Endlich, um Viertel vor sieben, fünfzehn Minuten vor Sendebeginn, sind die Vorbereitungen abgeschlossen, und es bleibt noch Zeit für eine Zigarette.

Merz steht im Flur neben einem Aschenbecher, als Niklas auf ihn zukommt und ihm vorschlägt, für heute abend die Regie zu übernehmen. Die gesamte Regie?

Ich werde Sie einweisen, antwortet Niklas, ich halte es für wichtig, daß Sie diesen Komplex noch lernen, ehe ich gehe.

Damit macht Niklas ein Angebot, das weder von Grasberger, noch von Morock an Merz herangetragen wurde, und Merz nimmt dankbar überrascht an.

Wenige Minuten vor sieben sitzen sie gemeinsam am Regiepult, und Niklas weist Merz wie ein Fluglehrer ein. Läßt ihn steuern, gibt Ratschläge und Auskünfte.

Du lernst in dieser halben Stunde mehr, als du in den eineinhalb Jahren unter Grasberger und Morock gelernt hast.

Auch die nächsten Tage sind nicht weniger hektisch. Und während du dich an manchen Tagen mit Niklas und zwei von der „Dokumentation" ausgeliehenen Cutterinnen in einen Schneideraum teilen mußt, spielen Morock und seine inzwischen zur Star-Cutterin avancierte Mirbach in einem eigenen Raum zeitlich unbegrenzt an einem Film über amerikanische Besatzungssoldaten in der Bundesrepublik herum.

Eine Entscheidung darüber, wer nun den Stuhl, den Niklas freigibt, besetzen wird, ist noch immer nicht gefallen.

15

Der Intendant ist in Urlaub gefahren.

Noch ehe er abreiste, ließ er Merz zu sich kommen, sprach von den Sorgen um die Abendschau, den Beschwerden, die vom Rundfunkrat an ihn, den Intendanten, der für alles im Hause verantwortlich ist, herangetragen wurden und verabschiedete den Bundesbruder mit dem Hinweis: Halte die Augen offen, solange ich weg bin, damit du mir nachher erzählen kannst, was während meiner Abwesenheit in eurer Redaktion vorgefallen ist.

Eine Woche später macht Morock sich die letzten vierzehn Tage zunutze, die Niklas noch in der Abendschau verbringt, um ebenfalls in Urlaub zu gehen. Italien.

Von Fräulein Schatz erfährt die Redaktion, daß die Cutterin Mirbach am gleichen Tag wie Morock in die Ferien gefahren ist, wie Morock für vierzehn Tage nach Italien.

Merz registriert diese Vorgänge sehr sorgsam. Sammelt Gerüchte über Scheidungsabsichten, mit denen Morock sich tragen soll und zwei Ansichtskarten, die von Morock und Mirbach aus Rimini bei der Redaktion eintreffen. Jeder weiß, was hier gespielt wird. Merz will dieses Spiel zu seinen Gunsten ausschlachten.

Nur hier kann er Morock fassen. Hier kann er ihn abschießen. Anhand einer Weibergeschichte, hatte Pointer ihm geraten.

Daran wirst du dich halten. Das ist deine Chance.

Solange Morock abwesend ist, ist er diesen Aktionen hilflos ausgeliefert. Gleichzeitig hat er aber auch keine Gelegenheit, den Posten Niklas' zu vergeben.

Also wirst du zwei Fliegen mit einer Klappe schlagen.

Einmal die Stellung Morocks angreifen, zum anderen Heuschka n die Niklas-Sache einschalten. Wenn Morock dann zurückkommt, itzt du fest im Sattel. Was will er dagegen schon unternehmen?

Du planst wie bei einem Mord bis ins kleinste Detail.

Und als Heuschka eine Woche vor Morock wieder im Hause eintrifft, läuft dein Zeitplan perfekt ab.

Schon einen Tag nach seiner Rückkehr läßt dich der Bundesbruder abends nach Dienstschluß in sein Büro kommen. Er spendiert einen Likör. Scharfe Sachen verurteilt er ebenso, wie er eine Scheidung Morocks verurteilt.

Merz kann ihm in dieser Sache ein Gerücht hinterbringen, das ich von Tag zu Tag verfestigt hat.

Nun erfährt er, daß Heuschka bereits mehr darüber weiß. Und da Merz als Informant darauf besteht, zu erfahren, welcher andere Informant da noch im Rennen sei, klärt Heuschka ihn über ein enges Verhältnis zwischen seiner und der Frau Morocks auf.

Eine peinliche Angelegenheit.

Die Scheidung ist also perfekt? erkundigt sich Merz.

Heuschka bestätigt, sie sei bereits eingereicht. Ob Merz den Hintergrund kenne?

Sofort steigst du in diese günstige Gelegenheit ein, legst als Beweismaterial die beiden Urlaubskarten vor, Grüße aus dem sonnigen Süden.

Zum ersten Mal ist der Intendant mit seinem Zuträger restlos zufrieden. Der Tatbestand ist offensichtlich.

Er nennt Morocks Scheidung dumm und unüberlegt.

Er habe auch mit Janke wieder einmal über Merz gesprochen. Janke habe in fast überschwenglicher Weise ein Loblied auf Merz gesungen.

Wenn man dich und Morock betrachtet, fährt Heuschka fort, so habt ihr euch beide genau umgekehrt zu den Erwartungen, die man zu Anfang in euch setzte, entwickelt. Morock, den wir als Star engagiert haben, und der zunächst überall beliebt war, ist heute allenthalben unbeliebt und enttäuscht in seinen Leistungen. Du aber, und ich erzähle hier nur, was Janke gesagt hat, du hast zwar anfänglich enttäuscht und warst unbeliebt, gehörst aber heute zu den sympathischen und, deinen Leistungen nach, zu den besten Leuten der Abendschau. Vielleicht sollte ich dir diese Abteilung nun doch übertragen?

Merz schweigt. Er kennt diese euphorischen Ankündigungen inzwischen zur Genüge. Davon läßt du dich nicht mehr verführen.

Weißt du, sagt der Bundesbruder, vor meinem Urlaub habe ich mit Morock auch einmal über dich gesprochen. Er erzählte davon, daß du dich unheimlich bemühtest, den Stuhl von Niklas einzunehmen, dir sei jeder Trick recht. Kurz und gut, er hat versucht, dich schlecht zu machen. Daraufhin habe ich ihm die Fremdenlegionärsgeschichte erzählt. Weißt du, was Morock geantwortet hat? Er sagte: Dann ist Merz aber heute nur noch ein Schatten seiner selbst.

Auf Morock brauchst du also keine Rücksicht mehr zu nehmen. Leider sei es nicht so einfach, Morock die Abendschau wieder wegzunehmen. Er habe inzwischen zu viele Freunde gewonnen, auch außerhalb des Hauses, das ginge soweit, daß er sogar Einfluß auf die nächste Intendantenwahl nehmen könnte.

Selbstverständlich hat Dr. Heuschka auch noch andere Möglichkeiten. Er dehnt das Gespräch aus. Zum Beispiel bedränge ihn ein anderer Sender nachhaltig, dort Intendant zu werden.

Du weißt, wie das ist, erklärt er, man befindet sich in einem

Zwiespalt. Dort hätte ich als Intendant wesentlich günstigere Arbeitsbedingungen und natürlich ein besseres Gehalt, hier bin ich mit allem und jedem vertraut und befreundet.

Andererseits will er auch seine Karriere nicht überziehen.

Entschieden hat er sich noch nicht. Noch wägt er Für und Wider ab, berät sich mit einflußreichen Freunden aus dem Landtag, konferiert mit Vertrauten des Rundfunkrates und versucht, für den Fall, daß er hier in zwei Jahren nicht wieder gewählt wird, sich dort im anderen Sender den Intendantenplatz zu sichern.

Gegen einundzwanzig Uhr kommt Merz endlich auch auf den Kern seines eigenen Anliegens zu sprechen. Heuschka soll die Informantentätigkeit mit der Position Niklas' honorieren.

Aber selbstverständlich, stimmt der Bundesbruder zu.

Du verläßt ungeheuer optimistisch das Funkhaus.

Morgen, hat dir Heuschka versprochen, wird er dir nun endlich auch einen Vertrag zur Festanstellung vorlegen lassen, damit dieses Verhältnis geklärt ist.

Aber ehe du nichts in der Tasche hast, wirst du nicht einmal deine Frau davon informieren.

Seit einigen Wochen ist der Kontakt zu ihr ohnehin recht vage und locker geworden. Merz schreibt nur noch sporadische Briefe. Belangloses und immer bemüht, den Überlegenen zu spielen.

Vor einem halben Jahr hat er noch einmal davon gesprochen, für sie alle hier in dieser Stadt eine Wohnung zu suchen. Heute schweigt er. Nicht, weil sie seinen Eskapaden, etwa mit der Mirbach oder der kleinen Schatz im Wege stünde, er hatte es immer mit Sekretärinnen zu tun, möglichst mit denen seines Chefs, die ihm wertvolle Inside-Informationen geben konnten, und seine Frau wußte davon, zog ihn zuweilen sogar aus den größten Kalamitäten heraus, wenn er ein solches Verhältnis abbrechen wollte, aber es wäre unbequem, einfach deshalb, weil ihn sein religiös verwurzeltes Pflichtgefühl von Schuld, Reue und Sühne doch immer wieder zu Bekenntnissen ihr gegenüber treiben würde. Eine Erniedrigung, die du dir ersparen willst. Eine Abhängigkeit, der du entfliehen wirst. Nicht zuletzt auch deshalb, um dir und dieser Frau zu beweisen, daß du mit deinen Schwierigkeiten selbst fertig werden kannst. Und wenn du dich an den eigenen Haaren herausziehen mußt.

Wenn du schweigst, schweigt sie auch, und so werden seit einigen Wochen kaum noch Briefe gewechselt. War Merz im ersten Jahr noch jeden Monat einmal zum Wochenende nach Hause gefahren, so zögert er nun diese Begegnungen von Woche zu Woche hinaus, schützt Arbeit vor, oder eine Krankheit. Kleine kindische Vorwände. Trotzdem kommst du nicht los von ihr. Dann, zum Beispiel, wenn du wieder einmal absinkst in eine jener Depressionen, die dich unendlich einsam und zaghaft machen. Diese traurigen Nächte, die alles sinnlos erscheinen lassen, erfolglos und ohne Möglichkeit, zu entkommen.

Dann greifst du zum Telefon, und wenn du drei Straßen weit zur nächsten Fernsprechzelle laufen mußt. Rufst an. Holst diese Frau, die zur letzten Zuflucht wird, aus dem Schlaf. Nächtliche Gespräche, die du am nächsten Morgen rasch wieder vergessen willst. Notrufe, die sie willig annimmt, und die dich erneut in den Zwiespalt deiner gespaltenen Persönlichkeit treiben.

Zwei Tage vor Morocks Rückkehr aus dem Urlaub wird Merz zu Janke gerufen. Nach dem Gespräch mit Heuschka hat er, wie gewöhnlich, am folgenden Tag vergeblich auf die Realisierung der Zusicherungen gewartet.

Nun läßt Janke ihn kommen, bietet ihm den Platz vor seinem Schreibtisch an, ist sehr offiziell, hält auch eine Zigarre bereit, die Merz aber diesmal ablehnt, und meint: Nun haben wir es ja endlich geschafft, lieber Herr Merz, und ich möchte Ihnen als erster herzlich gratulieren.

Du wartest ab, innerlich unruhig, wie ein Kind, das sich für zehn Pfennige eine Wundertüte gekauft hat und nun das Wunder erhofft. Wie Sie wissen, fährt Janke fort, verläßt uns Herr Niklas zum 1. September, damit muß sowohl ein Mitarbeiter gefunden werden, der den Kontakt zur Tagesschau nach Hamburg unterhält, wie auch ein Mitarbeiter, der die stellvertretende Leitung der Abendschau übernimmt. Wir sind nun zu dem Entschluß gekommen, Sie mit der Vermittlungsaufgabe zu betreuen.

Gleichzeitig erhalten Sie in den nächsten Tagen Ihren Anstellungsvertrag, gekoppelt mit einer Gehaltserhöhung zu den üblichen Bedingungen, die Sie sicher schon kennen. Die stellvertretende Abendschauleitung wird Ihr Kollege, Herr Crämer, übernehmen, da er diesem Hause bereits seit drei Jahren angehört.

Janke hält dir ostentativ die Hand hin. Eine eingeübte Geste. Schlag ein und laß dir gratulieren.

Du bist verblüfft, mit welcher Geschicklichkeit sie dir deine eigenen Winkelzüge stutzen.

Patt. Wer hat nun die Wette gewonnen?

Ganz offensichtlich hat Crämer eine Menge dazugewonnen. Vom stellvertretenden Abendschauleiter bis zum Abteilungschef läßt sich diese Karriere geradlinig verfolgen.

Den Personalfragebogen in der Hand, verläßt Merz Jankes Büro. Bis morgen soll er ihn ausgefüllt gemeinsam mit einem handgeschriebenen Lebenslauf in der Personalabteilung abliefern. Dort erhält er auch seinen Vertrag.

16

Abschiedsparty bei Niklas.

Um halb neun treffen die ersten ein, um zehn Uhr ist das kleine Wohnzimmer der Niklas und ihre Küche, in der sie das kalte Büffet zur Selbstbedienung aufgebaut haben, überfüllt.

Sie sind alle da. Morock, Crämer und Merz, die Kameraleute Pointer und Loewe, der Kameramann Rabel, der immer öfter für die Abendschau arbeitet, die Cutterin Mirbach und drei ihrer Kolleginnen aus den Abteilungen „Aktuelles“ und „Dokumentation“, Bild- und Tonmischer, Karstens und Grasberger, die Sekretärin Annemie Schatz, drei Leute von der Tontechnik, zwei Kameraassistenten und vier Beleuchter. Loewe hat seine Frau mitgebracht, den jungen Ungarn und einen Freund, den keiner kennt.

Pointer kommt mit Freundin, einem attraktiven, hochgewachsenen Fotomodell, und Morock führt zwei Freunde aus seiner Zeit als politischer Redakteur in die Party ein.

Frau Niklas, eine schmale, dunkelhaarige und schweigsame Engländerin, scheint diesem Trubel in manchen Augenblicken nicht mehr gewachsen. Dann flüchtet sie in ein hilfloses Lächeln und einem Vorschützen von Sprachschwierigkeiten.

Niklas ist sehr fröhlich: Heute nehme ich Abschied, wer weiß, wer morgen geht – nutzt die Stunde, Freunde, vielleicht seid ihr in einigen Wochen nicht mehr so vollzählig, wie heute.

Damit hat er das Startzeichen zum Gesprächsthema Nummer eins dieses Abends gegeben, das schon seit Monaten im Funkhaus erörtert und hier, auf dieser Abschiedsparty, bis zum Exzeß weitergetrieben wird: Wer geht zum Zweiten Deutschen Fernsehen? Die besten Leute, das wissen alle, wurden vor drei Jahren eingekauft. Jetzt geht es nur noch darum, Personallücken zu schließen.

Zwei von den Tontechnikern, die heute hier anwesend sind, und zwei Cutterinnen haben bereits einen Vertrag in der Tasche. Loewe überrascht damit, daß auch er ein telefonisches Angebot erhalten hat und eventuell Ende des Jahres oder im ersten Vierteljahr 1964 überwechseln wird. Auch Pointer will kündigen.

Für sie alle ist bessere Bezahlung ausschlaggebend.

Karstens versichert, unterstützt von Grasberger, daß die Behauptung, das erste Programm nehme niemanden zurück, der einmal zum zweiten gegangen ist, eine mehr oder weniger leere Drohung sei. Das habe ihm Janke in einem persönlichen Gespräch versichert. Gleichzeitig habe Janke bedauert, daß dieser Sender nicht das Geld habe, um seine Gehälter den Gehältern des ZDF anzugleichen, wenigstens im Augenblick nicht. Die Folge sei, daß jeder, der beim ersten Programm bleibt, als Zweiter-Klasse-Mann mit schlechterer Bezahlung abgestempelt sei.

Morock schweigt, obwohl auch über ihn und seine Absichten, den Sender zu verlassen, Gerüchte im Umlauf sind.

Er weicht den ganzen Abend nicht von der Seite der kleinen Mirbach, die sich kaum an den Gesprächen beteiligt. Als Niklas sich zu ihr setzt und auch Merz dazuholt, sehen sie beide, daß das Mädchen unter einer schweren Depression zu stehen scheint.

Was ist los? erkundigt sich Niklas. Und dann macht sie plötzlich den Mund auf: Sie hat heute einen Brief von Janke bekommen, die Kündigung zum 30. September.

Morock schweigt, aber aus dem Mädchen bricht es nun heraus. Der Brief ist einfach brutal. So, als ob ich weiß Gott was angestellt hätte und so, daß, wer den Brief kennt, nur noch das Kreuz vor mir machen kann!

Ihre Stimme ist ganz hoch und schrill geworden, und als Pointer nun auch noch zu ihrer Gruppe stößt, löst sie sich in Tränen auf: Was soll ich denn um himmelswillen machen? So schnell kann man doch gar keinen neuen Job finden, wie die mich an die Luft setzen.

Ruhig Blut, Mädchen, sagt Pointer, du findest schon was. Außerdem – er macht eine weitausholende Armbewegung – hast du hier doch genügend enge Freunde, einer wird dir schon wieder auf die Beine helfen, oder hast du sie alle so brutal auf den Bauch fallen lassen, wie mich?

Jetzt bricht sie in einen hysterischen Schrei aus, will auf Pointer losgehen, und wird damit zur Partyattraktion.

Du tust ja gerade so, schluchzt sie, als hätte ich hier mit jedem geschlafen!

Fast mit jedem, lächelt Pointer, das bleibt nicht ungestraft, Mädchen, man wechselt seine Männer nicht wie den Unterrock, schon gar nicht in ein und derselben Redaktion. Aber reden wir doch von etwas Erfreulicherem: Ich fahre Anfang Oktober zu einer Pelzmodenschau nach Venedig. Wenn du Lust hast, nehme ich dich sogar mit, als Assistentin, selbstverständlich. Da kriegst du mich und eine Gage als stille Tröstung.

Niklas schaltet sich ein, um einen Nervenzusammenbruch der Mirbach zu vermeiden. Er übergibt das Mädchen seiner Frau, die es ins Schlafzimmer bringt.

Was hast du? fragt Pointer, noch immer offensichtlich belustigt, die verkraftet allerhand. Außerdem ist so eine Pelzmodenschau wirklich etwas Sehenswertes und lehrreich dazu. Versnobt und teuer, wie alles, was ich anfasse. Ich kann mir vorstellen, daß man als Zuschauer bei einem solchen Film von der kalten Wut gepackt wird. Nicht so sehr wegen der gutgewachsenen Manne quins, den extravaganten Modellen, den gesalzenen Preisen ode den Leuten, die sich so sündteure Dinge leisten, oder ihren Nut ten kaufen können, sondern gegen das Fernsehen schlechthin, da so was bringt. Dafür extra ein paar Leute nach Venedig schickt So, wie der Zeitungsleser nicht den Funktionär beschimpft, de Blödsinn verzapft hat, sondern die Zeitung, die den Blödsin druckt!

Da lacht alles, und keiner widerspricht.

Grasberger wendet sich an Morock: Sagen Sie ehrlich, Morock wir können doch die Mirbach nicht hierbehalten. Die Affäre mi Ihnen ist nicht ihre erste Affäre, und wir können uns einfac nicht zum Ablegeplatz für Verhältnisse machen lassen.

Jetzt reagiert Morock, winkt ab und meint: So tragisch ist da alles gar nicht. Renatchen ist einfach mit den Nerven fertig. D sie als Cutterin wirklich gut ist, wird sie jederzeit bei eine anderen Sender unterkommen.

Na also, lacht Grasberger erleichtert, damit ist nun wohl alle geklärt.

Sie trinken zusammen, und Grasberger schlägt ein Treff in de Sauna vor: Morgen früh, wie in alten Zeiten?

Morock schlägt ein.

Im Laufe des Abends erfährt Merz, dem es schwer fällt, sic als saloppер Partygänger auszugeben, daß es innerhalb des Funk hauses, gekoppelt mit der ortsansässigen Presse und Leuten au der Landesregierung mehrere sogenannte Partyzirkel gibt, hie archisch geordnet wie die Struktur des Hauses. Jeder möchte i den obersten Zirkel vorstoßen, der von Heuschka, Janke un deren Leuten getragen wird. Aber das gelingt, außer zu gelegen lichen Einladungen, kaum.

Später tanzen einige, und Merz, der sich in die Gruppe u Morock und Niklas zurückgezogen hat, um mit der Schatz nic wieder einen Walzer drehen zu müssen, nutzt die Gelegenhei Morock direkt auf ein Abendschau-Problem anzusprechen.

Gestern war Merz auf einer Fachausstellung für Hygien artikel. Eine echte Arbeit war kaum möglich, berichtet er, nac dem im Ausstellungsgelände bekannt geworden war, daß wir vom Fernsehen kommen, riefen bereits am frühen Morgen Weltfirmen an und versuchten, mich mit allen möglichen und unmöglichen Argumenten zu überreden, vor allem ihren Stand auf den Bildschirm zu bringen. Das ging bis zu massiven Bestechungsversuchen.

So? fragt Morock erstaunt, haben Sie sich bestechen lassen?

Du wehrst heftig ab: Ich hatte alle Hände voll zu tun, um dreihundertfünfzig der dreihundertzweiundsechzig Aussteller abzuwimmeln, die ihren Stand unbedingt im Fernsehen haben wollten.

Morock hat keine Lust, weiter darüber zu reden, Merz soll ihn morgen noch einmal daran erinnern.

Wer kommt denn nun eigentlich als dritter Mann in die Redaktion? erkundigt sich Niklas.

Vielleicht der Volontär, den wir im letzten Monat hier hatten, meint Morock. Der ist, glaube ich, ein ganz fähiger Kopf.

Um drei Uhr morgens gehen die letzten Gäste, auch Merz. Einer der Tontechniker hat sich sinnlos betrunken, hängt über der Toilette und spuckt alles wieder aus. Crämer packt ihn in seinen Wagen und nimmt ihn mit nach Hause.

Merz lädt Annemie Schatz, die sich kaum noch auf den Beinen halten kann, ins Auto und ist froh, daß sie sich von ihm ohne Komplikationen vor ihrer Wohnung absetzen läßt. Eine sexuelle Kraftleistung hätte er jetzt nicht mehr erbringen können.

Am nächsten Morgen belebt sich die Redaktion erst gegen elf Uhr. Um halb zwölf dringt Merz bis in Morocks Zimmer vor, um noch einmal über die Hygieneartikelausstellung zu sprechen.

Was bedrückt Sie daran so sehr, fragt Morock, wenn Sie sich nicht haben bestechen lassen, ist doch alles in Ordnung?

Die Methode an sich, antwortet Merz, mir kann keiner vormachen, daß diese Bestechungsmethoden erst mit meinem Auftreten erfunden wurden.

Unsinn, sagt Morock, also, was wollen Sie?

Dann findet er selbst zu einer Idee: Die ist ganz großartig, versichert er. Wir machen einen Vorspann zu Ihrem Film, zwei

Minuten Statement, in dem Sie von Ihren Erfahrungen auf der Ausstellung berichten, natürlich, ohne Namen zu nennen, einfach ein enthüllender Erlebnisbericht!

Noch ehe Merz etwas erwidern kann, greift Morock zum Telefon und läßt sich mit dem Intendanten verbinden. Er schildert die Situation und erläutert seinen Vorschlag, den Heuschka anscheinend für gut befindet, denn Morock erteilt Merz nach diesem Telefongespräch den Auftrag, dieses Statement auszuarbeiten.

Eine teuflische Idee. Mit diesem Statement wirst du dir die gesamte Industrie auf den Hals hetzen. Die einschlägigen Verbände werden Anzeige gegen Unbekannt erstatten, gegen denjenigen aus den eigenen Reihen, der einen Bestechungsversuch gemacht haben soll, um so deine Aussage zu erzwingen. Dann aber hast du deinen Hals in der Schlinge.

Du warst überzeugt davon, besonders geschickt zu handeln, wenn du ganz naiv von Bestechungsversuchen berichten würdest. Das sollte dich von jedem Verdacht freisprechen.

Und nun hat Morock Interesse am Zustandekommen eines folgenreichen Beitrages von dir, vielleicht, weil er dich durchschaut, vielleicht auch nur eine Revanche. Auf jeden Fall möchte er zusehen, wie du dir das Genick brichst.

Diesen Gefallen wirst du ihm nicht tun.

Wer will dir irgend etwas nachweisen? Und du wirst Gründe finden, gute, stichhaltige Gründe, dieses Statement zu verweigern. Du wirst darauf hinweisen, daß du keine Zeugen hast, daß deshalb ein Prozeß zur Wahrung berechtigter Interessen von seiten der Industrie nur zu verlieren sei. Argumente, die der Bundesbruder dir abnehmen muß. Inzwischen arbeitet Merz sich an diesem Nachmittag in die Grundzüge seines neuen Aufgabenbereiches ein. Niklas ist noch einmal auf einen Sprung in die Redaktion gekommen und hilft Merz.

Es geht darum, der Tagesschau in Hamburg, vertreten durch einen Herrn Jung, wöchentlich, oder täglich, je nachdem, wie es die Situation erfordert, interessante Angebote aus dem Regionalbereich zu machen, die von allgemeinem Interesse sind.

Etwa diese Fachausstellung für Hygienebedarf: sie ist, was

ihren Standort betrifft, ein regionales Ereignis, was ihre Bedeutung aber anbelangt, von bundesweitem Interesse. Also wird Herr Jung in Hamburg davon unterrichtet. Sagt er zu, bekommt er die Filmaufzeichnungen entweder angeliefert und strahlt sie dann von Hamburg aus, oder er weist Merz an, abends eine Direktschaltung zu arrangieren und eine Blitzumschaltung in die ablaufende Tagesschau zu fahren. Jener Vorgang, den Merz abwickelte, als er zum ersten Mal am Regiepult saß. Umgekehrt muß Merz auch über die Vorgänge im regionalen Bereich so weit informiert sein, daß er Herrn Jung bei Anfragen jederzeit umfassend Auskunft geben kann. Zum Beispiel, ob sich eine Filmaufzeichnung von einem Zirkusgastspiel für die Tagesschau lohnt oder nicht.

In jedem Falle hängt die erfolgreiche Zusammenarbeit mit Hamburg vom persönlichen Engagement Merz' und seiner Wirkung auf Jung ab. An diesem Nachmittag zeigt sich, daß Niklas auch in dieser Angelegenheit ein guter Lehrmeister ist. Er führt Merz in einem halben Tag so perfekt in die Materie ein, wie es ein anderer nur in vier Wochen geschafft hätte.

Jetzt hat Merz einen eigenen Schreibtisch in einem eigenen Raum zur Verfügung. Auch, wenn dieser Raum nur eine Abstellkammer neben den eigentlichen Redaktionsräumen ist, schmal und eng und nur spärlich durch ein kleines Fenster beleuchtet. Sozusagen eine Notunterkunft, bis ein weiterer, bereits geplanter, Funkhausneubau errichtet ist.

Aber hier hat er sein eigenes Reich. Hier fühlt er sich auf Anhieb wohl.

Nach achtzehn Uhr gelingt es ihm, Heuschka auf dem Promienentenparkplatz im Hof abzufangen.

Am geöffneten Wagenschlag, Heuschka sitzt schon hinter dem Steuer, erklärt Merz noch einmal die Situation zur Hygienefachausstellung. Er kann ihn dazu bewegen, seine Zusage zum Statement Morock gegenüber wieder zurückzunehmen.

Tatsächlich ruft Heuschka am nächsten Morgen in Morocks Büro an und lehnt das Statement aus juristischen Überlegungen, wie er es formuliert, ab.

Du hast es geschafft. Die paar hundert Mark, die du dafür eingesteckt hast, daß du einige Aussteller bevorzugt auf den Bildschirm gebracht hast, hätten ein Fiasko nicht gelohnt. Sie reichen gerade, um sich wieder einmal einen neuen, maßgeschneiderten Anzug zu leisten.

Morock gibt sich allerdings noch nicht geschlagen. Nachdem er Merz nicht mehr mit einem Statement in eine unangenehme Sache hineinreiten kann, setzt er den gesamten Bericht über die Ausstellung kurzerhand vom Abendprogramm ab.

Dagegen wehrst du dich nicht. Was soll's? Du kannst dich jederzeit auf die hierarchische Ordnung im Hause und auf deine Abhängigkeit berufen.

Natürlich treffen am nächsten Tag Protestanrufe der betroffenen Firmen ein, aber Annemie Schatz ist gerne bereit, dich abzuschirmen: Herr Merz ist augenblicklich nicht erreichbar. Ich kann Sie aber mit unserem Abteilungsleiter verbinden.

Nun muß Morock eine gute Argumentation finden.

Merz arbeitet an diesem Nachmittag im Schneideraum. Die kleine Mirbach hat ihr Verhalten ihm gegenüber wesentlich geändert. Sie ist wieder zutraulich, aufmerksam und freundlich, wie zu jener Zeit, als er sie zum ersten Mal zum Baden einlud.

Sie hat bereits, wahrscheinlich von Morock vermittelt, ein Angebot des ZDF in der Tasche. Dort kann sie zum 1. Oktober beginnen. Nun überlegt sie, ob sie nicht doch noch eine Fahrt nach Venedig einlegen soll.

Wenn die mich zum 1. Oktober haben wollen, sagt sie, nehmen sie mich doch bestimmt auch zum 15. Oder, was meinst du?

Ganz bestimmt, sagt Merz, nehmen die dich auch vierzehn Tage später. Schließlich bist du wer als Cutterin.

Sie findet wieder in ihr altes Selbstbewußtsein zurück: Ich bekomme zweihundert Mark mehr, wenn ich ins Telesibirsk gehe, was sagst du dazu?

Gratuliere.

Ich habe mit denen heute morgen telefoniert, plaudert sie weiter, während sie am Filmmaterial hantiert, die haben mir klipp und klar gesagt: Wir zahlen zwar besser als die ARD-Anstalten, aber wir stellen weniger Leute ein, arbeiten rationeller und vermeiden damit den Leerlauf, an dem die anderen Rundfunkanstalten kranken.

Das bedeutet mehr Arbeit und weniger Klatschstündchen, bemerkt Merz.

Ach weißt du, sagt sie, das zeigt sich schon, wenn ich erst mal da bin. Wahrscheinlich ist alles nur halb so schlimm. Und ich hab dort keinen schlechten Start. Man weiß, daß mich dieser Moralist von Intendant hier nur aus persönlichen Gründen rausgeworfen hat. Und nicht wegen schlechter Arbeitsleistung.

Hast du mit dem Intendanten noch mal gesprochen? fragt Merz.

Sie schüttelt den Kopf: Der ist für mich nicht zu sprechen. Na – egal, der hat jetzt seine eigenen Sorgen.

Hier kannst du etwas erfahren. Du mußt nur in sie eindringen und die Information, die du haben willst, aus ihr herausholen.

Welche Sorgen? Nun erzähl schon!

Ja, sagt sie, ich hab von Bekannten von einem Artikel in einer regierungstreuen Zeitung, irgendwo da oben bei Bonn, gehört, die haben den Intendanten ganz schön angegriffen: Heuschka habe sich übernommen und so. Das Fazit: Heuschka werde nur eine Wahlperiode lang Intendant sein. – Also wackelt sein Stuhl ganz schön. Er wird sich wahrscheinlich nur halten können, wenn er genügend einflußreiche Freunde hinter sich hat. Da er selbst SPD-Mann ist, muß er sie bei der SPD finden. Und dann ist es noch die Frage, ob ihm die Übermacht der Adenauer-hörigen Regierungspartei nicht die Luft abdrückt. Die wollen natürlich einen CDU-Mann an der Spitze des Hauses sehen.

Jetzt wendet Merz ein, ich hab heute in den Nachrichten gehört, daß Heuschka gestern abend für ein Jahr zum Vorsitzenden der ARD gewählt wurde. Das dürfte seine Position doch festigen.

Die Mirbach zuckt mit den Schultern: Ich geh' ohnehin. Mir kann das alles egal sein.

Es ist bereits nach neunzehn Uhr, als ein Anruf im Schneideraum eintrifft. Merz nimmt den Hörer ab. Für dich, sagt er.

Es ist ein Anruf aus dem Städtischen Krankenhaus. Ihr Bruder ist beim Versuch, ohne Schlüssel in die elterliche Wohnung einzusteigen, vom ersten Stock abgestürzt und liegt nun auf der Unfallstation. Das Mädchen ist ganz aufgeregt, und Merz erklärt sich bereit, die Arbeit für heute abzubrechen und sie ins Krankenhaus zu fahren.

Mein Gott, sagt sie, hoffentlich ist es nichts Schlimmes.

Wie alt ist denn dein Bruder?

Zwanzig, antwortet sie, ich weiß gar nicht, warum er heute nach Hause gekommen ist. Er leistet doch seinen Wehrdienst ab und hat gar keinen Urlaub.

Na, das kann ja ein schönes Schlamassel werden, meint Merz, wenn er nun nicht unbemerkt in die Kaserne zurückkommt. Sicher wollte er sich mit einem Mädchen treffen.

Aber, fragt sie, was will er dann in der Wohnung?

Na, lacht Merz, das ist doch leicht zu erraten: Sich für den Ausgang frisch einkleiden. Diese Burschen wollen doch ihren Freundinnen imponieren!

Im Wagen wird das Mädchen wieder ganz lieb und anschmiegsam, so, als wolle es die kurze Episode mit Merz auffrischen.

Aber du gibst nicht nach. Was willst du noch mit der Mirbach, die ohnehin geht, die also hier nicht mehr nützlich sein kann.

Beim Krankenhaus angekommen, begleitet Merz sie auf die Unfallstation.

Als sie ihren Bruder mit einer schweren Gehirnerschütterung und Hautabschürfungen liegen sieht, wird ihr schlecht, und Merz muß einspringen, sie stützen und mit einem Glas Wasser versorgen.

Danach fährt er sie zu ihren Eltern. Noch einmal spielt sie das hilflose kleine Mädchen. Aber Merz läßt sich nicht mehr beeindrucken.

17

Pointer ist aus Venedig zurück. Er hatte die Mirbach, zum großen Ärger von Morock, tatsächlich mitgenommen. Hängte sie aber dort rasch zugunsten eines Mannequins wieder ab, wie er berichtet. Ich verstehe nicht, sagt er zu Morock, wie Sie sich wegen so einem Mädchen scheiden lassen konnten. Das lohnt doch gar nicht.

Das ist meine Privatangelegenheit, erwidert Morock und läßt sich auf kein weiteres Gespräch ein.

Die Veränderungen innerhalb der Redaktion werden immer spürbarer. Für Niklas wurde nicht jener Volontär, sondern ein Freund Morocks aus der hiesigen Tagespresse eingestellt, für die Cutterin Mirbach eine Frau Ende dreißig, Frau Erbacher, die vom Funk kommt, und sich erst noch einarbeiten muß.

Loewe hat sich nun entschlossen, zum 1. April 1964 die Redaktion zu verlassen. Man hat ihm vom ZDF das Angebot gemacht, ihn mit einem Team nach Beirut zu schicken, das hat den endgültigen Ausschlag für seinen Beschluß gegeben.

Die Gerüchte, daß auch Morock gehen wird, kursieren hartnäckig. Lediglich Crämer, Merz und die Sekretärin Schatz halten sich bis jetzt angebotslos in der Redaktion.

Janke, Parteifreund von Heuschka, wird zum 1. Januar 1964 zum Fernsehdirektor avancieren, während sein Stuhl von einem CDU-Mann aus Bonn übernommen werden soll. Ein Kompromiß Heuschkas, um den eigenen Kopf zu retten.

Pointer wird eventuell Ende des Jahres zu einer großen Illustrierten gehen, wenn Heuschka hier im Hause Pointers Bezüge nicht wesentlich aufbessert und ihm mehr Möglichkeiten zur privaten Produktion in die Hand gibt. Da bleibe ich hart, sagt Pointer, da werden keine Konzessionen gemacht.

Da Loewes Abgang feststeht, hat Morock den Kameramann Rabel für die Abendschau fest engagiert. Weder Merz noch Rabel erinnern an den kleinen Zusammenstoß, den sie im Frühsommer hatten. Sie haben beide zu einer relativ guten Zusammenarbeit gefunden.

Merz hat sich in die Arbeit mit der Tagesschau, Hamburg, engagiert eingearbeitet und kann erste Erfolge verbuchen, die auch von der Intendanz mit Wohlwollen wahrgenommen werden.

Gestern wurde die 84. landwirtschaftliche Ausstellung eröffnet, und Morock zeigt wenig Interesse, darüber etwas in der Abendschau zu bringen. Weil er es aber auf eine offene Auseinandersetzung mit Janke nicht ankommen lassen will, vergißt er einfach, zur Eröffnung ein Team ins Ausstellungsgelände zu schicken.

Heute morgen rief der Direktor der Ausstellungs-GmbH in der Redaktion an und beschwerte sich bei Morock. Morock ließ es bei einer Entschuldigung bewenden, ohne zuzusagen, daß ein Team nachdrehen würde.

Direktor Fussenegger verweist daraufhin auf seine Funktion in der Fernsehturm GmbH, in der er zusammen mit dem Verwaltungsdirektor des Rundfunks sitzt und auf seine Möglichkeiten, von dort Druck auszuüben. Morock läßt sich nicht beeindrucken, verbindet Fussenegger aber auf dessen Wunsch an Janke weiter.

Zehn Minuten später taucht Janke in der Redaktion auf und verlangt nach Morock, der sein Zimmer nach diesem Telefongespräch verlassen hat.

Crämer ist zu Dreharbeiten unterwegs, also bleibt nur noch Merz. Janke ist empört und gibt Merz den Auftrag, sofort mit irgendeinem Kameramann und Tontechniker ins Ausstellungsgelände zu fahren und nachzudrehen. Messeneuheiten und ein Interview mit Direktor Fussenegger.

Da weder Pointer, noch Loewe verfügbar sind, nimmt Merz Rabel und den jungen Ungarn als Tontechniker mit.

Innerhalb einer Stunde haben sie das nötige Material gedreht, eine halbe Stunde noch für das mit Fussenegger improvisierte Interview, Kopierwerk und zwei Stunden im Schneideraum, dann ist das Filmchen fertig.

Noch im Schneideraum trifft ein Anruf Morocks ein, der sich inzwischen mit Janke arrangiert hat und Merz den Auftrag gibt, iesen Film an die Tagesschau in Hamburg zu verkaufen, da er rst in vier Tagen wieder etwas in die Abendschau einschieben önnte. Sehen Sie zu, wie Sie das hinkriegen, sagt Morock, die eichen hier im Hause stehen auf Sturm.

Merz läßt sich sofort mit Hamburg verbinden, aber Jung ist icht aufzutreiben, nur ein junger Mitarbeiter, dem Merz das ngebot vorlegt und darum bittet, Jung möchte ihn doch sofort urückrufen, wenn er wieder in der Redaktion sei.

Es sei dringend.

Trotzdem erfolgt bis zum Abend kein Rückruf aus Hamburg. Ierz weiß inzwischen, daß dieses Schweigen ein Nein zu seinem ngebot bedeutet. Deshalb ruft er selbst noch einmal kurz vor echs in Hamburg an. Jung ist selbst am Apparat.

Nein, er habe kein Interesse an einem Bericht über die 84. andwirtschaftsausstellung.

Merz weist auf die Neuheit eines vorgefertigten Bauernhofes in und kann Jung nach längerem Hin und Her zumindestens zu er Zusage überreden, er wolle den Film bringen, wenn er brilnt sei.

Eine Bedingung, die einen späteren Rückzug ohne weiteres eröglicht. Als Merz ihn nun noch, um sicher zu gehen, zu einer Direktschaltung am gleichen Abend in die Tagesschau bewegen vill, lehnt Jung ab. Er wollte den Film von Hamburg aus einetzen.

Drei Tage später ist er noch immer nicht über die Tagesschau elaufen, und Janke, der sich den Vorwürfen von Direktor Fusenegger und des Verwaltungsdirektors ausgesetzt sieht, verweist uf Merz. Merz habe die feste Zusage der Tagesschau.

Morock, der diese kleine Affäre angezettelt hat, hat sich gehickt aus der Schußlinie herausmanövriert.

Nun ist Merz dran.

Erneuter Anruf in Hamburg. Diesmal setzt Merz massiven Druck hinter sein Angebot: Vor vierzehn Tagen habe er hier ber einen DAG-Kongreß berichtet und sich damals an die Bitte ungs gehalten, den Pressereferenten der DAG „gut zu behaneln“, weil dieser im Programmbeirat in Hamburg sitze.

Seinerzeit, fährt Merz fort, waren Sie mit meinem Bericht zum DAG-Kongreß sehr zufrieden. Und da ist es doch eigentlich nicht mehr als recht und billig, wenn Sie nun Ihrerseits etwas entgegenkommen. Sehen Sie, wenn wir den Bericht über die 84 Landwirtschaftsausstellung nicht bei Ihnen unterbringen, stehen hier Studiointeressen auf dem Spiel, da Fussenegger im Vorstand der Fernsehturm GmbH sitzt und bewirken kann, daß unser Studio-Vertrag nicht verlängert wird.

Das ist zwar kein Grund, um einen Bericht zu bringen, schränkt Merz geschickt ein, und kommt damit den Entgegnungen Jungs zuvor, aber man sollte sich doch kollegialerweise helfen, wenn eine Sache vom Journalistischen her verantwortbar ist.

Jung läßt sich überzeugen und bringt den Bericht noch am gleichen Abend.

Am nächsten Vormittag trifft Merz im Flur auf Janke, der die Tagesschau mit dem erwünschten Bericht gesehen hat und Merz zu seiner Rettungsaktion, wie er sie nennt, gratuliert: Kommen Sie, sagt er, das müssen wir begießen!

Und er lädt Merz auf einen Kognak in der Kantine ein.

Dort erfährt Merz, daß auch Karstens den Sender verlassen wird. Eine Weibergeschichte, erläutert Janke und gibt sich entrüstet.

Morock hat in der heutigen Abendschausendung ein Interview mit einem Dr. Baumann vom Verfassungsschutz über die Zweckmäßigkeit des vor sieben Jahren erfolgten Verbotes der KPD, der Kommunistischen Partei Deutschlands.

Live-Interview, selbstverständlich, sagt Morock, ich bin nicht für Konserve, da gibt der Partner zu wenig her.

Eine Stunde vor der Sendung lädt er Merz überraschend zu einem Gespräch mit dem Verfassungsschützer in die Kantine ein.

Ich freue mich, Sie einmal kennenzulernen, sagt Dr. Baumann und sagt es so, als habe er von Merz schon gehört.

Also wirst du dich vorsichtig bewegen.

Das Gespräch dreht sich um die Ost-West-Politik, Demokratie oder Diktatur, klare Linie des Ostens, weiche, unentschlossene verworrene Linie des Westens, Frage der Prinzipientreue in der Politik. Merz fragt Morock: Glauben Sie im Ernst an die Aufrichtigkeit der Koexistenz-Angebote Chruschtschows?

Morock, der dem Westen vorwirft, er habe die Chance des Friedens nicht erkannt, antwortet: Ja, ich bin fest davon überzeugt!

Für Merz haben die Kommunisten, das kommt in diesem Gespräch zum Ausdruck, etwas mit Tod und Teufel zu tun.

Du hast dich einfangen lassen von der Meinungsmache der letzten dreizehn Jahre. Blind, wie du in dieser Hinsicht bist, würdest du auch Aktionen eines Joe McCarthy im eigenen Land befürworten. Daß es auch dich trifft, wenn Intellektuelle in der Bundesrepublik als heimatlose Linke abgestempelt werden, begreifst du nicht. Dafür, daß Morock im nachfolgenden Interview versucht, eine Kritik am KPD-Verbot zu provozieren, verabscheust du ihn und bist auf Baumanns Hinweis, das Verbot habe sich eindeutig bewährt, stolz, als hättest du ihn selbst abgegeben.

Loewe hat Merz nach einem anstrengenden Drehtag noch auf einen Drink zu einem Freund mitgenommen. Sie besuchen ihn im 13. Stockwerk eines Bürohochhauses. Dort arbeitet er für einen Elektrokonzern und kann Loewe auf diese Weise immer wieder einmal eine runde Sache zuschanzen, wie Loewe im Aufzug erklärt.

Da die Bürozeit bereits beendet ist, ist das Haus sehr leer, sehr still und steril.

Der Freund scheint sie schon erwartet zu haben, er steht in der geöffneten Tür seines Büros und begrüßt Loewe sehr herzlich, dann wendet er sich zu Merz. Und Merz, der einen Mann in Loewes Alter erwartet hat, eins von den vielen jungen Gesichtern, die er rasch wieder vergißt, ist überrascht, einem Mann in den Fünfzigern gegenüber zu stehen.

Während sie bei einem Whisky in seinem Büro sitzen, wird dieses Gesicht für Merz immer vertrauter, so, als müsse er sich unbedingt an etwas erinnern.

Den kennst du doch.

Dann gehst du die Jahre zurück, Gesicht um Gesicht, spürst ganz deutlich, daß du dich dem Erkennen Schritt um Schritt näherst. Aber noch fehlt dir ein Bindeglied, ein Anhaltspunkt, eine Erinnerung, die sich mit der Erinnerung an dieses Gesicht verbinden läßt. Du suchst. Und das ist, als ob du eine Straße entlangliefest, eine leere, sehr lange Straße, als ob du einen ganz bestimmten Zielpunkt ansteuertest. Und immer wieder tauchen Gesichter hinter den verschlossenen Fenstern auf, die du kennst. Weitausgreifend setzt du einen Fuß vor den anderen. Kaum hat der eine den Asphalt berührt, hebt der andere ab, wirft sich nach vorn, tritt auf, stützt ab, bleibt zurück, um erneut vorwärts zu gehen. Diese Ungewißheit ist unerträglich.

Immer wieder vertraute Gesichter, die dich anstarren, dich zwingen, deinen Zielpunkt zu erreichen. Aus den Augenwinkeln siehst du niedrige, ebenerdige Holzbaracken rechts und links der Straße vorbeiziehen, Fenster und Türen sind geschlossen, Einschußlöcher und zerfetztes Holz. Quadratzentimeter um Quadratzentimeter wird ruckartig am Auge vorbeitransportiert.

Ein quälender Traum. Action, wenn das Zeichen zum Einsatz gegeben wird, und alle diese Gesichter in einen gurgelnden Schrei ausbrechen, brutal vom Lichtkegel erfaßt. Ein langhingezogener Ton, Verzweiflung und Trauer. Haß, Zorn und ein grausamer Tod, wenn das Zeichen zum Einsatz gegeben wird.

Noch ist es ruhig im Lager. Für die letzte Stunde dieser Nacht gleicht es einem windlosen Wasserspiegel, friedlich und unberührt. Nicht einmal ein vereinzelter Hinrichtungsschuß. Keine Detonation, die dir das Genick zerfetzt.

Jetzt weißt du, wer da vor dir sitzt.

Prost, sagt Loewe und hebt sein Glas.

Heumann, sagt Merz. Heumann.

Ja? der Freund Loewes lächelt, so als habe er die ganze Zeit auf dieses Erkennen gewartet.

Wir waren zusammen im Lager, nicht wahr? fragt Merz, Sie haben damals die Lagerzeitung gemacht, verschrien als Antifaschist.

Ich erinnere mich, bestätigt Heumann.

Jetzt stößt du nach: Sie wußten ganz genau, wen Loewe heute abend zu Ihnen bringen würde. Sie hatten vielleicht unsere langen Gespräche und unsere freundschaftliche Beziehung längst vergessen, aber Loewe hat sie darauf hingewiesen, oder habe ich Unrecht?

Sie haben Unrecht, sagt Heumann, Loewe hat mir zwar den Kontakt heute vermittelt, aber erinnert habe ich mich schon früher an Sie, als ich Sie zufällig vor etwa einem halben Jahr auf dem Bildschirm sah. Wir haben uns alle verändert, unsere Gesichter sind älter geworden, aber Ihre Art zu sprechen und bestimmte Betonungen zu setzen, und natürlich die immer noch blonden Haare und die angebrochene Nase, haben mir ziemlich rasch klar werden lassen, wer Sie sind. Ihren Nachnamen hatte ich längst vergessen. Für mich waren Sie in all den Jahren der zähe, junge Mann aus dem Lager gewesen, der als einziger Offizier bereit war, mit mir zusammenzuarbeiten. Wie alt sind Sie heute? Sie müßten jetzt Mitte Vierzig sein. Ich glaube, wir waren fast genau zehn Jahre auseinander, oder?

Nun setzt die ganze Fülle der Erinnerung ein. Eine Erinnerungsschwemme, die ausgebadet werden muß.

Loewe schlägt vor, zum Essen in jenes italienische Lokal zu gehen, in das er Merz und die Mirbach schon einmal geführt hat.

Sie sind beide mit seinem Vorschlag einverstanden.

Was machen Sie in diesem Konzern? fragt Merz auf der Fahrt ins Restaurant.

Ich bin hier als Public-Relation-Mann gelandet, antwortet Heumann, ein guter Job. Aber wie ich sehe, sind Sie auch bei der Presse geblieben.

Das war Zufall, versichert Merz, ich wußte nach der Rückkehr nicht wohin, und da hat mich ein Freund aufgelesen und mich in meine heutige Richtung eingeschleust.

Auch beim Essen werden weiter Erinnerungen ausgetauscht.

Sind Sie damals nicht aufgrund Ihrer guten Beziehungen zur Lagerkommandantur noch zwei Jahre vor mir entlassen worden? erkundigt sich Heumann.

Merz bestätigt es widerstrebend.

Sind Sie damals nicht unter bestimmten Voraussetzungen vorzeitig entlassen worden? fragt Heumann weiter.

Merz wehrt ab, versucht, das Thema zu wechseln. Aber Heumann läßt sich nicht beirren.

Sie haben doch Angst, sagt er dir auf den Kopf zu und du fühlst dich bedroht.

Loewe schweigt. Aufmerksamer Beobachter.

Du hast dir damals deine Freiheit erkauft.

Ich möchte nichts mehr davon wissen, sagt Merz.

Sollten Sie nicht für die Russen hier nach Ihrer Rückkehr Informationen sammeln?

Damit möchte ich nichts zu tun haben, sagt Merz.

Natürlich war es so, sagt Heumann, Sie sind nicht der einzige, der auf diese Weise zwei Jahre eher nach Hause kam und nichts mehr von sich hören ließ.

Was wollen Sie?

Nichts, antwortet Heumann und löst plötzlich diese bedrohliche Stimmung mit einem Lachen auf. Ich wollte nur ein Problem lösen, das mich seit dieser Zeit beschäftigt. Außerdem bekam ich damals im Lager Schwierigkeiten, als Sie nichts mehr von sich hören ließen.

Das tut mir leid, versichert Merz.

Es ist bereits kurz nach Mitternacht, als Loewe sich wieder ins Gespräch einschaltet: Da ist noch was, sagt er, was du ihm sagen wolltest.

Ja, meint Heumann, aber nur unter einer Bedingung: Daß Sie den Mund halten. Zu niemanden ein Wort, geht das klar?

Das geht klar.

Vor einigen Jahren tauchten hier im Westen in einer Redaktion – wo, das tut nichts zur Sache – Liquidierungslisten für eine eventuelle Machtübernahme der russischen Besatzungsmacht auf. Ihr Name war auch aufgeführt.

Wo sind diese Listen heute? fragt Merz.

Genauso schnell und obskur, wie sie auftauchten, verschwanden sie wieder. Aber das ist an sich völlig gleichgültig. Ich wollte Sie nur warnen, das ist alles. Auch für den Fall, daß Sie einmal in den Osten fahren wollen, oder sonst in irgendeiner Weise mit diesen Leuten in Berührung kommen. Loewe und ich, wir sind Ihre Freunde. Von uns brauchen Sie nichts zu befürchten.

Du hast Angst. Nackte, grausame Angst.

Eine Angst, die du dreizehn Jahre lang unterdrückt hast, die neben anderen Faktoren zu den wichtigsten Antriebskräften gehört und deine Anpassung hier in der Bundesrepublik bis zur Perfektion treibt. Ein unauffälliger Biedermannbürger, der nur Karriere machen will und sonst nichts. Der keine anderen Ambitionen hat, als sein ganz persönliches privates Glück und seine ichbezogene Bedürfnisbefriedigung.

Heumann verabschiedet sich als erster, geht schon hinaus, um draußen auf Loewe zu warten, der ihn nach Hause fahren wird.

Einen Augenblick noch sind Loewe und Merz allein.

Loewe scheint deine Angst bemerkt zu haben. Er legt ganz kurz die Hand auf deinen Arm und sagt: Ach was, du bist mein Freund. Es wird nichts geschehen, darauf kannst du dich verlassen. Du mußt nur über diesen Abend schweigen. Ich wollte verhindern, daß du irgendwann einmal im Laufe deiner Karriere hier in eine Falle gerätst, zum Beispiel dann, wenn du einen Auftrag für einen Fernsehbericht aus dem Osten bekommst. Ich meine das ehrlich. Du kannst ganz beruhigt so weiter machen, wie bisher.

Warum bist du nicht selbst zu mir gekommen, um das mit den Liquidierungslisten zu sagen? fragt Merz.

Aber, verteidigt sich Loewe, ich habe es doch versucht. Erinnerst du dich noch an den Abend bei mir zu Hause? Du warst einfach nicht ansprechbar.

Du weißt, daß er recht hat.

Woher wußte Heumann, daß mein Name auf den Listen steht, wenn er sich die ganzen Jahre nicht mehr an meinen Namen erinnern konnte? Loewe gibt dir die Hand zum Abschied und antwortet: Ich habe mich erinnert.

18

Merz liest zum Frühstück immer noch die beiden großen Tageszeitungen dieser Stadt, um auf diese Weise mit guten Vorschlägen an Morock herantreten zu können.

Als er heute den Regionalteil aufschlägt, während er noch rasch eine letzte Zigarette raucht, kommt er einer Sache auf die Spur, die vielleicht für eine Sendung nicht uninteressant sein könnte.

Seit Wochen versuchen die zuständigen Behörden einen jungen Mann, fünfter Sohn eines Fuhrunternehmers vom Land, mit Polizeigewalt zur Musterung zu holen.

Jedesmal, wenn die Beamten bei den Eltern vorsprechen, ist der Sohn nicht aufzutreiben. Mehrfache schriftliche Aufforderungen, sich zur Musterung zu stellen, bleiben unbeantwortet.

Die Familie scheint den Jungen zu decken. Nun ist die Polizei seit vierzehn Tagen dazu übergegangen, in den frühen Morgenstunden eine Haussuchung durchzuführen, um den jungen Mann festnehmen zu können, aber da sie fast immer pünktlich um sechs Uhr erscheint, fällt es dem Jungen nicht schwer, rechtzeitig zu entkommen.

Sobald Merz in der Redaktion eingetroffen ist, läßt er sich telefonisch mit dem Polizeipräsidium verbinden. Wie er vermutet hat, ist für den nächsten oder übernächsten Tag eine regelrechte Polizeiaktion zur Festnahme des Jungen vorgesehen.

Merz bittet darum, diese Aktion live drehen zu dürfen und erhält nach mehreren Rückfragen des Beamten bei seiner Dienststelle auch die Genehmigung. Man wolle ihn rechtzeitig vom Einsatz verständigen.

Morock wird sofort von der Angelegenheit unterrichtet. Als Merz ihm sagt, er wolle heute noch versuchen, den Jungen zu filmen, um zu beweisen, wie leicht er aufzuspüren sei, zeigt sich Morock sogar recht begeistert.

Merz organisiert Pointer als Kameramann und einen jungen Tontechniker und fährt mit dem Team noch vor dem Mittagessen hinaus zum Anwesen der Familie.

Es liegt etwas außerhalb des Dorfes, nahe am Wald. Ein ehemaliger Bauernhof, dessen langgestreckter Stall und Scheune seit einigen Jahren schon als Unterstellplatz für die Fahrzeuge des Fuhrunternehmens verwendet werden. Diese alten verwinkelten Gebäude bieten genügend Unterschlupfmöglichkeiten.

Merz läßt das Team im Caravan zurück und geht allein zum vorderen Eingang des Wohnhauses. Die Tür steht offen, eine Klingel findet er nicht, also ruft er in den dunklen Flur hinein. Irgendwo weiter hinten öffnet sich eine Tür und eine abgearbeitete, etwa fünfzigjährige Frau kommt auf Merz zu, während sie sich die Hände an einer kleingeblümten Schürze abtrocknet.

Sie wünschen?

Wir kommen vom Fernsehen, erklärt Merz, und interessieren uns für den Fall Ihres Sohnes.

So? fragt sie vorsichtig und legt den Kopf schief.

Es stand heute in der Zeitung, erläutert Merz, Sie haben es vielleicht gelesen?

Ja, da waren Reporter da. Die Frau scheint ein Bündel Mißtrauen und Widerstand zu sein: Ich laß keine Reporter mehr rein.

Bei uns ist das was anderes, überredet Merz sie, wir sind nur hier, um der Polizei zu beweisen, daß es keine großen Aktionen braucht, um Ihren Sohn zu finden.

Sie kriegen ihn nicht! wehrt sich die Frau.

Nein, sagt Merz, Sie haben mich mißverstanden, wir wollen ihn nicht der Polizei verraten, wir wollen ihn nur selbst suchen, filmen und denen zeigen, wie dumm sie sind, wenn wir ihn sogar mit der Kamera finden.

Nun wird ihr abweisendes Gesicht etwas freundlicher. Merz glaubt sogar, ein verschmitztes Lächeln zu erkennen.

Wir wollen Ihr Spiel mitspielen, versichert er.

Ist das ehrlich? fragt sie.

Aber bestimmt, antwortet Merz.

Na, dann suchen Sie mal! sagt sie und stellt sich mit verschränkten Armen unter die Tür.

Sie geben uns also die Erlaubnis, hier überall zu filmen?

Suchen Sie nur! sagt sie und genießt eine Stunde lang das Räuber- und Gendarmspiel mit der Kamera.

Merz, Pointer und der junge Tontechniker durchforschen jeden Winkel des Wohnhauses und der Wirtschaftsgebäude. Selbst in den Hühnerstall leuchtet Merz mit einer Taschenlampe hinein. Ohne Erfolg. Und die Frau steht immer unter der Tür und lächelt verschlagen und verschmitzt. So wird sie auch die Polizeibeamten morgens um sechs anlächeln, triumphierend und voller Schläue.

Bis Merz sich an seine Besatzungszeit in Südfrankreich erinnert, an die Wein- und Kartoffelkeller, die meist im Stall oder in der Scheune eingelassen sind. Also sucht er auch hier danach.

Eine halbe Stunde später haben sie den Jungen. Sie räumen einige alte Autoreifen aus einer Ecke des Stalles und entdecken die Falltür. Da das Licht nicht ausreicht, montiert der Tontechniker in aller Eile zwei Scheinwerfer.

Film ab, kommandiert Merz, während er einen Augenblick später die Falltür hochreißt.

Die Frau steht inzwischen unter der Stalltür.

Komm raus, Junge, ruft sie jetzt, die haben dich erwischt!

Der Junge schießt wie eine Wildkatze aus dem Loch vor, bereit, sich mit Händen und Füßen, mit Zähnen und Fingernägeln zu verteidigen. So gerät er ins grelle Scheinwerferlicht und kneift erschrocken die Augen zu.

Seine Mutter lacht. Lacht, als habe sie einen unheimlich guten Witz gemacht.

Kameraschwenk, befiehlt Merz und sofort dreht Pointer von dem verwirrten Jungen ab zu der lachenden Frau.

Mein Gott, ist das gut, murmelt Merz.

Aufhören, sofort aufhören, schreit der Junge, was wollt ihr eigentlich?

Reg dich nicht auf, Junge, beruhigt ihn die Mutter, die wollen uns nur helfen, die Polizei richtig gut reinzulegen.

Aber der Junge läßt sich nicht beruhigen: Haut ab!

Halt den Mund! befiehlt die Mutter, hier hab noch immer ich was zu sagen, kapiert?

Zum Abschied gibt Merz der Frau noch einen Tip: Morgen,

oder übermorgen soll es zu einer regelrechten Razzia in Ihrem Hause kommen, also verstecken Sie ihn gut! Wir werden übrigens mit der Kamera dabei sein.

Sie zwinkert mit dem einen Auge: Natürlich werd ich das!

Nachmittags wird Merz von einem Anruf des persönlichen Referenten von Dr. Heuschka überrascht: Er habe gestern im Studio geraucht. Das sei streng verboten, das wisse er doch.

Ich bitte Sie, das künftig zu unterlassen.

Merz antwortet: Es ist recht.

Mehr nicht. Eigentlich willst du mehr sagen. Etwa: woher weiß er, daß du geraucht hast? Außer dir waren nur drei Leute im Schneideraum. Die neue Cutterin, Frau Erbacher, und eine ganz junge Cutterin von der „Dokumentation", die Frau Erbacher zur Hand ging.

Frau Erbacher wird nichts davon gesagt haben, daß du, nach drei Stunden konzentrierter Arbeit, zuletzt unter hohem Zeitdruck abseits des Schneidetisches beim Texten eines Filmes geraucht hast.

Vielleicht das junge Mädchen, Susanne Molnar? Oder ihr Bruder, der völlig unberechtigt die letzte halbe Stunde im Schneideraum verbracht hat, um auf seine Schwester zu warten.

Die Geschwister Molnar, beide sehr jung, temperamentvoll, mit einem auffallend ausgeprägten politischen Interesse, läßt Heuschka, wie er kürzlich in einem Gespräch andeutete, vom Verfassungsschutz überwachen, weil die Gefahr bestehe, daß sich um diese beiden eine kommunistische Zelle im Sender bilde.

Nun, solange die Angelegenheit keine persönlichen Folgen für ihn hat, will Merz sie vergessen.

Gelegentlich wird er den Bundesbruder einmal auf diesen kleinen Zwischenfall hinweisen.

Zwei Tage später kommt es zur angekündigten Polizeirazzia. Bereits um fünf Uhr morgens trifft sich das Team und fährt gemeinsam hinaus zum Anwesen der Familie, die die Polizei bis jetzt so erfolgreich gefoppt hat.

Merz hat über das Versteck des Jungen Stillschweigen bewahrt und auch Pointer und dem Tontechniker Redeverbot auferlegt.

Sie treffen noch vor der Polizei am Schauplatz ein. Es ist kurz vor sechs, noch dunkel, naßkalt und neblig. Ein richtiger Novembermorgen und diese Razzia eine echte Aktion im Morgengrauen.

Sie sitzen im Wagen und rauchen, bis sie das Geräusch eines langsam heranfahrenden Mannschaftswagens der Polizei hören. Der Wagen stoppt, wird geöffnet, leise Kommandos, die Männer umstellen das Anwesen. Wieder Stille.

Merz hat den Einsatzleiter von der Anwesenheit des Teams unterrichtet, jetzt, im Augenblick einer kurzen Stille, postiert er Pointer mit der Kamera einige Schritte von der Haustür entfernt.

Alle Fluchtwege sind abgeriegelt. Dann gibt der Einsatzleiter sein Kommando, und ein starker Scheinwerferstrahl wird auf die Vorderfront des Anwesens gerichtet.

Der Junge wird über Megaphon aufgefordert, herauszukommen.

Ton ab, kommandiert Merz flüsternd.

Ton läuft.

Film ab!

Kamera läuft.

Im ersten Stock wird ein Fenster geöffnet. Der Junge ist nicht da! ruft die Frau hinunter.

Aufmachen! Einer der Polizisten trommelt mit der Faust gegen die Holzfüllung der Tür. Der Vater, ein untersetzter, älterer Mann mit dem hochroten Gesicht eines Cholerikers oder Kreislaufkranken, öffnet.

Das Haus wird durchsucht, der Junge nicht gefunden.

Noch hat sich nichts ereignet. Der östliche Himmel hellt sich langsam auf, die Nebelschwaden im Scheinwerfer werden dünner.

Merz will die Kamera schon abziehen, um die Suche auf dem Anwesen mitzudrehen, als es zu einem Handgemenge vor der Tür kommt.

Du bist hellwach. Da tut sich was.

Drehen, was die Kiste hergibt! Und Pointer dreht.

Ton ran, näher ran!

In diesem Augenblick aber ist es schon zu spät. Du hörst: Hände hoch!

Reißt den Tontechniker aus der Schußlinie, schreist: Drehen!

Bist selbst an der vordersten Front für den Zuschauer.

Siehst das Mündungsfeuer aufblitzen.

Hörst den Schuß.

Und noch ein Schuß, und noch einer.

Maschinenpistole.

Das geht rasch hintereinander.

Dieses Geräusch kennst du.

Das ist dir vertraut.

Drehen!

Der Vater des Jungen liegt vor der Haustür am Boden. Sein zweiter Sohn, der ins Handgemenge einzugreifen versucht hat, kommt mit einer, an der Seite durchlöcherten Jacke glimpflich davon. Keine Verletzung.

Der Mann am Boden stöhnt. Jenes laute, gutturale Klagen eines waidwunden Tieres.

Kameraschwenk, befiehlst du. Und nun zu dem Beamten, der geschossen hat, der da steht, die Waffe noch in der Hand, verwirrt und ratlos, voller Entsetzen, weil er die Schreie des Verwundeten hört.

Kameraschwenk, in die Totale: Die Männer, die sich um die beiden zusammenrotten.

Einer ruft: Wir brauchen den Notarzt.

Merz läßt Pointer die eingelegte Filmrolle noch zu Ende drehen, eine neue einlegen und wartet dann mit den anderen auf den Krankenwagen, der eine halbe Stunde später eintrifft. Inzwischen ist der Mann fast verblutet. Magendurchschuß mit Bauchspeicheldrüsenverletzung, nur um Millimeter an der Bauchschlagader vorbei.

Nachdem der Schwerverletzte versorgt ist, läßt sich auch der Polizeibeamte, der geschossen hat, vom Notarzt untersuchen. Er hat deutliche Würgemale am Hals.

Merz läßt die Untersuchung filmen. Zeigt die Würgemale.

Den Jungen finden sie auch diesmal nicht.

Wie sich später herausstellt, waren Vater und Sohn unbewaffnet.

Der Polizeibeamte, der so rasch mit der Waffe bei der Hand war, mußte sich lediglich gegen körperliche Gewalt verteidigen.

Merz liefert das kostbare Filmmaterial, Material, wie es bisher noch nie in der Abendschau gezeigt wurde, selbst als „brandeilige" Sache im Kopierwerk ab. Noch am gleichen Nachmittag, gegen vierzehn Uhr, liegt es im Schneideraum vor.

Morock hat sich ohne weiteres davon überzeugen lassen, daß er diesen Film in der heutigen Sendung präsentieren muß. Hier ist eine Aktualität, die weder Presse, noch Funk so rasch liefern können.

Merz ist überzeugt, daß er heute morgen, bei Nacht und Nebel, dem ganz großen glücklichen Zufall begegnet ist, auf den jeder Journalist hofft.

Hier bietet sich endlich die Chance, auf die du seit nun fast zwei Jahren wartest.

Du hast live gedreht: Razzia mit einem Schwerverletzten. Bilder, die vielleicht zum wichtigsten Beweismaterial der nun in der Öffentlichkeit folgenden Auseinandersetzung werden können.

Action an der vordersten Front für den Zuschauer. Knallharte Information. So, als sei ein Millionenpublikum dabei gewesen.

Action als er, Merz, das Zeichen zum Einsatz gab.

Merz läuft seit seiner Rückkehr vom Schauplatz auf Hochtouren, hektische Aktivität unter Einsatz aller ihm zur Verfügung stehenden Energie.

Merz, das ist jetzt nur noch ein Verbrennungsmotor mit hoher Umdrehungszahl.

Mittags hast du deinen zweiten Coup gelandet: Der Innenminister des Landes, Dr. Ehrwaldt, ist bereit, zu den Vorfällen von heute morgen in einem Live-Interview Stellung zu nehmen.

Selbst Morock kann nicht umhin, alle Achtung, zu sagen, als er davon erfährt. Hat er diesem Film vormittags schon sieben Minuten Sendezeit eingeräumt und dafür einen eigenen Beitrag aus dem Programm genommen, so billigt er Merz nun aufgrund des Live-Interviews eine Gesamtzeit von 15 Minuten zu. Damit wird mehr als die Hälfte der heutigen Abendschau von Merz bestritten.

Zwischen vierzehn und sechzehn Uhr arbeiten Merz und Frau Erbacher fieberhaft im Schneideraum. Merz läßt zwei Filme herstellen:

Zum einen die Suche des Teams nach dem Jungen, ganz kurz, die Art und Weise, wie sie ihn gefunden haben, und zum anderen die Razzia. Beide Filme werden getextet. Den Text will Merz an diesem Abend selbst verlesen.

Während Frau Erbacher nach siebzehn Uhr noch den Originalton der endgültigen Fassung anlegt, diktiert Merz die beiden Textteile einer Sekretärin in die Maschine.

Pünktlich um achtzehn Uhr trifft der Innenminister Dr. Ehrwaldt ein.

Für eine detaillierte Vorbereitung des Interviews bleibt keine Zeit mehr. Merz macht sich, nachdem er ins Sendestudio hinübergehetzt ist, kurz noch einige Notizen, um den Verlauf des Gesprächs steuern zu können.

Überraschenderweise erklärt sich Dr. Ehrwaldt ohne Zögern bereit, dieses Interview ohne vorgelegte und sorgfältig vorbereitete Fragen zu absolvieren.

Kurz vor neunzehn Uhr sitzen sie unter den heißen Scheinwerfern im Studio, umgeben von einem Netzwerk Kabeln und drei Kameras.

Im Regieraum drängt sich heute abend alles, was nur irgendwie und irgendwo mit der Abteilung Abendschau zu tun hat. Jeder erwartet den ganz großen Knüller.

Merz läßt das Anwesen einblenden. Dann die Schieß-Story, wie er sie nennt. Handgemenge und Schüsse, das Stöhnen des Schwerverletzten und den verwirrten Schützen. Dazu einen kommentierenden Text, den er selbst verliest.

Du spürst wieder Schweiß ausbrechen. Deine Hände zittern und jeder Herzschlag droht dir den Brustkorb zu sprengen. Diesmal darfst du auf keinen Fall versagen. Die Schläfen pochen, und der Atem wird knapp. Deine zweite Chance, und vielleicht die letzte, zu beweisen, daß du zum Live-Interview taugst, daß du hier vor der Kamera eine Daseinsberechtigung hast. Wenn es diesmal schief geht, kannst du deinen Hut nehmen.

Dann steigst du in die erste Frage ein: Sind Sie mit dem Schuß einverstanden, Herr Minister?

Dr. Ehrwaldt scheint von dieser direkten Fragestellung überrumpelt, reagiert spontan und antwortet: Nein.

Kommt dann aber, um diese Spontaneität abzumildern, auf den Tatbestand zu sprechen. Immer wieder greift Merz ein, improvisiert Fragen und Hinweise, läßt noch einmal die Würgemale am Hals des Schützen einblenden, um dem Minister so das Alibi für diesen Schuß zu liefern. Dankbar ergreift Dr. Ehrwaldt das Argument der Notwehr, und schon kontert Merz, daß es Sache des Gerichts sei, festzustellen, ob ein Fall von Notwehr vorlag oder nicht. Katz und Maus.

War der Masseneinsatz Ihrer Polizei gerechtfertigt, Herr Minister?

Aber selbstverständlich war er das!

Der Minister geht über zu einer Philippika zugunsten der Polizei, und Merz hat Mühe, ihn noch einmal zu stoppen, um nun den Clou des Abends anzubringen: Den Beweis dafür, daß der junge Mann sehr leicht und ohne den Einsatz einer halben Hundertschaft Polizei aufzugreifen gewesen wäre.

Einblendung des zuerst gedrehten Filmes. Die Falltür und der Junge, der wie eine Wildkatze aus seinem Versteck bricht.

Anschließend die Fangfrage: Würden Sie die Aktion von heute morgen genauso, wie Ihr Polizeichef es heute nach dem tragischen Ausgang auf einer Pressekonferenz formuliert hat, als human bezeichnen, Herr Minister?

Wie alle Verantwortlichen, antwortet auch Dr. Ehrwaldt ausweichend, vermeidet jede klare Stellungnahme, und Merz setzt an zum Schlußsatz, einem vorsichtig abwägenden Abschluß, der zeigen soll, wie kritisch er der Sache gegenübersteht, ohne sich an der eigenen Kritik das Genick zu brechen: Sie haben sich heute Abend, Herr Minister, schützend vor Ihre Polizei gestellt, trotzdem bleibt beim Bürger ohne Uniform ein Unbehagen zurück, und wir können nur darauf vertrauen, daß das Gericht die Wahrheit finden und gerecht urteilen wird.

19

Tags darauf steht fest, daß diese Sendung und vor allem das nterview mit dem Innenminister Dr. Ehrwaldt Merz den bisher ;rößten Erfolg und den Beinamen „Ministerschreck“ eingebracht .at.

Jede der beiden großen Tageszeitungen berichtet drei- und ierspaltig aufgemacht von dieser Sendung.

Eine Illustrierte will aufgrund des Merz'schen Beitrags die Anelegenheit „ganz groß“ aufgreifen und herausstellen.

Aufregung im Innenministerium. Dr. Ehrwaldt muß sich mit 'orwürfen aus den eigenen Reihen auseinandersetzen. Er wird :ünftig darauf bestehen, daß ihm die Fragen eines Interviews 'orgelegt werden, damit er mißliebige Passagen streichen kann.

Das erläutert sein Pressereferent in einem Anruf: Ministerium ınd Polizei, aber auch Kreise „auf der höchsten Ebene“ sind über las, was Ehrwaldt geäußert hat, sehr unglücklich.

Jetzt schwimmst du endlich ganz obenauf. Jetzt ist nur noch 'ett in der Suppe. Um das zu erreichen, hast du es diesmal gar ıicht nötig gehabt, Intrigen anzustrengen, diesmal hat deine .eistung entschieden.

Und, davon bist du überzeugt, deine Leistung war brillant.

Die gesamte Redaktion ist zur Gratulation angetreten. Merz äßt eine Flasche Slibovitz aus der Kantine holen und ist nicht zu prechen, als Heuschka telefonisch nach ihm verlangt.

Etwas später läßt sich Heuschkas Referent mit Merz verinden:

Das Innenministerium habe sich bei der Intendanz über die mpertinente Fragestellung von Merz, die den Innenminister verirrte, beschwert und verlange nun eine Kopie der Bandaufeichnung.

Merz sagt die Bandkopie zu, verteidigt sich aber gegen den 'orwurf der impertinenten Fragestellung: Seine Fragen hätten lem Minister eine Brücke bauen sollen, über die Notwehr und lie erst abzuwartende Gerichtsentscheidung wollte er, Merz, weg 'on dem verhängnisvollen Schuß und hin zu jener Frage, ob der für den Einsatz Verantwortliche richtig gehandelt habe. Stat diese Eselsbrücke aufzugreifen, hängte sich der Minister in krampfhaften Bemühen, die Polizei in Bausch und Bogen rein zuwaschen, an die Schilderung des Sachverhaltes, natürlich au der Sicht der Polizei.

Und, argumentiert Merz gegenüber Heuschkas Referenten, al ich auf dieser Frage nach der Verantwortung des Polizeichefs be harrte, verhedderte er sich immer mehr, bis er auf Kanonen un Spatzen zu sprechen kam. Und dafür kann ich nun wirklic nichts.

Die Deutsche Presseagentur, die die gestrige Sendung nicht mit verfolgt hat, schickt nachmittags einen ihrer Leute zu Merz, un sich das Band anzuhören und sich Informationen geben zu lassen

Abends sitzen sie noch gemeinsam in der Kantine. Merz feiert Er fühlt sich von einer ungeheuren Euphorie hochgeschleudert, so als hätte er gerade irgendeine Weltmeisterschaft gewonnen.

Unbedenklich läßt er sich treiben.

Die nächste Ausgabe einer der beiden Tageszeitungen bring einen Angriff gegen Merz. Er habe seine journalistische Sorgfalts pflicht verletzt, da er weder im Kommentar noch im Intervie darauf hingewiesen habe, daß sowohl die Polizeiaktion wie auc das Amtshilfeersuchen der Wehrersatzbehörde ungesetzlich ge wesen sei, weil der Gesetzgeber seinerzeit vergessen hat, Zwangs maßnahmen für solche Wehrpflichtige anzuordnen, die nich zur Musterung erscheinen.

Crämer spricht Merz sofort darauf an: Wußten Sie von diese Ungesetzlichkeit?

Ich wußte das von anderen Fällen, gibt Merz zu, aber ich hab dieses Wissen in der Sendung bewußt zurückgehalten, weil e die Dinge nur verschärft hätte. Und für eine Verschärfung sol nicht der Reporter sorgen, der zu recherchieren und zu berichte hat.

Moment mal, kontert Crämer, das bedeutet doch, daß Sie in Grunde diese fatale Aktion bei Nacht und Nebel billigen, ode zumindest bis zu dem gewissen Grad in Schutz nehmen wollen indem Sie der Öffentlichkeit die ganze Härte des Falles gar nich erst vorführen, um zu verhindern, daß die Leute auf die Barrikaden gehen.

Was soll das? Merz reagiert ärgerlich.

Genau genommen, fährt Crämer unbeirrt fort, haben Sie nur vordergründige Lappalien kritisiert, um den wesentlich schwerwiegenderen Hintergrund um so besser verschleiern zu können. Sie haben also, wenn ich es einmal ganz brutal formuliere, Manipulation der Öffentlichkeit durch Verbreitung halber Wahrheiten betrieben.

Merz läßt Crämer einfach stehen. Das geht zu weit.

Auf seinem Schreibtisch in der Redaktionskammer findet er einen Brief mit dem Vermerk Heuschkas: An Merz weitergeben.

Der Brief ist an Dr. Heuschka adressiert, Absender ist ein Oberregierungsrat im Ruhestand, ehemaliger Leiter der Polizeiabteilung im Innenministerium und Duzfreund des Intendanten.

In diesem Brief an Heuschka wird Merz destruktive Haltung, mangelnde Sachkenntnis und mangelnde politische Urteilskraft vorgeworfen.

Merz, bereits durch das Gespräch mit Crämer verunsichert, geht sofort hinüber in die Redaktion und legt Morock diesen Brief vor.

Morock soll entscheiden, ob diese Vorwürfe zutreffen. Er meint, man solle die gesamte Redaktion von diesem Brief, der ein Alarmsignal sei, in Kenntnis setzen, und Merz wendet gegen diesen Vorschlag nichts ein.

So kommt es nachmittags, als auch Pointer und Loewe anwesend sind, zu einer kurzen Aussprache.

Pointer äußert den Verdacht, Heuschka habe diesen Brief vielleicht bei seinem Parteifreund angeregt, um gegen Merz etwas in der Hand zu haben.

Crämer schweigt zu allem.

Morock sagt: Seien Sie vorsichtig, Merz. Beim nächsten heißen Thema, das Sie machen wollen, wird man Ihnen sagen, Sie sollen doch lieber eine hübsche Reportage über nette Rollschuhläufer machen, und dann wird man Ihnen sagen, auch Ihre Rollschuhreportagen gefielen nicht mehr so richtig. –

Als Merz abends das Funkhaus verläßt, trifft er Heuschka im Hof.

Sofort kommen sie auf diesen Brief zu sprechen. Merz gibt sich empört.

Der Brief, meint Heuschka, sei Teil einer Kampagne gegen ihn, Heuschka. Man trage sich im SPD-Kreisverband schon ernstlich mit dem Gedanken, ihn, Heuschka, aus der SPD auszuschließen.

Merz, der kleine Bruder, läßt sich beruhigen.

Übrigens, sagt Heuschka, wußtest du, daß auch Dr. Ehrwald Bundesbruder ist?

Merz antwortet überrascht: Das erklärt vielleicht, warum er sofort bereit war, dieses Interview ohne vorhergehende Absprache laufen zu lassen.

Vielleicht, sagt Heuschka, auf jeden Fall scheint die Sache noch nicht abgeschlossen zu sein.

Sie findet ihren Abschluß in einem Brief Dr. Ehrwaldts an die Tagespresse, der am nächsten Tag veröffentlicht wird.

In diesem Brief beanstandet der Innenminister als erstes die verstümmelte Wiedergabe der Merz'schen Schlußworte und teilt den richtigen Wortlaut entsprechend dem Tonbandprotokoll mit.

Das tut er bewußt, da die Tagespresse dieses Schlußwort kritischer als Merz formuliert hat. Er weist darauf hin, daß Merz nicht gesagt habe: Der Bevölkerung bleibe nichts anderes übrig, als auf eine eventuelle Wahrheitsfindung des Gerichtes zu warten.

Nein, Merz hat das viel positiver akzentuiert. Merz sagte: Und wir können nur darauf vertrauen, daß das Gericht die Wahrheit finden und gerecht urteilen wird.

Zum anderen, schreibt Dr. Ehrwaldt, müsse er die fälschliche Information über eine angebliche Gesetzeslücke korrigieren. Diese Gesetzeslücke bezöge sich nicht auf die Zwangsvorführung, sondern auf die ärztliche Untersuchung.

Was der Innenminister nicht schreibt: Eine Musterung, also die Vorführung eines Wehrpflichtigen, besteht in der Hauptsache aus der ärztlichen Untersuchung. Verweigert also ein Wehrpflichtiger die Vorführung zur Musterung, so verweigert er damit vor allem die ärztliche Untersuchung und kommt auf diese Weise in den Vorzug der Gesetzeslücke.

Eine Kopie seines Briefes hat Dr. Ehrwaldt an Merz zur vertraulichen Kenntnisnahme geschickt mit einem persönlichen Schreiben, in dem er versichert, er habe die Kritik in seinem Hause weder veranlaßt noch gebilligt. Er sei im Gegenteil nach wie vor der Meinung, daß Merz das Gespräch zwar zügig und hart, aber sehr fair geführt habe.

Merz läßt beides, Kopie und persönliches Schreiben, von Annemie Schatz in den siebten Stock zu Dr. Heuschka bringen.

Das Haus soll wissen, welchen Stellenwert du hast.

Dritter Teil

1

Silvester, Jahreswende 1964/65.

Große Silvestershow im ARD-Programm und Direktübertragung aus den Studios.

Merz ist mitten unter ihnen. Gegen Mitternacht schon augenfällig alkoholisiert, aber munter und guter Dinge. Konfetti im Haar und Luftschlangengirlanden auf der Brust. Manchmal legt er den Arm um irgendein Mädchen und ist unbezwingbar charmant.

Ganz der Mann von Welt, so, wie er ihn sich vorstellt.

Zielstrebig hat er sich während des vergangenen Jahres, das den Sturz Chruschtschows für die Welt und noch mehr Wirtschaftswunder für die Bundesrepublik brachte, im Steinbruch der täglichen Routinearbeit Stufe um Stufe emporgerobbt und zum Jahreswechsel das Ziel erreicht, das er sich vor knapp drei Jahren bei seinem Eintritt in dieses Haus setzte: Ab 1. Januar 1965 zeichnet Merz als Leiter der Abendschau.

Jetzt ist er der Boß.

Das muß gefeiert werden.

Die Sterne stehen günstig, und Millionen Bundesbürger lassen Millionenbeträge Schlag zwölf in Feuerwerk und Rauch aufgehen.

Kaum einer glaubt daran, daß das Wirtschaftswunder 1965 nach der Freß-, Bekleidungs-, Reise- und Eigenheimwelle einen neuen Jahresring ansetzen wird: Die Preiswelle.

Vorerst ist nur die Lust- und Lasterwelle abzusehen, die trotz

Professor Süsterhenns Proklamation der „sauberen Leinwand" die bundesdeutsche Film- und Bücherfront überrollt.

Kleinbürgerskandale, lüstern aufgedeckte Liebesspiele stehen den mittleren Großstädten ins Haus und Bundeskanzler Ludwig Erhard gewinnt noch einmal im Wahljahr 1965.

Man tanzt Letkiss, eröffnet Diskotheken und empfängt die Queen Elizabeth mit allem staatlich zur Verfügung stehenden Pomp.

Während die USA ihr Gemini-Programm in Angriff nehmen, wird im italienischen Rivieraflecken Bordighera der 1. Internationale Salon der Comic-strips eröffnet und damit ein Comic-Boom in Europa eingeläutet.

Bundesdeutsche Frauen greifen zur Perücke, Schweine werden auf Happenings geschlachtet und der Vietnam-Krieg kostet Amerika 1965 jeden Tag vier Millionen Dollar.

Ein neues Jazz-Zeitalter scheint heraufgezogen. Die Beatles verdienen neunzigtausend Mark pro Kopf und Woche, die Prostitutionsbranche nimmt in einem Jahr mehr ein, als Bonn für die Entwicklungshilfe ausgibt, und die Werbung besteht darauf, daß Waschmittel weißer sind als weiß.

Nach Kühlschrank, Fernseher und Waschmaschine, wird in diesem Jahr der Geschirrspülautomat zum erklärten Familienziel, und der Mittelstand greift zur Heimsauna für den Bundesbürger.

Die Bundesregierung nimmt diplomatische Beziehungen zu Israel auf, und die Rundfunkanstalten bereiten das Farbfernsehen vor.

Es geht uns gut.

Und keiner sieht den Schlaf des Bürgers bedroht, obwohl das Jahr 1965 den Ansatz zum Umbruch in sich birgt.

Noch fühlt sich keiner persönlich angesprochen, wenn Prozesse gegen Ausbilder der Bundeswehr über den Bildschirm laufen und die Öffentlichkeit davon unterrichtet wird, daß sich ein Rekrut zu Tode robben mußte.

Noch kann de Gaulle ungestraft über die Popbegeisterung seiner französischen Jugend sagen: „Diese Jungen sind voller Vitalität, schickt sie zum Straßenbau".

Noch wird eine erste große organisierte Studentendemonstration gegen den Bildungsnotstand als neue Form des Studentenulks abgetan.

Aber zu dieser Zeit bestreitet Springer bereits achtunddreißig Prozent der täglichen Zeitungsauflage und will in Bonn ein privates Fernsehen durchsetzen.

Es kommt zu antideutschen Demonstrationen in Israel, Libanon, Dänemark, Irak und Jemen und zu einer sogenannten Nah-Ost-Krise anläßlich Kairos Anerkennung der DDR. Die Hallstein-Doktrin gerät ins Wanken.

Das Zweieinhalbmillionenvolk der Israelis sieht sich einer wachsenden militärischen Bedrohung durch fünfunddreißig Millionen arabischer Nachbarn ausgesetzt, und Bonn leistet ihm jene Rüstungshilfe, die es ein Jahr zuvor noch Ägypten geleistet hat.

Zum ersten Mal greifen bundesdeutsche Schriftsteller in den Wahlkampf ein, unterstützen die SPD und provozieren einen Angriff der Regierungspartei, die die Wahlhelfer als Uhus und Pinscher abqualifiziert.

Die bisher bewußt heimatlos gehaltene Linke in der Bundesrepublik beginnt Terrain zu erobern, ähnlich, wie seinerzeit die SPD, im Preußenreich noch „heimatlose Gesellen" genannt, deklassiert wurde.

Noch geschieht das alles unter der hauchdünnen Deckhaut risikolosen Wohlstands, die jederzeit zerreißen kann.

Noch können in Bonn die Notstandsgesetze ohne Widerstand der Staatsbürger vorbereitet werden. Noch gelten die Ostermarschierer als harmlose Irre.

Noch schläft der Bundesbürger, spielt ein wenig auf dem Lotterbett, aber sein Schlaf ist schon gestört.

Merz geht euphorisch in die Endphase seines Lebens.

Jetzt, da er sich auf dem Höhepunkt befindet, rückt die Bedrohung von Tag zu Tag näher. Ein Unheil, das er in diesem Stadium der Entwicklung schon nicht mehr abwehren kann.

Als sei er in einen reißenden Strom geraten. Ein guter Schwimmer, dem es Spaß macht, sich und anderen sein Können im Wildwasser zu beweisen.

Später werden sie sagen: Es waren genügend Warnungen vorhanden. Warum hat er sie alle in den Wind geschlagen?

Warum mußte er so agieren, als hätte er alles zu gewinnen, aber nichts zu verlieren?

Blinder Mut und Tollkühnheit wird ihm von seinen Mitarbeitern bescheinigt.

Aber auch Naivität.

Einer seiner Kollegen berichtet: Wer dort lebte und sich nur ein wenig in der orientalischen Mentalität der Leute auskannte, wußte, daß man nicht so vertrauensselig sein durfte, wie Merz es war.

Ich habe ihm mehrmals gesagt, daß er wahrscheinlich vom Dienstpersonal bespitzelt würde, daß Abhöranlagen in seiner Wohnung angebracht seien, aber er lachte nur darüber. Er hielt das entweder für absurd, oder er spielte mit der Gefahr.

Merz wurde darauf hingewiesen, wie rasch man in diesen Ländern als ausländischer Korrespondent stirbt oder verschwindet.

Sowohl zur deutschen Botschaft, wie zu Merz selbst, gelangten Briefe, die ihn aufforderten, das Land zu verlassen, seine Berichterstattung einzustellen, oder zu sterben.

Er sammelte sie zwar, legte sie auch, als sie immer häufiger und bedrohlicher bei ihm eintrafen, seinem Intendanten vor, bestand aber selbst darauf, keine Konsequenzen daraus zu ziehen.

Wollte er seinen Kopf nicht retten, oder vertraute er einfach seinem Glück?

Wir haben einmal darüber gesprochen, erzählt einer seiner Mitarbeiter, natürlich hatte er Angst, aber er gab immer vor, keine Angst zu kennen.

Er spielte den Mutigen, setzte alles auf eine Karte, wollte mit einem Bericht noch einmal ganz groß rauskommen, um dann vielleicht noch ein Buch über seine Erfahrungen in diesem Lande zu schreiben, ehe er als Korrespondent in irgendein europäisches Land zurückkehren würde. Vielleicht Frankreich, das äußerte er mehrmals.

Aber Merz kam dann nicht mehr bis nach Frankreich.

Als er erschossen war, ging das Funkbild des Toten, der da

am Rande des Bürgersteigs auf dem Gesicht lag, das linke Bein angewinkelt, als wolle er wegspringen, durch alle bundesrepublikanischen Redaktionen.

Jede Zeitung brachte die Todesmeldung, und einige wenige Freunde schrieben den Nachruf, auf den sie nicht vorbereitet waren.

Keiner hat geglaubt, daß einer so schnell sterben kann.

Andere ja. Auf den Bildschirmen stirbt es sich täglich. Das ist filmisches Ritual, Ersatz für die aufwendigen Leichenbegängnisse früherer Epochen, als der Tod durch die Maxime von ewiger Jugend und Leistungsfähigkeit noch nicht tabuisiert war.

Auf den Bildschirmen ist der Tod weit weg. Da stirbt es sich leicht. Das betrifft weder dich selbst, noch deinen Freund, betrifft nicht die Nähe des Einzelnen.

Plötzlich nun der Bildschirmtod eines Menschen, der nahe stand.

Trauer und Entsetzen sind nicht von der Hand zu weisen.

Furcht, weil der Tod in den persönlichen Bereich eingebrochen ist, weil er nun, da er die Bannmeile des persönlich Betroffenseins durchbrochen hat, seine Kreise auch enger ziehen kann, bis er den Mittelpunkt, dich selbst, trifft.

Du bist hilflos.

Der Tod für den Zuschauer.

Ein sinnloser, ein absurder Mord, an einem Menschen begangen, dessen Aufgabe die Information war. Information, die täglich über millionen Bildschirme Millionen ins Haus geliefert wird.

Ein Knopfdruck genügt, und wir haben sie auf dem Tisch des Hauses, die Toten und Verstümmelten der Kriege, die Unfalltoten und die berühmten Toten, die Opfer Irrsinniger und die Opfer der Studiokulisse. Zelluloidhelden, denen Colt und Schlaghand locker sitzen.

Friß Vogel oder stirb.

Aber den Bundesbürgern kann keiner ihr Glück nehmen, wenn sie abends zwischen sechs und elf im Wohnzimmer sitzen, Großaufnahmen dieser wahnsinnigen Welt auf ihren Bildschirmen.

Ihnen geht es gut.

Sie essen zum ablaufenden Film, trinken und rauchen und nehmen ab und zu eine Handvoll Nüsse. Die Frau häkelt und hört nicht auf zu häkeln.

Da fallen Nachrichten und Bomben über einem Urwaldgelände, aber sie wissen, daß der Urwald weit weg ist.

Oder ein Spielfilm mit Tieffliegerangriffen. Einer mit Bauchschuß schreit und hört nicht auf zu schreien, bis die Tiefflieger noch einmal kommen.

Mancher Zuschauer erinnert sich. Aber das ist lange her.

Was kann ihm heute schon passieren.

Später die Westernhelden. Sonntagnachmittag. Darauf warten die Kinder. Zwei auf einer staubigen Straße, die Beine gespreizt. Den einen sehen wir von hinten., fast füllt er das Bild aus, schräg an ihm vorbei, entfernt und klein, der andere. Der fällt um, wenn der vorne im Bild den Colt zieht. Hab Sonne im Herzen!

Die Wohnung ist warm und aufgeräumt, und, weil Samstag ist, wird nachher ein Bad genommen. Da legt sich dann der Schmutz von den Füßen als Schlinge um den Hals.

Langsam beginnt der einzelne Zuschauer den Tod in den Nachrichten mit dem Tod in dem darauffolgenden Film zu verwechseln.

Du wehrst ab. Du willst davon nichts wissen. Du willst nicht verletzt werden von dem, was außerhalb deiner engen Welt vorgeht. Was du willst, ist der künstliche Nervenkitzel. Der fördert den Blutkreislauf, läßt dich die tägliche Monotonie zwischen Arbeitsplatz und Couchgarnitur vergessen.

Wie schön das ist!

Dann stirbt einer von denen, deren Berichte die große weite Welt ins Wohnzimmer gebracht haben.

Seine Kollegen wollen dir einreden, er sei für dich, den Zuschauer, gestorben.

Aber der Zuschauer weiß ganz genau, daß dieses Gesicht des Journalisten nur eines der Filmstreifengesichter war, ein Zelluloidgesicht. Das hat vielleicht nie wirklich existiert. Da hat man dem Publikum nur etwas vorgegaukelt.

Trotzdem ist sein Tod eine Sensation. Eine echte Sensation so lange, bis das Bild des Toten zum dritten Mal eingeblendet wird.

Wie er da am Rande des Bürgersteigs liegt, das Bein zum Sprung angewinkelt.

Jetzt ist der Zuschauer wieder beruhigt. Diese Bilder kennt er. Das war keiner wie du und ich. Sonst würden wir ihm nicht auf dem Bildschirm begegnen.

Der Bundesbürger vor dem Bildschirm ist ein guter Mensch.

Böse wird er erst, wenn sie ihm den Bildschirm zudrehen, die Hochantenne kappen und an Stelle von Berichterstattung nur noch Pfeiftöne senden.

Seine tägliche Freude darf ihm nicht genommen werden.

Wer arbeitet, will auch essen.

Wer Brot hat, will auch Spiele.

Und wer Fernsehjournalist ist, erhält sein Brot dafür, daß er die Spiele arrangiert.

Natürlich ist ein Berufsrisiko dabei.

Merz hat eben Pech gehabt.

2

1965, da hat er noch kein Pech. Da schwimmt er geradezu im Glück. Weil er doch Abendschauleiter geworden ist und sein Ziel erreicht hat.

Die Jahreswende entläßt ihn in eine neue Zukunft.

Morock hat seinen Stuhl Anfang 1964 freigegeben und ist als Nah-Ost-Korrespondent des Zweiten Deutschen Fernsehens recht schnell aus dem Gesichtskreis der verbliebenen Redaktion verschwunden.

Crämer rückte automatisch nach, und Merz übernahm die stellvertretende Leitung der Abendschau.

Ein Dreivierteljahr später setzte sich auch Crämer ab, verließ die Abendschau, um im Hause die Pressestelle zu übernehmen, einen Posten, der für gleiches Geld ein wesentlich ruhigeres Schreibtischdasein verspricht.

Damit war der Weg für Merz frei.

Weder Janke, noch Heuschka legten ihm Widerstand in den Weg, als er sich um Crämers Nachfolge bewarb.

Selbstverständlich wirst du Leiter der Abendschau, versicherte der Intendant und besiegelte dieses Versprechen mit einem Handschlag. Diesem Handschlag folgten die Vorbereitungen. Merz zog ins Chefzimmer und übernahm das Kommando.

Nur Fräulein Schatz ist von denen, die dieser Redaktion einmal angehörten, übrig geblieben. Endlich ist die Hierarchie für Merz in die richtigen Relationen gerückt worden. Er, der Älteste, hat die Führung über sieben junge Leute übernommen.

Jetzt kann er seine Erfahrungen spielen lassen.

Jetzt ist er jeden zweiten Abend für eine halbe Stunde Sendung verantwortlich.

Jetzt hat Merz das Kommando.

Jetzt wird er die anderen fressen lassen, was er ihnen vorwirft.

Aber noch ist seine neue Position nicht endgültig gefestigt. Noch fehlt ihm der Vertrag.

Er hat vierhundert Mark mehr im Monat verlangt. Längere Kündigungsfrist.

Du wirst dich so teuer wie möglich verkaufen.

Den Job, den ich da übernehme, äußerte er einmal im Gespräch, ist den Abteilungsleitertitel nicht wert, er ist eine Knochen- und Seelenmühle und außer mir ist weit und breit keiner, der ihn übernehmen könnte.

Aber sie halten dich hin. Man hat keine Zeit, mit dir über einen neuen Vertrag zu verhandeln.

Deshalb geht Merz zum Streufeuer über. Jeden Tag mehrere Anrufe in Sachen Vertrag. Telefonat mit Janke, dem Fernsehdirektor, Telefonat mit Heuschka, Anruf in der Personalabteilung und Anruf in der Programmdirektion, die ein alter Bekannter betreut: Grasberger.

Seit jener Silvesternacht zur Jahreswende 65 duzen sie sich.

Gegen Mitternacht standen sie zusammen an der Bar und jeder feierte den Posten, den er endlich erreicht hatte. Das war ein Grund, sich das gegenseitige Du anzubieten. Der CDU-Mann aus Bonn, vorgesehen für die Programmdirektion, hat es vorgezogen, die Abteilung „Aktuelles“ unter seine Aufsicht zu bringen.

Grasberger verspricht, in Sachen Vertrag etwas zu unternehmen.

Auf mich kannst du dich verlassen, sagt er.

Grasberger ist glücklich und zufrieden als Programmdirektor. Er hat es schon immer verabscheut, Filme zu machen. Draußen herum zu laufen und Leute zu interviewen. Jetzt hat er einen schönen glatten Schreibtisch, eine eigene Sekretärin und muß nur die Programme der einzelnen Abteilungen überprüfen und genehmigen.

Zum 1. Februar 65 hat er sich einen Assistenten ins Haus kommen lassen, einen der zahlreichen Freunde, die er schon als Abendschauleiter auf Tagungen kennengelernt hat, Wolfgang Hummerstein, ein Mittdreißiger, mittelgroß und kompakt, trägt Hornbrille und Stiftenkopf. Auf den ersten Blick wirkt er zurückhaltend, fast etwas langweilig, sobald er aber den Mund aufmacht, gibt er seine Arroganz preis: Hochmut eines hochherrschaftlichen Kammerdieners. Seine Bemühungen, dem Herrn und Meister, Programmdirektor Grasberger, soviel wie möglich vom Leib zu halten, entwickeln sich in den nächsten Wochen erst zu einem unabwendbaren Bedürfnis und später zur Diktatur des Assistenten.

Grasberger, der ohnehin dazu neigt, an jeder Organisation zu scheitern, überläßt gern einige Kompetenzen seinem Assistenten, ohne sich vorerst um die Folgen zu kümmern.

Merz spürt bereits bei seiner ersten Begegnung mit Hummerstein, als Grasberger sie miteinander bekannt macht, eine tiefe Abneigung gegen diesen Mann.

Er erzählt Crämer von seinem Eindruck bei einem Mittagessen in der Kantine, zu dem sie sich als stolzer Rest des verlorenen Haufens in der ersten Januarwoche treffen.

Merz spricht von einem arroganten, machthungrigen Schnösel. Man sollte ihn so rasch wie möglich abschießen.

Laß nur, meint Crämer, sowas stürzt sich von selbst. Grasberger war von Anfang an hier in diesem Laden unfähig. Er wird's nicht lange machen und mit ihm geht auch sein Assistent.

Crämer fühlt sich als Leiter der Presseabteilung sehr wohl. Er hat einen Platz gefunden, für den er durch seine Mitarbeit bei Funkzeitschriften von Anfang an prädestiniert schien.

Jetzt, sagt er, sitze ich auch nicht mehr sosehr auf der Abschußrampe wie seinerzeit in der Abendschau.

Dafür sitzt du auf dem Feuerstuhl. Aber du wirst das Ding schon schaukeln.

Nachdem sie nun beide beruflich auf etwa gleicher Ebene stehen, kommen sie mittags häufig zusammen.

Grasberger ist zu weit hinaufgerutscht und Annemie Schatz eben doch nur Sekretärin. Der Abteilungsleiter kann nicht mit seiner Sekretärin in der Kantine essen. Also bleibt Crämer. Und Crämer scheint ein guter Freund zu werden.

Manchmal sprechen sie von ehemaligen Kollegen. Niklas hat nichts mehr von sich hören lassen, Pointer ist in irgendeiner Illustriertenredaktion untergetaucht, nur Loewe hat erst kürzlich eine Ansichtskarte aus Beirut geschickt: Morock sei wohlbehalten eingetroffen.

Erinnerst du dich, fragt Crämer, daß wir vor drei Jahren einmal davon gesprochen haben, wer wohl von uns allen überleben wird? Bis jetzt scheint nur Morock eine Chance zu haben.

Warten wir die nächsten sieben Jahre noch ab, antwortet Merz.

Willst du immer noch weiter nach oben?

Merz gibt es unumwunden zu.

Das, was Morock jetzt macht, das würde mir gefallen.

Crämer lacht: Davon träumt jeder, ob Redakteur oder Kameramann, der hier anfängt.

Wer weiß, sagt Merz, eigentlich war es eine der hauptsächlichen Antriebsfedern, warum ich diesen Beruf überhaupt so durchgehalten habe, die Möglichkeit, ins Ausland zu kommen. Frankreich zum Beispiel.

Frankreich liegt Crämer zu nah vor der eigenen Tür.

Aber Merz besteht auf Frankreich. Das kennt er. Hier kann er Jugendträumen nachhängen. Im Grunde genommen empfindet er Mißtrauen und Furcht gegenüber allem Unbekannten.

Ich hatte mal ein Angebot, Ende der fünfziger Jahre, nach Bombay zu gehen, erzählt er.

Und?

Ich habe lange gezögert und dann abgesagt.

Warum? fragt Crämer und wird neugierig.

Eigentlich ist es lächerlich, meint Merz, aber ich hätte mich dort mit Englisch durchschlagen müssen, und ich kann kaum Englisch.

Französisch spricht er beinahe perfekt, behauptet er, das macht ihm dieses Land vertraut. Und dann die Erinnerung eines jungen Soldaten, der dort in Frankreich die innere Loslösung vom Elternhaus und der Schulzeit vollzog. Mädchen, die er kennenlernte und endlich die eigene Frau. Die ganz große Liebe, die nach seiner Rückkehr aus Rußland so kläglich im Sand verlaufen ist.

Crämer kennt das nicht. Aber er versucht, Merz zu verstehen.

Lassen wir das, sagt Merz, ich bin recht glücklich über die Situation, so, wie sie heute ist. Immer wieder den Anfänger spielen zu müssen, wurde in meinem Alter allmählich penetrant.

Wie alt bist du jetzt?

Fünfundvierzig, demnächst, antwortet Merz und zählt die Jahre nach, die ihm noch bleiben, bis er die Fünfzig erreicht haben wird. Vierzig, sagt er, das ist eine Wendemarke. Du wirst es selbst entdecken, wenn du soweit bist.

Und jedes darauffolgende Jahrzehnt nimmt dir mehr Lebenskraft, als du in den ersten dreißig Jahren deines Lebens verbraucht hast.

Die erste Abendschausendung im neuen Jahr stellt Merz als neuen Chef vor. Live-Interview vor der Studiokamera. Diesmal ist Merz der Befragte, Crämer, als ausscheidender Leiter, der Interviewer.

Sie spenden sich gegenseitig Lob. Einer wünscht dem anderen viel Glück, und Merz verspricht den Zuschauern eine aktuelle, informative und unterhaltende Abendschau für das neue Jahr.

Für diesen Auftritt hat Merz sich einen neuen Anzug gekauft, hellgrau mit dünnen Nadelstreifen, und sich zum ersten Mal die Glanzpartien auf Stirn, Kinn und Nase pudern lassen.

Sorgfältig überprüft er die Wirkung seines Gesichts bei der Probe auf dem Monitor. Er ist zufrieden, mit sich, der Welt und der Abendschau.

Nach der Sendung lädt Merz alle, die im Studio anwesend sind, zu einem Einstandsdrink in die nächste Kneipe ein.

Du hast dazugelernt.

An diesem Abend ist er ganz der joviale Chef. Ein Mann, der sich seiner Bedeutung bewußt ist und gegenüber der Technik und seinen jungen Mitarbeitern ganz gern einmal den intelligent Überlegenen spielt.

Weltoffen, topfit und zupackend.

Was meinst du, fragt er Crämer halb scherzend, halb ernst, nachdem das heute abend so glatt über die Bühne gegangen ist, könnten wir übermorgen abend den Spieß umdrehen, und ich stelle dich als neuen Leiter der Presseabteilung vor?

Aber das wäre zuviel des Guten. Die beiderseitige Protektion würde zu offensichtlich.

Dann muß eben einer der beiden jungen Leute ran, sagt Merz.

Crämer meint, er wolle sich nicht von einem Anfänger verheizen lassen.

Ich setze Ebert an, beruhigt Merz, der ist seit einem Dreivierteljahr bei uns und müßte es schaffen. Schließlich wäre es nicht sein erstes Live-Interview.

Crämer läßt sich überzeugen.

Ebert, der Volontär, der noch von Crämer Mitte 1964 in die Redaktion geholt worden war, ist ein recht tüchtiger junger Mann, Mitte Zwanzig, von durchschnittlicher Intelligenz, die ihm die geforderte Anpassung und Unterordnung erleichtert. Vielleicht könnte er etwas weniger träge sein, aber die Cutterinnen sind verliebt in seinen jungenhaften Wuschelkopf, wodurch ihm sehr viel Arbeit in den Schneideräumen abgenommen wird, die sonst durch sein Phlegma verzögert und ihn immer wieder in Terminschwierigkeiten bringen würde.

Während der Weihnachtsfeiertage hat er damit begonnen, sich einen Bart stehen zu lassen, vom Haaransatz an den Koteletten bis zum Kinn und auf der Oberlippe, wahrscheinlich in der Annahme, daß ihm ein gelockter Bart noch mehr Sympathien bei den Mädchen verschafft. Zur offen proklamierten Freude von Merz, entpuppt sich dieser Bart als karottenfarben.

Eindeutig orange, witzelt er, aber das soll bei Blonden öfters vorkommen.

Merz weiß das aus eigener Erfahrung. In einer euphorischen Anwandlung hat er vor Jahren einmal einen Segelurlaub ohne Rasierapparat verbracht. Die Folge war ebenfalls ein karottenfarbener Bart, der zudem noch in unregelmäßigen, drahtigen Büscheln aus der Haut wuchs.

Nach viertägiger Leidenszeit schickte Merz einen Bekannten los, Rasierzeug zu organisieren. Er selbst hatte nicht mehr den Mut, sich einer Verkäuferin zu zeigen.

Allen Ernstes, sagt er zu Ebert, ich würde mir das Ding da wieder aus dem Gesicht nehmen.

Aber der junge Mann widersteht.

Also bleibt Merz, der zeigen will, wer hier der Herr im Hause ist, nichts anderes übrig, als Tag für Tag immer wieder im Beisein anderer darauf hinzuweisen, daß Eberts Bart eine fatale Ähnlichkeit mit frisch geschabten Karotten habe.

Vielleicht, witzelt er, bereitet sich Ebert schon aufs Farbfernsehen vor? Da können wir natürlich nicht mithalten.

Merz hat in dieser Sache zwar die Unterstützung von Frau Erbacher, der älteren Cutterin, aber Ebert greift auf die Unterstützung der jungen Molnar und ihrer Freundinnen aus der „Dokumentation" zurück, sie stärken ihm den Rücken im Widerstand gegen Merz.

Dieser Widerstand um den orangen Bart ist jedoch der einzige Widerstand, den sich Ebert leistet. Ansonsten überrascht er mit seiner Fähigkeit, sich ein- und unterzuordnen.

So, wie er unter Crämer ohne nennenswerten Widerspruch und mit wenig Eigeninitiative gearbeitet hat, so arbeitet er auch unter Merz.

Und er ist kein schlechter Arbeiter, zuverlässig, nur etwas langsam. Merz kann ihn zwar nicht ans Regiepult setzen, weil es dort um Sekundenbruchteile geht, aber er kann ihn mit einem Filmauftrag losschicken und sicher sein, das Material zu erhalten, das er verlangt hat.

Da ist Fricke, der seit 1. Dezember der Redaktion angehört, ein ganz anderer Typ. Wie Ebert erst Mitte Zwanzig, aber sehr vif, clever und mit überquellender Energie geladen, sehr opportunistisch und schlau. Er hat es verstanden, auf legale Weise den Wehrdienst zu umgehen, hat einige Semester Zeitungswissenschaft studiert, nebenbei Schauspielunterricht genommen und bereits während seines Studiums immer wieder gelegentlich als Sprecher im Funkhaus gearbeitet.

In den letzten zwei Jahren saß er allerdings öfters in der Kantine als im Sprecherstudio, schaffte sich Freunde und sperrte Augen und Ohren auf. Als er dann davon hörte, daß die Abendschau einen dritten Mann suchte, verstand er es geschickt, sich in die Redaktion hineinzumanövrieren.

Jetzt arbeitet er, wie Merz in seiner Anfangszeit gearbeitet hat, und erscheint jeden Morgen mit neuen Themenvorschlägen, die er den Zeitungen entnommen hat, mit dem einzigen Unterschied, daß er sich energischer und wendiger in den Vordergrund spielt als Merz es je versucht hat. Dabei agiert er mit der Schnelligkeit eines Taschenspielers und der Hartnäckigkeit eines Predigers.

Dieser Job, wie er ihn nennt, ist sein erstes Betätigungsfeld, auf dem er seine Fähigkeiten beweisen kann.

Fricke kommt aus gutbürgerlichen Verhältnissen. Sein Vater ist Staatsanwalt, sehr kultiviert und davon überzeugt, daß dieser Ausbruchversuch seines Sohnes aus der vorgesehenen Laufbahn nicht gut enden kann. Also wird Fricke hier den Gegenbeweis antreten.

Von Crämer wurde Fricke bereits zum Texten herangezogen. Merz stoppt den Jungen ab.

Orientieren Sie sich erst einmal gründlich, sagt er, ehe Sie etwas eigenes machen.

Schon nach den ersten vierzehn Tagen weiß Merz, daß es viel Mühe kosten wird, diesen cleveren Burschen, der alle zwei Tage modebewußt seinen Anzug wechselt, unten zu halten, vorerst nicht hochkommen zu lassen.

3

Der Fernsehfasching in Studio V ist für Ende Januar angesetzt. Merz läßt sich davon überzeugen, daß er als Chef der Abendschau nicht fehlen kann. Anfangs hat er sich gesträubt, weil er die Albernheiten solcher Feste fürchtet. Plattituden und befohlene Fröhlichkeit widern ihn an. Zudem rechnet er sich wenig Chancen aus, diese Party als Star des Abends bestreiten zu können, so, wie er sich selbst gerne sehen möchte.

Annemie Schatz nimmt sich dieser Abwehr liebevoll an. Ihre Wirtin, die fünfzigjährige Lehrerin, hat aus der Zeit ihrer Tätigkeit bei einer Laienspielgruppe einen Kostümfundus in einem ihrer Schränke verstaut und ist gerne bereit, ihn Merz und der Schatz zur Verfügung zu stellen.

Für Samstagabend, zwanzig Uhr, ist das Fest angesetzt. Merz trifft um sechzehn Uhr bei den beiden Frauen ein. Diesmal öffnet Annemie Schatz und zwinkert ihm zu, damit er durch sein Verhalten nicht verrät, wie oft er die Nächte schon in dieser Wohnung verbracht hat.

Sie haben Kaffee gekocht und Kuchen bereitgestellt. Beide Frauen sind Feuer und Flamme und ganz bei der Sache. Es macht ihnen Spaß, diesen gehemmten Mann Mitte Vierzig auszustaffieren.

Aber erst trinken wir einmal gemütlich Kaffee, ordnet Schätzchen an und weist Merz in einen der beiden Plüschsessel.

Dieses Wohnzimmer wirkt wie die Schuhschachtel eines Sammlers, der alles aufhebt und verwahrt, was ihm vor die Füße kommt.

Ich habe seit dem Tod meines Mannes nichts verändert, bestätigt die Lehrerin. Sie ist sehr liebenswürdig, sehr zuvorkommend und fast zu einem Flirt aufgelegt. Endlich haben die beiden Frauen wieder einmal einen Mann im Haus. Noch dazu einen recht stattlichen und charmanten Mann, der vom Leben zwar schon etwas angegriffen ist, aber ansonsten doch recht brauchbar wirkt. Er wird jetzt Kuchen essen und Kaffee trinken, danach werden sie ihn ausziehen und später wieder einkleiden.

Und zum Kaffee noch einen kleinen Kognak.

Merz läßt sich von der zärtlichen, hoffnungsschwangeren Fröhlichkeit der zwei Frauen gerne versorgen.

Einmal im Jahr, doziert die Ältere, stellt jeder seine geheimsten Wünsche zur Schau und verkleidet sich so, wie er im Leben eigentlich sein möchte. Was wären Sie denn gerne?

Annemie Schatz starrt ihn erwartungsvoll über ihre Kaffeetasse hinweg an.

Ich? fragt Merz und zuckt die Schultern, ich habe eigentlich gar keine Zeit, mich mit geheimen Wünschen zu beschäftigen.

Nun, winkt die Lehrerin beruhigend ab, wir werden schon etwas finden.

Dann öffnet sie den Requisitenschrank, ein wildes Durcheinander von Kostümen und Stoffresten, und Schätzchen hilft eilfertig, alles auf dem Wohnzimmerteppich auszubreiten.

Nachdem der Fundus überschaubar geworden ist, legen beide Frauen eine Gedenkminute ein, scheinen intensiv zu überlegen, schätzen den Vorrat an Kostümen und Merz ab, lassen die Blicke abwechselnd von ihm zum Haufen wandern.

Was meinst du? fragt die eine, und die andere fragt es auch. Beide stellen sich den Mann ihrer geheimen Wünsche vor.

Du wirst zum Objekt zweier Frauen, und du warst schon immer liebend gern Hahn im Korb.

Sie stellen fest, daß mehr weibliche als männliche Verkleidungsstücke vorliegen. Aber eine Frau aus diesem Mann zu machen, wäre pervers.

Dann zieht Annemie Schatz als erstes eine Blue-Jeans aus dem Haufen.

Probier mal, fordert sie ihn auf.

Hier? fragt Merz etwas zweifelnd, und die beiden Frauen kichern, als er sich ins Bad zurückzieht, um die Hosen zu wechseln.

Was hab ich gesagt, freut sich Schätzchen, als er zurückkommt, sie paßt! Die Beine sind etwas zu kurz, aber das macht nichts, im Gegenteil.

Beim Überziehen der Blue-Jeans hatte Merz Schwierigkeiten

mit dem Bauchansatz und der Schließknopf sprang ab. Er hält den Knopf etwas ratlos in der Hand: Und das?

Das haben wir gleich, meint die Lehrerin und bohrt kurzerhand dort, wo der Knopf saß, in Höhe des Merz'schen Bauchnabels mit einer kleinen spitzen Schere ein Loch in den Hosenbund, kramt aus dem Kleiderhaufen ein Geschenkband hervor, rosa, das sie nun durch Knopfloch und Scherenloch zieht und zu einer niedlichen Schleife zusammenknüpft.

Ist das nichts?

Unter Kennerblicken seiner beiden Kostümbildnerinnen wird Merz rasch weiter ausstaffiert, muß das Oberhemd ablegen, um einen buntgestreiften Damenpullover überzuziehen, der gerade die Rippen bedeckt, darunter leuchtet bis zum Hosenbund das weiße Unterhemd.

Geh ein paar Schritte zurück, kommandiert Schätzchen, so, und nun dreh dich mal. Nein, das Unterhemd sieht unmöglich aus, das muß weg.

Merz protestiert. Er habe einen empfindlichen Rücken, Ischias und ähnliches.

Schließlich gehörst du nicht mehr zu den Jüngsten.

Für einen Abend wirst du's überstehen, kontert seine Freundin.

Sie sind doch noch ein junger Mann, pflichtet ihr die Lehrerin bei.

Also wird das Unterhemd ausgezogen und sorgsam über die Lehne eines Plüschsessels gehängt.

Enttäuscht stellt die Lehrerin fest, daß die Merz'sche Brust blank und unbehaart ist. Brusthaare sind ein Sinnbild der Männlichkeit, kommentiert sie fachmännisch und Merz fühlt sich gekränkt.

Annemie Schatz kommt ihm zur Hilfe: Er ist blond und hat eine sehr zarte Haut.

Du mußt es wissen, sagt die Ältere, du hast ihn ja oft genug hier gehabt.

Also weiß sie Bescheid.

Er ist ein wunderbarer Mann, schwärmt Schätzchen.

Nun ja, in deinem Alter stellt man andere Ansprüche. Aber er sieht jetzt schon ganz passabel aus in den Blue-Jeans und dem Ringelpullover. Wie wär's mit einem kleinen Schnauzbart, Herr Merz?

Sie hält einen kleinen schwarzen Schnauzer in der Hand. Die Einwände, schwarzer Schnurrbart passe nicht zu blonden Haaren, entkräftet sie mit einer dunkelhaarigen Männerperücke, die sie noch vorrätig hat. Sofort wird die Perücke über den Merz'schen Kopf gestreift und der Schnauzbart mit Mastix auf der Oberlippe festgeklebt.

Kein Mensch wird dich erkennen, jubelt das Schätzchen und beginnt, sich selbst zu verkleiden. Nach einer Stunde hat sie sich als Mischung aus Zigeunerin und Räuberbraut entpuppt, tänzelt in einem langen schwarzen Rock, einer ausgeschnittenen und unter der Brust verknoteten bunten Bluse, mächtigen Ohrgehängen und Kettenbändern in diesem obskuren Wohnzimmer aus Plüsch und aufgespießten Schmetterlingen über den Teppich.

Gefalle ich dir?

Sie legt noch etwas Rouge auf, viel Lippenstift und Lidschatten.

Nun nehmen Sie das Kind schon in die Arme, fordert ihn die Lehrerin auf.

Inzwischen ist nur noch eine Stunde Zeit bis zum Beginn der Faschingsfeierlichkeiten, aber die ältere Freundin besteht darauf, daß Merz und Schätzchen noch etwas zu sich nehmen, um eine gute Grundlage für den Alkoholkonsum zu haben. Sie richtet in der Küche belegte Brote, während Schätzchen sich Merz auf dem Sofa an den Hals wirft.

Du reagierst gehemmt und abwehrend, weil die Frau jeden Augenblick wieder hereinkommen kann.

Das Abendessen wird angenehm gemütlich. Beide Frauen legen ihre Hände abwechselnd auf seine Knie und lächeln ihn an.

Als sie gegen einundzwanzig Uhr im Studio V eintreffen, ist die große, faschingsmäßig dekorierte Halle bereits gefüllt.

Sehr viele der Gesichter sind dir inzwischen vertraut. Du öffnest die Tür und dann schlägt dir eine Welle hochgeschwemmter Fröhlichkeit entgegen. Damit mußt du fertig werden, und du bist fest entschlossen, dir heute abend, hier in diesem Studio, einen angemessenen Platz zu erobern.

Es dauert nur Sekundenbruchteile, du stehst noch in der geöffneten Tür und siehst Grasberger als heruntergekommenen Playboy auf dich zusteuern, bis du begreifst, was du aus dieser Maske der beiden Frauen für Kapital schlagen kannst.

Keiner kann dich auf Anhieb erkennen. Und nun schlüpfst du in die, dir zugewiesene Rolle perfekt hinein. Du spielst den Südfranzosen. Hafenviertel Marseille.

Du machst auf Franzose. Frankreich, das ist deine große, kindliche Illusion, dort fixierst du deine angenehmsten Erinnerungen.

Merz spricht die ganze Nacht hindurch mit ständig sich steigerndem Tempo Französisch, wo immer er einen Partner findet. Anfangsschwierigkeiten, in diese Sprache zurückzufinden, überwindet er rasch.

Gerät er an einen, der absolut kein Französisch versteht oder verstehen will, versucht Merz es mit gebrochenem Deutsch, französisch akzentuiert.

Keiner der Kollegen erkennt ihn auf den ersten Blick. Manche identifizieren Merz erst nach Stunden. Ein echtes Inkognito. Und das macht dir höllischen Spaß.

Es ist die gleiche Freude, die du auch empfindest, wenn du am Steuer eines schnellen Wagens sitzt und mit halsbrecherischer Geschwindigkeitsbeschleunigung jeden vor dir fahrenden Wagen überholst, auch in unübersichtlichen Kurven. Oder die Freude, Fußgänger durch lautes Hupen zu erschrecken, nahe am Bordstein Pfützen mit quietschenden Reifen zu durchqueren und die Passanten wegspringen zu sehen. Das tust du heute noch gerne. Dann sitzt du grinsend hinter der Windschutzscheibe und bist plötzlich sehr fröhlich.

Unbeschwert und glücklich verbringt Merz diese Nacht. Für Stunden kann er den Ballast der vergangenen Jahre abwerfen und in die Illusion eines Neuanfangs einsteigen. Ein Mann ohne Vergangenheit, aber mit viel Zukunft.

Annemie Schatz hat er recht bald abgehängt. Er erklärte ihr, daß er diese neumodischen Tänze nicht mitmache, sich lieber unterhalten würde, sie solle sich aber doch bitte amüsieren. Was sie dann auch tat. Sie tauchte rasch in der rötlich beleuchteten und stetig hin- und herwogenden Tanzflächenmasse unter.

Merz bewegte sich zielstrebig zur Bar, um seine Euphorie im Alkohol zu festigen.

Du kennst dich und die Wirkung des Alkohols. Wenn andere unterm Tisch liegen, fährst du immer noch Auto, wirkst nüchtern, auch, wenn du am nächsten Tag einem Kater gegenüberstehst. Du verträgst viel und hast dieses Phänomen, am nächsten Tag dich an nichts mehr erinnern zu können, noch nie erlebt.

Wenn Merz trinkt, redet er. Dann ist er ganz groß und unschlagbar. Heute hat er es auf die Mädchen der Redaktion abgesehen und verführt sogar Frau Erbacher in fortgeschrittenem Stadium dazu, ihre Bluse weiter zu öffnen, hetzt Grasberger auf den Bartresen und läßt ihn dort zur Belustigung der Mädchengruppe, die sich inzwischen um den Franzosen Merz geschart hat, Twist tanzen.

Es tut gut, das hemmungslose Kreischen der Frauen zu hören.

Selbst Jankes Frau weicht kaum noch von deiner Seite.

Sie sind alle bereit, dir, dem Nichttänzer, an der Bar Gesellschaft zu leisten.

Inzwischen hat Merz fröhlich Verschiedenes in sich hineingegossen. Sein Magen füllt sich mit einer Mischung aus Wein, Kognak, Wodka, Whisky und Slibovitz.

Als sich gegen Mitternacht noch die hübsche und junge Susanne Molnar zu ihm gesellt, bestellt er eine Flasche Sekt.

Sie hat kaum etwas am Leib, Bikini und Papierblumengirlanden. Die langen schwarzen Haare fallen aufgelöst über die nackten Schultern.

So eine politisch ambitionierte junge Dame als Hula-Hula-Mädchen? scherzt Merz in gebrochenem Deutsch.

Merz? fragt sie und lächelt ihn auffordernd an.

Du gibst dein gebrochenes Deutsch nicht auf.

Sie behauptet, ihn an der Stimme und den Händen zu erkennen: An den Händen erkennt man die Qualitäten eines Mannes, erklärt sie.

Was ist mit meinen Händen?

Oh, lacht sie, Sie haben lange, feingliedrige Finger, das läßt darauf schließen, daß Sie im Bett sehr zärtlich sein können. Das mag jede Frau. Ich mag Sie übrigens sehr.

Du gibst dich überrumpelt.

Wobei ich einen Unterschied zwischen mögen und lieben mache, schränkt sie sofort ein, wenn ich einen liebe, schlafe ich mit ihm. Das ist eben mehr als mögen.

Sie wechseln Ihre Partner häufig?

Wen ich haben will, lacht sie, den nehme ich mir auch. Wenn Sie so wollen, breche ich damit in ein Vorrecht der Männer ein.

Sie gibt sich sehr emanzipiert, und Merz ist nicht mehr nüchtern. Das reizt ihn. Diese Frau, die so selbstbewußt ist, sich nehmen zu können, was ihr Spaß macht und dir erklärt, daß sie zwar annehme, du seist zärtlich im Bett, aber trotzdem für sie nicht begehrenswert, diese Frau willst du gefügig machen. Dieser jungen Göre wirst du zeigen, wer der Mann ist. Wer sich was nimmt.

Also bestellst du noch eine Flasche Sekt und beobachtest, selbst schon nicht mehr ganz zurechnungsfähig, wie sie immer nachgiebiger wird, immer redseliger.

So erzählt sie zutraulich, daß man sie vor ihm, Merz, gewarnt habe. Er sei ein Zuträger Heuschkas und renne wegen jedem kleinen Dreck zur Intendanz, um Meldung zu erstatten. Auf diese Weise sei ihm auch der Posten des Abendschauleiters zugeschanzt worden.

Außerdem sei da noch irgendeine kumpelhafte Vereinigung renitenter Katholiken im Spiel.

So, so, sagt Merz und beginnt mit seinen Händen ihre blanke Haut zu streicheln.

Wußte ich's doch! lacht sie, ich habe mich in Ihren Händen nicht getäuscht!

Sie reizt, gibt contra und will sich dann geschickt aus der Affäre ziehen: Ich mag Sie, aber ich schlafe nicht mit Ihnen.

So? fragt er zurück und spürt Zorn aufsteigen: Komm schon!

Susanne Molnar lacht, frech und betrunken. Er packt sie am Handgelenk und zieht sie vom Barhocker. Sie schwankt ein wenig, und er legt den Arm um sie, als wolle er sie stützen. Schiebt sie so durch die Menge der Tanzenden. Verschwommen nimmt er Gesichter wahr, Gesprächsfetzen, Musik, irgendwo das Gesicht von Annemie Schatz, die fragt, was los sei. Ihr ist schlecht, antwortest du automatisch und spürst nur noch Zorn und Gier.

Zielstrebig findest du in die Atelierräume der Fernsehspielproduktion. Das Mädchen in deinem Arm lacht und kichert und zittert erbärmlich, als du mit ihr die schneebedeckte Rasenfläche überquerst, um zur Atelierhalle zu kommen.

Wie Merz vermutet hat, ist die Tür nicht verschlossen. Sträflicher Leichtsinn, der in solchen Nächten immer wieder vorkommt. Du weißt, daß hier noch die Kulisse zur nächsten Himmelbettkomödie aufgebaut ist.

Merz zündet sein Feuerzeug an, stolpert mit dem Mädchen über Kabel, an riesigen Kameraschwenkarmen und Fünftausend-Watt-Scheinwerfern vorbei.

Kulissen aus der Zeit der Jahrhundertwende. Mobiliar des Großbürgertums. Palmwedel und Vitrinen, die im kleinen Lichtradius des Feuerzeugs aufleuchten und wieder untertauchen.

Bis du das Bett findest.

Eine wundervolle Attrappe aus Sperrholz, dünne Matratze und nicht ganz sprungfest. Aber daran denkt Merz nicht, während er das Mädchen entkleidet und sich selbst die Hosen auszieht.

Diesmal braucht er den wilden Mann nicht zu spielen, diesmal ist er genügend gereizt, um sofort mit geschlossenen Augen einzusteigen. Er will von dem Mädchen nichts sehen, er will nur wissen, wen er da unter sich hat, diese Göre, die so sicher ist, daß sie sich jeden Mann nehmen kann, den sie haben will, und die heute von Merz genommen wird.

Sie sträubt sich wie eine Vierzehnjährige beim ersten Koitus, klemmt die Beine zusammen und verlegt sich aufs Betteln.

Du preßt sie auf die harte Unterlage und zwingst ihre Schenkel auseinander. Noch wirft sie den Kopf von rechts nach links, fegt dir ihre Haare durchs Gesicht, aber dann wird sie ruhig, während du in sie hineinarbeitest.

Diesmal dauert es länger. Du hast zuviel Alkohol im Blut. Aber du willst es schaffen. Hier wirst du nicht versagen. Und du schwitzt und strengst dich an. Jetzt spürst du es kommen, holst noch einmal zu einem letzten kräftigen Stoß aus und hörst ein verdächtiges Geräusch von splitterndem Holz, merkst, wie die Sperrholzplatte unter deinen aufgestemmten Knien nachgibt, bist da und brichst mit dem Mädchen, der Matratze und einer zerborstenen Sperrholzplatte unten durch.

Sie kichert, aber das ist dir egal. Du rollst dich zur Seite, schwer und müde.

Wie lange er geschlafen hat, weiß er nicht. Als er aufwacht, liegt er zwischen den Trümmern des Kulissenbettes im dunklen und kalten Atelier, frierend, ohne Hosen und ohne das Mädchen.

Aus dem stolzen südfranzösischen Hafentyp ist ein jämmerlich ernüchterter, aber noch immer unter Alkoholeinfluß stehender Abteilungsleiter geworden, der mit den Händen nach Feuerzeug und Hose im Dunkel tastet, sich an der zerbrochenen Sperrholzplatte einen Splitter in den Daumen reißt und nicht weiß, wie spät es eigentlich ist.

Nicht ohne Entsetzen denkt er daran, wie diese Affäre ausgegangen wäre, wenn er bis zum Morgen durchgeschlafen hätte und von den ersten Atelierarbeitern geweckt worden wäre.

Wie konntest du dich überhaupt mit diesem Mädchen einlassen, ohne irgendwelche Vorsichtsmaßregeln zu treffen!

Er findet das Feuerzeug, etwas später auch die Blue-Jeans, dafür aber nicht mehr das lächerliche rosa Schleifchen, das ihm die Lehrerin umgebunden hat. Ein Blick auf die Uhr: es ist bereits halb fünf Uhr morgens.

Er wird ins Studio V hinübergehen und nachsehen, ob dort überhaupt noch jemand ist.

Die Faschingshalle hat sich schon sichtlich geleert, aber noch immer tanzen einige Unermüdliche, während Janke, Grasberger und Crämer mit ihren Frauen an der Bar sitzen.

Annemie Schatz und irgendein junges Mädchen sind auch dabei. Susanne Molnar scheint die Party schon verlassen zu haben.

Es bleibt dir nichts anderes übrig, als mit einem lauten, unschuldigen und leutseligen Hallo auf die Gruppe zuzusteuern. Noch einen Whisky und dann einen Sekt von Janke.

Die Frauen wirken müde und ihre Gesichtshaut unter der verbrauchten Schminke fahl.

Grasbergers Frau macht den Vorschlag, doch noch auf einen Kaffee zu ihnen nach Hause zu fahren. Und da sich Gespräche und Witze ohnehin nur noch schleppend von einem zum anderen ziehen lassen, willigt man gerne ein.

Auf der Fahrt zu Grasbergers fragt Annemie Schatz: Wo ist denn das rosa Band geblieben?

Merz gibt vor, den Verlust erst jetzt zu entdecken und meint, vielleicht habe er es beim Wasserlassen verloren. Aber er drückt sich vornehmer aus, er sagt: Auf der Toilette.

Schätzchen scheint sich mit dieser Antwort zufrieden zu geben.

Frau Grasberger kocht für alle eine große Kanne Kaffee, während es Merz schlecht wird. Auch diese Kopfschmerzen hämmern wieder hinter der linken Schläfe, und zum ersten Mal rekapituliert er, was er heute Nacht alles getrunken hat.

Kein Wunder, meint Grasbergers Frau und empfiehlt eine todsichere Medizin: Schwarzer Kaffee mit viel Zitrone. Sie macht sich sofort ans Werk, und Merz muß dieses gutgemeinte Angebot annehmen. Er trinkt eine Tasse und hält mit Daumen und Zeigefinger die Nase zu. Wird's besser? fragt sie. Aber der Abteilungsleiter wird grün im Gesicht, springt auf und erreicht gerade noch rechtzeitig das Bad, um alles, was er an diesem Abend zu sich genommen hat, nun wieder von sich zu geben.

Sterbenselend fühlst du dich, die Knie zittern und der Schweiß bricht am ganzen Körper aus.

Vielleicht, denkst du, bist du für diese Eskapaden eben doch schon zu alt.

Jetzt hilft nur noch schlafen. Schlafen und nochmal schlafen.

4

Merz fühlt sich in seiner neuen Chefrolle zusehends wohler. Er genießt es, die Zügel des Kommandos in den Händen zu halten und die Linie seiner Abteilung bestimmen zu können.

In diesen Wochen entwickelt er mehr Energie und Elan, als er in den letzten drei Jahren trotz des harten Konkurrenzkampfes je aufgeboten hatte.

Eine seiner ersten Amtshandlungen bestand darin, die Redaktionskonferenzen, die ganz zu Anfang noch täglich stattfanden, dann unter Morock jeweils auf den Tag nach einer Sendung verlegt wurden, nun nur noch einmal wöchentlich einzuberufen. Allerdings besteht er darauf, daß an den gelaufenen Sendungen echte Kritik, und nicht Kritik um der Kritik willen geübt wird.

Wir kommen zusammen, erläutert Merz seinen Mitarbeitern, nicht, um uns gegenseitig in irgendeiner Weise zu manipulieren, sondern, um dieser Abendschau ein Gesicht zu geben. Was ich von Ihnen allen verlange, ist Disziplin und Fair Play, keine Augenauswischerei. Damit kommen Sie bei mir nicht durch.

Jetzt weht ein anderer Wind.

Selbstverständlich spricht Merz von Teamarbeit, kollegialem Verhalten und davon, daß sie alle in einem Boot sitzen, aber augenblicklich äußern sich diese Maximen noch so, daß Merz kaum einen der Vorschläge seiner Mitarbeiter akzeptiert, nur eigene in Auftrag gibt und sich die besten Brocken selbst herausholt.

Nachdem Morock gegangen war, und Crämer seinen Schreibtisch übernommen hatte, wurde die Abendschau vollkommen umgestellt. Das bedeutete, aus einer politisch orientierten Sendung noch unter Morock, wurde unterhaltendes Feuilleton, leichte und ungefährliche Kost zum Entzücken des Intendanten und seines Rundfunkrates. Daran konnte kein Anstoß mehr genommen werden.

Merz hielt still, solange er noch nicht die entsprechende Machtposition sicher in Händen hielt, auch die ersten Wochen als

Abendschauleiter, bis er endlich, Mitte Februar, seinen Vertrag unterzeichnete.

Kaum war dieser Vertrag abgeschlossen, ging Merz dazu über, die Sendung in seinem Sinne zu verändern. Weg von der reinen Unterhaltung, hin zur Politik, wie seinerzeit Morock, aber diesmal vorsichtig dosiert und mit sozialkritischen Themen durchsetzt, die immer einen Anstrich des guten Willens zeigen und nur dann zum heißen Eisen werden, wenn sie Interessen des Staates und seiner ihn stützenden Industrie direkt angreifen.

Vor solchen Frontalangriffen aber hütet sich Merz. Er hat ganz offensichtlich dazugelernt. Auch, wenn er jetzt alte Themen wieder aus der Schublade holt. Etwa die Obdachlosensiedlung vor der Stadt, die er selbst zu einer Story zusammenbaut. Sehr schönes Bildmaterial. Für den Zuschauer schon fast exotisch. Interviews mit Obdachlosen, die es kaum wagen, den Mund aufzumachen und lediglich ein sanfter Hinweis an die zuständigen Behörden, daß hier doch etwas unternommen werden könne.

Merz erntet für diesen Film, den er gemeinsam mit dem Kameramann Rabel erarbeitet hat, wohltuendes Lob. Grasberger, der neue Programmdirektor, ist mit dem neuen Abendschauleiter zufrieden.

Mehr brauchst du für den Anfang nicht.

Grasbergers Assistenten, dem stiftenköpfigen Hummerstein, gehst du aus dem Weg. Selbst Crämer, der dich fragt, kannst du keinen plausiblen Grund für deine Abneigung gegen Hummerstein geben. Bis heute bist du von Grasbergers Assistent noch in keiner Weise angegriffen oder nur in Zweifel gezogen worden. Er scheint dich zu akzeptieren, wenn auch mit Zurückhaltung.

Mindestens einmal wöchentlich bist du nun auf dem Bildschirm zu sehen, und das befriedigt dich.

Es gehört zu deinen Bedürfnissen, dich so zu produzieren, daß du nicht untergehst in dieser großen Stadt, daß du etwas darstellst. Jetzt, glaubst du, bist du wer.

Endgültig bestätigt wird diese Meinung, die Merz von sich selbst hat, als er eines Morgens an einer Verkehrsampel halten muß, an der eine Polizeistreife kontrolliert. Er hat das Fenster etwas heruntergekurbelt. Die letzten Februartage sind schon sehr mild, und Merz genießt diese ersten Anzeichen von Frühling. Während er hält, hört er den einen Polizisten zum anderen sagen: Der ist aber sportlich rangefahren!

Merz, der sein Image als Draufgänger und rasanter Autofahrer auch im Volkswagen gerne gewahrt sieht, fühlt sich angesprochen und grinst die beiden herausfordernd an. Er hat heute seinen guten Tag. Verblüfft ist er, als nun der Polizist direkt zu ihm hinüberruft: Ja, ja, genauso sportlich, wie Sie am Samstag im Fernsehen rangegangen sind!

Endlich bist du kein Gesicht unter tausenden mehr. Man erkennt dich. Und von hier bis zur Prominenz dieser Stadt aufzusteigen, dürfte es nur noch ein kleiner Schritt sein.

Nachmittags läßt Merz sich einen Termin beim Programmchef Grasberger geben und wird ohne längere Wartezeit vorgelassen.

Als er das Büro betritt, ist auch Hummerstein anwesend. Merz grüßt ihn kurz und mit betonter Überraschung, ihn hier anzutreffen, wenn er Grasberger um ein persönliches Gespräch gebeten hat.

Hummerstein, der anscheinend nicht darauf vorbereitet ist, jetzt zu gehen, steht etwas ratlos zwischen Schreibtisch und Besucherecke, bis Grasberger ihn hinausschickt.

Ich störe doch nicht? fragt Merz prononciert, während Hummerstein der Tür zustrebt.

Grasberger winkt ab: Wir hatten nur eine kurze Unterredung. Setz dich. Worum geht es denn?

Einmal geht es darum, die neue Linie der Abendschau zu besprechen. Sich Grasbergers Plazet zu sichern.

Grasberger betont, daß er alles, was Merz in den letzten drei Wochen an neuen Ideen in der Sendung produziert habe, sehr gut fände.

Sie bieten sich gegenseitig ihre Zigaretten an, und Grasberger gibt Merz Feuer.

Dann geht er über zu einer großen Geste und meint: Ich muß dir mal sagen, daß du dich sehr gut gemacht hast. Ich habe das nicht vorausgesehen, als du hier anfingst und mehr oder weniger verbissen, verbittert und verschüchtert in der Redaktion herumgesessen und mich mit allen möglichen und unmöglichen Themen bedrängt hast.

Du lachst, als sei es ein guter Scherz und bist dir selbst eine traurige Figur.

Nun ja, diese Zeiten sind nun endgültig vorbei, schwächt Grasberger seinen Treffer ab, ich glaube, für jeden von uns hat sich die Durststrecke, die wir durchstehen mußten, gelohnt.

Wie gewöhnlich geraten sie jetzt in Gespräche über alte Zeiten. Erinnerungen, die sich witzig verpacken lassen.

Und Merz sagt nicht ohne Stolz: Ich habe es also geschafft, eine Größe zu sein. Es gelingt mir mehr und mehr, mich in diesem Hause durchzusetzen, und bald werde ich mir auch Frontalangriffe leisten können, ohne gleich um meine Position bangen zu müssen.

Grasberger spricht von Anerkennung, die gleichzeitig Einfluß und daher Macht bedeutet.

Erst eine Stunde später kommt Merz auf ein zweites Anliegen zu sprechen: Den Personalmangel in seiner Abteilung. Er weist auf die enormen Schwierigkeiten der Zulieferer hin: Kameramänner, die uns nur auf dem Papier zur Verfügung stehen, Cutterinnen, Schreibkräfte und natürlich Journalisten. Wir senden nun jeden zweiten Abend, erläutert Merz, und können die Fülle des Materials einfach nicht mehr mit den vorhandenen Kräften bewältigen.

Grasberger läßt sich die Situation geduldig erklären, obwohl er eigentlich nicht direkt dafür zuständig ist, aber Merz ist auf seine Unterstützung angewiesen, um seine Forderungen durchdrücken zu können.

Jeden zweiten Abend eine halbe Stunde, sagt Merz, diese dreißig Minuten müssen gefüllt werden. Das bedeutet: alle zwei Tage werden drei bis fünf Filme hergestellt, und mir stehen dafür nur zwei Cutterinnen, zwei Kameraleute und zwei Redakteure zur Verfügung. Du kennst den Laden ja selbst. Ich erarbeite praktisch die doppelte Kapazität mit der zahlenmäßig gleichen Besetzung, wie sie schon unter deiner Abendschauleitung bestanden hat.

Wieviel Kameramänner sind dir denn offiziell zugeteilt? will Grasberger wissen.

Drei, antwortet Merz, aber davon existieren nur zwei, Rabel und der alte Bacher. Jeder Redakteur müßte praktisch eine Kamera zur Verfügung haben, ganz davon abgesehen, daß wir ja nicht nur zum Drehen unterwegs sind, sondern auch noch Büroarbeit zu erledigen haben. Zudem ist Fräulein Schatz als einzige Sekretärin total überlastet. Wir bräuchten mindestens noch eine Schreibkraft.

Grasberger ist bereit, zuzugeben, daß er sich mit diesen Schwierigkeiten bisher noch nicht auseinandergesetzt habe. Merz stelle seine Forderungen zu Recht und es müßte ein Weg gefunden werden, diesen Personalmangel zu beseitigen.

Merz läßt sich von Grasberger die Zusicherung geben, daß sofort etwas unternommen würde.

Seitdem er die Abendschau übernommen hat, fährt Merz jede Sendung, sofern er nicht selbst mit einem Live-Interview vertreten ist. Er läßt weder Ebert noch Fricke ans Regiepult, notfalls muß Crämer einspringen.

Merz ist stolz darauf, das Klavier des Studios, wie er es nennt, inzwischen so spielen zu können, daß ihm die Handhabung, also die Technik von Aufnahmeleitung, Kameras, Licht, Ton und Akteuren bis zur Apparatur des Regieraums keine Schwierigkeiten mehr macht, und er sich daher mehr als bisher auf die Gestaltung zu konzentrieren vermag.

Crämer verweist Merz zwar immer wieder darauf, er solle doch Ebert oder Fricke in der Regie anlernen. Ebert habe ohnehin schon einmal probeweise eine Blitzumschaltung zur Tagesschau nach Hamburg gefahren, aber er akzeptiert das Merz'sche Mißtrauen in die Zuverlässigkeit der jungen Leute.

Deshalb sitzt Crämer auch heute wieder einmal im Regieraum, während Merz ein Live-Interview mit einem Ministerialrat des Justizministeriums über die geplante Strafrechtsreform führt.

Merz hat sich sorgfältig auf dieses Gespräch vorbereitet, Fragen und Antworten mit dem Ministerialrat abgesprochen und wartet nun im Sendestudio auf seinen Einsatz, das Aufleuchten

des roten Lämpchens an der Kamera. Er kann nicht sagen, da
er aufgeregt sei. Live-Interviews sind seit jenem Interview mi
dem Innenminister Dr. Ehrwaldt zur Routine geworden. Wede
Lampenfieber noch Schweißausbrüche.

Trotzdem leistet sich Merz, als sein Zeichen zum Einsatz gege
ben wird, eine Sache, die Crämer im Nachhinein als einmalig fü
die Abendschau bezeichnet: Merz beginnt, voll im Bild, den
darauf legt er inzwischen großen Wert, zu reden, spricht die Ein
leitung, stellt seine Frage, redet und ist davon überzeugt, in beste
Form und guter Positur zu sein. Was um ihn herum vorgeht, sieh
er nicht.

Erst, als ihm ein Tontechniker das Mikrofon in die Han
drückt, live und damit auch auf dem Bildschirm, entdeckt Merz
daß er eine Minute ohne Mikrofon und ohne Ton gesprochen hat

Verwirrt nimmt er dem Tontechniker, der ein Grinsen nich
unterdrücken kann, das Handmikrofon ab und beginnt noc
einmal von vorne. Auch Ebert und Fricke, die die Sendung von
Regieraum aus miterlebt haben, können ein Grinsen nicht ver
bergen, als ihr Chef vom Live-Interview zurückkommt, un
Crämer zieht diese Situation endgültig ins Lächerliche, als er fest
stellt: Du hast ja geschielt! Passiert dir das häufiger?

Da ist nichts mehr übrig von der Souveränität, mit der du da
Klavier des Studios zu spielen glaubst.

Drei Jahre lang hast du dich unter Kontrolle gehalten, has
die Brille nur aufgesetzt, wenn es unbedingt nötig war, und Glüc
auch beim stärksten Lampenfieber gehabt: Du hast nicht ge
schielt.

Eigentlich warst du dir der Gefahr, auf dem Bildschirm z
schielen, nie bewußt gewesen. Heute geschah es im Zuge deine
inneren Erregung.

Du bist verunsichert, weil du dir als Abendschauchef den Luxu
eines einmaligen Faux-Pas leistetest. Was dir jetzt noch bleib
ist, vor der Kamera nur noch mit Brille zu agieren.

Jetzt, da du dir der Gefahr des Schielens bewußt geworde
bist, wirst du ihr immer wieder erliegen, wirst immer wiede
schielen und dich lächerlich machen.

Dein kläglich reduziertes Selbstbewußtsein läßt sich auch bei einem Bier mit Crämer so rasch nicht wieder aufpolieren. Auch, wenn Crämer die Angelegenheit zu unterspielen versucht und meint: Stell dir vor, das wäre dir noch unter Morock passiert. Der hätte daraus bestimmt eine Affäre gemacht und dein Schielen zum Anlaß genommen, dich so rasch nicht mehr vor die Kamera zu lassen. Aber jetzt bist du ja dein eigener Herr.

Du haßt jedes körperliche Gebrechen. Du bist mit der Maxime vom gesunden Geist in einem gesunden Körper aufgewachsen. Das prägt dein Verhalten auch heute noch.

Du denkst nicht darüber nach. Du baust nur Abwehr und Abscheu auf. Schielen ist ein körperliches Gebrechen, das du bisher verbergen konntest.

Mach keine Witze, sagt Crämer, trink dein Bier.

Aber du läßt dich von deiner ersten Depression als Abendschauleiter widerstandslos forttreiben. Du bist nur noch ein Bündel selbstmitleidiger Gefühle.

5

Grasberger hat seine Zusage gehalten und Merz in seinem Bestreben, die Personalbesetzung der Abendschau zu erweitern, unterstützt. Auf diese Weise erhält die Abendschau Mitte März Zuwachs.

Einen Kameramann und eine Volontärin für die Redaktion.

Mehr ist vorerst wirklich nicht drin, versichert Grasberger, die Personalkosten übersteigen schon jetzt den vorgesehenen Etat.

Nachdem sichergestellt ist, daß Merz in Stoßzeiten Schreibkräfte und Cutterinnen von der „Dokumentation“ in Anspruch nehmen kann, gibt er sich mit der Erweiterung um zwei Mitarbeiter zufrieden. Zu seiner Überraschung ist der neue Kameramann, Paulig, ein Typ wie Pointer, nur etwa fünf Jahre jünger, sehr von seiner Person und ihren Qualitäten überzeugt.

Mit dem Mädchen, das Grasberger ihm als Volontärin vorstellt, kann Merz wenig anfangen. Sicher, sie ist hübsch und eine

Frau, aber kann eine Frau im Journalismus wirklich etwas leisten? Daran zweifelt Merz. Da er jedoch mit dieser Argumentation bei Grasberger wenig ausrichten konnte, nimmt er, was ihm vorgesetzt wird.

Ebert und Fricke sind von Fräulein Mahler begeistert. Merz kann sich des Verdachts, daß sie den Weg in diese Redaktion durch ein Schlafzimmer gefunden habe, nicht erwehren.

Als Grasberger sie über den Flur zur Abendschaudirektion bringt, herrscht im Chefzimmer um Merz einige Aufregung. Fricke, Ebert, der neue Kameramann Paulig und Susanne Molnar, die Cutterin, wehren sich heftig gegen die Einwände, die Merz zu einem Film von Ebert vorbringt, den er mit Paulig gedreht und mit Susanne Molnar geschnitten hat.

Es geht um den Bericht zur Ehrung fünfzehn alter Hausangestellter, die fünfzig Jahre im gleichen Haushalt zugebracht haben.

Paulig hat mit seinem Bildmaterial eine Satire daraus gemacht, teilweise die Kamera von unten gefahren und die alten biederen Frauen in massige Körper auf stämmigen Beinen verwandelt.

Wir sind kein Experimentierhaufen, kommentiert Merz, was Sie bei uns zu leisten haben, Herr Paulig, ist saubere und exakte Kameraarbeit, keine Spielerei.

Paulig wehrt sich. Die Szene der Ehrung sei einfach absurd gewesen, allein schon die Vorstellung, daß diese armen Frauen fünfzig Jahre in ein und demselben Haushalt mit ergebener Loyalität gegenüber der Herrschaft zugebracht hätten.

Das ist nicht Ihre Sache, kontert Merz, das festzustellen, ist Sache des Redakteurs. Und damit sind wir beim Text unseres Rotbarts. Was haben Sie sich eigentlich dabei gedacht?

Ebert verteidigt sich mit ähnlichen Argumenten wie Paulig. Die ganze Geschichte sei doch eher ein Witz als glaubwürdig. Außerdem sei das Bildmaterial so angelegt gewesen, daß nur ein kritischer Text in Frage kam.

Auch Susanne Molnar schaltet sich ein, verteidigt Ebert und den jungen Paulig: Ich weiß gar nicht, was Sie haben, Herr Merz. Mit diesem Film kommen wir endlich aus den verstaubten Klamotten heraus, die bisher gemacht wurden!

Merz braust auf: Sie bleiben da weg. Ihre Schnittarbeit an die-em Film ist nicht gerade überwältigend. Außerdem rede ich hier nit meinem Kameramann und meinem Redakteur. Sie kommen .uch noch an die Reihe, Fräulein Molnar.

Sie sieht ihn einen Augenblick an. Haß und Zorn sind in ihren \ugen, und du befürchtest einen Ausbruch, der deine obskure ßeziehung vom Faschingsfest an die Öffentlichkeit bringen :önnte.

Du wirst sie vorsichtiger behandeln müssen.

Aber sie schweigt.

Er wird sich an die beiden jungen Männer halten, wirft ihnen Jnverständnis gegenüber den Hausgehilfinnen vor, sie seien zu ung, um überhaupt nur einen Funken Verständnis aufzubringen.

Grasberger steht mit Irina Mahler in der geöffneten Tür. Merz emerkt ihn erst jetzt.

Was ist los? fragt Grasberger und schiebt das Mädchen mit lem Arm ins Zimmer, Ärger?

Der Film wird nicht gesendet, entscheidet Merz.

Susanne Molnar versucht noch einmal einen Vorstoß: Wir fin-len es nicht richtig, daß Sie so einfach hier gegen uns entscheiden. ch würde vorschlagen, den Film auf der nächsten Redaktions-:onferenz noch einmal zu besprechen und dann erst zu entschei-len.

Sie sieht dich herausfordernd an. Du kannst wenig gegen sie .nternehmen, ohne dir selbst zu schaden. Eine unangenehme ituation. Seit dieser Nacht im Atelier-Studio hast du kaum ein Vort mit ihr gewechselt, aber immer das Gefühl gehabt, daß sie ich sehr genau an alles erinnert und nur auf den geeigneten Au-enblick wartet, um dich mit Forderungen zu konfrontieren und lich unter Druck zu setzen. Also gibst du nach. Gut, sagt Merz, chieben wir die ganze Angelegenheit auf nächsten Montag zur Konferenz, einverstanden?

Ebert und Fricke sind von dieser Nachgiebigkeit überrascht. Paulig nimmt sie, naiv und in den Abläufen der Redaktion noch .nerfahren, als gegeben hin, während Susanne Molnar ein wenig Triumph nicht verbergen kann.

Ich wollte Ihnen Ihre neue Mitarbeiterin vorstellen, sagt Grasberger, Irina Mahler. Sie wird von heute an in der Abendschau arbeiten.

Merz schätzt sie ab, während Grasberger eine einladende Geste macht, die Volontärin zu begrüßen. Sie wirkt keinen Augenblick hilflos oder verunsichert. Geht sofort auf Susanne Molnar zu und gibt ihr forciert herzlich die Hand. Eine energische junge Frau die sich um jeden Preis durchsetzen will.

Paulig pfeift durch die Zähne: Nicht schlecht. Dabei sieht er auf ihre Beine, die sich unter dem kurzen Kostümrock sehr lang und sehr schlank präsentieren.

Instinktsicher hat Irina Mahler die Situation durchschaut. Hat erkannt, daß Susanne Molnar die einzige ernstzunehmende Gegnerin sein könnte und sichert deshalb sofort das Terrain mit einem herzlichen Händedruck.

Die beiden jungen Redakteure und dieser Kameramann werden ihr kaum irgendwelche Schwierigkeiten machen.

Als unbekannte Größe bleibt nur noch Merz, der sie mit unverhohlenem Mißtrauen, wenn nicht sogar Abneigung, beobachtet. Das registriert sie sehr genau.

Er riecht ihr Parfum, als sie ihm die Hand gibt. Eine große Brünette, das Kinn ehrgeizig vorgeschoben, nicht übermäßig hübsch, aber elegant, vom Make-up bis zum Kostüm.

Sie wartet nicht ab, bis Merz eventuell sagt: Ich hoffe, wir werden gut zusammenarbeiten. Sie ergreift selbst die Initiative und übernimmt ganz selbstverständlich die Hoffnung zur guten Zusammenarbeit, so, als sei sie von Anfang an die Überlegene.

Du trittst den Rückzug an, rufst nach Annemie Schatz, die sich die ganze Zeit still im Hintergrund gehalten hat, und verlangst nach einem Kaffee. Eine Tasse. Nur für dich. Fricke beauftragst du, der Volontärin ihren Schreibtisch zu zeigen, den Grasberger vor zwei Tagen im Redaktionszimmer aufstellen ließ.

Vier Schreibtische stehen jetzt im Raum nebenan. Drei für die Redakteure und einer, der sporadisch von einem der Kameraleute benutzt wird. Es wird eng da draußen, aber darum kümmerst du dich nicht.

Merz hat bisher mit der Übernahme der Abendschau den 'osten als Kontaktmann zur Tagesschau nach Hamburg noch ıicht aufgegeben, wickelt das alles von seinem Chefzimmer aus .b und stellte die Redaktionskammer, in der er vor einem Jahr ıoch arbeitete, Grasberger zur Verfügung, der einen eigenen ₹aum für seinen Assistenten suchte. Die Raumverhältnisse im 'unkhaus werden immer beengter. Der Neubau soll erst in dieem Frühjahr hochgezogen werden. Aber es wird zwei Jahre lauern, bis er steht und jede Redaktion in angemessenen Räumen ıntergebracht werden kann.

Als Schätzchen den Kaffee bringt, bittet Merz sie, die Türe zu chließen und sich einen Moment zu ihm zu setzen.

Wie findest du sie? fragt er.

Annemie Schatz zuckt die Schultern: Ich weiß nicht.

Sie wird ziemlich viel Wirbel machen?

Ja, das glaubt sie auch.

Wir werden vorsichtig sein müssen. Sie fängt ganz offensichtich hier an, um mit allen Mitteln nach oben zu kommen, und venn sie sich ihre Karriere erschlafen muß.

Damit trifft er genau das, was Annemie Schatz hören will, die ich dieser selbssicheren, eleganten Frau unterlegen fühlt.

Weißt du, erzählt sie, sie kam ganz hochnäsig mit Grasberger ein, und als sie mich an der Schreibmaschine sah und feststellte, laß ich nur die Sekretärin bin, hat sie mir nicht mal die Hand egeben, nur genickt.

Genauso schätze ich sie ein, bestätigt Merz, als erstes wird sie inen gewaltigen Dämpfer brauchen, um sich einzuordnen. Du önntest mir helfen. Als Frau wirst du von ihr mehr erfahren, ls wir Männer. Horche sie mal ein bißchen aus, oder versuche es iber die Molnar oder Frau Erbacher und halte die Augen offen. e mehr ich über sie weiß, desto besser kann ich sie in den Griff ekommen.

Schätzchen nickt begeistert. Sie hofft, daß ihn diese Kumpanei ıoch fester an sie bindet, das Verhältnis, das in den letzten Wohen einzuschlafen schien, wieder auffrischt.

Susanne Molnar hat die Redaktionskonferenz nicht vergessen.

Aber auch Merz war nicht untätig. Um den jungen Leuten gegen über Unterstützung zu finden, hat er Grasberger zur Sitzung ein geladen, was nichts Ungewöhnliches ist. Der Programmche nimmt immer wieder einmal an diesen Sitzungen teil.

Von Annemie Schatz war Merz davon unterrichtet worden daß Susanne Molnar Eberts Film allen Redaktionsmitglieder am vergangenen Freitag vorgeführt und darauf hingewiesen ha daß er Montag zur Diskussion stünde. Auch die Schatz hat ih sich angesehen.

Heute sind sie vollzählig versammelt. Insgesamt besteht dies Redaktion nun aus zehn ständigen Mitarbeitern: dem Chef, de zwei Cutterinnen Molnar und Erbacher, den drei Redakteure Eber, Fricke und Irina Mahler, den drei Kameraleuten Rabe Paulig und dem alten Bacher, der ihnen vor einem Jahr von de Abteilung „Aktuelles“ im Zuge einer Umbesetzung überlasse wurde, und der Sekretärin Annemie Schatz. Dazu kommen j nach Bedarf noch einige Tontechniker, beziehungsweise Kamera assistenten, eine Schreibkraft und die Techniker aus Sendestudi und Regieraum.

Mit Grasberger sind zu dieser Sitzung zwanzig Leute anwe send. Susanne Molnar hat alles, was sie erreichen konnte, auf di Beine gestellt.

Merz läßt sie reden. Der Block junger Leute, die für die Aus strahlung dieses Filmes plädieren, kristallisiert sich immer klare heraus. Merz findet für seine Argumente eigentlich nur noch be Grasberger, Frau Erbacher, Schätzchen und dem Kameraman Bacher Unterstützung. Aber er strengt sich gar nicht an, sein Meinung hier detailliert zu vertreten. Für diese Diskussion hat e eine halbe Stunde angesetzt, und er sieht immer wieder auf di Uhr.

Dann schließt er das Gespräch kurzerhand ab.

Susanne Molnar will über Sendung oder Nicht-Sendung de Ebert-Films abstimmen lassen. Merz winkt ab: Ich habe mic entschieden. Der Film kommt nicht ins Programm.

Paulig, der mit den Gepflogenheiten dieser Redaktion noc nicht genügend vertraut ist, protestiert lautstark gegen die genmächtige Entscheidung. Merz schneidet ihm das Wort ab. Noch sei er hier der Chef. Er habe das Programm gegenüber dem rogrammdirektor, dem Intendanten und dem Rundfunkrat zu ertreten. Er trüge die Verantwortung und würde zur Rechen-haft gezogen, also läge die Entscheidung auch einzig und allein seinen Händen.

Als Susanne Molnar nun von einer Pseudo-Diskussion, einer arce und dem Ausspielen von Machtverhältnissen spricht, greift rasberger ein und bestätigt, was Merz gesagt hat, daß dieser ilm nicht zu verantworten sei.

Befriedigt stellt Merz fest, daß die Leute nun still sind.

Also, sagt er, gehen wir zum nächsten Punkt der Tagesordnung ber. Bisher habe ich den Laden hier vollkommen allein geschmis-en, einschließlich der Belieferung der Tagesschau in Hamburg. as war eine Übergangslösung, mehr nicht. Ich brauche einen ann, der mich vertreten und gleichzeitig die Zusammenarbeit it Hamburg übernehmen kann.

Merz legt eine Pause ein, betrachtet die erwartungsvollen Ge-ichter seiner drei Redakteure. Zweifel und Hoffnung in den ugen von Irina Mahler, die sich einzubilden scheint, daß sie iese Position vielleicht schon jetzt erringen kann, sie hat, wie uch Fricke, ganz plötzlich einen sehr ehrgeizigen Zug um den und bekommen. Nur Ebert, der seinen roten Bart noch immer icht abrasiert hat, läßt sich nicht aus seinem Phlegma hoch-chrecken.

Die Frau ist von vornherein indiskutabel. Fricke zu ehrgeizig nd zu eifrig. Also bleibt nur noch Ebert, obwohl du befürchtest, aß er die Hektik, die in dieser Redaktion fast täglich herrscht, icht bewältigen kann. Aber du hast wenig Auswahl.

Ich dachte mir, daß Sie diesen Posten übernehmen, Ebert, sagst u und registrierst, nicht ohne Genugtuung, die Enttäuschung der eiden anderen. Wären Sie damit einverstanden?

Ebert ist von diesem Angebot überrascht. Bisher hat er immer eglaubt, Merz würde ihn bei der ersten sich bietenden Gelegen-eit abschieben und schon befürchtet, daß dieser Film, der heute ur Affäre wurde, der Anlaß zu seiner Entlassung sein könnte.

Merz wird ungeduldig: Was ist? Nehmen Sie an?

Ebert greift dankend zu, und Susanne Molnar kommentiert:

Raffiniert. So will er uns spalten und Ebert mundtot mache

Du hörst, was das Mädchen sagt, willst entgegnen, entschlie dich aber, zu schweigen. Du hast andere Möglichkeiten, sie a zuschießen.

Sie kommen nachher in mein Büro, forderst du Ebert auf, d mit wir die Einzelheiten noch erörtern können.

Dann leitest du über zur Kritik an den Sendungen der ve gangenen Woche und zur Zusammenstellung des Programms fi diese Woche.

Fricke springt sofort mit einer Menge Vorschläge ein. D kennt Merz schon und empfindet es als lästig, immer wieder a wehren zu müssen.

Nach der Sitzung führt er ein intensives Gespräch mit Eber

Wenn ich Sie heute zu meinem Stellvertreter mache, überneh men Sie damit eine Verantwortung, die ich in Ihrem Alter noc nicht hätte übernehmen können. Sie müssen sich darüber im kla ren sein, daß die Bewältigung Ihrer neuen Aufgaben nur durc systematisches Arbeiten, Urteilsfähigkeit und persönliches Enga gement zu erreichen ist. Trauen Sie sich das zu?

Ebert zögert einen Augenblick.

Sie müssen von sich selbst überzeugt sein, sagt Merz, son schaffen Sie es nicht. Sie müssen sich vor allem Ihr Zögern abge wöhnen.

Ich weiß, sagt Ebert, ich bin nur überrumpelt, das ist alles.

Merz lacht: Das kann ich mir denken! Euch jungen Leuten fäll das alles in den Schoß. Ihr braucht gar nicht viel dazu zu tu Aber ihr habt doch Ellenbogen! Also gebraucht sie auch.

Ich glaube schon, daß ich es schaffe, meint Ebert.

Glauben heißt nicht wissen, fertigt Merz ihn ab, schlägt dan aber um in einen freundlich väterlichen Ton: Wir werden es scho gemeinsam schaffen. Sie arbeiten die nächsten vierzehn Tage mi mir zusammen. Mal sehen, was ich Ihnen beibringen kann. Lan genug sind Sie ja in der Redaktion. Einverstanden?

Ich hätte Sie für diesen Posten nicht vorgesehen, wenn ich nich on Ihren Qualitäten überzeugt wäre. Also –, Merz hält ihm die Iand hin: Schlagen Sie ein!

Ebert nimmt die Hand, und Merz drückt einmal kräftig und nscheinend herzlich zu: Machen wir gleich einen Anfang, sagt r, und gehen wir gemeinsam in die Kantine essen.

Du bist überzeugt davon, daß sich Ebert, Fricke, Paulig und ie Molnar zum Essen bereits verabredet haben, um das Ergebnis ırer heutigen Aktion zu besprechen. Ebert wird deinen Vorchlag, mit dir essen zu gehen, aber nicht ausschlagen können. Das äre ein Affront, den er sich nicht leisten sollte.

Und er leistet ihn sich auch nicht.

Merz läßt sich noch rasch mit der Intendanz verbinden. Ieuschkas Sekretärin meldet sich: Herr Dr. Heuschka ist leider chon zum Essen gegangen, Herr Merz. Soll ich etwas ausrichten?

Bitte, antwortet Merz, ich muß ihn dringend sprechen. Fragen ie ihn, ob er heute abend nach sechs Zeit hat. Nur auf eine albe Stunde, und rufen Sie mich dann bitte wieder zurück.

Als Merz abends, fünf Minuten nach sechs, oben im siebten tock bei der Intendanz eintrifft, erwartet ihn der Bundesbruder chon. Merz, der sich noch sehr genau daran erinnert, daß Ieuschka die Molnar und ihren Bruder vom Verfassungsschutz berwachen läßt, weil er vermutet, daß sie hier im Hause eine ommunistische Zelle bilden könnten, berichtet von ihrer Aktivität hinsichtlich des Ebert-Films.

Er warnt den Bundesbruder, fordert, dieses Mädchen noch chärfer im Auge zu behalten, da heute der Versuch gemacht woren sei, die Hierarchie der Redaktion zu sprengen. Der Film sei ur ein Aufhänger gewesen.

Heuschka stimmt ihm zu.

Wenn sie abends allein im Büro des Intendanten sind, duzen e sich, und Merz sagt: Weißt du, wenn Cutterinnen nicht so napp wären, würde ich sofort ihre Entlassung beantragen, aber o werde ich mich wohl mit ihr abfinden müssen, oder, was meinst u?

Ich werde mir die Sache durch den Kopf gehen lassen, antworet Heuschka, wir können auf keinen Fall eine politische Unruhe-

stifterin in unserem Hause brauchen. Das führt nur zu unüber
sehbaren Schwierigkeiten.

Sie bestätigen sich gegenseitig in ihrer Abneigung gegen alle
was von links zu kommen scheint.

6

Merz erhält einen Anruf.

Es ist kurz vor neun, und der Abendschauleiter trifft gerad
in der Redaktion ein.

Außer Fräulein Schatz ist noch niemand anwesend. Sie gieß
ihre Blumentöpfe, und Merz legt ihr freundschaftlich den Ar
um die Schultern: Gut geschlafen?

Sie nickt. Er hat ihr einen bunten Strauß Gartenblumen a
einem der Blumenstände in der Stadt gekauft und überreicht ih

Für mich? fragt sie erstaunt.

Für dich, lächelt er und bedankt sich auf diese Weise für ih
aktive Informantentätigkeit. Über Annemie Schatz glaubt er z
wissen, daß Irina Mahler ein Verhältnis mit Grasberger pfleg
Susanne Molnar soll die beiden beobachtet haben.

Als Schätzchen sich überschwenglich bedanken will, klinge
das Telefon. Sie hebt den Hörer ab, wendet sich dann zu Mer
Für dich, ein Herr Heumann.

Heumann?

Seit Loewe die Redaktion verlassen hat, hast du kaum noch a
diesen Mann gedacht. Jede Erinnerung an ihn verursacht dir U
behagen.

Stell das Gespräch in mein Zimmer durch, fordert er die Sekre
tärin auf und geht hinüber.

Hier Merz, meldet er sich.

Sie erinnern sich an mich? fragt Heumann.

Aber selbstverständlich. Was gibt's?

Ich hätte eine interessante Information für Sie. Das läßt si
aber nicht am Telefon abwickeln. Können wir uns heute treffen

Merz zögert. Ihm ist die Rolle des ehemaligen Mitgefangene

och immer nicht ganz klar, Die Verbindung zu Loewe ist obskur nd die ganze Angelegenheit verdächtig.

Du kannst dich des Eindrucks nicht erwehren, daß der Ostonenflüchtling Loewe und der Spätheimkehrer Heumann, der einerzeit schon mit der russischen Lagerkommandantur zusammenarbeitete, heute für einen östlichen Geheimdienst tätig sind.

Was ist? fragt Heumann, gehen wir zusammen essen?

Merz befindet sich im Zwiespalt zwischen journalistischer Neuier und ganz privater Furcht. Wenn ihn dieser Heumann nach ast zwei Jahren kontaktiert und eine interessante Information erspricht, muß diese Angelegenheit wichtig sein.

Andererseits fürchtest du dich nicht ganz zu Unrecht davor, nit diesen Leuten nach fast zwanzig Jahren wieder in Verbinung zu kommen. Damals in Paris warst du mit jugendlichem eichtsinn an diese Leute geraten und hast während deiner Geangenschaft bei den Russen Kapital aus dieser Bekanntschaft gechlagen. Aber das ist lange vorbei. Du hast dich doch sofort ach deiner Heimkehr distanziert.

Für dich war alles nur eine Frage des Überlebens.

Merz erinnert sich an das Gespräch mit Heumann, daran, daß ein Name auf Liquidierungslisten aus dem Osten gestanden haen soll.

Das alles könnte dir jetzt gefährlich werden.

Worum handelt es sich denn? fragt Merz.

Ich kann es Ihnen telefonisch nicht sagen, antwortet Heumann.

Privat oder beruflich?

Beruflich, sagt Heumann, Sie können vielleicht Ihren bisher esten Filmbericht daraus machen.

Diese Antwort Heumanns gibt den Ausschlag. Merz erliegt einer Neugier und seinem Willen, um jeden Preis eine Leistung u erbringen, die ihm Publizität verspricht.

Merz will sich einen Namen machen.

Du bist gewohnt, mit der Gefahr zu spielen.

Ich habe zwei Möglichkeiten, sagst du dir, entweder gehe ich labei drauf, oder ich überlebe. Und bis jetzt bin ich noch immer us allem wieder herausgekommen.

Also sagt Merz zu: Wo treffen wir uns?

Wie wär's beim Italiener? fragt Heumann und meint da Lokal, das Loewe immer bevorzugte.

Um eins?

Damit ist die Verabredung perfekt.

Heumann erwartet ihn schon, als Merz gegen dreizehn Uh dort eintrifft.

Sie suchen sich einen Tisch, der etwas abseits steht.

Während sie essen, gibt Heumann seine Information an Me weiter:

Wir haben hier in dieser Stadt, erzählt er, einen ehemalige Sowjetspion, der vor einigen Monaten in der Bundesrepublik u politisches Asyl nachgesucht und sich aus dem Geschäft zurüc gezogen hat. Ich glaube nicht, daß Sie davon wissen, da die Pres über die ganze Angelegenheit Stillschweigen bewahrt hat.

Nein, Merz weiß nichts davon.

Worauf wollen Sie hinaus?

Vor zwei Tagen, erläutert Heumann, reiste ein Angehörig der sowjetischen Botschaft sehr rasch und unvermittelt aus Bon ab. Er wird nicht wieder zurückkehren. Wie ich erfahren hab muß er ein Kontaktmann dieses ehemaligen Nachrichtendiens lers gewesen sein und wurde anscheinend verpfiffen. Man nimm an, von diesem abgesprungenen Partner.

Merz hütet sich davor, Heumann zu fragen, woher er die Informationen habe. Er ist mißtrauisch. Heumann könnte ih mit falschen Informationen füttern, ihm ein heißes Eisen zu schieben, damit er, Merz, sich die Finger daran verbrenne.

Meine Informationen sind hundertprozentig echt, versiche Heumann.

Wie soll ich das wissen? fragt Merz.

Rufen Sie bei Dr. Baumann vom Verfassungsschutz an, de kennen Sie ja, und er kennt Sie. Er wird Ihnen meine Darstellur der Angelegenheit bestätigen.

Ich kenne Baumann nur flüchtig, weicht Merz aus, ich hab mich bisher ein einziges Mal mit ihm unterhalten, als Morock da Interview zum KP-Verbot mit ihm machte.

Er kennt Sie sehr gut, sagt Heumann und lächelt.

Die Atmosphäre dieser Situation wird immer skurriler. Da itzt du mit einem Mann, von dessen Beziehungen zum Osten du ast überzeugt bist, in einem kleinen italienischen Lokal, exotische Dekoration um dich herum und Spaghetti Bolognese vor dir auf lem Teller und spürst ganz genau, daß deinem Gegenüber mehr in dieser Angelegenheit liegt, als er zugibt. Spürst, daß du nur Werkzeug sein sollst, kannst aber keine logischen Anhaltspunkte ür diesen Verdacht finden, bist auf gefühlsmäßige Intuition an-ewiesen und verfällst immer mehr einer unbezwingbaren Neu-ier.

Was soll ich aus der Information machen? fragt Merz.

Das ist Ihre Sache, sagt Heumann und es klingt herausfor-lernd, ich an Ihrer Stelle würde versuchen, diesen Mann vor die Kamera zu bekommen und ihn nach seinen geheimdienstlichen Erfahrungen befragen.

Warum tun das nicht andere? fragt Merz.

Weil sie nicht wissen, daß er sich hier in dieser Stadt aufhält. itdem er um politisches Asyl nachgesucht hat, steht er unter charfer polizeilicher Bewachung. Sein Aufenthalt wird geheim ehalten.

Klingt das nicht unglaubwürdig?

Sie müssen es nicht glauben, kontert Heumann.

Merz lenkt ein: Wie heißt er denn?

Allermann.

Allermann? fragt Merz, ich denke er ist russischer Spion?

Er kommt aus der DDR, antwortet Heumann.

Und seine Adresse?

Keiner kennt sie, antwortet Heumann, außer dem Verfas-ungsschutz. Und der rückt nichts heraus. Was ich Ihnen geben ann, ist lediglich die Information, daß er hier in dieser Stadt ntergetaucht ist, daß er hier die Besuche des Angehörigen der owjetischen Botschaft aus Bonn erhielt, und daß dieser Bot-chaftsmensch vor zwei Tagen auffällig rasch abgereist ist und icht mehr in die Bundesrepublik zurückkehrt.

Also, folgert Merz, ist die Behauptung, der Botschaftsange-

hörige sei von seinem ehemaligen Partner verraten worden, nu:
eine Vermutung Ihrerseits?

Eine Vermutung, bestätigt Heumann, die aber auf der Han
liegt. Das müßten Sie herausbekommen.

Ich weiß nicht, zögert Merz, ob ich mich auf diese Story ein
lassen soll. Sie scheint mir sehr heiß zu sein.

Sie ist heiß. Aber sie kann für Sie zur großen Chance werden
Keiner Ihrer Kollegen hat eine Ahnung von der ganzen Ange
legenheit. Sie wären der erste und der einzige, der darüber etwa
bringt. Überlegen Sie sich's. Ich an Ihrer Stelle würde zugreifen

Was ist, wenn ich mich dagegen entscheide? fragt Merz.

Ich rufe Sie morgen früh noch einmal an, antwortet Heumann
wenn Sie nicht wollen, gebe ich die Story an einen anderen wei
ter. Ich habe nur sofort an Sie gedacht, weil Loewe mir seinerzei
sagte, Sie seien ein fähiger Kopf, der die Chance habe, Karrier
zu machen, und Sie wollten auch unbedingt hochkommen. Außer
dem sind wir ehemalige Lagergenossen, und das verbindet.

Eigentlich liegt dein Zweifel nur in der Nichtnachprüfbarkei
der Information Heumann's begründet. Die Story selbst, un
darin hat Heumann recht, ist das Beste, was dir in diesen dr
Jahren beim Fernsehen begegnet ist. Vielleicht wirklich dein
große Chance. Wenn keiner der Kollegen davon Wind hat, wen
du ganz allein damit herauskommst, dürfte der Wirkungsbe
reich weit über die Abendschau hinausgehen. Die Tagespress
würde aller Wahrscheinlichkeit nach groß darüber berichten.

Dein Name würde bekannt.

Was kostet es dich schon, beim Verfassungsschutz anzurufen
und Heumann's Angaben zu überprüfen?

Du entscheidest dich, und von diesem Augenblick an bist d
von der Vertrauenswürdigkeit Heumanns überzeugt. An de
Story ist was dran. Da läßt sich was rausholen.

Nachmittags versucht Merz, Dr. Baumann zu erreiche
Dr. Baumann ist in Urlaub. Merz wird mit einem Beamten ve
bunden, der seinen Namen nicht nennt, nur eine Buchstaben
Ziffer-Chiffre.

Dafür muß Merz Name und Tätigkeitsbereich angeben, ehe e

zu seinem Anliegen übergehen kann. Er schildert, daß er die Information erhalten habe, Herr Allermann halte sich in der Stadt auf, deswegen sei er, Merz, daran interessiert, darüber in der Abendschau etwas zu bringen. Selbstverständlich so, daß die Identität des ehemaligen Spions nicht preisgegeben würde.

Der Beamte läßt sich alles erklären, fragt nach dem Merz'schen Informanten, erkundigt sich aber nicht weiter, als Merz darauf besteht, seinen Informanten nicht zu nennen.

Bleiben Sie einen Augenblick am Apparat, bittet der Beamte, ich werde mich zu dieser Angelegenheit informieren.

Merz hängt sehr lange in der toten Leitung, bis er wieder mit seinem Gesprächspartner verbunden wird.

Herr Merz?

Ja, bitte?

Die Sache geht in Ordnung. Selbstverständlich können wir Sie nicht direkt mit Allermann in Verbindung bringen, seine Adresse muß geheim bleiben. Rufen Sie deshalb morgen früh, Punkt neun, die Nummer 778022 an – haben Sie notiert?

Merz hat notiert.

Dort erwartet ein Mittelsmann, der seinen Namen nicht nennen, Ihnen aber über Allermann Bescheid geben wird, Ihren Anruf. Wenn Sie sich an meine Anweisungen halten, müßte alles in Ordnung gehen.

Merz bedankt sich, und kann sich der Abenteuerlichkeit und des Nervenkitzels dieses Abwehr-Telefontreffs nicht erwehren.

Als er Grasberger bei einem zufälligen Zusammentreffen kurz davon berichtet, reagiert der Programmdirektor sehr abweisend: Merz solle lieber seine Finger davon lassen. Die Sache sei heiß und für die Abendschau sicher nicht geeignet.

Davon läßt Merz sich nicht beeindrucken.

Er bittet Annemie Schatz, ein Manuskript für die nächste Sendung abzuschreiben und sieht Irina Mahler im Redaktionszimmer an ihrem Schreibtisch sitzen. Offensichtlich gelangweilt und wohl auch etwas verzweifelt.

Haben Sie sich inzwischen schon etwas bei uns eingelebt? fragt Merz.

Sie blickt von der Zeitung auf, in der sie gerade blättert und antwortet: Ja, in der Redaktion schon. Aber auf die Dauer ist es doch sehr deprimierend, immer nur hier herumzusitzen und ab und zu einmal einen Film der Kollegen zu texten, oder zu Dreharbeiten als stummer Zuschauer mitgenommen zu werden. Warum lassen Sie mich nicht endlich auch einmal selbst einen Beitrag machen?

Sie dürfen nicht ungeduldig sein, meint Merz, erst müssen Sie noch eine Menge lernen. Und zum Lernen sind Sie doch zu uns gekommen, oder nicht?

Aber ich lerne doch nicht nur vom Zuschauen?

Auf die Dauer nicht, da haben Sie recht, bestätigt Merz, aber anfangs gibt es gar nichts besseres, als Augen und Ohren offenzuhalten.

Irina Mahler gibt sich damit nicht zufrieden. Sie ist hartnäckig und hat eine unverkennbare Freude daran, es gerade mit diesem Mann aufzunehmen.

Sehen Sie, sagt sie und deutet auf eine kleine Zeitungsmeldung, hier wäre eine interssante Story. Heute abend soll eine Diskothek draußen in einem Vorortviertel geschlossen werden, weil es immer wieder zu Ausschreitungen von Seiten der Jugendlichen kommt und der Besitzer der Kuppelei verdächtigt wird. Warum schicken Sie bei einer so aktuellen Sache niemanden hin?

Merz bleibt souverän: Warum hat mir niemand diesen Vorschlag auf den Tisch gelegt?

Ich tue es doch! protestiert Irina Mahler.

Ja, antwortet Merz, jetzt am späten Nachmittag. So etwas muß mir morgens um neun auf den Schreibtisch gelegt werden, damit ich ein Aufnahmeteam organisieren kann. Wie stellen Sie sich das vor? Wir sind ohnehin sehr knapp, was die Teams anbelangt und nachmittags ist doch bereits alles verplant.

Bacher hat für heute abend keinen Auftrag, widerspricht das Mädchen.

So, Bacher hat keinen Auftrag. Gut und schön. Und wo bekommen Sie einen Tonmann und einen Kameraassistenten her?

Sie arbeiten in den seltensten Fällen mit vier Leuten, entgegnet sie, meistens sind Sie doch nur zu dritt, der Redakteur, der Kameramann und ein Tontechniker, der auch die Assistenz übernimmt. Wieso brauche ich dann vier Leute?

Du bist überrascht von ihrer Zähigkeit. Keiner der beiden jungen Männer hat sich je so unbelehrbar an eine Idee gehängt, vor allem dann nicht, wenn du sie bereits so abschlägig beschieden hattest, wie eben Fräulein Mahler. Nun gut, sagt Merz, Bacher ist frei, Sie sind es wohl auch, also suchen Sie sich noch einen Tonmann und fahren Sie heute abend zum Jazz-Schuppen.

Diskothek, verbessert sie ihn.

Wenn Sie es schaffen, in dieser kurzen Zeit ein Team und das nötige Material auf die Beine zu stellen, dann machen Sie die Story. Bedenken Sie aber dabei, daß alles noch ins Kopierwerk und in den Schneideraum muß. Dort sind Sie ebenfalls auf Termine angewiesen. Trauen Sie sich das überhaupt zu?

Ich schaffe es, sagt sie, darauf können Sie sich verlassen.

Wir werden sehen, meint Merz, stellen Sie erst einmal eine eigenständige Leistung auf die Beine!

Kurz darauf legt Annemie Schatz einen Anruf des Verfassungsschutzes in sein Büro. Der Beamte, mit dem Merz vor zwei Stunden gesprochen hat, ist am Apparat und bittet Merz eindringlich, von seinem Vorhaben abzulassen. Inzwischen seien Bonner Spitzenstellen in die Angelegenheit eingeschaltet worden.

Merz interessiert sich für die Gründe, die diese Absage veranlassen, und der Beamte nennt sie ihm: Einmal seien augenblicklich vertrauliche Gespräche des Bonner Auswärtigen Amtes mit Sowjetstellen im Gange und dürften nicht gestört werden. Zum anderen müsse ernsthaft um das Leben Allermanns gefürchtet werden. Diese Gefahr sei augenblicklich sehr akut geworden. Entsprechend angesetzte Leute versuchten mit allen Mitteln, Allermanns habhaft zu werden, seinen Aufenthaltsort kennen zu lernen, um ihn unschädlich machen zu können.

Merz, der weiß, daß es ein absolutes Novum in der langen Geschichte der Spionage gewesen wäre, wenn er diesen Agenten für ein Statement vor die Kamera gebracht hätte, läßt sich überreden, diese Story abzublasen.

Sein Gesprächspartner scheint für diese Bereitschaft sehr dankbar zu sein. Er beteuert: Das alles ist mir sehr unangenehm, Herr Merz. Aber vielleicht sollten wir unseren Kontakt nicht abbrechen lassen. Wir können uns gegenseitig sicher noch recht wichtige Hilfestellungen leisten.

So ist das Vorhaben also nicht an meiner Person gescheitert? erkundigt sich Merz.

Aber nein! Selbstverständlich haben wir Sie sofort, noch während Sie anriefen, überprüfen lassen. Es gäbe keinen Grund, warum wir Ihnen nicht vertrauen könnten. In diesem Fall ist die Ursache wirklich in den Fakten, die ich Ihnen vorhin genannt habe, zu suchen.

Das freut mich, antwortet Merz. Und er freut sich wirklich, daß er für den Westen vertrauenswürdig ist.

Ich hätte noch eine Bitte, sagt der Beamte, seinerzeit wurde doch von Ihrer Abteilung ein Interview mit Dr. Baumann aufgenommen. Könnten Sie uns das Band, sofern es noch existiert, leihweise überlassen?

Sie meinen das Interview Morock-Baumann zum KPD-Verbot?

Ja, die ganze Sache wird jetzt wieder aktuell und Herr Dr. Baumann möchte sich gerne darüber informieren, was er damals gesagt hat.

Merz sagt zu, dieses Band leihweise an den Verfassungsschutz weiterzugeben. Er fragt nicht, wieso Baumann sich jetzt, da er angeblich in Urlaub ist, nach fast zwei Jahren dafür interessiert, warum er sich nicht direkt an Merz wendet, sondern einen namenlosen Beamten einschaltet.

Merz erhofft auf diese Weise gelegentlich Tips auch von der anderen Seite. Er weiß, daß sein Name ab heute dort registriert ist. Du wirst dich auf diesem Terrain vorsichtig bewegen.

Als Heumann am nächsten Morgen um neun anruft, schildert Merz die Sachlage, seine Erfahrungen mit dem Verfassungsschutz und registriert die Enttäuschung Heumanns sehr genau.

Plötzlich wird dir klar, welche Rolle du in dieser Aktion gespielt hast. Man wußte, daß gegen dich beim Verfassungsschutz keine Bedenken vorlagen, man kannte deine Ungefährlichkeit und Integrität. Heumann hat dich benutzt, um Allermanns habhaft zu werden. Du warst nichts anderes, als Kontaktmann, honoriert mit einer Story, die dir helfen konnte, Karriere zu machen.

Merz beendet dieses Gespräch mit Heumann sehr rasch.

Du erschrickst. Du hast dich naiv in eine Sache eingelassen, die dir das Genick hätte brechen können. Dann, wenn deine Verbindung zu Heumann offensichtlich geworden wäre.

Jetzt hast du Angst.

Da steht noch eine alte Rechnung offen. Nicht umsonst wurdest du früher als andere aus diesem Lager an der persischen Grenze entlassen. Nicht umsonst hast du deinen Hals mit der tiefen Narbe gerettet.

Und du wirst diesen verdammten Verdacht nicht los, daß die ganze Geschichte eine Falle war, daß du dich bereits im Fadenkreuz einer geschickt angelegten Flinte bewegtest. Man wollte dich zur Strecke bringen. Blattschuß.

Sie hätten ihn wie einen Hund auf der Straße erschossen.

Später gehen die Berichte über seinen Tod auseinander. Zwei Jahre bleiben ihm jetzt noch. Er wird noch ein zweites Mal heiraten.

Seine zweite Frau, naiv, jung und nicht ohne instinktsicheres Geschick, wird die Rede auf den erschossenen Hund bringen.

Es gibt nur wenige Augenzeugen. Eigentlich nur einen, der die Tötung unmittelbar vom Balkon aus beobachtete.

Er schweigt.

Die anderen waren zu weit entfernt, variieren ihre Aussagen. Bauen den Merz'schen Tod aus.

Fest steht: Er wollte sich eine Zigarette anzünden, als ihn die beiden Kugeln trafen. Genickschuß. Schulterblatt. Seine Zigarette brannte noch zur Hälfte ab.

Eine Hinrichtung auf offener Straße?

Sein Spieleinsatz war immer hoch.

Auch in der Sache Allermann hat er sich zu einem hohen Spieleinsatz verleiten lassen. Getrieben von Ehrgeiz und Geltungsbedürfnis. Es war nicht bloße Neugier. Es war der Griff nach der großen Chance, die es nicht gab.

Du wirst vorsichtiger sein müssen. Du mußt eine Lösung deiner Probleme finden.

Auf keinen Fall willst du zum Gejagten werden.

Du bist ein Mensch, der auf Erfolg angewiesen ist, um existieren zu können. Erfolg im beruflichen und im privaten Bereich. Erfolg, den du dir rücksichtslos nimmst, wo er dir geboten wird. So hat man dich aufgezogen. So agierst du heute. So wirst du morgen handeln.

Es ist schwer, über sich selbst nachzudenken. Vor Schwierigkeiten scheust du zurück.

Noch am gleichen Abend setzt sich Merz mit der Rechtsabteilung des Funkhauses in Verbindung, erkundigt sich, ob Bedenken gegen ein Ausleihen des Baumann-Bandes an den Verfassungsschutz bestünden, sichert sich ab und läßt das Band bereitlegen, nachdem der Justitiar keine Hinderungsgründe finden kann.

7

Was ist aus Ihrem Diskothek-Bericht geworden? fragt Merz Irina Mahler, als er sie morgens in der Redaktion antrifft. Sie verhindert mit ihrer Anwesenheit ein vertrauliches Gespräch zwischen Merz und Annemie Schatz, die, wie jeden Morgen, gerade ihre Blumentöpfe gießt. Sie hat sich eine kleine rote Gießkanne gekauft und erinnert Merz damit an seinen Antrittstag und die Sekretärin in der Intendanz. Irina Mahler reagiert auf diese Anfrage empfindlich, vor allem auch deshalb, weil Merz vom Scheitern ihres Vorhabens bereits informiert ist und nun vorgibt, ahnungslos zu sein: Sie wissen doch ganz genau, daß die Sache schief gelaufen ist!

Merz lächelt und fragt sehr liebenswürdig: Sind Sie eigentlich immer so angriffslustig?

Wenn man sich hier durchsetzen will, bleibt einem wohl nichts anderes übrig, antwortet sie.

Glauben Sie, mir ist es anders ergangen? Trotzdem war ich nicht so aggressiv, wie Sie. Und Sie haben es noch leichter, weil Sie eine Frau sind.

Sie haben Vorurteile!

Habe ich das?

Sie nähern sich einem offen ausgetragenen Streit, und Annemie Schatz verfolgt diese Szene interessiert an der Tür, die Gießkanne in der Hand.

Woran ist Ihre Mission denn gescheitert? fragt Merz und spricht weiter, ehe sie antworten kann: Doch wohl daran, daß Sie sich vorher nicht richtig informiert haben.

Immerhin, sagt sie, habe ich innerhalb von zwei Stunden ein Team auf die Beine gestellt und alles organisiert. Daß die Diskothek nicht geschlossen wurde und keine Demonstration der Jugendlichen stattfand, ist doch nicht meine Schuld.

Das nicht, antwortet Merz, aber wenn Sie ein einziges Mal die Angelegenheit durchdacht und das zuständige Polizeirevier oder das Lokal selbst angerufen hätten, bevor Sie losfuhren, hätten Sie unserer Abteilung viel Zeit und Aufwand erspart.

Hätten Sie das nicht vorher sagen können? fragt sie empört.

Aber, ich bitte Sie, Fräulein Mahler, wir hatten doch ausgemacht, daß Sie die Sache ganz allein auf die Beine stellen wollen. Sie wollten mir doch etwas beweisen, und nicht ich Ihnen!

Sie werden von Paulig unterbrochen, der gemeinsam mit dem alten Bacher und einem Tennisschläger in der Hand hereinkommt. Hallo, ruft er und gibt Schätzchen ein Küßchen rechts und eines links auf die Wange. Er ist nicht nur ein Typ wie Pointer, er hat auch dessen Manieren.

Seit wann brauchen wir Tennisschläger in der Redaktion? fragt Merz.

Oh! Paulig hebt den Schläger und dreht ihn vor seinen Augen hin und her, als habe er ihn jetzt erst entdeckt, dann führt er symbolisch eine leichte Rückhand aus! Ich war mit Bacher auf dem Tennisplatz, und da ich kein eigenes Auto habe, hat mich Bacher hergefahren, mit der Ausrüstung. Mögen Sie Tennis nicht, oder haben Sie heute Ihren schlechten Tag?

Im Gegenteil, antwortet Merz, ich spiele selbst.

Prima, meint Paulig, dann könnten wir doch mal zusammen ein Spiel machen!

Merz schätzt diesen energiegeladenen jungen Mann ab: er ist wendig, kraftvoll und reagiert sehr rasch.

Du hättest schnell gegen ihn verloren. Der Altersunterschied von zwanzig Jahren ließe sich in diesem Falle nicht mehr verbergen. Da wäre Bacher, der bereits fünfzig ist, ein abgetakelter Kameramann ohne Zukunftsaussichten, schon geeigneter. Merz kann sich nicht vorstellen, wie die beiden überhaupt zusammen spielen. Jeder Schlag muß da ein Fiasko sein.

Ich glaube kaum, lehnt Merz ab, daß ich Zeit habe. Der Laden hier frißt mich noch auf.

Schade, sagt Paulig und legt den Schläger auf den Schreibtisch von Irina Mahler, Sie wären bestimmt besser als Bacher gewesen. Aber, da kann man nichts machen.

Na, Schätzchen, wendet Paulig sich an die Mahler, da hast du dir ja ein Ding geleistet!

Wieso? fragt sie herausfordernd.

Den armen alten Bacher raus zu einer Diskothek zu hetzen, die nichts weiter als ein langweiliger Schuppen ist. Wie bist du denn auf die verrückte Idee gekommen?

Merz freut sich, daß ihr nicht nur von ihm die Flügel gestutzt werden.

Bacher steht ruhig und zurückhaltend im Hintergrund.

Merz hat die Redaktionskonferenz heute schon auf halb zehn gelegt. Nachmittags wird er gemeinsam mit Grasberger zu einer Programmsitzung der Sendung „Magazin der Woche“ nach Frankfurt fahren. Annemie Schatz begleitet ihn.

Da er zwei Tage dort bleibt, muß er sicher sein, daß die Redaktion läuft. Dazu gehören auch Ermahnungen und Ratschläge, die er auf der redaktionellen Zusammenkunft geben wird.

Vor einer Woche hat er Ebert zum ersten Mal ans Regiepult gesetzt und ihn eine Sendung fahren lassen. Dabei hat Ebert mindestens fünf Sekunden verschenkt. Fünf Sekunden grauer Bildschirm. Das ist nicht gerade eine überwältigende Leistung.

Fricke, der erst wesentlich kürzer der Abendschau angehört, hat die Apparatur und Funktion des Regieraumes viel rascher begriffen, als Merz ihn versuchsweise am nächsten Tag ebenfalls eine Sendung fahren ließ.

Du hast dich bemüht, die beiden jungen Leute so anzulernen, wie es damals Niklas praktiziert hat. Fluglehrer in der Pilotenkanzel, aber die Ergebnisse sind unterschiedlich.

Auf Ebert kannst du dich in dieser Hinsicht nicht verlassen.

Da wird Crämer noch einmal während deiner Abwesenheit einspringen müssen, morgen abend, wenn die Abendschau über den Bildschirm läuft, du aber noch nicht aus Frankfurt zurück bist.

Vielleicht hättest du doch Fricke statt Ebert einsetzen sollen, aber du sträubst dich dagegen, diesen jungen Leuten jene Positionen, die du dir hart erkämpfen mußtest, auch noch in den Schoß zu werfen.

Sind die Platzkarten nach Frankfurt bestellt? fragt Merz Annemie Schatz.

Die Platzkarten? fragt sie.

Du wirst ärgerlich, weil du dich mit Kleinigkeiten aufhalten mußt. Ich hatte Sie doch gebeten –, sagt Merz.

Jetzt erinnert sich die Sekretärin: Mein Gott, ja, die Platzkarten. Ich wollte sie am selben Tag bestellen, dann rief aber Hummerstein an und sagte, er hätte von Grasberger diesen Auftrag bekommen und würde ihn für uns miterledigen.

Und? Was ist nun? erkundigt sich Merz.

Ich werde gleich mal zu Hummerstein rübergehen und fragen.

Es dauert nicht lange, und sie kommt mit dem stiftenköpfigen Hummerstein zurück. Merz unterhält sich gerade mit Ebert und Fricke über den Ablauf der beiden folgenden Tage.

Entschuldigen Sie, sagt Annemie Schatz, ich glaube, da ist etwas schief gelaufen.

Was ist los?

Herr Hummerstein hat die Platzkarten nur für sich und Herrn Grasberger, aber nicht für uns bestellt.

Was soll das heißen? Merz wird ungeduldig.

Hummerstein wirkt arrogant und herablassend, als er antwortet: Das muß ein Mißverständnis sein, Herr Merz, ich hatte nie den Auftrag, auch für Sie beide die Plätze reservieren zu lassen. Das sollte doch Fräulein Schatz erledigen.

Ich dachte, Sie hätten sich beide geeinigt?

Annemie Schatz wird sichtlich unruhiger, nervöser und verwirrter: Das ist mir alles entsetzlich peinlich.

Es ist wirklich absurd, ereifert sich Merz, daß ich mich als Leiter der Abendschau auch noch um Platzkarten nach Frankfurt bemühen muß. Was soll das ganze Theater überhaupt, Herr Hummerstein? Fräulein Schatz hat mit Ihnen gesprochen, und es ist doch einfach unlogisch, wenn vier Leute dieses Senders zur Programmsitzung nach Frankfurt fahren, daß dann zwei verschiedene Stellen die Plätze reservieren. Schließlich werden wir doch ein Abteil benutzen, oder etwa nicht?

Hummerstein bleibt ruhig und überlegen: Entschuldigen Sie, Herr Merz, aber Sie setzen sich mit dem Falschen auseinander. Ich bin der persönliche Referent des Programmdirektors und nicht für Ihre Belange verantwortlich.

Vielleicht haben wir Glück, beschwichtigt Fräulein Schatz, und im gleichen Abteil sind noch zwei Plätze frei?

Mir reicht es jetzt, schreit Merz.

Du verlierst die Beherrschung.

Verbinden Sie mich mit Grasberger!

Sichtlich erregt schildert Merz am Telefon den Sachverhalt, legt den Hörer auf und will sich an Hummerstein wenden. Aber Hummerstein hat die Redaktion bereits verlassen.

Wütend, beinahe jähzornig, läuft Merz hinüber in seine ehemalige Kammer.

Wie erwartet, trifft er dort auf Hummerstein: Was fällt Ihnen ein, einfach wegzulaufen, wenn ich mit Ihrem Chef telefoniere?

Hummerstein weist Merz zurück: Ich gehöre nicht in Ihre Abteilung. Sie haben mir also gar nichts zu sagen.

Sie hören Merz bis in die Redaktionsräume hinüber brüllen: Wenn Sie sich in meiner Redaktion aufhalten, haben Sie sich andere Manieren anzugewöhnen! Merken Sie sich das.

Noch immer ruhig und beherrscht entgegnet Hummerstein:

Wir sind hier nicht auf dem Kasernenhof, Herr Merz, das scheinen Sie zu vergessen.

Merz gibt auf, fällt zurück auf normale Lautstärke und sagt: Sie sollen sofort hinüber zu Ihrem Chef gehen. Er wird Ihnen hoffentlich die Meinung sagen. Und glauben Sie nur nicht, daß ich mich nicht über Ihr Verhalten beschweren werde. Was Sie sich geleistet haben, geht zu weit.

Inzwischen ist die Redaktion vollzählig versammelt. Susanne Molnar wirkt heute blaß und übermüdet, wenn nicht sogar krank. Sie sitzt neben Rabel und unterhält sich leise mit ihm, wirft dabei immer wieder einen Blick auf Merz.

Merz wird darauf aufmerksam, als Frau Erbacher ihre Kollegin fragt: Geht es Ihnen heute nicht gut?

Aber er will nichts mehr mit den Problemen dieser Leute zu tun haben. Können wir anfangen? fragt er.

Das Programm für die Sendung des morgigen Abends liegt bereits fest. Merz hat sich die Filme noch gestern angesehen und die Reihenfolge bestimmt. Eigentlich kann während seiner Abwesenheit nichts schief gehen.

Sollten Schwierigkeiten auftauchen, sagt er und beobachtet dabei, daß Rabel nach der Hand von Susanne Molnar greift, wenden Sie sich bitte an Ebert. Er ist ab heute mittag für die Redaktion voll verantwortlich. Seine Entscheidungen sind maßgebend, und ich bitte, sie zu respektieren und Ihren Kollegen zu unterstützen.

Eigentlich wollte Merz heute scherzhaft sagen: Mal sehen, ob ich unersetzlich bin. Leisten Sie also Ihr Bestes, um das zu beweisen. Der Auftritt mit Hummerstein hat ihm jedoch jede Lust zur Fröhlichkeit genommen. Merz wirkt müde und verbittert.

Der Zug um vierzehn Uhr zwanzig nach Frankfurt war total überfüllt. Grasberger, der sich für das Verhalten seines Assistenten bei Merz entschuldigte, entschied, daß Hummerstein seine Platzkarte selbstverständlich an Merz abgeben müßte und für sich und Fräulein Schatz zwei Plätze in einem anderen Abteil auftreiben sollte. Ich hätte nicht gedacht, sagte Grasberger, daß selbst die 1. Klasse derartig überfüllt ist.

Merz, der das Zusammensitzen mit Hummerstein in einem Abteil nicht ertragen hätte, antwortet noch immer verärgert: Das war doch vorauszusehen. Schließlich war die Aktion Platzkarten nicht nur irgendeine Laune von mir.

Grasberger versucht zu beschwichtigen, um von dem ganzen Vorfall endlich abzulenken. Ausführlich läßt er sich über Irina Mahler berichten. Fragt nach der Zusammenarbeit mit ihr und grinst, als Merz ihm von Fräulein Mahlers vergeblichen Bemühungen in Sachen Diskothek erzählt.

Am Anfang schießt jeder mal im Eifer, endlich vollwertig dazu zu gehören, über die Stränge, kommentiert Grasberger, das war doch auch bei dir so.

Merz streitet das ganz entschieden ab: Mein erster Film war die Elektrofischerei, und die ist damals doch eine gelungene Sache gewesen, oder etwa nicht?

Sicher, besänftigt Grasberger, aber ich erinnere mich, wie heftig du in jeder Redaktionskonferenz mit Themenvorschlägen agiert hast. Soviel, wie du vorbrachtest, konnte man gar nicht ablehnen. Dein Tempo war atemberaubend!

Ich habe die Situation in den Anfangswochen anders gesehen, widerspricht Merz, für mich war diese erste Zeit sehr deprimierend, eben, weil ich keine Möglichkeiten hatte, selbst die Initiative zu ergreifen. Du hast doch keinen meiner Vorschläge akzeptiert. Janke hat mir seinerzeit sogar fehlenden Elan und Eigeninitiative vorgeworfen.

Nun, die Zeiten sind vorbei. Übrigens hat sich Irina Mahler bitter bei mir beschwert, daß du sie sehr arrogant, wenn nicht sogar abwertend behandeln würdest. Sie hätte den Eindruck, daß du es geradezu darauf abgesehen habest, ihr einen Stein nach dem anderen in den Weg zu legen.

Das ist doch Unsinn. Sie ist in meiner Redaktion, um zu lernen, und das und nichts anderes soll sie tun. Wenn sie allerdings gleich mit hochfliegenden Plänen einsteigt, ist es kein Wunder, wenn ihre Illusionen zerstört werden.

Sie ist ein nettes Mädchen, sagt Grasberger, du solltest dich vielleicht einmal etwas näher mit ihr beschäftigen. Sie sagte mir, daß sie den Eindruck habe, du seist grundsätzlich gegen Frauen im Journalismus. Stimmt das?

Ich habe nichts gegen Frauen, die im Feuilleton arbeiten oder die Redaktion einer Modezeitschrift betreuen. Aber harter, aktueller Journalismus, wie wir ihn bei der Abendschau machen, ist nichts für sie. Das ist Männersache.

Merz versucht, diese Einstellung zu korrigieren. Hält aber in seiner Argumentation inne, als Grasberger andeutet, Irina Mahler habe eine gute Verbindung zur Intendanz.

Heuschka?

Vielleicht, sagt Grasberger.

Merz lacht plötzlich: Und ich habe gehört, sie sei durch dein Bett gegangen, um zu uns kommen zu können.

Grasberger reagiert auf diese Offenheit gar nicht freundschaftlich, gibt sich brüskiert.

Ich wäre an deiner Stelle vorsichtiger, warnt er, dieses Mädchen kann dir schaden.

Ach was, wehrt Merz ab, das haben schon viele Frauen versucht, aber es ist noch keiner wirklich gelungen.

Du mußt es wissen.

In Frankfurt sind sie in einer Pension nahe dem Funkhaus untergebracht. Und da es in dieser Stadt nicht leicht ist, ein nettes, gemütliches, aber nicht zu teures Lokal zu finden, es sei denn, man fährt nach Sachsenhausen und kennt dort Gasthäuser, die noch nicht für den Fremdenverkehr aufpoliert sind, entschließen sie sich, in einer nahgelegenen Imbißstube noch etwas zu essen.

Die große Konferenz zum „Magazin der Woche“ beginnt am nächsten Morgen um neun Uhr.

Annemie Schatz, die der Vorfall mit Hummerstein noch immer bedrückt, bemüht sich, die Merz'sche Gunst mit übertriebener Liebenswürdigkeit wieder zurück zu gewinnen.

Merz läßt es sich belustigt gefallen.

Kurz vor Mitternacht entschließt er sich, ihre Werbung anzunehmen und kommt als jovialer Chef und versöhnter Liebhaber in ihr Zimmer. Ihre Anspruchslosigkeit, die ihm keine zu große Leistung abverlangt, freut ihn immer wieder von neuem. Das

Zusammensein befriedigt ihn, ohne ihn zu erschöpfen, und er hat trotzdem die Gewißheit, von dieser Frau voll anerkannt zu werden.

Ich habe auch eine wichtige Neuigkeit für dich, sagt sie, ganz die eilfertige Nachrichtenagentin, die er aus ihr gemacht hat: Susanne Molnar soll schwanger sein und erzählt einigen Leuten im Funk, daß du derjenige seist!

Sie spielt auf die rosa Schleife an, die er damals beim Fasching im Studio V verloren hat, bleibt aber anschmiegsam und unterwürfig, so, als gäbe es für sie keinen Grund zu Mißtrauen oder gar Eifersucht.

Es ist die gleiche Situation, die du schon so oft erlebt hast. Du läßt dich mit zwei Frauen, die sich gegenseitig kennen und zudem noch zusammenarbeiten, gleichzeitig ein und erlebst immer wieder die unangenehme Überraschung einer Entdeckung. Das Ende sind böse Auseinandersetzungen, bis eine der beiden Frauen versucht, deine berufliche Existenz zu gefährden. Enttäuschung und wütende Eifersucht.

Bisher sprang deine Frau ein, versuchte zu retten, was noch zu retten war. Zog dich aus diesen verfahrenen Situationen heraus. Diesmal stehst du allein.

Aber Schätzchen scheint keine Schwierigkeiten zu machen, und Susanne Molnar wird er nun endgültig entlassen. Er wird den Bundesbruder zu dieser Maßnahme unschwer überreden können, wenn er auf Susanne Molnars politische Einstellung anspielt.

8

Als Merz aus Frankfurt zurückkehrt, ist er überrascht, wie reibungslos die beiden Tage, die er die Redaktion alleingelassen hat, abgelaufen sind.

Ebert scheint die ihm gestellte Aufgabe gut bewältigt zu haben.

Merz, der eine solche Programmsitzung zum ersten Mal miterlebt hat, steht noch ganz unter dem Eindruck dieser Tagung.

In den Konferenzpausen hat er viele Kollegen des Frankfurter Senders kennengelernt und ausführlich mit ihnen gesprochen. Innerbetriebliche Erfahrungen, politische Meinungen und Einzelheiten der Streßsituation journalistischer Klein- und Tagesarbeit wurden ausgetauscht.

Weißt du, erzählt Merz Crämer, in Frankfurt möchte ich nicht sein. Je größer das Haus ist, um so bürokratischer und verbeamteter ist alles. Was da exerziert wird, zum Beispiel, wenn ein Redakteur ein Ferngespräch führen will, das ist unglaublich. Also, lieber bleibe ich hier. Dort würde ich mich Tag und Nacht ärgern und dadurch sehr rasch verschleißen.

Crämer lacht: So, da bleibst du also lieber hier in unserer gemütlichen Kiste. Aber immerhin, du beschäftigst dich mit dem Gedanken eines Wechsels, oder suchst du nur nach Vorteilen und Chancen, ohne ernsthafte Überlegungen anzustellen?

Du bist immer auf der Suche nach der besten Gelegenheit.

Hat dich dieser verdammte Ehrgeiz noch nie in Schwierigkeiten gebracht? fragt Crämer. Merz antwortet nicht.

Aber, erzähl mal, wie war denn nun die Tagung selbst, fordert Crämer ihn auf.

Die Konferenz, schildert Merz, war eigentlich in psychologischer Hinsicht am interessantesten.

Wie meinst du das?

Nun, zum Beispiel in der Art, wie die Zugehörigkeit zu einem großen finanzstarken Sender doch die Personen verändert, die diesen Sender repräsentieren. Sie haben alle das Bewußtsein des Stärkeren! Sie reden und handeln ständig wie Hauptaktionäre. Sie machen dem armen Herrn Wagner, der für das Magazin verantwortlich ist, das Leben regelrecht sauer. Keine Vollmacht. Ein Kastrat. Wie soll er dann noch etwas Profiliertes auf die Beine stellen? Und nebenbei wird immer wieder auf den Föderalismus gepocht.

Sind wir doch froh, daß wir eine föderalistische Struktur unseres Rundfunkwesens haben, entgegnet Crämer.

Ich weiß nicht, meint Merz, irgendwo ist auch in dieser föderalistischen Struktur der Wurm drin.

Du willst also Zentralismus?

Merz bezieht keinen klaren Standpunkt: In einem stur zentralistischen System der Rundfunkanstalten wäre es, bei den Eigenschaften der Deutschen, vielleicht noch sehr viel schlimmer.

Es ist immer das gleiche Malheur, sagt Crämer, du kritisierst eine Sache ohne Alternativen aufzustellen. Irgendwo fehlt dir ganz entscheidend ein fester Standort. Nach außen hin spielst du den starken Mann, innerlich bist du verunsichert. Ist dir das schon einmal bewußt geworden?

Merz lenkt ab.

Du hast Angst vor dir selbst.

Du fürchtest dich, ganz allein zu sein, irgendwo in einer Landschaft ohne Anhaltspunkte. Du fürchtest dich vor diesen seltenen Augenblicken deines Lebens, wenn du dich aus dem skrupellosen Match um deinen Aufstieg, deine Karriere, herausgelöst hast und dich selbst zu befragen beginnst. Wenn dann plötzlich Ruhe in dir ist. Ruhe, die du festhalten möchtest, und die du verlierst, sobald du dich selbstmörderisch wieder zurücksehnst in die unübersehbaren Straßenschlachten des Konkurrenzkampfes.

Du fragst nicht danach, woher diese Kraft kommt, die dich antreibt, und die du nicht bändigen kannst, die dich immer nur nach deinem persönlichen Vorteil suchen läßt. Du hast Angst davor, die Zusammenhänge zu klären. Wie ein Ertrinkender klammerst du dich tagtäglich an deine Zielvorstellungen. Macht und Geld.

Während Merz in Frankfurt war, lief sein Film zur Textilforschung über den Bildschirm, dessen Text er nicht ohne Schwierigkeiten zusammengestellt hat, da es darum ging, Maschinen, Apparate, Prüf- und Meßgeräte den Zuschauern verständlich und funktionsgerecht zu erklären.

Merz war selbst nicht voll davon überzeugt, dieses Problem optimal gelöst zu haben.

Anscheinend ist es ihm doch gelungen. Frau Erbacher erzählt ganz begeistert von diesem Film. Sie hat ihn selbst nicht geschnitten und sah ihn an diesem Abend zum ersten Mal. Auch Frau Grasberger ruft überraschend in der Redaktion an, um Merz zu gratulieren.

Merz informiert sofort Grasberger vom Anruf seiner Frau und fügt euphorisch an: Wie habe ich das wieder gemacht? Obwohl den Frauen Technik serviert wurde, waren sie begeistert, einfach deshalb, weil ich den Film auf weibliche Neugierde zugeschnitten habe. Das muß man eben können!

Nun, dämpft Grasberger, das ist wohl beim Thema Textilforschung nicht allzu schwer. Was anderes haben unsere Frauen ja doch nicht im Kopf.

Weniger erfreulich ist ein Anruf aus dem Schneideraum. Susanne Molnar möchte ihn unbedingt sprechen.

Merz sichert sich sofort ab und läßt noch für diesen Abend einen Termin beim Bundesbruder arrangieren. Diese Angelegenheit muß sofort bereinigt werden, ehe es zu ernstzunehmenden Schwierigkeiten kommt.

Er trifft sich mit der Cutterin in der Kantine. Als er ihr einen Kognak anbietet, lehnt sie ab. Merz hat den Eindruck, als ließe sie sich bewußt gehen, achte weniger auf Make-up, Frisur und Kleidung als früher. Er wartet ab. Kommt ihr in keiner Weise entgegen und läßt sich von ihrer Hilflosigkeit nicht beeindrucken.

Sie ist heute gar nicht zielstrebig und selbstbewußt. Aber Merz kann nicht einschätzen, wie weit sie ihm etwas vorspielt. Er möchte dem Eindruck, den sie hier an diesem Tisch auf ihn macht, nicht glauben. Erst nach einer zweiten Tasse Kaffee kommt sie auf den Kern ihres Anliegens zu sprechen: Sie sei in der achten Woche schwanger.

Und, sagt Merz, was hat das mit mir zu tun? Oder kann ich Ihnen irgendwie helfen?

Ich glaube, Sie müssen mir helfen, sagt sie.

Ich tue es gerne, wenn ich es kann, aber warum muß ich?

Weil Sie der einzige waren, antwortet sie, der ohne Präservativ mit mir geschlafen hat.

Das klingt sehr brutal, sehr direkt.

Sind Sie sich da so sicher? fragt Merz.

Absolut, antwortet sie und gibt ihr Spiel der Hilflosigkeit auf: Glauben Sie nur nicht, daß Sie bei der ganzen Angelegenheit so einfach davonkommen, Herr Abteilungsleiter.

Nun weißt du, daß sie dir gefährlich werden kann. Du wirst nicht weiter reizen, dein Einsatz wäre zu hoch.

Sie wissen, daß ich verheiratet bin?

Ich würde Sie um keinen Preis der Welt heiraten, antwortet sie offen und rücksichtslos, was ich will, ist, daß Sie einen Teil der Folgen tragen.

Wollen Sie meine Stellung hier im Hause gefährden?

Wenn ich dazu gezwungen werde –.

Wer würde Sie dazu zwingen?

Sie!

Also, was wollen Sie?

Susanne Molnar schlägt ihm eine Summe vor. Sie kennt einen Arzt, der ihr helfen wird, aber er kostet Geld.

Ich sehe nicht ein, sagt Merz, warum ich allein zahlen soll. Sie haben genügend Freunde.

Sie warnt ihn.

Und du nimmst die Warnung an, bist mit ihren Forderungen einverstanden.

Merz ist sich klar darüber, daß er dieses Mädchen so rasch wie möglich aus dem Hause entfernen muß. Sie könnte zu regelmäßigen Erpressungsversuchen übergehen.

Als er nach Dienstschluß mit Heuschka in dessen Büro zusammensitzt, kommt Merz ohne Umwege auf den Anlaß des heutigen Treffens zu sprechen.

Susanne Molnar.

Ich habe gehört, es gäbe da eine Affäre zwischen dir und dem Mädchen? erkundigt sich der Bundesbruder.

Aber das ist doch absurd, versichert Merz, ich kann einfach nicht mehr mit ihr zusammenarbeiten. Sie ist inzwischen völlig links orientiert und versucht, ihre Einstellung in jeden Film, den sie schneidet, hinein zu manipulieren, ganz davon abgesehen, daß sie Einfluß auf andere Kollegen nimmt und das Klima verseucht.

Du hast Glück. Heuschka berichtet, daß Irina Mahler ihm schon ähnliches gesagt habe. Auch von Grasberger seien Klagen über Susanne Molnar gekommen.

Dann spricht er von Irina Mahler. Sie fühle sich von Merz

ungerecht behandelt, in ihrer Arbeit zurückgesetzt und falsch beurteilt.

Könnten wir nicht übereinkommen, schlägt Heuschka vor, daß ich Susanne Molnar entfernen lasse, und du dich dafür etwas mehr um Irina Mahler kümmerst? Ich glaube, das Mädchen ist eine Förderung wert.

Merz ist bereit, auf diesen Handel einzugehen.

Auf dem Rückweg zur Redaktion wird Merz von Grasberger abgefangen:

Hallo, Merz. Ich habe eine Einladung für dich.

Eine Einladung?

Schnitzeljagd bei Herrn Bonkopf.

Wer ist Herr Bonkopf?

Grasberger nimmt Merz mit in sein Büro: Hast du von Bonkopf noch nie was gehört? Einer der größten Weinhändler hier in der Stadt.

Also Prominenz? fragt Merz und ist an der Sache interessiert.

Geldprominenz, antwortet Grasberger, seine Frau kennst du, die Monika.

Du meinst die Ansagerin?

Genau! Er gibt am Sonntag eine Party mit Schnitzeljagd und hat uns eingeladen. Irina Mahler ist auch dort. Wenn du willst, kannst du Ebert noch mitbringen, die Schatz selbstverständlich auch. Er hat mir nur gesagt, daß du auf jeden Fall kommen sollst und eventuell noch zwei oder drei Leute aus deiner Abendschau. Du kommst doch?

Jetzt, am Sonntag?

Kommenden Sonntag, bestätigt Grasberger.

Eigentlich, sagt Merz, wollte er diesen Sonntag nach Hause fahren. Er hat seine Frau und die Töchter lange nicht mehr gesehen und sein Eintreffen schon angekündigt.

Grasberger überredet ihn, die Schnitzeljagd höher einzuschätzen, als den Besuch zu Hause: Nach Hause kannst du immer noch fahren. Die Schnitzel werden nur einmal in diesem Sommer geerntet.

Oder macht deine Alte Schwierigkeiten?

Merz haßt diese Kumpanei.

Nein, seine Frau macht keine Schwierigkeiten. Sie ist in diesen drei Jahren noch stiller und geduldiger geworden, besucht als Gasthörerin Philosophievorlesungen an der Kleinstadtuniversität und scheint sich im übrigen ganz auf die beiden Kinder zu konzentrieren. Die ältere Tochter wird diesen Sommer zwanzig und absolviert gerade das Abitur.

Na, also, sagt Grasberger, dann komm doch.

Und Merz sagt zu.

Er wird heute Abend seine Frau anrufen und erklären, warum er nun doch nicht am Sonntag kommen kann, obwohl sie seinen Geburtstag, der morgen ist, nachfeiern wollten, obwohl sie sich beide trotz aller Vorbehalte, die sie sich all die Jahre hindurch gegenseitig auferlegt haben, auf dieses Wiedersehen freuten.

Er wird dringende berufliche Hindernisse aufbauen. Er wird dieser Frau gegenüber wieder Ausreden suchen, wie er sie früher seiner Mutter gegenüber finden mußte.

Du weißt, daß du in ihren Augen schon lange kein männlicher Held mehr bist. Auch dein stetig geübter Selbstbetrug kann dich darüber nicht hinwegtäuschen.

9

Jetzt bist du fünfundvierzig Jahre alt, ein bedenkliches Alter, das du verschweigen möchtest.

Im Sternzeichen des Löwen geboren, würdest du an diesem Tag nicht einmal ein klägliches Gebrüll ausstoßen können.

Über die letzten fünfzehn Jahre deines Lebens, die dein Leben eigentlich erst richtig ausmachten, willst du gar nicht nachdenken. Du würdest versagen.

Also versuchst du, diesen Geburtstag, der dir von Rechts wegen zusteht, und den du, wäre er nicht mit deinem persönlichen Älterwerden verbunden, genießen würdest, so rasch wie möglich wieder zu vergessen.

Damit ist Merz während des Frühstücks vollauf beschäftigt.

Als er jedoch in der Redaktion eintrifft, muß er feststellen, daß diese mühsame, selbstbetrügerische Kleinarbeit umsonst war.

Man gratuliert ihm unausweichlich.

Annemie Schatz hat einen Geburtstagstisch in seinem Zimmer aufgebaut. Eine Flasche Kognak, zwei Kerzen, eine Vase mit Blumen und ein Marzipanglücksschwein, das eine Karte im Maul hält.

Die Karte ist von allen Redaktionsmitgliedern, auch von Susanne Molnar, unterschrieben. Herzlichen Glückwunsch zum Fünfundvierzigsten.

Über diese Zahl kommst du nicht hinweg.

Auf der Rückseite ein Telefonist.

Eine Anspielung? fragt Merz seine Mitarbeiter.

Fricke lacht: Durchaus. Schließlich führen Sie von uns allen die längsten Telefongespräche.

Sie sind sehr herzlich, und diese Herzlichkeit scheint echt zu sein. Merz zögert nicht, die Kognakflasche zu köpfen, um, von gelegentlichen Telefonanrufen unterbrochen, zu feiern.

Auch Heuschka ruft an und gratuliert. Ebenfalls Janke, der sich sonst als Fernsehdirektor kaum noch um engere Kontakte zu seinen ehemaligen Freunden und Kollegen bemüht.

Grasberger und Crämer kommen auf einen kurzen Drink, und Merz schlägt vor, man solle doch abends, nach der Sendung, die trotz Geburtstag, Kognak und Frohsinn noch über den Bildschirm laufen muß, im „Kasino“ zusammenkommen.

Während er diesen Vorschlag macht, bemerkt Merz nicht, daß er im alten Offiziersjargon von Kasino redet und nicht Kantine sagt.

Da gehen wir dann alle noch einen saufen, sagt er und stört sich nicht am eigenen Wortgebrauch, den er bei anderen als vulgär bezeichnen würde. An diesem Abend ist Merz großzügig. Schließlich wird er gefeiert, trinkt viel und bezahlt dementsprechend.

Er liebt es, Geld auszugeben, eine Menge Geld ausgeben zu können. Sie sitzen mit ihm zusammen. Sie lassen ihn hochleben und Crämer wünscht ihm nicht ohne Anzüglichkeit eine unabwendbare große Karriere.

Du bist glücklich.

Jetzt gehörst du dazu. Endgültig. Und ohne Abstriche.

Frau Erbacher behauptet, Karten legen und aus der Hand lesen zu können, und Merz läßt sich von den anwesenden Mädchen bedrängen, dieses Angebot anzunehmen.

Als es nun darum geht, ein Kartenspiel aufzutreiben, um die Karten auch legen zu können, stellt sich heraus, daß Ebert, ein passionierter Skatspieler, Karten in seinem Schreibtisch liegen hat.

Merz witzelt: Deshalb sind Ihre Berichte immer so kurz! Damit Sie noch Zeit zum Skatdreschen haben.

Er erklärt sich aber gerne bereit, bei Gelegenheit einmal eine Runde mitzuspielen.

Bis Ebert die Karten geholt hat, begnügt sich Frau Erbacher mit dem Merz'schen Handlinien. Die Linke.

Sie sagt ihm noch vierzig Lebensjahre voraus, Erfolg im Beruf und Erfolg in der Liebe, nicht zuletzt auch deshalb, weil er sich nach Augenschein seiner Herzenslinie kaum von Gefühlen binden lasse. Ein Mann, der weiß, was er will.

Inzwischen hat Ebert die Karten gebracht.

Nun schließen Sie einmal die Augen, fordert ihn Frau Erbacher auf, und konzentrieren Sie sich auf einen Wunsch. Auf einen einzigen. Wir wollen sehen, ob er in Erfüllung geht.

Merz verabscheut jeden Aberglauben.

Du willst trotzen, verfällst aber den gläubig beschwörenden Blicken der Mädchen. Also schließt du die Augen und konzentrierst dich auf deinen Erfolg.

Frau Erbacher beginnt eine Zweierreihe auszulegen, die nach zweimaligem Ansatz nahtlos aufgeht: Es wird Ihnen gelingen, sagt sie, nicht auf Anhieb, aber auch nicht mit zu großen Schwierigkeiten.

Und nun, sagt sie, konzentrieren Sie sich ganz auf Ihre innere Persönlichkeit. Gehen Sie ganz tief in sich hinein.

Sie schlägt die Karten. Legt Reihe um Reihe, beginnt aufzudecken. Sagt den bösen Buben voraus. Eine schwarze Dame, die ihm schaden wird und viel Geld. Viel Geld.

Was steht noch ins Haus?

Sie behauptet, den Karten entnehmen zu können, daß Merz ein genialer Mensch sei.

Du läßt dich von deinen Möglichkeiten beeindrucken.

Als Merz nach Mitternacht in sein Zimmer zurückkehrt, hat Frau Bauer ihm einen Brief auf den Tisch gelegt. Einen Geburtstagsbrief seiner Frau. Sie wünscht ihm das, was ihm Frau Erbacher in den Karten gelegt hat, Erfolg und Geld.

Sie kennt deine Neigungen und will deine Kreise nicht mehr stören.

Sonntagmorgen um halb neun treffen sich Bonkopfs Gäste außerhalb der Stadt in einem ausgedehnten Forst. Dort besitzt Bonkopf eine Jagdhütte, die als Zielpunkt der Schnitzeljagd gilt. Samstagabend wurden von Bonkopfs Jagdaufseher Schnitzel, Schnaps-, Wein- und Sektflaschen im Wald ausgelegt.

Auf dem Parkplatz werden die Wagen der Gäste abgestellt. Und Merz bemerkt, daß er der einzige ist, der noch einen Volkswagen fährt. Es wird Zeit, sagt er sich, daß du dir einen neuen, größeren und repräsentativeren Wagen anschaffst. Das ist nur eine Frage des Geldes.

Grasberger und Frau sind schon da, als Merz seinen Wagen zwischen die anderen zwängt. Irina Mahler steht bei ihnen und begrüßt Merz, der Annemie Schatz mitgebracht hat, unbeschwert und gar nicht mehr so ehrgeizig, wie sie immer in der Redaktion wirkt.

Wer kommt noch aus deiner Redaktion? erkundigt sich Grasberger.

Trinken Sie heute nicht so viel durcheinander, warnt ihn die biedere Frau Grasberger und zeigt ihm ihren Zeigefinger, schelzend, wie sie auch ihren Kindern drohen wird.

Bacher wird kommen, sagt Merz.

Bacher? fragt Grasberger verwundert, warum nicht einer von den jungen Leuten?

Merz geht darauf nicht ein. Er hat bewußt weder Ebert noch Fricke eingeladen. Sie sollen nicht zu rasch und nicht zu hoch hinauswachsen.

Er, Merz, wurde bis heute zu diesen Festen auch nicht eingeladen. Grasberger stellt ihn Bonkopf vor. Merz hat einen verfetteten, trägen und rotköpfigen Weinhändler erwartet und ist nun erstaunt, einem eleganten, vielleicht überbetont eleganten jungen Mann mit Weltstadtgestik gegenüber zu stehen. Die Frau Monika Bonkopf, ein kleiner rothaariger Vamp, kennt er schon von flüchtigen Begegnungen im Funkhaus. Sie ist die Staransagerin des Senders. Nicht zuletzt auch wegen des Einflusses ihres Mannes und seinen Bemühungen, zu denen auch die heutige Veranstaltung zählt.

Bis die letzten Gäste eingetroffen sind, sammeln sie sich auf dem Parkplatz, plaudern, sind voller Erwartung und guten Mutes. Ganz die Gesellschaft, die auf eine makabre Freßjagd geht. Sie glauben ein Recht auf den Überfluß zu haben, den sie in Kürze in sich hineinstopfen werden. Essen, trinken und Fröhlichkeit, was will der Mensch mehr. Schnitzel und Spiele.

Sie haben Glück. Die Sonne scheint. Stechmücken sind dieses Jahr rar und alles ist sehr sommerlich.

Bonkopf läßt mit einem Jagdhorn zum Aufbruch blasen. Und die Meute bricht ins Unterholz. Eine lachende, kichernde und quietschende Masse Mensch.

Merz will nicht auffallen. Er will sich der Gesellschaft, in der er sich befindet, ganz und gar anpassen.

Drei Stunden marschieren sie durch den Wald, kriechen zwischen kühle Farnkräuter und ins stickige Unterholz, wühlen den nadligen Boden auf und überspringen Baumstämme.

Ein Völkchen voller Frohsinn.

Immer wieder ein Schnitzel.

Immer wieder eine Flasche Schnaps.

Eine Flasche Wein.

Sekt.

Sie hamstern, was die Hände halten können.

Bonkopf feuert sie an, und die ihn hören, lachen. Ostereierfreude, ausgelegt vom guten Onkel für die braven großen Kinder.

Als sie endlich gegen Mittag das Blockhaus erreichen, das nur äußerlich an einen genügsamen Jäger erinnert, innen aber immer ɜder auf den materiellen Hintergrund seines Besitzers sorgfäl- hinweist, stellt sich heraus, daß es nur drei Minuten vom Park- .tz entfernt ist.

Die Schnitzelspur hat sie drei Stunden über Umwege dorthin ıetzt. Jetzt aber wird ihnen eine Erfrischung gereicht.

Monika Bonkopf heißt sie mit einem Nachttopf voller Bier llkommen. Wer sich ekelt, kann den Topf zurückweisen, ob- ›hl versichert wird, er sei in den letzten drei Nächten nicht ·hr benutzt worden und gründlich gereinigt.

Wer will zurückstehen?

Merz sicher nicht.

Draußen vor der Hütte rotieren zwanzig Hähnchen über einem ›ßen Holzkohlenfeuer, und nachdem der Nachttopf geleert ist, rd diese hungrige Meute darauf losgelassen. Jeder nimmt sich, :s er braucht.

Später Kaffee und Kuchen.

Am Abend Wein, Lampions vor der Hütte. Eine beseligende mosphäre.

Irina Mahler hat sich zu Merz gesetzt. In dieser Stimmung ›chte er eine Klampfe schlagen und die Leute singen lassen.

Aber davon hält die Jagdgesellschaft nichts. Noch nicht. Es nnte zum neuen Gag werden.

Wie gefällt es Ihnen? fragt Irina Mahler, wartet aber gar keine ıtwort ab: Ich finde es ganz nett. Irgendwo verrückt, oder?

Exzentrisch, bestätigt Merz.

Aber nicht unangenehm, sagt sie.

Du läßt dich auf ein Gespräch mit dieser Frau ein.

Jetzt weißt du, was dich an ihr so abgestoßen hat: Diese un- ırchschaubare Mischung von Weibchen und Intellekt, die sie zu :n Mädchen gehören läßt, die du nicht so einfach nehmen ınnst. Denen du nicht sofort überlegen bist. Vielleicht könnte ch gerade das an ihr reizen.

Na, gehst du auch so auf dem Zahnfleisch, wie ich? begrüßt ihn rasberger am nächsten Morgen, wir sind eben alle nichts Gutes ehr gewöhnt!

Merz sagt, er spüre nichts und verheimlicht den Muskelkat der es ihm schwer macht, ein Bein vor das andere zu setzen. Al er will zeigen, daß er trotz seiner fünfundvierzig Jahre noch tc fit ist, ein ganzer Mann.

Ebert, der bereits von der Schnitzeljagd gehört hat, sich al an seinem Ausschluß nicht zu stören scheint, kommt mit ein Auftrag der Tagesschau zu Merz, der heute noch erledigt werd muß.

Fünfzehn Jahre Charta der Heimatvertriebenen, erläutert mit einer Festansprache des Bundespräsidenten. Die Hamburg wollen das unbedingt heute noch in die Nachrichten nehmen.

Und, fragt Merz, warum erfahre ich erst jetzt davon? Das organisieren ist doch Ihre Aufgabe?

Ebert entschuldigt sich, aber die Hamburger hätten sich ni eher zu dieser Veranstaltung gemeldet.

Was heißt gemeldet, Merz reagiert heftig, Sie müssen doch a bieten und nicht umgekehrt!

Ebert zeigt Verwirrung, aber auch Angst vor Merz: Ich ha vor vierzehn Tagen davon erfahren, habe dann Hamburg glei angerufen, aber Herrn Jung nicht erreicht.

Und? Das ist also vierzehn Tage her.

Ich habe um Rückruf gebeten, erklärt Ebert, als der Rückr dann kam, war ich zu Dreharbeiten unterwegs.

Wollen Sie etwa sagen, daß damit die ganze Sache eingeschl fen ist?

Nein, sagt Ebert, es war so, daß außer Fräulein Schatz ni mand in der Redaktion war. Aber Hummerstein kam gera herein, als der Anruf eintraf und hat sich Jung geben lassen. A ich dann zurück war, sagte er mir, alles sei in Ordnung. Und d dachte ich . . .

Merz regt sich auf wie ein alter bundesdeutscher Studienra Ebert solle das Denken den Pferden überlassen, die hätten d größeren Kopf.

Ebert gibt sich schuldbewußt. Aber Merz läßt sich nicht b sänftigen. Hier ist er der Herr im Haus und diesem Anfäng wird er es zeigen.

Holen Sie mir Hummerstein, befiehlt er.

Hummerstein ist wieder sehr ruhig, sehr herablassend, als er rz gegenübersteht.

Er habe nie zu Ebert gesagt, die Sache sei in Ordnung.

Was mischen Sie sich überhaupt in meine Redaktion ein? reit Merz.

Hummerstein verweist ihn darauf, daß die Programmdirektion ch immer über der Abendschauredaktion stünde und er, Hum-rstein, sei die rechte Hand Grasbergers.

Ihre Anschuldigungen sind absurd, Herr Merz.

Merz wirft ihn kurzerhand hinaus.

Da sich die Angelegenheit nachträglich nicht mehr klären läßt, Tagesschau aber beliefert werden muß, entschließt sich Merz, bst die Festansprache des Bundespräsidenten aufzunehmen. entuell ein kurzes Statement.

Paulig, der Kameramann ist bereits unterwegs mit Fricke. Ra- angeblich nicht aufzutreiben. Also bleibt nur noch Bacher. erz hat ihn bisher immer zu Fricke oder Ebert eingeteilt, nach-m Paulig und Ebert sich den Film über die Hausgehilfinnen leistet hatten. Diesmal brauchen wir ein Vier-Mann-Team, sagt erz, der Bundespräsident ist zu wichtig.

Er ruft in der „Dokumentation" an und hat Glück, daß sie ihm wohl einen Tontechniker wie auch einen Assistenten überlassen nnen. Wenig später fahren sie zur Kongreßhalle, wo Eröff-ng und Festansprache um dreizehn Uhr anlaufen sollen.

Während sein Team eine Stunde vor Beginn Kamera, Mikro-n und Licht aufbauen, lernt Merz den Oberbürgermeister dieser adt und den stellvertretenden Ministerpräsidenten des Landes nnen. Sie sitzen im Erfrischungsraum der Kongreßhalle und arten gemeinsam auf das Eintreffen des Bundespräsidenten.

Merz ist diese Begegnung mit zwei prominenten Regierungs-rtretern sehr wichtig, und er bemüht sich, diese Bekanntschaft einer angeregten Unterhaltung auszubauen. Am Beispiel Mo-cks hat Merz gelernt, wie nützlich solche Kontakte sind. Da-ben befriedigen sie seinen persönlichen Ehrgeiz, in diese Kreise ıfzusteigen.

Deswegen zeigt er auch ganz offen seine Freude über das E. treffen des Pressereferenten aus dem Vertriebenenministeriu einem alten Bekannten.

Hain, der ihn wiedererkennt, sich an die Recherchenarbeit im Jugenddurchgangslager erinnert und es heute noch bedaue daß aus diesem Film nichts geworden ist, begrüßt Merz se freundschaftlich. Erzählt den beiden anderen Herren, wie er i wo kennengelernt hat und, daß er Merz für einen ganz außer wöhnlich sachlichen, gut informierten Journalisten hält.

Die letzte Viertelstunde des Gesprächs dreht sich um die b vorstehenden Bundestagswahlen. Merz stimmt mit seinen G sprächspartnern darin überein, daß die SPD keine Chance h auch, wenn sie prominente Schriftsteller in den Wahlkampf ei führt: Lauter Leute, sagt Merz, die erwiesenermaßen links steh und schon deshalb von der Bevölkerung nicht akzeptiert werde

Im Kreis dieser drei Leute, die Merz als nützliche Kompars seiner Laufbahn betrachtet, gibt er sich entschieden und bekenn nisfreudig, als treuer Anhänger der Regierungspartei.

Wissen Sie, fragt Hain, daß wir einen gemeinsamen Freu haben?

Merz wird neugierig: Nein?

Nicht nur die Gegenseite hat poetische Unterstützung, mei Hain, wir haben genauso unsere Leute, die jedoch nicht so la stark auftreten.

Wen meinen Sie? erkundigt sich Merz.

Erinnern Sie sich noch an Ihren Freund, den Sie aus deutsch Kriegsgefangenschaft in Frankreich befreit haben? Sein Buch üb diese Zeit ist eben in einer Neuauflage erschienen und diesm stehen Sie, Herr Merz, mit vollem Namen darin.

Die beiden anderen Herren zeigen großes Interesse an dies Episode, und Merz schlägt Kapital daraus, erzählt und verstel sich ins rechte Licht zu rücken.

Haben Sie noch Kontakt? fragt der Oberbürgermeister.

Er hat mich seinerzeit zum Journalismus gebracht, antwort Merz, ich habe viel von ihm gelernt, auch, was meine heuti politische Einstellung anbelangt. Er war sozusagen mein Mento

atürlich ist der Kontakt in den letzten Jahren etwas einge-
ılafen. Jeder von uns ist seinen Weg gegangen.

Sie wissen aber, meint Hain, daß wir eng mit ihm zusammen-
beiten?

Merz kann es sich vorstellen.

Ehe sie auseinandergehen, um den inzwischen eingetroffenen
ındespräsidenten zu begrüßen, fragt Hain: Stimmt es eigent-
h, daß Sie zu einer Französin gesagt haben sollen: „Die Uni-
rm macht mich deiner unwürdig?"

Du überlegst, was du ihm antworten sollst. Die Einstellung zur
niform hat sich inzwischen gewandelt, Soldat zu sein, ist nicht
ehr verpönt, das Vaterland verteidigt zu haben, eine ehrenvolle
ıche. Du weißt nicht, welche Antwort Hain hören möchte. Auf
inen Fall möchtest du als Defätist dastehen.

Nein, sagt Merz, es stimmt nicht. Aber so etwas ist eben dichte-
sche Freiheit. Ich habe auch schon dagegen protestiert.

Wohl nicht ernsthaft genug?

Unter Freunden? fragt Merz zurück.

Aber du scheinst die richtige Antwort gegeben zu haben.

Bacher und seine beiden Mitarbeiter haben inzwischen alles für
e Aufnahme der Festansprache und ein Interview vorbereitet.

Sie arbeiten über zwei Stunden in der Kongreßhalle, und Merz
och einmal eine Stunde im Schneideraum und eine Stunde am
ext. Vier Stunden Arbeit für einen Film, der nicht länger als
ne Minute und dreißig Sekunden ist und noch rechtzeitig zur
agesschau fertig wird.

Diesmal läßt Merz Fricke die Blitzumschaltung nach Hamburg
ıhren und sie gelingt auf Sekundenbruchteile genau.

Ebert, der unglücklich im Regieraum herumsteht, wird von
lerz nicht beachtet. Er ist gar nicht vorhanden.

Als Merz nach Hause kommt, liegt ein Päckchen auf dem Tisch.
as Buch des Freundes, der so gute Kontakte zur Regierungs-
oalition und dem Vertriebenenministerium hat. Er hat eine
Widmung in die Neuauflage geschrieben: „Wenn dieses Buch je-
ıandem gehört, dann gehört es Merz."

10

Sieben Monate arbeitet Merz nun als Leiter der Abendsch Er hat einen ganz neuen Ton hineingebracht. Ein anderer Wi weht. Er hält die Zügel straff in der Hand und konnte imm wieder Erfolge erzielen.

Manche seiner Sendungen haben Aufsehen erregt, haben il eine gute Presse eingebracht und ihm dazu verholfen, sich endl einen Namen zu machen. Kollegen aus der gleichen Sparte kenn Merz.

Zu den ganz Großen gehört er noch nicht. Aber er hat sich s nen Platz erobert.

Auch seine Stellung innerhalb des Hauses ist gefestigt. Na dem die Frau, die ihm hätte gefährlich werden können, Susan Molnar, aus dem Sender eliminiert war, löste Merz seine Zusa gegenüber Heuschka ein und kümmerte sich ganz speziell um c Ausbildung von Irina Mahler. Ließ ihr alte Filme vorführe erklärte Machart, Technik und kleine Routinetricks, setzte sie a Regiepult und ließ sie erste Filme unter seiner Aufsicht drehen.

Das Mädchen lieferte gute Arbeit. Merz, der ihr anfangs n großem Mißtrauen gegenüberstand, entwickelte in den letzt drei Wochen ihrer intensiven Zusammenarbeit so etwas wie Sy pathie für sie, wobei er sich noch nicht im klaren darüber ist, er aus dieser kollegialen Freundschaft mehr machen soll.

Irina Mahler ihrerseits wahrt ganz bewußt die Distanz zu ih scheint ihn als Mann nicht voll zu nehmen.

Das verunsichert ihn. Reizt ihn auch. Aber er ist sich noch nic schlüssig, was er eigentlich will. Unbewußt fürchtet er, daß in einer engeren Beziehung mit ihm dominieren könnte. Aber g rade das wieder ist es, was ihn an dieser Frau anzieht.

Da Merz augenblicklich beruflich sehr engagiert ist und d Höhepunkt seiner Laufbahn in diesem Sender von einer neu Story erhofft, trägt er diesen Zwiespalt, in dem er sich befind nicht weiter aus, verdrängt ihn, wie er vieles andere auch sch verdrängt hat.

Durch seine inzwischen geschaffenen Beziehungen zu einflu

ichen Kollegen, gelingt es Merz, zum ersten Mal aus dem engen ereich der Abendschau in eine größere Sendung vorzustoßen.

Er wird für „Report" einen Film zum 13. August drehen.

Eine groß angelegte Sache. Momentaufnahmen und Befragun-n zum Mauerbau in verschiedenen Großstädten der Bundes-publik.

Was denkt der Bürger vier Jahre danach? Wie verhält er sich ı diesem Tag? Denkt er überhaupt an dieses Ereignis?

Der 13. August 1965 ist ein Freitag. Bis Donnerstagabend ihrt Merz eine heftige Telefonschlacht, wie er es selbst nennt, it den einzelnen Sendern in Hamburg, Berlin und Köln, um itsprechende Aufnahmeteams am nächsten Tag bereitstehen zu iben. Immer wieder kommen Personalschwierigkeiten ins Spiel, amera- oder Tonleute fehlen.

Erst gegen zweiundzwanzig Uhr sind die Aufnahmen für den ichsten Tag gesichert.

Berlin wird ohne Merz arbeiten. Lediglich Aufnahmen an der auer. Reden. Berliner Atmosphäre am 13. August.

Merz nimmt morgens um sieben den ersten Flug nach Ham-irg. Wird dort vom Team abgeholt und dreht bis mittags in der inenstadt, Vergnügungsfahrten auf der Alster, befragt Haus-auen in den Kaufhäusern und Berufstätige.

Am frühen Nachmittag wird er in Köln erwartet, trifft dort it einer Gruppe Studenten zusammen, die der ASTA organisiert it. Diskussion um Kontakte mit der DDR. Fast alle jungen eute befürworten Kontakte mit der DDR. Merz ist entsetzt. reift ein und versucht, ihnen seinen Standpunkt klar zu machen, gt, sie sollten erst einmal die Ostzone kennenlernen, dann hät-n sie nicht mehr so utopisch tödliche Wünsche nach Kontakten.

Einige der Studenten lachen ihn offen aus. Merz ist irritiert, ihrt aber die Diskussion bis zum Ende durch. Er wird dies auch, seinem Sinne selbstverständlich, auf den Bildschirm bringen.

Und um siebzehn Uhr noch ein Windhundrennen zum Ab-hluß. Gespräche mit dem Publikum.

Mit der letzten Maschine aus Köln kehrt Merz gegen dreiund-vanzig Uhr zurück. Inzwischen ist das Filmmaterial aus Berlin

mit einer Maschine der BEA eingetroffen und ins Funkhaus tran
portiert worden. Merz ruft das Kopierwerk an und setzt durc
daß ihm das Material am nächsten Morgen um neun im Schneid
raum vorliegt. Das zu erreichen, ist nicht leicht, aber Merz, de
es darum geht, diesen ersten Film für „Report" zu einem sein
besten zu machen, schreckt in diesem Fall auch vor massiven Dr
hungen nicht zurück. Er spielt seine Beziehung zu Heuschka au
bringt das Material selbst ins Kopierwerk und überwacht d
ersten Arbeitsgänge.

Es ist zwei Uhr nachts, als er sich für wenige Stunden schlaf
legt.

Pünktlich um neun am nächsten Morgen ist er im Schneid
raum. Frau Erbacher erwartet ihn bereits. Einige Minuten spät
wird auch der Film geliefert. Zwölfhundert Meter Material.

Merz benötigt allein zwei Stunden, um sich das Material übe
haupt nur anzusehen.

Er weiß, daß eine normale Produktion für die Bearbeitung v
zwölfhundert Metern Film mit etwa drei Wochen rechnet, dav
allein drei Tage für das Anlegen der Töne.

Merz verarbeitet diese Menge von Samstag morgen neun U
bis nachts um halb drei, einschließlich Kommentartext.

Sonntag nachmittag letzte Arbeiten im Synchron-Studio. Mo
tagmorgen Probedurchlauf des ganzen Films, der nicht läng
als elfeinhalb Minuten geworden ist und um zwanzig Uhr zwa
zig Sendung.

Premiere für Merz. Diese Premiere feiert er mit seiner Reda
tion, mit Grasberger und Crämer bis morgens um drei in seine
Zimmer. Er hat sie alle eingeladen und eine Menge Whisky b
reitgestellt.

Um Mitternacht entdeckt er zum ersten Mal Rivalität zwisch
Annemie Schatz und Irina Mahler. Schätzchen entwickelt Eife
sucht.

Das macht dir Spaß. Und du klärst sie nicht darüber auf, d
sie gar keinen Grund hat, daß du dich im Gegenteil bisher u
sonst um die Volontärin bemühst.

Als sie alle endlich gegangen sind, bleiben ihm gerade noch d tunden Schlaf. Um zehn Uhr ist er mit einem Polen-Kenner n Chiemsee verabredet. Geplant ist die Vorbesprechung eines ive-Interviews über Polen.

Merz hat die günstige Gelegenheit ergriffen, das Gespräch nach em Mittagessen abzuschließen, um sich dann ein Boot zu mieten.

Wenn er nicht die Gewißheit gehabt hätte, einen halben Tag uf dem Chiemsee segeln zu können, hätte er sich dieser Strapaze nit nur drei Stunden Schlaf nicht unterzogen.

Jetzt liegt er mit dem Boot draußen auf dem Wasser. Ein ganz eichter kühler Wind treibt ihn bis spät abends sanft vorwärts.

Du entfernst dich von der Hektik der letzten vier Tage. Du virst ruhig, leicht und fast sorglos. Du möchtest alles hinter dir assen und aufbrechen, irgendwohin. In eine Landschaft ohne orderungen. Mit einem Boot die Seen Finnlands durchfahren. Jachts den dunklen Waldufern ausgeliefert sein, tagsüber den Vind auf der Haut spüren, Sonne oder Regen. Allein mit dir elbst.

Fast kannst du dir dieses Leben vorstellen. Ja, du glaubst, dich anach zu sehnen.

Aber dann kehrst du zurück zum Landungssteg. Reffst die beien Segel und zahlst für diesen Nachmittag.

Merz hat diesen Dienstag verbracht, ohne an die Reaktionen uf seinen 13.-August-Film zu denken. Als er nun Mittwochmoren in die Redaktion kommt, liegen sie schon auf dem Tisch. Proeste von Regierungsstellen des Bundes und der Länder: Es sei icht gut, das Desinteresse der Bundesbürger am Mauerbau so ffen zu zeigen, wie Merz das getan habe. Sein Film spiele dem)sten nur wieder Trümpfe in die Hand.

Vertriebenenorganisationen und Parteien ist die dargestellte Vahrheit sehr unangenehm.

Dafür stellen sich Presse, Intendanz und Programmdirektion oll hinter Merz.

Merz sitzt gerade in seinem Büro und blättert die Zeitungsusschnitte durch, als Hummerstein anklopft.

Er fragt, ob Merz die Zeitungsausschnitte schon gelesen habe.)er Intendant wolle sie einsehen.

Warum kommen Sie und nicht Herr Grasberger? erkundi sich Merz.

Hummerstein klärt ihn auf, daß er diesen Auftrag direkt vo Intendanten bekommen habe.

Aber, meint Merz, dieser Auftrag ging doch sicher an die Pr grammdirektion.

Selbstverständlich, antwortet Hummerstein, über die Pr grammdirektion an mich persönlich.

Merz, der heute sehr optimistisch und in keiner Weise aggress ist, läßt die Hummerstein'sche Argumentation gelten, bittet ih einen Augenblick Platz zu nehmen, bis er die restlichen Zeitung ausschnitte durchgelesen habe. Gleichzeitig bietet er Hummerste eine Zigarette an, die dieser ablehnt. Er sei Nichtraucher, und i Ton seiner Stimme glaubt Merz ganz deutlich Verachtung für il als Raucher zu hören.

Wissen Sie, wofür der Intendant die Presse haben will?

Ich nehme an, antwortet Hummerstein, um sich über Ihre E folge zu orientieren. Heute ist ja nur noch von Ihnen die Red wenn man in diesem Hause ein Gespräch führen will.

So? sagst du und es klingt sehr stolz.

Nachdem Hummerstein gegangen ist, läßt sich Merz mit d Intendanz verbinden. Diesmal erreicht er sogar sofort Heuschk der ihn zu seinem Erfolg beglückwünscht.

Merz sagt: Weißt du, eigentlich sind meine Erfolge nichts a deres als Pyrrhussiege.

Wie kommst du darauf?

Nun, sagt Merz, im Grunde genommen erreiche ich doch m solchen Sendungen beim Publikum sehr wenig, bringe aber d mächtigen Parteien und Organisationen und auch die Kollege die mir meinen Erfolg neiden, gegen mich auf.

So würde ich das nicht sehen, entgegnet der Bundesbruder, i meine, was die Wirkung auf den Zuschauer anbelangt. Deine Se dungen sind fruchtbarer als der Durchschnitt, weil sie zum Nac denken und Diskutieren anregen.

Aber gerade das, argumentiert Merz, wenn es zutrifft, ärge doch die Kollegen. Mir kann da keiner etwas vormachen.

Wenn du die Gefahr kennst, hast du sie schon halb über-
unden.

Fricke legt Merz den Vorschlag, die Eröffnung eines Hallen-
Ieil- und Kurbades zu bringen, auf den Tisch: Ein Vier-Minu-
en-Film, sagt er. Die Eröffnung ist in einigen Tagen.

Wollen Sie das machen? fragt Merz.

Fricke meint, das sei vielleicht eher etwas für Irina Mahler.

Ich bin noch mit der Nachtrazzia der Polizei beschäftigt.

Richtig, sagt Merz, die Alkoholsünder auf der Autobahn.

Außerdem, argumentiert Fricke, ist es wirklich nur eine kleine
ache, die könnte die Irina schon schaffen.

Was halten Sie von dem Mädchen? fragt Merz.

Fricke behandelt sie wie ein Küken, das erste Ausflüge unter-
immt und vor Gefahren behütet werden muß.

Ist sie tüchtig? fragt Merz.

Tüchtig? Fricke lehnt diese Bezeichnung ab: Dafür, daß sie erst
napp ein halbes Jahr bei uns ist, macht sie ihre Sache recht gut.

Merz bittet Fricke, die Volontärin zu ihm hereinzuschicken,
venn er sie treffen sollte. Sie scheint in der Redaktion gesessen
u haben, da sie sofort nach Fricke bei Merz auftaucht.

Du bist immer wieder überrascht, wie selbstsicher sie sich be-
vegt, sich geschickt jeder deiner Annäherungen entzieht, wenn du
ersuchst, freundschaftlich ihr Instinkt- und Gefühlsleben anzu-
prechen. Dieses Mädchen verliert nie die Kontrolle über sich
elbst. Ihre Wirkung auf dich und ihre Umwelt scheint sie genau
bzuschätzen und einkalkulieren zu können.

Hätten Sie Lust, mit mir einen Bericht zur Eröffnung eines
Iallenbades zu drehen? fragst du sie.

Sie sagt nicht, daß sie sich über seinen Vorschlag freue, oder
ar dankbar sei, sie geht sofort auf den Kern der Sache los, ziel-
trebig und geradlinig: Wie lang soll er werden?

Höchstens vier Minuten, mehr ist da nicht drin.

Wer würde den Film machen, Sie oder ich? fragt sie.

Selbstverständlich Sie, antwortet Merz, ich gehe nur als Bera-
er mit. Falls Sie meinen Rat brauchen.

Sie lächelt: Meinen Sie nicht, daß ich es inzwischen allein kann
Mein Gott, Mädchen, sagt Merz und ist sofort verunsicher weil sie zu seinem „Mädchen" ein wenig zynisch lächelt: Ich ver spreche Ihnen, daß es diesmal das letzte Mal ist, ab dann mache Sie Ihre Berichte allein. Einverstanden?

Wenn Sie glauben, daß dieses eine Mal noch unbedingt nöti ist?

Also gehen sie zehn Tage später gemeinsam zur Eröffnung de Kurbades. Die gesamte örtliche Presse ist versammelt, und de Kurdirektor hat vor der Besichtigung der Anlagen zu einem ka ten Buffet eingeladen. Der lange Tisch ist reichlich gedeckt.

Wissen Sie, sagt Irina Mahler, während Merz ihr den Telle mit belegten Broten füllt, daß der Kurdirektor ein alter Nazi ist

Nein, gibt Merz zu, er weiß es nicht, und entrüstet sich ebens wie das Mädchen darüber, daß diese Leute die ersten waren, di wieder eine feste und gutdotierte Position einnehmen konnten.

Zum ersten Mal kommt es zu einem unmittelbaren Gesprächs austausch zwischen Merz und seiner Volontärin.

Ich glaube sogar, sagt sie, er war bei der SS, aber davon wi heute natürlich keiner mehr etwas wissen.

Nachdem die Rede des Kurdirektors zu Ende gebracht ist, wir die Presse zur Schwimmhalle geführt.

Irina Mahler, die bereits das kalte Buffet und den alten Man bei seiner Eröffnungsrede filmen ließ, ist enttäuscht: Was soll das fragt sie Merz, müssen wir eine leere Schwimmhalle filmen? Da ist langweilig. Er hätte doch zwei oder drei Schwimmer engagie ren können.

Noch ehe Merz etwas unternehmen kann, hat sie den Kurdirek tor schon auf sein langweiliges Wasserbecken aufmerksam ge macht: So was kann ich doch nicht drehen. Woher soll ich mei Material nehmen? Ihre Vorwürfe sind ihm offensichtlich pein lich. Aber Merz hat schon eine Idee: Sie haben doch sicher Bade hosen da?

Der Kurdirektor sieht ihn verständnislos an: Ja, natürlich?

Dann geben Sie mir eine, fordert Merz ihn auf, und zu Irin Mahler: Na, also, nun kriegen Sie Ihr Objekt vor die Kamera.

Sie zeigt sogar Begeisterung. Zwei der Zeitungsjournalisten chließen sich Merz an.

Jetzt geht es darum zu beweisen, wie sportlich du bist, kraftoll und männlich. Deine beiden Partner sind zwar wesentlich ünger, erst Anfang dreißig, aber du bist ein guter Schwimmer nd ein vorzüglicher Hechtspringer.

Du wirst eine Gala-Vorstellung geben. Für die Kamera der Volontärin.

Merz ist schnell umgezogen und setzt, ohne sich vorher abzuühlen, zum ersten Kopfsprung vom Beckenrand an.

Seien Sie vorsichtig, warnt der Kurdirektor, das Wasser hat ur einen Meter zwanzig Beckentiefe.

Merz schwingt an und springt, taucht flach in die Wasserobeläche ein, erreicht den Beckenboden und rollt ab. Als er wieder uftaucht und zügig zum Rand schwimmt, begleitet von seinen eiden Partnern, empfängt ihn der Beifall der gesamten Presse.

Wiederholen Sie noch einmal? bittet ihn Irina Mahler, ohne in Wort über seine Leistung zu verlieren, ich glaube, wir brauhen noch mehrere Sprünge, um das bisherige Material aufzufrichen und die vier Minuten zu füllen.

Merz ist nur zu gerne dazu bereit. Stellt sich noch einmal in ositur.

Film ab, hört er das Mädchen kommandieren.

Film läuft.

Ton ab.

Ton läuft.

Los, ruft sie zu ihm hinüber.

Und er springt.

Springt noch ein zweites und drittes Mal. Jetzt spürt er die Wirkung des Weins, den er zum kalten Buffet in nicht gerade eringen Mengen getrunken hat.

Und er springt noch einmal.

Diesmal hat er die Kontrolle über seinen Körper verloren. pringt zu steil ein, fängt sich nicht mehr ab, schlägt mit der Stirn uf und glaubt für einen Augenblick das Bewußtsein zu verieren.

Du hörst ganz deutlich ein unangenehmes kleines Krachen. Ein Geräusch, das vom Genick ausgeht. Dir wird schwarz vor den Augen. Du mußt auftauchen.

Du mußt unbedingt wieder hochkommen.

Stoß dich mit Armen und Beinen vom Grund ab.

Dann taucht er auf. Noch immer ein Flimmern vor den Augen. Er sieht die anderen am Beckenrand stehen. Sie reden nichts. Keiner klatscht, und irgendeiner zieht ihn aus dem Wasser.

Da ist Irina Mahler, die sich über ihn beugt: Er hat eine Platzwunde auf der Stirn.

Du hast Kopfschmerzen. Schmerzen, die vom Genick bis in die Stirn ausstrahlen.

Wie geht es Ihnen? fragt das Mädchen.

Jetzt mußt du aufstehen. Du kannst hier nicht am Beckenrand liegen bleiben und eine jämmerliche Figur abgeben.

Merz stemmt sich hoch: Das ist weiter nicht schlimm, versichert er und wischt sich mit der Hand ein bißchen Blut von der Stirn.

Als er sich ans Steuer des Caravans setzen will, um das Team zurück zum Funkhaus zu fahren, bittet Bacher ihn, sich auf den Rücksitz zu setzen: Ich glaube, sagt er, es ist besser, wenn Sie sich erst einmal erholen.

Ach was, wehrt Merz ab, mir geht es ganz gut. So was kann mich doch nicht umwerfen.

Er läßt sich vom Steuer nicht verdrängen, und Bacher gibt achselzuckend auf.

Die Schmerzen im Nacken werden auf der Rückfahrt immer stärker. Manchmal meint Merz, die Straße nicht mehr genau erkennen zu können.

Vielleicht solltest du doch lieber Bacher den Wagen überlassen. Aber du gibst nicht auf.

Allerdings sind die Schmerzen bei der Ankunft in der Redaktion so stark, daß er sich entschließt, einen Arzt aufzusuchen.

Er ruft Crämer an und verständigt ihn von seinem Unfall: Ich muß jetzt dringend zum Arzt, sagt er, könntest du eventuell die Abendschau heute fahren, falls ich noch nicht zurück bin?

Crämer bedauert: Tut mir wahnsinnnig leid, aber ich muß zu einer Pressekonferenz, sind deine Leute denn noch nicht in der Lage, mal eine Abendschau ohne dich zu machen?

Merz traut ihnen nichts zu.

Aber wenn Crämer nicht einspringen kann, ist er gezwungen, eine Lösung zu finden. Ebert heranzuziehen, ist ausgeschlossen. Merz hat ihn seit dem Vorfall mit Hummerstein wegen der Heimatvertriebenencharta ganz bewußt geschnitten, ihm keine Aufträge mehr erteilt und ihn auch nicht mehr im Regieraum zugelassen.

Bleibt nur noch Fricke. Eigentlich ist dieser Bursche clever genug, um auch eine Abendschausendung gut über die Runden zu bringen.

Fricke ist sofort bereit, die Verantwortung für diesen Abend zu übernehmen, als Merz ihn darum bittet.

Vielleicht bin ich ja wieder rechtzeitig zurück, sagt Merz.

Machen Sie sich keine Sorgen, antwortet Fricke recht zuversichtlich, ich schaukle das Ding schon. Sie können sich auf mich verlassen. Kurieren Sie erstmal Ihr Genick ordentlich aus. Mit so was soll man nicht spaßen.

Merz kommt an diesem Abend nicht mehr in die Redaktion zurück. Der Arzt hat eine Prellung der oberen beiden Wirbel festgestellt und Merz mit Morphium zu Bett geschickt.

Merz sollte mindestens drei Tage liegen. Aber er ist schon am nächsten Tag wieder auf den Beinen und in der Redaktion, wo ihn Annemie Schatz, Fricke und Irina Mahler mit der Morgenzeitung und großem Hallo begrüßen: Sie sind mit Ihrem Kopfsprung zum Drei-Spalten-Star aufgerückt, sehen Sie mal!

Du siehst nicht unelegant aus, so, wie du da über eine halbe Seite hinweg ins neueröffnete Becken springst.

11

Paulig entwickelt immer sichtbarer die Eigenschaften eines Starkameramannes, ohne es zu sein und erinnert Merz im Gehabe und der Art, wie er Themen anfaßt, sehr stark an seinen ehemaligen Freund Pointer, von dem er die ganzen Monate hindurch nichts mehr gehört hat.

Dieses großspurige Auftreten Pauligs wirkt auf Merz in den Montagskonferenzen besonders penetrant.

Diese Redaktionssitzungen, die Merz im Januar als Forum sachlich kollegialer Kritik eingeführt hat, haben von Woche zu Woche mehr an Profil verloren. Merz konnte nicht verhindern, daß wieder Kritik um der Kritik willen geübt wird, Augenauswischerei, wie er es nennt, gezieltes Lob und Kritik an Unwesentlichem.

Dazu hat nicht zuletzt auch Paulig beigetragen. Die anderen haben sich mitreißen lassen, und manchmal ist Merz selbst ganz dankbar für ein Lob, das er nur bekommt, weil er der Chef ist, das er aber trotzdem als wohltuend akzeptiert.

So hat es sich wieder wie zu Grasbergers und Morocks Zeiten eingebürgert, jede Konferenz mit der Euphorie: „Ach was waren wir wieder gut!“ beginnen zu lassen.

Als Merz an einem dieser Montagvormittage überleitet zur Programmgestaltung der kommenden Woche, seine Themen verteilt, Fricke mit einem Bericht über Sperrmüll beauftragt, Irina Mahler eine Story über die diesjährigen Obstpreise zuschiebt, Ebert zu einer Umfrage in den Sommerschlußverkauf schicken möchte und sich selbst eine Untersuchung über Volksaktien vorbehält, springt Paulig wieder einmal sehr energisch ein: Ich hätte da einen Vorschlag, Herr Merz, zu Ihrer Volksaktie: Könnten wir diesen Film nicht zusammen machen?

Wenn Sie mir akzeptable Gründe nennen?

Ich habe da einen guten Bekannten, Vertreter des Großkapitals, der könnte uns eine Menge über Volksaktien sagen.

Merz lehnt unvermittelt ab. Er hat heute keine Lust, sich dem Redeschwall Pauligs zu unterziehen. Aber Paulig läßt nicht lokker, wirft einen neuen Vorschlag auf den Tisch: Er will einen anderen Bekannten lancieren. Steinreicher Hotelbesitzer, sagt er, warum sollen wir nicht auch mal was übers Hotelfach bringen.

Das ist doch lächerlich, greift Merz ein, Hotelfach können wir zur Urlaubszeit bringen, aber die ist vorbei. Außerdem paßt e

ir gar nicht, wenn hier jeder seine Bekannten zur Verfilmung
ıschleppt.

Soll das ein Vorwurf sein? fragt Paulig.

Durchaus, kontert Merz.

Dann will ich Ihnen mal was sagen, Herr Merz, Ihre Abendhau muß dringend aufpoliert werden. Da muß Linie rein.

Und? fragt Merz herausfordernd.

Man könnte zum Beispiel damit anfangen, ereifert sich Paulig, nen vor der Kamera gesprochenen wöchentlichen Kommentar nzuführen.

Eine Art Leitartikel? erkundigt sich Fricke.

Ja, antwortet Paulig, das wäre mal was Neues und würde der ınzen Sache gleich ein Gesicht geben.

Ohne Filmaufhänger? greift Irina Mahler ein, ohne Bildaufckerung?

Sie werden doch wissen, was ein Kommentar ist! verteidigt sich aulig.

Und wie lang soll dieser Leitartikel sein? Jetzt gibt Irina Mahr nicht nach.

Nun ja, meint Paulig, mindestens zwei Minuten, wenn nicht ɔgar vier.

Aber, das ist doch Unsinn, sagt Fricke, damit langweilst du die eute doch zu Tode.

Merz schweigt und beobachtet, wie Paulig, je heftiger er arguıentiert und seine absurde Idee verteidigt, immer mehr auf Abhnung stößt. Keiner der zehn Kollegen, die heute hier zusamıensitzen, akzeptieren seinen Vorschlag.

Bis Paulig wütend aufspringt und, die Tür hinter sich zuknalnd, die Redaktion verläßt.

Bekannter vom Großkapital, sagt Irina Mahler abfällig, das ätte ich von Paulig nicht erwartet.

Eigentlich, meint Annemie Schatz, sollte Paulig sich bei Herrn Ierz für seinen heutigen Auftritt entschuldigen.

Merz winkt großzügig ab: Vergessen wir das Ganze und maıen wir unser Programm fertig, schlägt er vor. Ruhig und sachch wird diesmal die Sitzung zu Ende geführt.

Nachmittags erhält Merz einen Anruf der Personalabteilun Sie haben eine Cutterin für die Abendschau. Merz soll sie si ansehen.

Seit Susanne Molnar die Redaktion verlassen hat, arbeite Merz im Schneideraum enger mit der Abteilung „Dokumenta tion“ zusammen, um überhaupt das anfallende Material vera beiten zu können.

Kann sie gleich raufkommen? fragt Merz.

Sie schicken ihm das Mädchen in die Redaktion. Ein jung Ding, höchstens zwanzig, blond und ein bißchen pummelig, fa ein Kind noch. Sie stellt sich vor: Brigitte Stern.

Was haben Sie denn vorher gemacht? will Merz wissen.

Nichts, sagt sie.

Wieso nichts?

Ich komme frisch von der Ausbildung.

Also, haben Sie doch was gemacht, nämlich Ihre Ausbildun

Sie lacht schüchtern.

Merz sieht ihre Personalpapiere durch. Er wußte noch ga nicht, daß sich das Haus seine Cutterinnen selbst heranzieh Nachwuchs aufbaut.

Glauben Sie, daß Sie mit den Anforderungen, die wir hi stellen müssen, fertig werden? fragt er das Mädchen und ertapp sich bei Gedanken an seine Tochter. Seit zwei Wochen hat nichts mehr von seiner Familie gehört. Seine Älteste hat im Som mer das Abitur gemacht, und als er nicht sofort ja sagte zu ihre Vorschlag, das Abitur nur in der Familie zu feiern, lehnte sie ganz ab, überhaupt noch zu feiern.

Jetzt, da er die kleine Cutterin vor seinem Schreibtisch sieh naiv, unbefangen und beinahe kindlich, berührt ihn diese schrof Reaktion seiner Tochter zum ersten Mal. Er war nie gerne Vat gewesen, hat es immer abgelehnt, in diese Funktion gedrängt z werden, weil er an seinen eigenen Vater dachte, der nichts and res als eine lächerliche, gelddverdienende Marionette in den Hän den seiner Ehefrau war.

Heute Abend wird er seine Frau anrufen, die mit dem Schu beginn von ihrem Nordseeurlaub zurückgekehrt ist.

Brigitte Stern erklärt er den Streß ihrer Arbeit in der Abend-
hauredaktion: Oft sind Sie nicht nur acht Stunden im Einsatz,
ndern bis spät nachts, dann, wenn ein Film termingerecht fer-
ggestellt werden muß, weil wir einfach zu wenig Leute haben.
'ie schlecht die Bezahlung dafür ist, wissen Sie ja selbst.

Aber sie will anfangen.

Also gut, sagt Merz, versuchen wir es. Wann kann's losgehen?

In vierzehn Tagen, sagt sie, zum 15. September, wenn es Ihnen
cht ist.

Merz ist einverstanden.

Für heute abend hat Merz eine Einladung zu einer Party bei
leuschka in der Tasche. Ein Versprechen, das nach dreieinhalb
ihren endlich eingelöst wird.

Gleichzeitig ist diese Einladung ein großer persönlicher Erfolg,
offt Merz, weil er damit in den obersten Partyzirkel der Stadt
ifgenommen wird.

Er trifft dort nicht nur auf Heuschka, Janke und Prominenz
is dem Rundfunkrat, auch auf einige Parteifreunde Heuschkas
is dem Landtag, den Oberbürgermeister und den Polizeipräsi-
enten, auf Hain aus dem Vertriebenenministerium und Dr. Ehr-
aldt, den Innenminister des Landes. Zwei Generaldirektoren
roßer Industrieunternehmen und, zur Überraschung von Merz,
ich Irina Mahler, die sich mit Heuschkas Frau sehr gut zu ver-
ehen scheint, sind ebenfalls da.

Merz läßt sich vom Bundesbruder herumreichen, versucht, so-
ort mit wichtigen Leuten Kontakt aufzunehmen und läßt in die-
em Kreis instinktsicher seine humanistische Bildung spielen, um
amit seine Seriosität zu beweisen.

Hier mußt du dich integrieren, wenn du endgültig Fuß fassen
illst. Und Merz paßt sich an.

Spielregeln auf den ersten Blick zu begreifen, ist ihm schon
nmer gelungen.

Mit den Talenten eines durchschnittlich begabten Hochstaplers
usgerüstet, gelang es Merz in seinem Leben, eine Stufe um die
ndere zu erklimmen. Rutschte er einmal ab, so fiel er wie eine
atze auf die Füße.

Als Merz an diesem Abend davon berichtet, daß er sich eine
neuen Wagen anschaffen werde, sich aber noch nicht entschiede
habe, welche Marke und welches Modell, macht ihn der Bunde
bruder mit dem Verkaufsdirektor eines Automobilkonzerns be
kannt: Hier gäbe es vielleicht die Lösung des Problemes und zu
dem noch ein günstiges Angebot.

Wie Merz in dem nachfolgenden Gespräch entdeckt, wird ih
die Möglichkeit geboten, einen teuren Wagen um fast vierzi
Prozent billiger zu erhalten, wenn er, Merz, bereit ist, diese
Wagen ab und zu einmal gezielt vor die Kamera zu bringen.

Du erinnerst dich an den Film über die Fertighausfirma, ab
nicht mehr an deinen damaligen Protest. Moralische Entrüstun
über dein eigenes Handeln erkennst du nicht an. Es würde di
Dinge nur komplizieren.

Um den Schein deiner ernstzunehmenden Persönlichkeit z
wahren, nimmst du das Angebot nicht sofort an, dankst sehr zu
vorkommend und bittest dir Bedenkzeit aus.

Entschieden hast du dich bereits.

Merz teilt diesen Abend sehr geschickt zwischen zwei Ge
sprächsparteien auf: Einmal die Stadt- und Rundfunkprominen
zum anderen deren Frauen. Sie sind für dein Fortkommen enor
wichtig. Bei ihnen mußt du den denkbar besten Eindruck hinte
lassen. Ein Mann von Welt, der auf die Probleme der Fraue
einzugehen versteht, der ihnen das Gefühl gibt, unersetzlich z
sein.

Deshalb sitzt Merz auch häufig mit Frau Heuschka und Irin
Mahler in einer Couchecke zusammen. Mimt traute Dreisamkei
spielt den Charmeur und Seelenfreund weiblicher Psyche. Sel
samerweise kann er damit auch Irina Mahler für sich einnehme
Wenn er manchmal auch nicht ganz sicher ist, ob das Lächeln, da
sie aufgesetzt hat, nicht doch ein zynisches Lächeln ist.

Es ist schon beinahe Mitternacht, als Janke ihn anspricht un
um eine Unterredung bittet. Erwartungsvoll läßt Merz sich i
eine Gruppe von Leuten einführen, die er schon seit einiger Ze
im Arbeitszimmer Heuschkas beobachtet hat. Sie schienen in ein
Besprechung vertieft zu sein. Merz wird von ihnen mit freund

cher Zurückhaltung begrüßt. Janke klärt ihn über die Funk-
onen der Anwesenden auf. Da ist einmal der Intendant eines
enachbarten Senders, dann der Verwaltungsdirektor des eigenen
lauses, den Merz auf den sogenannten großen Programmsitzun-
en des Senders bereits kennengelernt hat, der Vorsitzende des
.undfunkrates und gleichzeitig Bürgermeister der Stadt und ein
.ollege, Leiter der Hauptabteilung „Dokumentation".

Außerdem sitzt Grasberger noch mit am Tisch, neben ihm sein
.ssistent Hummerstein. Merz ist überrascht, seinen besonderen
.ontrahenten hier anzutreffen.

Hummerstein wirkt sehr optimistisch und noch arroganter als
ewöhnlich. Merz spürt Widerwillen und Aggression hochkom-
ıen und fürchtet um seine bisher so erfolgreich eingeführte Party-
ıaske.

Über eines ist er sich klar: Hier, an diesem Tisch, wurden heute
bend Positionen verteilt. Daß man ihn erst jetzt dazuholt, emp-
ndet er als Zurücksetzung.

Vielleicht bist du überempfindlich. Heuschka wird dich nicht
msonst zu diesem Abend eingeladen haben.

Janke kommt sofort auf den Grund der Hinzuziehung von
ferz zu sprechen: Hätten Sie Lust, Herr Merz, neben Ihrer Tä-
gkeit als Leiter der Abendschau regelmäßig einmal im Monat
inen Beitrag für die „Chronik" zu liefern und außerdem den
inkauf von aktuellen Filmberichten in Frankreich zu überneh-
ıen?

Frankreich? möchtest du sagen, sagst es aber nicht, um dein
ìesicht zu wahren.

Frankreich, diese ganz große Illusion, der du als Berufsziel
achhängst, seitdem du in diesem Hause arbeitest. Solltest du un-
ermutet im Fadenkreuz deiner Flinte einen Treffer gelandet ha-
en? Bisher glaubtest du, nur den Finger am Drücker, aber noch
icht abgezogen zu haben.

Selbstverständlich, erläutert Janke, der das Merz'sche Zögern
ıißversteht, erhalten Sie dafür eine angemessene Honorierung
ußerhalb Ihres Gehaltes. Sagen wir, fünfhundert im Monat.
inverstanden?

Dieses Angebot bringt dich in die Realität zurück: Der Job b
deutet mehr Geld und mehr Ansehen, bedeutet nützliche Ko
takte und größeren Einfluß. Und wenn sie dir schon fünfhunde
bieten, scheinen sie auf deine Zusage angewiesen zu sein.

Fünfhundert? fragt Merz.

Heuschka schaltet sich ein: Das scheint mir auch zu niedri
Gehen wir auf siebenhundert.

Jetzt setzt wieder jenes Feilschen zwischen Heuschka un
Janke ein, das Merz schon aus seinen ersten Honorarverhandlu
gen kennt. Sie einigen sich auf sechshundert, und Merz sagt zu.

Irina Mahler und Frau Heuschka gehören zu den ersten, d
ihn zu seiner neuen Aufgabe beglückwünschen.

Erst später erfährt Merz, daß Hummerstein die Redaktion g
wechselt hat und der Abendschau als Stellvertreter von Me
präsentiert wird. Grasberger steht hinter diesem Vorgang. E
wußte von den Schwierigkeiten mit Ebert und war wie Me
der Meinung, daß Fricke noch zu draufgängerisch sei, um diese
Posten zu übernehmen.

Was du jetzt brauchst, sagt Grasberger, ist ein absolut zuve
lässiger Arbeiter für die Zeit deiner Abwesenheit. Du wirst nu
häufig in Paris sein und dich weniger um die Abendschau küm
mern können. Dafür ist Hummerstein der richtige Mann.

Merz bezweifelt das. Erzählt von seinen Auseinandersetzu
gen mit Hummerstein und gibt unumwunden zu, daß er mit di
sem Mann keine Verständigungsbasis finden könne.

Grasberger meint, das sei eine Frage der Zeit und der gege
seitigen Toleranz. Natürlich könne Merz, als Chef seiner Abte
lung, Einspruch dagegen erheben, aber er, Grasberger, hielte da
nicht für ratsam, da Merz sonst Gefahr laufe, die Abendschau z
verlieren:

Sieh mal, argumentiert Grasberger, wenn du deine Mitarbe
bei der „Chronik“ und deine Kontakte nach Frankreich erfolg
reich ausbauen willst, so hast du höchstens noch einen halben Mo
nat Zeit, dich um die Abendschau zu kümmern. Wenn du abe
dann einen unfähigen Mann dort sitzen hast, kannst du eine
Niveauabfall nicht verhindern.

Davor will ich dich mit Hummerstein bewahren.

An diesem Abend hat Merz seine Frau nun doch nicht mehr ngerufen. Vom Funkhaus war er nur kurz in sein Zimmer geahren, um sich umzuziehen und dann gleich weiter zu Heuschka.

Er sah, daß ein Brief seiner Frau eingetroffen war, öffnet ihn ber erst jetzt.

Sie bedauert, wie sehr er den Kontakt zu ihr und den Kindern n den letzten Monaten verloren habe. Der Erfolg frißt dich auf, chreibt sie und: Du weißt sicher selbst, wie sehr du dazu neigst, ersönliche Erfolge überzubewerten und Illusionen zu verfallen.

Sie sagt, daß sie Angst um ihn habe, eine unbestimmbare hnung.

Davon hält Merz nichts. Er haßt diese mystifizierenden Anvandlungen seiner Frau und liest die nächsten Zeilen ärgerlich nd rasch, fügt die Buchstaben ihrer weit auseinandergezogenen unden Handschrift zusammen, ohne den Sinn in sich aufzunehnen. Er empfindet Abneigung gegen alles, was von ihr kommt.

Dann aber hält er an. Sie hat einen Absatz eingeschoben, herusgehoben aus dem übrigen Brief und schreibt, daß seine älteste ochter ein Kind erwarte und heiraten wolle.

Merz erinnert sich vage an einen jungen Mann, den er zufällig inmal an einem Sonntag im Zimmer seiner Tochter kennengeernt hat und an Erzählungen seiner Frau.

Er erinnert sich an die Aggression, die er diesem jungen Mann egenüber empfunden hat, eine Ablehnung, die nicht nur aus ifersüchtigen Vatergefühlen resultiert, sondern auch aus einer ngst vor allen jungen Männern, die ihm an Elan, Engagement nd vielleicht auch an Intelligenz überlegen sein könnten.

Seine Frau bittet ihn um die Einwilligung zur Heirat, da die ochter noch nicht volljährig ist. Eigentlich nur eine Formsache. ber Merz entschließt sich spontan, nein zu sagen. Diese Heirat vird er verhindern. Ein Enkelkind, das ihn mit fünfundvierzig um Großvater macht, das kann er sich nicht leisten.

Er kann sich auch keinen Konkurrenten in der Familie leisten.

Trotzdem entschließt er sich, zu einem klärenden Gespräch ach Hause zu fahren.

Morgen wirst du deine Frau anrufen und deine Ankunft zu nächsten Wochenende ansagen. Diese Angelegenheit muß berei nigt werden.

Noch bist du der Herr im Hause.

12

Hummerstein besteht darauf, als Stellvertreter von Me weiterhin in der sogenannten Redaktionskammer zu bleiben: Ic brauche einen abgeschlossenen Platz, um arbeiten zu können.

Ebert scheint fast erleichtert zu sein, seine Position wieder au geben zu können, da diese Aufgabe nicht mit einem Ausscheide aus der Redaktion verbunden ist.

Hummerstein selbst wird von den Redaktionsmitgliedern m Zurückhaltung, ja, beinahe mit Mißtrauen aufgenommen. S fürchten, daß er die Zügel noch straffer in die Hand nehme wird, als Merz es schon tut.

Nervös warten sie seine ersten Aktionen ab, und Merz beo achtet, wie sie sich alle enger an ihn anzuschließen versuchen, u Hummerstein zu entgehen. Da ist plötzlich so etwas wie Solid rität mit ihm, Merz, vorhanden. Eine ganz neue Erfahrung.

Wenn sie sich abends nach einer Sendung noch in der Kanti zusammensetzen, wird Hummerstein bewußt von seinen Ko legen ausgeschlossen.

Keiner fordert ihn auf, mitzukommen. Niemand ist zu eine persönlichen Gespräch bereit. Selbst Paulig, dieser clevere Oppo tunist, läßt sich nur ungern zu gemeinsamen Dreharbeiten m Hummerstein überreden.

Hummerstein ist von diesem allgemeinen Boykott nicht irr tiert, arbeitet sich systematisch in seinen neuen Aufgabenberei ein. Schon eine Woche nach seiner Versetzung, fordert er Me auf, ihm die Regie zu erklären. Fährt ohne Schwierigkeiten ei Blitzumschaltung. Durchschaut die Apparatur und kann wen später perfekt mit ihr umgehen.

Zwei volle Tage verbringt er im Schneideraum, fragt wen

sieht aber genau hin, macht sich Notizen, läßt sich im Kopierwerk einführen, setzt sich auch hier mit System und Methode der Arbeitsweise auseinander und macht selbst vor Tongerät und Kamera nicht Halt.

Ein engagierter, pedantischer Arbeiter, der sich systematisch einen Erfahrungsbereich nach dem anderen seines neuen Arbeitsplatzes erschließt.

An manchen Nachmittagen trifft Merz ihn in seiner Kammer über Fachliteratur an. Hummerstein beschäftigt sich mit Fernsehtechnik und Aufsätzen über die Möglichkeiten der Publikumsbeeinflussung des neuen Mediums.

Als Merz Crämer davon erzählt, warnt dieser: Gib acht, daß dich dein neuer Stellvertreter nicht eines Tages überflügelt hat und in deiner Redaktion besser Bescheid weiß als du.

Diese Warnung ist für Merz gar nicht so abwegig. Er fühlt sich durch die Anwesenheit Hummersteins immer mehr in seiner Bewegungsfreiheit behindert, auch, wenn Hummerstein bisher noch keine Anstalten macht, in den Redaktionsablauf aktiv einzugreifen.

Aber Merz sieht diese Aktivitäten auf sich zukommen.

Er hat nur eine Möglichkeit: Sich Rückendeckung bei seinen Mitarbeitern verschaffen. Eine geschlossene Front gegen Hummerstein.

Zum ersten Mal, seit Merz Chef der Abendschau geworden ist, wirbt er um Sympathie in seiner Redaktion. Das hatte er die Monate zuvor nicht nötig, da war er sich seiner Sache ganz sicher.

Jetzt muß er vorbauen, damit er nicht während seiner Abwesenheit gestürzt wird oder langsam, aber sicher der Termitenarbeit Hummersteins erliegt.

Du hast zwei Eisen im Feuer und mußt nun darauf achten, daß nicht eines plötzlich erkaltet.

Inzwischen laufen erste Informationsgespräche über seine neue Tätigkeit als Einkäufer aktueller Filmberichte an.

Janke hat es übernommen, Merz in die Materie einzuführen.

Als erstes legt er klar, daß diese Einkaufsreisen nach Paris am

Wochenende stattfinden müssen, da nur dann Vorführräume und Kopierwerk der ORTF, der staatlichen französischen Rundfunk- und Fernsehanstalt, zur Verfügung stehen. Janke betont auch, daß Merz weitere Aufträge nur erhält, wenn sich seine erste Reise als Erfolg zeigt.

Also wieder ein Leistungs-Job, wie Merz das nennt.

Man habe ihn, erklärt Janke, für diesen Auftrag gewählt, weil seine Französischkenntnisse beachtlich seien, wie er auf der Faschingsparty in Studio V bewiesen habe, außerdem auch, weil sein Verhandlungsgeschick allgemein aufgefallen sei. Aber, wie gesagt, er müsse auch hier Erfolge aufweisen.

Daraufhin besorgt sich Merz ein französisches Wörterbuch aus der Welt der Technik und sucht darin mehr oder weniger verzweifelt nach Fachausdrücken zur Fernsehtechnik.

In diesen ersten Septemberwochen hat Merz kaum Zeit, eigene Themen für die Abendschau zu bearbeiten und delegiert alle Vorschläge, die ihm brauchbar scheinen, an seine Redakteure und Irina Mahler. Sie hat inzwischen zwei Vier-Minuten-Filme ohne Mithilfe von Merz hergestellt, Feuilletonistisches, das allgemein Beifall in der Redaktion fand. Dann brachte sie ein erstes großes Thema zur Sprache, einen Vorschlag, den Merz in den ersten Monaten seiner Arbeit hier ebenfalls auf den Tisch gelegt hatte: Die Problematik berufstätiger Mütter.

Irina Mahler engagiert sich leidenschaftlich dafür und rennt bei Merz offene Türen ein.

Er gesteht ihr den Film sofort zu und erreicht diesmal sogar, daß Irina Mahler mit ihm in seinem Büro eine Tasse Kaffee trinkt. Er bemerkt nicht, wie empfindlich Annemie Schatz darauf reagiert. Er hat sich in den letzten Wochen kaum noch um sie gekümmert, da er zu sehr in der eigenen beruflichen Situation verfangen war. Deshalb hat er auch den Besuch zu Hause wieder einmal hinausgeschoben und lediglich geschrieben, daß er gegen diese Heirat Einspruch erhebe und anfrage, im wievielten Monat seine Tochter schwanger sei.

Irina Mahler hat ihre Mütter-Story bis ins kleinste Detail vorbereitet und kann die Dreharbeiten innerhalb einer Woche abschließen. Schneiden und Texten erledigt sie in zwei Tagen und so kann ihr Film schon zehn Tage, nachdem sie sich den Auftrag von Merz geben ließ, ins Abendschauprogramm gesetzt werden.

Merz spricht ihr in der Montagskonferenz ganz offen seine Hochachtung zur raschen und effektiven Arbeitsweise aus.

Ebert und Fricke schließen sich an, während Hummerstein schweigt. Als sich Merz daraufhin den Film im Probedurchlauf ansieht, stellt er fest, daß Irina Mahler nicht nur schnell und effektiv, sondern auch präzise arbeitet. Sie hat einen Zehn-Minuten-Film hergestellt, der den Streß und die Anforderungen, denen berufstätige Mütter unterliegen, sehr sachlich und sehr ausführlich darstellt.

Irina Mahler beobachtete ihn gespannt während des Probedurchlaufs. Er spürte, wie sie eine positive Reaktion erwartete, legte eine Hand auf ihren Arm und meinte liebenswürdig und charmant, wie er manchmal sein kann: Dieser Film ist eine Premierenfeier wert!

Hummerstein, der an diesem Abend Regie fährt, nimmt auch an dieser Premierenfeier nicht teil. Die Bildmischerin fragte ihn zwar, ob er nicht mitkommen wolle, aber Hummerstein zog sich sofort nach der Sendung zurück.

Es wird ein netter Abend in der Kantine. Merz ist zu freimütigen Gesprächen mit seinen Mitarbeitern bereit. Er spielt nicht mehr den jovialen Chef, scheint seine Position vollkommen zu vergessen und gibt sich als einer unter vielen. Fröhlich und liebenswürdig. Auch der Kontakt zu Irina Mahler wird enger. Merz weiß jetzt, was er will. Ihre Überlegenheit reizt ihn. Hier kann er nicht einfach zugreifen, hier muß er erobern, und es gehört zu seinem Trieb der Selbstbestätigung, daß er diese Herausforderung annimmt.

Als sie nach Mitternacht aufbrechen, versteht Merz es so einzurichten, daß Ebert Annemie Schatz nach Hause bringt, und er sich um Irina Mahler kümmern kann. Sie bewohnt in einer neuen Blocksiedlung am Stadtrand ein Ein-Zimmer-Appartement und lädt ihn noch zu einer Tasse Kaffee ein. Setzt ihn aber dann sehr eindeutig eine Stunde später wieder vor die Tür.

Selbstverständlich hat Merz sich Hoffnungen gemacht und fährt nun etwas ernüchtert im Lift abwärts.

In diesen Tagen findet Merz zu einer inneren Ruhe, die ihn zum ersten Mal aus der Unrast seiner letzten Berufsjahre heraushebt. Eine seelische Schönwetterperiode. Ideales Segelwetter. Ein leichter stetiger Wind, der ihn ohne mühsame Wendemanöver vorwärts treibt. Er hat Erfolg nach außen und Erfolg in seiner Redaktion. Anerkennung und Sympathie seiner Mitarbeiter werden ihm ganz offen entgegengebracht.

Seine Stellung in diesem Hause ist endgültig gesichert. Er sieht sich keinen Gefahren mehr ausgesetzt und ist fest davon überzeugt, daß er sich nun nicht mehr von Punktsieg zu Punktsieg voranarbeiten muß.

Seine etwas zweifelhafte Beziehung zu Heuschka wird in ein freundschaftlich zurückhaltendes Verhältnis eines Intendanten zu einem seiner Abteilungsleiter abgewandelt, von dem er aufgrund der Leistung viel hält.

Merz ist darüber sehr glücklich. Ihre Gespräche, die zuweilen noch stattfinden, wenn ein Problem der Abendschau auch die Intendanz berührt, gewinnen an Sachlichkeit, seitdem sowohl Heuschka, wie auch Merz Persönliches aus dem Spiel lassen. Nur noch das bundesbrüderliche Du erinnert an ihre frühere Kumpanei.

Trotz allem täuscht sich Merz natürlich nicht darüber hinweg, daß er noch immer in einer Streßsituation steht und auch solange stehen wird, solange er diesen Beruf ausübt. Beruhigend ist nur, so empfindet es Merz, daß die Bewältigung dieser Streßsituation nicht mehr in jeder Minute ausschlaggebend für seine Existenz ist. Er hat ein Potential an anerkannter Leistung angesammelt, das ihm Kredit gibt. Das führt so weit, daß Merz immer häufiger mit Kollegen aus anderen Abteilungen in Kontakt kommt und entdeckt, daß er auch für sie einen guten Stellenwert in der Hierarchie des Hauses hat.

In dieser Hochstimmung fährt Merz, drei Wochen, nachdem er den Brief seiner Frau erhalten hat, übers Wochenende nach Hause.

Dort haben sich inzwischen die Fronten versteift. Seine Weigerung zu den Heiratsplänen der Tochter wird nicht anerkannt.

Er kann sie auch nur mit den gängigen Begründungen von Jugend, Unerfahrenheit und ungesicherter Existenz zu erklären versuchen. Er findet selbst nicht aus diesen Klischees heraus, die er unbesehen übernimmt. Seine eigentlichen Bedenken, die Furcht, Großvater zu werden und damit sein Alter sozusagen unter einen Lebendbeweis gestellt zu sehen, spricht er nicht aus. Er würde sich lächerlich machen. Und Lächerlichmachen gehört zu den Dingen, die er am meisten fürchtet.

Ich lasse mir diese Heirat nicht aufzwingen, sagt er und weiß, daß er im Grunde genommen überhaupt kein Interesse an diesen privaten Dingen seiner Familie hat.

Dieses Wochenende macht ihm klar, wie weit er sich von ihnen entfernt hat. Weder mit seiner Frau, noch mit den Kindern findet er eine Verständigungsbasis. Will sie auch gar nicht finden.

Seine Welt ist eine ganz andere geworden. Dort zahlen sich Gefühle nicht aus, also streicht er sie aus seinem Angebot.

Weil er auf dieser Basis mit seiner Frau und der Tochter nicht verhandeln kann, hofft er auf den jungen Mann. Verabredet sich mit ihm auf ein Glas Wein in einem der vielen ländlichen Weinlokale rings um die Stadt.

Da der Junge, der gerade das Abitur gemacht hat, kein eigenes Auto besitzt, erklärt sich Merz bereit, ihn im Wagen mitzunehmen. Sie treffen sich in der Stadt, und als der Junge eine Viertelstunde verspätet eintrifft, läßt Merz seine Fantasie durchgehen und ist überzeugt davon, daß der junge Mann gerade von einem Beischlaf mit der Merz'schen Tochter kommt. Diese Vorstellung, und weniger die Unpünktlichkeit, verärgert Merz.

Sie fahren hinaus auf eines der Dörfer, und Merz beobachtet den Jungen, der sein Schwiegersohn werden will, aus den Augenwinkeln. Ist überrascht, keinen Achtzehnjährigen vor sich zu haben.

Sie haben doch gerade das Abitur gemacht? fragt er.

Ich bin zweiundzwanzig, gesteht der junge Mann, meine Eltern waren lange mit uns im Ausland und als wir zurückkamen, habe ich zwei Jahre Schulzeit verloren. Anderer Schultyp und Sprachschwierigkeiten.

Sie sprechen aber vorzüglich deutsch.

Das ist auch meine Muttersprache, antwortet der Junge.

Du bist verwirrt, weil dieser junge Mann keinerlei Furcht vor dir zeigt, keinen unterwürfigen Respekt. Als sie sich am Tisch gegenübersitzen, jeder ein Glas Wein vor sich, will Merz diese Schutzmauer des Selbstbewußtseins mit gezielten Provokationen durchbrechen, will diesen Jungen einschüchtern, ihn hilflos sehen: Wissen Sie eigentlich, wie hoffnungslos Ihre Lage ist? Gut, Sie haben Abitur, aber keinerlei Ausbildung. Sie heiraten, und können Ihre Familie, die ja bald um ein Kind erweitert sein wird, nicht ernähren, wie stellen Sie sich das eigentlich vor?

Der junge Mann macht den Vorschlag, daß sowohl seine zukünftige Frau, wie auch er weiterstudieren könnten, wenn beide Elternteile monatlich den Zuschuß, den sie zum Studium ohnehin geben müßten, auch nach der Heirat gäben.

Merz lacht: So einfach stellen Sie sich das also vor! Unsereiner mußte hart arbeiten, um eine Familie zu ernähren. Ihr wollt einfach auf Kosten der Eltern leben.

Aber ich bitte Sie, antwortet sein Kontrahent, der gar kein Kontrahent sein möchte und noch immer nach einer Verständigungsbasis mit dem Vater seiner Freundin sucht, Sie würden Ihrer Tochter doch ohnehin das Studium bezahlen.

Wer sagt Ihnen denn das? fragt Merz.

Sie haben sie doch das Abitur machen lassen.

Das heißt noch lange nicht, daß ich das Geld habe, um sie studieren zu lassen. Und so, wie die Situation jetzt ist, scheint sie mir auch dafür nicht mehr geeignet. Ich zahle keinen Pfennig, darauf können Sie sich verlassen, wenn allerdings Ihre Eltern für beide Teile aufkommen? Merz zuckt abwertend die Schultern.

Das können meine Eltern nicht, versucht der junge Mann zu erklären, weil sie bereits für das Studium meines älteren Bruders aufkommen müssen.

Na also, sagt Merz, was wollen Sie dann machen? So können Sie gar nicht heiraten.

Der Junge gibt nicht auf. Dann ginge er eben arbeiten.

Was wollen Sie denn schon arbeiten, mit Abitur, aber ohne Studium? höhnt Merz.

Ich suche mir ein Volontariat bei einer Tageszeitung und lasse mich zum Journalisten ausbilden.

Merz lacht: Was glauben Sie denn, was Sie da monatlich auf die Hand kriegen? Höchstens zweihundert Mark, davon können Sie zu dritt nicht leben.

Glücklicherweise kann ihn der Junge nicht daran erinnern, daß er, Merz, genauso angefangen hat. Du wirst ihn schachmatt setzen.

Merz schildert ihm die Vorzüge, nicht verheiratet zu sein, das Studium beginnen und beenden zu können, vielleicht ein anderes Mädchen zu finden, das besser zu ihm paßt: Das alles können Sie nicht mehr, sobald Sie verheiratet sind. Überlegen Sie sich das!

Und Ihre Tochter?

Merz winkt ab: Wir lassen das Kind wegmachen, damit ist alles erledigt.

Abtreiben?

Tun Sie nicht so, als ob Sie nicht selbst schon daran gedacht haben. Sie ist doch nicht Ihre erste Freundin.

Natürlich, sagt der Junge, aber in diesem Fall geht es gar nicht darum, des Kindes wegen zu heiraten. Es ist nur ein willkommener Anlaß.

Du bist verblüfft. Dieser Hartnäckigkeit bist du unterlegen. Dieser Junge ist fähig, dein inneres Gleichgewicht zu zerstören und damit deine Existenz zu gefährden. Du begreifst, daß du gegen ihn verlieren könntest und beginnst zu schreien, unbeherrscht und ohne Rücksicht auf die anderen Gäste des Lokals: Was bilden Sie sich eigentlich ein! Sie sind nichts anderes, als ein dummer, arroganter Schnösel, ein Habenichts. Womit wollen Sie meine Tochter eigentlich heiraten? Was können Sie vorweisen? Nichts! Meine Tochter ist mir zu schade für Sie. Sie hat einen tüchtigen, cleveren jungen Mann verdient. Solche, wie ich sie in meiner Redaktion sitzen habe. Nicht viel älter als Sie, aber Ihnen himmelhoch überlegen. Wer gibt Ihnen das Recht, in meine Familie einzubrechen und diese Unruhe zu stiften? Meine Tochter wird einen Mann heiraten, der Karriere machen kann, der ihr etwas bieten kann, nicht so einen Hungerleider wie Sie. Aus Ihnen wird nie etwas, das prophezeie ich Ihnen.

Merz holt Luft, um noch einmal von vorne zu beginnen, aber sein Gegenüber ist aufgestanden, hat bereits seinen Wein bezahlt und geht.

13

Merz läßt sich von diesen Niederlagen im familiären Bereich nicht beeindrucken. Noch vor wenigen Monaten hätten ihn die Auseinandersetzungen, die dem Gespräch mit jenem jungen Mann folgten, unweigerlich in eine Depression getrieben.

Heute ist sein beruflicher Erfolg ausschlaggebend. Deshalb vergißt er dieses unschöne Wochenende sehr rasch, sucht Genugtuung in Anerkennung und Sympatie bei Kollegen und Mitarbeitern.

Merz hat endlich erreicht, was er seit drei Jahren anstrebte.

Ende September folgt eine zweite Einladung, diesmal zu einer Party bei Janke, die wiederum die sogenannten Größen des Funkhauses und der Stadt und Landesregierung zusammenbringt.

Merz sieht für seine Zukunft keine Schwierigkeiten mehr.

Anfang Oktober erhält er einen ersten Auftrag für Paris. Er instruiert Hummerstein über Notwendigkeiten während seiner Abwesenheit, läßt sich von der üblichen Arroganz seines Stellvertreters nicht provozieren und entscheidet, daß Irina Mahler, die von Paris schwärmt, wie sie sagt, ihn begleiten solle.

Janke hat nichts dagegen, und so bestellt Merz zwei Schlafwagenabteile im Nachtzug nach Paris und zwei Hotelzimmer in einer drittklassigen Pension in der Nähe des L'Etoile, die häufig von bundesdeutschen Journalisten mit knappem Etat aufgesucht wird.

Als sie gegen halb neun in Paris-Est eintreffen, nehmen sie ein Taxi zur Pension, um sich dort frisch zu machen, ehe sie zur Besprechung in die ORTF fahren, die für elf Uhr angesetzt ist.

Dieser Samstagmorgen ist einer jener frühen Oktobertage, die ch angenehm warm und ungeheuer farbig sind. Erste Blätter gen auf den Trottoirs der Alleen, während die schräg einfal- den Sonnenstrahlen die Baumkronen rötlichgelb aufleuchten sen. Die Luft in den Straßen riecht nach feuchter Wärme. Reste s Sommers. Und ein kaum merklicher Nebelschleier taucht die raßenschluchten in ein sanftes, milchig blaues Licht.

Merz saugt die Bilder dieser Stadt in sich ein. Das ist Paris. e Stadt seiner Illusionen. Beinahe fühlt er sich leicht und schwe- os. Du bist glücklich und vergißt das Unbehagen, deine Furcht r einem ersten Zusammentreffen mit französischen Kollegen. eine Unsicherheit gegenüber der Sprache und ihren Fachaus- ücken.

Du möchtest alles hinter dir lassen, aussteigen und diese Stadt Fuß durchqueren. Erinnerungen auffrischen, die fast fünfund- anzig Jahre zurückliegen.

Ein Vierteljahrhundert, und dir wird die Ungeheuerlichkeit eses Zeitraumes bewußt. Das Mädchen, das neben dir im Taxi rch die Straßen von Paris fährt, dürfte nicht älter sein.

Du hast die Mitte des Lebens endgültig überschritten. Die Ver- ngenheit verflüchtigt sich, als wäre sie nichts anderes, als irgend- n Film, den du irgendwann einmal gesehen hast.

Ein schlechter Film?

Deine Eitelkeit verbietet dir ein Urteil, und du flüchtest zurück die Gegenwart, in die Hochstimmung, die dein beruflicher rfolg jedesmal, wenn du daran denkst, in dir auslöst.

Die beiden Zimmer in ihrer Pension gehören zu jener Kate- orie, in der Schranktüren nicht schließen, der Warmwasser- ahn überhaupt nicht läuft und der Kaltwasserhahn spuckt, die achttischlampe zum Lesen ungeeignet ist, die Sprungfedern des eiten Bettes nach unten durchhängen und eine Verständigung ber das schwarze Haustelefon durch ein ununterbrochenes Rau- hen erschwert ist.

Alles in allem kostet dieses Zimmer mit Frühstück und Bedie- ung 26 NF, etwa 21,– DM. Irina Mahler zeigt sich schockiert. erz sagt: Wir hätten es schlechter treffen können.

Allerdings ist auch er verärgert, als sich herausstellt, daß s an diesem Morgen noch kein Frühstück bekommen und sich ein der Straßencafés suchen müssen, um dort einen Café au lait m Croissants zu sich zu nehmen.

Tische und Stühle stehen noch auf den Trottoirs und es warm genug, draußen sitzen zu können.

Also sitzen sie im Freien und kommen zwischen Kaffee u einer Zigarette kaum zu einer Unterhaltung, weil es zu mühsa erscheint, den Verkehrslärm von vorbeifahrenden Autos, Omn bussen und Lastwagen zu übertönen. Obwohl sie Abgase eina men und Straßenstaub schlucken, fühlen sie sich sehr wohl.

In dieser Atmosphäre von Erinnerung und Erwartung sin beide bereit, die Spannungen zu lösen, die ihre Beziehung zuei ander bisher aufgeworfen hat.

Kurz vor elf treffen sie im ORTF-Palast ein. Einem Hochha mit angeschlossenem Rundbau aus Stahl, Glas und Beton.

Das personelle und technische Fassungsvermögen dieser staa lichen Rundfunk- und Fernsehanstalt geht weit über das des he matlichen Senders hinaus. Zum ersten Mal werden sie mit de Ausmaßen einer zentralistisch geleiteten Presseinstitution ko frontiert.

Da die Flure und Redaktionsräume zum Wochenende fast le sind, wirkt dieser mächtige Bau in seiner statischen Stille no erdrückender auf Merz und seine Assistentin.

Merz läßt sich vom Pförtner bei Herrn Pilon, dem Veran wortlichen für den Filmeinkauf melden und wird gebeten, in de sechsten Stock hinauf zu fahren, man erwarte ihn bereits.

Pilon ist ein Mann Anfang vierzig, klein, schlank und lebhaf Ressentiments, die er als Franzose, vor allem aber als Parise gegen Deutsche hegt, läßt er fallen, wenn es um Geschäfte geh Und im Fall Merz geht es darum.

Also wird Merz herzlich wie ein alter Freund empfangen, un Merz stimmt überschwenglich in französische Begrüßungsformel ein. Von einem Augenblick zum anderen hat er anfängliche Hem mungen, jene Sprachangst vor Leuten, die jeden Fehler gena registrieren können, überwunden.

Irina Mahler, deren Französischkenntnisse drei Jahre Schul-
fahrung nicht übersteigen, wirkt neben Merz etwas hilflos und rloren und versucht deshalb, die Aufmerksamkeit Pilons mit iem gewinnenden und ununterbrochenen Lächeln auf sich zu ıken.

Es gelingt ihr, Pilon zu einigen deutschen Sprachübungen zu rleiten, aber Merz, der die Abneigung seines französischen Kol-;en allem Deutschen gegenüber sehr genau spürt, springt ein .d klärt die Situation.

Da das Mädchen soweit Französisch versteht, daß es der Un-:haltung folgen kann, bietet Merz sich als Dolmetscher an, falls : Fragen zu stellen habe.

Ganz offensichtlich gewinnt er damit die Sympathie Pilons, die r das später folgende Kaufgespräch für Merz von Bedeutung .

Sein Erfolg wird nicht nur davon abhängen, welchen Film er ıch Hause bringt, sondern auch davon, wie billig er ihn ein-ıufen kann. Jeder Tausendmarkschein, den er dem deutschen ınkhaus erspart, steigert sein Ansehen. Auf dieser Basis wird erz verhandeln.

Pilon, der bereits von Janke schriftlich über die Merz'sche Mis-ɔn informiert wurde, hat die Filme, die Merz sich ansehen soll, einem der Vorführräume bereitlegen lassen.

Es handelt sich dabei um drei Filmberichte zur kommunalen tuation von Paris und eine Menge Puppenfilme, die Merz ventuell zusätzlich für das deutsche Nachmittagsprogramm ein-ıufen soll.

Gegen halb zwölf sitzen sie zu dritt im Vorführraum und Pilon ßt den ersten Paris-Bericht abfahren. Jeder der drei Filme ıuert eine halbe Stunde. Merz soll entscheiden, welcher für die Chronik" geeignet ist, über den Einkaufspreis und Kürzungen rhandeln.

Er macht Pilon klar, daß er nicht mehr als eine Viertelstunde s deutsche Programm nehmen kann, also eine grundsätzliche rlaubnis für Kürzungen brauche, um überhaupt verhandeln zu ɔnnen.

Pilon wehrt ab und meint, Merz solle sich erst einmal für ein
Bericht entscheiden, dann könne man weiterreden.

Kurz nach eins sind die drei Filme durchgelaufen, und Me
entschließt sich, einen Bericht über städtebauliche Probleme
Paris zu nehmen.

Später, sagt er, können wir auch einmal etwas Politische
kaufen. Für den Anfang will er am feuilletonistischen Stil, d
dieser Film aufweist, festhalten, um den deutschen Zuschau
nicht zu überfordern, wie er sagt.

Merz erkundigt sich nach den Preisvorstellungen des Kollege
die bei achttausend Mark liegen.

Fünftausend, sagt Merz, für eine halbe Stunde ist das ein gut
Preis.

Aber Pilon ist noch nicht bereit, über den Kaufpreis zu ve
handeln. Merz soll erst seine Kürzungsvorschläge vorbringen.

Um seine Vorstellungen zu präzisieren, ruft Merz diesen Fil
bericht noch einmal ab, läßt ihn ein zweites Mal durchlaufe
macht sich Notizen und fordert dann einen dritten Durchlauf, u
einzelne Bildeinstellungen anhalten zu lassen und seine Vorschl
ge mit Pilon durchzusprechen.

Merz, der auf sein Verhandlungsgeschick stolz ist, vermeid
dabei jede Kontroverse mit Pilon, lenkt ein und läßt sich ansche
nend immer wieder überzeugen, wenn der französische Kolle
andere Ansichten vorbringt.

Es geht dir darum, auch hier Anerkennung und Sympathie z
erwerben. Ganz selten einmal greift Irina Mahler in die Disku
sion ein. Ihre Sprachschwierigkeit scheint größer zu sein, als s
zugegeben hat. Mit ihrer Unterstützung kann Merz deshalb nic
rechnen.

Nach fast vier Stunden sind Vorführung und Diskussion b
endet. Merz und Pilon haben sich auf eine endgültige Kurzfa
sung geeinigt, und Pilon gibt den Auftrag zum Kopieren d
Filmstreifens an eines der Mädchen aus der Technik weiter.

Als Merz nun noch einmal auf den Preis zu sprechen komm
winkt Pilon ab, schützt Hunger und Müdigkeit vor. Man sol
erst etwas in der Kantine essen und dann darüber sprechen.

Merz hütet sich vor einer Entgegnung, um seine Chancen nicht verschlechtern. Auch er ist erschöpft und hungrig und läßt sich rne zu einem Imbiß einladen. Entschuldigungen, die Pilon voringt, weil er den Gästen in der Kantine keine echt französische üche servieren lassen kann, fängt Merz mit Charme und Lienswürdigkeit ab.

Bei einer abschließenden Tasse Espresso gelingt es ihm, den eis für diesen Halb-Stunden-Film auf 6000,– DM zu drücken.

Mädchen, sagt Merz, nachdem sie das Funkhaus gegen achthn Uhr verlassen haben und mit einem Taxi zu den Champs ysees gefahren sind, das ist ein Erfolg, der gefeiert werden uß!

Voller Optimismus legt er einen Arm um ihre Schulter und bt sich fröhlich, jung und unbekümmert.

Sie strahlt ihn an und läßt seinen Arm, wo er ist: Finde ich ich.

Also: Was haben Sie vor? Sie kennen doch Paris besser als ich.

Zuerst einmal, schlägt Merz vor, sollten wir uns gegenseitig zu esem tollen Wochenendjob beglückwünschen, den wir uns hier gattert haben.

Da bin ich ganz Ihrer Meinung, stimmt Irina Mahler zu.

Das tut man, erläutert Merz, am besten mit einem Pernod in nem der netten Straßencafés. Einverstanden?

Natürlich ist sie einverstanden.

Merz läßt sich ihre Einverständniserklärung nicht zweimal eben. Sucht das nächstbeste Café und einen Tisch mit zwei tühlen.

Als sie zwei Gläser Pernod vor sich stehen haben, meint Merz: ollten wir nicht auch auf ein freundschaftliches Du trinken?

Aber sicher sollten wir das! lacht sie übermütig und stößt soort mit ihm an.

Du hast dich in den vergangenen drei Jahren selten so behwingt und fröhlich gefühlt, geradezu verjüngt, wie heute bend.

Merz und das Mädchen trinken ihren Pernod aus, um dann, nem Vorschlag Irinas folgend, noch einen Schaufensterbummel

einzulegen. Sie sind beide entzückt von den Auslagen und e
täuscht von den Preisen.

Schade, sagt sie, ich hätte mir gerne etwas aus Paris mitg
bracht.

Wie wär's mit französischem Parfüm? schlägt Merz vor.

Oh ja! Sie ist geradezu begeistert: Aber sind die Geschä
nicht schon geschlossen?

Merz, der sich in seine Zeit als Zwanzigjähriger zurückverset
fühlt, als er jedem Mädchen noch die Sterne vom Himmel hol
wollte, entdeckt eine kleine Parfümerie, dessen Besitzerin, ei
liebenswürdige, weißhaarige Dame, noch einmal die Tür f
Merz und seine Begleiterin öffnet.

Merz, der in Euphorie schwelgt und mit allen ihm zur Ve
fügung stehenden Mitteln brillieren will, erklärt weitschweifig u
mit vielen Handbewegungen ihr Anliegen. Von so viel män
lichem Charme überwältigt, ist Madame gerne bereit, alle Pa
fümzerstäuber für die hübsche kleine Freundin des blonden Her
in Bewegung zu setzen. Während Irina Mahler sich Hautfleck
um Hautflecken ihrer Hände besprühen läßt und noch uner
schlossen schnuppert, entdeckt Merz in einem der weißlackiert
Regale eine Parfümflasche mit der Bezeichnung „Prétexte".

Hier, sagt er, probier das doch mal!

Madame läßt sich die Flasche zeigen, um den entsprechend
Zerstäuber für die Probe herauszusuchen und sagt: Oh, c'est
nouveau!

Aber sie ist gerne bereit, die Flasche zu öffnen und eine Pro
daraus zu entnehmen.

Irina Mahler, die von jedem Duftwasser begeistert, aber en
scheidungslos ist, läßt sich von Merz zu diesem Parfüm überrede

Während Madame eine neue Packung „Prétexte" aus de
Regal nimmt und in zartrosa Papier einwickelt, fragt Irina: W
heißt das eigentlich, Prétexte?

Das weißt du nicht?

Nein.

Merz lächelt wie ein Lausbub, der spitzbübisch einen Strei
ausheckt: Prétexte heißt: Vorwand.

Einen Augenblick scheint das Mädchen verwirrt und beinahe ›lehnend, dann lachen sie beide wie über einen guten Witz.

Als Madame zur Kasse bittet, zahlt Merz und schlägt jeden inwand seiner Assistentin ab.

Und nun, meint er, gehen wir wunderschön essen, oder haben ademoiselle etwas dagegen?

Auf Spesenrechnung? fragt sie.

Selbstverständlich, antwortet Merz, schließlich habe ich nicht nsonst zweitausend Mark eingespart!

Du hast an diesem Abend alles genau berechnet, auch die Ho- lzimmer so bestellt, daß es leicht gewesen wäre, von einem Zim- er ins andere zu wechseln. Du warst überzeugt davon, das Mäd- ıen nach einem ausgedehnten Essen und tiefsinnigen Gesprächen :i Kerzenlicht und Wein um den Finger wickeln zu können, wie ı es selbst bezeichnest. Aber in deiner Kalkulation fehlte ein ichtiger Posten: Das Wesen der Irina Mahler.

Dieses Mädchen bringt es fertig, dich gegen Mitternacht an rer Zimmertür mit einem liebenswürdigen Lächeln und einem eundschaftlichen Kuß auf die linke Wange zu verabschieden: :hlaf gut, sagt sie, und dann schlägst du dich mit einer Schrank- ire, die nicht schließt, einem Wasserhahn, der gurgelt und spuckt ıd einer flimmernden Nachttischlampe herum. Fühlst dich hnöde im Stich gelassen und sinkst müde ins Bett. Noch wäh- :nd du sinkst, hast du schon das Gefühl, mit deinem Hinterteil ıf dem Fußboden zu liegen.

Vielleicht ist es besser so, überlegst du, wer weiß, was mit der Iatratze passiert wäre, wenn du noch das Mädchen mitgenom- en hättest.

Entfernt hörst du das monotone Rauschen des Verkehrs am 'Etoile. Jetzt noch das Geräusch rangierender Züge, und die lusion wäre perfekt. Diese erste Nacht neben der Frau, die spä- r deine Frau werden sollte. Die dich lehrte, mit beiden Händen ıch dem Leben zu greifen. Freude und Glück fielen dir zu. Der ufbruch deiner Gefühle. Jeder Atemzug ein Geschenk. Dann ehst du sie abfahren. Siehst ihr Gesicht im Abteilfenster, ihren rm, der unentwegt winkt.

Und du schläfst schon fast. Siehst diese hellen, freundlich Augen, diese Zuflucht, bis sich ein Nebel dazwischen schiebt, O tobernebel, denkst du, diese Stadt ist im Herbst am schönste Diese Stadt, die ich so liebe. Lebenslust und Sehnsüchte, die schon längst vergessen hast.

Hoffnungen, die an der Wirklichkeit vorbeigehen und denno nicht vergeblich sind.

Da ist das Mädchen Irina. Deine Zuneigung zu ihr scheint me zu sein, als der bloße Wille, sie zu besitzen.

Zufrieden wie ein kleines Kind schläfst du ein.

Am nächsten Morgen um zehn sitzen Merz und das Mädch wieder im Vorführraum der ORTF. Merz läßt die dreizehn Pu penfilme durchlaufen, die er auf ihre Tauglichkeit für das deu sche Nachmittagsprogramm prüfen soll.

Pilon, lebhaft und zuvorkommend wie tags zuvor, ist sog bereit, sie ohne langes Feilschen billig abzugeben. Merz läch ebenso freundlich wie Pilon und sieht sich zwei Stunden la tanzende, singende und sprechende Marionetten an. Kinde theater, von dem er wenig versteht, das er aber als ungeeignet a qualifiziert: Ich glaube nicht, sagt er Pilon, daß diese Filme f unser Programm geeignet sind.

Pilon geht mit dem Preis noch einmal um einige hundert Ma herunter. Aber Merz läßt sich nicht überreden. Um seines Urte sicher zu sein, fragt er auch Irina um ihre Meinung. Er wird sei Ablehnung schriftlich Janke gegenüber begründen müssen.

Irina Mahler steht diesen Filmen ähnlich ablehnend gegenübe wie Merz, und so sagt er Pilon ab: Leider. Er bedaure aufrichti

Aber vielleicht das nächste Mal?

Pilon scheint nicht enttäuscht zu sein. Geschäftlich hat er tro allem einen guten Abschluß gemacht, und Merz schlägt vor, die gute Beziehung in der Kantine zu begießen. Pilon hat diese Ei ladung erwartet und nimmt dankend an.

14

„Prétexte“ hat sich, wie die ganze Einkaufsreise nach Paris, als ›ller Erfolg gezeigt. Irina Mahler hat es allen Kollegen und Kolginnen vorgeführt und begeistert von Paris und Merz erzählt. Unweigerlich entsteht so der Eindruck, als gäbe es zwischen :m Mädchen und Merz mehr als nur Freundschaft, und Merz ıternimmt nichts, um diese Gerüchte zu stoppen.

Janke ist mit dem Erreichten ebenfalls zufrieden und überläßt Merz, den eingekauften Film für die „Chronik“ entsprechend ı kürzen. Beinahe triumphierend stellt Merz fest, wie erleichrt alle Redaktionsmitglieder seine Rückkehr registrieren, obohl sie nur den Samstag, der ein Sendetag war, unter Hummereins Führung verbracht haben.

Merz genießt es, so unumstritten beliebt zu sein.

Stolz erzählt er davon, als er wieder einmal mit Crämer in der antine sitzt.

Crämer warnt ihn: Gib acht, daß du nicht nur den Narren ›ielst.

Wieso den Narren? fragt Merz.

Inzwischen solltest du den Verteilermodus für Sympathien in ıesem Hause besser kennen, als du vorgibst.

Du hast im Augenblick Anhänger, weil du Erfolg hast, antortet Crämer, was ist aber, wenn dieser Erfolg ausbleibt? Du ast inzwischen Neider und Feinde, und Hummerstein gehört ahrscheinlich zu deinen ärgsten Widersachern.

Das weiß ich, sagt Merz.

Ein Mißerfolg, warnt Crämer, und du stürzt ab.

Glaubst du? Merz zweifelt. Er fühlt sich so sicher.

Das glaube ich nicht, das weiß ich, entgegnet Crämer, oder hast u Leute hinter dir aufgebaut, die dich halten?

Du meinst wichtige Leute außerhalb des Hauses?

Gute Freunde, sagt Crämer, die sich etwas davon versprechen, enn sie dir Rückendeckung geben.

Ich bin gerade dabei, bestätigt Merz, über die Parties bei Ieuschka und Janke.

Wenn es nicht schon zu spät ist.

Wie meinst du das?

Ich glaube, erläutert Crämer, man sägt bereits an deinem Stu

Diesmal glaubst du?

Ich kann nichts Bestimmtes sagen. Ich höre nur ab und zu G rüchte und Getratsche, das bis zu mir dringt.

Wer soll denn schon sägen? Meine Position war noch nie so g wie heute.

Erinnere dich an Grasberger, der saß auch ganz fest im Satt

Sicher, sagt Merz, aber der fiel eine Treppe höher.

Oder Morock.

Morock konnte alle Krisen solange überwinden, bis er ein besseren Job gefunden hatte.

Schön und gut, erwidert Crämer, aber das bestätigt doch mei Theorie von den mächtigen Freunden im Rücken. Anders hätt weder Grasberger noch Morock einen so guten Abgang gefunde

Du meinst also, daß Hummerstein –? fragt Merz.

Das ist fast sicher, antwortet Crämer, wenn es nicht no schlimmer kommt. Auf jeden Fall ist Hummerstein bei allen Ve antwortlichen sehr gut angeschrieben und wohl auch nicht ur sonst auf allen Heuschka-Parties anwesend.

Aber keiner kann meinen Erfolg übersehen! Merz begeh regelrecht auf.

Crämer lächelt: Nein, das kann keiner. Auch nicht deinen E folg bei weiblichen Mitarbeitern. Und gerade das könnte d vielleicht endgültig das Genick brechen.

Wieso?

Nun, deine Liaison mit Irina Mahler.

Ich bin nicht mit ihr liiert.

Das mach mal anderen klar, nicht mir. Eine ganz böse Sac ist natürlich, daß du verheiratet bist und schon einige sogenann Seitensprünge in diesem Hause hinter dich gebracht hast.

Ach was, wehrt sich Merz, das ist doch alles Unsinn.

Wie du meinst, sagt Crämer, ich wollte dich nur gewarnt habe Schließlich wollen wir zwei doch in sieben Jahren zu den „Übe lebenden" gehören.

Jetzt lachen beide.

Als Merz nachmittags in seinem Büro sitzt, um Organisato-sches aufzuarbeiten, erreicht ihn ein Anruf Heumanns.

Merz reagiert abwartend, will sich auf keinen Fall noch einmal einem Treff überreden lassen. Er wird darauf bestehen, daß eumann seine Wünsche telefonisch vorträgt, und wenn er ihn rekt dazu auffordern muß.

Aber Heumann läßt sich gar nicht erst auffordern: Ich habe hört, Sie fahren jetzt häufiger nach Paris? erkundigt er sich.

Merz bestätigt.

Könnten Sie mir einen Gefallen tun?

Worum handelt es sich? fragt Merz.

Ich habe einen Freund in Paris, erklärt Heumann, dem ich ein räzissionsgerät versprochen habe.

Welche Branche? unterbricht Merz.

Optik, antwortet Heumann, es geht nur darum, es frei durch en Zoll zu bringen. Und ich dachte mir, da wir doch alte Lager-nossen sind, könnten Sie das vielleicht besorgen? Ihnen dürfte as nicht schwerfallen. Sie haben doch ohnehin Kamera und ähn-ches dabei.

Tut mir leid, sagt Merz, aber ich habe keine Geräte dabei. Wir rehen nicht in Paris. Ich kaufe nur Filme ein.

Sofort lenkt Heumann ein: Das sei natürlich etwas anderes. rotzdem sollte Merz doch mal seinen Freund in Paris aufsuchen: ie kennen ihn. Er war ebenfalls mit uns im Lager.

So? fragt Merz und weiß nun plötzlich, was er tun wird: Dann eben Sie mir doch seine Adresse. Ich werde sicher dort vorbei-hauen und einen schönen Gruß von Ihnen bestellen.

Heumann nennt ihm eine Pariser Adresse, die Merz sofort otiert.

Vielen Dank, Herr Heumann, sagt er sehr freundlich, verab-hiedet sich, drückt die Gabel kurz nach unten, bis das Freizei-hen wieder ertönt und läßt sich dann mit dem Verfassungsschutz erbinden.

Diesmal erreicht er sogar Herrn Baumann und nach einem Aus-ausch üblicher Floskeln erzählt Merz von dem Telefongespräch, erklärt die Hintergründe seiner Bekanntschaft mit Heumann un spricht dann ganz offen seine Vermutung aus: Nehmen Sie es m nicht übel, Herr Dr. Baumann, sagt Merz, aber ich kann mich de fatalen Eindrucks nicht erwehren, daß Heumann für den Oste arbeitet.

Eigentlich hat Merz eine überraschte Reaktion bei Baumann er wartet. Aber Baumann nimmt die Merz'sche Vermutung sachlic zur Kenntnis. Auch der Name Loewe fällt, und Merz berichte von jenem seltsamen Gespräch in Loewes Wohnung.

Meine Einstellung dem Osten und den Kommunisten gegen über kennen Sie ja, sagt Merz, um die eigene Position in diese Spiel zu festigen, ich will nichts damit zu tun haben und habe Si deshalb sofort angerufen.

Baumann dankt Merz für seine Informationen, die er seh wertvoll nennt und meint abschließend: Ihre Reaktion war gan richtig, Herr Merz. Ich würde mich freuen, wenn wir weiterhi in Verbindung bleiben könnten, falls Sie einverstanden sind.

Merz, der sich wichtige Freunde schaffen will, schiebt allen Arg wohn beiseite und sagt zu, sich wieder zu melden, sobald er mi einem ähnlichen Vorfall noch einmal konfrontiert würde.

Und da er nun schon einmal mit dem Telefon beschäftigt is wählt er eine Nummer, die er seit vier Wochen mit sich herum trägt, die Nummer des Verkaufsdirektors einer großen Automo bilfirma, den er auf Heuschkas Party kennengelernt hat.

Als Merz sich meldet, erinnert sich sein Gesprächspartner so fort. Natürlich steht mein Angebot noch, sagt er.

Merz verabredet einen Termin am nächsten Vormittag, ur die vorrätigen Wagen in der Verkaufsstelle zu besichtigen.

Fricke, der gerade hereingekommen ist, fragt neugierig: Ei neuer Wagen?

Merz bestätigt seine Vermutung.

Dann würde Ihr VW sozusagen frei? erkundigt sich Fricke.

Ja, wollen Sie ihn haben?

Zu einem vernünftigen Preis, sofort, antwortet Fricke.

Darüber können wir reden, meint Merz.

Fricke bringt ihm die Bestätigung eines Auftrages, den Mer

hon vor vierzehn Tagen als Vorschlag für die „Chronik" bei anke eingereicht hat. Eine Story über Ruhrgas.

Merz freut sich, daß man ihm dieses Thema bewilligt hat.

Schade, sagt Fricke.

Warum? fragt Merz.

Sie kommen kaum noch zu Beiträgen für die Abendschau. Wir edauern das sehr.

Bedauern?

Nun, meint Fricke, Ihre Beiträge waren die besten, das ist doch icht von der Hand zu weisen.

Jetzt entdeckt Merz sympathische Seiten an diesem agilen Jun-en, den er bisher nur dämpfen wollte: Haben Sie Lust, einen Kaffee mit mir zu trinken?

Fricke hat nichts dagegen und Merz öffnet die Tür, ruft nach Annemie Schatz und zwei Tassen Kaffee.

Sie sitzen gemeinsam auf dem Besuchersofa und rauchen.

Nach zehn Minuten wird Merz ungeduldig und geht selbst ins Vorzimmer, um nach Schätzchen und der Kaffeemaschine zu ehen. Annemie Schatz sitzt an der Schreibmaschine und tippt ifrig vor sich hin. Die Kaffeemaschine ist noch gar nicht in Be-rieb gesetzt.

Was ist los? fragt Merz.

Die Sekretärin scheint so sehr ins Abtippen eines Manuskriptes ertieft zu sein, daß sie Merz gar nicht bemerkt.

Bist du sauer? fragt Merz so leise, daß Fricke sie nicht hören kann und krault das Mädchen mit dem Zeigefinger beruhigend am Nackenhaar, wie man eine lästige Katze beschwichtigt.

Sie wirft den Kopf zurück und faucht unwillig: Laß das.

Olala! sagt Merz und versucht es als Charmeur.

Laß dir doch deinen Kaffee von deiner Redakteuse kochen!

Jetzt wird Merz böse: Kaffeekochen fällt noch immer in den Bereich der Sekretärinnen. Wenn ich dich also bitten dürfte.

Du darfst gar nichts mehr!

Aber Schätzchen!

Ich bin nicht dein Schätzchen!

Du bist albern und dumm, kontert Merz, Ihr Frauen seid doch

alle gleich. Hat man mal keine Zeit für Euch, weil man berufli total angespannt und ausgelastet ist, dann wittert ihr gleich Bös und benehmt Euch wie Furien.

Annemie Schatz hat sich inzwischen entschlossen, die Kaffe maschine anzuwerfen und Merz wendet sich sehr abrupt um, ge in sein Zimmer zurück.

Als Annemie Schatz fünf Minuten später den Kaffee bring vermeiden beide jeden Kontakt. Fricke scheint die Auseinande setzung nicht beobachtet zu haben.

Pünktlich um zehn trifft Merz im Autosalon ein.

Sein erster Blick fällt auf die Preise. Von neuntausend an au wärts. Das scheint ihm unerschwinglich.

Aber der Verkaufsdirektor, sein Freund, wie Merz ihn vo schnell nennt, fängt geschickt die Resignation vor den Preisschi dern ab: Selbstverständlich bekommen Sie erheblichen Rabat Herr Merz.

Bedingung ist, das erläutert er noch einmal in aller Offenhei daß Merz etwas Public-Relation-Arbeit für die Firma auf de Bildschirm übernimmt.

Das läßt sich machen, meint Merz und hat keine Skrupel meh

Du hast dich wieder einmal perfekt in ein System, das du a gegeben hinnimmst, integriert. Was du vor drei Jahren noch ve urteiltest, verurteilst du nun, da du selbst in die Praxis einsteige kannst, nicht mehr.

Merz inspiziert jeden Wagentyp sorgfältig, hängt seine Traum vom schnellen und teuren Wagen nach, subtrahiert davo die Preislage, die ihm erschwinglich scheint und zieht die Summ seiner Möglichkeiten.

Der Vormittag ist ausgefüllt mit Probefahrten und Erläute rungen. Kaufgespräch um Prozente.

Mittags hat sich Merz entschieden. Für eine rote Limousin ausgestattet mit lederbezogenen schwarzen Sitzpolstern, Liegesi zen, Radio und anderen Extras. Spitzengeschwindigkeit 180 Stur denkilometer, vorzügliche Straßenlage. Kaufpreis runde vie zehntausend Mark, minus vierzig Prozent.

Fünfzig, handelt Merz.
Fünfundvierzig, einigen sie sich. Und Ratenzahlung.
Merz will den Wagen in den nächsten Tagen abholen.

15

Drei Tage hat Merz im Ruhrgebiet verbracht, um gemeinsam mit Paulig und zwei Technikern die Ruhrgasstory zu drehen. Das Portrait eines Industrieunternehmens.

Ehe sie mit den eigentlichen Dreharbeiten begannen, konferierte Merz als Produktionsleiter mit sechs Direktoren und deren Assistenten in einem der kleineren Sitzungszimmer des Betriebes, um die Linie des Filmes festzulegen, die eigenen Vorstellungen mit denen der Unternehmensleitung zu koordinieren.

Merz läßt sich vom Auftreten dieser Leute bestechen. Bewundert ihre Souveränität und das Machtgefüge, auf dem diese Souveränität beruht.

Ihm wird klar, in welch kleinen Verhältnissen er sich eigentlich bewegt. Wie eng seine eigenen Grenzen gezogen sind. Selbst Typen wie Pointer mit ihrer Weltstadtgestik verblassen gegenüber jener Selbstverständlichkeit, mit der diese Männer die Instrumentalistik ihrer Privilegien bedienen. Als seien sie die Herren über ein Sechzig-Millionen-Volk.

Merz, der die Eigenschaft hat, alles, was im Sozialgefüge seiner Umwelt über ihm steht, als erstrebenswert zu bewundern, versucht, sich auch hier nahtlos anzupassen.

Von ihm selbst unbemerkt, verliert er jede kritische Distanz zu seinen Gesprächspartnern und erzählt abends, als er mit Paulig noch in einer Kneipe zusammensitzt, begeistert von den teuren Anzugstoffen der Direktoren und einem feudalen Mittagessen im Kegler-Clubheim.

Alles auf Ruhrgaskosten! Merz gerät geradezu ins Schwärmen. Aber Paulig läßt sich nicht mitreißen, ihn interessieren die Dreharbeiten, die am nächsten Morgen beginnen sollen.

Merz verfängt sich in euphorischen Schilderungen der Werksanlagen, die er nachmittags besichtigt hat: Hier steckt umwerfend gutes Filmmaterial drin.

Nur Technik? fragt Paulig.

Die gesamte Anlage, antwortet Merz.

Ohne jede kritische Bildeinstellung?

Das läßt sich im Text auffangen, meint Merz.

Mit Ihrer jetzigen Einstellung? Sie sind doch momentan gar nicht fähig, stellt Paulig fest, zwischen Unternehmensleitung und teuren Anzugstoffen zu unterscheiden.

Soll das ein Witz sein? fragt Merz.

Ganz im Gegenteil, bitterer Ernst, antwortet der Kameramann, Sie haben sich auf die Arbeitgeberseite geschlagen und sind überzeugt davon, daß alles in bester Ordnung ist. Wie wollen Sie so noch zu einem kritischen Text finden?

Das lassen Sie mal meine Sorge sein! entgegnet Merz und gibt sich verärgert: Ihr jungen Leute wollt alle mit dem Kopf durch die Wand rennen und erreicht dabei gar nichts.

Paulig läßt diesen Merz'schen Vorwurf vom Altersunterschied nicht gelten: Warum sollen die zwanzig Jahre, die Sie mir voraus haben, damit in Verbindung gebracht werden?

Es geht um Erfahrungen, mein Lieber.

Jetzt wirst du arrogant.

Paulig ist mit dieser Pauschale nicht einverstanden: Erfahrungen?

Sie müssen wissen, wie Sie mit solchen Leuten umzugehen haben. Das ist der springende Punkt. Einfühlungsvermögen und das Richtige im richtigen Augenblick tun und sagen. Nehmen wir nur ein Beispiel, fährt Merz fort, die Ruhrgasleute hatten uns angeboten, auf ihre Kosten im feudalen Hotel „Handelshof" während dieser drei Tage zu wohnen. Das habe ich abgelehnt und nun sind wir auf eigene Kosten in einer drittklassigen Hotelpension. Was meinen Sie, wie wir diesen Leuten mit dieser Geste imponiert haben!

Damit wollen Sie den Leuten imponiert haben? fragt Paulig und grinst, wetten, daß Sie genau das Gegenteil erreicht haben. Von wegen imponieren! Sie haben mit dieser Ablehnung nur Ihr klägliche Unsicherheit manifestiert, und man weiß nun, wie man Sie einzustufen hat. Ich würde sogar sagen, daß Ihnen hier Ihre sogenannte Erfahrung, die Sie mir voraus haben wollen, einen Streich gespielt hat.

Es kommt zu einer Verstimmung zwischen ihnen, die sich an diesem Abend nicht mehr bereinigen läßt.

Merz besteht darauf, daß die Herren von der Ruhrgas, wie er sie nennt, alles nette Leute seien, mit denen man reden könne.

Mit tausend Metern Film sind sie im Funkhaus nach drei Tagen wieder eingetroffen. Paulig hat sich an die Anweisungen von Merz gehalten und ausgezeichnetes Bildmaterial geliefert, obwohl ihre Meinungen zur Konzeption des Filmes weit auseinanderklafften.

Da Frau Erbacher und die neue Cutterin Brigitte Stern mit Abendschauarbeiten voll ausgelastet waren, hat sich Merz einen älteren Cutter von der „Dokumentation" ausgeliehen. Einen sehr ruhigen, aber ungeheuer fleißigen Mann Ende Vierzig, der zehn Stunden am Schneidetisch, bis morgens um zwei Uhr, durcharbeitete, bis er die tausend Meter angelegt, getrennt, geschnitten und an den Galgen gehängt hatte.

Während einer Zigarettenpause auf dem Flur erfuhr Merz, daß auch dieser Cutter bereits ein Jahr vor ihm von Heuschka als Bundesbruder ins Haus geholt worden war und sich aufgrund der Versprechungen eine gute Karriere erhoffte. Heuschka versprach ihm unter anderem den Posten eines Chefcutters in der Unterhaltungsabteilung: Aber dann ließ er mich hier hängen, als einen unter vielen Cuttern des Hauses. Karriere haben andere, jüngere gemacht.

Als sie um zwei Uhr Schluß machen, einigen sie sich auf den nächsten Nachmittag, um dann zu kleben und damit den Rohschnitt durchzuführen, den Janke sich ansehen wird, ehe Feinschnitt und Synchronisation fertiggestellt sind.

Noch hat Merz nicht den kommentierenden Text dazu geschrieben, beobachtet aber an sich selbst, daß seine Einstellung zu dieser ganzen Angelegenheit kritischer wird, je länger er dem unmittelbaren Einfluß der Konzernherren entzogen ist.

Am Vormittag holt Merz den neuen roten Wagen ab. Spitzengeschwindigkeit 180 Stundenkilometer. Schwarze Lederpolster. Stolz fährt er damit im Hof des Funkhauses ein, der ihm als Abteilungsleiter nun offensteht. Und weil er gerade Lust und Laune hat und einer Eifersuchtsintrige vorbauen möchte, lädt er Annemie Schatz zu einer Probefahrt ein. Sie gibt sich sofort versöhnt als sie dem Wagen gegenübersteht: Einfach toll!

Bitte, sagt Merz und hält den Wagenschlag auf.

Wo fahren wir hin? fragt er.

Sie hat wenig Zeit, sagt sie, unerledigte Korrespondenz.

Also nur eine kleine Stadtrundfahrt? schlägt Merz vor, dreht das Radio an, startet mit durchgetretenem Gaspedal und quietschenden Reifen: Halt dich fest. Wir fahren jetzt einen schnellen Wagen.

Kühn nimmt er Kurven und Gelbphasen an den Kreuzungen. Annemie Schatz stößt kleine spitze Schreie aus und ist voller Entzücken.

Gesteigert wird ihr Vergnügen, als Merz an einer Kreuzung die auf Rot steht, den Beifahrersitz in seiner Funktion als Liegesitz ausprobiert. Er läßt das Mädchen zappelnd nach rückwärts kippen und hat Spaß daran, nach ihren Schenkeln zu fassen.

Abends lädt er auch Irina Mahler ein. Wiederholt seine Fahrweise in allen Variationen, einschließlich Liegesitz, während sie aus der Stadt hinaus und über Land fahren. Aber die Volontärin reagiert nicht so naiv wie Annemie Schatz. Merz stößt auch diesmal mit seinen Bemühungen nicht ins Ziel.

Nach einer Stunde Fahrt sitzen sie in einem Landgasthaus. Es ist Freitagabend und noch wenig Betrieb, und sie kommen zu jenen freundschaftlichen Gesprächen, die sie schon in Paris geführt haben.

Das Mädchen fragt ihn direkt nach seiner Frau, wundert sich, daß sie getrennt leben, und Merz kommt auf die Heiratspläne seiner Tochter zu sprechen.

Was hast du dagegen? fragt Irina.

Sie ist zu jung, argumentiert Merz, und der Junge ist nicht und hat nichts. Daraus wird nur eine Katastrophe.

Und, was hast du jetzt vor?

Für eine Abtreibung, meint Merz, ist es inzwischen wohl zu
ät. Also werden wir, das heißt meine Frau, das Kind aufziehen.
as Mädchen soll irgendeine Lehre machen, einen handfesten Be-
f lernen, damit sie sich und das Kind durchbringen kann.

Irina Mahler versucht ihm vergeblich klarzumachen, daß seine
ochter, wenn sie schon Abitur gemacht habe und Interesse für
e Universität zeige, auch Anrecht auf ein Studium habe: Du
annst sie doch nicht ihr ganzes Leben lang mit diesem Kind be-
rafen. Damit überläßt du sie doch dem Schicksal aller unter-
rivilegierten Frauen. Und die sind nur deshalb unterprivile-
ert, weil sie von zu Hause aus nicht die Möglichkeit erhalten
aben, sich den Beruf ihrer Neigung auszusuchen.

Merz verwirft ihre Argumentation als Emanzipations-Unsinn.

Das finde ich nicht richtig, antwortet das Mädchen, damit
prichst du den Frauen jedes Recht auf Persönlichkeitsentfaltung
o. Du betest nach, was man dir als Junge beigebracht hat.

Aber Merz läßt sich darauf nicht ein, und Irina Mahler gibt es
uf, seine Ansichten noch ändern zu können. Da sie sich aber,
itdem er ihr von seiner Tochter erzählt hat, für dieses Mäd-
en enagagiert und eine seiner Charakterschwächen durchschaut
at, versucht sie es nun auf einem anderen Weg. Macht ihm klar,
ieviele persönliche Nachteile er davon hat, wenn er das Enkel-
ind selbst aufzieht, finanzielle und persönliche Einschränkungen.

Wenn du das Mädchen aber heiraten läßt, sagt sie, bist du jede
erantwortung los, auch die für ihre Berufsausbildung. Du er-
parst dir eine ganze Menge.

Das leuchtet ihm ein. Trotzdem, entgegnet er, glaube ich, daß
iese Heirat über kurz oder lang zu einer Katastrophe wird.

Das ist Sache der jungen Leute, wehrt Irina Mahler entschie-
en ab. So eine Ehe läßt sich auch wieder scheiden, wenn es nicht
eht. Oder bist du gegen Scheidung?

Grundsätzlich, antwortet Merz und verfällt damit wieder in
ie Maximen, die ihm seine religiöse Erziehung eingeprägt hat.
ine Ehe sollte das ganze Leben Bestand haben.

Du merkst nicht, daß sie diese Frage nach deiner Einstellung zur Ehe bewußt gestellt hat, daß sie dieses Gespräch dazu b nutzt, dich auszuloten, um sich über ihre Beziehung zu dir kl zu werden.

Janke hat den Rohschnitt des Filmes ohne Beanstandung pa sieren lassen.

Am Samstag wurden Feinschnitt und Synchronisation ausg führt und Montagabend ging die Ruhrgasstory in Sendung.

Merz, der sich von seiner persönlichen Bewunderung für d Direktoren des Unternehmens inzwischen erholt hatte, schri einen recht kritischen, teilweise vielleicht sogar unüberlegt Kommentartext, der die Machtposition solcher Bosse bloßz stellen versuchte. Bereits drei Tage nach der Sendung steht d Merz'sche Film als erster Punkt auf der Tagesordnung der groß Programmsitzung des Senders.

Merz ist gezwungen, sich gegen Vorwürfe von allen Seiten z verteidigen. Proteste zu seinem Film trafen sowohl vom Ind strieverband, von Regierungsstellen wie auch von der Gewer schaft bei der Intendanz ein. Beschwerden, die den Abteilung leiter Merz als drittklassigen Journalisten abqualifizieren. Da Vorwürfe aus den eigenen Reihen, die ihm eine Tendenz zugu sten der privatwirtschaftlichen Konzerne vorwerfen.

Merz sieht sich Anfeindungen gegenüber, die immer wieder persönliche Vorwürfe ausarten. Er verteidigt sich vehement un immer arroganter.

Mein Film ist unanfechtbar! Darauf besteht er: Fragen Sie de Justitiar.

Der Justitiar des Hauses bestätigt, juristisch sei an diesem Fil nichts auszusetzen. Keine der Parteien könne da etwas anfechte

Diese Stellungnahme wird zur Kenntnis genommen, um dan in weiteren Vorwürfen unterzugehen.

Merz wehrt sich leidenschaftlich: Was Sie hier mit mir veran stalten ist ein regelrechtes Kesseltreiben!

Kommen Sie runter von Ihrer Arroganz, ruft einer.

Und Merz steht geschlossener Ablehnung gegenüber.

Sie wollen dich von der Höhe deines Erfolges herunterholen.

Als Merz an diesem Abend in sein Zimmer zurückkehrt, ver-
llt er nach Wochen innerer Ruhe und Ausgewogenheit wieder eine Phase der Depression.
Angst und schmerzliche Müdigkeit.
Du möchtest deinen Haß hinausschreien.
Du bist am Ende, und während du einschläfst, siehst du noch amal Bilder, wie du sie bei deiner Ankunft im Ruhrgebiet wahrnommen, dann aber verdrängt hast. Dieses unmittelbare Erben einer Großstadt im Bereich der Schwerindustrie.
Grausame Bedrohung.
Eine Glocke von Ruß und Dreck.
Die Sonne nur ein roter Feuerball hinter Dunst.
Ein letzter Atemzug.
Und dann doch wieder die freundlich netten Gesichter der osse.
Davon kommt Merz nicht los.

16

Die unmittelbare Folge des großen Eklats in der Programmsitıng ist ein neuer Redakteur, der Merz zugeteilt wird, und vor em ihn Annemie Schatz warnt, weil sie annimmt, er sei als erz'scher Nachfolger vorgesehen.
Ich denke, Hummerstein? fragt Merz verwundert.
Hummerstein? Sie schüttelt den Kopf: Ich glaube, der wird öher eingesetzt.
Merz will konkrete Informationen haben, aber sie kann ihm chts anderes als Vermutungen bieten. Gerüchte, Hummerstein lle Chefredakteur der Hauptabteilung „Information" werden. dieser Abteilung würden die Abteilungen „Aktuelles" und Regionalprogramm" verschmelzen.
Merz ist beunruhigt, erhält aber auch von Heuschka keine lare Auskunft. Geplant wird immer, sagt Heuschka.
Auch Janke weicht aus, der für nächste Woche wieder einen arisauftrag liegen hat.

Erstes Dezemberwochenende, sagt er, wäre Ihnen das recht?

Diesmal will Janke ihn begleiten, da es um einen größeren Ei-kaufsauftrag geht, der eventuell noch durch eigene Dreharbeit ergänzt werden soll.

Thema: „Im französischen Fernsehen zu Gast", eine 75-M nuten-Produktion, die außerhalb aller Magazinsendungen i Abendprogramm der ARD einzusetzen wäre.

Sendetermin Anfang des neuen Jahres.

Die nächsten Tage sind mit Telefongesprächen nach Paris u Vorbesprechungen bei Janke ausgefüllt. Merz findet kaum no Zeit, sich um seinen eigentlichen Aufgabenbereich, die Aben schau, zu kümmern. Das hat Hummerstein für ihn übernomme Hummerstein betreut auch den neuen Redakteur, einen Ma Anfang Dreißig, der vom Funk ins Fernsehen übergewechselt i und wenig Schwierigkeiten hat, sich umzustellen. Schon in de ersten Tagen scheint sich zwischen ihm und Hummerstein ei enge Freundschaft zu entwickeln.

Merz, der in den Vorbereitungen zu seiner Parisreise steckt, b schäftigt sich wenig mit diesen Vorgängen innerhalb seiner R daktion. Er bemerkt deshalb auch nicht den Prestigeverlust, de er seit jener Sendung der Ruhrgasstory hinnehmen muß.

Freitagabend nehmen sie den gleichen Nachtzug, den Me schon auf seiner ersten Reise nach Paris benutzt hat. Diesmal fal ren nur er und Janke.

In Deutschland ist bereits erster Schnee gefallen, aber als s morgens in Paris eintreffen, ist es dort noch nicht winterlich. Ei trübe Novemberstimmung, naß und neblig.

Paris, eine Stadt, die um diese Jahreszeit kahl und grau ist, w andere europäische Städte auch.

Merz und Janke sind wieder im gleichen Hotel am Plac L'Etoile untergebracht und zu allen übrigen Unannehmlichkeite muß nun noch eine funktionsuntüchtige Heizung dazugezäh werden. Das Bettzeug ist klamm und die Zimmer so kalt, da man den Atem vor dem Mund sehen kann.

Noch vormittags beginnen die Filmvorführungen in der ORT Pilon und Merz begrüßen sich herzlich, wie alte Freunde, un lerz springt als Dolmetscher ein, wenn Janke bei komplizierten ussagen versagt.

Nachmittags steht fest, daß das Material, das die Franzosen ir einen Bericht „Im französischen Fernsehen zu Gast" liefern önnen, bei weitem nicht ausreicht.

Vor allem Janke, der Merz noch im Zug instruiert hat, in der ualitativen Auswahl vorsichtig zu agieren: Nicht zu gutes Maerial, damit man uns nicht sagen kann: Lernt doch bei den Franosen, wie man gutes Fernsehen macht, lehnt viele der gezeigten treifen eben aus diesem Grund ab. Er fürchtet das Qualitätsefälle.

Deshalb macht Merz bei einem Imbiß in der Kantine Pilon lar, daß doch noch eine oder zwei Wochen eigene Dreharbeiten ngehängt werden müßten.

Grundsätzlich hat Pilon nichts einzuwenden, wenn er auch die blehnung des deutschen Kollegen Janke nicht ganz begreift. Er veist nur darauf hin, daß er nicht allein entscheiden könne. Dies Projekt müsse mit der Direktion und dem Verwaltungsrat urchgesprochen werden. Damit die Deutschen auch Dreherlaubis im Hause erhalten. Diese Verhandlungen sind am Sonntag icht möglich.

Eine Konferenz könne frühestens Montagnachmittag einbeufen werden.

Merz übersetzt, und Janke entscheidet, daß sie noch einige age in Paris anhängen.

Noch in Pilons Büro telefoniert er nach Deutschland und gibt nweisungen für die weiteren drei Tage ihrer Abwesenheit.

Damit steht ihnen der Sonntag als freier Tag zur Verfügung, nd Merz freut sich auf diese Ruhepause, die jedoch von Janke, er die Stadt kennenlernen möchte, empfindlich gestört wird.

Es wird ein anstrengender Sonntag. Das Wetter ist naßkalt vie tags zuvor, ergänzt von einem scharfen Nordostwind, der lie Gesichtshaut aufzureißen droht und durch Mantel und Anzug is auf den Leib dringt.

Sie durchqueren die Stadt zu Fuß und in der Metro. Janke, als parsamer Fernsehdirektor, der den Etat dieser Tage zu verwalten hat, besteht darauf, daß sie in der Metro 2. Klasse fahren. D Waggons sind selbst sonntags überfüllt und die Ersparnis geger über der 1. Klasse beträgt dreißig Centimes, etwa vierundzwar zig Pfennige.

Auch ein französisches Mittagessen mit mehr als fünf Gänge zu dem Merz ihn frierend und hungrig überreden möchte, leh Janke aus Kostengründen ab. Statt dessen schlägt er eine der In bißstuben vor, wie sie in jeder Stadt zu finden sind. Weißbro Würstchen und der Geruch von altem Fett, das immer wied heißgemacht wird.

Dann die Bistros und Cafés. Statt Pernod schlürfen sie Atmo sphäre, wie Merz nicht ohne Bitterkeit vermerkt. Er hat selte soviel Orangensaft wie an diesem Sonntag getrunken.

Erst abends zeigt Janke wieder menschlichere Züge, als er vo schlägt, in die „Folies Bergères" zu gehen.

Merz erkundigt sich erstaunt nach dem Grund dieses Gesir nungswechsels und erfährt, daß lediglich berufliches Interesse da hinter steckt.

Janke hat das Programm der „Folies" durch eine deutsch Agentur fürs Fernsehen angeboten bekommen und will sich nu an Ort und Stelle davon überzeugen, ob sich der Ankauf d Filmes lohnt.

Montagmorgen macht sich Merz, noch ehe Janke im Früh stückszimmer erschienen ist, allein auf den Weg und findet, ohn lange zu suchen, die kleine Parfümerie wieder.

Madame erinnert sich, nachdem Merz sich ausführlich un charmant vorgestellt und seinen Besuch von vor drei Monate geschildert hat. Ausschlaggebend ist seine Frage nach „Prétexte" Ah, oui!

Und nun stellt sich heraus, daß Madame durchaus auch etwa Deutsch versteht und schon damals begriffen hat, was Merz m dem Parfüm, das zu deutsch „Vorwand" heißt, bei seiner nette Freundin erreichen wollte. Madame lächelt verschmitzt un greift wie damals eine Flasche aus dem Regal.

Oh, non, Madame, lacht Merz, aujourd'hui deux flacons, s' vous plaît!

Deux? Ihr Lächeln vertieft sich.

Die Verhandlungen am Nachmittag sind leichter, als Merz es sich vorgestellt hat. Verwaltungsrat und Direktion sehen keinen Grund, warum sie den deutschen Kollegen keine Dreherlaubnis geben sollten. Von deutsch-französischer Freundschaft ist die Rede, und Merz versteht es wieder einmal, sehr geschickt die Eitelkeit der Franzosen zu wecken, die er dann mit mehr als einer Stunde Sendezeit im deutschen Fernsehen befriedigt.

Sie einigen sich sehr rasch darauf, daß die Sendung „Im französischen Fernsehen zu Gast“ zum größten Teil Originalbeiträge aus dem französischen Programm bringen soll, unterbrochen von Aufnahmen eines deutschen Teams, das die französischen Kollegen bei der Arbeit zeigt.

Das ganze Projekt soll nichts anderes sein als eine Freundschaftswerbung. Darüber sind sich die Parteien einig.

Jeder kritische Ton wird selbstverständlich vermieden, versichert Janke, und Merz übersetzt.

Kritische Töne werden erst laut, als Merz, der sich rasch beliebt gemacht hat und dessen Französischkenntnisse allgemein bewundert werden, abends die Einladung eines Kollegen in ein Boulevardtheater annimmt. „L'amour des quatres colonels“ wird gespielt, und Merz amüsiert sich köstlich.

Bis Mitternacht sitzt Merz dann noch mit seinem französischen Kollegen und dessen Frau, einer kleinen fröhlichen Südfranzösin, die bereits Ansätze zu weit ausladenden Hüften zeigt, im Theatercafé bei einer Flasche Wein.

Nachdem sie die komischen Szenen des Stücks noch einmal durchgegangen sind wie gute Witze, die man sich zweimal erzählt, beginnt Merz zu fragen. Er ist neugierig, weil der stark reglementierte Staatsfunk der Franzosen in der Bundesrepublik immer wieder als abschreckendes Beispiel dargestellt wird.

Der Franzose reagiert vorsichtig. Aber Merz weiß, wie er ihn anfassen muß, erzählt einige Inside-Stories aus dem eigenen Haus und entlockt so auch dem französischen Kollegen Informationen, die kritischer sind, als alles, was am Nachmittag während der Konferenz besprochen wurde. Auch in Frankreich gibt es das

Gebiet der Schleichwerbung, was einzelnen Journalisten persönliche Profite einbringe. Wie etwa der schnelle rote Wagen, den Merz so gern mit 180 Stundenkilometer Spitzengeschwindigkeit ausfährt.

Ist es nicht so, fragt Merz, daß Redakteure, die in der ORTF angestellt werden, weniger nach ihren beruflichen als nach ihren politischen Qualifikationen ausgesucht werden?

Nicht nur das, gibt der französische Kollege zu. Alle wichtigen Funktionen werden von der Regierung besetzt gehalten, und sie kontrolliere auch alle Ausgaben des Senders.

Zum Beispiel: der Vorsitzende des Verwaltungsrates kann jederzeit von der Regierung abgesetzt werden. Das geschieht schnell, wenn er politisch unbequem wird.

Die Glaubwürdigkeit der Fernsehinformation ist schon lange verloren gegangen.

Intrigen, Skandale und Affären werden in einem solchen Klima geradezu gefördert.

Wer heute noch glaubt, fest im Sattel zu sitzen, ist morgen schon abgeworfen.

Pressefreiheit?

Der ORTF ist, wie böse Zungen behaupten, ein Geist der Gefälligkeit gegenüber Mächtigen eingeboren.

Und bisher wurde diese Behauptung durch keinen Gegenbeweis widerlegt, das ist schon fast ein Eingeständnis des französischen Kollegen.

Merz sagt: Die Symptome sind bei uns ähnlich, nur die Praxis ist noch nicht so weit fortgeschritten.

Wenn wir den Mächtigen nicht aus der Hand fressen, bestätigt der Franzose, sind wir erledigt.

Friß Vogel, oder stirb.

Als Merz gegen ein Uhr ins Hotel zurückkehrt und beim Nachtportier seinen Zimmerschlüssel verlangt, legt ihm dieser eine Notiz vor. Ein Anruf für Merz. Jaques Meunier habe nach ihm verlangt.

Merz möchte doch bitte die angegebene Nummer zurückrufen.

Meunier?

Dann erinnerst du dich. Ein Freund Heumanns. Hier in Paris.

Eigentlich hattest du erwartet, daß Heumann nach deinem Anruf im Verfassungsschutz nun endgültig schweigt.

Vielleicht ist Meunier wirklich ein ganz harmloser Freund?

Aber du läßt dich auf keine Experimente ein.

Merz nimmt die Notiz dankend entgegen, sucht sein Zimmer auf, zerreißt das Blatt Papier in kleine Fetzen und verbrennt sie im Aschenbecher.

Jetzt bist du Herr der Lage.

Da die Verhandlungen so überraschend gut verlaufen sind, fährt Merz am nächsten Morgen allein in den ORTF-Palast und trifft sich dort mit Pilon zu einer abschließenden Besprechung. Es geht um die Aufnahmetermine für die Dreharbeiten des deutschen Teams und selbstverständlich auch wieder um den Einkaufspreis für eine Dreiviertelstunde französischer Beiträge in diesem Bericht über das französische Fernsehen.

Pilon kennt inzwischen die Merz'sche Freude am Handeln und setzt den Preis von vornherein etwas höher an. Als sie sich bei achttausend Mark treffen, meint Merz dreitausend Mark herausgeschlagen zu haben. Er hat aber nicht mehr als einen Tausender bei diesem Spiel gewonnen.

Ein glattes Geschäft, das auch auf Janke Eindruck macht: Sie verstehen es eben immer wieder zu handeln und zu verhandeln, sagt er. Vielleicht, Herr Merz, ist das Ihr größtes Talent.

Eine Anspielung? Sie haben diese vier Tage, die sie doch großenteils gemeinsam verbracht haben, kaum von beruflichen Belangen gesprochen. Janke hat mit keinem Wort den Eklat um die Merz'sche Ruhrgasstory erwähnt.

Auch Hummerstein blieb aus dem Spiel.

Aber die große Überraschung bleibt nicht aus.

Als sie Mittwochvormittag wieder im heimatlichen Sender eintreffen, stößt Merz auf eine große Veränderung im eigenen Bereich: Hummerstein wurde in seiner Abwesenheit zum Chefredakteur der neugeschaffenen Hauptabteilung „Information" und damit zum unmittelbaren Vorgesetzten von Merz ernannt.

Diese Beförderung soll sehr überstürzt vor sich gegangen sein, so, als habe man die Abwesenheit von Merz unbedingt nutzen wollen.

Merz ist empört. Die gesamte Abendschauredaktion wartet auf einen explosiven Ausbruch. Selbst diejenigen, die bisher offen oder versteckt gegen Merz agiert haben, würden einen solchen Ausbruch als legitim anerkennen.

Zur Verwunderung seiner Mitarbeiter nimmt Merz diese Nachricht sehr ruhig, ja beinahe gelassen auf. Nur Annemie Schatz, die ihn aus den dreieinhalb Jahren ihrer Beobachtungen kennt, sieht die Symptome einer schweren inneren Erregung.

Wie zu Anfang, versucht sie ihn auch diesmal wieder mit kostenlosem Kaffee zu trösten.

Nachmittags klopft sie an seine Tür, etwas schüchtern und hilflos und hält eine Flasche Kognak in der Hand.

Was soll das? fragt Merz.

Mit einem schönen Gruß von Herrn Crämer, sagt sie, er meint, du sollst deinen Ärger hinunterspülen.

Seit seiner Ankunft bemüht Merz sich um einen Termin bei Heuschka. Dort, hofft er, läßt sich die Angelegenheit vielleicht noch klären. Aber Heuschka ist an diesem Tag nicht zu erreichen.

Als Merz abends nach der Abendschausendung, die er wieder einmal selbst gefahren hat, das Funkhaus verläßt, fühlt er sich müde. Diese schmerzliche Müdigkeit, die du nur zu gut kennst.

17

Am nächsten Vormittag hat Merz die eine Flasche „Prétexte" an Irina Mahler gegeben. Eigentlich, hatte er sich vorgestellt, ihr diese Flasche auf einer Spazierfahrt über Land zu schenken. Eine kleine Aufmerksamkeit mit tieferem Hintergrund. Aber die Lust an Spazierfahrten ist ihm vergangen.

Sie schien sehr belustigt, als er ihr das rosa Päckchen überreichte und schreckte nicht davor zurück, es in der Redaktion herumzuzeigen. Auch Annemie Schatz hielt es in der Hand und machte eine kleine böse Bemerkung über Merz.

Merz ließ sich davon nicht beeindrucken.

Kurz vor Mittag erreichte er endlich Heuschka, der ihn für sechzehn Uhr zu sich ins Büro bestellt.

Eine Aussprache, deren Zeichen auf Sturm standen, die Heuschka jedoch geschickt zu lenken verstand, so daß Merz keine Möglichkeit zu einem Ausbruch blieb.

Merz' Argumentation, er könne unter Hummerstein nicht arbeiten, wehrte Heuschka ab. Merz soll es versuchen. Im übrigen stünde es ihm jederzeit frei, zu einem anderen Sender überzuwechseln.

Bei deiner Qualifikation, bemerkte der Bundesbruder, dürftest du schnell etwas finden.

Merz weigerte sich, das als einen fairen Vorschlag zu akzeptieren, und Heuschka ist bereit, einzulenken.

Auf die Merz'sche Frage nach der neuen Kompetenzenverteilung macht Heuschka das Zugeständnis: Ein Eingreifen Hummersteins in die Abendschauredaktion sei nur in schwerwiegenden Fälen möglich.

Die Autonomie deiner Abteilung bleibt damit gewahrt.

Merz ist mit diesem Vorschlag einverstanden, unter einer Bedingung: Der schriftlichen Fixierung ihres Gesprächs.

Schon einen Tag später hält er den Brief Heuschkas in der Hand, der ihm die Unabhängigkeit der eigenen Redaktion garantiert.

Mit dieser Garantie geht Merz daran, seine Redaktion noch einmal zu reorganisieren. Diesmal ernennt er Fricke zu seinem Stellvertreter und überläßt Irina Mahler den Kontakt zur Tagesschau in Hamburg. Ebert erhält die spezielle Verantwortung für einen reibungslosen Ablauf und Koordination von Kopierwerk und Schneideraum.

Den neuen Redakteur, den sie ihm vor einem Monat zugeteilt haben, läßt Merz außerhalb der Planung. Bisher hat er jede Beziehung zu ihm vermieden und möchte diese Situation auch nicht verändern. Seine Funktion besteht weiterhin lediglich darin, kleine Filmberichte, hauptsächlich Umfragen, für die Sendungen zu liefern.

Wenn Sie alle in den neuen Funktionen, die ich Ihnen heute zugeteilt habe, gewissenhaft und zuverlässig arbeiten, sagt Merz auf der Redaktionskonferenz, die er außer der Reihe an diesem Vormittag einberufen hat, dann können wir uns unsere Unabhängigkeit bewahren. Aber nur dann. In dieser Situation erwarte ich von jedem einzelnen vor allem Disziplin und noch einmal Disziplin.

Zwei Tage später ist Merz krank. Ischiasschmerzen und eine schwere Bronchitis. Er hat hohes Fieber und liegt ohne jeden Kontakt zur Außenwelt im Bett. Nachmittags steigt das Fieber soweit, daß er Fieberphantasien erliegt.

Da sind die Grausamkeiten seines Lebens. Kameraden, die im Schützengraben dicht neben ihm verbluten. Das Messer des russischen Adjutanten an seinem Hals. Mit einem einzigen Schnitt reißt er Haut und Fleisch auf. Eine tiefe Wunde, und dann die durchgeschnittene Kehle des Schlafgenossen.

Die Möglichkeit, den eigenen Kopf zu retten. Verrat und Verzweiflung. Der Fluchtversuch, der noch auf der Lagerstraße vereitelt wird. Die Schritte in seinem Rücken, die ihn einholen. Rechts und links sieht er die morsche Fassade der Lagerbaracken an den Augenwinkeln vorbeigleiten, hört die Schritte, die näher kommen. Bleibt stehen, um sich eine Zigarette anzuzünden. Nichts als ein Vorwand. Die vereitelte Flucht nicht zugeben. Als wollte er nur eine Zigarette im Freien rauchen. Dann springt er vorwärts, ein, zwei Schritte, stürzt und hört die Schüsse. Steckschuß im Schulterblatt. Noch einmal davongekommen.

Ego te absolvo, sagt die Stimme des Pfarrers im Beichtstuhl. Tödlicher Geruch von Weihrauch. Verborgene Brutalität, die auch von Opferkerzen nicht aufgehoben wird.

Und wieder die Angst. Diese entsetzliche Angst. Dieses Leben, das du in seinen Abläufen nicht alleine gesteuert hast. Einstudiertes System von Schuld und Sühne. Getrieben von einem übersteigerten Ehrgeiz, den dir eine ehrgeizige Mutter einpflanzte. Diese ganze Vergeblichkeit.

Erst am nächsten Morgen entdeckt Frau Bauer die Krankheit ihres Untermieters, bringt heiße Milch, Honig und Hustensaft.

Ihnen geht es aber wirklich schlecht, sagt sie.
Ich glaube, ich werde nun endgültig alt, antwortet Merz.
Unsinn, widerspricht sie und geht resolut daran, Merz zu pflen. Am nächsten Abend steht er zum ersten Mal wieder auf, rläßt, unbemerkt von seiner pflegefreudigen Wirtin, das aus und setzt sich in eine Kneipe, die drei Straßen weiter liegt. Dort ißt er und sieht sich die Abendschau an. Hummerstein hat ıen großen Beitrag. Merz betrachtet ihn genau und stellt beiedigt fest, daß sein stiftenköpfiger, etwas untersetzter Kontrant keine besonders gute Bildschirmfigur macht.
Wenn ich auf dem Bildschirm so wirkte wie Hummerstein, nkt Merz, würde ich das Fernsehen aufstecken. Aber es soll ute geben, die es nicht lassen können.
Zu Hause erkundigt er sich bei Frau Bauer, ob während seiner rankheit kein Anruf aus dem Funkhaus gekommen sei.
Du wunderst dich, daß niemand nach dir fragt. Bist du so enthrlich? Du schläfst unruhig diese Nacht.
Aber schon um neun ruft Frau Bauer ihn morgens ans Telefon.
Janke meldet sich: Sind Sie krank, Herr Merz?
Ich glaube, unser Pariser Spaziergang hat sich ausgewirkt, eint Merz.
Ich habe den Bescheid aus Paris erhalten, informiert ihn Janke, ir sollen mit den Dreharbeiten am Montag beginnen, das beeutet, daß Sie bereits am Sonntag mit einem Team fahren üssen.
Das wäre in zwei Tagen?
Glauben Sie, daß Sie bis dahin wieder auf den Beinen sind?
Du wirst dir diesen Auftrag auf keinen Fall entgehen lassen. u hast ihn bitter nötig, um dein Image aufzupolieren.
Natürlich, sagt Merz, fahre ich, haben Sie das Team schon zummengestellt?
Das wollte ich Ihnen überlassen. Sie haben vollkommen freie Iand. Ich würde ein großes Team vorschlagen. Zwei Kameraeute mit Assistenz, also acht Mann.
Ich bin heute Nachmittag in der Redaktion, versichert Merz, önnen wir dann die Einzelheiten besprechen?

Das können Sie auf keinen Fall, Herr Merz, sagt Frau Bau die gerade auf den Flur gekommen ist.

Es muß gehen, antwortet Merz.

Er läßt sich von Frau Bauer ein Taxi bestellen, rasiert sich u fährt zu jenem Arzt, der ihm nach der Schwimmbaderöffnu das Genick kurierte.

Nachdem er Merz untersucht hat, konstatiert er: Sie gehör eigentlich mit heißen Brustwickeln für sieben Tage ins Bett.

Das geht nicht. Ich muß Sonntag zu Dreharbeiten nach Pa

Dann hilft nur eine konzentrierte Penicillinkur, kombini mit einem Aspirinstoß.

Nicht gerade förderlich für Ihre Gesundheit, meint der Ar

Aber für meine Karriere, kontert Merz und glaubt, einen gut Witz gemacht zu haben.

Als Merz nachmittags in der Redaktion eintrifft, wird er begrüßt, als sei er gar nicht abwesend gewesen, als hätte nieman bemerkt, daß er krank war. Lediglich Irina Mahler stellt fest: I siehst gar nicht gut aus, bist du krank?

Merz entdeckt, daß in seinem Büro gearbeitet wurde und e fährt, daß sich Hummerstein um die Abendschau gekümmert ha

Er hat sich ganz rührend darum bemüht, den reibungslosen A lauf zu garantieren, berichtet Annemie Schatz und macht kein Hehl aus ihrer neuen Sympathie für Hummerstein. Auch die a deren scheinen dem neuen Chefredakteur nicht mehr ablehnen gegenüber zu stehen.

Ein ganz natürliches Symptom unseres Hauses, meint Cräme den Merz kurz aufsucht, ehe er zu Janke hinübergeht: Sie schli ßen sich dem Stärkeren an. Dem, der dafür verantwortlich is daß sie alle ihren guten Job behalten.

Merz widerspricht: Noch habe ich das Sagen in meiner Redak tion.

Nur für redaktionelle Belange, entgegnet Crämer, außerden glaube ich, hast du deine Erfolge zu lautstark ausgespielt und di Leute mit deinem Gerede von Disziplin und Pflichterfüllung ver schreckt. Hummerstein hat sie im Griff, ohne davon zu reden.

Also nach dem Prinzip, der Mohr hat seine Schuldigkeit getan

'arum so trübselig? Du scheinst noch immer nicht die Härte
Jobs begriffen zu haben. Es ist vielmehr so: Der König ist tot,
be der König.

ummerstein?

h habe dich schon vor Wochen gewarnt. Aber du warst zu
mit deinen Erfolgen beschäftigt.

nke hat bereits alles für die Dreharbeiten in Paris vorbe-
t.

s geht vor allem darum, erläutert er, daß wir die Dreißig-
end-Mark-Ausrüstung ohne Schwierigkeiten durch den Zoll
gen. Ich habe das inzwischen geregelt.

r gibt Merz zu verstehen, wieviel Zeit ihn diese Organisation
ostet hat. Eigentlich sollte Merz das alles in die Wege leiten.

ber Sie waren ja krank.

ls sei es ein Makel, krank zu werden. Du kommst dir vor, wie
alter Mann, den man wegen seiner verminderten Leistungs-
igkeit nicht mehr gewinnbringend in die Produktion einspan-
kann und deshalb aus dem Betrieb ausstoßen möchte.

lso, Sie fahren am Sonntag so weg, daß Sie abends in Paris
l. Die Zimmer sind bereits bestellt, und die Leute sollen Mon-
morgen ausgeruht an die Dreharbeiten gehen.

Wie viele Wagen haben Sie für die Fahrt vorgesehen? erkun-
t sich Merz.

ch dachte an zwei Caravans.

Das dürfte mit der gesamten Ausrüstung für acht Mann ziem-
eng werden. Wir haben auch noch persönliches Gepäck.

Ich kann nicht mehr Wagen für Paris abstellen.

Ich würde vorschlagen, sagt Merz, wir nehmen meinen Wagen
zu. Dann wird die Fahrt weniger strapaziös.

Janke ist einverstanden.

Für die Dreharbeiten sind fünf Tage, also die ganze Woche,
ranschlagt.

Übrigens, klärt Janke ihn auf, ist der Sendetermin der Paris-
ry vorverlegt worden. Sie wird nun nicht, wie beabsichtigt, in
r ersten Januarwoche, sondern schon am 30. Dezember ausge-
ahlt. 20 Uhr 15 im ARD Programm.

Das bedeutet, ich muß den Film zwischen dem 20. Dezen wenn wir aus Paris zurück sind, und Heiligabend unbedingt tigstellen. Ziemlich knapp.

Sie sind doch ein guter Arbeiter, beruhigt Janke, das sch: Sie schon.

Du weißt sehr genau, daß dieser Film eine große Chanc vielleicht deine letzte, um den Gefahren, die dich in di Hause immer bedrohlicher einholen, doch noch zu entkom Den Sprung nach oben zu machen. 20 Uhr 15 am 30. Dezen ist eine sehr gute Sendezeit. Eine erfolgversprechende Mög keit, dir einen Namen zu machen und deine Position zu festi

Dann wirst du mit Heuschka sprechen und ihn bitten, die teilung zu wechseln. Solltest du mit diesem Filmbericht Er haben, wird er eine Versetzung in die „Dokumentation" schl ablehnen können. Du wirst ihn an seine zahlreichen Versprech gen erinnern.

Noch etwas, unterbricht Janke, ich sage Ihnen das, damit informiert sind: Der Intendant hat Hummerstein den Auft erteilt, noch einmal eine Ruhrgasstory zu drehen, sozusagen Richtigstellung Ihres Beitrages. Die Kontroversen um diesen F haben Herrn Dr. Heuschka zu dieser Maßnahme gezwungen.

18

Wie geplant kommt das Team eine Woche später, Sams nacht, aus Paris zurück. Weder auf der Hinfahrt noch auf Rückfahrt hatten sie wegen ihrer Filmausrüstung im Gep irgendwelche Schwierigkeiten. Die Grenzübertritte verliefen r bungslos. Als sie von Frankreich nach Deutschland hinüberwe selten, mußten sie nicht einmal ihre Wagen verlassen. Die Zölln erinnerten sich an Merz.

Das Team, zwei Kameraleute mit je einem Tonmann und ein Assistenten, Merz als Produktionsleiter und Ebert als Produ tionsassistent, ist müde, aber befriedigt und guter Laune auf d ser Fahrt. Sie haben fünf Tage hart gearbeitet und, wie sie übe stimmend auf einer Abschiedsparty, die ihnen französische llegen gaben, feststellten, ausgezeichnetes Material im Kasten.

Montag morgen um sieben Uhr fing die Arbeit an, und es blieb i diesem frühen Drehbeginn auch für die weiteren Tage. Da sie inen Tag vor Mitternacht ins Hotel zurückkamen, mußten alle t weniger als sechs Stunden Schlaf auskommen. Oft war sogar : Zeit, essen zu gehen, zu knapp.

Mittwochs fiel der erste Schnee in Paris. Für die Außenaufnah-n, die an diesem Tage angesetzt waren, eine attraktive Sache, r das Team recht strapaziös. Sie filmten und froren. Merz hatte nen Hut irgendwo liegengelassen und mußte sich einen neuen ufen. Durchfroren und mit nassen Füßen kamen sie nachts ins otel zurück. Merz organisierte einen heißen Grog und ein war-s Bad für jeden seiner Mitarbeiter, obwohl es ein schwieriges ıternehmen war, diese Wünsche dem Nachtportier klar zu ıchen.

War das Verhältnis des Teams zu ihrem Produktionsleiter ıon vorher kollegial freundschaftlich gewesen, so wurde die ziehung nach dieser Aktion geradezu herzlich.

Merz vermied es in diesen Tagen peinlich, auch nur andeu-ngsweise von Disziplin oder gar Pflichterfüllung zu reden. Er mühte sich, seine Mitarbeiter Tag für Tag gleichbleibend lie-nswürdig zu behandeln und jeden Stimmungswechsel zu unter-ücken. Diese guten Vorsätze durchzuführen, fiel ihm nicht ıwer, da das Bewußtsein, in Paris zu arbeiten, sein seelisches eichgewicht förderte.

Die Arbeit mit und über die französischen Kollegen verlief sehr ıt. Und Merz, der sich für die Probleme der Journalisten in der RTF seit seinem letzten Parisbesuch und dem Gespräch nach m Theaterabend mit dem Kollegen interessierte, begann, sich diesem Bereich immer stärker zu engagieren. Als er dann mitt-ochs davon erfuhr, daß gerade die Sendung eines inzwischen it ihm befreundeten französischen Kollegen unmittelbar vor r Sendung durch eine Zensurmaßnahme abgesetzt wurde, ent-hloß er sich, einen Teil dieser Hintergründe nun doch noch in ine Dreharbeiten mit einzubeziehen.

Allerdings mußte er seine ganze Überredungskunst aufbiet
um den betroffenen Kollegen für ein Statement zu diesem k
kreten Fall vor der Kamera zu gewinnen.

Damit, meinst du, hast du einen sogenannten Knüller.

Der Kameramann Rabel, der auf der Rückfahrt neben M
im Wagen sitzt, bestätigt, daß durch dieses Interview und ein
entsprechenden Kommentartext die Sendung „Im französisc
Fernsehen zu Gast“ ganz entschieden aus einer bloßen Unterh
tungssendung herausgehoben würde.

Mit dieser Story dürftest du es geschafft haben. Dein Film w
Aufsehen erregen, erfolgreich sein und damit einen Wechsel
der Abendschau zur „Dokumentation“ erleichtern.

Vielleicht, überlegst du, sollte ich gar nicht erst auf einer V
setzung „Dokumentation“ beharren, sondern gleich versuch
als Korrespondent ins Ausland zu kommen, einen Job wie M
rock zu erhalten.

Das würde mich reizen, sagt Merz und erzählt Rabel von s
nem Wunsch, eines Tages den großen Sprung ins Ausland
wagen.

Keine schlechte Sache, meint Rabel, ich würde sofort mitgeh
als Kameramann. Merz lacht: Ich werde auf Sie zurückgreif
wenn es soweit ist!

Dann konzentriert er sich wieder auf die Straße. Es schneit u
der Schnee bleibt auf einer tückischen Eisschicht liegen. Sie hal
zwar Winterreifen, aber keine Spikes aufgezogen und fahren
mit sechzig Stundenkilometern, kommen langsam und mühs
voran.

Spätestens um zweiundzwanzig Uhr wollten sie am Funkh
sein, erreichen die Stadt aber erst nach Mitternacht.

Auch hier sind die Fahrbahnen mit einer dicken Schneeschi
bedeckt. Kaum ein Passant ist noch unterwegs. Auf jedem grö
ren Platz steht hellerleuchtet ein Christbaum.

Geradezu weihnachtlich, dieser Empfang! witzelt Rabel.

Dann passiert es, sie sind noch zwei Minuten vom Funkh
entfernt, da läuft ein Mann über die Kreuzung. Merz hat k
vor der Ampel beschleunigt, um das Grünlicht noch auszunutz

ıt den Passanten, tritt fluchend auf die Bremse und versucht
ıts zum Bürgersteig auszuweichen.
)en Bruchteil einer Sekunde denkst du daran, wieviel du an
nem schönen Auto noch abbezahlen mußt. Dann wird der
sant von der Kühlerhaube erfaßt, fliegt gegen die Windschutz-
eibe, prallt ab, überschlägt sich rückwärts und bleibt vier Meter
: dem Wagen liegen. Mit quietschenden Reifen haben die bei-
ı Caravans hinter Merz abgebremst, stehen quer zur Straße.
Rabel hockt mit angezogenen Knien, die Arme schützend über
ı Kopf geschlagen, auf dem Beifahrersitz.
)er Mann, der da auf der Straße liegt, rührt sich nicht.
Du spürst Schweiß ausbrechen.
Ist er tot? fragt Rabel.
Mechanisch steigst du aus.
Ein junger Mann. Höchstens fünfundzwanzig. Er stöhnt und
;t etwas, spricht eine Sprache, die du nicht kennst.
Du bist verwirrt, überlegst fieberhaft. Ein Ausländer. Er wird
n Deutsch verstehen. Vielleicht Englisch. Aber das beherrschst
nicht. Also versuchst du es auf Französisch.
Inzwischen sind auch die anderen ausgestiegen und stehen um
ərz und den Verunglückten herum. Ebert bietet sich an, die Po-
ei zu holen.
Was machen wir mit ihm? fragt Rabel.
Am besten liegen lassen, entscheidet Merz, er kann innere
rletzungen haben.
Hier im Schnee liegen lassen?
Rabel holt eine Wolldecke aus dem Wagen und gemeinsam be-
ihen sie sich, die Decke unter den jungen Mann zu schieben.
ber der richtet sich auf, sitzt verstört auf der Fahrbahn.
Merz spricht ihn noch einmal französisch an und erreicht dies-
al eine Verständigung. Der junge Mann ist Ägypter, studiert
Deutschland Medizin.
Er scheint nicht ernstlich verletzt zu sein.
Worauf es dir jetzt ankommt, ist zu klären, daß du diesen
ıfall nicht verschuldet hast.
Noch ehe die Polizei eintrifft, holt sich Merz das Geständnis

des ägyptischen Studenten, der zugibt, unter Alkoholeinfluß stehen und bei Rot über die Kreuzung gelaufen zu sein: Und da waren plötzlich Scheinwerfer da.

Als die Polizei eintrifft, hat er sich wieder soweit erholt, daß mit auf die Wache gehen kann.

Zur Überraschung von Merz und Rabel, der als unmittelba Zeuge des Unfalls mit zur Polizeistation gefahren ist, streitet Ägypter dort alles ab, behauptet, die Fußgängerampel habe Grün gestanden.

Damit kommt er nicht durch, sagt Rabel und macht seine A sage.

Merz gibt den Schaden am Wagen zu Protokoll: Eine total v beulte Kühlerhaube. Da der Ägypter keine Haftpflichtversich rung abgeschlossen hat, wird Merz die Kosten der Reparat direkt von dem jungen Mann eintreiben müssen.

Eine schwierige Sache, meint einer der Polizisten, der brau nur aus Deutschland zu verschwinden, dann sehen Sie kein Pfennig.

Etwas mehr als tausend Meter Film haben sie aus Frankre mitgebracht. Gutes Bildmaterial, davon ist Merz überzeugt. D Interviews, mit dem Generaldirektor, einem leitenden Ang stellten und eben jenes Interview, das der ganzen Sache ihr Knüller geben soll: Zensurmaßnahmen in der ORTF.

Merz hat Frau Erbacher und die junge Brigitte Stern für Mo tagabend in den Schneidraum bestellt. Bis dahin sollen die Fil rollen aus dem Kopierwerk zurück sein. Sie werden diesmal zwei Tischen schneiden, um die Arbeit in vier Tagen bewältig zu können.

Als erstes muß das Material gesichtet, sortiert und eingete werden. Dann erst kann Merz diese Szenen zwischen die ei zelnen Originalbeiträge der ORTF hängen.

Auflockerung und Kommentar, so hat es Merz in Paris verei bart, sollen von ihm und einer französischen Ansagerin a 30. Dezember live gesprochen und aufgezeichnet werden, um d Sendung noch mehr Reiz zu geben, und, ein Hintergedanke v erz, um eventuell eine Übernahme in Paris zu erreichen. Auch s wäre ein unübersehbarer Erfolg.

Merz hat diese Möglichkeit bereits in Paris angedeutet und ist cht direkt auf Ablehnung gestoßen. Also ließe sich da noch was arrangieren.

Er wird mit Janke darüber sprechen.

Während er am Dienstag eine erste Fassung des Kommentars twirft, kristallisiert er immer deutlicher einen Schwerpunkt raus, auf den er den Akzent dieses Filmes legen wird: Organition und Vorgänge hinter den Kulissen der ORTF.

Mein Bericht soll zeigen, erläutert er der staunend zuhörenden igitte Stern in einer Kaffeepause: wie schlecht, wie falsch die esse, das Fernsehen in Deutschland von den Vorgängen in der RTF informiert ist. Man treibt dort Schindluder mit den Journlisten. Ich glaube, das ist zwar ein gewagtes Experiment, aber ı sehr guter Report.

Du registrierst sehr genau die Bewunderung dieses Mädchens, eißt, daß es Männer mag, die absolut von sich und ihrem Erfolg erzeugt sind, die diesen harten Karrierezug um den Mund tran, der im letzten Jahrzehnt vor allem bundesdeutsche Männer nnzeichnet.

Crämer hätte dich jetzt aus deinen Illusionen zurückgeholt. Er itte dir gesagt, was für ein gewagtes Spiel du spielst, dessen efahren du dir selbst nicht eingestehen willst. Deshalb erzählst ı es dem Mädchen und nicht Crämer.

Aber, verteidigst du dich, ich zeige doch kämpferischen Mut!

Was ist schon kämpferischer Mut, wenn es dir nicht um die iche, sondern nur um die Opposition geht, die Freude am hock, den du anderen zufügen möchtest.

Würde Crämer antworten.

Blinder Mut.

Nicht mehr.

Und ein absehbares Ende, das du bis zum Schluß nicht einsehen irst.

Wie ein Hund auf der Straße, sagt dann deine zweite Frau.

Merz engagiert sich für seine Idee. Zweimal ändert er die Fas-

sung seines Kommentartextes, bis er die dritte als endgültige a
zeptiert.

Insgesamt bringt er in den 75-Minuten-Film fünf Einschni
von je fünf Minuten. Szenen aus dem Alltag der ORTF-Kol
gen, an Ort und Stelle miterlebt. Ganz echt für den Zuschau
Ein Blick hinter die Kulissen. Etwas Neues fürs deutsche Fe
sehen, das bisher alles verpackt hat wie Gebrüder Grimm's M
chen.

Dazwischen, aufgeteilt auf fünfzig Minuten, unverbindli
Unterhaltung, made in France.

Das Interview, das Zensurmaßnahmen an einem französisch
Kollegen aufdeckt, läßt Merz als vorletzte Einblendung zw
schenschneiden. Die letzte Zwischenblendung hat er ganz
eigenen Meinung vorbehalten und als Bildmaterial den ORT
Palast gewählt. Eine ruhige Kamera fährt Fensterreihen u
Flure ab, schwenkt in Redaktionsräume, zeigt tonlose Reda
teure, Sekretärinnen und Techniker an der Arbeit.

Den Ton gibt Merz an.

Besonders sorgfältig übersetzt er gerade diesen Text ins Fra
zösische. Er möchte schon jetzt gerne das Gesicht der Ansage
sehen, die er aus Paris angefordert hat, wenn sie die Übersetzu
spricht. Diese Vorstellung erweckt in Merz die gleiche Freu
die er auch verspürt, wenn er sich vorstellt, Fußgänger du
sportliches Heranfahren des Wagens und ein lautes Hupen
zu erschrecken, daß sie wie ein Rudel Hühner auseinanderstieb

Merz spricht von einem Geist der Gefälligkeit, der der OR
gegenüber Mächtigen angeboren sei. Von einer Auswahl ih
Mitarbeiter nach politischen Kriterien. Vom Einfluß der Staa
lenker, unliebsame Meinungsbildung auf dem Bildschirm zu v
hindern. Und nicht zuletzt auch von Geldern, die gefällig mach
Verbindung von Industrie- und Staatsinteressen, die über Werl
etats gefestigt werden. Korruption und Manipulation. Fragwi
digkeit der Pressefreiheit.

Und dann ein Schwenk über die Grenze: Ist es bei uns ande

Doch nur in den Einzelheiten, sagt Merz. Wenn wir auch ni
staatlich sind, so gleichen sich doch die Symptome. Auch hier

›n verschleiert Staatsräson und Parteibuch, Zensur und Maul-
›e.
ie Hierarchie der Meinungsmanipulation. Uns macht nicht
Geld gefällig, sondern der Hunger nach Macht und die Angst
einem Verlust des Jobs.
ls Merz am 23. Dezember nachmittags aus seiner Arbeits-
ısur wieder in der Redaktion auftaucht, bemerkt er, daß sich
ges verändert hat. Hummerstein regiert die Abendschau vom
fredakteurstuhl aus. Die Redaktion hat sich ihm ohne Wider-
untergeordnet.
lummerstein fährt in jeder Sendung Regie. Nur gelegentlich
er einen der jungen Leute ans Regiepult. Jeden Morgen hält
ıne kleine Konferenz in Merz' Büro ab, verteilt die Aufgaben
Tages, macht Pläne für den nächsten, gibt Drehaufträge oder
virft Vorschläge, die ihm die Mitarbeiter bringen.
ınnemie Schatz hat er ganz aus der Redaktion abgezogen.
ist nun seine Sekretärin. Dafür sitzen zwei junge Scriptgirls
Vorzimmer der Abendschau.
lerz tobt.
)iesmal dringt er ohne Anmeldung in die Intendanz ein. Die
zimmerdame des Bundesbruders versucht ihn vergeblich zu-
ızuhalten.
)u schaffst dir den Weg frei.
)u nimmst auch keine Rücksicht darauf, daß Grasberger eine
prechung mit Heuschka führt.
)u willst dein Recht.
)arauf besteht Merz.
ch habe es schriftlich, sagt er mühsam beherrscht und schlägt
nig eine angebotene Zigarre aus, daß so etwas nicht passiert!
leuschka zuckt die Achseln: Wenn Du nicht die Zeit hast, Dich
Deine Redaktion zu kümmern, mein Lieber.
ch arbeite wie ein Pferd! schreit Merz und wundert sich nicht
mal darüber, daß Heuschka ihn in Anwesenheit von Grasber-
duzt.
)u bist fleißig, das wissen wir, beruhigt der Bundesbruder.
Merz läßt sich nicht beruhigen: Dieser Hummerstein ist ein

arroganter Schnösel. Ein Nichtskönner. Ein Karrierist! Un ganze eine Schweinerei!

Moment mal, mein Lieber, greift der Intendant ein, so ge nun auch wieder nicht. Immerhin ist Hummerstein dein V setzter. Und wenn wir beide nicht so gute Freunde wären, w ich deine eben gemachten Äußerungen ernstnehmen.

Das bringt dich zur Besinnung.

Du hast etwas zu verlieren, was du auf keinen Fall verl willst.

Nach einem längeren Gespräch, das großenteils von Merz erregt geführt wird, einigen sie sich darauf, Hummerstein läufig wieder aus der Abendschau abzuziehen. Merz erhält Kompetenzen bestätigt.

Als er hinausgeht, begleitet ihn Grasberger.

Du solltest vorsichtiger sein, sagt er, es sind Gerüchte über im Umlauf, die der Intendant gar nicht gerne hört. Unter derem sollst du der Molnar zu einer Abtreibung verholfen ha Und dann dein Verhältnis mit Irina Mahler.

Woher kommen diese Gerüchte? fragt Merz, sofort wiede regt.

Grasberger lächelt: Ich weiß es nicht. Vielleicht von Ann Schatz über Hummerstein? Möglich wäre es. Aber das ist unw tig. Du kennst die Einstellung des Intendanten. Außerdem du doch selbst gut katholisch. Das ist ausschlaggebend.

Es nutzt dir nichts, zu beteuern, daß es zwischen dir und I Mahler keine Bindung gibt.

In diesem Fall hast du nicht bekommen, was du bekom wolltest. Und du willst es noch immer. Das ist schon fast trag

19

Heiligabend fährt Merz nach Hause. Er hat die zweite Fla „Prétexte" im Gepäck. Ein Geschenk für die Frau, die franz sches Parfüm liebt. Damit kannst du ihr ohne viel Mühe und c große Kosten eine Freude machen. Auch hier zählt der Erfolg, erzielst. Hohe Effektivität bei geringem Einsatz, das befriedigt n. Es ist das letzte Weihnachten, das Merz zu Hause feiert. Dann noch einmal Weihnachten im Ausland.

Dieser Heiligabend ist eine Farce. Bunter Lichterbaum und nzende Kinderaugen seiner jüngsten Tochter. Die ältere hochwanger und dazu die Weihnachtsgeschichte aus dem neuen stament. Eine friedliche Angelegenheit. Eine Sache, die du : Jahren zelebrierst, nur werden deine Versuche, die Züge es Engels anzunehmen und Ergriffenheit zu heucheln, immer glicher.

Was bist du für ein Mensch, zwischen diesen Kindern, die du zeugt haben sollst und dieser Frau, die dich ängstigt, weil du ißt, daß sie dich durchschaut. Diesen Dingen mußt du endtig entfliehen. Diese Welt hat nichts mehr mit dir zu tun.

Krampfhaft versuchst du, die Maske zu halten. Und diese au, die dich kennt, läßt es zu. Sie will nicht, daß du dich verzt.

Dann erleichtert sie dir deinen Entschluß zur Flucht: Ich löse Wohnung hier auf, sagt sie, und ziehe nach Berlin.

Nach Berlin? fragt Merz, du wirst nie mehr eine so billige ohnung finden. Warum ziehst du nicht zu mir?

Wieder lächelt sie. Sie weiß ganz genau, daß du lügst. Einen igenblick fürchtest du, sie könne ja sagen.

Sie sagt: Nein. Das ist vorbei. Ich brauche die Großstadt. Deslb.

Und du bist erleichtert.

Als Merz am 27. Dezember ins Funkhaus zurückkehrt, hat er es geregelt. Hat der Tochter seine Einwilligung zur Heirat geben, unter der einen Bedingung, daß sie sich katholisch trauen ßt. Du willst den Anschein der Religiosität wahren.

Hat der Frau erlaubt, nach Berlin zu ziehen. Dort hat sie als nge Schauspielerin ihre ersten Engagements gehabt.

Dorthin möchte sie zurück.

Es war ein Abschluß, den sie beide ganz bewußt vollzogen. Ein erzicht. Als er sie zum Abschied auf die Stirn küßte, spürte er ötzlich so etwas wie Trauer. Er begreift den Verlust.

Aber du hast dich schon zu weit entfernt. Du bist dem Z näher als dem Ausgangspunkt.

Eine verzweifelte Sache.

Inzwischen läuft die Arbeit der Redaktion zwischen We nachten und Neujahr weiter wie gewohnt. Merz spürt nun ga deutlich die verborgene Abwehr seiner Mitarbeiter. Fast e Verschwörung, von der sich nur Irina Mahler ausnimmt.

Sie ist es, die Merz den Vorschlag macht, häufiger gemeinsam der Kantine zu essen, die ihn zu sich nach Hause einlädt, o je über eine freundschaftliche Zuneigung hinaus zu gehen.

Deine Kontroversen mit Hummerstein werden immer schärf nicht wahr? fragt sie.

Soll ich mich von ihm abschießen lassen, wie ein müder Ga ster? fragt er zurück: Ich denke nicht daran! Lieber lasse ich auf ein offenes Duell ankommen. Wir werden ja sehen, wer Stärkere ist.

Eine lange staubige Straße. Einen sehen wir von hinten. Ga groß im Bild. Schräg an ihm vorbei entfernt, der andere. Bre beinig und den Coltsack an den Hüften. Dann liebkost du Colt wie dein Glied und ziehst. Du hörst die Schüsse. Der, weit entfernt ist, fällt. Er schreit nicht. Er ist schon tot.

Dein Spiel könnte gefährlich werden, sagt sie.

Merz zuckt die Schultern: Habe ich einen anderen Ausweg?

Abends in ihrem Appartement sprechen sie auch wieder v seinen persönlichen Problemen.

Du suchst in ihr eine Freundin, der du vertrauen kannst, u sie ist eine gute Zuhörerin, auch wenn sie oft deine Meinung ni teilt. Merz erzählt davon, daß er diese Epoche seines Lebens en gültig abschließen will. Alles zurücklassen und neu aufbrech Die Hoffnung auf das Leben, das noch vor ihm liegt und auf Abenteuerlichkeit eines Neubeginns: Wenn mein Parisfilm Erfolg wird, sagt er, werde ich Heuschka um eine Versetzu bitten.

Wohin?

Vielleicht in die „Dokumentation“, vielleicht aber auch Ausland. Je länger ich darüber nachdenke, desto sympathisch rd mir die Idee vom Auslandskorrespondenten. Nur so habe die Möglichkeit, alle Zelte hinter mir abzubrechen und ganz n vorne zu beginnen.

Als der Parisfilm am 30. Dezember über die bundesdeutschen dschirme läuft, hat keinerlei Vorkontrolle stattgefunden. Jan- war verreist, und Hummerstein mit der neuen Ruhrgasstory schäftigt.

Vormittags um elf sollte die französische Ansagerin im Sender ntreffen. Mittags um eins telefoniert Merz mit Paris und er- hrt, daß sie bereits vor sechzehn Stunden mit dem Wagen abge- ıren ist.

Merz wird unruhig. Spätestens um 15 Uhr soll die Probe rchlaufen. Er ruft Grasberger an: Was mache ich, wenn das ädchen nicht auftaucht? Die gesamte französische Zwischen- sage würde platzen.

Um wieviel würde sich die Sendung verkürzen? fragt Gras- rger.

Mindestens zwölf Minuten, rechnet Merz.

Der Zeitplan des gesamten Abendprogrammes wäre damit rcheinandergeworfen. Das können wir uns auf keinen Fall sten.

Während Merz noch fieberhaft nach der Lösung des Problemes cht, taucht das Mädchen um 14.30 Uhr endlich auf. Sie hat ıen Freund dabei, ist erstaunt über die Unruhe, die sie ausge- st haben soll und meint, sie sei doch noch rechtzeitig zur Probe kommen.

Oh ja, sie habe irgendwo auf dem Land übernachtet. Noch in ankreich. Und dann habe man eben geschlafen.

Sie versteht die Aufregung nicht.

Merz läßt den Probedurchlauf um eine halbe Stunde verschie- n und beginnt sofort mit der Arbeit. Dabei weicht der Freund, n vitaler südlicher Typ, langhaarig und sehr leger, nicht von rer Seite. Merz geht den französischen Text mit ihr durch, macht r klar, daß die Zwischenansagen live gesendet werden und läßt : üben.

Sie begreift rasch und versteht ihren Job. Nach drei Durchläu-

fen beherrscht sie den Text so weit, daß sie nur noch selten able
muß. Inzwischen ist Fricke zu ihnen gestoßen und bemüht
nun eifrig, gemeinsam mit Merz, der Französin, die kein W
Deutsch spricht, für das deutsche Publikum deutsche Begrüßur
formeln beizubringen. Das ist schwieriger, als den Text einzu
dieren und ihre Versuche lösen immer wieder ein fröhliches
lächter aus.

Kurz vor halb vier fahren sie ins Studio zur Probe. Der e
Probedurchlauf ist noch recht unbefriedigend. Das Mädchen v
spricht sich häufig, und auch Merz stolpert über den eigenen T
Beim zweitenmal klappt es. Und Merz hetzt kurz vor 19 U
hinüber ins Sendestudio der Abendschau.

Er will die heutige Sendung selbst fahren.

Als er den Regieraum betritt, sitzt Hummerstein am Reg
pult.

Was machen Sie hier? fragt Merz.

Ich dachte, Sie seien heute Abend voll mit ihrem Parisfilm
schäftigt.

Merz spürt, wie sich eine ungeheure Spannung entwickelt. M
ten in dieser Hektik, kurz vor Sendebeginn.

Ich wüßte nicht, was Sie hier zu suchen haben, sagt Merz, we
ich nicht anwesend bin, ist Fricke verantwortlich, nicht Sie.

Hummerstein hat sich bereits von seinem Drehstuhl vor d
Regiepult erhoben: Bitte, Herr Merz, Ihr Platz ist frei.

Damit ist die Sache nicht bereinigt, stellt Merz fest. Sie hal
doch die strikte Anweisung, sich nicht mehr in meine Redakti
einzumischen!

Die gesamte Technik und die zwei Redakteure Ebert u
Fricke sehen der Front, die hier aufgebaut wird, interessiert :
Die beiden Männer stehen sich gegenüber. Merz breitbeinig u
ein wenig nach vorn geneigt, Hummerstein in einer erstarrt
Drehbewegung neben dem Stuhl, die eine Hand noch auf
Lehne gelegt.

Noch zwei Minuten bis zur Sendung, tönt es über die La
sprecher.

Machen Sie, daß Sie rauskommen, sagt Merz leise, aber se

ononciert. Hummerstein lächelt, führt seine Bewegung zu Ende. ie Erstarrung im Regieraum löst sich. Merz streicht mit beiden länden das Haar aus der Stirn und nimmt den Platz vor dem egiepult ein. Er hört Hummerstein die Tür hinter sich zuziehen.

Noch fünfzig Sekunden, vierzig, dreißig. Merz zählt.

Film ab.

Ton läuft.

Einsatz für den Nachrichtensprecher.

Ohne sich weiter um seine Mitarbeiter zu kümmern, verläßt erz das Studio um neunzehn Uhr dreißig, um noch die letzten orbereitungen zur Sendung des Parisfilmes zu überwachen.

Pünktlich um 20 Uhr 15 wird das Zeichen zum Einsatz gegen. Merz und die Französin begrüßen das Fernsehpublikum.

Eine kurze erläuternde Plauderei, dann wird der erste Originalbeitrag abgefahren.

Um halb zehn ist alles vorüber. Merz, der erst während der ndung merkte, unter welchem psychischen Druck er stand, ist tal naß geschwitzt und erschöpft. Aber alles lief ab, wie er es rbereitet hatte.

Dieser Film muß ein Erfolg geworden sein!

Merz lädt alle Beteiligten zu einer Premierfeier in die Kantine n: Gehen wir ins Kasino, sagt er. Und sie applaudieren ihm so, e er es sich wünscht.

Am nächsten Tag ist Silvester und im Sender wird nur ein sonannter Notbetrieb aufrechterhalten. Man wird sich abends r großen Silvesterfeier wieder treffen.

Merz ist schon um neun in die Redaktion gefahren, um einiges fzuarbeiten. Das Funkhaus ist heute sehr ruhig und sehr leer, Redaktionsräume peinlich aufgeräumt. Merz ist allein.

Um elf klingelt das Telefon, und Heuschka beordert Merz mlich erregt in den siebten Stock.

Merz nimmt den Lift und betritt fünf Minuten später die Indanz. Er hat erwartet, Heuschka allein anzutreffen, aber hier eint eine kleine Konferenz stattzufinden. Grasberger und Janerwarten ihn, Hummerstein und der Verwaltungsdirektor.

Kaum hat Merz Platz genommen, wird er von Heuschka m Vorwürfen überschüttet: Seit gestern abend sind unzählige Pr teste gegen ihn eingelaufen. Ganz davon abgesehen, daß sein Ve halten Hummerstein gegenüber untragbar geworden sei.

Merz entschuldigt sich damit, daß er gestern abend sehr unt Druck gestanden habe und groggy gewesen sei.

Das ist keine Entschuldigung, fertigt ihn Janke ab, aber lass wir das. Schwerwiegender sind momentan die Proteste zu Ihr Parissendung.

Hier, sagt Heuschka und wirft einen Stoß Fernschreiben u Telegramme auf den Tisch: Das ist das Ergebnis. Proteste a ganz Deutschland, Proteste aus Paris. Was hast du dir eigentli bei der ganzen Angelegenheit gedacht?

Soll das ein Verhör werden? fragt Merz.

Ich an Ihrer Stelle würde den Mund halten, antwortet Hu merstein.

Der Verwaltungsdirektor schaltet sich ein: Wir müssen u ernsthaft überlegen, ob Sie unter diesen Umständen noch für u sere Anstalt tragbar sind.

Es kommt zu einer regelrechten Verhandlung. Merz findet k nen Verteidiger. Sie sind sich einig, daß Merz einen Skan ausgelöst hat, der weite Kreise ziehen wird.

Wer ihm das Recht gebe, die ORTF und das Deutsche Fe sehen öffentlich zu kritisieren? Ganz davon abgesehen, daß sei Vorwürfe ungerechtfertigt und falsch seien.

Diese Angelegenheit wird ein rechtliches Nachspiel haben.

Sie sitzen um ihn herum, lauter nette Leute, die ihn fert machen. Immer wieder klingelt das Telefon. Die Presse will I formationen und Stellungnahmen hören. Hummerstein üb nimmt es, sich im Namen des Senders von Merz zu distanzier So, wie er das sagt, entsteht beinahe das Bild eines Triebtäte der sich im Alleingang völlig verrannt hat.

Er stellt dich kalt und schießt dich ab.

Diese Angelegenheit, und Ihr Verhältnis zu Ihrem unmitt baren Vorgesetzten, Herrn Hummerstein, ist mit konvention len Mitteln wohl nicht mehr zu bereinigen, meint Janke.

Man muß sich überlegen, ob es nicht besser ist, wenn Sie gehen.

Deine Chancen stehen sehr schlecht, sagt Heuschka, ich habe gleich heute morgen mit einem befreundeten Intendanten telefoniert und angefragt, ob man dich eventuell übernehmen könnte, damit du nicht einfach auf der Straße sitzt. Aber man reagierte nach deinem gestrigen Film sehr zurückhaltend, wenn nicht sogar ablehnend.

Hummerstein äußert zwischen zwei Telefongesprächen: Eine Zusammenarbeit mit Merz ist für mich unmöglich geworden. Das werden Sie sicher verstehen.

Sollte das nun ein unweigerliches Ende deiner Karriere sein?

Du stehst einer Front von Ablehnung gegenüber. Von keiner Seite ist Hilfe zu erwarten. Du bist allein. Hilfloser als vor vier Jahren, stehst du einem ungeheuren Machtapparat gegenüber.

Du hast das Spiel verloren.

Als Merz nach zwei Stunden aus der Intendanz entlassen wird, ist zwar keine endgültige Entscheidung gefallen, aber er weiß, daß seine Zeit hier im Hause zu Ende geht.

Von seinem Büro aus versucht er Crämer anzurufen, du mußt jetzt mit irgend jemanden reden. Aber Crämer meldet sich nicht.

Dann ein Anruf bei Irina Mahler: Setz dich in deinen Wagen und komm bei mir vorbei, sagt sie.

Sie ist bereit, den geschlagenen Mann zu trösten.

Weißt du, sagt sie und drückt ihm einen unverdünnten Whisky in die Hand, du hast noch eine Chance. Dann, wenn die Presse übermorgen positiv von deiner Aktion berichtet. Dich sozusagen zum Helden aufbaut. Dann können sie es sich nicht leisten, dich rauszuschmeißen.

Eine Hoffnung, an die du dich verzweifelt klammerst, während ein neues Jahr eingeläutet wird, das dir so völlig hoffnungslos scheint.

1966, das Vorjahr umwälzender Ereignisse. Aufbruch in eine andere Zukunft.

Den ersten Tag des neuen Jahres verschläft Merz, versucht so, die schwere Depression, die über ihn hereingebrochen ist, zu überbrücken.

Dafür fährt er am zweiten Tag schon morgens um acht in di Stadt zum Bahnhof, um sich dort alle verfügbaren deutschen un französischen Zeitungen zu kaufen.

Als er mit einem Stoß Zeitungen auf dem Arm eine Stund später die Redaktion betritt, wird er sehr scheu von seinen Mit-arbeitern begrüßt und schließt sich sofort in seinem Büro ein.

Fast jedes bundesdeutsche Presseorgan bringt die Meldung au der vierten oder fünften Seite. Lediglich die örtliche Presse stell die Angelegenheit groß auf der dritten Seite heraus.

„ARD – Spielball der Parteien?“, „Skandal hinter den Bild schirmen“, „Wird unsere Meinung manipuliert?“, „Staatsräso und Parteibuch regieren die Funkhäuser“, „Sind unsere Journa listen bestechlich?“, „Skandal in der deutsch-französische Freundschaft“, „ARD und ORTF, beherrscht vom Geist der Ge fälligkeit“.

Das sind die Überschriften, die Merz liest. Die französische Zeitungen, stellt er fest, schweigen sich über den Vorfall im Nach barland aus. Ein kleiner, fünfzeiliger Hinweis im „Le Monde“ mehr nicht. Bundesdeutsche Kommentare beschränken sich dar auf, festzustellen, wie diese Sendung angelegt war, was Mer behauptet hat und enthalten sich größtenteils jeder eigenen Mei nung. Es wird zwar immer wieder von Skandal gesprochen, vo der Flucht in die Öffentlichkeit, von Zweifeln an der Richtigkei der Behauptung oder davon, ob es hier zu einem ähnlichen Ekla wie seinerzeit mit der Magazinsendung „Panorama“ komme aber jede präzise Stellungnahme wird vermieden. Lediglich ein Bemerkung Heuschkas, die er Journalisten gegenüber als Argu ment gebracht hat, wird immer wieder zitiert: Wenn es bei un eine Zensur gäbe, hätte Herr Merz seine Sendung gar nich machen können.

Ein schlagender Beweis?

Merz findet nicht das, worauf er hoffte: Rückhaltlose Unter stützung in der Presse. Das ist ihr die ganze Angelegenheit an scheinend nicht wert.

Aufmerksam geht er die örtlichen Tageszeitungen durch un entdeckt ein Interview mit Hummerstein, der als Sprecher de ıuptabteilung „Information“ zu den Vorgängen Stellung ımt.

Da ist die Rede davon, daß Merz ein unbequemer Kollege sei, ıer, der durch seine Eigenwilligkeit jede Teamarbeit sprengt. :r dem Hause schon häufiger Schwierigkeiten bereitet habe. er führt Hummerstein die Ruhrgasstory als Beispiel an.

Außerdem, und damit holt der Kontrahent zu einem Tief-ılag aus: außerdem sei nicht auszuschließen, daß Merz Bezie-ngen zu linksradikalen Kräften unterhalte. Es seien da Ge-chte im Umlauf.

Befragt, gibt Hummerstein an, er habe einen guten Freund im rfassungsschutz. Dieser habe ihm anvertraut, daß Merz über-ıcht werde. Merz habe in Paris schon vor Wochen den Anruf ıes Mannes erhalten, der im Verdacht der Spionagetätigkeit r den Osten stünde.

20

Diese Bemerkung Hummersteins bleibt für Merz nicht ohne achspiel. Diesmal sprach Heuschka mit ihm allein.

Zur Überraschung von Merz hatte er genaue Informationen er Loewe, der, wie Heuschka sagt, aufgrund seiner Beziehun-n zu Geheimdiensten nach Beirut gekommen sei. Auch von eumann wußte der Bundesbruder und vom Anruf eines Unbe-nnten in der Pariser Pension.

Merz versuchte, die Dinge zu klären und bestand auf einem lefongespräch mit Dr. Baumann vom Verfassungsschutz, als er n Eindruck gewann, Heuschka nicht überzeugen zu können.

Selbst wenn sich diese Vorwürfe aufklären lassen, und die resse eine Richtigstellung veröffentlicht, sagt der Bundesbruder, erde ich dich wohl nicht halten können. Die Widerstände von ıßen und von innen sind zu stark geworden.

Du weißt, daß ich dein Freund bin, sagt er, aber ich weiß nicht, ı ich dich retten kann.

Es geht um deinen Kopf und das Ansehen des Hauses.

Die Angriffe gegen dich, dein Verhalten im Hause, etwa, w deine Beziehungen zu Frauen anbelangt, und die Angriffe geg deine Filmberichte nehmen tagtäglich aus allen Lagern zu.

Wenn dich der Bundesbruder jetzt nicht fallen läßt, könnte selbst stolpern.

Als Merz ihn verläßt, weiß er, daß er gescheitert ist.

Die ganz große Chance, für die er vor vier Jahren einen Pos als Chefredakteur ausgeschlagen hat, ist verspielt.

Ein gescheiterter Mann.

Eine schmerzliche Müdigkeit überfällt ihn, während er Lift verläßt, die große Eingangshalle durchquert, zur Glas geht, am Pförtner vorbei, der ihn nicht sieht. Dann entläßt i die Drehtür.

Er möchte rennen, aber seine Beine scheinen bis zu den Kn mit Blei angefüllt. Vergeblich gibt sein Gehirn die Laufimpu weiter. Merz steht am Rande des Bürgersteigs und zündet s eine Zigarette an, hält die linke Hand schützend um die Fla me. Ein bißchen Wärme, die vom Feuerzeug ausgeht. M spürt die scharfe Kälte des zweiten Januartages bis auf den Le Mantel und Hut hat er in der Redaktion zurückgelassen.

Es beginnt wieder zu schneien.

Diese trostlose Stadt. Millionen Menschen, und Merz ge darin unter.

Er läßt sich krankschreiben. Sperrt sich in seinem Zimmer e Verweigert Telefonanrufe, die für ihn eintreffen und läßt Fr Bauer nicht einmal zum Blumengießen kommen.

Eine Woche tiefer Depression. Merz ißt nichts. Trinkt Selte wasser und raucht mehr als hundert Zigaretten am Tag. Ka Schlaf.

Einmal täglich fährt er in die Stadt, besorgt Zigaretten u neue Sprudelflaschen, sucht jedesmal eine andere Apotheke a und läßt sich Schlafmittel verkaufen.

Er hortet die Tablettenröhrchen in der Schublade seines Schrei tisches.

Ein letzter Ausweg?

Eine Gewöhnung an den Tod. Damit macht sich Merz vertra

Immer wieder schiebt Frau Bauer einen Zettel unter der Tür
rch. Irina Mahler hat angerufen, Crämer, Grasberger und so-
· der junge Ebert, den Merz so ganz aus den Augen verloren
:.
Aber Merz will jeden Kontakt nach außen abbrechen.
Du bist am Ende. Und du wirst keinen Selbstmord im Affekt
sführen, du hast dir eine Frist von 14 Tagen gesetzt. Vierzehn
ge, um dich mit dem Tod anzufreunden. Um ganz bewußt ein
de zu setzen. Oder zu überleben, wenn du einen Sinn im Über-
en sehen kannst. Zum ersten Mal wirst du eine Konsequenz
hen.
Seitdem du aus Rußland zurück bist, hast du es immer vermie-
n, Konsequenzen zu ziehen. Du hast ein Stück deines Lebens
das andere gesetzt. Wenn die Stücke nicht aneinanderpaßten,
st du sie solange zurechtgeschnitten, bis sich die Lücken not-
rftig schließen ließen.
Das, was du vor dreißig Jahren noch aus deinem Leben machen
llltest, hast du verspielt.
Was bleibt dir noch? Dieses bißchen Zeit, angefüllt mit Sinn-
igkeit, Hoffnungslosigkeit, Leere, Einsamkeit, Krankheit und
iher oder später der berufliche Abstieg, geistige Abstumpfung,
rdämmern.
Ich habe mein ganzes Leben lang, versucht Merz an seine Frau
schreiben und zerreißt später dieses Blatt Papier wieder, *so
les nicht begriffen und muß es jetzt begreifen mit Schmerzen,
ebenso real sind, wie die körperlichen Schmerzen jenes Sol-
ten, dem sie neben mir im Schützengraben die Hirnschale weg-
schossen hatten, und der noch nicht tot war. Dabei habe ich
in Recht, mit irgendwem, dem Schicksal oder Gott, zu hadern.
muß es mit mir ganz allein tun. Denn ich habe Schuld auf
ich geladen und muß jetzt büßen.*
Und wieder der Geruch von Weihrauch in dieser dunklen Kir-
e. Diese Mutter neben dir, die dich mit ihrer Fülle zu ersticken
oht. Die Angst und das hölzerne Gitter im Beichtstuhl.
Die Hände des Priesters und seine Stimme, die so gar nichts
it deinen Wünschen und Träumen zu tun hat.

In den letzten beiden Tagen seiner selbstgewählten Klau nähert sich Merz dem Bereich der Halluzinationen. Fieberträu ohne Fieber.

Er sieht die roten rotierenden Räder an den Eisdielen sei Kindheit. Bruchstücke von Erinnerung. Das Mädchen in Küche seiner Mutter. Die Schwester und das tägliche Abendgeb Zeilen längst vergessener Gedichte, die er noch als Zwanz jähriger geschrieben hat, tauchen auf. Mit ausgebreiteten Arm möchte er dem Ende entgegenstürzen. Die Schwerkraft aussch ten. Ein Traumtänzer, der dieser Dunkelheit entkommen wi Leuchtende Farben und der Geruch von Apfelbäumen.

Erinnerst du dich?

Irgendwo, weit weg, die Stimme deiner Mutter.

Und immer wieder diese fröhlichen roten Räder, die eine E diele signalisieren. Hoffnung eines Kindes, die Tag für Tag a geschlagen wird, wie ein Zuckerhut.

Was ihn geprägt hat, sind die Wünsche der Mutter, die a einem männlichen Kind einen ganzen Mann machen woll Einen, den auch Werbeagenturen hätten entwerfen könne Einen Whisky- und Unterhosenmann, einen Elektronen- und R botermann, Sportwagen- und Kölnischwassermann, leistung fähig, clever und vital, instinktsicher, topfit und zupackend, ein Mann im Vierfarbendruck und Cinemascope.

Einer, der abgerichtet und bereit ist, hinter dem Schreibtis und im Schützengraben. Einer, der bedingungslos verwendb ist, vor allem für den Ernstfall.

Das waren die Vorbedingungen deines Lebens, denen du e legen bist, denen du heute nicht mehr entfliehen kannst.

Als Zugabe noch ein tief eingepflanztes Gefühl von Schuld u Sühne.

Bleibt dir als Ausweg nur noch der Tod, an den du dich kleinen Dosen gewöhnst. Den du in allen Variationen durc spielst als Erlösung von unerträglichen Schmerzen. Die Tat selb wird dann leicht sein. Ganz selbstverständlich, so, als zögest d nur deinen Löffel aus dem Honigglas.

Merz schreit. Ein langgezogener Ton. Herausforderung un

'rauer zugleich, der die Membran seines Gehörs erfaßt und ihn :n gleichen Augenblick verstummen läßt.

Du bist leer, ausgebrannt. Kennst weder Haß, noch Zorn.

Erschöpft fällt Merz auf das Bett, eine brennende Zigarette in :er Hand. Es ist Sonntag nachmittag. Frau Bauer klopft verweifelt an die Tür ihres seltsamen Untermieters. Dann kommen hr zwei seiner Kollegen zu Hilfe, die ihn an diesem Nachmittag esuchen wollten.

Merz sei sehr krank, hieß es in der Redaktion.

Crämer und Irina Mahler wollten den Kranken etwas aufıeitern.

Jetzt hämmert Crämer an die Tür.

Immer von neuem wiederholt Frau Bauer: Wenn er sich nur ıichts angetan hat. Er hat ganz entsetzlich geschrien.

Er hat ganz entsetzlich geschrien.

Mach auf! ruft Crämer.

Langsam kommt Merz zu sich. Hört weit entfernt die Stimmen 'or der Tür. Da ruft einer. Verschwommen nimmt er Gegenstänle im Zimmer wahr. Erkennt einen Stuhl, den Tisch. Die Stimnen draußen kommen näher. Er erkennt Crämer.

Ich muß öffnen, sagt er sich, stemmt sich mühsam vom Bett ıoch, spürt, daß seine Beine unter ihm wegrutschen wollten, hält ich an Möbeln fest und erreicht so die Tür.

Als er öffnet, sieht er erschrockene Gesichter vor sich.

Um Gotteswillen, was ist los? fragt Irina Mahler.

Er hat seit einer Woche nichts mehr gegessen, berichtet Frau 3auer. Zu dritt wollen sie ihn ins Bett bringen, aber Merz wehrt ich heftig, entschuldigt die Unordnung seines Zimmers, öffnet die 'enster und bittet die Gäste Platz zu nehmen.

Er wirkt müde und abgestumpft. Irina Mahler und Frau Bauer iberreden ihn, etwas zu essen und gehen in die Küche, als er zö;ernd einwilligt. Crämer beobachtet Merz, der ihm stumm ge;enübersitzt und sofort eine neue Zigarette anzündet, wenn er lie alte ausgedrückt hat.

Crämer fragt nicht, weil er sich vor einem neuen Ausbruch ürchtet. Merz beginnt selbst zu reden.

Berichtet von der Verzweiflung dieser Woche, von seinem b ruflichen Scheitern und der Vierzehntagefrist, die er sich geset hat. Crämer sagt: Du gehörst dringend in ärztliche Behandlun Irina Mahler stimmt ihm zu: Vier Wochen Sanatorium, und bist wieder auf den Beinen.

Das ist doch alles nur Einbildung, meint Crämer, warum sol test du dein Leben verspielt haben? Zugegeben, du bist jetzt einer Talsohle, aber warum soll es nicht wieder aufwärts gehe

Mit fünfundvierzig? fragt Merz, ich bin ein alter Mann.

Das Mädchen lacht: Wenn du sechzig wärest!

Selbstmord ist doch keine Lösung, sagte Crämer, feige davo laufen, das kann jeder.

Ich laufe nicht davon, erwidert Merz, im Gegenteil: Ich stel mich. Zum ersten Mal in meinem Leben stelle ich mich. Wenn i Schluß mache, so ist das keine Flucht, sondern eine Sühne für di ses Leben, aus dem ich nichts gemacht habe.

Crämer und das Mädchen forcieren eine Aussprache.

Er soll sich alles von der Seele reden, meint Crämer, dann sie er wieder klarer.

Beinahe wird dieses Gespräch zu einer Lebensbeichte, ab nach zwei Stunden scheint das Ziel erreicht. Merz wirkt wied ruhig und ausgeglichen, raucht weniger und ist sogar bereit, si von Crämer einen Witz erzählen zu lassen.

Unvermittelt wendet er sich dann an Irina Mahler und frag Würdest du mich heiraten?

Ein peinliches Schweigen, das Crämer nicht einmal mit eine Lachen aufzulösen wagt.

Ich meine, sagt Merz, wir könnten ein neues Leben anfange Noch einmal ganz von vorne. Ich würde alles hinter mir lasse und versuchen, aus den Jahren, die mir noch bleiben, das z machen, was ich mir vor dreißig Jahren unter meinem Lebe vorgestellt habe.

Das Mädchen lächelt kläglich. Ihre Stimme ist unsicher un dünn, als sie antwortet: Tut mir leid, Merz, aber wir waren ni mehr als gute Freunde.

Du willst nicht?

Siehst du, versucht sie zu erklären, meine Vorstellungen sind ganz anders als deine. Und dann, sagt sie, habe ich mich vor ner Woche verlobt.
Crämer fürchtet, daß es nun endgültig zu einem Zusammen-ruch kommt. Aber Merz scheint unbewegt.

Am nächsten Morgen kommt ein Anruf Jankes, den Merz ent-gennimmt, als habe er nicht jedes Telefonat seit Tagen verwei-ert. Janke teilt ihm bedauernd mit, daß Hummerstein im Auf-ag der Intendanz eine Einzelbefragung der Redaktionsmitglie-er durchgeführt habe, ob Merz Abendschauleiter bleiben solle der nicht.
Wie hieß die Fragestellung genau? will Merz wissen.
Moment mal, sagt Janke, ich habe sie schriftlich vorliegen.
Merz hört Papier rascheln, dann wieder Janke: Sie lautete: Sind Sie dafür, daß Merz als Abendschauleiter zurückkommt der nicht?".
Und das Ergebnis?
Alle, außer Ebert haben mit nein geantwortet.
Ebert?
Merz hat keine Lust mehr, sich den bedauernden Tonfall in ankes Stimme weiter anzuhören und hängt ein.
Wenig später ruft Heuschka an, besorgt und beinahe ängstlich. rämer hat ihm vom gestrigen Abend bei Merz erzählt: Janke at dich gerade erreicht? fragt er.
Ohne zu reagieren, hört Merz sich nun auch das Bedauern des undesbruders an, der als einzige Lösung vorschlägt: Kündigung es Anstellungsverhältnisses, ein Jahr freie Mitarbeit gegen eine Honorarpauschale und danach eventuell Wiedereinstellung in nem anderen Sender.
Merz sagt zu allem: Ich weiß nicht, hängt ein und geht in sein immer hinüber. Eine gefährliche Ruhe und Gleichgültigkeit hat n erfaßt. Mechanisch greift er sich die letzte Ausgabe der Zeit-hrift „Journalist", die noch auf seinem Schreibtisch liegt und hlägt die Stellenangebote auf.
Er sucht nicht lange, bis er ein Angebot herausnimmt: „Chef-

redakteur für eine unabhängige christliche Heimatzeitung g
sucht".

Immer noch wie in Trance nimmt Merz sich ein weißes Bla
Papier und schreibt seine Bewerbung. Präzise und genau, wie
es in den letzten fünfzehn Jahren getan hat, wenn er einen neu
Job suchte. Er vergißt auch nicht, einen kurzen Lebenslauf anz
fügen, adressiert ein Kuvert, steckt die beiden Blätter hinein u
klebt zu.

Seit den beiden Anrufen ist etwa eine Stunde vergangen, a
Crämer unvermittelt neben Merz am Schreibtisch steht. Me
starrt unbewegt geradeaus, die Zeitschrift aufgeschlagen vor si
und das adressierte Kuvert.

Crämer faßt ihn an der Schulter: Merz!

Merz reagiert nicht, Crämer rüttelt ihn, kann ihn aber a
seiner Erstarrung auch damit nicht zurückholen. Er greift na
dem Kuvert. Sieht das angekreuzte Stellenangebot.

Merz! ruft er noch einmal und versucht den schweren Ma
vom Stuhl hochzuziehen.

Ich bin wieder ganz unten, hört er den Freund murmeln, d
dann plötzlich hochfährt, sich auf den Schreibtisch stützt u
sagt, leise, prononciert und zynisch: Ihr beide habt das alles do
schon gestern abend gewußt!

Und: Nur Ebert! Diese Schweine! Diese Feiglinge.

Beruhige dich, beschwichtigt Crämer und faßt Merz am Ar
in der Hoffnung, daß ihn dieser direkte, freundschaftliche Ko
takt wieder zur Besinnung bringt.

Merz bricht zusammen, Crämer fängt ihn ab, ehe er mit de
Kopf auf den Boden schlägt.

Frau Bauer, die den Aufprall gehört hat, stürzt die Trep
herauf: Was ist passiert?

Kreislaufkollaps, sagt Crämer, er muß sofort ins Krankenha

Akutes Kreislaufversagen, stellen die Ärzte fest, verbund
mit schweren psychischen Störungen.

Drei Wochen lang wird Merz von Spezialisten für Herz- u
Kreislaufkrankheiten und von der Psychiatrie behandelt.

Tägliche Traubenzucker- und medikamentöse Infusionen soll

ın körperlich wieder fit machen, Sedativa und Gespräche mit 'sychiater sein inneres Gleichgewicht wieder herstellen.

Merz hört, was er sich selbst immer wieder einreden möchte, ätze ohne Inhalt, die auch Crämer und Heuschka, die ihn regelıäßig besuchen, immer wiederholen: Zeit gewinnen. Millionen aben weitergelebt und leben gut. Sanatorium. Einige Wochen uhigstellen.

Eine psychosomatische Krankheit, sagt der Arzt.

Und der Psychiater: Wissenschaft und Erfahrung lehren, daß ie Chance, die Sie zu haben glaubten, gar keine echte Chance 'ar.

Merz verhält sich passiv. Leistet den Heilungsmethoden keinen Viderstand, arbeitet aber auch nicht mit. Er läßt sich treiben.

Manchmal denkt er: Wenn ich noch einmal die Energie aufringen könnte, die mich damals durch die fünf Jahre russischer Gefangenschaft und endlich auch in die Freiheit gebracht hat, önnte ich es auch diesmal schaffen.

Aber sobald er sich dann eine berufliche Zukunft vorstellt, an en Anfang zurückkatapultiert ohne Aussicht auf größeren Erolg, verwirft er diesen Gedanken wieder.

Bis Heuschka eines Tages mit einem Angebot auftaucht. Nachıittags, ohne Crämer. Wenige Tage, bevor Merz nach drei Wohen Aufenthalt aus der Klinik entlassen werden soll:

Hättest du Lust nach Vietnam zu gehen?

Merz kennt die Hintergründe nicht, die den Bundesbruder och einmal dazu bewegt haben, sich für ihn einzusetzen. Ein anges Gespräch mit dem behandelnden Arzt ist vorausgegangen. Ein Gespräch, das Heuschka klar machte, daß Merz auch nach der Krankenhausentlassung ein Selbstmordkandidat bleibe.

Höchstens vier Wochen noch, sagte der Arzt, länger übersteht r es nicht, wenn nicht eine entscheidende berufliche Wende einritt. Der Mann ist so auf beruflichen und damit gesellschaftlichen Aufstieg fixiert, daß ihm gar keine andere Möglichkeit bleibt.

Vietnam? fragt Merz, weniger verwundert, als immer noch pathisch.

Für drei Monate, als Sonderkorrespondent der ARD, erläutert

Heuschka. Ich habe den Vertrag in meinem Büro liegen, sobal
du wieder auf den Beinen bist, können wir ihn unterzeichne
Einverstanden?

Merz zögert. So rasch kann er aus seiner Passivität nicht zu
rückfinden.

Überlege es dir, meint Heuschka, ich rufe morgen an.

In den nächsten Stunden schon beginnt Merz nach dieser win
zigen Hoffnung einer letzten Chance zu greifen. Ausschlaggeben
ist ein Gespräch mit dem Arzt, der dieses Angebot unterstütz
Dafür spricht, daß sich damit noch ein langgehegter Wunsch
nämlich als Auslandskorrespondent zu arbeiten, erfüllen ließe
Ein Angebot, sagt er, das kein echter Journalist bei der jetzige
Situation in Vietnam ablehnen würde.

Am nächsten Nachmittag sagt Merz zu.

Wenige Tage später wird er aus der Klinik entlassen, mit de
Auflage, eine vierwöchige absolute Arbeitspause einzulegen, un
den seelischen Defekt, wie es der Arzt nennt, und die körperliche
Erschöpfungszustände endgültig auszuheilen.

Heuschka und Crämer holen ihn ab, als er das Krankenhau
verläßt. Heuschka hat den Vertrag für Merz bereits unterschrie
ben in der Tasche. Er will auf jeden Fall eine Kurzschlußhandlun
vermeiden.

Damit steht fest, daß Merz Anfang April als Sonderkorrespon
dent für die Arbeitsgemeinschaft der Rundfunkanstalten Deutsch
lands auf drei Monate nach Saigon fliegen wird.

Zweiundzwanzig Monate später ist Merz tot.

Vierter Teil

und Epilog

1

So also kommt Merz nach Vietnam. Sonderberichterstatter der ARD in Saigon.

Gründonnerstag 1966 fliegt er nach Zürich, von Zürich nach Neu-Delhi, besucht dort den Korrespondenten der ARD für Asien.

Fliegt am Karsamstag weiter nach Bangkok, nimmt Kontakt mit den dortigen Jesuiten auf und landet Ostersonntag in Saigon.

Die letzten Wochen in Deutschland waren ausgefüllt mit Reisevorbereitungen: Impfungen, internationaler Führerschein, Beschaffung von Brustbeuteln für eiserne Geldreserven und der Verkauf des Wagens, dessen Reparatur seinerzeit einige hundert Mark gekostet hat. Aber der junge Ägypter zahlte anstandslos und aus diesem Zahlungsverhältnis erwuchs eine flüchtige Bekanntschaft, die auch einen Austausch der Adressen beinhaltete: Wenn Sie einmal nach Kairo kommen, sagte der Ägypter, müssen Sie mich unbedingt besuchen.

Noch liegt Kairo weit weg, und ein Besuch scheint so gut wie ausgeschlossen, aber Merz trägt die Adresse bei sich.

Diese Wochen der Vorbereitungen haben Merz so intensiv beansprucht, daß wenig Zeit blieb, sich mit der Labilität seines Seelenlebens zu beschäftigen. Wenn er auch den Gedanken an den Tod seit seinem Zusammenbruch nie mehr vollkommen verdrängen kann.

So birgt auch dieser Job in Vietnam die Gefahr eines tödlichen Endes in sich. Merz schwankt zwischen Freude und Angst. Freude an seiner neuen Aufgabe und Angst davor, als Kriegsberich erstatter umzukommen.

Diese Angst veranlaßt ihn auch, noch vor der Abreise sein T stament zu machen und einen Abschiedsbrief an seine Frau z schreiben. Beides hinterlegt er beim Justitiar des Senders.

Als er am Gründonnerstag auf dem Flughafen von Zürich d Maschine nach Neu-Delhi besteigt, die ihn aus Europa hinau tragen wird, läßt Merz endgültig alles hinter sich zurück ur bricht auf in einen neuen Lebensabschnitt.

Vor viereinhalb Jahren saß er noch im engen Redaktionszim mer einer Provinzzeitung und kommentierte mit katholisiere den scharfen Attacken alles, was aus dem Osten kam.

Heute fliegt er selbst dorthin.

Seit einigen Tagen kann er die Erinnerung an jene erste Unte redung mit Heumann nicht verdrängen. Immer wieder tauch die Warnung Loewes auf: Wenn du irgendwann einmal in de Osten fährst –.

Die Liquidationslisten.

Dein Name ist registriert. Und nun wirst du drei Monate i Tuchfühlung mit ihnen leben müssen. Unvorstellbar, was ge schähe, wenn du in die Hände von Nordvietnamesen gerietes Du hast Angst. Ganz einfach nackte Angst.

Diese Angst hat auch den gestrigen Abschiedsabend in deine Zimmer überschattet. Crämer war eingeladen, Irina Mahle Grasberger, der junge Ebert, und auch Heuschka kam spät abenc noch dazu.

Eigentlich waren sie alle sehr lustig. Führten harmlose, unve bindliche Gespräche, rührten nicht an das, was Merz Anfang de Jahres zu Boden geworfen hatte, hörten Schallplatten, tranke Wein, rauchten und lobten Frau Bauers Käseplatte. So, als ging Merz nur für einige Tage fort, als brächte er nicht vierzehntau send Kilometer zwischen sich und jene, die er seine Freunde nenn Dann aber begann Merz immer wieder von der Gefährlichkei seines Auftrages zu sprechen. Beharrte auf seinen Gedanken a ein tödliches Ende, und sie spürten die Angst, die ihn dazu trieb davon zu sprechen. Immer wieder von neuem davon zu reden.

ls er das Flugzeug nach Zürich bestieg, lag die Stadt unter r tiefhängenden Wolkendecke, diesig und grau. Während die chine hochzog, versuchte Merz über die schräg abgekippte gfläche hinweg einzelne Stadtviertel auszumachen.

irchtürme der Millionenstadt. Straßenzeilen, Grünflächen, los und stumpf, bis die DC 8 die Wolkendecke durchstößt erste Wolkenfetzen die Sicht nehmen.

ber Zürich scheint die Sonne. Eine freundliche Stadt, der See, Landbahn im gleißenden Licht des ersten warmen Früh- stages.

)sterwetter und Urlauber in der Transithalle. Heiter, unbe- vert und sorglos. Merz läßt sich von dieser Stimmung tragen. Freude am Abenteuer, auf die er diese Woche hindurch ge- tet hat, stellt sich ein. Optimistische Unternehmungslust.

Zwanzig Monate später wird Merz im Zinksarg hier landen. ischenstation für einen toten Journalisten, weil Deutschlands ghäfen vom Nebel blockiert sind.

Eine Woche nach Merz trifft sein Team in Saigon ein, Kame- und Tonmann. Der technische Aufwand soll möglichst niedrig alten werden.

Saigon ist ganz anders, als Merz es sich vorgestellt hat. Eine dt mit über zwei Millionen Einwohnern. Bis zu 40 Grad tze und 90% Luftfeuchtigkeit. Auch nachts keine merkliche kühlung.

Der Krieg ist draußen, die Angst in der Stadt, die wie im eden lebt: volle Läden, strömender Verkehr, volle Straßen d volle Kassen. Dollargeschäfte. Ungesund das Klima, die kterien, die korrupte Wirtschaft.

Merz ist im Hotel Caravelle untergebracht, dem besten und ersten am Platze. Klimaanlage in den Zimmern, sauber, guter vice.

Konfrontiert mit der feuchten Hitze dieses Landes, leidet er r darunter. Bis auf die Haut naß, wechselt er täglich drei-, rmal Wäsche, Hemd und Hosen. Kapituliert in seiner euro- ischen Ausstattung und kleidet sich schon in der ersten Woche neu ein. Kauft vor allem waschbare Hosen, Khakihemden Anzüge aus leichten Stoffen und für die Arbeit draußen, an Front, der er nicht entgehen kann, Tarnanzüge, wie sie die a rikanischen Soldaten tragen.

Die Tage bis zum Eintreffen des Teams sind angefüllt mit Bemühen um wichtige Kontakte zu deutschen, englischen französischen Kollegen, Militärstellen, Pressestellen der Re rung, zu diplomatischen Vertretern der einzelnen Länder.

Die Zeit des Eingewöhnens ist anstrengend bis zur Erschöpf

Merz stößt auf große Sprachschwierigkeiten, obwohl er Hause noch versucht hat, sein Englisch aufzufrischen. Wo irgend möglich, schlägt er sich mit Französisch durch. Das geli solange er nicht mit amerikanisch verwalteten Stellen oder e lischen Kollegen in Kontakt kommt.

In dieser Woche hast du unerwartet viele Menschen kennen lernt, viel erfahren und für die Produktion vorbereitet. Die F zination dieser Stadt wird immer mehr zu einem brutalen Tra dieses Land zu einem prallgefüllten Ballon, der den zupacken Händen entkommt.

Ein grausamer Krieg, der willkürlich tötet.

Zuerst denkst du: Es ist alles viel ruhiger, als erwartet. Da erkennst du allmählich, daß, anders als deinem europäisc Denken gemäß und zugänglich, das Leben hier gefährlich noch gefährlicher für den, der nicht dazugehört. Selbst ein har los scheinendes Gespräch kann hier zur tödlichen Waffe werd Das macht dich schweigsam.

Aber eines Tages, schreibst du an deine Frau, *werden sie ko men.*

Merz wollte Paulig mit nach Vietnam nehmen. Paulig leh ab: In Anbetracht dessen, daß ich dort um einen Kopf kürz werden könnte –.

So muß Merz sich mit zwei völlig neuen Leuten einarbeite die ihm der Sender zugeteilt hat.

In der Hotelbar erfahren sie von der strengen Zensur der B hörden dieses Landes. Selbst eine Briefzensur findet statt. E fahren, was sich zur Produktion eignet, was sich lohnt und w rhaupt möglich ist. Werden von Kollegen darüber aufgeklärt, an Information an die Öffentlichkeit und außer Landes ge-en werden darf. Merz lernt, in der Landesinformation für die ländische Presse zwischen den Zeilen zu lesen und nur im ab-sicheren Privatwagen darüber zu sprechen.

Die Arbeit ist hart, und das Tropenklima verstärkt den Streß, er dem Merz seit seiner Ankunft steht. Hier bleibt ihm keine t für Krankheit und Depressionen. Wöchentlich einmal schickt Filmberichte mit dem Flugzeug nach Deutschland. Rohma-al, das mit Linienmaschinen über Zürich in die Heimat trans-tiert, und erst dort in den Studios sendereif verarbeitet wird. ichte von Fronteinsätzen, Patrouillengängen ins Hinterland Saigon, von Umschulungsversuchen der Amerikaner in viet-nesischen Dörfern, von Gefangenenlagern, Toten und Ver-mmelten.

Immer deutlicher begreift Merz die Sinnlosigkeit dieses Krieges. rüber zu berichten verbietet die Zensur. Bleibt nur noch die rache des Bildmaterials, die Merz und sein Kameramann im neinsamen Engagement gegen diesen Krieg optimal auszunut-n versuchen.

Bilder des Grauens. Haß, Zorn und Tod. Ohnmacht auf den sichtern vietnamesischer Mütter. Belichtetes Zelluloid, das Un-nschlichkeit auf allen Seiten dokumentieren soll.

Filmen, auch wenn ganz nah eine Handgranate explodiert. igen, wie dieses Land verblutet.

Nächte wie vor fünfundzwanzig Jahren. Schützengräben und ffiziersunterstände.

Tropennächte, stickig und unter Moskitonetzen. Oberfläch-her Schlaf im Tarnanzug, unruhig und in Alarmbereitschaft, je-n Überraschungsangriff überleben zu können.

Ein Teil dieser Erde, der Lichtjahre weit entfernt scheint om wohlständigen Lebensrhythmus in Europa. Ein fremder lanet.

Dieses Vietnam, eine feuchtheiße, grüne Hölle. Und immer der eruch von Blut, Dynamit und Napalm, von Schweiß und Angst-rin, bis an den Rand des Wahnsinns.

Dann flüchtest du zurück nach Saigon. Das ist die Kehrs dieses heimtückischen Krieges, das macht ihn anders, als v gangene Kriege, treibt ihn noch tiefer in die Schizophrenie: S gon die Metropole. Keine Verdunkelung. Luxus für diejenig die ihn sich leisten können. Überfluß auch für ausländische Jo nalisten.

Dann gehst du essen in eines der vielen Lokale. Chinesi vietnamesisch, französisch oder amerikanisch. Oder in einen a rikanischen Western. Vergessen, was du im Einsatz erlebt gefilmt hast. Diesem wahnwitzigen Hexenkessel entfliehen, die Stadt, die mit Dynamit angefüllt scheint und jeden Augenblick einer unvorstellbar grauenhaften Explosion aufbrechen kann eine Eiterbeule.

Du zählst die Tage, die du noch bleiben mußt. Ende Juli mi ten sie dich zurückholen, und du hoffst, daß dich der Boden un deinen Füßen noch solange trägt.

Nach der Phase eines Engagement gegen diesen Krieg, kom die Phase des unbedingten Überlebenwollens. Du wirst dich der Bedrohung fernhalten, so wie du in den Restaurants nur r Vorsicht ißt, Salate und Früchte ablehnst, weil du die Amöbe gefahr kennst.

Du spürst, wie sich das Leben in den Tropen und unter stä diger Gefahr körperlich und seelisch bemerkbar macht. Eine a mähliche Entwicklung, die du im Detail gar nicht registrierst. I bist müde, abgespannt und ausgehöhlt von den stetigen Str pazen und der ebenso stetigen unterbewußten Angst.

Du arbeitest nicht mehr, als unbedingt notwendig.

Du verlierst dein Engagement. Du siehst, wie sich dieser Kri seine Opfer holt, scheinbar willkürlich aussucht, heute in der I nenstadt von Saigon, Attentat auf ein Restaurantschiff, morge auf der Nationalstraße, übermorgen ganz in der Nähe dein Hotels. Hier wird noch grausamer getötet als in anderen Kriege Jeder ist bedroht.

Aber du bist zermürbt, abgestumpft und leer. Du schreib nach Hause:

Es ist hier Krieg, ein grausamer, ein heimtückischer Krieg, abe ran ist nichts zu ändern. Ich bin heilfroh, wenn das alles hinter r liegt.

Deine Kontakte nach Hause, in die Heimat, werden immer irlicher.

Ein stark ausgeprägtes Vaterlandsgefühl, arroganter Nationallz bis zur Besessenheit, hast du schon bald nach deiner Ankunft Saigon verinnerlicht, um dich den Gegebenheiten an der Hotelr im Kreise internationaler Kollegen anzupassen. Verinnerlicht ist du auf sehnsuchtsvolles Heimweh, illusionäres Wunschnken, ein Bild von Europa, wie es nur noch in Köpfen humatischer Studienräte an deutschen Gymnasien existiert. Wäre eihnachten, würdest du in Saigon Wachskerzen auf einen kienartigen Baum stecken, selbst, wenn die tropische Hitze sie kurzer Zeit zum Schmelzen brächte. Du würdest Weihnachten ern und weinen. Aber das hat nichts mit deiner Familie zu n. Das ist jenes globale Umarmungsgefühl mit deutschen Kulrwerten und ihren Klischees, das dir schon in die Wiege gelegt irde. Einstudierte Gesten, die du hier in deiner hilflosen Einnkeit und deiner unterdrückten Furcht gefühlsschwanger aufechen läßt.

Vergangenheit, die mit Lönsliedern zu tun hat, dem Nachipfinden Rilkescher Gedichte, dem Schlagen einer Gitarre am gerfeuer und dem Heldentod fürs Vaterland.

Hier, in Vietnam, würdest du nur einen Heldentod für dein rnsehpublikum sterben. Hier stirbt man namenlos. Das aber hnt sich nicht. Vor allem dann nicht, wenn man nur einen Dreionatsjob zu erfüllen hat, ohne die Möglichkeit, darauf eine rriere aufzubauen.

Also entscheidet sich Merz dafür, sein Engagement gegen dien Krieg etwas abzubauen. Kollegen haben ihn vor der eigenen ourage gewarnt, und Merz akzeptiert diese Warnung. Begreift inen Auftrag als vorübergehend und beginnt die Dinge zu sen, ohne sie wahrzunehmen.

Seine Berichte, die er in die Bundesrepublik schickt, sind nun eine Berichte mehr, die sich an der Sache engagieren, sondern lme, die auf den Wirkungsgrad persönlichen Erfolges zugeschneidert werden. Bilder, die Ausschnitte der Wirklichkeit ein tig wiedergeben.

Außergewöhnliches, weil sich Außergewöhnliches zur optisc Darstellung besser eignet als das Durchschnittliche.

So zeigt er zum Beispiel die von Napalm zerfressenen Gli maßen eines Vietnamesen nicht mehr, um anzuklagen, sonde um aufzufallen. Zeigt sie mit dem instinktsicheren Blick für E tik eines karrierewilligen Journalisten.

Anfang Juli verbringt Merz vier Tage im Krankenhaus.

Der Kameramann hat Merz morgens in der Hotelhalle wartet, um einige Meter Film Lokalkolorit von Saigon zu dreh Als Merz nach einer halben Stunde immer noch nicht auftauc ließ er den Portier im Zimmer anrufen, aber Merz meldete s nicht.

Sie gingen gemeinsam hinauf, um nachzusehen. Merz lag st nend quer über dem Bett und schrie, sobald ihn jemand anfa Einer der französischen Kollegen verständigte den Arzt.

Morphiumspritze und Transport ins ehemalige französis Truppenhospital.

Merz schreit noch immer. Die Schmerzen im Rückgrat trei ihn an den Rand des Wahnsinns.

Sie legen ihn in ein Einzelzimmer und pumpen ihn voll M phium. Drei Tage im Morphiumrausch. Zwischen tiefer Bewu losigkeit und fiebrigen Wachträumen. Ausgeliefert und angew sen auf die Hilfsbereitschaft seiner Umwelt.

Am vierten Tag verschwinden die Schmerzen genauso plö lich, wie sie ihn angefallen haben. Erst jetzt läßt sich anhand v Röntgenaufnahmen eine Diagnose stellen: Senkung der Wirb säule, Bandscheibenschwund zwischen dem fünften Wirbel u dem Kreuzbein, so daß beide Knochen unmittelbar aufeinand sitzen und möglicherweise einen Nerv akut eingeklemmt hab

Ein Rückfall ist jederzeit möglich, sagt der Arzt, Sie müss sich operieren lassen.

Seitdem hat Merz panische Angst davor, Dreharbeiten auß halb Saigons durchzuführen. Fürchtet, daß ihn dieser Rückf

ußen, irgendwo bei einer Unternehmung treffen könnte, wo
e Hilfe unerreichbar weit ist.
)eshalb telegrafiert er Janke. Bittet um vorzeitige Rückkehr,
rtet stündlich auf eine Antwort, die er dringend erbeten hat
l verfällt in eine tiefe Depression, als sie endlich eintrifft:
ckkehr erst Ende August möglich. Vertrag um einen Monat
längert.

Vietnam, das war nur eine Zwischenstation für Merz. Als er
de August 1966 unversehrt in der Bundesrepublik wieder ein-
f, hatten sich auch seine beruflichen Chancen grundlegend ver-
lert. Janke und Heuschka hielten ein attraktives Angebot für
rz bereit, das er nur zu gerne akzeptierte.
Jene vier Monate Vietnam lagen hinter ihm, als sei er schlaf-
ndelnd durch eine Hölle gegangen.
Was du jetzt brauchst, meinte Heuschka, sind vier Wochen Ur-
b.
Janke schlägt die jugoslawische Adria vor. Dort steht das Som-
rhaus eines Freundes zur Verfügung. Merz nimmt diese Ein-
lung an, vor allem auch deshalb, weil Janke ihm versichert,
könne an der Küste ohne weiteres segeln: Diese Gewässer sind
nz ungefährlich.
Aber schon vierzehn Tage später ist der Urlaub unvermutet
Ende.
Merz kehrt mit einer schmerzhaften Schwellung des linken
nies zurück, läßt sich vom Flughafen sofort in die Unfall-Sta-
n des Krankenhauses fahren. Das Knie wird punktiert, das
in geschient und mit einem Kompressiv-Verband für einige
ge stillgelegt.
Schleimbeutelentzündung, stellt der Arzt fest. Ein letztes
chspiel des Vietnam-Aufenthaltes. Da die Ärzte auch hier
nen Rückfall trotz Behandlung mit Penicillin und Antibiotika
cht ausschließen können und davor warnen, daß ein solcher
ickfall zum Steifwerden des Kniegelenkes führen kann, ent-
hließt sich Merz zur Operation.
Du hast höllische Angst, zum Krüppel zu werden.

Heuschka, den er noch in der Intendanz besucht, ehe er sich Krankenhaus begibt, stimmt ihm zu: Du mußt gesundheitlich Ordnung sein, wenn du nun für einige Zeit ins Ausland gehst.

Zehn Tage verbringt Merz in der gleichen Klinik, in der schon als Selbstmordkandidat mit Kreislaufversagen behand wurde. Diesmal auf der Chirurgischen Abteilung. Schwierig si nur die ersten achtundvierzig Stunden, die er schwer geschi auf dem Rücken liegen muß. Wieder die Bandscheibe, und wie Morphium.

2

In diesen zehn Tagen der Zwangsruhe überdenkt Merz nc einmal Heuschkas Angebot.

Du hattest befürchtet, sie würden dich nach deiner Rückke endgültig fallen lassen. Hummersteins Position war fest ausg baut und für dich kein Platz mehr im Sender. Blieb dir also n noch, deinen Hut zu nehmen und zu gehen.

Du kennst die Gründe nicht, die Heuschka dazu bewogen h ben, dir noch einmal einen Platz zuzuweisen. Vielleicht waren deine Vietnam-Berichte, die dich qualifiziert erscheinen ließe oder die Angst Heuschkas, du könntest mehr über ihn wissen, du vorgibst zu wissen, oder ganz einfach bundesbrüderliches M leid?

Letzteres verwirfst du, weil du kein Interesse daran hast, Mi leids-Objekt zu sein. Also denkst du auch nicht weiter darüb nach. Der Gedanke, daß Heuschka Angst vor dir haben könnt gefällt dir schon besser. Eine solche Angst würde sich auf jed Fall bezahlt machen. Damit freundest du dich gerne an.

Er versucht Crämer auszuhorchen, der ihn in der Klinik b sucht: Was meinst du, warum man mir diese Aufgabe zugesch ben hat?

Crämer betrachtet den Freund zweifelnd. Sicher, er kennt G rüchte und damit wohl auch einen Teil der Gründe. Eignen s sich aber für Merz? Er hat es noch nie vertragen können, we m die Wahrheit präsentiert wurde. Wie oft hat Crämer in den ergangenen Jahren versucht, ihn auf die wirklichen Hintergründe zu stoßen, und Merz hat jedesmal die Annahme der voln Wahrheit verweigert.

Was ist? fragt Merz.

Ich weiß nicht, sagt Crämer, es gibt natürlich Gerüchte. Aber ie besagen doch nichts.

Welche Gerüchte?

Crämer zögert. Seit Merz aus Vietnam zurück ist, sieht er üde und krank aus.

Nun laß dir doch nicht alles aus der Nase ziehen. Erzähl mir us der Gerüchteküche.

Du seist dort weit ab vom Schuß, berichtet Crämer, ungefährch für den Sender und keine Konkurrenz mehr. Außerdem annst du dir schneller den Tod holen, beziehungsweise den Hals rechen.

Merz wird nachdenklich. Was Crämer sagt, trifft zu. Das ist icht von der Hand zu weisen. Er erinnert sich an ein Gespräch it Heuschka. Damals ging es um Grasberger: Da gibt es eine anz einfache Methode, sagte der Bundesbruder, ich richte für rasberger und einen Kameramann draußen in der Provinz ein ußenbüro ein, dort kann er sich dann nach Lust und Laune ausben und steht uns nicht mehr im Weg.

So abwegig sind die Gerüchte, die du kennst, nicht, konstatiert lerz.

Lediglich die Methode ist kostspieliger, antwortet Crämer.

Die Methode, mich aufs Abstellgleis zu schieben? Aber die erden sich wundern, sagt Merz, hier wird die Rechnung ohne en Wirt gemacht. Du hast mal gesagt: Hier will jeder Karriere achen, aber von fünfzig Leuten schafft es vielleicht einer.

Crämer lächelt: Selbstverständlich wirst du derjenige unter den ünfzig sein – ?

Mit fünfzehn, sagt Merz, hatte ich mir vorgenommen, an die pitze zu kommen. Ein Jahr später war ich Klassenprimus. Mit reißig bin ich in diesen verdammten Beruf gerutscht, und nun erde ich es auch hier schaffen. Ich lasse mich nicht zum komischen

Kauz irgendeiner Provinzredaktion degradieren, der dann üb den Hähnchenzüchterverein oder die Osterpredigt des ortsa sässigen Geistlichen berichtet.

Das wird im Nahen Osten auch gar nicht möglich sein, mei Crämer.

Ich könnte dort zum Schweigen verurteilt werden, entgegn Merz, aber ich werde reden. So einfach läßt sich Merz nicht b graben.

Und wenn schon begraben, lacht Crämer, dann bitteschön m einem ordentlich aufwendigen Leichenbegängnis, oder?

Merz wehrt ärgerlich ab. Er mag es nicht, wenn ihn ein durchschaut.

Aber, wer redet schon von einer Leiche, sagt Crämer, noch bi du quicklebendig.

Und er freut sich, den alten Ehrgeiz in Merz wieder zu en decken, den Motor, der diesen Mann antreibt und ihm Leben willen einpflanzt. Keine Spur von Selbstmordgedanken mehr.

Du bist doch der alte Merz, meint Crämer, auch wenn du mü und krank aussiehst.

Merz macht das Tropenklima für sein Aussehen verantwor lich: Drei Monate Schwitzkuren, damit ich nicht an Herzverfe tung eingehe.

Na also, sagt Crämer, jetzt bist du wieder ganz da.

Als Crämer geht, ist sich Merz darüber im Klaren, daß er nu zwar einige Beweggründe der Intendanz für seine Verschickun nach Nah-Ost kennt, aber nichts von den wahren Hintergründe weiß.

Nachdem er aus der Klinik entlassen ist, folgt ein Gespräch m Heuschka, Janke und Grasberger. Es geht um die Realisatic ihres Angebotes an Merz.

Du verbleibst im Angestelltenverhältnis und erhältst zude eine Chance, wie du sie dir all die Jahre erhofft hast: Ausland korrespondent für die ARD.

Nah-Ost, sagt Grasberger, damit sind alle jene Länder gemein die noch nicht im Bereich anderer ARD-Korrespondenten do unten liegen.

ılso, hauptsächlich die arabischen, ergänzt Janke.
)u erhältst die Möglichkeit, vollkommen neu aufzubauen. Ein
D-Büro existiert in diesen Gebieten noch nicht.
;ine echte Chance, meint der Bundesbruder.
)u bist nachdenklich geworden: Den Tod holen, sagte Crämer.
ıber dann überwältigt dich doch wie gewöhnlich die Aussicht
eine Möglichkeit zur Karriere. Du läßt alle Vorsicht fallen
l stimmst in die Euphorie deiner Gesprächspartner ein, ohne
ter nachzuforschen, welche Täuschungsabsichten dahinter
ken könnten.
)er Verwaltungsrat, ergänzt Heuschka, wird diesem Projekt
rdings erst zustimmen, wenn er eine genaue Kosten- und Ef-
tivitätsaufstellung vorliegen hat.
)as bedeutet, daß du für einige Wochen die Gebiete um Israel
eisen mußt, um die Gegebenheiten kennenzulernen und das
rrain zu sondieren.
Wann? fragt Merz.
Je eher du fährst, desto eher hast du dein eigenes Büro.
Bis das alles geregelt ist, können Monate vergehen.
Solange bleibst du Angestellter des Hauses mit Sonderstatus.
ı bist für die nächsten Monate damit beauftragt, ein Büro für
ıh-Ost einzurichten, um andere Dinge brauchst du dich nicht
kümmern.
Ein faires Angebot.
Da Merz kein eigener Büroraum mehr zur Verfügung steht,
artiert Heuschka ihn zur Vorbereitung seiner Reise im Zimmer
s Assistenten der Intendanz ein. Dort erhält Merz einen
hreibtisch, Telefon und die Möglichkeit, Heuschkas Sekretärin
Anspruch zu nehmen.
Für Merz beginnen vierzehn Tage intensiver Recherchenarbeit.
· sammelt Erfahrungsberichte anderer ARD-Auslandsbüros, die
üher errichtet wurden, telefoniert und korrespondiert mit Kol-
gen, läßt sich mit den Vorstellungen des Verwaltungsrates von
ostenaufwand und Effektivität konfrontieren und bereitet eine
eiwöchige Informationsreise vor.
Gelegentlich trifft er ehemalige Mitarbeiter in der Kantine, ver-

meidet aber jeden engeren Kontakt. Irina Mahler steht kurz der Heirat mit einem angesehenen und finanzstarken Archi ten, Annemie Schatz soll eine enge Beziehung zu Hummers unterhalten, das erfährt er von Ebert, der sich inzwischen dem Gedanken trägt, vom Fernsehen in den Funk hinübe wechseln, Kulturabteilung:

Das entspricht, glaube ich, sagt Ebert, mehr meinen Fähig ten. Der Streß in der Kulturabteilung des Funks ist minima Vergleich zu den Anforderungen, die hier an mich gestellt w den, und denen ich auf die Dauer nicht gewachsen bin. Ich merke jetzt schon Verschleißerscheinungen.

Und das mit Ende Zwanzig! stellt Merz fest und kann eine wisse Befriedigung nicht verbergen.

Ebert klagt über Herz- und Kreislaufbeschwerden: Hier w jeder rücksichtslos durch den Fleischwolf gedreht und bis an Grenze seiner Leistungsfähigkeit getrieben.

Sicher, sagt Merz, nur die Besten überleben.

Und du bist stolz darauf, daß du es geschafft hast.

Diese jungen Leute, meint Merz, sind eben nichts gewöhnt. mußten Krieg, Gefangenschaft und Wiederaufbau überstehen u sind zäh geworden, vom Schicksal gestählt.

Crämer, der noch immer für die Öffentlichkeitsarbeit des S ders verantwortlich ist, bittet Merz Anfang der zweiten Wo zu sich ins Büro, als er ihn auf einem der Flure trifft: Komm d mal rasch mit.

Nur ganz kurz, sagt Merz, ich habe wenig Zeit. In zehn Ta fliege ich los.

Ich habe hier einen Antrag von der Fernsehdirektion liegen, formiert ihn Crämer, sie wollen Pressefotos von dir.

Pressefotos?

Weißt du noch gar nichts davon?

Nein, Merz wurde noch nicht darauf angesprochen: Wofür?

Ich nehme an, um Öffentlichkeitsarbeit für dich zu leisten.

Seit wann bin ich denen so viel wert?

Immerhin bist du der erste Mann dieses Senders, der ein A ßenbüro einrichtet. Mehr weiß ich auch nicht. Also, was ist? I

os sollen noch vor deiner Abreise vorliegen. Hast du einen :nen Fotografen oder nimmst du unseren Hausporträtisten?
/lerz entscheidet sich mangels eines Starfotografen für den ıseigenen.
Weißt du, sagt er, die Sache ist mir mehr als unangenehm.
Warum denn?
Wieder diese Eitelkeit, die Merz nicht unterdrücken kann: Ich nicht fotogen.
Crämer lacht wie über einen guten Witz: Ich würde vorschla-ı, du machst ein intelligentes Gesicht. Mehr braucht's für die :sse nicht.
Er ruft beim Hausfotografen an und verabredet einen Termin diesen Nachmittag. Einen Lebenslauf brauchen wir auch, t er, für's Pressearchiv.
Soll ich vielleicht auch gleich noch meinen Nachruf für alle ıle schreiben? erkundigt sich Merz zynisch.
Dann macht er sich auf den Weg zum Friseur. Immerhin hat Foto für die Presse gewissen Ewigkeitswert. Da möchtest du h von deiner besten Seite zeigen.
Als er Crämer abends noch einmal anruft, um ihm mitzuteilen, ß die Fotos in drei Tagen vorliegen werden, erfährt er zum ten Mal, daß sein Außenbüro in Nah-Ost der Abteilung „In-rmation" unterstehen wird.
Hummerstein?
Wußtest du das nicht? fragt Crämer.

Mitte Oktober fliegt Merz wieder von Zürich aus in Richtung sten. Erste Station ist Beirut, von dort unternimmt er Abstecher die Hauptstädte von Syrien und Jordanien, besucht Damaskus d Amman.
Sowohl in Beirut, wie auch in den anderen drei Städten führt Gespräche mit maßgeblichen Vertretern der jeweiligen Infor-ationsministerien, der Deutschen Botschaften, örtlichen Fern-hgesellschaften und Zeitungen, Polizei- und Zollbehörden, den oethe-Instituten und langansässigen deutschen Industrieunter-:hmen. Ferner mit ausländischen, besonders den deutschen

Rundfunk- und Zeitungskorrespondenten, die zum Teil seit len Jahren im Nahen und Mittleren Osten arbeiten.

Da sein Gebiet außerdem noch die Länder Saudi-Arab Ägypten, Irak und Kuweit umfassen soll, Merz aber nur auf Basis eines schmalen Spesenbudgets für seine Reise operi kann, entschließt er sich, die Presse-Attachés dieser Staaten ihren Beiruter Botschaften zu kontaktieren.

Hier in Beirut trifft er auch auf Loewe und Morock. Beide seit über zwei Jahren in dieser Stadt etabliert und scheinen sehr wohl zu fühlen.

Loewe hat sich kaum verändert. Morock ist zugänglicher damit für Merz sympathischer geworden. Keine Rede mehr Konkurrenzkämpfen und Rivalitäten. Merz wird sehr herz empfangen und erhält wichtige Informationen über ihre Arbe weise in Beirut.

Seit mehr als vier Wochen kennen sie schon die Pläne i ehemaligen Senders, Merz in den Nahen Osten zu schicken.

Loewe freut sich aufrichtig. Morock gratuliert ihm: Nun ha Sie es ja geschafft.

Ja, du hast es geschafft, auch, wenn dir diese arabische W rätselhaft und verschlossen erscheint, und du daran zweife hier jemals wirklich Fuß fassen zu können.

Loewe zerstreut diese Zweifel: So geht es jedem, der hier fängt. Dieses Unbehagen legt sich, sobald du einige Wochen sässig bist. Natürlich brauchst du die Unterstützung von Ko gen, die schon länger im Nahen und Mittleren Osten arbeiten.

Aber, das versichern Morock und Loewe, wir werden Ih diese Unterstützung geben, darauf können Sie sich verlassen.

Noch liegt der Standort deines Büros nicht fest, aber du nei immer mehr dazu, es in Beirut zu errichten. Nicht nur, w Loewe und Morock in dieser Stadt leben, auch deshalb weil hier schneller als in Damaskus und Amman Kontakt zu ander Kollegen gefunden hast.

Während seines Aufenthaltes wird Merz zu einem privat Empfang in der Villenetage, die Morock bewohnt, eingelad Presse-Attachés, Kollegen und Botschafter sind anwesend.

Jnter anderem wird Merz auch mit dem deutschen Botschafter Teheran bekannt gemacht und erfährt, daß der Auslandskor›ondent eines anderen ARD-Senders, der bisher nur von Tel iv aus über Israel berichtete, inzwischen in Teheran und Ana Akkreditierungsbesuche gemacht hat. Merz, der dort noch sprechen und diese Länder in sein Gebiet eingliedern wollte, hält sich daraufhin jeder Aktivität bezüglich des Iran und der :kei. Er wird sich an die Regeln halten, die er noch während ıer Recherchen in der Heimat lernte: Jeder Auslandskorresıdent ist für sein Genre in seinem Gebiet der absolute Herrer. Jeder Einbruch wird als Konkurrenz angesehen und mit bietsverteidigung beantwortet.

Was diese Dinge anbelangt, so willst du dir diesmal den cken freihalten. Du begreifst, daß du hier in diesem Lande auf lfe und Solidarität deiner Kollegen angewiesen bist. Hier darf ıicht zum Kampf aller gegen alle kommen, wenn nicht das geıte Informationswesen gefährdet werden soll.

Insgesamt zehn Tage verbringt Merz in Beirut. Morock und ewe sind gern bereit, ihm bei der Erstellung eines Kostenvorchlages für den Verwaltungsrat zur Hand zu gehen. Merz nmelt Zahlenmaterial und entscheidet sich in diesen Tagen für rut als Standort seines Büros.

Nach Hause zurückgekehrt begründet er seine Entscheidung genüber dem Verwaltungsrat: Für den nahöstlichen Arbeitseich ist Beirut zweifellos der geeignetste Standort. Der Libaın ist, relativ, das liberalste der arabischen Länder. Beirut ist r günstigste Verkehrsknotenpunkt, von dem aus alle anderen uptstädte erreichbar sind. Die Zensurbehörden, wichtig für n Versand von Berichten und Filmen, sind, gemessen an denen derer arabischer Länder, am ehesten manipulierbar. Beirut ist rtschaftlich die Drehscheibe des Ölreichtums, des Handels und s ausländischen Kapitals, über hundert Großbanken sind in der ıdt selbst stationiert, die damit wohl auch tonangebend im arachen innenpolitischen Geschehen sein dürfte. Also interessant r jede Art von Informationen, die für die Arbeit dort unerßlich sind.

Es folgen langwierige Verhandlungen mit dem Verwaltun
rat, in die sich Heuschka immer wieder vermittelnd einschaltet.

Es geht vor allem um den zukünftigen Etat und die Erri
tungskosten des Nah-Ost-Büros. Merz hat in der Planung fr
Hand, wird aber durch die Grenzen der finanziellen Möglichk
ten eingeschränkt.

Merz besteht auf einem sechsköpfigen Team, zwei Kame
leute, zwei Tontechniker, ein Redaktionsassistent und eine Sek
tärin.

Dieser Vorschlag wird vom Verwaltungsrat abgelehnt. I
Personalkosten dafür seien zu hoch.

Merz bittet Heuschka um Unterstützung und akzeptiert ein
Kompromißvorschlag: Vier Leute technisches Personal, aber k
Redaktionsassistent, dafür eine Sekretärin, die eventuell a
den Status einer Redaktionsassistentin erhalten soll.

Während dieser Verhandlungen äußert Heuschka mehrm
den Wunsch, Merz noch einmal zu einer privaten Unterhaltu
wie er es nennt, nach Hause einzuladen, schiebt aber diese Ein
dung immer wieder hinaus.

3

Als Ende November die Vorbereitungen abgeschlossen und
Anstellungsverträge für Merz als Produktionsleiter und Leit
des Büros Beirut, für einen Kameramann, einen Tontechnik
und eine Sekretärin unterzeichnet sind, legt Heuschka auch d
Termin einer Einladung fest. Bittet Merz zu einem Abendess
im ganz kleinen Kreis.

Frau Heuschka hat sich an die Merz'sche Vorliebe für fra
zösische Küche erinnert und ein gängereiches Essen für vier Pe
sonen vorbereitet.

Beaujolais und Kerzenlicht.

Ein echter Abschiedsabend? fragt Merz und deutet, Hut u
Blumen in der Linken, einen Handkuß an.

Sie lächelt geschmeichelt und antwortet: Für einen Freund.

Nachdem sie ihm Hut und Blumen abgenommen hat, führt ie ihn ins Wohnzimmer, macht unter der offenen Türe eine einadende Handbewegung und meint: Sie kennen sich ja schon.

Baumann sitzt dort mit Heuschka, und sie erheben sich aus nren Clubsesseln, als Merz eintritt.

Im kleinen Kreis hatte der Bundesbruder gesagt, denkst du, ährend du Dr. Baumann herzlich begrüßt: Nett, Sie hier wieerzusehen.

Ganz meinerseits, erwidert der Verfassungsschützer und es ird ein angenehmes Abendessen.

Merz berichtet von seiner Zeit in Vietnam, schildert Gefahren, Iitze und Krankheit und blickt dabei immer wieder erfolgheihend in die gläubig aufgeschlagenen Augen seiner Gastgeberin.

Eine harte Zeit, sagt er und ist überzeugt davon, ein harter Iann zu sein.

Aber doch eine gute Schule für Ihren neuen Arbeitsbereich, icht wahr? meint Dr. Baumann.

Selbstverständlich, sagt Merz, obwohl Beirut auf den ersten lick nichts mit Saigon gemein hat, fast wie eine europäische roßstadt wirkt.

Dein neuer Job ist gefährlicher, als er aussieht.

Wir werden Sie alle sehr vermissen, sagt Frau Heuschka und Ierz lächelt dankbar.

Nun, meint Heuschka, er wird oft hier sein, nehme ich an, um rößere Filmbeiträge selbst fertigzustellen.

Erzählen Sie ein bißchen von Beirut, bittet Frau Heuschka.

Und Merz wirft sich heiter, charmant und liebenswürdig in die childerung seiner Reiseerlebnisse, schmückt Einzelheiten aus, gt noch ein wenig Fantasie dazu und ist ganz in seinem Element.

Zum Nachtisch, Frau Heuschka hat Eierschaumbaisers serviert, eht er das Fazit: Beirut, das ist augenblicklich die Drehscheibe er arabischen Welt, Angelpunkt und Zentrum.

Ein Eldorado für Agenten, lächelt Baumann.

Agenten? fragt Frau Heuschka erschreckt und begierig zueich.

Heuschka legt beruhigend die Hand auf ihren Arm: Agenten mein Liebes, existieren eben nicht nur in Romanen.

Kleine Fische, sagt Baumann, aber nützlich, beziehungsweis nicht ganz ungefährlich. Je nachdem, welcher Seite sie angehören

Hatten Sie nicht auch diesen Eindruck, Herr Merz, als Sie dor waren?

Merz ist verwirrt: Damit habe ich mich überhaupt nicht be schäftigt.

Aber Sie haben doch Loewe getroffen?

Merz möchte die gute Erinnerung an die Eierschaumbaiser retten und versucht, ein neues Thema anzuschneiden, um diese wenig angenehmen Situation, die Baumann aufzubauen schein noch rechtzeitig zu entkommen: Du weißt, daß ich immer noc nicht genügend Leute für mein Team habe, wendet er sich an de Bundesbruder. Es fehlen mir noch ein zweiter Kamera- und ei zweiter Tonmann. Die sind doch nicht etwa vom Verwaltungsra stillheimlich gestrichen worden?

Aber nein, beruhigt ihn Heuschka sofort, keiner deiner Leut ist gestrichen. Du weißt selbst, unter welchem Personalmange wir leiden, und augenblicklich läßt sich weder ein Kameraman noch ein Tontechniker auftreiben. Aber ich versichere dir, daß d sie bekommst, sobald du dich in Beirut etabliert hast und dei Büro einsatzbereit ist.

Loewe ist doch dort, schaltet sich Baumann ein.

Loewe? fragt Merz zweifelnd.

Man müßte ihm ein gutes Angebot machen, meint Heuschka.

Oder haben Sie etwas dagegen, mit Loewe zusammenzuarbei ten? erkundigt sich Dr. Baumann.

Im Gegenteil, antwortet Merz, ich habe mit Loewe immer seh gut zusammengearbeitet, wir verstehen uns ausgezeichnet.

Na, also, sagt Heuschka, ich werde gleich morgen ein Tele gramm an ihn losschicken.

Halten Sie das für richtig? wendet sich Merz direkt an Bau mann, ich meine, wir kennen doch den politischen Hintergrun von Loewe und ein bestimmter Verdacht ist nicht von der Han zu weisen.

Gerade deshalb, erwidert Baumann, wenn er mit Ihnen zu-
:mmenarbeitet, hätten wir ihn unter Kontrolle.

Heuschka bittet die beiden Herren zu einem Kaffee ins Arbeits-
.mmer.

Für seine Frau offensichtlich das Signal zum Rückzug.

Ich sorge dafür, daß ihr nicht gestört werdet, sagt sie und läßt
en Kaffee, einen starken türkischen Mokka, von ihrem Mädchen
n Arbeitszimmer servieren, während Heuschka schwere Bra-
lzigarren anbietet.

Als sie allein sind, fragt Merz ohne Umschweife: Seit wann
t diese Angelegenheit abgesprochen?

Welche Angelegenheit meinst du?

Nun, kontert Merz, der dem Bundesbruder seine Ahnungs-
›sigkeit nicht abnimmt, daß ich Loewe in Beirut überwachen
›ll?

Heuschka wirkt unsicher und versucht auszuweichen. Dr. Bau-
ıann springt ein: Sie sollen in Beirut nicht nur Loewe über-
'achen, erklärt er, Ihr Auftrag geht, wenn Sie einverstanden
nd, noch einen Schritt weiter.

Spionagetätigkeit? Merz ist voller Abwehr.

Um Gotteswillen, nein, berichtigt Heuschka sofort, wir geben
nseren Leuten doch keine Spionageaufträge. Und ich muß dich
indringlich bitten, solche Gerüchte niemals in Umlauf zu setzen.
ie entsprechen in keinem Falle der Wahrheit. Unser Auftrag an
ich lautet: Berichte aus Nah-Ost für unser Programm zu liefern,
ıehr nicht. Diesen Auftrag erhält jeder Auslandskorrespondent.
Vas er sonst noch in diesen Ländern unternimmt, ist seine Pri-
atangelegenheit. Und wenn dich Herr Dr. Baumann bittet, ein
uge auf Loewe zu werfen, so ist das eine Sache, die mit unserem
ender nicht das geringste zu tun hat.

Außerdem kein Auftrag zur Spionage, lächelt Baumann, Sie
ürden uns damit nur einen Gefallen tun.

Merz bleibt hartnäckig: Und weiter?

Ich bitte Sie, Herr Merz, warum müssen Sie die Sache so dra-
ıatisieren? Ich wollte Sie eigentlich heute abend nur bitten, die
ugen offen zu halten, wenn Sie in Beirut sind, und würde mich

mich freuen, wenn wir uns gelegentlich bei Ihren Heimatbesuche treffen könnten.

Eine Gefälligkeit unter Freunden, mehr nicht, versichert Bau mann, echte Spionagetätigkeit sähe ganz anders aus. Und Sie er halten auch keinerlei Entgelt dafür.

Heuschka, dem der Boden unter den Füßen heiß zu werde droht, bemüht sich um ein neues Thema, versucht abzulenken un Baumann an weiteren Vorschlägen zu hindern: Apropos Entgel sagt er, deine Bezüge haben sich ja nun mehr als verdoppelt. D dürftest jetzt nicht mehr weit unter meiner Gehaltsstufe lieger Was wirst du mit dem vielen Geld anfangen?

Als erstes möchte ich mir wieder einen Wagen anschaffen, ant wortet Merz, dann wird auch die Einrichtung einer Wohnung i Beirut nicht gerade billig sein. Dieses hohe Gehalt ist, gemesse an den Lebenshaltungskosten, mit denen Beirut für Europäer auf wartet, nicht gerade übermäßig viel.

Wenn ich dir einen Tip für die Wohnung geben darf: Leg Woh nung und Büro zusammen, dann kann der Sender einen Großtei der Kosten übernehmen.

Daran habe ich auch schon gedacht, gibt Merz zu.

Und, was ist mit deiner Familie? Nimmst du sie auch diesma nicht mit?

Meine Familie? Merz zuckt die Schultern.

Du willst nicht zugeben, daß Heuschka damit einen wunder Punkt getroffen hat. Inzwischen bist du Großvater eines fast ein jährigen Enkelsohnes. Der Kontakt zur Tochter und dem Schwie gersohn ist völlig unterbrochen. Sie haben dich aufgrund deine Verhaltens vor der Heirat sozusagen ausgeschlossen. Und di Briefe deiner Frau sind recht spärlich geworden, nachdem du kaum noch schreibst.

Ich glaube nicht, antwortet Merz, wir haben uns inzwischen zu weit auseinandergelebt.

Schade, sagt Heuschka, du hättest sie eben gleich von Anfang an mit hierhernehmen sollen.

Es ist zu spät, darüber zu lamentieren, entgegnet Merz und bemüht sich nun seinerseits, dieses Thema abzubrechen.

Als sie sich gegen Mitternacht verabschieden, bietet sich Dr. ımann an, Merz mit dem Wagen nach Hause zu fahren: Nur kleiner Umweg, versichert er.

ım Wagen kommt er, wie erwartet, noch einmal auf seinen ıtigen Vorschlag zu sprechen: Damit kein Mißverständnis entıt, Herr Merz, ich habe wirklich nicht die Absicht, Sie als ent anzuwerben. Und Ihr Intendant hat mit der ganzen Anegenheit nicht das geringste zu tun. Es war allein meine Idee, ıen Loewe zuzuteilen.

Sie kennen meine Beziehung zu Loewe, und vor allem zu Heuınn, entgegnet Merz, ich muß Ihnen ehrlich sagen, daß mir ht ganz wohl in meiner Haut ist, wenn ich daran denke, wier in diese alten Geschichten hineingezogen zu werden

Sie meinen Rußland und Ihren Auftrag, den Sie nicht erfüllt ben?

Die Sache könnte nicht ungefährlich für mich sein.

Niemand denkt daran, Sie in irgendetwas hineinzuziehen, verhert Baumann, diese alten Geschichten sind längst vergessen. underte haben solche Aufträge erhalten und nicht ausgeführt, ıd keinem ist etwas passiert.

Sagen Sie!

Ich weiß es, antwortet Baumann, das ist schließlich mein Job. Erinnern Sie sich noch an Ihren Anruf, damals, als Sie wegen eumann und Paris kalte Füße bekamen?

Ja?

Als Sie sozusagen ein telefonisches Geständnis ablegten, sagten e mir nichts Neues. Ich war damals schon genauestens über Sie formiert.

Eine Akte Merz im Verfassungsschutz?

Selbstverständlich, bestätigt Baumann, wir brauchen auch unre Daseinsberechtigung. Und nun noch einmal zurück zu meiem Angebot, das wirklich nichts anderes als die Bitte um eine Gefälligkeit unter Freunden ist: Sie werden während Ihrer Arbeit ı Nah-Ost mit einer Menge Leute zusammenkommen, die nicht nwichtig sind. Sie haben die Möglichkeit, sich in Gesprächen und nit Recherchen, die Sie, wohlgemerkt nur für Ihre Filmberichte machen, zu orientieren und zu informieren. Selbstverständl können Sie nicht abschätzen, wie weit Ihre Informationen für einen Wert haben. Das sollen Sie auch gar nicht. Ich möchte nur bitten, sich ab und zu, wenn Sie wieder hier sind, mit mir treffen und zu erzählen. So, wie Sie heute abend auch von Vi nam erzählt haben. Mehr nicht.

Gut, sagt Merz, ich glaube Ihnen, daß es nicht mehr ist. Al sind Sie davon überzeugt, daß ich Ihnen damit helfen kann?

Würde ich Sie sonst darum bitten?

Auf keinen Fall Agentenarbeit, darauf besteht Merz.

Sie können ganz beruhigt sein, entgegnet Baumann, Sie halten, wie gesagt, auch keinerlei Entgelt. Aber: Eine Freund hand wäscht die andere. Ich wäre bereit, Kontakte, die wir unseren amerikanischen Kollegen in diesen Gebieten haben, daf auszunutzen, daß beispielsweise Ihre Arbeit an Filmberichte die andere Kollegen kaum oder nur unter großen Schwierigkeit herstellen und außer Landes bringen können, wesentlich erleic tert wird.

Merz kann sich eines schwerwiegenden Verdachtes nicht me erwehren, den er an diesem Abend immer wieder beiseite g schoben hat.

Jetzt geht er, nachdem Baumann ihn vor der Haustür d Bauers abgesetzt und verabschiedet hat, zwei Straßen weiter z nächsten Telefonzelle und ruft Crämer an, den einzigen wirl lichen Freund, der ihm in diesen vier Jahren geblieben ist. Cr mer schläft bereits, als ihn der Anruf erreicht.

Was ist los? fragt er, wo brennt's?

Merz läßt jede Vorsicht außer acht, auch die, daß Crämer Telefon überwacht werden könnte, erzählt die Vorgänge dies Abends und erläutert den Schluß, den er daraus zieht.

Crämer hört sich geduldig eine Viertelstunde lang die Merz'sch Schilderung an, schweigt und läßt Merz aussprechen, was ihn be drückt, fast in Panik versetzt.

Es ist eine kalte Novembernacht. Feucht und klamm. Drauße auf der Straße ist alles dunkel und ruhig. Niemand ist um dies Zeit noch unterwegs.

Merz steht in der hellerleuchteten Telefonzelle, stößt dicke
emschwaden aus, während er spricht und spürt wie seine Hän-
und Füße in dieser Kälte langsam steif werden.

Du meinst, sagt Crämer, nachdem Merz zu Ende gesprochen
t, sie haben dir dieses kostspielige Auslandsbüro nur eingerich-
t, um unserem Nachrichtendienst einen Gefallen zu tun? Das
doch ein völlig absurder Gedanke.

Vieles an dieser Geschichte ist absurd, widerspricht Merz.

Sicher, sagt Crämer, da gebe ich dir recht. Aber deine Schluß-
lgerungen sind der Gipfel der Absurdität. Ich kann mich zwar
nes schwachen Verdachtes auch nicht erwehren, aber ich glaube
cht, daß dir irgendwer diese Story abkaufen würde.

Tust du es? fragt Merz hilfesuchend.

Crämer zweifelt: Ich weiß nicht –. Was wirst du nun unter-
hmen? fragt er, wie willst du dich verhalten?

Ja, wie wirst du dich verhalten? Hast du überhaupt noch eine
ntscheidungsmöglichkeit?

Merz kommt in dieser Nacht nicht zur Ruhe, raucht und läuft
nmer wieder in seinem Zimmer auf und ab. Die Vielfalt der
aktoren, die sein Handeln bestimmen werden, ist verwirrend.

Ein Irrgarten. Und wieder hast du den Eindruck, du seist ge-
wungen, in einem Höhlenlabyrinth unter Wasser zu schwim-
ien. Die Gänge werden enger, und die Decke sinkt tiefer herab,
rückt dich auf den Untergrund, schwer und unerbittlich. Du
ndest den Rückweg nicht und weißt, daß die Sauerstoffflasche
uf deinem Rücken für eine Rückkehr nicht mehr reichen würde.
ber du hast den festen Willen zu überleben. Du wirst darum
ämpfen, doch noch rechtzeitig an die Oberfläche steigen zu
önnen.

Lebenskraft vortäuschen. Lebenskraft eines Fisches, der sich
nit jedem Flossenschlag, jedem Befreiungsversuch tiefer in die
Maschen des Fangnetzes verstrickt.

Merz kehrt zurück in frühere Motive. Helden auf der Lein-
vand, in Großformat und Cinemascope. Breitbeinig, den Unter-
eib vorgeschoben, zwei Coltsäcke um die Oberschenkel geschnürt

und die Arme schußbereit angewinkelt. Ein Sturm von Gew zieht vorbei. Hufe, die den Staub der Straße aufwirbeln. Als sich wieder legt, steht der Vierfarbenheld noch immer. Jede Ke im Colt eine Leiche. So einfach wäre das und ist doch nichts a deres, als eine Zelluloidillusion.

Merz begreift, daß er in diesem Stadium seines Lebens kei absolute Entscheidungsfreiheit mehr hat und jeder Rückweg a geschnitten ist. Bleibt nur noch die Flucht nach vorn.

Nicht nur ein Baumann, oder ein Loewe, oder ein Heuschl oder die äußeren Umstände machen einen Rückzug unmögli auch du selbst, das, was du aus dir und deinem Leben gema hast, zwingst dich zu einer Flucht nach vorn.

Mit jener Schläue, die dir dein Elternhaus abverlangte, hast dich durchs Leben geschlagen. Hast den Verrat geübt, den schon in deiner Kindheit als notwendiges Mittel zum eigen Schutz erlerntest.

Nicht umsonst hast du überlebt. Bist aus einem russischen L ger, in dem andere deutsche Offiziere umkamen, unversehrt, l auf eine Narbe am Hals, zurückgekehrt. Konntest für eine Ill striertenstory, die bald vergessen war und in Archiven verstaul einen Fremdenlegionsvertrag unterschreiben und als einziger d Verzweiflung des Lagers entkommen, unterm Hemd Zettel vc ler Aufzeichnungen.

Du weißt, daß deine Handlungen, deine Einstellung und de Engagement auf dem Prinzip des persönlichen Vorteils beruhe Daß dich auch in diesem Falle, den du heute nacht vergeblich z überdenken versuchst, eine Kraft antreibt, die du nicht bändige kannst.

Macht und Geld, deine Zielvorstellungen. Unbezwingbar Ehrgeiz und übersteigerte Eitelkeit, unbändiger Wille zum E folg, auf der sozialen Stufenleiter ganz nach oben zu komme der Gedanke vom Verlust deiner Jugend, davon, den besten Te des Lebens durch Krieg und Gefangenschaft verpaßt zu habe das alles nimmt dir heute nacht deine Entscheidungsfreiheit.

Wie im Schachspiel, das du recht gut beherrschst, und das d ehrgeizig spielen lerntest, weil du instinktsicher schon als Schül kanntest, daß es ein Spiel privilegierter Kreise ist, versuchst du, e Züge zu überdenken, jene Spielvorgänge in deinem Leben, die ıon vollzogen und nicht mehr rückgängig zu machen sind und ıe, die noch vor dir liegen.

Du begreifst, daß du an der Schwelle eines neuen Lebensabınittes stehst. Daß die Grenze dessen, was hinter dir liegt, beits endgültig gezogen ist. Was dich kurz vor dem Sprung hin›er noch lähmt, ist eine tiefverwurzelte Angst vor der Ungeißheit. Der Alptraum mancher Nächte: Du läufst, die Verfolr hinter dir, aber du kommst nicht vom Fleck.

Jetzt kann dir nur noch ein eindeutiger Entschluß weiterhelfen. ie Entscheidung, von einem Lebensabschnitt in den anderen zu ›ringen. Die Schwellenangst zu überwinden.

Und dann springst du.

In dieser Nacht entscheidet sich Merz, das Angebot Baumanns ınzunehmen. Ausschlaggebend war dessen Zusicherung, Verbinungen für Merz nutzbar zu machen, die ihm ermöglichen sollten, ventuell mit Filmberichten, die andere Kollegen nicht an die ffentlichkeit bringen können, Aufsehen zu erregen und sich nen Namen zu machen.

Zurück läßt er einen sechzehnjährigen Lebensabschnitt, jene eit seit 1950, die er nun endgültig abschließen will.

Es ist vier Uhr morgens, als Merz sich an seinen Schreibtisch tzt und nach Wochen des Schweigens an seine Frau schreibt:

Wenn wir ehrlich sind, waren die Wochenendbesuche, die wir n den letzten Jahren durchführten, doch nichts anderes, als Beuche, die sich gute Freunde machen. Bitte, du weißt, daß ich Dich amit gewiß nicht kränken will. Aber Du hast Dir, glaube ich, uch seit langem, unter Schmerzen – gewiß, klar machen müssen, laß diese Ehe für mich einerseits nur Pflicht und Belastung war, ınd ich andererseits nie den Mut und die Kraft hatte, entweder lieser Pflicht entsprechend zu leben, in Anstand, Ordentlichkeit ınd – wenn Du auch dieses Wort nicht zu mögen scheinst: In Würde –, oder aber durch eine Scheidung die Konsequenzen zu ziehen. Und so habe ich mein ganzes Leben lang gewurschtelt und gewurschtelt. Und brauche nun nicht zu warten, ob es eine Hölle im Jenseits gibt oder nicht: Ich habe sie jetzt schon. Denn das, w vor Jahren im bürgerlichen Sinn ein Scheidungsgrund gewe: wäre, eine andere Frau, mit der man sich verbinden will und . Freiheit, die man nun einmal im Sinne des Bürgerlichen Gese buches braucht, um eine andere Frau heiraten zu können, auch c habe ich, so verzweifelt ich mich gegen diese Erkenntnis weh verspielt. So, wie ich mein ganzes Leben verspielt habe.

Jetzt, da ich Europa verlasse und einen ganz neuen Aufgabe bereich übernehme, will ich endlich auch einmal den Mut aufbri gen, einen Schlußstrich unter mein bisheriges Leben zu ziehe reinen Tisch zu machen. Das und nichts anderes, auf keinen F. eine Frau, ist der Grund meiner Bitte um die Scheidung, die ei unkomplizierte Konventionalscheidung werden soll: Ich nehr alle Schuld auf mich, Du erhältst das Sorgerecht für unsere Toc ter und einen angemessenen Unterhalt.

Da nur noch wenige Tage Zeit bis zu meiner Abreise bleibe bitte ich Dich: Schick mir Deine Einverständniserklärung no diese Woche. Und bitte: Schreib mir keinen Brief, keine Stellun nahme zu meinen Problemen. Es gibt nichts, was dazu nicht sch gedacht oder gesagt worden wäre. Vielleicht können wir – sp ter – über all das einmal reden. Ich glaube, heute nacht ist m vieles, was sich in diesen Jahren fragmentarisch angesammelt ha plötzlich klar geworden und soll bereinigt werden.

Nach unserer Scheidung werde ich – wenn nicht ein Wund geschieht, und Wunder geschehen allenfalls dann, wenn man s nicht erwartet – „bürgerlich" unverheiratet bleiben.

Wenn ich es überhaupt schaffe, das heißt, wenn ich überleb dann sehe ich den Sinn dieser Scheidung darin, daß dieses Doppe leben in der Lüge aufhört. Eine Freiheit, die mich sicher nicht be friedigen wird, und deren Einmündung in eine andere Bindun vermutlich hoffnungslos ist, die aber die Chance in sich birgt, di Chance wenigstens, daß sie mich eines Tages zu dir, und dam auch zu mir selbst, unseren guten und glücklichen Anfängen, zu rückführt.

4

Im Januar 1967 hat Merz das Nah-Ost-Büro in Beirut soweit stalliert, daß er mit ersten Dreharbeiten beginnen kann.

1967, ein Jahr, das Stationen des Fortschrittes, aber auch Eskation von Gewalt im staatlichen und gesellschaftlichen Bereich ringen wird.

In Südafrika wird die erste Herztransplantation an einem lenschen durchgeführt werden, und in den USA steht die „Saurn V"-Rakete zur Beförderung von Menschen auf den Mond ereit. Die Weltausstellung in Montreal projiziert ein besseres eben in der Stadt der Zukunft, und Biochemikern gelingt es, eine orstufe des Lebens in der Retorte zu entwickeln.

Gleichzeitig geht das Töten in Vietnam weiter, mit einem größeren Materialaufwand der Amerikaner als im zweiten Weltrieg, brennen Amerikas Städte im Rassenkampf, putschen Grieenlands Obristen, gewinnt Israel seinen Sechs-Tage-Krieg gegen ie arabischen Nachbarn, wird Che Guevara in Südamerika und er Student Benno Ohnesorg in Deutschland erschossen. Während der Bundesrepublik Pop mit Profit gemacht wird, der Wohlandsbürger den Wohnwagen zum neuen Statussymbol kürt, die älfte der Nation für die Wiedereinführung der Todesstrafe ädiert, Zimmermanns Gangsterjagd „Aktenzeichen XY ungest" in die Wohnzimmer flimmert, Mini- und Papierkleider ochkonjunktur haben und der IOS-Trust den satten Bundesürger vor der schleichenden Inflation zu bewahren verspricht.

Das ist 1967 die Situation in Westdeutschland: Eine große oalition der Christlichen Demokraten mit den Sozialdemokran unter Kanzler Kiesinger, Konjunkturkrise und politischer echtsruck durch die NPD.

Adenauer und Krupp sterben. Für beide finden pompöse Beräbnisse statt, und im Rahmen der Notstandsgesetzgebung bennt die deutsche Industrie bewaffnete Werkschutztruppen aufzustellen. In unseren Gefängnissen sterben Häftlinge an deutchen Symptomen von Mißhandlungen, und der südkoreanische eheimdienst kann Koreaner aus der BRD verschleppen.

Während sich die bis dahin als heimatlos verschriene Linke u Maoisten, die zu Anfang noch als „Pekingnesen“ belächelt we den, zur APO, der Außerparlamentarischen Opposition unt Rudi Dutschke formieren, wirbt der Verfassungsschutz willi Studenten zur Infiltration des SDS an.

Benno Ohnesorg stirbt in Berlin, erschossen von dem Polizist Kurras, während Persiens Schah in der Berliner Oper der „Za berflöte“ lauscht. Der Einsatz von Polizisten gegen Demonstra ten wird zusehends brutalisiert.

Hier beginnt die Eskalation von Gewalt in der Bunde republik.

Westdeutschlands Bürger werden aufgerüttelt aus einem he teren Dornröschenschlaf satter Selbstgefälligkeit und politisch Unterbewußtseins.

Damit wird endgültig ein Kapitel deutsche Nachkriegsg schichte im gesellschaftlichen Bereich geschlossen und ein neu geöffnet, das von jener Jugend geschrieben wird, die aufgewac sen ist in einem Wohlstandsstaat voll schläfriger Apathie u latenter Restauration rechtsgerichteter Kräfte.

Die Generation der Väter, der auch Merz angehört, geht d Ablösung entgegen.

Von dem, was in der Heimat vorgeht, merkt Merz wenig Beirut. Wäre er noch in Westdeutschland, würde er zu den erst zählen, die mit panischer Furcht und Gewalt auf die Forderung des eigenen Nachwuchses reagierten.

Er gehört zu jener Generation, die einmal erobertes Terra nicht mehr aufgeben wird, die aus den Bahnen, in die sie si selbst eingeschleust hat, nicht mehr ausbrechen kann. Eine ve lorene Generation.

Anfang 1967 ist Merz ein geschiedener Mann. In wenigen W chen war diese Scheidung, die er als Abschluß seines bisherig Lebens betrachtete, vollzogen. Trotzdem gibt er auch jetzt no nicht die Verbindung zu seiner Frau auf, schreibt hin und wied einen Brief nach Berlin.

In der ersten Dezemberwoche 1966 flog er ein zweites M

ıch Beirut, quartierte sich in einem der besten Hotels ein und ıchte nach einer geeigneten Wohnung für sich und das Büro. ɔewe, der sich auf eine Anfrage Heuschkas sofort bereit erklärt ıtte, unter Merz als Kameramann im neuen Team zu arbeiten, ılf ihm dabei.

Sie fanden nicht nur eine geräumige, repräsentative Etagenɔhnung im privilegierten Villenviertel von Beirut, sondern auch ı sogenanntes Strandchalet mit Zugang zum Meer. Es wurde günstig angeboten, daß Merz nach kurzem Zögern die Zuımmung zum Kauf vom Verwaltungsrat seines Senders erhielt.

Weihnachten und Silvester feierte Merz in der Wohnung Loees, der seine Frau nachgeholt hatte. Ein Weihnachten ohne deutıe Sentimentalität, bei Wein und Klaviermusik von einer ereoanlage.

Dann flog Merz in der ersten Januarwoche zurück in die Heiat, um das Team und einen neuen schnellen Wagen, den er sich ɔch vor seiner Abreise im Dezember bestellt hatte, nachzuholen. Kameramann und Tontechniker entschlossen sich, nach Beirut ıs Flugzeug zu nehmen. Die Sekretärin, die gleichzeitig auch als edaktionsassistentin fungieren sollte, war bereit, diese Reise meinsam mit Merz in seinem neuen Wagen über Dalmatien, riechenland und die Türkei anzutreten.

Merz akzeptierte die junge Frau als angenehme Begleiterin. Im yp seiner ehemaligen Sekretärin Annemie Schatz nicht unähnıh, war sie ihm unter den vielen Bewerberinnen um diesen Job, e er Ende November in Heuschkas Büro an sich vorbeiflanieren ıß, sympathisch aufgefallen, und so entschied er sich für sie, ıchdem sie auch den Eignungstest, den er eine kleine Gruppe nger Frauen machen ließ, bestanden hatte.

Sie ist fähig, engagiert und systematisch zu arbeiten, Aufträge äzise auszuführen, verfügt über Organisationstalent, Steno- ıd Schreibmaschinenkenntnisse. Hat Auslandserfahrung als Seetärin, französische Sprachkenntnisse und gehört, wie Merz gt, glücklicherweise nicht zu den emanzipierten Frauen, die ırch übermäßige Intelligenz und Selbständigkeit auf Gebieten ıffallen, die zum Terrain männlicher Berufsaktivitäten gehören.

Eine angenehm weibliche Frau, ein wenig naiv, durchschnittli raffiniert und äußerst charmant. Dunkelhaarig und schlank, ab nicht zierlich, mit gerade soviel Allgemeinbildung, wie sie ei Sekretärin nach Merz' Ansicht braucht. Mittelschulabschluß u. Berufsschule. Eine gepflegte, liebenswürdige junge Frau, Mi zwanzig, ausgerüstet mit Instinktsicherheit, aber nicht mit üb steigertem Ehrgeiz.

Genau das, was Merz in einer weiblichen Partnerin suc gleichgültig, ob er sie zu beruflichen oder privaten Zwecken ei setzen möchte.

Sie heißt Hannelore, und dieser Name paßt ausgezeichnet.

Wie überhaupt alles in diesem neuen Aufgabenbereich aus zeichnet arrangiert ist.

Eine bessere Zusammenarbeit, als die mit Loewe, kann Me sich gar nicht wünschen. Der junge Kameramann Rasch, der ih vom Sender zugeteilt wurde, wird dieses Team allein schon d wegen angenehm ergänzen, weil er sich aufgrund seiner gering Berufserfahrung ohne Schwierigkeiten unterordnet. Und au Lobe, der Tontechniker, verfügt zur Befriedigung von Merz üb genügend Anpassungsfähigkeit. Merz ist mit all diesen Konstell tionen sehr zufrieden und sieht die Voraussetzungen für sein neuen Aufgabenbereich positiv erfüllt.

Optimistisch und zukunftsfroh startet er mit seiner Sekretär und dem neuen Wagen, diesmal einem roten Kabriolett, Spitze geschwindigkeit 220 Stundenkilometer, zur Überlandfahrt na Beirut.

Er liebt das Autofahren zu sehr, um irgendwelche Furcht v den Strapazen dieser Reise aufkommen zu lassen.

Als einziger dunkler Punkt in dieser Zukunft, auf die Me noch einmal alles setzt, bleibt Hummerstein. Trotz langer G spräche mit dem Bundesbruder Heuschka, mit Grasberger u Janke, dem Fernsehdirektor, ist es Merz nicht gelungen, sich d Abteilung Hummersteins zu entziehen. Sein Büro in Beirut blei der Abteilung „Information" und damit Hummerstein unte stellt.

Was regst du dich auf, sagte Heuschka, ich sehe keine Schwi

keiten darin, wenn du Hummerstein unterstehst. Er ist ein
iiger und gewissenhafter Abteilungsleiter, der seinen Platz in
serem Sender zu Recht einnimmt. Welche Gefahr siehst du da
r dich?

Merz verwies auf die alte Rivalität und äußerte Befürchtungen
isichtlich seiner Filmberichte, die Hummerstein als Abteilungs-
ter jederzeit boykottieren könnte.

Aber ich bitte dich, argumentierte Heuschka, unterstützt von
nke und Grasberger, was deine Berichterstattung aus Nah-Ost
geht, so bist du doch der einzig kompetente Mann. Da kann
Hummerstein schon mangels Kenntnissen nicht hineinreden.
id das wird er auch nicht tun, das versichere ich dir.

Janke bezeichnete es als lächerlich, eine Umorganisation inner-
lb der Abteilungen des Hauses nur wegen einer persönlichen
indschaft vorzunehmen: Sie sind ein erwachsener Mensch. Da
iß sich so etwas doch regeln lassen. Jede persönliche Antipathie
ßt sich soweit kultivieren, daß eine berufliche Zusammenarbeit
iglich ist.

Du bist glücklich, mit jedem Straßenkilometer, den du Rich-
ng Osten fährst, mehr Abstand zwischen dich und die Macht-
mpfe und Intrigen des heimatlichen Karrierekampfes zu legen.
Du bist entschlossen, endgültig alles zurückzulassen, ein Kapitel
ines Lebens abzuschließen und ein neues aufzuschlagen und bist
r zu gerne bereit, dich in diesen vierzehn Tagen Autofahrt von
teressanten Reiseeindrücken und der sich täglich steigernden Be-
inderung, die dir deine junge Begleiterin als Sekretärin und
au entgegenbringt, tragen und ablenken zu lassen.

Als sie endlich die Grenze zum Libanon passieren, ist Merz in
nen Erwartungen nicht enttäuscht. Dieses Mädchen ist bereit,
m alles das zu geben, was er in seinem neuen Lebensabschnitt
nötig braucht, um Ehrgeiz, Eitelkeit und die Suche nach dem
einen privaten Glück zu verwirklichen.

Ihr Reiseglück wird erst getrübt, als sie den Wagen an der
istenstraße für zwei Stunden am Straßenrand stehen lassen,
ißer Sichtweite, um, einem spontanen Vorschlag des Mädchens
lgend, ein Mittelmeerbad zu nehmen. Bei ihrer Rückkehr vom

Strandausflug ist der Wagen aufgebrochen, und die Papiere, d
Merz leichtsinnigerweise im Handschuhfach liegen ließ, entwe
det. Fotoapparat und Transistorradio liegen seltsamerweise u
berührt auf dem Rücksitz. Ernüchtert fährt Merz in Beirut e
und meldet den Verlust zuerst Loewe, der ihm bei der Bescha
fung neuer Papiere behilflich sein soll.

Was hältst du von der ganzen Sache? fragt Merz ihn.

Loewe ist ratlos: Normalerweise wären Fotoapparat u
Transistor gestohlen worden. Ich verstehe das auch nicht.

Ob eine Organisation dahinter steckt, die sich über meine Pe
son klar werden wollte?

Loewe schließt diesen Gedanken nicht aus: Wir stehen hier a
unter Kontrolle, vor allem, seitdem die Auseinandersetzung
mit Israel immer bedrohlicher zu werden scheinen.

Kameramann und Tontechniker sind zwei Tage vor Merz m
ihrer Ausrüstung in Beirut eingetroffen und wohnen im Hotel.

Merz hat sein Hotelzimmer aufgegeben und ist in die, bis a
Bett, Stuhl und Tisch noch leere Villenetage gezogen, um weiter
Kosten aus dem Weg zu gehen.

Gemeinsam mit seinem Team, dem immer noch ein zweit
Tontechniker fehlt, den Loewe besorgen will, werden sie n
daran gehen, Büro und Wohnung einzurichten, um mit der Arb
beginnen zu können.

An seine geschiedene Frau schreibt Merz:

*Ich habe eine Wohnung gefunden, geräumig, modern, sch
und groß genug für die Büros und meine eigene Wohnung. Abg
sehen von der Einrichtung des Büros, habe ich für meinen T
schon viel Geld ausgegeben und sitze noch immer unter ein
nackten Birne, esse von den Tellern eines bisher erstandenen Te
geschirrs und schaue durch vorhanglose Fenster. Die Tage sind b
drückend ausgefüllt mit unfruchtbaren Formalitäten. Man ren
herum und rennt überall gegen orientalische Gelassenheit. D
Uhren gehen hier eben anders. Außerdem hat man vor zehn T
gen mein Auto aufgebrochen und sämtliche Papiere gestohle
Das macht mir noch mehr Kummer.*

Beirut ist übrigens nicht tiefer Orient, sondern eine sehr inte nale und eher westlich anmutende Metropole am Mittel-. Manchmal, wenn mir die Anstrengungen dieser ersten Wo-über den Kopf zu wachsen drohen, bade ich am Strand in rem eigenen kleinen Chalet. Dort auf der abgeschlossenen asse habe ich je nach Bedarf Schatten, Sonne und auf jeden den kühlenden Meerwind.

annelore, die Sekretärin, versteht es, die sieben Räume dieser enetage mit einem Geschmack, den Merz liebt, wohnlich ein-chten. Merz, der von Pointer lernte, sich den letzten Schliff Weltstadtgestik anzulegen, seitdem modische Maßanzüge, enhemden und Einstecktücher passend zur Krawatte trägt, Wohn- und Schlafzimmer einrichten wie die Vierfarbenbilder s teuren Möbelhauskataloges. Zwischen Schleiflack und Anti-äten, Teppichboden und Perserbrücken. Ein neues Zuhause, ıal ohne Sparmaßnahmen und Ratenkäufe. Bürgerliche Sta-ymbole übertragen Merz und das Mädchen bedenkenlos ins uter Domizil.

nzwischen ist Loewe bemüht, für Merz gesellschaftliche Zu-ge zu öffnen. Arrangiert Einladungen, erschließt Informa-squellen und führt Merz in den Kreis der Auslandsdeutschen Beirut ein, die auch hier, ähnlich wie überall, wo sich im Aus-d eine Gruppe Deutscher etabliert, so etwas wie elitären psgeist entwickelt. Merz paßt sich da nahtlos ein.

n diesen Wochen erlebt er gerade unter den Deutschen in Bei-eine immer stärker anwachsende Nervosität. Angst um die sönliche Sicherheit, da die Gefahr eines Krieges zwischen ael und den arabischen Staaten ständig wächst, und ein Frem-haß aufkommt, der sich zuerst gegen Amerikaner und Eng-der, dann aber auch gegen Deutsche richtet, deren Land Israel z offensichtlich unterstützt. So lernt Merz den Korresponden-einer großen deutschen Tageszeitung kennen, einen nervösen, etzt wirkenden Mann Anfang fünfzig, der schon seit einigen ıren mit seiner Familie in Beirut lebt und den die Furcht fast n Psychopathen werden läßt. Er hat sich zwei Schäferhunde Deutschland scharf abrichten lassen und versucht nun, unter em Schutz zu leben.

5

Dann bricht in der ersten Juniwoche 1967 der Sechs-T
Krieg der Israelis aus. Nach der Schließung des Golfs von Ak
durch die Ägypter war der Kriegsausbruch nur noch eine F
der Zeit, und Merz, der sich Anfang Mai für vierzehn Tage
heimatlichen Sender aufhielt und seine beiden ersten dreißig
fünfundvierzig Minuten langen Filme über König Feisal
Kuweit bearbeitete, flog vorzeitig nach Beirut zurück, um
rechtzeitig vor Kriegsausbruch dort zu landen. Dr. Baum
hatte ihn darauf aufmerksam gemacht, daß es sich nur noch
wenige Tage handeln könne, bis die Flughäfen für den ziv
Luftverkehr im Nahen Osten gesperrt werden.

Und Merz wollte auf jeden Fall dabei sein.

Diese erste Chance in Nah-Ost läßt er sich nicht entgehen.

Als er in Beirut eintrifft, gerät er in die Hektik eines allgem
nen Aufbruchs. Touristen und Geschäftsleute verlassen fluchta
die Stadt, und auch die Frauen seiner Mitarbeiter werden
ihren Kindern ausgeflogen. Panische Furcht und Evakuieru
aber die Sekretärin Hannelore bleibt an der Seite ihres Chefs,
die ganz große Kriegsberichterstattung vorbereitet.

Merz läßt noch den Exodus der Ausländer auf dem Flugha
Beirut filmen, dann wird er zum Schweigen verurteilt und schre
nach Beendigung des Krieges an seine frühere Frau:

*Diesen Krieg haben wir gut überstanden, schon deshalb, w
die Araber, im Gegensatz zu den propaganda-tüchtigen Israe
keine Berichterstatter zuließen. So verbrachten wir die Zeit zä
neknirschend in Beirut. Verbunden mit einem Nervenkrieg
uns, da das Deutsche Fernsehen mit Recht von uns gute Beric
über die arabische Seite erwartete. Wozu unterhält man schlie
lich ein Nah-Ost-Büro! Aber die Araber ließen uns an nichts o
fast nichts heran, aus begründeter oder nicht begründeter Fur
vor Spionen und auch im Zusammenhang mit dem wachsend
Fremdenhaß, der sich in zunehmendem Maße ebenfalls geg
Deutsche richtete, weil Bonn durch seine Finanz- und Militärhi
nach Ansicht der Araber wesentlich zum Krieg und zum Sieg*

·eigetragen hat. So ist es auch uns einige Male nicht gut ge-
ı, und am 9. Juni kam es in Beirut zu gefährlichen Aktionen
obs gegen Ausländer. Aber wir haben alles heil überstanden
eine Sekretärin hat hier tapfer mit mir durchgehalten.
tern lernte ich einen jungen gebildeten Libanesen kennen,
vor einigen Jahren seine Ausbildung zum Fernmeldetech-
in Deutschland erhalten, kehrte dann nach Beirut zurück
ɔurde vor eineinhalb Jahren in Damaskus verhaftet. Loewe,
Kameramann, machte mich mit ihm bekannt, und wir feier-
stern abend seine Entlassung aus der politischen Haft.

rz läßt sich von Loewe überreden, diesen jungen Araber als en Mann ins Team aufzunehmen. Bisher fehlte noch immer weiter Tontechniker, den sie damit gefunden haben.

t Anfang Mai sind Wohnung und Büro endgültig eingerich-
ınd Loewe brachte eines Tages eine libanesische Köchin ins
, die von der Sekretärin Hannelore sofort aufgenommen
le.

ährend das Mädchen neben ihrer Tätigkeit als Sekretärin Redaktionsassistentin Köchin, Küche und die Balkonblumen wacht, ist Merz, sobald er die Erlaubnis dazu erhielt, mit ve und dem jungen Araber an die Front nach Jordanien ge-
ɜn, um dort zu drehen.

ls Auslandskorrespondent, der in Beirut stationiert ist, wird z der Zugang zur israelisch besetzten Zone auf der anderen des Jordans verwehrt. So berichtet er von der Allenby-
ke, vom Flüchtlingselend der Araber.

äglich kommen zwei- bis sechstausend Menschen über den ß, erschöpft, kraftlos und apathisch. Die zerstörte Brücke ist notdürftig mit Balken und Brettern repariert, und wird von elischen Soldaten überwacht. Ununterbrochen rollen Busse er Flüchtlinge heran. Menschenmaterial für Jordaniens chtlingslager, die Tag für Tag wachsen wie ein gefährliches chwür.

Jnd Merz dreht. Zeigt Elend und Verzweiflung dieser Men-
ɜn, befragt sie zu ihrem Schicksal und läßt Fragen und Ant-
rten von seinem neuen arabischen Assistenten übersetzen.

Später fährt er auf die Dörfer. Flüchtlinge haben ihn da informiert, daß von den Israelis Napalmbomben auf land schaftliche Gebiete abgeworfen wurden. Daraufhin verlä Merz seinen Aufenthalt in Jordanien. Besucht Dörfer und I kenhäuser, holt Verstümmelte und Tote vor die Kamera, c mentiert die Grausamkeit dieses Krieges und klagt an.

Immer wieder leisten ihm Loewe und der junge Araber volle Hilfe, beschaffen Informationen, Dreherlaubnis und winden Sprachschwierigkeiten. Zum ersten Mal kommt Mer diese Weise mit der arabischen Bevölkerung in Kontakt un ginnt, sich für das Elend dieser Menschen zu interessieren.

Das ist kein Interesse mehr, das sich auf bloße Berichter tung, auf journalistische Effekte stützt, das ist Interesse menschlichen Leid einer Bevölkerungsschicht, die über Jahr derte hinweg in Armut und Bedürfnislosigkeit gehalten w und die Auswirkungen dieses Krieges nicht versteht. Mens die ihre Toten beweinen, die ihre Heimat verlassen müssen in den Hospitälern liegen, verbrannte und amputierte G maßen, Menschen, die ihr dürftiges Leben nur durch körper Arbeit fristen konnten und nun zu Krüppeln wurden.

Merz registriert das nicht nur, er engagiert sich, macht sich Anwalt dieser Menschen, klagt für jene an, deren Sprachsc nicht über den Wortgebrauch der alltäglichen Verständigung ausgeht. So wird dieser Film, für den ihm fünfundvierzig Mi ten Sendezeit zugebilligt wurden, zu einer kritischen Stellungn me, zu einer Klage gegen die Israelis. Er ist sich des Risikos wußt, das er eingeht. Bisher stand die bundesrepublikanische richterstattung zum Israelkrieg vorbehaltlos auf israelischer S Man erwartet von Merz als Berichterstatter der arabischen S keine Augenzeugenberichte, zumindest keine dieser Art.

Merz bricht bewußt aus. Zum ersten Mal ist es nicht sein b der Mut zur Opposition um jeden Preis, der ihn dazu treibt, z ersten Mal ist es ein tiefes inneres Engagement, nicht der Geda an einen persönlichen Profit, der ihn diesen Film drehen lä Waren seine Filme über Kuweit und König Feisal noch sal fähig, so ist es dieser nicht mehr.

u schiebst alle Bedenken um einen Prestigeverlust zurück und
st nur noch eines erreichen: Aufklärung auf den Bildschirmen
:deutscher Wohnzimmer, Augenzeugenberichte, die der Wahr-
entsprechen und nur der Wahrheit wegen gegeben werden.
chluß machen mit allem, was hinter dir liegt. Noch einmal mit
Offenheit und dem Freimut eines jungen Journalisten begin-
den der Betrieb und der Kampf um die Karriere noch nicht
rumpiert hat. Hier hältst du die Möglichkeit für einen Neu-
ing wirklich in Händen, unabhängig von persönlichen und
iflichen Veränderungen, der Scheidung und der Ausreise aus
opa.

)ie Schwierigkeiten, die Merz erwartet hat, treffen ein, nach-
ı er den Film in Deutschland geschnitten und sendefertig vor-
:itet hat. Hummerstein läßt ihn sich vorführen und zögert
n, ihn zur Sendung freizugeben, obwohl er bereits in allen
grammen als Ankündigung ausgedruckt ist.
)iesmal versucht Merz nicht, mit dem Kopf durch die Wand
rennen. Ehe er sich in dieser Angelegenheit einen Termin beim
ıdesbruder Heuschka geben läßt, nimmt er Verbindung mit
Baumann auf und erkundigt sich, ob grundsätzliche Beden-
gegen eine derartige Stellungnahme zu den Vorgängen in
h-Ost bestünden. Er bietet Baumann die Vorführung des um-
ttenen Filmes an, und Baumann trifft kurze Zeit später im
dio ein.
Hummerstein, der von dieser Aktion erfahren hat, ist empört.
Aber, nachdem auch Baumann gegen die Merz'sche Berichter-
ttung keine Einwände vorbringen konnte, setzt Merz bei
uschka und Janke durch, was er durchsetzen wollte: Die Aus-
ıhlung des Filmes zum festgesetzten Zeitpunkt.
Als dieser Film über die Bildschirme westdeutscher Fernsehteil-
ımer läuft, ist Merz bereits wieder in Beirut.
Baumann hat ihm in einer Unterredung einen Tip gegeben, den
:rz verwirklichen wird: Berichterstattung aus dem Jemen.
Wie Merz in Erfahrung bringt, laufen die Vorbereitungen be-
ts. Eine internationale Gruppe ausländischer Journalisten,

Engländer, Amerikaner, Franzosen und Italiener sind zu ei Besichtigungstour durch den königstreuen Jemen eingeladen. laß ist der seit fast fünf Jahren herrschende Bürgerkrieg des re blikanischen, von Ägypten unterstützten Jemen gegen den ro listischen, imamtreuen anderen Teil des Landes.

Merz nimmt sofort, nachdem er in Beirut eingetroffen ist, K takt zur Gruppe der eingeladenen Journalisten auf und stellt friedigt fest, daß sie bereits auf ihn und seine Teilnahme an di Expedition vorbereitet sind. Ohne Schwierigkeiten erhält er sich und sein Team die Teilnahme- und Einreiseerlaubnis.

Er wird auch diesmal wieder Loewe und den jungen arabisc Assistenten mitnehmen, während der Kameramann Rasch u der Tontechniker Lobe, der inzwischen mehr und mehr zum R daktionsassistenten aufgestiegen ist, in Beirut zur aktuellen richterstattung zurückbleiben werden.

Diese Einteilung hat Merz seit seiner Reise nach Jordanien eingeführt, um mit Loewe effektiv arbeiten zu können.

Merz ist mit den Vorbereitungen der Jemen-Expedition, ihn für sechs bis acht Wochen vollständig von der Außenwelt schließen wird, beschäftigt, als ihn ein Anruf Hummersteins reicht.

Hummerstein schildert kurz die Kontroversen, die es um Me Jordanienbericht gegeben hat und erteilt Merz mit dieser Begr dung den Auftrag, sofort nach Kairo zu fliegen und dort ein Interviews zur Situation nach dem Krieg zu arrangieren: Diesm zugunsten Israels, sagt Hummerstein und läßt sich auch nicht zu bewegen, diesen Auftrag wegen der Vorbereitungen Jemenreise zurückzustellen: Hier muß gleich etwas gescheh Wenn Sie hart an die Sache rangehen, sind Sie doch in drei Tag aus Kairo zurück.

Merz sieht sich mit seinem Abteilungsleiter konfrontiert u muß nachgeben.

Die Sekretärin hilft ihm, die Interviews in Kairo vorzubereit und so fliegt Merz zwei Tage später ab, diesen Auftrag zu füllen.

Ehe er landet, erinnert er sich des jungen Ägypters, der ihm s zeit ins Auto gelaufen ist und findet auch die Adresse in seinem tizbuch. Wenn ihm Zeit dazu bleibt, nimmt er sich vor, wird hn kurz einmal aufsuchen.

Tatsächlich bleibt ihm diese Zeit, und er trifft den jungen ypter auch an, der inzwischen von seinem Studium in der Bun-republik zurückgekehrt ist und eine exklusive Privatpraxis als t in Kairo eröffnet hat.

Er gibt vor, sich über den Besuch von Merz sehr zu freuen, lädt zum Abendessen ein und beschließt diesen Abend mit einer te: Er habe einen Freund in Beirut, dem er eine Schweizer Uhr sprochen hätte. Ob Merz sie für ihn mitnehmen könnte?

Merz hat nichts dagegen. Dieses kleine Schmuggelabenteuer t ihn sogar. Also nimmt er die Uhr in seinem Gepäck mit und ördert sie ohne Zwischenfälle nach Beirut.

Er hat die Adresse des Freundes notiert, kommt aber nicht so-t dazu, sein Mitbringsel abzuliefern. Als er abends noch mit igen Kollegen, darunter auch jenem, der sich von zwei Schäfer-nden bewachen läßt, mit Loewe und der Sekretärin zusammen-t, erzählt er von dieser Uhr.

Loewe ist der erste, der daran zweifelt, daß es sich hier nur um Geschenk unter Freunden handelt, der andere deutsche Kol-e stimmt zu.

Er macht den Vorschlag, die Uhr doch einmal zu öffnen.

Vorsichtig hebt Merz den Deckel ab und entdeckt Mikrofilm-terial im Gehäuse.

Schweizer Präzisionsarbeit, lacht Loewe.

Was nun? Merz fühlt sich sichtlich unbehaglich, soll ich das iefern?

Dir wird nichts anderes übrig bleiben, meint Loewe.

Der deutsche Kollege schaltet sich ein: Sie müssen es abgeben, ran besteht kein Zweifel, wenn Sie für diese Leute nicht suspekt rden wollen. Aber ich würde mir die Adresse gut aufheben, ntuell nach Deutschland weiterleiten.

Etwas später kommt er darauf zu sprechen, ob Merz seine ohnung schon nach Abhöranlagen untersucht habe. Auch die chin könne ein Spitzel sein.

Merz wehrt fröhlich ab: Wir sind hier doch nicht in Wild-W
Tags darauf vergißt er, die Uhr abzuliefern, als er sich wi
daran erinnert, hat er keine Zeit. So bleibt das, was er aus K
mitgebracht hat, unbeabsichtigt in Merz' Schreibtisch liegen
Merz zehn Tage später in den royalistischen Jemen aufbricht.

Der jemenitische Bürgerkrieg ist ein vergessener Krieg im
den der arabischen Halbinsel, angrenzend an Aden, das noch z
britischen Protektorat zählt. Als im September 1962 der als gr
sam-despotisch bezeichnete Jemen-Herrscher Imam Ahmed st
und sein Sohn Imam Mohammed el-Badr die Thronfolge ant
brach mit der Freilassung des Obristen Abdallah el-Sallal,
der alte Imam für sieben Jahre in Ketten gelegt hatte, ein er
terter, von Ägypten geförderter und mit einem sogenannten F
denskorps unterstützter Kampf gegen den jungen Imam aus.
Jemen wurde in einen republikanischen und einen royalistisc
Teil aufgespalten, und die Ägypter griffen immer engagierte
diesen Kampf ein.

Fünf Jahre später stehen den etwa 60 000 auf der republik
schen Seite kämpfenden Ägyptern 350 000 Stammeskrieger
Imam gegenüber. Die Ägypter haben den Küstenstreifen am
ten Meer, die Städte Jemens und einen Teil der Ebene im Sü
also fast die Hälfte des Landes, in der Hand.

Die Imam-Truppen behaupten sich in den Wüsten und
felsigen Hochebenen des Ostens, sowie in den Gebirgen des N
dens und im Mittel-Jemen. Während die schwersten Waffen
Imam-Krieger Granatwerfer belgischer Herkunft sind, an de
sie von ehemaligen Katanga-Söldnern ausgebildet werden, ro
ägyptische Panzer über die wenigen fest ausgebauten Straß
greifen Mig-Jäger und Düsenbomber mit Bordwaffen und N
palm-Bomben die Dörfer der Königstreuen an.

Mitte Mai 1967 hat sich die Situation im royalistischen Je
grundlegend verändert, nachdem eine Kommission des Inter
tionalen Roten Kreuzes einem Hilfeersuchen der Einwohner v
Nord-Jemen gefolgt war, die angaben, am Morgen des 10. M
1967 mit Giftgasbomben angegriffen worden zu sein.

ereits am 18. Mai stand nach einer Exhumierung der Leichen , daß das Dorf Gabar im Wadi Hirran Opfer eines Gasanfs durch ägyptische Flugzeuge geworden war.

)ie genaue Zusammensetzung des Giftgases konnte nicht festellt werden.

is zum 3. Juli 1967 drang von diesen Ereignissen nichts an die ltöffentlichkeit. Dann erst veröffentlichte die amerikanische chenzeitung „U. S. News and World Report" zwei Unteriungsberichte über den Einsatz von Giftgaswaffen.

)iese mysteriösen Vorgänge über Gasbomben, von denen anommen wird, daß sie aus der sowjetischen Waffenproduktion nmen und im Versuchsstadium eingesetzt wurden, waren der uelle Anlaß jener Expedition eines internationalen Journaenteams in den royalistischen Jemen, an der auch Merz teilımt.

eder der Fernsehreporter führt sein eigenes Team mit, eigene n- und Tonausrüstung. Acht Wochen lang bereisen sie den dlichen Jemen und verbringen davon allein zehn Tage im rf Gabar. Filmen das Massengrab der fünfundsiebzig Toten, Bombentrichter und lassen sich von den Überlebenden schiln, wie es geschah.

ie alle sind entschlossen, der Welt das Grauen dieses Bürgereges vorzuführen. Bilder des Elends und der Hilflosigkeit es Dorfes, in dem die Einwohner einem heimtückischen Tod n Opfer fielen.

ie alle arbeiten in diesen acht Wochen pausenlos, unter gro- Strapazen und dem Einsatz ihres Lebens in den Kampfgeten der royalistischen Guerrillas.

Auch hier engagiert sich Merz wieder für das persönliche Leid betroffenen Menschen gegen die Grausamkeit der Kriegsfühg und verurteilt die Einmischung Ägyptens. Loewe warnt vergeblich vor einem zu starken Engagement.

Wenn wir hier raus sind, sagt er, müssen wir weiterhin mit den abern leben, und das heißt augenblicklich: Mit Nasser leben. so leg dich nicht mit ihm an. Es könnte dich deinen Kopf sten.

Aber Merz hat sich schon zu tief in sein Engagement verstr Ist seinen Beweggründen erlegen, die neben der menschlichen teilnahme auch vom Trauma eigener Kriegserfahrung, der Kri erfahrung in Vietnam und von seiner Furcht vor Moskau, di Haß umschlägt, getragen wird.

Wenn du schläfst, siehst du die Einschußlöcher in den Le wänden der niedrigen Häuser, Maschinengewehrgarben, die Mauern durchschlagen haben. Sandsäcke und Barrikaden, I bunker und das schwere Anrollen der Bomber über der H ebene.

Action, wenn das Zeichen zum Einsatz gegeben wird, Sch werferlicht, das aufflammt, sobald das Orchester den ersten der Ouvertüre emporschleudert. Brutal vom Lichtkegel erf werfen die Darsteller ihre Arme über den Kopf und brechen in die erste Terz. Ein langhingezogener Ton, Herausforder und Trauer zugleich, der die Membran unseres Gehörs erfaßt ausschlagen läßt. Haß, Zorn und unsinniger Tod, wenn das chen zum Einsatz gegeben wird.

Fußmärsche mit Kameraausrüstung, Gepäck und Trägern, e loser Ritt durch Wüstengebiete auf Eseln und Maultieren.

Als die Expedition Anfang September das Land wieder läßt, glauben sie, eine ungeheure Materialausbeute nach H zu bringen.

Erst Tage später entdecken sie in den Kopierwerken, daß k einziger Filmmeter verwendbar ist. Das Material wurde du Lichteinfall systematisch vernichtet. Lediglich Merz wurde schont.

Er ist der einzige Journalist ihrer Gruppe, der aus acht W chen Dreharbeit einen Filmbericht herstellen kann.

Ein seltsamer Vorgang, den niemand erklären kann. A Merz gibt vor, die Hintergründe nicht zu kennen.

Eine Aufklärung unterbleibt. Fest steht, daß weder der sten, noch der Osten großes Interesse daran hatten, den Gasb benabwurf über dem Dorf Gabar an die Öffentlichkeit zu b gen. Aber eine internationale Journalistenkommission ganz o Ausbeute zurückkehren zu lassen, wäre nicht das geeignete Mi sen, diese Information zu unterdrücken. Dann wäre es zu n öffentlichen Skandal und einem verstärkten Interesse an Vorgängen im Jemen gekommen.

war es vielleicht mehr als nur ein Zufall, daß gerade Merz nige war, der seine Ausbeute unversehrt nach Hause tragen te.

erz begreift seine Chance und bietet diesen Film allen inter-rten Weltsendern an. Auf diese Weise ist er zum einzigen nzeugen geworden, der Bericht erstatten kann. Zum Kron-en des Giftgasabwurfes, den er mit diesem Film publik macht mit einer Klage gegen Kairo und Moskau über die Bildschir-chickt. Ein Film, noch offener, noch grausamer, als jener aus anien.

6

er Jemen-Film brachte Merz viel Publizität und damit Er-, aber auch Anfeindungen ein.

ereits Mitte September erhält er einen ersten anonymen f. Er solle seine Berichterstattung ändern, oder das Land assen.

eine Sekretärin, die ihm immer mehr zur Gefährtin wird, mt Anrufe entgegen, in denen Merz mit dem Tod bedroht l. Warnungen an die Deutsche Botschaft und Warnungen an inde von Merz folgen.

lerz läßt sich von all dem nicht beeindrucken. Er scheint diese hungen nicht ernst zu nehmen. Selbst der Hinweis auf die nordung eines angesehenen libanesischen Kollegen, der ein r zuvor in seiner Redaktion erschossen wurde, schreckt Merz t ab.

r schlägt alle Warnungen in den Wind und reist Ende des nats mit Loewe und dem jungen Araber nach Aden, um dort den Machtkämpfen der NLF- und Flosy-Partei zu berichten, offen ausgebrochen sind, seitdem endgültig feststeht, daß die gländer dieses Territorium aufgeben werden.

Merz führt in Aden Gespräche mit Vertretern beider Pa
·und begleitet die englischen Soldaten auf ihren Patrouillengä
Arbeitet ähnlich, wie er schon in Vietnam gearbeitet hat
neigt immer mehr dazu, diese Art der Frontberichterstat
wie er es nennt, zu seinem Stil, zu seiner persönlichen Hands
zu machen.

Während seiner Recherchen in Aden trifft er auch auf
Offizier des republikanischen Jemen, der ihm ohne Umsch
sagt, er solle nicht noch einmal versuchen, in den Jemen einz
sen. Es würde seinen Kopf kosten.

Diese letzte massive Warnung und die Drohbriefe, die in
schen in Beirut, in seiner Redaktion eingetroffen sind, v
lassen Merz dazu, den Bundesbruder Heuschka telefonisch
die Morddrohungen zu informieren.

Du kannst jederzeit zurückkommen, wenn dir der Boden
den Füßen zu heiß wird, meint Heuschka.

Merz wehrt ab: Kommt gar nicht in Frage. Du sollst nur
sen, was hier vorgeht.

Ich will keinen liquidierten Reporter. Wenn das Risik
hoch ist, komm zurück.

Merz lacht: Hier ist die Gefahr überall und immer vorhan
Aber ich lasse mich nicht einschüchtern.

Dann kündigt er seine Hochzeit an: Anfang Oktober
Merz seine Sekretärin und Assistentin Hannelore heiraten.

Der deutsche Botschafter vollzieht die Trauung.

Sie trägt ein helles Kostüm, und er einen dunklen Anzug. M
anfertigung für diesen Tag.

An seine geschiedene Frau schreibt er ein letztes Mal:

*Ich weiß nicht, wie Du und die Kinder sich dazu stellen
den, wohl kaum positiv, das wäre viel oder zuviel erwartet. I
nimmt meine Wiederverheiratung beim Stand der Dinge ni
weg. Für mich ist sie wichtig. Hannelore ist eine gute Frau, si
tüchtig, sie hat mich lieb, sie paßt zu mir, und ich – nach i
Meinung – auch zu ihr. Und daß ich nicht bis ans Ende me
Aktivität oder meines Lebens allein bleiben konnte, ist eigent
verständlich, oder?*

erz gibt ein aufwendiges Hochzeitsfest, fünfzig Gäste und Eltern seiner Braut, die er aus Deutschland einfliegen ließ.
ne ganz andere Hochzeit, als diejenige, die fünfundzwanzig e zurückliegt.
ier ist keine Familie, die ihn irritiert, kein Milieu, das er sozial höherstehend empfindet und ehrgeizig überflügeln ıte.
ie Eltern seiner zweiten Frau sind das, was Merz als einfache :e bezeichnet. Der Vater selbständiger Kaufmann mit einem ıen Laden in einer kleinen niedersächsischen Stadt, die Mut-Hausfrau.
ine rundliche, naive Frau, gutmütig, mit einem Gesicht, wie e Gesichter, die rasch vergessen sind. Sie trägt zur Hochzeit dunkelblaues Kleid mit weißer Filigranmusterung. Unkom-iert wie Hannelore, und die Ähnlichkeit von Mutter und ıter ist nicht von der Hand zu weisen.
Hier kannst du dir die enge Kleinbürgerlichkeit einer Wohn-ıe vorstellen. Hier bist du überlegen durch das, was du in-schen aus dir gemacht hast. Seit deiner Kindheit bist du die ale Stufenleiter geschickt emporgeklettert, gehörst nicht mehr den Leuten, für die es ein Opfer bedeutet, ihre Kinder aufs nnasium zu schicken, so, wie es sich auch in deinem Elternhaus espielt hat.
Du erinnerst dich daran, daß du vor fünfundzwanzig Jahren Mitternacht keinen Alkohol mehr getrunken hast, um am hsten Morgen bei der Hochzeit kommunizieren zu können. Er-erst dich an die Geste deines damaligen Schwiegervaters, wie ganz selbstverständlich die Weinflasche, die er schon über dein s hielt, wieder zurückzog. Dann begannst du zu singen. Löns-er. Dazu die Klampfe.
Das ist sehr lange her. Das Mädchen, das du heute heiratest, nicht älter als deine erste Hochzeit.
Diesmal bist du dem Schwiegervater intellektuell überlegen, l das macht dich zufrieden.
Du weißt, daß es in dieser Ehe nie jene Augenblicke geben rd, in denen du ihr eine Zigarette anzündest und dich davor

fürchtest, sie könne die Augen über der Flamme aufschlagen dich ansehen. Diese hellen Augen, in denen du mehr von d Abgründen erkennst, als du erkennen willst.

Diese neue Ehe hat eher etwas mit verdunkelten Zim und Moschusgeruch zu tun. Oder mit dem Geruch aus der W küche deiner Kindheit. Dem Mädchen, das dir damals deine ter zuführte. Wenn sie in der Küche zwischen Herd und Sch ken hin- und herlief, wackelte sie mit den Hüften.

Manchmal riskiert er einen kurzen Blick auf ihre Augenp sieht das Mädchen lachen, sieht überquellende Lebensfr Freude am Schabernack und am Spiel. Ganz selten einmal A und Trauer, Ratlosigkeit, wenn die Dinge mit weiblicher N tät und Instinkt nicht mehr zu bewältigen sind.

Etwa, wenn Drohbriefe für Merz eintreffen. Sie begreift Sorglosigkeit nicht. Sie möchte die Koffer packen und flucht diese Stadt verlassen. Aber sie ist, wie Merz sagte, eine gute F die an der Seite ihres Mannes tapfer durchhält.

Sie haben Gemeinsamkeiten. Mehr, als Merz begreifen mö

Nur zögernd bist du bereit, anzuerkennen, daß du in di Mädchen gefunden hast, was du lange suchtest, die Rückkeh jenes Milieu, aus dem du kommst. Ein Mädchen ohne Anspr das die Erfüllung seines Lebens darin sieht, einen Mann um gen zu können. Eine Partnerschaft, in der du vorbehaltlos die geübte Rolle des Mannes, des beherrschenden Elementes, ü nehmen kannst.

Eine gute Frau, die das Leben nicht kompliziert.

Alles andere wirst du nun zurücklassen.

Du möchtest endgültig glücklich sein.

Alles vergessen, was dich je gequält hat.

Nachts wirst du nicht mehr schweißgebadet aufwachen, Gesichter der Vergangenheit hinter den Lidern.

Und Hannelore schenkt Merz ein Amulett zur Hochzeit, kleines silbernes Medaillon, das ihn vor allen Gefahren besch zen soll. Früher lehnte er so etwas ab. Heute tritt er mit d Mikrofon in der Hand, das Amulett im geöffneten Hemd vor Kamera.

eine Gespräche mehr, in denen du befürchten mußt, deiner an Erfahrung, Einsichten, Logik und Intelligenz unterlegen ein.

tzt kannst du unbesorgt den strahlenden Helden spielen, d, charmant und blauäugig, und er wird dir rückhaltlos gläu- abgenommen. Keine tiefe Beziehung mehr, die ein Zusam- leben deiner Meinung nach nur kompliziert. Kein Nachden- mehr über die eigene Person und die Person der Gefährtin. erleichtert das Leben.

reimütige Bewunderung für alle deine Handlungen, ob sie ig sind, oder falsch, das ist es, was du erwartest, und was du iesem Mädchen gefunden hast.

annelore ist auf dieser Hochzeit eine liebenswürdige junge , anschmiegsam und bereit, sich unterzuordnen, mit den klei- eitlen Eigenheiten, die nie den Rahmen des Weiblichen spren- Eine Ehefrau, die dir mit ihrer kindlichen Handschrift, von Schönschrift der ersten Volksschuljahre nicht weit entfernt, alle Fälle Bequemlichkeit verspricht.

ls er im Strand-Chalet den Gästen ein gängereiches Essen ieren läßt, hält Merz eine kleine Ansprache an sein Volk, so ichnet es Loewe.

iesmal bricht seine alemannische Sprachfärbung, die er in ter Zeit auch in seinen Filmberichten immer weniger verleug- , wieder offen durch. Hannelore ist entzückt vom Dialekt- chlag und hütet sich, ihn zu Sprechübungen zu verleiten. Sie n sich selbst ihr nördliches „s-t" nicht abgewöhnen, das Merz iedlich findet.

n diesem Tag im festlich geschmückten Chalet täuscht Merz enskraft vor, und sie wird ihm abgekauft. Fata Morgana: ingbrunnen in der Wüste, Vitalität eines Zwanzigjährigen. ser Hunger nach Leben, den er hofft, nun stillen zu können.

ie Mitte deines Lebens ist schon lange überschritten. Du rst, wie dein Körper abbaut. Und die Angst, zu altern, ist ker geworden. Vielleicht glaubst du sogar, mit dieser Heirat te die Jahre doch noch anhalten zu können, zu blockieren, die Zeiger einer Uhr im Austausch für die verlorengegangene

Zeit deiner Jugend, die du im Krieg und im Lager zugebr hast, die dich seelisch verkrüppeln ließ und dich für den Rest nes Lebens zu deinem eigenen Gefangenen machte.

Aber schon während du deine Unterschrift unter den Ehe trakt setzt, ahnst du, daß du dir selbst nicht mehr entkom wirst. Auch du lebst, wie einmal ein Franzose über die Deuts deiner Generation schrieb, „mit einer Leiche im Schrank". deiner Vergangenheit, deren Tod du mitverschuldet hast. Ei von dem du nur träumst, aber nie gesprochen hast, dessen K deinen eigenen retten konnte. Hellrotes Blut aus der Halssch ader. Dann, wenn du farbig träumst, und nur die Zärtlich deiner ersten Frau Geborgenheit bedeutete.

Morock und Loewe fungieren als Trauzeugen. Beim ersten Sekt bietest du Morock das längst fällige Du an. Dein ehemal Kontrahent schiebt wieder einmal die Unterlippe vor, was so geheuer süffisant wirkt und stößt mit dir an: Gratuliere! J dürfte wohl nichts mehr zu deinem Glück fehlen!

Sie lachen beide und erinnern sich an die Anfangszeit i Zusammenarbeit.

Was macht die kleine Mirbach? fragt Merz, hast du noch K takt zu ihr?

Mirbach? – Ach ja, antwortet Morock und gibt vor, sich mühsam zu erinnern: Was ist aus ihr geworden? Ich habe la nichts mehr von ihr gehört. Ist sie noch beim ZDF?

Merz lacht: Das müßtest du doch wissen! Schließlich ist es Laden!

Mein Gott, das Renatchen, meint Morock, sicher hat sie inz schen einen Mann gefunden, der ihr Geld und Ansehen bie kann, mehr wollte sie nicht.

Dann kommt er auch auf den Jemen-Film zu sprechen und zu, daß Merz ihn mit diesem Coup, wie Morock es nennt, üb rundet hat.

Allerdings, schränkt er ein, hätte ich mich an deiner Stelle, die Aussagen im Bericht anbelangt, etwas vorsichtiger verhal um es mit den mächtigen Ägyptern nicht zu verderben. Sie s nicht ganz ungefährlich, aber notwendig für die Berichterstattu oewe stimmt Morock zu. Merz erzählt von den Drohbriefen, er immer noch nicht ernst zu nehmen scheint.

Iorock, der noch kurz vor Ausbruch des Israel-Krieges als respondent nach Ankara versetzt worden war, hört zum er- Mal von diesen Morddrohungen und zeigt sich besorgt: Viel- it wäre es besser, du würdest einmal für ein paar Wochen von Bildfläche verschwinden?

.ch was, winkt Merz ab, ich werde mich doch nicht ins Bocks- n jagen lassen!

)amit ist für ihn dieses Thema erledigt, und er nimmt die ver- eckt wirkende Hannelore in den Arm, die genau das ist, was raucht, ob für berufliche, oder private Zwecke.

ls er am nächsten Vormittag in der Stadt unterwegs ist, um ge Besorgungen zu machen, erhält seine frisch angetraute u einen seltsamen Besuch.

r stand plötzlich im Wohnzimmer, berichtet sie, nachdem rz zurückgekehrt ist, ich weiß nicht, wie er hereinkommen nte. Vielleicht hat ihm die Köchin geöffnet? Er stand einfach lächelte höflich und redete mich in gebrochenem Deutsch mit u Merz an. Gratulierte mir zu meiner gestrigen Hochzeit.

ventuell einer der libanesischen Kollegen? vermutet Merz gibt ihr zu verstehen, daß ihn ihre Schreckhaftigkeit stört: s wollte er denn?

a, das war so, erzählt sie, er behauptete, nicht genug Deutsch sprechen, deshalb habe ich Loewe angerufen. Er kam dann halbe Stunde später mit deinem arabischen Assistenten, um dolmetschen.

)u machst es aber spannend, sagt Merz etwas abfällig, war er Aufwand denn überhaupt notwendig?

ch denke schon. Er unterhielt sich sehr ausführlich mit unserem istenten. Ich konnte kein Wort verstehen.

Jnd, was kam dabei heraus? Merz wird ungeduldig, Hanne- sichtlich nervös: Er wollte die Uhr haben, sagt sie.

Velche Uhr?

)ie, die du aus Kairo mitgebracht hast!

etzt erinnert sich Merz. Die Schweizer Uhr. Er hat sie total vergessen, läuft sofort zum Schreibtisch und zieht die obe Schublade heraus. Dort hatte er sie abgelegt.

Ich habe sie ihm mitgegeben, antwortet Hannelore auf se Frage nach dem Verschwinden der Uhr.

Du kannst sie doch nicht einfach einem wildfremden Mensc mitgeben!

Sie ist eingeschüchtert und hilflos: Loewe meinte auch, es sei Beste. Außerdem ließ mir dieser Mann sagen, ich solle dich üb reden, Beirut so schnell wie möglich zu verlassen. Dein Tod beschlossene Sache.

Ach, so ist das, sagt Merz sehr leise, sehr betont und seine gen werden einen Augenblick eng und klein, weißt du vielle den Namen des großen Unbekannten?

Nein, sie weiß ihn nicht. Merz ruft Loewe an. Aber Lo bestätigt nur, was Hannelore erzählt hat: So, wie er aussah, n er zu Beiruts Intelligenz gehören, meint Loewe, seinen Na hat er nicht genannt.

Ende Oktober wird el-Sallal, der ehemalige Obrist, der ge den jungen Imam im Jemen putschte und sich mit Unterstütz Ägyptens zum Oberhaupt des republikanischen Jemen mac gestürzt.

Merz erfährt von diesem Sturz, noch ehe er vollzogen Loewe kommt mit dieser Information ins Büro, gibt aber Quelle nicht an.

Merz, der von der Zuverlässigkeit Loewes überzeugt ist, l in aller Eile Vorbereitungen für eine zweite Reise in den Jen treffen. Diesmal hat ihn das Jagdfieber des Berichterstatt wieder gepackt. Dieser unbändige Ehrgeiz, der Erste zu sein, berichtet.

Schon zwei Stunden später sind Ausrüstung und Reisegep im Wagen verstaut, Rasch und Lobe davon informiert, daß den sogenannten Notdienst im Beiruter Büro übernehmen sol und drei Plätze in einer Maschine nach Aden reserviert, da fährt Merz mit Loewe und dem jungen Araber zum Flughaf In Aden wird er einen Wagen mieten, um in die Grenzst ıla zu gelangen, wo sie auf der schlecht ausgebauten Straße i Tage später eintreffen und auf die Einreiseerlaubnis warten. n diesen vier Tagen des Wartens, in denen Merz sich mit den echten Telefon- und Telegrafenverbindungen auseinander-tzen hat, spricht Loewe immer wieder von der Gefahr, der Merz aussetzt, wenn er in den Jemen einreist. Erinnert ihn lie Warnung des jemenitischen Offiziers.

ıber Merz läßt sich davon nicht mehr beeindrucken. Genauso ıig wie ein Jäger im Morgengrauen auf dem Anstand, wenn veiß, daß bald ein Rudel Wild aus dem Waldrand hervorbre-ı wird.

ːs gibt nur zwei Möglichkeiten für mich, sagt Merz: entweder nme ich um, oder ich überlebe. Und bis jetzt habe ich immer ıck gehabt.

ːwei Tage nach ihrer Ankunft in der kleinen Grenzstadt wird ;allal gestürzt und damit Loewes Information bestätigt. Am rten Tag ihrer Anwesenheit in Maala erhalten Merz und sein ım eine endgültige Absage. Damit ist die Jemen-Expedition Veto von König Feisal gescheitert, der jahrelang die royali-chen Truppen unterstützte und nun nach dem Sturz von ;allal an Machteinfluß gewinnt. Er hat kein Interesse daran, ausländisches Fernsehteam in den Jemen einreisen zu lassen.

Eigentlich müßte Merz nun sein Unternehmen abbrechen, aber hält nichts davon, erfolglos die weite Rückreise anzutreten d entschließt sich, mit dem Team zurück nach Aden zu fahren, ı dort den Abzug der Engländer zu filmen.

Am gleichen Nachmittag noch läßt er eine Telefonverbindung die Bundesrepublik herstellen und spricht mit Heuschka.

Heuschka, dem inzwischen einer der Drohbriefe von der deut-ıen Botschaft zugestellt wurde, zögert, Merz nach Aden fahren lassen. Du mußt zurück nach Beirut, sagt er, die Sache ist zu fährlich.

Merz weigert sich, entwickelt am Telefon die Konzeption eines lmberichtes über den Abzug der Engländer aus Aden.

Trotz schlechter Verbindung und miserabler Verständigung ımmt es zu einem heftigen Disput zwischen Merz und Heuschka,

bis Merz sich bereit erklärt, diese Reise nach Aden auf eigene V
antwortung anzutreten.

Ich lehne jede Verantwortung ab, sagt Heuschka und beschli
damit das Telefonat.

7

Nach diesem Telefongespräch und einem Brief an seine zwe
Frau, in dem er davon berichtet, daß er nun nach Aden weit
fährt, brechen die Verbindungen zu Merz für die nächsten ze
Tage ab.

Er trifft wohlbehalten mit seinem Team in Aden ein, und
nehmen, wie schon das letzte Mal, drei Zimmer in einem Hotel
der Hauptstraße, in der Nähe des Hafengeländes, die an ihr
oberen Ende als Sackstraße vom Postamt und dem Sitz des b
tischen Hochkommissariats abgeschlossen wird.

Merz ist den britischen Offizieren noch von seinem letz
Besuch gut bekannt, und sie heißen ihn wie einen Freund w
kommen. Als er einen Abend in ihrem Kasino verbringt, sprech
sie ihm ihre Hochachtung vor seinem Mut aus. Außer dem en
lischen Fernsehteam hat sich kein anderes bereit gefunden, ihr
Abzug zu filmen.

Die Stadt in den Felsen gleicht einem Pulverfaß, einer Ladu
Dynamit, die jederzeit hochgehen kann und in einem Sturm v
Gewalt alle Europäer mit sich reißen und vernichten wird. Tä
lich kommt es zu Attentaten auf britische Soldaten, die di
Stadt aus Furcht vor dem Tod hermetisch von der Außenw
abgeriegelt haben. Trotzdem können Bombenanschläge und d
Maschinengewehrgarben der Heckenschützen nicht vermied
werden.

Brutalität und Furcht auf allen Seiten zeichnen das Gesicht di
ser Stadt.

Merz und sein Team verbringen eine Woche damit, den Re
der britischen Truppen auf ihren Patrouillengängen zu begleite
die Einsätze zu filmen.

inen Tag vor seinem Tod läßt er noch einmal eine Telefonver-lung nach Deutschland herstellen. Heuschka ist nicht mehr zu ichen und so wird Merz mit seinem Abteilungsleiter Hum-stein verbunden. Er spricht davon, daß die Gefahr für das m sehr groß geworden sei. Daß er sich persönlich bedroht le, er werde in in den nächsten Tagen abreisen, sobald er ge-end Filmmaterial gesammelt habe. Er bittet darum, die Be-versicherung für sich und das Team sofort zu erhöhen, da-die Familien, sollte er, oder einer seiner Leute umkommen, en größeren finanziellen Rückhalt hätten.

Hummerstein sagt zu, die entsprechenden Maßnahmen sofort lie Wege zu leiten. Das ist Freitag nachmittag. Hummerstein llte sich Montag mit der Versicherung in Verbindung setzen.

Samstag vormittag stirbt Merz.

Weder Loewe, noch der arabische Assistent können Auskunft über geben, was Merz zu diesem Anruf getrieben hat, aber sie ließen beide aus, daß es nur die Angst vor den Gefahren in en war. Solchen Gefahren war Merz schon oft ausgesetzt, ohne Panik zu geraten. Er muß einen präzisen Anhaltspunkt gehabt ben. Einen Hinweis dafür, daß mit den wochenlangen Mord-hungen nun Ernst gemacht werden sollte.

Loewe schweigt dazu, gibt vor, mit der ganzen Angelegenheit hts zu tun zu haben.

Als Merz an diesem Samstag gegen sieben Uhr erwacht, leidet wieder unter diesen entsetzlichen Kopfschmerzen, die selbst t starken Aspirindosen nicht zu bekämpfen sind. Merz steht f, nimmt zwei Kopfschmerztabletten und legt sich noch einmal Bett, um die Wirkung abzuwarten.

Er weiß, daß ihm in diesem Stadium nur noch Morphium hel-n kann.

Als er sich um acht mit seinem Team zum Frühstück trifft, fragt ewe: Was ist los mit dir?

Merz sieht schlecht aus. Die Haut ist fahl, tiefe Falten zeichnen n Gesicht.

Merz klagt über die Schmerzen, trinkt einen schweren Mokka d lehnt alles Eßbare ab.

An diesem Morgen scheint er nicht nur müde und krank sein, er wirkt auch gehetzt und nervös, von panischer Furcht griffen. Er spricht kaum und zieht sich vollkommen in sich se zurück.

Als Loewe vom Frühstückstisch aufsteht, durchbricht M seine Verschlossenheit: Willst du gehen?

Ja, antwortet Loewe verwundert, für heute vormittag s doch keine Dreharbeiten angesetzt.

Merz bittet, und fast klingt es inständig, ihn nicht allein Hotel zurückzulassen.

Er wirkt hilflos und verängstigt. Loewe kann sich nicht er nern, Merz schon einmal in diesem Zustand gesehen zu hab Krank und hilflos ja, damals, als er ihn in Morocks Zimmer die Couch legte, und Annemie Schatz die Betreuung übernah das ist lange her, aber damals wirkte Merz nicht verängstigt.

Loewe versucht, einen aufmunternden Ton anzuschlagen: W ist los mit dir, alter Junge? Irgend etwas Ernstes?

Merz zuckt mit den Schultern: Ich fühle mich elend.

Na also, sagt Loewe, dann leg dich mal rauf in dein Zimm und schlaf dich aus. Das wird dir helfen.

Merz schüttelt den Kopf und bittet Loewe noch einmal, ni wegzugehen.

Daraufhin bringt ihn Loewe in sein Zimmer, zieht dort Vorhänge zu und sagt: Paß auf, wir gehen jetzt nur in die Sta Schuhe kaufen. Das haben wir uns nämlich für diesen Vormitt vorgenommen. Sobald ich zurück bin, komme ich wieder zu d Es wird nicht lange dauern.

Aber es dauert zu lange.

Inzwischen erhält Merz einen Anruf und verläßt das Hot als müsse er flüchten. Die Anzugsjacke mit den Papieren bleibt seinem Zimmer zurück.

Dieser Samstag ist einer der ruhigsten Tage in Aden. Die Hit ist unerträglich.

Aus den Augenwinkeln sieht Merz die Häuser rechts und lin der Straße. Sie ist fast leer. Nur vereinzelt Passanten.

Eine kleine Brise Wind steigt vom Hafen auf und berührt d

dt. Sandsäcke liegen vor den Kellerfenstern und Hofeinfahr-. Einschußlöcher an Hauswänden, Maschinengewehrgarben, den Putz heruntergefetzt haben.

An diesem Tag gleicht die Stadt einem windlosen Wasserspie-, friedlich und ruhig. Nicht einmal ein vereinzelter Heckenuß und wenig britisches Militär auf den Straßen. Als habe man : einem Griff die Dunstglocke von Brutalität und Furcht, exdierendem Dynamit, Pulver und Blut abgehoben, als sollten Straßen und Felswände bis in ihre Tiefen hinein Atem schöp-, um dann am Abend erneut aufbrausend in einem einzigen :gelnden Schrei über diese Stadt herzufallen.

Merz verläßt das Hotel durch die schwere Drehtür. Er erinnert ı an die Drehtür des Funkhauses, als er zum ersten Arbeitstag traf. Der Pförtner ließ ihn ohne Anmeldung passieren und ıchte, als Merz sich zur Sprechscheibe hinunterbeugte, eine ındbewegung in das Innere des Hauses, eher wegwerfend als ıladend. Merz sieht noch einmal die unbekannten Gesichter, die : Drehtür ausstößt und wendet sich um.

Er ist der einzige, der das Hotel um diese Zeit verläßt.

Er muß die Fahrbahn überqueren, um auf die linke Straßente zu kommen.

Vom Hotel sind es noch hundert Meter zum Ende der Straße, ı Postamt vorbei bis zum Sitz des britischen Hochkommisriats, das Merz nach diesem Anruf erreichen muß, um Zuflucht .d Schutz zu finden.

Er hört seine eigenen Schritte, ein gleichmäßiges Aufstoßen der .rten Schuhsohlen auf dem Steinpflaster. Diesmal ist es nicht ıs Geräusch von Sand, der unter den Füßen weggedrückt wird, ie damals, als er und seine Frau im dichten Nebel den Weg von :r Brandung zu den Dünen suchten.

Plötzlich das Geräusch der anderen Schritte. Das gleiche Tempo, :r gleiche Rhythmus. Stetig und unaufhaltsam. Merz beschleugt, und die Schritte in seinem Rücken werden ebenfalls beıleunigt.

Während du läufst, denkst du an einen Alptraum. So bist du hon oft gelaufen, und dann wachst du auf, schweißnasse Haarsträhnen im Gesicht, ein feuchtes Laken unter dir, erschöpft, a glücklich, weil du die Hände deiner Frau spürst, die dich trö möchten. Aber das ist anders geworden. Hannelore schläft, w du gequält aufwachst. Sie schläft neben dir den tiefen gesun Schlaf junger Menschen.

Merz wechselt die Straßenseite, blickt über die Schulter erkennt die Gesichter seiner beiden Verfolger. Er ist ihnen beg net, als er seinen Bericht zum Parteienkampf um die Macht Aden nach dem Abzug der Engländer filmte. Bestellte Killer.

Nun weißt du, daß du um dein Leben läufst. Dir bleibt n mehr viel Zeit, das britische Hochkommissariat zu erreichen. N dort bist du in Sicherheit.

Es sind die letzten zwanzig Meter deines Lebens, die du unsinnigen Hoffnungen und Erinnerungen anfüllst, wie das der tut, der noch einmal davonkommen will.

Weitausgreifend setzt du einen Fuß vor den anderen. Ka hat der eine den Asphalt berührt, hebt der andere ab, wirft s nach vorn, tritt auf, stützt ab, bleibt zurück, um erneut vorwä zu gehen. Aus den Augenwinkeln siehst du die Hauswän vorbeiziehen, Einschußlöcher und zerfetzten Putz. Du erinne dich an die Hüttendörfer unterdrückter Bauern. Hunger u Durst. Erbarmungslos tödlich. Ein Vorfeld der Gewalt oder d was von ihr übrig bleibt. Siehst die Barackenstraße des russisch Lagers, deine mißglückte Flucht und jetzt unausweichlich Ende.

Die Schläfen pochen. Dieser Schmerz hinter der Stirn, der s über das linke Auge in den Hinterkopf zieht und dich so unen lich müde und kraftlos macht.

Deine Hände sind feucht. Du spürst, wie sich der Schweiß Stoff deines Khakihemdes sammelt. Ein wildes Herzklopfen, send und unbezwingbar.

Atemnot, als würde der Brustkasten vom fehlenden Atem z sammengepreßt und dann wieder von der Explosion des Her schlags gesprengt. Schweiß bricht aus. Schweiß vom Haaransa bis zu den Fußsohlen. Nicht anders, als bei deinem ersten Liv Interview vor den Studiokameras, das so kläglich endete.

)u läufst und glaubst die roten, rotierenden Räder an den dielen deiner Kindheit zu erkennen, die sich lustig im Wind hen. Du versuchst schneller zu laufen. Vielleicht erreichst du noch. Und dann ein heimliches Groscheneis, von dem deine atter nichts wissen darf. Die Peitschenhiebe auf dem erhitzten agenkörper, später die Hände deiner Frau auf der wattierten ssenjacke und ihre Augen, die den Mann suchen, den sie so rz vor Ende des Krieges verloren hat. Trauer und Entsetzen. Du läufst und glaubst die roten, rotierenden Räder an den se altwerdende Haut. Diese Stille, wenn du dann auf der aße liegst, und der Wind vom Hafengelände feinen Sand zwien den Häusern hindurchtreibt, deine Haut damit bedeckt.

Diese Stille. Diese letzte Zerstörung. Sonne, die aufgeht und innerung an eine Stadt.

Du wirst sterben.

Diese Zerstörung deines Gesichtes, das für dich ohne Anfang blieben ist.

Der Asphalt ist staubig und Staub auf den Bürgersteigen zu iden Seiten. In kurzen Abständen treibt ein Windstoß hinrch, wirbelt Straßenschmutz auf und Papierreste aus dem nnstein. Die grauen Rolläden des Juweliers sind heruntergelas-1, die Bars geschlossen. Noch fünfzig Meter bis zum britischen rritorium.

Laß sie vorbei. Vielleicht haben sie nicht den Mut, dich auf fener Straße zu töten.

Merz bleibt stehen, um sich eine Zigarette anzuzünden. Wähnd er die Packung herauszieht, bemerkt er einen Mann, der ver ihm an der Balkonbrüstung lehnt und auf die Straße sieht.

Du hörst die Schritte. Stehst seitlich am Straßenrand, nimmst ne Zigarette aus der Packung und steckst sie in den Mundwin-l.

Sie haben dich fast eingeholt.

Du gibst Feuer.

Das Feuerzeug in der Linken, die Rechte schützend um die lamme gelegt, neigst du den Kopf und ziehst an der Zigarette.

Jetzt sind sie genau hinter dir.

Sie bleiben stehen, gehen nicht vorbei. Du hast vergeblich hofft.

Kein Laut mehr.

Nur noch blinder Mut kann dich jetzt retten. Du müßtest d umdrehen. Blitzartig zuschlagen. Aber du bist müde und verzw felt. Um den Bruchteil einer Sekunde wären sie schneller als und würden abdrücken.

Was willst du mehr? Sterben, wenn sich das Leben end lohnt.

In diesen letzten anderthalb Jahren deines Lebens hast du geschafft. Bist beruflich ganz oben angekommen und warst glü lich. Warst ruhiger geworden und nicht mehr den Intrigen u Karrierekämpfen ausgesetzt. Du hast dir hier während dei Arbeit im Nahen Osten eine Insel geschaffen und Freunde.

Du bist auf dem Höhepunkt.

Jetzt bleibt dir nur noch die Möglichkeit, deinen Kopf retten.

Merz springt vorwärts, ein, zwei Schritte. Geduckt, die Zi rette im Mund überquert er die Fahrbahn.

Du spürst deine Beine schwer werden, als seien sie bis zu d Schenkeln mit Blei gefüllt.

Mit ausgebreiteten Armen möchtest du dem Ende der Stra entgegenstürzen.

Die Schwerkraft ausschalten. Ein Traumtänzer, der die Dunkelheit entkommen wird. Leuchtende Farben und der Geru von blühenden Apfelbäumen.

Erinnerst du dich?

Die Geborgenheit deiner Nächte. Die Aufrichtigkeit deiner J gend. Brunnen, die lange schon zugeschüttet sind. Quellen, die erstickt hast. Und irgendwo, weit weg, die Stimme deiner Mutt

Du hast dich auf die Spitze eines Turms geflüchtet, der Flammen steht. Du siehst nicht das Feuer, das dir keinen Rüc weg mehr freigibt. Unten steht jemand, der ruft und läßt d Arme kreisen. Du verstehst nicht, was er will.

In diesem Augenblick weißt du, wie du dein Leben verbrac hast.

Aufgesprungen auf einen Paternosterzug, in eine Kabine, die fwärts fuhr. Damit warst du eingeschleust in den fortdauern- n Umlauf der Kabinensysteme. Ohne Verständigungsmöglich- ten zu den anderen, die ebenso den rechtzeitigen Absprung ht wagen.

Merz springt vorwärts, ein, zwei Schritte.

Du läufst, und die Beine lassen sich nicht mehr vom heißen und fgeweichten Asphalt lösen. Ein verzweifelter Versuch zum dspurt. Die letzte große Chance deines Lebens.

Ein letzter Sprung noch. Du bist müde geworden. Eine schmerz- he Müdigkeit, trostlos und ohne Aussicht auf eine Zukunft.

Mit dem vorgeschobenen, rechten Fuß erreichst du den gegen- erliegenden Bordstein, breitest die Arme aus, um dich abzu- ngen, spürst nicht mehr, wie dich die Kugeln treffen.

Genickschuß und Schulterblatt. Tödlich getroffen.

Diese zwei Schüsse haben einen der ruhigsten Tage in Aden s seiner Mittagsstille aufgescheucht.

Vorhänge und Balkontüren werden geöffnet. Die Wachen am r zum britischen Hochkommissariat geben Alarm. Der erste ep verläßt das Gelände, andere folgen. Das Stadtviertel wird rmetisch abgeriegelt. Noch ehe die Ambulanz eintrifft, wird das to aufgenommen, das als Funkbild um die Welt läuft.

Merz ist tot.

Das linke Bein angewinkelt wie zum Sprung, liegt er quer er den Bordstein hingestreckt. Die Brille, die er in den letzten iden Jahren fast regelmäßig trug, weggeschleudert auf dem aster.

8

Merz sollte mit dem letzten Panzer der Briten Aden verlassen. hatte sich einen Platz reserviert, angetrieben von romantischen weggründen, Erinnerungen an das Panzerregiment 201 und s Panzerkampfabzeichen in Silber. Jung und draufgängerisch, wollte er dieser Stadt den Rücken kehren.

Jetzt kann im Hospital nur noch sein Tod festgestellt werd Der deutsche Generalkonsul identifiziert den Toten. Es ist gleiche Generalkonsul, der eineinhalb Jahre später, als eine beiden Merz'schen Töchter Nachforschungen um den Tod ih Vaters anstellt, sie persönlich anruft und nachdrücklich dar hinweist: Ihr Vater ist das Opfer eines Verrückten geword Der Mann, der ihn erschossen hat, war nicht zurechnungsfäh Sie dürfen hinter seinem Tod keine politischen Gründe such

Im übrigen sei er mit Merz befreundet gewesen, sie segel manchmal zusammen: Hier in der wunderschönen Bucht v Aden.

Er und andere erreichen, daß sie die Nachforschungen einste nachdem sie eine Reise nach Beirut plante und unter mysteriö Umständen davon unterrichtet wurde, daß eine Garantie für Leben und ihre Rückkehr nicht übernommen werden könne.

So stirbt Merz den gewaltsamen Tod anderer Toten in sen tionsheischenden Presseberichten, die den Monat seines To nicht überdauern.

Bereits zwei Stunden nach seinem Tod läuft die erste Meldu der Presseagenturen UPI und AP durch die Nachrichtenredakt nen der westlichen Welt: *Die Unruhen in der vor Erlangung ih Unabhängigkeit stehenden Südarabischen Föderation haben Samstag das Leben eines deutschen Journalisten gefordert. L 47jährige Walter Merz, Leiter des ARD-Büros in Beirut und K respondent des Deutschen Fernsehens für die arabischen Länd wurde vor dem Hauptpostamt in Aden von arabischen Ter risten durch zwei Kopfschüsse aus nächster Nähe getötet.*

Montags erscheinen ausführliche Berichte. Bilder von Merz. V seiner Expedition in den Jemen, seiner Rückkehr aus Vietna Merz umringt von Einheimischen, strahlendes Lächeln, die Ar in die Hüften gestemmt. Merz, der sich an eine Sandsackbarrika in Aden lehnt. Das Merz'sche Pressefoto, das er noch vor sei Abreise nach Beirut aufnehmen ließ und das Bild des Toten. Me immer wieder charmant lächelnd, Khakihemd oder guter Anz der bei seiner Rückkehr aus Saigon jenen breitrandigen schw zen Hut in Westernmanier trägt, von dem er so viel hält.

Die Berichte werden ausführlicher, forschen nach den Hinter-
inden seines Todes: Ein Sprecher der NLF bedauert den Tod
Journalisten und erklärt, die Schüsse gingen höchstwahr-
einlich auf das Konto der mit der NLF verfeindeten Araber-
ganisation „Flosy“, die die bevorstehenden Verhandlungen
ischen der NLF und der britischen Regierung über die Über-
ıme der Regierungsgewalt stören wollten.

Britische Marineinfanteristen riegelten das Gebiet, in dem
rz erschossen wurde, ab und begannen mit der Suche nach dem
ter. Die NLF hat in diesem Gebiet, in dem noch britische Trup-
patrouillieren, nicht die volle Kontrolle. In einer offiziellen
tteilung des NLF-Hauptquartieres heißt es, die NLF habe mit
n tragischen Vorfall nichts zu tun. Sie stelle bereits Nachfor-
ungen nach dem Täter an. Sollte sie ihn finden, werde sie ihn
trafen.

Immer wieder ist die Rede davon, Merz sei, weil er einen brau-
n Anzug getragen habe und blond war, mit einem englischen
ldaten verwechselt worden. Das Attentat galt nicht ihm, son-
rn der britischen Besatzungsmacht. Und hartnäckig wird die
rsion verbreitet, Merz sei erschossen worden, als er einen Brief
seine junge Frau im Postamt aufgeben wollte. Wobei die Be-
hterstattung nur in einem Punkt variiert. Die einen schreiben,
rz habe das Postamt gerade verlassen, als ihn die Schüsse tra-
, die anderen behaupten, er wollte es betreten.

Jener Mann, der zusah, wie Merz umkam, ein hoher geistlicher
ürdenträger schilderte anfangs die Flucht von Merz, der offen-
htlich seine Verfolger und ihre Absicht kannte, zieht sich spä-
aber auf den Standpunkt zurück, er könne sich nicht mehr ge-
u erinnern, variiert seinen Augenzeugenbericht immer wieder
d schweigt dann ganz. Davon wird in der Presse nichts berichtet.

Heuschka sagt: Merz sei kein Abenteurer, sondern ein vorsich-
wägender Journalist mit viel politischem Gespür gewesen. Mit
n habe der Rundfunk einen seiner besten Mitarbeiter verloren.

Hummerstein schildert Merz als einen besonnenen, aber auch
n seiner Arbeit besessenen Menschen, der das Vertrauen vieler
ıbischer Stellen besaß.

Noch am Sonntagabend berichtet Radio Aden, daß die N
sechs Personen unter dem Verdacht verhaftet habe, an der
mordung von Merz mitschuldig zu sein. Diese sechs Leute se
wenige Stunden nach dem Attentat festgenommen worden.

Der Ministerpräsident telegrafierte an Heuschka: Die Nachri
vom tragischen Tod Merz', den ich als einen hervorragen
Journalisten und als einen wertvollen, seinem Beruf und
deutschen Demokratie zutiefst verbundenen Menschen kennen
lernt habe, hat mich erschüttert.

Das Bundespresseamt kondoliert im Namen der Bundesreg
rung.

Noch am Sonntag beginnen seine Kollegen den Nachruf
schreiben, auf den sie nicht vorbereitet waren.

Er war einer von uns, schreiben sie. Er starb für die Wahrh
Oder: Im Gedenken an einen liebenswerten Kollegen. Merz
einer gewesen, mit dem man, wenn es darauf ankam, Pferde h
te stehlen können.

Wer ihn kannte, sagen sie, wußte, daß er einmal so sterb
würde – mitten in der Aktion als Journalist in der ersten Reihe

Lange Lebensläufe folgen. Ausgestattet mit Fantasie und V
schwiegenheit.

Tollkühn nennen ihn seine Kollegen, berichtet einer: Als
für eine Illustrierte seine sensationelle Reportage über Deuts
in der Fremdenlegion schreibt. Sein Geheimnis: Er schmugg
sich selbst für kurze Zeit in die Legion.

Da ist die Rede von Wagemut und Leidenschaft des kämpfe
schen Publizisten, vom unerschrockenen Mahner und zeitgere
tem Engagement für die Sache der Kirche. Ein gläubiger Ch
und Katholik wird heraufbeschworen.

Ein Merz, den es seit seiner Rückkehr aus russischer Gefang
schaft nicht mehr gab.

Illustrierte und Boulevardpresse berichten vom Tod für
Zuschauer. Wo etwas geschah, schreiben sie, wollte er für den Z
schauer dabei sein.

Jetzt starb er für den Zuschauer.

Seine Berichte sollen selbst abgebrühten Journalisten unter

ut gegangen sein. Er wollte alles zeigen, erinnert sich ein Kol-
. Mit Kamera und Mikrofon wollte er die britischen Soldaten ihren letzten Patrouillengängen über Adens heißes Pflaster leiten.

Dieser Arbeitsstil habe Merz zu einem der besten deutschen slandsreporter werden lassen.

Abgeknallt wie einen Hund. Ich kann es nicht fassen, soll die ge Ehefrau geweint haben.

Das Blatt schreibt: *Der Botschaftsrat, der die Hochzeit mit-ziert hatte, mußte die Todesnachricht übermitteln. Am Telefon Beirut erfuhr Hannelore Merz: „Ihr Mann ist in Aden er-ossen worden.“ Vier Wochen nach ihrer Hochzeit wurde die ge Frau Witwe. „Ich werde es nie glauben können, daß mein nn von einem so sinnlosen Schuß getötet worden ist“, weinte ein ums andere Mal.*

Noch am gleichen Tag beruft Heuschka Loewe und den As-enten aus Aden ab. Sie kehren nach Beirut zurück, während Sender den letzten Merz'schen Film über Aden am Sonntag-nd auf die Bildschirme in die bundesrepublikanischen Wohn-mer schickt.

Drei Tage später lauten die Überschriften der Presse, diesmal on in den engen Innenteil ihrer Zeitungen gerückt: „Politischer rd an TV-Reporter?“, „Von Nassers Geheimdienst über-cht“, oder: „Intendant spricht vom politischen Mord“.

Heuschka hat eine Pressekonferenz gegeben und gesagt: Die üsse auf Merz waren politischer Mord!

Er begründete seine Ansicht mit dem Hinweis auf die Merz'sche ichterstattung über den Krieg im Jemen. Der ARD-Fernseh-rnalist sei den Arabern ein Dorn im Auge gewesen, seit er den umentarischen Beweis geliefert habe, daß bei ägyptischen Ter-aktionen im Jemen Gasbomben verwendet worden seien. rz habe selbst in vielen Gesprächen mit dem Intendanten er-nen lassen, daß er von Nassers Organisationen ständig über-cht werde.

Merz habe gesagt: Politik wird hier mit der Waffe entschieden.

Heuschka ist überzeugt davon, daß dieser Mord ein gezieltes

Attentat einer proägyptischen Untergrundorganisation an ein
unbequemen Journalisten war.

So steht es in der Presse. Nachforschungen werden den Beh
den in Aden überlassen. Deutsche Stellen schalten sich offiz
nicht ein.

Als die beiden Mörder einige Wochen später gefaßt sind, fin
ein Gerichtsverfahren statt, dessen Protokoll auch dem Auswä
gen Amt der Bundesrepublik zugestellt wird, und das die bei
Attentäter, trotz Geständnis, nach kurzer Zeit wieder auf fre
Fuß setzt.

Loewe trifft, als er nach Beirut zurückkehrt, jenen Libane
bei Hannelore Merz an, der seinerzeit die Uhr mit Mikrofilm f
derte und die Frau warnte.

Seine Deutschkenntnisse scheinen besser zu sein, als er vorge
ben hatte.

Die junge Frau berichtet, daß er einen Tag vor dem Atten
bereits bei ihr war und den Tod ihres Mannes endgültig a
kündigte.

Inzwischen bemüht sich die Intendanz seines Senders, den to
Merz mit einer Maschine der britischen Luftwaffe aus Aden a
fliegen zu lassen.

Eine Woche nach seinem Tod trifft Merz in einem Zinksarg r
einer Maschine der Middle East Airlines auf dem Frankfur
Rhein-Main-Flughafen ein. Er sollte dort schon einen Tag frül
landen, aber Deutschland lag unter einer dichten Nebeldecke, u
so mußte die Maschine zu einer Zwischenlandung in Zürich a
setzen. Dort verließen seine zweite Frau und die ehemaligen M
arbeiter das Flugzeug, um ohne Sarg in die Stadt seines Heim
senders zurückzukehren, wo sie ihn beisetzen werden.

Merz bleibt alleine zurück. Und als er einen Tag später
Frankfurt landet, schmückt ein schwarzer Trauerflor die M
schine, während der Sarg in den Transporter eines Bestattun
unternehmens verladen und über die Autobahn zum Friedh
überführt wird.

Es ist ein kalter Tag Ende November. Dichter Schneereg

die Fahrbahnen vereisen und den Leichenwagen nur lang-
vorankommen.
ags darauf ist der nasse Novemberschnee in Schneetreiben
eschlagen. Kurz vor Mittag versammeln sich die Trauergäste
er kleinen Friedhofskapelle, in der der Sarg mit gelben Chry-
hemen geschmückt zur Feier bereit steht.
nter starker Anteilnahme der Bevölkerung und vieler Kol-
n, schreibt die örtliche Presse, wurde Merz zu Grabe getragen.
ilder zeigen den Trauerzug und die junge Witwe, auf den
ndanten gestützt, am Grab.
Ierz erhält trotz seiner Scheidung und Wiederverheiratung ein
iolisches Begräbnis, obwohl üblicherweise ein solches Verhal-
in der katholischen Kirche mit der automatischen Exkommu-
ation bestraft wird.
Jmrahmt vom Rundfunk-Sinfonie-Orchester werden die
breden gehalten.
Ieuschka sagt: Weil Merz uns die Wahrheit über die wirk-
en Vorgänge in Nah-Ost zeigen wollte, mußte er sterben.
k und Fernsehen nähmen in tiefer Erschütterung Abschied von
m Mitarbeiter, würden nie vergessen, was Merz geleistet habe.
Ierz sei immer an vorderster Stelle der Brennpunkte dieser
lt gestanden, sagt der Personalratsvorsitzende, seine Berichte
dem Dschungel von Vietnam und aus den Wüsten Arabiens
ten tiefer geschürft als die der anderen.
Jnd der Vorsitzende des Journalistenverbandes: Noch nie-
ls sei ein Journalist auf diese Weise so unerwartet bei der Aus-
ng seines Berufes ums Leben gekommen.
ie halten sehr schöne, wohlvorbereitete Reden, deren Wahr-
tsbeweis nicht mehr angetreten werden muß. Deren Inhalt
l Wortwahl, wie bei allen so üblichen Grabreden, nur die Be-
rung eines schmalen Windstoßes braucht, um abzufallen wie
te Blätter an beinahe kahlen Bäumen.
Keine Rede mehr davon, welchen mühseligen Kämpfen Merz
diesen fünf Jahren innerhalb des Hauses ausgesetzt war. Wie
sich einordnete und lernte, die gleichen Waffen zu gebrauchen,
gegen ihn gebraucht wurden.

Keine Rede von dem Leben eines Mannes, der sich schon dreißig, nach der Rückkehr aus der Gefangenschaft, nicht m zurecht fand. Dessen Heimkehr zu einer bloßen geografisc Rückkehr wurde. Der durch Erziehung und Umstände, durch Verhalten seiner Umwelt dazu getrieben wurde, sich selbs aussichtslose Situationen einzuschleusen und sich hoffnung darin zu verfangen.

Was hier seit einer Woche, seit Merz starb, in der Öffentl keit, in Presse, Funk und Fernsehen und nun in dieser Friedh kapelle abgehalten wird, ist nichts anderes, als eine traurige K lissenproduktion, die mit der Wahrheitsfindung nichts mehr tun hat.

Sein Leben wird vergessen, sein Tod zur Sensation gema und wenn die Totengräber den letzten Spaten Erde auf den S geschüttet haben, ist die Geschichte Walter Merz abgeschloss An den Umständen, die ihn in den Tod getrieben haben, änd sich nichts.

Selbst die kritischen Stellungnahmen einer deutschen und ei schweizer Zeitung können das nicht verhindern, können ni mehr erreichen als eine momentane Nachdenklichkeit, die ra in verstaubten Archiven untergeht.

Die deutschen Illustriertenleser kennen ihre Kolumnist schreibt der deutsche Kollege, *und die Millionen von Ferseh schauern noch viel mehr jene Reporter, die ihnen aus allen Tei unserer unruhigen Welt berichten, geradeso, als befänden sie s zu ernsten Gesprächen mitten im Wohnzimmer. Nimmt es Wunder, daß nun der Mord an dem Fernseh-Korrespondent Merz viele, denen sein Gesicht vertraut war, beschäftigt? – D Journalismus nicht bloß eine Arbeit am Schreibtisch ist, daß s hinter ihr mehr verbirgt, als üblicherweise selbst dem gebildet Leser und Zuschauer klargemacht werden kann, ist eine alte T sache; aber vielleicht kann der Tod eines Journalisten, diesm in Aden, einen Augenblick lang zeigen, wie sehr die Pflicht z Information auch persönliches Engagement zeigt.*

Der schweizer Kollege schreibt: *Wieviele Korrespondent haben schon im Vietnamkrieg ihr Leben lassen müssen? Wievi rend der Nah-Ost-Krise? Wer nennt die Zahl jener, die im* *·iten Weltkrieg auf beiden Seiten mit den vordersten Truppen* *·ückten, nur um dem Leser in der sicheren Stube die Ereig-* *· zu schildern, wie sie sich zutragen? Aber wo stehen ihre Na-* *, wenn eine Granate ihnen die Kamera aus der Hand reißt?* *leicht drei, vier Zeilen unter „Vermischtes", während der* *tauchte Finger einer Filmdiva eine halbe Seite umfaßt.*

·ann ist eben der Reporter tot, und die Sensation lebt weiter!

Ieute ist Merz tot, und die Sensation seines Todes beginnt n zu sterben, als die Trauergäste das Grab verlassen, als seine hiedene Frau, erst nachdem sich die Gruppen am Friedhofstor ·n wieder auflösten, zu einem angesetzten Essen eingeladen d, das der Sender gibt.

ie ist klein und schmal, eine zierliche Frau Anfang fünfzig, die ı zur Zeremonie in der Friedhofskapelle, abseits vom Inten-ten in die erste Reihe gesetzt hatte. Dort saß sie mit dem Ge-t einer Toten, als sei mit der Ermordung dieses Mannes alles ·en in ihr erloschen, einen Strauß langstieliger roter Rosen .er Hand.

9

ıls Merz starb, hatte er endgültig verspielt.

:r versuchte, aus dem wirtschaftlichen Aufschwung der neuge-ndeten Bundesrepublik soviel Profit wie möglich zu schlagen, ;etrieben von den Parolen des Wohlstands.

:r schwamm selbst auf die Fangnetze zu, in denen er umkam, ragen von einer allgemeinen Strömung. Aber wie so viele sei-Generation hat Merz nie gelernt, die Gefahr rechtzeitig und ıächlich zu erkennen.

ʍit jugendlichen Illusionen in den Krieg gezogen, lernten sie ı brutalen Überlebenskampf an der Front und in Gefangenen-ern in einem Alter kennen, in dem ein junger Mensch die Nor-n seines Lebens aufzustellen beginnt.

ʒie waren dreißig, als sie in einen Staat zurückkehrten, der be-

reits neuaufgebaut war, und dessen Gesellschaftssystem sich
stigte.

Einige scheitern und gehen zur Fremdenlegion, um die Uhr
rückzudrehen in die Zeit der Kriegserlebnisse. Andere setzen
brutalen Überlebenskampf, der ihnen in beinahe zehn Jah
zur Norm wurde, auch nach der Einordnung in das sogena
friedliche Bürgerleben fort.

Die meisten sind ohne Berufsausbildung und müssen zu
ihre Vergangenheit so rasch wie möglich vergessen, also die er
dreißig Jahre ihres Lebens abstreichen, die zur Katastro
Deutschlands wurden. Dreißig Jahre glauben sie verloren, di
unbedingt aufholen wollen, psychisch und physisch beschä
von einem Krieg, den ihre Väter verursachten.

Weil sie Schwierigkeiten haben, sich im neuen Gesellscha
system ihrer Heimat zurecht zu finden, versuchen sie sich per
zu integrieren. Sie alle begreifen die freie Marktwirtschaft
Wunderland der Möglichkeiten und hoffen auf die große Karri
das ganz große Geld. Um dieses Ziel zu erreichen, scheuen sie a
nicht brutale Karrierekämpfe, setzen alles auf eine Karte.

Psychose einer ganzen Generation.

Die verlorene Generation unserer Väter.

Merz ist kein Einzelfall. Als er noch einmal ganz von vo
beginnt, setzt auch er alles auf eine Karte und hofft auf die n
verbleibenden zwanzig Berufsjahre. Aber nach fünf Jahren is
tot. Ermordet als Fernsehkorrespondent im Ausland.

Die Hintergründe seines Todes werden nie aufgeklärt.

Wurde ein unbequemer Berichterstatter beseitigt, oder
Merz einer Verwechslung zum Opfer? Holte ihn seine Verg
genheit ein, oder wurde er von einem arabischen Geheimdie
liquidiert?

Merz mußte einmal so sterben, sagen seine Freunde.

Sein Tod fällt in eine Zeit, in der die erste Ära der neuen Bu
desrepublik beendet scheint, die Söhne den Aufstand gegen
Väter proben.

Die Ablösung beginnt.

Als die Merz'sche Hinterlassenschaft geordnet wurde, fand s

n dem Testament auch jener Brief, den er noch vor seiner Ab- nach Vietnam an seine erste Frau schrieb:

:tte weine nicht. Mein Leben ist zu Ende. Das ist nichts Besons, weil der Tod mit der Geburt mitgeliefert wird. Und es ist n gar nichts Besonderes, weil ich zu den Menschen gehörte, die ihrem Leben nichts Rechtes anzufangen wußten. Mein Chaer und meine Erziehung waren so angelegt, daß ich rückslos nach oben kommen wollte.

s ist kein Fehler, nach oben kommen und das soziale Milieu, dem man stammt, hinter sich lassen zu wollen. Aber ich habe n gravierenden Fehler begangen. Anstatt mit meiner Exiz, meinem Willen zur Überwindung sozialer Schranken, die stände zu verändern, die eine solche Überwindung erst nötig hen, oder zumindest zur Veränderung beizutragen, habe ich h blind angepaßt. Habe nach dem Sprichwort „Friß Vogel r stirb" ohne nachzudenken gefressen, was man mir hinwarf. paar Brocken vom Tisch derer, zu denen ich unbedingt aufgen wollte. Der Macht wegen, des Ansehens wegen und des ›ilegierten Lebens wegen.

Ieute bin ich in einem Stadium, in dem ich nicht mehr zurück n. Ich bin nicht mehr fähig, das aufzugeben, was ich mir in en Jahren erworben habe. In blinder Verzweiflung hänge ich h an den einzigen Stellenwert, den das Leben noch für mich : Prestige, Einfluß und Geld. Ich scheue mich davor, zurückzuken, jenen aus meiner Kindheit wieder zu begegnen, die zugeblieben sind, in jenem Milieu, in dem auch ich aufwuchs, l ich ihnen heute nicht mehr helfen kann und will.

Velche Möglichkeiten hätte ich in meinem Leben gehabt, und habe ich versagt, weil ich mich unterordnete, anpaßte und mit euklappen aufwärtskletterte, nur den persönlichen Profit im ge.

Sei niemandem böse, weil ich nach Vietnam ging, es lohnt sich ht. Natürlich war ich in meiner Entscheidung nicht mehr ganz i: Nachdem ich schon andere Angebote des Intendanten abehnt hatte, konnte ich zum letzten kaum noch nein sagen, ohne ine Kündigung gewärtigen zu müssen.

Und Du, verzeih mir! Ich bitte dich von ganzem Herzen
um, ich bereue ebenso alles Böse, alles Leid, alle Schmerzen
Enttäuschungen, die ich Dir in fast 25 Jahren zugefügt habe.
hättest einen besseren Mann verdient.

Verzeih mir!

Und hab Dank, Dank für Deine große Liebe und all das u
meßlich Gute.

Leb wohl!